달빛조각사

달빛 조각사 15

발행일 2024년 5월 1일 | **발행인** 김명국 | **발행처** 주식회사 인타임 | **출판 등록** 107-88-06434 (2013년 11월 11일) | **주소** 서울시 구로구 디지털로31길 38-21 이앤씨벤처드림타워 3차 405호 | **전화** 070-7732-2790 | **팩스** 02-855-4572 | **이메일** in-time@nate.com | **ISBN** 979-11-03-33292-1 (04810) 979-11-03-32686-9 (세트)

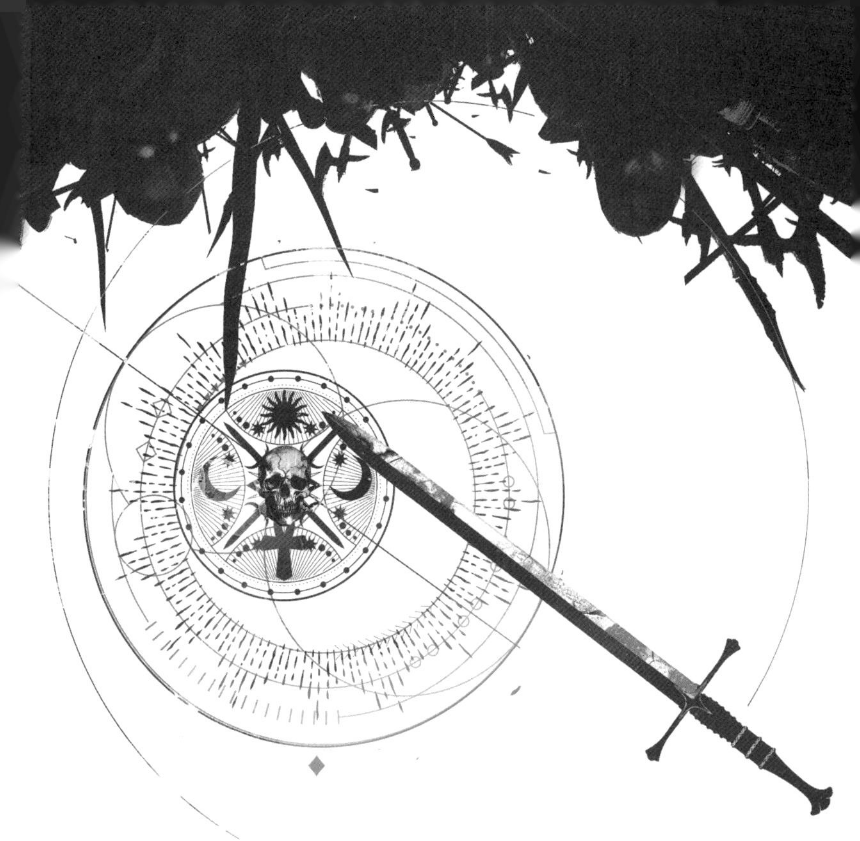

달빛조각사 15

남희성 게임 판타지 소설

The Legendary Moonlight Sculptor

INTIME

contents

알려지게 된 조각술 최후의 비기 퀘스트

둥! 둥! 둥! 둥!

페일은 활을 들고 산속을 달렸다.

“진짜 내가 한 번은 이렇게 될 줄 알았어.”

위드가 없는 사이에 그들끼리 모험을 하는 것은 일상적으로 자주 벌어지는 일이다.

하지만 이번에는 무려 니플하임의 4대 보물 중 하나의 회수!

마판에게 단서를 듣고 할메른 산에 오긴 했는데, 이 주변에 있는 어쌔신 순찰대가 장난이 아니었다.

동료들은 각자 의견을 냈다.

“저 나무 성채에 잠입을 해야겠어요.”

“우리 중에는 몰래 침입할 만한 직업이 없잖아요. 놈들의 직업도 어쌔신이라서 보통 어려운 일이 아닐 거예요.”

“그럼… 누군가 시선을 끌어 줘야겠죠.”

그리고 동료들 모두의 시선이 마치 짜기라도 한 듯이 페일에게로 모였다.

로뮤나가 말했다.

"어쌔신들에게 쉽게 잡히지 않을 정도로 잘 달리고……."

이리엔도 고개를 끄덕였다.

"여러 대 맞아도 죽지 않아야 해요. 생명력이 낮으면 멀리 유인하지도 못할 테니까요."

수르카는 양심의 가책을 0.3초 정도 느끼며 말했다.

"반격도 튼튼이 가해야겠죠! 어려워도 페일 오빠라면 할 수 있을 거 같아요."

페일의 이름이 직접 거론!

화령, 벨로트는 뭐, 당연하지 않냐는 입장이었다.

"이럴 때 페일 님이 있어서 정말 든든해요. 남자라면 이 정도는 해야죠."

"리더십도 있고, 모험에서도 솔선수범하는 모습이 정말 매력이……."

페일은 연애 경험은 많지 않지만 주변에 항상 여성들이 있는 편이라 눈치가 빨랐다.

'이런 게 몰아가기구나. 벨로트 님도, 지금 주말 황금 시간대 드라마에서 하던 목소리 톤으로 연기를 하고 있어.'

뭇 남성들은 보통 페일을 부러워하기 마련이었다.

모라타의 선술집에서 가볍게 한잔이라도 하고 있으면 시선들이 그에게로 꽂혔다.

'저런 은하계를 구한 놈.'

'대대로 독립투사 가문일 거야.'

'얼마나 행복할까. 나도 저렇게 인기 있게 살고 싶다. 안 되겠지, 아마.'

정작 질투와 시기를 받는 페일의 입장에서는 좋은 것도 아니었다.

여자들이 먹은 음식 값은 대부분 그가 내야 하며, 복잡한 수다들도 지겨운 내색 하지 않고 들어 줘야 된다.

특히 여자들은 가방 이야기를 할 때에 진지하기 짝이 없었는데, 화령은 아예 한평생 무두질만 하고 살아온 가죽 장인과 같은 분위기를 풍기면서 이론은 대학교수 수준이었다.

여자들과 같이 다녀 봐야 맨날 심부름에 잔소리를 들으며 지낸다.

페일의 마음을 가장 아프게 했던 건 어쌔신들을 유인해야 하는 위험한 임무에 메이런도 남자 친구인 자신을 추천했다는 것이다.

"무사히 살아 돌아오시리라 믿어요."

메이런도 레인저로서 직업이 거의 비슷해서 임무를 맡을 수 있었다. 그렇기에 더욱 페일이 대신 가 주기를 바랐다.

또 다른 남자인 제피는 평소의 화려한 언변은 다 어디다 치웠는지 조용히 물만 마셨다.

낚시꾼은 아무래도 생명력은 굉장히 높지만 이동속도가 느려서 적들을 유인하며 도망치는 역할에는 부족할 수밖에 없다. 제피는 어쌔신들과의 전투에 정면으로 나서서 몸으로 때워야 하는 임무도 갖고 있었다.

그렇게 되어 페일은 망루에 있는 어쌔신을 향해 화살을 쏘고 뒤돌아서서 도망 다니는 신세가 되었다.

그를 향해서 응원을 보내는 귓속말들.

—멀리 데려가. 이 근처에 있으면 우리가 위험하니까!

—잘하리라 믿어요.

—멋진 모습 보여 주세요.

여자들로부터 아무리 응원을 받거나 칭찬을 들어도 그건 그때뿐이란 걸 페일은 몸으로 절절히 깨닫고 있었다.

예쁜 여자들 사이에서 불행한 남자 페일!

하지만 혼자가 되고 나니 그의 진면목이 드러났다.

"회귀 화살!"

페일은 산을 달리면서 앞으로 화살을 쏘았다. 정면으로 쭉 날아가던 화살은 방향을 정반대로 바꾸어서 되돌아왔다.

페일의 귀 옆을 아슬아슬하게 스쳐 지나간 화살은 뒤쫓고 있던 어쌔신의 가슴에 꽂혔다.

"캬악!"

피부가 푸른 종족이라서 비명 소리도 인간과는 약간 달랐다.

페일은 달리면서 등 뒤의 화살통에서 화살 5개를 꺼내 한꺼번에 시위에 장전했다. 화살을 끼우는 것은 수없이 많이 반복적으로 경험했던 일이라 어려울 것은 없었다.

그리고 적당히 기분 좋을 정도로만 긴장했다.

'나 정도의 위기는 아무것도 아니야. 위드 님은 매번 바늘구멍 같은 생사의 갈림길을 넘잖아. 조금 많이 위험한 정도는 헤쳐 나가 봐야지.'

모진 놈 옆에 있다 보니 간도 커졌다.

"분산 사격!"

페일이 번개처럼 뒤돌아서며 어쌔신들이 있는 방향으로 화살을 쐈다.

20여 개로 늘어난 화살들이 어쌔신들을 덮쳤다.

"케엣!"

"꽥!"

비명 소리를 들으면서 페일은 다시 달렸다.

독을 바른 단검, 사슬낫, 독화살 같은 것들이 날아와서 아슬아슬하게 뒤쪽에 틀어박혔다.

페일은 풀숲과 나무들을 장애물 삼아서 도주했다. 속도뿐만이 아니라 순간적인 판단이 매우 중요했다.

'놈들은 그냥 단순하게 추격해 오지 않아.'

10명이 넘는 어쌔신들이 중간에 다른 곳으로 빠졌다. 포위망을 구성하고 있는 것이리라.

'왼쪽, 오른쪽? 왼쪽이다.'

페일은 짧은 순간 지형을 분석하고 예감을 믿었다.

전투와 모험을 하면서 쌓아 온 감각이 즉흥적이고 정확한 판단을 내릴 수 있게 했다.

나무 위에서 어쌔신이 뛰어내리면서 단검을 찔러 왔다.

"크힛, 인간, 죽음이다."

페일은 활대로 막고 한 걸음 물러서면서 바로 머리에 화살을 쐈다.

"그건 네 얘기야!"

바로 코앞에서 어쌔신을 처치!

궁수는 근접전에 약하다는 인식이 있고, 실제로도 그렇다.

대체로 활 외에도 비상용으로 무기를 하나 정도 더 다루긴 한다. 엘프들은 타고난 지혜 덕에 정령술이나 마법을 익히지만, 인간들은 대부분 단검을 선택한다.

하지만 궁수는 힘에 스탯을 많이 투자하지 못해서 단검의 위력은 많이 낮은 편이었다. 위드처럼 힘이나 민첩성에 무지막지한 스탯을 가지고 있는 쪽이 비정상인 것이다.

그래서 사냥을 하면서도 가급적이면 화살로 쏘아서 이길 수 있는 유리한 거리를 항상 유지하도록 한다. 어떠한 이유에서든 단검을 드는 상황 자체가 전투 실패로 간주되는 것이다.

레벨이 더 오르더라도 단검술 스킬들은 거의 늘어나지 않았고, 몬스터에게 맞아서 맷집이나 방어력으로 버텨야 하는 경우도 드물다.

근접전이 벌어지게 되면 고레벨 궁수들도 허무하게 무너지는 이유였다.

페일은 몬스터들 근처에서도 빨리 달리면서 화살을 쏘는 연습을 많이 했다. 떨지 않고 차분히 준비하면 한 번씩의 기회는 있다.

그리고 몬스터의 공격도, 광역 스킬 같은 걸 쓰지 않는다면 잘 보고 최대한 비껴서라도 맞으려고 한다.

위드의 전투를 바로 옆에서 지켜보고 있다 보면 왠지 안전하고 편안한 곳에서 활시위만 당기는 것은 사치스럽게 느껴진다.

그동안 제대로 한 사람의 몫을 다하기 위해서 노력해 온 결실이 나타나고 있었다. 다른 궁수들은 엄두도 낼 수 없는 냉정한 움직임이었다.

나무와 나무 사이로 쏘아져 나가는 화살!

갑자기 휘어지고 솟구치면서 어쌔신들이 매복해 있는 지역에 작렬했다.

"크엑!"

밀려난 어쌔신이 부상을 무릅쓰고 덤벼 오려고 하는데 다시 화살이 가슴에 작렬했다.

"잘 가라."

페일은 잡템까지도 정확히 챙겨서 다시 도주했다.

몬스터나 적을 죽이고 나서 아이템을 회수하지 않는 건 낭비 중의 낭비라고 느낀 때문이었다.

사실 레벨이 오를수록 잡템이 살림에 크게 보탬이 되지는 않지만, 가끔 퀘스트를 하면서 도움이 된 적도 있다.

'이쪽이 활로가 맞는 것 같아.'

2명의 어쌔신이 기습을 해 왔지만 페일은 스스로의 판단을 믿었다.

포위망이 완벽하게 구성되고 있었다면 어쌔신들은 성격상 인내심을 발휘하면서 기다렸을 것이다. 어딘가 조급하게 덤벼 오는 모습들이, 채 준비가 안 된 것 같았다.

그리고 실제로도 페일은 어쌔신들에게 포위당하지 않았다.

"스물하나, 스물둘, 스물셋!"

추격해 오는 어쌔신들을 화살로 차례차례 제압!

어쌔신들이 숨어 있을 것으로 예측되는 수풀과 나무 뒤에는 먼저 화살을 쐈다.

"관통 화살!"

"크윽!"

화살이 두꺼운 나무를 꿰뚫고 지나갔는데 신음 소리가 났다.

고레벨 궁수가 작정하고 제대로 쏜 화살을 이 거리에서 맞는다면 치명타였다.

비슷한 레벨에 방어구가 좋은 기사 정도라면 몇 발쯤은 버틸지도 모르지만, 그럼에도 생명력이 크게 떨어진다.

"감속 화살!"

대장급 어쌔신에게는 목표의 속도를 늦추는 화살을 연속으로 쏘았다.

방어력보다는 은닉에 관심이 많은 어쌔신들은 살아남기 힘들었다.

"연속 화살!"

멀리서 달려오는 어쌔신들을 발견하면 회피 동작까지도 예측하고, 그다음 공격들도 이어 나가며 제압했다.

페일은 탁 트인 평원이 아니라 이 숲에서 활 하나를 들고 어쌔신들을 몰아내고 있었다.

어느 순간부터는 뒤로 도망치지 않고 이리저리 녀석들을 유인하면서 싸웠다.

어쌔신들의 공격이란 한 번만 허용하더라도 죽음에 이를 수 있다. 당장 가진 생명력으로 잠깐 버티기야 하겠지만 지독한 독에 의해서 출혈이 심해지거나 환각, 마비에 시달려서 결국엔 죽음을 맞이하게 되는 것이다.

위험하고 중요한 순간이기에 심장이 거세게 뛴다.

그럴수록 더 냉정해지고 차분해져서 실수도 하지 않으며 대범하게 어쌔신들을 처리!

순간적이지만 페일의 분위기는 작은 산에서 느껴지는 것만 같은 단단함이었다.

띠링!

> 할메른 산의 어쌔신 추격대가 전멸했습니다.
> 어쌔신 63명을 활로 처치했습니다. 화살 적중률 49.7%. 치명적인 공격 52회. 일격 필살 24명. 어떠한 도움도 없이 기적적인 승리를 거두었습니다. 어쌔신들을 처치하여 큰 전투 명성을 날리게 됩니다. 호칭 '할메른 산의 사냥꾼'을 얻었습니다. 신속하고 정확한 사냥으로 민첩이 1 높아집니다.

페일은 승리를 거두자마자 어쌔신의 성채가 있던 장소로 뛰어갔다.

"이런, 큰일이 없어야 할 텐데."

기쁨을 만끽할 틈도 없이, 다른 동료들이 위험에 빠졌으면 구원을 해 주기 위해서였다.

다행히 성채의 외곽에 있던 어쌔신들은 대부분 페일을 뒤쫓다가 사망했고, 동료들은 무사히 안으로 들어가서 단서 아이반슈타인의 비밀 기록을 구해 냈다. 할메른 산을 장악하고 순찰하고 있는 어쌔신의 본거지에 무언가 있을 거라는 예측이 사실로 맞아떨어진 셈이다.

로뮤나가 페일을 보더니 귀신을 본 것처럼 눈을 크게 떴다.

"어, 살아 있었네!"

"그게……."

"죽을 줄로만 알았어."

"……."

"어떻게 살아온 거야?"

애초에 죽을 위험이 가득한 역할을 맡긴 것이 잘못이 아니냐고 따져 보고 싶기도 했지만, 동료들도 할 말은 있었다.

그들은 그렇게나 많은 어쌔신들이 페일의 뒤를 쫓아갈 줄은 몰라 당황했다고 했다.

그러나 페일과 어쌔신들이 순식간에 너무 빨리 멀어졌고, 그 속도를 쫓아갈 수 있는 건 메이런 정도뿐.

어쌔신들을 추격하다 보면 오히려 놈들이 메이런을 발견하고 한꺼번에 덤벼들어서 완벽하게 일을 그르칠 수도 있기에 당시에는 빤히 보면서도 어떻게 할 수 있는 방법이 없었다는 것이다.

제피가 다가와서 신기하다는 듯이 물었다.

"따라가던 어쌔신들을 설마 혼자서 다 처리하신 겁니까?"

"그랬죠."

페일은 이제 자신의 무용담을 늘어놓고 동료들에게 자랑도 할 시간이라고 생각했다. 다소 스릴 만점의 위기가 있었지만 무난히 잘 넘겼고 대단한 경험도 쌓았다면 괜찮은 것이 아닌가 싶었다.

하지만…….

"언니는 예약 몇 번째예요?"

"한정판 나왔다는 소식 듣고 바로 걸어 놨는데 그래도 37번이야. 올가을은 되어야 싸넬 가방을 들 수 있을 것 같아."

"완전 부럽다. 전 71번인데."

화령과 벨로트는 진지하게 대화 중이었다.

그녀들에게는 처음부터 별로 기대할 것도 없었다.

가수와 배우가 가방과 구두에만 신경을 쓰면서 어떻게 작품 활동을 하는지 궁금하긴 했지만, 그녀들에게는 그게 활력의 원천이라는데 어쩔 것인가. 연예인에게는 자신을 드러내는 부분이 매우 중요한 자산이다 보니 이해하고 넘어가는 수밖에.

오랜 친구이자 동료인 로뮤나와 수르카, 이리엔에게 기대어 봐야 했다.

"나보다 잘 싸우네. 완전 운이야. 짜증 나."

"위험한 일이 생기면 다음에도 또 부탁해요."

"휴우, 이러면 안 되는 건 알지만 사제로서 할 일이 없으니 서운하네요."

"……."

그래도 최후의 보루, 여자 친구인 메이런이 있지 않은가.

기대에 어긋나지 않게, 메이런은 염려스러운 눈빛으로 페일의 머리끝에서 발끝까지 꼼꼼히 살펴보고 있었다.

'내가 다치진 않았나 걱정하는구나. 역시…….'

페일은 감격에 푹 빠졌다.

"어디 숨겨 놓은 거 없어요?"

"없는데요."

"혼자만 좋은 아이템 장비하고 치사하게 말 안 해 주는 거 아니죠?"

"……."

인생은 혼자라는 말이 절실하게 실감 나는 페일이었다.

서정적이고 잔잔하게 시작된 위드의 모험 방송!

방송국들은 연일 특집 방송을 하며 시청자들을 사로잡았다.

둘째 날에는 바다신의 세력을 피해 중앙 대륙을 횡단하여 도망을 다니다가 서윤이 사로잡히고 포르투 왕성에서 구출하는 모습이 방송되었다.

방송국들은 긴장감을 높이기 위해 배경음악도 깔아 주고, 자막과 특수 효과도 화려하게 넣어 줬다.

—아… 완전히 한 편의 드라마네요.
—힘이 없어도 사랑이 있으면 이렇게 해낼 수 있죠. 그래도 정말 아슬아슬했네요.
—위드랑 힐데른 역할의 여자는 포탈을 통해 어디로 사라진 걸까요?
—그게 내일 방송을 기다려야 하는 이유죠.
—노들레와 힐데른의 이야기에 이렇게 깊은 사연이 있었을 줄은 몰랐어요.

평소와는 달리 시청자 게시판에서 여성의 점유율이 아주 높았다.

그들은 무조건 위드와 서윤이 이어져야 한다는 데에 의견의 일치를 봤다.

—정말 잘 어울리는 커플인 것 같아요.
—위드 님에게 맞는 듯.
—원래 친한 사이 아니에요?
—오늘이 딱 이틀째잖아요. 앞으로도 보통 위험한 모험들이 남아 있는 게 아닐 텐데… 무사히 다 넘기고 결혼까지 했으면 좋겠네요.
—뒷모습이나 잠깐씩 스쳐 지나가는 옆모습만 보이지만 여자의 직감으로 판단하건대 정말 예쁠 듯.

게시판마다 위드의 모험과 관련된 이야기들 외에는 찾아볼 수가 없었다.

그러나 위드의 골수팬들은 다소 따분하게 보았다.

로맨틱한 분위기, 바다, 무너지는 성에서의 구출.

이딴 게 다 무슨 소용이란 말인가.

“지겨워. 지긋지긋해.”

위드라고 하면 거대한 규모의 전투에서의 눈부신 활약, 불가능함을 극복하는 짜릿한 모험이 좋았다.

—여자와 돌아다니다니 실망입니다. 나태해졌군요. 모험에서의 박진감도 많이 무뎌졌어요. 성에서의 구출은 나름 흥미로워서 시간 가는 줄 모르기는 했지만요.
—위드의 전투 장면을 못 보니 영 성이 차질 않는군요. 도망이나 다니고, 피하기 급급한 모습을 볼 줄이야.
—이렇게 하찮고 나약한 모습을 보기를 원했던 게 아닙니다.
—위드를 도와주던 남자는 누구인가요?
—아마 검술 마스터로 보입니다.
—인맥이 대단하긴 하군요.

〈로열 로드〉에서의 위드의 골수팬들은 모험에 대해서도 상당한 지식을 갖춘 전문가들이었다.

북부에서 시작하여 풀죽신교에 막 가입한 초보자들이라도 모험과 연관된 지식만큼은 깊디깊은 경우가 많다.

전형적으로, 머리와 달리 몸이 따라 주지 않는 케이스!

위드가 한 모험들이라면 수십 번씩 본 그들에게 있어서는 아무튼 조금 식상하고 실망이었다. 물론 팬으로서는 여전히 좋아하지만, 이번 모험에 대한 만족도는 지극히 낮았다.

—우리가 보고 싶었던 모습은 이런 게 아니란 말입니다.
—날짜가 남았습니다. 이제 고작 이틀째이니 좀 더 기다려 봅시다.
—사막 도시들, 중앙 대륙의 도시 파괴. 이게 다 모험의 영향일 텐데 왜 빨리 보여 주지 않는 것인지 원망스럽군요.
—풀죽, 풀죽, 풀죽!

닷새간의 방송 일정.

시청자들은 애를 태우면서 흥미진진하게 보고 있었다.

방송이 진행되고 있는 이틀째는 일요일이었다. 그날 저녁에 각 방송국들은 시청률이 가장 높은 저녁 8시를 맞춰서 동시에 다음 날 예고를 띄웠다.

사막을 배경으로 위드가 서윤과 함께 힘겹게 걸어가는 장면.

시청자들은 여기까지의 영상을 보고 내일도 고난이 가득 찬 사막 행군이 이어지겠구나 하고 생각했다.

—뭐, 중간에 죽진 않았겠죠. 방송이 닷새간 이어지기로 했으니까요.
—위드라면 잘 버텨 냈겠죠.

—아, 저래서 사막으로 갔구나.
—별별 곳을 다 다니네요. 저라면 진짜 퀘스트고 뭐고 다 포기했을 듯. 무슨 보상을 받으려고 이렇게 고생을 하나요.
—오늘은 8시라면 조금 일찍 끝나는 거 아님? 저녁 약속까지 포기하고 다 보려고 기다리고 있었는데.
—어라, 그러고 보니 일찍 끝나네요. 방송 편성표에는 저녁 12시까지로 되어 있는데요.

시청자들의 의견도 평범하게 흘러가고 있었다.

그리고 그때!

위드가 현재 진행하고 있는 연계 퀘스트의 장면들이 처음부터 흘러나오기 시작했다.

위드, 그 위대한 모험의 시작: 알려지지 않은 이야기들

위드가 로디움의 조각사 길드로 가서 퀘스트를 받는 장면.

별의 눈물이 은은하게 빛을 발하는 장소에서 노인과 대화를 나눈다.

"어서 오시게. 별의 눈물이 반기는 것을 보니 빛의 조각술을 깨달은 분이군."

"찬란한 아름다움을 표현하는 방법에 대해서 알고 싶어서 왔습니다."

"로디움이 존재하고 나서 수백 년, 드디어 찬란한 아름다움에 대하여 말하는 사람이 나타났구려."

—뭐, 뭐지? 느닷없이 보통 분위기가 아닌데요.

—어라, 찬란한 아름다움을 표현하는 방법? 이건 무슨 스킬을 배우려는 것 같은데요.
—조각술? 위드가 익히지 못한 조각술도 있어요?
—비기만 하더라도 어마어마하게 갖고 있었잖아요. 재앙하고 부하 만드는 거, 그리고 여러 종족으로 변신하는 것도 있던데.

모험가들, 그리고 열성 팬들은 갑자기 잠에서 확 깨어난 것 같았다.

체감온도 영하 40도에서 찬물을 뒤집어쓴 것 같은 기분!

어떤 방송국을 보더라도 똑같은 영상이 나오고 있었기에 그 파급효과는 더욱 엄청났다.

—방송국들이 다 연합해서 똑같은 장면을 틀어 주고 있어요. 갑자기 완전 짜릿한 느낌!
—위드니까 보통 모험은 아닐 겁니다. 그런데 대체 뭘까요.
—그냥 재밌다고 쭉 지켜보고 있었는데… 연계 퀘스트가 좀 길고 위험하다고만 생각을 했지요. 근데 이거 뭔가 있을 법한 분위기인데요!
—정말 장난 아님. 긴장돼서 계란 후라이도 못 뒤집고 있음.

위드와 노인의 대화가 이어졌다.

"찬란한 아름다움에 대해서 정말로 듣고 싶으시오?"

"물론입니다."

"찬란한 아름다움에 대해서 듣고 나면 그것에 빠져서 예전으로 되돌아가지 못할 것이라오. 그래도 좋겠소?"

"찬란한 아름다움에 대해 듣고 싶습니다."

"이것은 단지 오래전부터 내려오던 이야기일 뿐. 사람들의 입을 통해서 전해졌으니 설화라든가 조각술의 전설이라고 해도 좋을 테지. 실현 가능성에 대해서는 누구도 알지 못한다오. 믿는 사람도 거의 없는 이야기지."

—지금 이게 노들레와 힐데른, 그리고 사막까지도 이어졌다면 엄청난 난이도의 퀘스트가 분명합니다.
—확실치는 않지만 대서사시라고 볼 수도 있겠네요.
—지금 위드 님이 벌새로 변신해서 대륙을 날아다니는 장면이 나왔어요.
—뭘 어떻게 하려는지 모르겠네요.
—이렇게 두근거리기도 처음인 듯.
—아, 맞다! 저번에 위드가 대재앙을 일으키고 다녔잖아요. 그것도 이 퀘스트와 연관이 있을까요?
—도대체 이 퀘스트가 어떻게 이어지는 거예요? 상상이 안 가는데.

폭풍 속에서 빛의 검을 익히고, 자연의 조각품을 만들기까지 한다.

위드의 모험이 초반부부터 방송될수록 시청자들의 궁금증은 더욱 커져만 갔다.

노들레와 힐데른은 그냥 중간에 얻어서 적당한 보상을 받고 끝나는 모험이 아니었던가. 조각사 길드에서부터 이어진 것이라면 도대체 그 스케일이란!

어느 집에서도 채널을 돌리는 것은 상상도 하지 못할 분위기였다.

위드의 열성 팬들이 따로 대화하는 공간에는 반성의 글들이 계속 올라왔다.

—제 신앙심이 부족하였나이다. 풀죽!
—묻지도 따지지도 말라. 이것이 위드의 모험일지어다.

—오크 카리취의 그 포스가 다시 나타날 것인가. 혹은 그 이상일까!
—찬란한 아름다움의 표현법. 스킬 같은데요. 위드가 조각술을 얻는다, 이거 스킬의 비기?
—스킬의 비기들은 대부분 마스터에게 전수받거나 혹은 모험을 통해서 바로 습득하잖아요.
—스킬의 비기 얻기가 엄청 어렵고 힘들긴 하지만 이 정도로 긴 모험이 계속 이어지게 되나요? 이러면 아무도 얻을 수가 없을 듯.
—저는 보는 것만으로도 벌써 지쳐서 포기하고 싶을 정도네요. 인생을 송두리째 바쳐야 하는 정도 아님?
—방송국에서 아직 이야기는 해 주지 않았지만 위드의 일정을 살펴보면 이후에 간 곳이 로드릭의 미궁인데, 여기 한 곳만 해도 불가해의 던전입니다. 들어가면 반 죽는 장소죠.
—로드릭 미궁이 퀘스트 중간에 징검다리 역할로 끼었다면 이건 말이 안 돼요.
—워낙 노가다가 심한 분야가 조각술이니 그럴 수도 있으리라고 보지만, 아무래도 이상하긴 하네요.
—노인과의 대화도 이해가 안 돼요. 되돌릴 수 없다? 그리고 실현 가능성을 따지고, 조각술의 전설이라니요?

열성 팬 게시판, 모험가 게시판, 고레벨 유저들이 모이는 커뮤니티.

모두 위드의 모험이 구체적으로 무엇을 위한 것인지를 논의하고 있었다.

그러다가 결국, 〈로열 로드〉에 대한 지식이 많은 사람일수록 오히려 선불리 꺼내기 힘든 단어가 나오고 말았다.

—이거 느낌이… 최후의 비기?
—조각술 최후의 비기요?
—말도 안 됨!

—누가 그런 걸 얻어요, 푸하하하.
—들어 본 적은 있습니다. 근데 최후의 비기를 얻으려면 관련 직업의 다른 비기들을 먼저 다 모아야 되는데… 확률적으로 불가능.
—그냥 전설에나 존재할 수 있는 그런 스킬 아닌가요?
—과거의 역사가 바뀌고 미궁을 파해하고… 퀘스트 내용이나 난이도로 보니 가능성 있겠는데요.
—왜 말이 안 돼요? 위드잖아요!

몇 곳에서 조각술 최후의 비기 이야기가 나오고 나서, 그에 대한 내용이 커뮤니티마다 급속하게 퍼져 나갔다.

—진짜 최후의 비기 퀘스트예요?
—완전 최고다.
—아… 현기증 나려고 그래요.
—역시 위드, 과연 위드, 배 아픈 위드!
—앞으로 어디서 위드의 모험담이 들리지 않으면 더 긴장해야겠군요. 이런 엄청난 모험을 진행하고 있었을 줄이야.
—아직 최후의 비기를 얻는 게 확실하지도 않습니다. 유언비어일 뿐인데, 너무 앞서 가시네요!
—위드가 최후의 비기 퀘스트를 한다면… 모험만으로도 대단한데 정말 성공을 해 버린다면 어찌 될까요?
—천상천하유아독존?
—에이, 설마요…….
—무슨 스킬인지도 모르는 판에 정말 너무 앞서들 가시는 듯.
—쉽진 않을 거예요. 실패할 게 뻔해요.
—위드가 한 모험 중에서 쉬운 건 뭐가 있는데요? 지금 어제오늘 방송한 것도 위드니까 납득하고 받아들이는 거지, 우리가 저런 모험을 해야 된다고 생각을 해 봐요. 누가 성공할 수 있겠어요?
—부러움. 그래도 성공하길 바람.

게시판은 최후의 비기에 대한 이야기로 후끈 달아올랐다.

위드를 찬양하는 사람, 최후의 비기에 대한 추측을 하는 사람, 불신하는 사람, 비관적으로 보는 사람까지 아주 다양했다.

그리고 저녁 9시가 되는 순간, 방송국들이 이 논란에 종지부를 찍을 발표를 했다.

"위드의 모험에 대하여 많은 추측들이 난무하고 있는데요, 오주완 씨, 어떤 퀘스트인지 알려 주실 수 있을까요?"

"예. 시청자 게시판을 통해서 퀘스트 내용을 보다 상세히 알려 달라는 요구들이 빗발치고 있는데요. 잠시만요, 저도 방금 방송국에서 쪽지를 받았습니다."

신혜민과 오주완이 진행하는 〈베르사 대륙 이야기〉. 가장 많은 시청자들이 보고 있는 방송이었다.

쪽지를 펼쳐 본 오주완의 얼굴이 순식간에 딱딱하게 굳었다.

위드의 모험은 '조각술 최후의 비기'를 얻기 위한 장대한 연계 퀘스트임. 차후 방송될 내용은, 아직 진행 중이지만 전쟁의 시대에서 엠비뉴 교단의 군대와의 전면전쟁, 총본영 파괴로 이어지게 될 듯. 그리고 혼돈의 드래곤도 사냥하게 될 가능성이 매우 큼.

수많은 시청자들이 자기 표정만 보고 있을 걸 알면서도 오주완의 창백한 얼굴은 좀처럼 회복되지 않았다.

해설자인 그도 위드의 모험이 조각술 최후의 비기라는 사실을 미리 알진 못했다.

게다가 엠비뉴 교단과의 전면전에, 진짜 드래곤이 나타나게 되는 퀘스트가 이어지게 될 줄이야.

〈로열 로드〉의 해설자로서 어디 꿈엔들 상상했을까!

"어떤 내용이에요? 시청자 여러분도 그렇고 저도 궁금한데, 빨리 읽어 주셔야 될 것 같아요."

오주완은 신혜민을 보며 가볍게 한숨을 쉬었다.

그녀는 위드와 친분이 있었으니 미리 알고 있었으리라. 가끔씩 여자들의 연기력에 대해서는 정말 놀랄 수밖에 없었다.

"음… 그러니까 시청자분들이 매우 궁금해하시는 내용이 이 쪽지에 담겨 있었습니다. 결론부터 말씀드릴까요? 아니면 길게 설명을……."

"지금 오주완 씨의 안티 팬들이 100만 명씩 생기고 있을 것 같은데요?"

"빨리 발표를 해야겠군요. 현재 아르펜 왕국의 국왕이며 모험가인 위드가 진행하고 있는 퀘스트는 조각술 최후의 비기가 맞습니다. 그리고 엠비뉴 교단과 제대로 붙을 예정이며, 혼돈의 드래곤도 사냥할 거라네요."

신혜민이 어느새 오주완도 방송인이 다 되었다면서 가볍게 웃었다.

"어머, 농담이시죠? 이렇게 중요한 순간에 그런 농담을 하시다니, 시청자분들이 정말 오주완 씨에 대해 악플을 달지도 모르겠는데요."

"혹시 신혜민 씨도 모르셨나요?"

"네, 저도 자세히는 몰랐어요. 앗, 정말이에요?"

"완벽한 사실입니다."

신혜민도 숨을 크게 들이마셔야 할 정도로 놀랐다.

위드의 모험이 조각술 최후의 비기라는 사실은 미리부터 알고 있었지만, 엠비뉴 교단과 제대로 한판 붙을 것이며 혼돈의 드래곤까지 나온다니!

현재 대륙에서도 엠비뉴 교단의 성세는 대단하다.

그들은 매일 빠르게 주민들 사이에서 세력을 확대해 가고 있었다. 유저들의 활동 영역은 줄어들고 있었으며, 대낮에도 광신도들과 엠비뉴에 의해 변형된 괴물들이 활보하는 것을 볼 수 있을 정도였다.

비록 전쟁의 시대라고는 하지만, 그 엠비뉴 교단을 격파하고 혼돈의 드래곤을 사냥한다니!

'끝…내주네.'

그녀가 잘못 알고 있었지만, 전쟁의 시대이니만큼 엠비뉴 교단의 세력도 더 대단하고 막강했다.

신혜민의 충격 못지않게 시청자들도 경악과 환희를 참지 못했다.

위드의 모험을 보면서 마음껏 열광할 수 있게 되었으니까.

—위드가 과거로 돌아가서 도시를 파괴하면서 나쁜 짓을 저지르는 줄로만 알았는데 그게 아니었군요.
—엠비뉴 교단과 싸우려니까 반드시 필요했던 거겠죠. 그거 때문인지 조금이나마 엠비뉴 교단의 영향력이 줄어들기도 했어요.
—엠비뉴 교단이 위드에게 지면 어떻게 돼요? 그러면 도시들이 사라지는 것처럼 그냥 없어지나요? 점령 지역들도 정상으로 돌아오고요?

—그 부분에 대해서는 KMC미디어에서 따로 설명을 하고 있네요. 원래 역사에서 엠비뉴 교단은 전쟁의 시대에 알려지지 않은 전성기를 누렸지만 노들레의 모험으로 큰 피해를 입었답니다. 위드가 그 시대로 돌아가서 노들레의 모험을 진행하고 있기 때문에 결과에 따라서 엠비뉴 교단은 더 위축될 수도 있고 오히려 더 폭발적으로 큰 위세를 떨칠 수도 있다고 합니다. 자세한 건 내일 방송을 봐야 알 수 있을 것 같아요.

—회사원인데 월요일 월차 내야겠습니다.

—저는 여름휴가 당겨서 쓰려고요. 앞으로 사흘간은 텔레비전 앞을 떠나지 않을 거예요.

—아… 계속 위드의 모험을 밤새고 보고 싶은 마음도 있고, 이게 계속 이어져서 끝나지 않았으면 하는 바람도 있고.

—텔레비전을 보고 있으니 〈로열 로드〉가 미치도록 하고 싶은 거 있죠.

그리고 아쉬움의 게시물들!

—난 맨날 가축이나 키우고 있는데. 이런 살 떨리는 모험은 대체 언제쯤 하게 될까.

—저는 설거지하고 있는데요. 하루 일당 1실버임.

—말똥 치우고 있음.

—토끼한테 세 번을 맞아 죽었음. 토끼한테 이렇게 많이 맞아 죽은 사람은 이 도시에서 제가 처음이라고 합니다.

—비밀인데요, 톳쿵 님은 일곱 번 죽었어요. 그래도 모험 잘하고 사니까 희망을 가지세요.

—풀죽신교 독버섯죽의 톳쿵 님요? 그분 어제는 언덕에서 풀 뽑다가 염소한테 죽으셨어요!

최고의 제물

하벤 제국의 정복 지역에서는 매일 피바람이 불었다.

"엠비뉴! 엠비뉴를 따르라. 이 세계는 완전히 타락했다. 무너지고 파괴해서 사라져야만 우리가 구원받을 수 있으리라."

거리마다 엠비뉴 교단의 신봉자들이 나타나서 사람들에게 적극적인 포교 활동을 했다.

제국의 치안이 좋지 않고 불만도가 높은 만큼 주민들 중에도 금세 빠지는 자들이 나타났다.

"엠비뉴 신이여, 저를 받아 주소서."

"어서 오시게. 그대가 우리의 동료가 된 것을 환영하는 바… 커어억!"

하벤 제국의 암살자들이 돌아다니면서 엠비뉴의 신봉자들을 처치!

그러나 제국의 영역을 배회하는 엠비뉴의 종교재판관들과 암흑 기사들은 여전히 셀 수 없을 정도로 많았다. 과거에는 다른 왕국들을 피폐하게 했던 엠비뉴가 이제는 하벤 제국으로 몰려오고 있었다.

"물감은 가져왔지?"

"응. 이쪽 벽을 완전히 다 칠해 버리자."

"아침까지밖에 시간이 없어. 그러니까 다들 실수하지 않도록 조심해."

"당연하지."

몬테리움 성에서는 화가들이 그들만의 저항운동을 했다. 하벤 제국의 전쟁이나 통치에 대한 비난을 그림으로 표현하는 것이다.

경비병에게 들키지 않고 그림을 완성해 내면 스킬 숙련도도 많이 오르고, 특히 명성과 영향력이 높아진다.

다만 하벤 제국에서는 악명도 올라서, 황실에서 개최하는 그림 대회에 참가하거나 중요한 직위에 오를 수는 없게 된다.

"저쪽이다!"

"에잇, 벌써 들켰다."

"빨리 가자. 물감 챙길 시간 없어."

"저게 내 전 재산인데……."

초보 화가들은 필사적으로 도망을 쳤다.

하벤 제국의 치안대가 그들의 뒤를 쫓으면서 소동이 크게 일어났지만, 유저들과 주민들은 외면하였다.

자주 일어나는 일이기도 했거니와 괜히 끼어들어서 헤르메스 길드의 보복을 받고 싶지는 않았기 때문이다. 중앙 대륙 완전 정복을 눈앞에 둔 헤르메스 길드에 밉보여서는 편하게 살아가기 힘들었다.

"아, 막다른 길이야."

화가들은 복잡한 골목길을 통해 도망치려고 했지만 막혀 있는 곳에 갇히는 신세가 되고 말았다.

"후후, 오늘도 제법 피 맛을 보겠군."

헤르메스 길드의 유저 로베르토는 학살자라는 직업을 갖고 있었다.

사실 이미지가 좋은 직업이라고 할 수는 없지만, 장점이 있었다. 자신보다 레벨이 낮은 적을 상대로 싸울 때 힘이 굉장히 강해지며 전투력이 오른다.

레벨이 훨씬 높은 적에게는 반대로 제대로 맥을 못 추지만, 터무니없이 약한 이들을 죽여도 경험치를 제법 많이 얻었다.

하벤 제국에 빌붙어서 유저들을 박해하기에는 정말 좋은 직업이었다.

"하벤 제국의 개!"

"하필 로베르토 저놈한테 걸리다니 재수도 없네."

"잘됐군. 여성 초보들을 죽일 때가 가장 재미… 컥!"

로베르토가 갑자기 쓰러지더니 회색빛으로 변했다.

"어?"

"적인가?"

치안대 병사들은 고개를 두리번거리고만 있었다. 그들은 아무것도 보지 못했던 것이다.

화가들 역시 눈 깜짝할 사이에 시커먼 것이 스쳐 지나간다 싶었는데 로베르토가 쓰러져서 사망하자 깜짝 놀랐다.

그리고 달이 구름에 가려지며 골목길 안이 조금 어두워졌다.

"욱!"

"악!"

"꽥!"

연달아 비명이 들려오고 나서 사위가 조용해졌다.

두려움에 떨던 화가들이 비틀비틀 일어났을 때에는 거리에 시커먼 로브를 착용한 사람 1명만이 서 있었다.

훤칠하니 큰 키에 조각 같은 외모.

단검이라기보다는 뾰족하고 날카로운 제사 도구 같은 것을 들고 있었다.

"괜찮으십니까?"

목소리까지도 맑고 나직하니 좋았다.

"네, 저희는 다치지 않았어요. 혹시 저흴 구해 주신 건가요?"

"그저 지나가다가 눈에 띄길래 조금 거들었습니다."

"와, 고맙습니다. 그래도 조심하셔야 돼요. 헤르메스 길드가 알면 큰일인데요!"

"걱정해 주셔서 고맙습니다만 저는 헤르메스 길드를 두려워하지 않습니다. 그리고 이 부근 하벤 제국의 치안대는 제가 모두 해치웠으니 원하시는 대로 그림을 그리셔도 될 겁니다. 그럼 이만, 좋은 밤 되시길."

어쩌면 이렇게도 뭇 여심을 울리는 행동만 하는지 모를 일이었다.

사내가 서서히 돌아서려고 하는데 화가 하나가 간절하게 말했다.

"실례가 아니라면 친구 등록을 할 수 있을까요?"

"그건……."

"저희가 레벨이 낮아서 싫으신가요?"

"그렇지 않습니다. 단지… 조금 복잡한 사정이 있을 뿐입니다. 제 이름은 양……."

"예?"

"휴우, 아무것도 아닙니다. 언젠가 인연이 닿으면 다시 뵙게 되겠죠."

사내는 서둘러 어둠 속으로 걸어갔다.

어찌나 빨리 이동을 하는지, 화가들이 바로 따라갔는데도 이미 사라져 버린 후였다.

"완전 멋있다. 바람처럼 떠나 버리는 모습도 꼭 정의의 사도 같아."

사내는 몬테리움 성에서 하벤 제국의 기사들과 엠비뉴 교단의 종교재판관 등을 닥치는 대로 족족 처리했다.

이단 재판관 브룩쉴더가 사망했습니다.
엠비뉴의 강제 포교 활동에 지장이 생깁니다. 임시로 치안이 3 회복됩니다.

하벤 제국의 기사 롱라더가 영문을 알 수 없이 죽었습니다.
갑작스러운 죽음에 대한 의문은 남지만 이유를 밝혀낼 수는 없을 것입니다.

몬테리움 성 유저들의 메시지 창이 계속 울렸다.

"습격이다!"

하벤 제국에서도 뒤늦게 비상령이 내려져서 기사들이 대비를 했지만 소용이 없었다.

성 내부에 있는 기사들과 귀족들조차도 귀신처럼 암살당한다. 거리를 돌아다니던 헤르메스 길드의 유저들도 어디선가 날아온 화살, 단검, 독침 그리고 땅에서 솟아나는 함정들에 의하여 사망!

암살자란 직업은 뚜렷한 흔적을 남기거나 다른 이에게 발각되지 않는 한, 최소한의 페널티로 살인을 할 수 있었다. 더구나 악명이 높은 유저들을 처리하고 나면 얻게 되는 전리품이나 명성, 경험치도 몬스터와는 비교가 안 되었다.

하벤 제국의 암살단도 대거 활동하고 있었지만, 사내에게는 그저 어린아이들 정도로밖에는 보이지 않아서 그들도 손쉽게 제거했다.

"암살자의 칼날을 정의롭게 쓸 수도 있군. 헤르메스 길드는 나쁜 짓을 많이 했으니 양심의 가책도 없어서 좋아."

사내는 하벤 제국의 여러 도시들을 돌아다니면서 헤르메스 길드 유저들에게 죽음을 내렸다.

거리에서 주민들이 말하기 시작했다.

"죽음의 선포에 대해서 아는가? 밤이 오면 피할 수 없는 죽음이 몰려온다는군. 악인들이 밤을 무서워하게 되었다네."

"검은 바람이 스치고 지나가면 시체가 생겨. 어두운 곳, 그늘진 곳에 가기가 무서워졌지."

"깔끔한 솜씨를 보니 몬토냐의 그 암살자가 떠오르는군."

"아, 그 죽음을 몰고 오는 그림자 양념게장 말인가?"

하벤 제국 내에서 활약을 하는 건 양념게장만이 아니었다.

스타이너는 이제 수많은 도둑들을 거느린 산적 연맹의 대표가 되었다.

"두목, 제국 놈들이 몰려옵니다."

"그래? 이번 근거지는 버린다. 하지만 놈들에게 괴롭힘은 줘야겠지. 투석 공격을 실시하고 산에 불을 질러라!"

"옛!"

주인 없이 비어 있는 하벤 제국의 산맥들을 장악해 가면서 영토를 넓혀 나갔다.

산맥 장악도 그리 쉬운 일은 아니었다.

몬스터들이 성채를 지어 놓고 있으면 산적 떼를 데리고 빼앗아야 한다.

성벽을 더 두껍게 쌓아서 산적들을 성장시키기 위한 시설도 지어야 했다.

산적들은 병사나 기사 들과는 다르게 최고 수준으로의 성장이 느리고, 훈련도도 잘 늘어나지 않았다. 조금만 살기 어려워져도 이탈하는 자들이 속출했으니 나름 관리가 쉽진 않았다.

제국군이 토벌을 하려고 오면 도망을 다니는 신세였지만, 새로운 터전으로 이전하면 한동안 산적질을 하기에는 더 좋았다.

상인들도 털고, 제국의 수도로 향하는 세금 마차들을 습격하면 엄청난 재물을 얻어 냈다.

"인생 두 번 사는 거 아니지. 한 번 사는 만큼 나 하고 싶은 대로 살아야 돼. 우하하하!"

헤르메스 길드의 척살령에서도 최상위권에 속했지만 스타이너는 통쾌하게 웃으면서 산적질을 했다.

"역시 사과는 아삭한 것이 제맛이지. 어, 내가 먹고 있던 과일이 왜 없어졌지?"

"무슨 소리를 하는 건가?"

"분명히 손에 들고 있었는데 없어졌어!"

보물을 찾아서 세상을 돌아다니는 도둑 잭슨도 하벤 제국으로 왔다.

'내가 온 이유는 여기서 꼭 훔쳐야 될 게 있어서지. 가장 진귀한 보물은 나의 것이 될 것이다.'

명문 길드들이 몰락하면서 중앙 대륙에는 상당한 전력의 공백 지역이 나타났다.

하벤 제국의 승승장구 이후로 이렇게 개인적으로 두각을 드러내는 유저들이 많았다.

위드의 군대에 속해 있는 병사들은 틈만 나면 못된 짓을 저질렀다.

> 사막의 붉은 칼 부대의 병사들이 잔인무도한 살인을 저질렀습니다.
> 엠비뉴의 광신도 일부가 범죄행위에 가담하였을 것으로 추측됩니다. 군대의 총지휘관으로서 악명을 45 얻습니다.

> 병사들끼리 난투극이 벌어졌습니다.
> 식사를 하는 도중에 아무 의미도 없이 시작되었던 말다툼이 칼부림으로 이어졌습니다. 현재 난투극에 참여한 병사들은 420명으로 늘었고, 빨리 수습하지 않는다면 규모는 더욱 커질 것입니다. 병사들의 사기와 기강이 감소합니다.

피레의 시민들이 병사들의 도둑질에 항의 시위를 하고 있습니다.
병사들의 범죄행위를 중단시키지 않는다면 폭동으로 번지게 될 것입니다.
도시 치안이 13 감소합니다.

군대의 규모가 커질수록 사고들이 끊이지 않고 터져 나왔다.

"어떻게 할까요?"

"에휴, 이것들은 강제로 끌고 왔더니 자꾸 사고만 치네. 광신도들, 이놈들이 특히 문제야."

"적당히 다독일까요?"

"아니, 그냥 다 죽여! 그래도 아까우니까 따로 분류해 놓고 다음 전투에 선봉으로 세우면 되겠지."

어지간한 일은 병사들을 죽이는 것으로 해결!

매사에 이런 식이었지만, 전투가 거듭되면서 병사들은 계속 모집된다.

어마어마한 대군이 모였음에도 불구하고 숙련병들에게 충성심을 심어 주면서 장기적으로 써먹지는 못했다. 군대의 사기와 기강도 엉망이고, 정복한 땅의 관리마저도 체계적으로 이루어지지 않았다.

강제로 징병한 병사들은 약탈을 했으며, 위드에게 투항한 간사한 귀족들은 주민들이 먹을 것까지도 탈탈 털어 냈다.

이런 방식으로는 위드가 대제국을 세우고 나면 불과 1년도 버텨 내지 못할 것이다.

그러나 위드 입장에서는 중앙 대륙에서 한참 분탕질을 치고 엠비뉴 교단과 싸울 때까지만 군대를 유지하면 된다. 게다가 중앙 대륙에 피해를 입히는 건 원하던 바였으니, 병사들이 어떤 나쁜 짓을 하더라도 속으로는 기분이 좋았다.

"토리도야."

"네, 주인님."

토리도는 극도로 공손해졌다.

간교하고 얍삽한 성품에서 기인한 정확한 판단으로, 지금의 위드의 무력에 압도당하여 꼬리를 내린 상태였다.

적당히 얕잡아 보던 반 호크조차도 감당할 수 없는 강자가 되었으니 밤의 귀족으로서의 체면은 말이 아니었지만.

"너도 놀지 말고 부하들을 이끌어라."

"제 뱀파이어 권속들은 이 시대로 오지 못했습니다만."

"날카로운 이빨은 둬서 어디에 쓸래? 밤에 돌아다니다가 병사들 중에서 고향 이야기 꺼내는 녀석들 있으면 피 빨고 부하로 만들어."

"알겠습니다. 감사합니다."

고향을 떠올리며 감상에 푹 빠지는 병사들은 무조건 복종해야 하는 뱀파이어로 처리하기로 했다.

"그리고 도시에 여자들 보이지?"

"예. 젊고 예쁜 처자들이 많은데요."

토리도는 슬며시 눈치를 보았다.

아르펜 왕국에서는 한창때의 아가씨들을 흡혈하는 건 절대 금기였다.

하기야 맨날 퀘스트와 사냥터에만 끌려다니다 보니 흡혈을 하여 부하들을 늘릴 시간도 모자랐다.

오죽하면 그가 그렇게도 공을 들였던 꽃집 소녀 프리나를 만날 기회도 없었겠는가.

"여자들도 잡아서 뱀파이어로 만들어."

"나쁜 짓이지 않습니까?"

"들키지만 않으면 돼."

여기가 아르펜 왕국이 아닌 이상 어떤 짓이라도 저지를 수 있다.

어차피 부하로 써먹기에는 엠비뉴의 광신도나 뱀파이어 퀸이나 거기서 거기였다. 기왕이면 사막 전사들을 희생시키기보다는 광신도나 주민 들을 바치는 편이 나으리라.

"이 시대를 제패하지 못한다면 어차피 우리 군대는 몰살하고 말겠지."

위드의 침략군은 점점 거센 저항에 직면하고 있었다.

마폰 왕국을 지나 베이너 왕국의 국경을 넘어오고 나니 수비군이 겹겹이 진을 치고 기다렸다.

멀리서 산마다 연기를 피워서 다른 왕국의 군대들도 불러 모았다.

"조금 전의 전투에는 베이너 왕국과 마폰 왕국의 병력이 동시에 보였어."

위드의 군대는 대규모이고 강하지만, 여러 왕국들의 연합 공격에 물어뜯겨서 무너질 위험도 높았다.

이 시대의 왕국들은 군사적으로만 놓고 볼 때에는 보통 강대국이 아니었다. 미래의 시간대에 있었다면 유저들이 성과 도시, 왕국 등을 무력으로 장악하기까지 훨씬 오래 걸리게 되었을 정도로 군사력이 막강했다.

"전쟁의 시대의 왕국들은 서로 원한이 깊어서 뭉치지 못하리라고 봤는데, 내가 너무 심하게 침략을 한 건가?"

직간접적으로 도시들만 50개도 넘게 부숴 버리고 나서야 드는 짤막한 후회!

"싸움을 시작한 이상 어쩔 수 없지. 그리고 마폰 왕국과 베이너 왕국을 초토화시킨다는 목표는 어떻게 해서든 달성한다. 헤스티거!"

"옛!"

"너에게 기병 3만을 준다. 오푸스 성을 공격하고 그 부근 일대를 점령하라. 적들과의 전투는 최대한 피하면서 도시들을 파괴하도록."

"명령을 따릅니다!"

헤스티거가 기병 3만을 데리고 동쪽으로 떠났다.

전략에 따라 버리는 병력!

베이너 왕국에서는 헤스티거의 병력을 내버려 둘 수가 없기 때문에 그보다 몇 배나 되는 군대로 뒤를 쫓아갈 수밖에 없다.

전쟁의 시대에서는 오랜 혼란기를 겪으며 전략자원인 말이 귀하고 비싸졌다. 오랫동안 유지하려면 막대한 비용이 들어가게 될 테지만, 끊임없는 약탈로 채워 넣었다.

헤스티거가 데리고 간 3만의 기병은 베이너 왕국을 교란하면서 크게 약화시킬 수 있으리라.

"이젠 드디어 저놈을 다시 볼 일이 없겠지. 속이 다 후련하군. 제베카."

"옛!"

"너에게도 비슷한 명령을 내린다. 4만의 병력을 줄 테니 남쪽으로 가라. 우리가 진군해 온 곳으로 다시 돌아가며 들르지 못했던 주변 도시들을 철저히 부숴라."

"제왕의 말씀을 따릅니다."

4만의 병력이 먼지구름을 일으키며 떠났다.

7만이 빠졌음에도 불구하고 위드의 군대는 여전히 25만의 대군을 자랑했다.

사막 군단은 이 시대의 왕국들을 상대로 무적에 가까웠다.

공성전이 벌어지면, 제아무리 철벽의 요새라도 위드가 직접 접근해서 단숨에 성문을 격파하거나 성벽을 통째로 무너뜨려 버렸다.

"내가 노아의 군대를 이끄는 기사 레반후트다!"

"아, 그래?"

싹둑!

위드가 직속 부하들을 이끌고 돌진해 왕국을 책임지는 기사들만 쏙쏙 골라서 먼저 처리해 버렸으니 지휘 계통이 무너져 버린 적을 쓸어버리는 데에는 대군도 필요하지 않다.

군신 아트록의 함성만 터트려도 압도적인 군대의 사기로 승부를 볼 수가 있었다.

정복 전쟁이 지금까지 워낙에 순조롭게 진행이 되다 보니 징병과 항복으로 병력은 계속 늘어나기만 했다.

일부 병력이 빠져나감으로써 이제 남은 군대는 오히려 정예에 가까워졌다.

10만의 언데드 군단 그리고 사막 전사 2만여 명, 7만 명은 패잔병들로 구성되어서 전투 경험도 다양한 이들이었다. 전투 노예들도 6만가량이 남아서, 구성 면에서는 최적의 비율.

"병력을 더 나눠 진군을 빨리 해서라도 마폰 왕국과 베이너 왕국을 초토화시켜 버려야지. 아주 남김없이, 깨끗하게!"

위드는 베이너 왕국의 수도로 향하며 포로로 붙잡은 수비군으로부터 정보를 들었다.

"피와 생살을 뜯어 먹으며 산다는 사악한 괴물이 너로구나. 너를 토벌하기 위하여 우리 국왕 폐하께서 형제국 마폰 왕국에 도움을 청하셨다. 이제 넌 죽은 목숨이다. 퉤!"

위드와 사막 전사들의 무자비한 악명이 퍼지면서 왕국들도 극도로 경계하게 되었다.

베이너 왕국, 마폰 왕국은 휘하의 동맹국들까지 독촉하여 60만의 병력이란 엄청난 숫자를 만들어 냈다.

위드는 소식을 듣고 나서 더욱 만족스러워했다.

"시시했는데 재미있겠군."

엄청난 속도의 정복 전쟁으로 넓은 땅을 차지했다. 하지만 그 과정에서 진짜 등줄기에 식은땀이 흐를 정도의 긴장감은 전혀 느껴 보지를 못했다.

어린아이 손목만 연달아 비틀면서 여기까지 온 상황!

위드가 적극적으로 전투에 참여하지 않더라도 사막의 붉은 칼 군대에 있는 전사들이 압도적인 강함을 자랑했다.

애초부터 사막에서 전사로서의 재능이 가장 뛰어난 자들이 모인 판에, 위드는 그들을 험한 길로만 골라서 이끌었다.

부하들은 스스로 싸워서 살아남으면서 알아서 강해졌다고 보는 것이 옳았다.

직속 사막 전사들의 평균 레벨은 500대에서 600대 후반 정도였다. 제대로 실력을 활짝 꽃피운 이들은 검술의 마스터에 거의 근접했고, 700대 레벨의 강자들도 46명이나 된다.

조각 생명체 부하들에 견주어도 그리 꿀리지 않는 실력들이었다.

중앙 대륙에서 상대해 본 기사단도 이들이라면 장난감처럼 다룰 수 있었다. 높은 성벽이나 함정으로도 막을 수 없는 전력인 것이다.

단지 전투에서는 변수가 많았는데, 아무리 뛰어난 전사들이라고 하더라도 지치고 저주에 당해 취약해지면 실력을 제대로 발휘하지 못하게 된다.

보스급 몬스터들이 사냥당하던 때처럼 집단 마법 공격에 의해서 하나둘 죽어 나갈 수도 있다.

또한 과거에 영웅의 탑에서 상대해 봤던 것처럼 드레이크 부대 같은 특별한 병력도 얼마든지 있다.

마폰 왕국과 베이너 왕국도 바보들은 아니라서 어설프게 모여서 싸우려고 하지 않고 아예 압도적인 병력으로 토벌을 하기 위해 오고 있는 것이었다.

"적어도 우리보다 2배 이상의 병력, 그리고 마폰 왕국과 베이너 왕국 최고의 기사단이나 마법사들이 몽땅 모였다면 약간은 싸워 볼 만하겠지. 놈들이 우릴 공격할 준비를 갖출 때까지… 엿새 정도는 걸릴 것 같군."

위드는 스스로 일구어 낸 대규모의 군대를 바탕으로 전쟁 준비에 착수했다.

대군을 지휘하는 그 맛은 얼마나 짜릿하고 재미있는 경험이 되겠는가!

또한 그 전투는 엠비뉴 교단의 군대와 싸우기 전에 상당한 연습도 될 것이다.

지금까지의 정복 전쟁은 서장에 불과하였으며, 이제부터 베르사 대륙의 운명을 건 전투가 거듭되게 되리라.

"고생은 사서도 한다지만… 그래도 설마 조각술 최후의 비기를 끝내고 나서도 계속 이렇게 살아야 하는 건 아니겠지."

위드는 이번 퀘스트를 마치고 나면 성공을 하든 실패를 하든 당분간 푹 쉬고 싶었다.

"다 잊어버리고 지난번처럼 어디 남해안 같은 곳에 가서 쉬다 오는 거야. 한 일주일 정도……."

지친 몸과 마음을 회복시켜 주는 꿀맛 같은 휴가를 원했다.

"음, 근데 남해안이 바가지요금은 심하지 않더라도 비쌌는데. 멀어서 교통비도 많이 나오고."

휴가에 대한 현실적인 고뇌가 이어졌다.

"그냥 〈로열 로드〉 내에서 휴가를 보낼까. 요즘에는 그러는 사람도 많다고 하니 그것도 꽤 괜찮겠군. 바닷가에서 낚시를 해서 꽁치나 구워 먹어야지. 그러고 보니 일주일은 좀 너무 긴 것 같기도 하고… 다른 경쟁자들에 비해서 레벨이나 스탯이 뒤처진 걸 복구하려면 한… 사흘 정도?"

위드는 고개를 저었다.

사막의 대제왕 그리고 중앙 대륙을 휘젓고 다닐 정도의 군대를 거느리고 있으며 자기 자신의 무력도 엄청나다.

그러나 원래의 몸과 시간대로 돌아가게 되면 레벨도 400대에, 헤르메스 길드에 쫓겨 다니는 신세였다. 바드레이를 만나면 또 당할 수도 있지 않겠는가.

"사흘도 길어. 으음, 일요일 하루 정도는 푹 쉬어 줘야… 아냐. 밀린 집안일을 하고 나서 저녁에 모라타에서 아무 생각 없이 따뜻한 햇볕이나 받으면서 시간을 보내야지."

그리고 3분 후 결심했다.

"열심히 사냥하고, 보상 좋은 퀘스트로 뭐가 있나 알아봐야지. 전쟁의 시대에서 오랜 시간을 보냈으니 앞으론 더 열심히 살아야 돼!"

바드레이는 검을 거두고 주변을 돌아보았다.

그의 친위대가 로암 길드의 잔여 병력을 쫓아 뒤처리를 하고 있었다.

"사, 살려 줘! 헤르메스 길드의 지배를 받아들이겠다."

"늦었어. 그런 말은 전투 전에 했어야지!"

"커억!"

그들은 별의 도시 에르게를 정복하고 로암 길드의 성을 파괴하고 있었다.

끝까지 항전을 하던 로암 길드는 결국 무참히 몰살을 당하게 되었다.

애당초 헤르메스 길드의 무리한 요구는 그들로서는 도저히 받아들일 수가 없는 것이었다.

로암 길드가 정복하고 있는 땅과 인간, 상권에 대한 조건 없는 권리 양도.

로암 길드의 해체.

로암 길드 소속원은 고향을 떠나서 다른 지역에 정착하여 살아야 함.

하벤 제국의 23만 대군이 별의 도시 에르게를 포위하고 생존을 대가로 제시해 온 조건이었다.

"이런 굴욕을 당하면서 머리를 숙이느니 차라리 죽는 편이 낫겠다."

로암을 비롯한 이들은 전부 싸움을 택하였고, 이는 헤르메스 길드의 수뇌부에서도 바라던 바였다.

바드레이는 친위대와 압도적인 군대를 동원하여 에르게의 수비군을 몰살시키고 외부 성벽부터 차례대로 부숴 나갔다.

로암 길드의 유저들은 죽음을 알면서도 대항하였지만 바드레이의 힘 앞에서는 결과가 바뀌지 않았다.

자타 공인 무신이라고 불리던 바드레이의 무력은 전쟁을 경험하면서 더욱 강해졌다.

하벤 제국이 중앙 대륙을 정복해 가면서 그는 숱한 대규모 전투를 승리로 이끌었다. 쉽게 얻기 힘든 전투 경험은 레벨과 스탯을 높여 주었고, 엘프의 숲에서 특별한 능력이 깃든 땅을 장악하면서 신비로운 힘도 얻었다.

통솔력과 카리스마가 월등해진 것은 물론이고, 병사들과 기사들이 알아서 머리를 숙일 정도로 위엄도 높아졌다.

"지금까지 먼 길을 걸어왔다. 앞으로 목적지에 도달하기까지는 조금의 여정이 남아 있을 뿐이군."

바드레이는 적들의 대표인 로암을 처리하고 나서는 더는 싸울 의욕을 느끼지 못했다. 친위대와 전투단들이 알아서 뒤처리를 하리라.

경쟁 세력이었던 로암 길드마저 부수고 나니 지금까지의 길고 길었던 과정들이 한꺼번에 압축되어 떠올랐다.

〈마법의 대륙〉을 떠나서 철저한 준비 끝에 〈로열 로드〉를 시작하고 곧바로 헤르메스 길드를 창설했다.

〈로열 로드〉의 초창기에는 그야말로 아무 정보도 알려져 있지 않았기 때문에 유저들도 뭘 어떻게 해야 하는지를 모르는 경우가 태반이었다. 밤에 멋모르고 성 밖으로 나갔다가 길을 잃어버리고 헤매다가 죽고 나서 며칠 만에야 간신히 되돌아오는 경우도 너무나 흔했다.

성문 근처에서 나갈지 말지를 고민하는 유저들의 모습이 일상적이었다.

상인이라는 직업을 가져도, 장거리 교역은 꿈도 못 꾸고 안전한 도시 내에서만 장사를 했다.

도시는 북적였고, 초보 유저들은 미지의 세계에 대한 호기심으로 가득했다.

바드레이와 헤르메스 길드는 초창기부터 남다른 단결력과 정보력으로 다른 경쟁 세력들보다 앞서서 치고 나갔다.

하벤 왕국의 수도 아렌 성에서 차근차근 길드의 영향력을 쌓아 나갔으며, 바드레이는 모든 종족에서 최강자의 자리를 놓치지 않았다.

숱한 군소 길드와 세력, 성주들이 난립하던 시대.

하벤 왕국을 재빨리 장악하고, 그 여세를 몰아서 미처 준비가 되지 않은 칼라모르 왕국을 점령했다.

패권 동맹을 결성하며 외부 세력들과 줄다리기도 해 나가면서 지금의 단계에 이르렀다.

중앙 대륙, 나아가 베르사 대륙 전체가 그의 지배 아래에 놓일 날이 머지않았다. 일찍부터 꿈꾸고 준비해 온 영광의 시기가 곧 도래하는 것이다.

"대륙을 지배하는 황제라……."

바드레이는 전쟁을 끝내고 나면 세율도 적당한 수준으로 낮춰서 조절하고 유저들을 위한 정책도 많이 세우리라 결심했다. 제국의 기틀을 확고히 다지고 나서 통치로 접어드는 것이다.

바드레이를 가로막는 장애물들은 보이지 않았고, 현재까지

원활하게 진행되어 온 것처럼 앞으로의 계획도 순탄하게 이루어지리라 믿었다.

"위대한 정복자로의 도전이 나 바드레이의 손으로 성취되는 것이다."

그런데 정작 로암 길드를 박살 내는 결정적인 사건이 벌어졌는데도 방송국들의 취재 경쟁이 벌어지지 않았다.

생방송으로 중계를 하는 방송국도 두 곳밖에 없고, 다른 방송국들에서는 저녁 뉴스로 편집이 되어 나온다고 했다.

이 사실은 바드레이의 자존심을 심하게 긁었다.

방송국들에서는 위드의 모험이 훨씬 비중 있게 다루어지고 있었던 탓이다.

헤르메스 길드와 로암 길드의 싸움은 승부가 이미 결정 난 것이나 다름이 없기에 방송국들의 흥미가 높지 않았다. 시청률로 따지더라도, 지긋지긋하게 이어졌던 전투보다는 위드의 모험 쪽이 훨씬 압도적이다.

제니스 미디어라는 유럽의 신생 방송국이 독점 중계를 욕심내지 않은 것은 아니었지만, 헤르메스 길드가 부르는 천문학적인 중계료에 손을 털고 나가 버렸다.

"위드라는, 예정에 없었던 과정이 마지막에 생긴 셈이 되었을 뿐이야."

바드레이는 위드를 만만하게 보진 않았다. 지난번의 승리 이후로도 여전히 꺼림칙하게 여기고 있었다.

위드의 모험을 방송을 통해서 지켜보진 않지만 주민들로부터 들을 때가 있다.

조각술 최후의 비기 퀘스트라는 말에, 헤르메스 길드에서도 당황하여 분석실을 통하여 자료 수집에 한창이었다.

위드의 모험이 실패하기를 가장 바라는 이들이 바로 헤르메스 길드!

필요하다면 대규모 타격대라도 보냈겠지만, 먼 과거로 돌아가서 벌이는 모험을 방해할 방법이 있을 리가 없지 않은가.

무엇보다도 화가 나는 것은, 위드의 침략 아래 과거가 뒤틀리면서 하벤 제국이 피해를 입고 있는 상황이었다.

"살기 위해 발악하는 걸 지켜보는 것도 재미있겠지. 놈은 반드시 내 손으로 잡는다. 지고 무상한 황제의 자리에 오르기 위해서 바치는 최고의 제물이 될 것이다."

가장 강한 전사

위드의 군대는 조나스 성을 점령하고 나서 유리한 위치에서 베이너 왕국군과 싸우기 위해 휴식을 취하면서 기다렸다.

전쟁의 시대에서 최고의 수준 높은 인간 대장장이들이 잔뜩 모여 있는 조나스 성이다. 조금도 과장하지 않고 한 집 건너 한 집이 대장장이, 혹은 그와 관련된 분야에 종사하고 있었다.

베이너 왕국의 수비군은 이곳만큼은 빼앗길 수 없다면서 결사 항전의 자세로 버텼지만 결국 전부 몰살당하며 반 호크의 언데드 군대만 더 강력하게 만들어 주고 말았다.

긍지가 있는 조각 생명체들은 언데드 군대의 존재에 반발심을 품었다.

"대제여, 저런 언데드를 쓰는 건 바람직하지 못합니다."

"전사답지 않은 태도입니다. 지금이라도 칼과 불의 힘을 이용하여 싸워야 합니다!"

10명의 조각 생명체들의 반발!

위드의 카리스마와 힘에 눌려서 묵묵히 따르던 사막 전사들도 동요했다.

"이건 아무래도 아니야."

"오직 순수한 힘, 강한 힘으로 우리를 이끌어 온 대제가 변하였구나."

사막 전사들은 약탈이나 노예를 잡는 것은 승자의 당연한 권리이자 패배자가 받아들여야 할 당연한 숙명이라고 생각했지만 언데드처럼 혐오스러운 병력은 동료로 받아들일 수가 없었던 것이다.

"이놈들이."

위드는 당연히 그들을 매로 다스리려다가, 자칫 휘하 부대들을 데리고 탈영이라도 하면 곤란하다고 생각하고 설득을 시도했다.

물론 말로 해서 안 되면 두들겨 패는 수밖에 없지만.

"흐음, 우리가 사막을 떠나서 중앙 대륙으로 온 이유가 무엇이더냐."

"인간들을 위해서입니다."

전적으로 위드에게 엮여 버린 때문이었지만, 사막 전사들은 숭고한 의지를 가지고 있었다.

"그렇다. 우리는 이 엠비뉴 교단을 물리쳐서 혼란스러운 대륙을 구하기 위하여 출정을 하지 않았더냐. 내가 등 따뜻하고 배불리 지내고 싶었다면 그냥 사막에 눌러앉았을 것이다. 그러나 사막의 형제들이, 사막의 아이들이 앞으로도 잘 살아갈 수 있도록 길을 터 주기 위해서 여기까지 오게 되었느니라."

"그 점은 잘 알고 있습니다."

중앙 대륙에서 약탈한 물품과 기술자들은 강제적으로 사막으로 보내졌다.

사막은 고질적으로 식량이 부족한 편이며, 기술도 낙후되어 있는 부분들이 많다. 전쟁을 통해서 사막에 필요한 기술력과 문화를 전수한 것이다.

중앙 대륙에서 전투를 치르면서도 전사들이 꾸준히 높은 사기를 유지할 수 있었던 배경이었다.

여기까지는 전사들도 잘 이해했다.

위드의 사탕발림 실력은, 다단계로 나섰더라도 효과적이었으리라.

"우리가 만약 이 멀고도 먼 땅에서 죽는다면 사막에서 기다리고 있을 처자식들이 어찌 될지 생각해 보아라."

전사들은 진지하게 처자식들을 떠올려 봤다.

"토끼 같은 제 아내는 너무 예뻐서, 금방 새로운 남자를 만날 겁니다."

"딸은 태어나고 몇 번 본 적도 없습니다. 이제는 저보다 옆집 아저씨를 더 잘 따릅니다."

"아들놈이 짧은 가죽 바지를 입고 저한테 돈 가진 거 있으면 다 내놓으라고 했습니다. 숨겨 놨다가 들키면 1쿠퍼에 30대씩이라고 하더군요."

"……."

위드를 따라서 사냥만 다닌 폐해로 양산된 막장 집안!

사막 전사들에게 가족은 그리우면서도 가깝지 못한 존재들이었다.

자식들을 위하여 직장에 다니는 부모님들이 대부분 이와 같은 심정이리라.

“으흠흠, 똑똑히 듣도록 하여라. 우리는 살기 위해서 온 것이 아니다. 오로지 이곳에 뼈를 묻을 때까지 끝까지 싸울 것이다. 저 언데드들은, 마음에는 들지 않지만 전투에 필요한 자들이며, 지금의 장애물을 넘어서 진짜 강적들과 싸우기 위해서 필요하지 않겠느냐. 나 또한 죽고 나면 내 시체라도 일어나서 너희와 사막을 위하여 싸울 것이니라.”

“대제!”

“저희가 생각이 짧았습니다.”

“저희를 벌하여 주시옵소서!”

띠링!

> 부하들이 설득되었습니다.
> 카리스마가 1 오릅니다. 충성도의 하락이 이틀간 느려집니다.

중앙 대륙의 인간들, 계산에 밝은 상인들이라면 이런 단순한 말에는 설득되었을 리가 없다. 언데드에 대한 거부감이 별로 없어서 애초부터 문제가 되지도 않았을 테지만.

하지만 사막 전사들은 높은 무력에 비해서 고지식하고 순진한 면이 아주 많았다.

거의 태어나자마자, 혹은 어린 나이부터 위드를 따라다니면서 던전을 헤매고 다녔기에 강직하고, 싸움이 전부인 줄 안다.

위드가 사막 전사들의 정신적인 지주였으니 실컷 부려 먹힐 수밖에 없는 운명!

"병사들을 무장시켜라. 그리고 너희도 무기를 챙겨라."

"옛!"

조나스 성의 무기점, 방어구점, 피혁 상점 등은 다른 도시들처럼 점령군에게 약탈당했다.

지금까지 기사들을 해치우고 얻은 장비들도 상당하기에, 사막 전사들의 무장은 모자람이 없었다.

그들은 붉은 새의 깃털을 투구에 꽂는 것으로 자랑스러운 사막의 붉은 칼 군대라는 사실을 표시했다.

"정찰대가 왔다 갔다 하는 걸 보니 여유가 며칠밖에 없겠군. 제대로 준비를 해야 해. 베이너 왕국군과 엠비뉴 교단의 군대도 물리쳐야 할 테니 말이야."

위드는 조나스 성에서 가장 뛰어난 대장장이들을 모았다.

"이걸 나에게 맞게 가공하도록 하라. 뿔은 3개의 검으로 만들어야 하는데, 나중에 3개를 연결해서 하나처럼 쓸 수 있도록 해라."

대장장이들에게 내준 것은 말살의 불도마뱀 왕을 처치하며 얻은 가죽, 뿔 3개였다.

붉은 광택이 흐르는 가죽도 범상치 않아 보였지만 뿔에 비할 바는 아니었다.

일체의 불순물 없이 다이아몬드처럼 맑고 투명한 뿔. 남 주기에는 아까운 극상의 재료지만, 전투 계열 전문직인 태양의 전사로는 가공할 수가 없기에 대장장이들에게 맡기기로 했다.

"이런 귀한 재료를 저런 야만 무도한 자가 가지고 있다니 안타깝구나!"

"너희 야만족을 위해서 우리가 순순히 실력을 발휘해 줄 것 같으냐?"

평생 동안 강철을 다루며 늙어 온 대장장이들은 꼬장꼬장한 면이 있었다.

그리고 전쟁의 시대에는 드워프들도 인간 도시에 나와 실력을 발휘하는 이들이 많았기에 만나기 어려운 존재가 아니었다. 강직하기 짝이 없는 드워프들은 목에 칼이 들어오더라도 강제로는 절대 따르지 않으리라.

"그럼 어쩔 수 없군. 재료들을 다 파기해 버리는 수밖에."

"허억!"

"이런 귀한 물건을… 부순다고?"

흔들리는 대장장이들의 눈빛!

위드도 그렇지만 그 어떤 대장장이도 말살의 불도마뱀 보스에게서 나온 재료를 손에 넣어 본 적이 없었다. 다뤄 볼 수 있다는 생각도 하지 못하고, 막연히 상상 속에서나 그려 보던 그런 진귀한 재료였다.

"어쩔 수 없지."

"그래도 적에게 좋은 일을 할 수는 없지 않겠는가."

그래도 인간 대장장이들은 매우 아쉬워할 뿐 누구도 나서지는 않았다. 침략군의 수장인 위드에게 무기와 방어구를 챙겨준다면 베이너 왕국이 피해를 입을 것이기 때문이다.

하지만 드워프 대장장이들의 눈빛에는 진한 아쉬움이 담겨 있었다.

"대지와 하늘 사이에서 으뜸가는 무력을 가진 나에게 인간 중 그 누가 대적할 수 있을 것인가. 이 말살의 불도마뱀도 내가 사냥한 것, 그 육체에서 나온 껍데기 따위야 참으로 보잘것없구나."

"……."

말살의 불도마뱀 왕을 잡기 위해서 수많은 부하들이 희생되었지만 승리에 대한 공적은 혼자서 독차지!

위드는 입술에 침을 촉촉하게 발랐다.

"나에게는 더 이상 좋은 무기와 방어구가 필요하지 않다."

당연히 필요했다.

"검과 마법, 정령술, 화살… 그 어떤 것으로도 나를 막진 못한다."

맞으면 제대로 아픈 것들!

"100만의 군대가 막아선다 해도 내 발걸음을 주저하게 할 수 없으리라!"

위드가 대장장이들의 앞에서 포효했다.

동네 아이들의 사탕을 어르고 달래고 위협하면서 뺏어 먹던 관록이 유감없이 발휘되었다.

아침 드라마를 보며 제대로 갈고닦은 각본 아래의 연출!

사막 전사들에게 잔소리를 할 때와 비슷한 톤이었지만, 대장장이들에게는 믿기지 않는 무력을 가진 대전사가 터트리는 광오한 외침과도 같으리라.

상황이 상황인 만큼 그들에게는 야만족의 왕인 위드가 진정 두려울 수밖에 없었다.

"마지막으로 기회를 준다. 이 재료로 일주일 안에 최상의 검과 방어구를 만들라. 내 마음에 흡족하다면 너희가 살 것이고, 우리 군대는 성을 무사히 남겨 주고 떠날 것이다. 주민들에게도 해를 끼치지 않고 조용히 떠나겠다. 하지만 만약 내 마음에 차지 않는 물건이 나온다면, 너희와 이 성 그리고 베이너 왕국은 완전히 사라지게 되리라."

위드는 거부하기 힘든 협박을 남기고 성의 집무실을 빠져나갔다.

원래의 시간대로 가져갈 수 없는 물품들이라면 이곳에서 최대한 잘 활용해야 했다. 이 성의 대장장이들이 협력하지 않는다면 기술력으로나 남은 시간으로나, 말살의 불도마뱀에게서 나온 장비들은 쓰지 못하리라.

대장장이들은 그들끼리 머리를 맞대고 고민에 빠졌다.

"다들 어떻게 하겠는가? 무자비한 학살자에게는 너무나도 아까운 물품이네."

"나도 그렇게 생각해. 이건 만들어 주면 안 되네. 야만인과 결탁하여 베이너 왕국을 배반할 수는 없어."

"으음, 이렇게 특이한 뿔이라니, 본 적도 없군. 대단한 마나가 느껴져. 이걸 손으로 가공하면서 맛볼 수 있는 충만함은 얼마나 대단할까."

"자, 자! 너무 흥분하지 말고 차분히 생각을 해 보지. 우리의 목숨, 나아가서는 성 전체의 운명이 달린 일이야."

"물건을 만들어 주지 않으면 그가 정말로 이 재료를 없애 버릴까?"

"들리는 소문으로는 그러고도 남을 자라더군. 아울러 저 야만인들에 대해 들리는 소문에 의하면, 우리의 가족들이 있는 조나스 성에도 살아남는 자들이 없을 걸세."

"크흐음."

연로한 인간 대장장이들은 주름 가득한 얼굴을 찌푸리며 깊은 고뇌에 잠겼다.

드워프 대장장이들은 옆자리에 놓여 있는 맥주를 마시며 욕만 했다.

"야만족의 대표 주제에 자기 마음에 드는 물건을 만들지 못한다면 우리를 죽이겠다니, 오만하기 짝이 없군."

"그러게 말이야. 명예, 도덕, 관용 따위는 전혀 모르는 형편없는 놈이지."

"오크만도 못한 놈이야."

드워프 대장장이들은 비난을 퍼부으면서도 눈길은 계속 말살의 불도마뱀 왕의 가죽과 뿔을 힐끔거리고 있었다.

대장장이로서의 본능.

절로 시선을 빨아들이게 하는 극상의 재료다. 가만히 보고 있자니 도저히 빠져나갈 수 없는 강렬한 유혹을 선사했다.

"하지만 말이야… 우리가 과연 이 귀한 재료를 다룰 자격이 될까?"

"모롤핸드, 무슨 자신 없는 말인가!"

"한 번도 손대 보지 못한 재료라서… 그리고 알다시피 우리의 전문 분야인 철이 아니니 더욱 까다로울 걸세."

"이런 걸 만질 기회가 흔치 않은 것은 사실이지. 그리고 어쩌면 그자가 우릴 무시하는 것도 이해는 가."

"헤렌핸드, 자네마저도?"

"생각을 해 보게. 그자의 무력이라면 지금까지 우리가 만든 웬만한 검이나 갑옷이 눈에 차기나 할까? 그자의 눈에 들려면 보통 뛰어난 물품이 아니라면 불가능할 거야."

"이런 재료들을 우리가 실수하지 않고 다룰 수 있을까? 이 완전무결한 뿔에 작은 흠집이라도 난다면 평생을 대장장이로 살아온 나 자신을 용서하지 못할 테지."

"으음, 이 뿔과 가죽을 만져 볼 수 있는 기회는 오직 지금뿐일지도."

남겨진 NPC 대장장이들이 시끄럽게 떠들어 대는 사이, 위드는 전리품들이 가득한 성주의 방으로 들어갔다.

중앙 대륙에서 약탈한 금은보화가 산더미처럼 있는 장소!

볼 때마다 흡족하면서도 속이 쓰렸다.

"이걸 원래의 세계로 가져가지 못한다니… 이건 너무 억울한 퀘스트야."

챙기지도 못하는 보물들을 쳐다보고만 있어야 하다니, 진정 최악의 기분 나쁜 퀘스트였다.

대장장이들에 대해서는 이미 신경을 껐다.

그들이 검과 방어구를 제작하든 하지 않든, 더 이상은 어찌할 수 없다.

재료들을 일부러 놔두고 온 것은 대장장이들의 욕구를 자극하기 위함이었다.

실력이 좋은 대장장이일수록 좋은 재료가 있으면 참지 못하는 법!

이런저런 이야기는 나누겠지만 말살의 불도마뱀 왕의 뿔을 보면서 가공해 보고 싶어서 몸이 근질근질해지리라.

대장장이 NPC, 특히 드워프들을 상대해 보면서 그들을 어떻게 다루어야 하는지는 잘 알게 되었다.

만약 그들이 정말 욕심을 내지 않는다면 어쩔 수 없다. 강요한다고 해서 좋은 작품이 나올 리 만무하니까.

위드는 자기 자신의 판단에 만족한 듯이 고개를 끄덕였다.

"장인 정신이 중요해. 자율성과 창의력이 중요한 업종이니 그에 걸맞은 대우를 해 줘야지."

돈은 쥐꼬리만큼 주거나 떼어먹으면서 시간은 촉박하게 다그치고, 결과물이 나쁘면 가만두지 않을 작정이었다.

전쟁의 시대의 꼬마 아이들은 칼싸움을 하고 놀았다.

"이얍! 난 베이너 왕국의 왕실 기사 카잘롯이다! 나를 넘어가지 않고서는 감히 국왕 폐하를 만나지 못할 것이다!"

"나는 켈튼 왕국의 돌격대장 빈센트다. 돌격 앞으로!"

"후후후, 난 폭군이며 악당인 위드다."

"허억!"

"목숨만 살려 주세요."

꼬마 아이들 사이에서도 광범위하게 퍼져 있는 악명.

정복행이 계속 이어지면서, 위드는 전쟁의 시대 국가들에 희대의 학살자이며 야만족 침략자로 알려지게 되었다.

그리하여 베이너 왕국과 마폰 왕국이 주축이 되어서 54만에 이르는 대군이 조나스 성으로 접근하고 있었다.

6만이 넘는 병력이 헤스티거를 뒤쫓아 가는 바람에 조금 줄어든 숫자였다.

"폐하, 미개한 남부 놈들에게 마폰 왕국의 위대함을 보여 주어야 합니다."

"오오, 야만족들이 매우 강하다는 이야기를 들어서 우려하고 있던 참이다. 그러나 로하드람 그대가 직접 나서 준다면 믿을 만하지. 단 한 놈도 살아서 돌아가지 못하게 하라."

마폰 왕국은 독자적으로는 사막 군단과 전쟁을 치를 수가 없었다. 하지만 왕국의 유일한 검술 마스터 로하드람이 나섰고, 베이너 왕국과 동맹을 진행하여 전투를 치르기로 결정했다.

60만 명은 전쟁의 시대이기에 결성이 가능한 대규모 병력으로, 일반 농민병이나 시민병이 아니라 전원이 검과 갑옷으로 무장한, 훈련이 잘된 정규군이었다.

숱한 전쟁 경험을 가지고 있으며 수비 진형이나 마폰 돌격 전술 등의 전투 수행 능력도 이만저만이 아니다.

"놈들을 처리할 장소는 조나스 성으로 결정해야겠군."

위드는 대륙의 미래까지 걸린 결전을 치를 장소를 결정하고 토벌군의 접근을 기다렸다.

적들과 싸우면서 덤으로 조나스 성 주변도 황폐화시키겠다는 꼼수!

"엠비뉴 교단과 싸우기 위해서는 조각술을 적극적으로 쓰지 않을 수가 없어."

위드는 조각품들을 깎으면서 시간을 보냈다.

시간은 촉박했지만 최고급의 재료들을 써서 작품들을 만들어 낸다.

과거에는 유저들에게 팔아먹기 위한 목적으로 긍정적이거나 따뜻한 분위기의 조각품을 만들어 내는 경향이 있었다. 그러나 지금은 암울하고 세상의 파멸을 표현하는 작품들을 주제로 조각했다.

"역시 대재앙이라면 이 정도는 되어야지."

조각 변신술을 위해서 신화 속 종족의 모습도 복구해 냈다.

위드의 적성에 정확히 들어맞는 작업!

그동안 사막 전사들은 병사들에게 강도 높은 훈련을 시행했다. 토벌군과의 전투에 이어서 엠비뉴의 군대와의 싸움에도 써먹어야 했으니 조금이라도 쓸모를 높이기 위해서였다.

주로 하는 훈련은 방패 막기와 돌진!

어차피 큰 기대는 할 수 없다는 점을 알기 때문이었다.

"대제, 적들이 왔습니다."

"마중을 나가 보도록 하자."

위드는 마폰 왕국과 베이너 왕국을 막기 위해 보유 병력 중에서 20만을 데리고 성 밖으로 나갔다.

5만의 병력을 남겨 조나스 성의 수비를 맡기고, 병력 관리는 호우센이라는 다간 왕국 출신의 기사에게 일임했다.

만약을 대비하여 서윤은 사막 전사들의 호위를 받으며 아예 성 밖으로 나오지 않았다.

"잘 지키고 있도록 해라."

"예, 대제왕님."

기사들은 몸을 벌벌 떨었다.

잔인하고, 인간의 틀을 벗어난 끝없이 강한 존재가 위드로서, 가까이 다가가기만 해도 기사들도 겁에 질리지 않을 수 없었다.

광역 스킬로 성의 일각을 한꺼번에 녹여 버리는 무자비한 모습은 기사들에게 한없는 두려움을 안겨 주었다.

"이런 대우도 나쁘지 않군. 웬만큼 나쁜 짓을 저지르더라도 항의도 하지 않을 것 같고 말이야."

전쟁터로 나간 사막 전사는 19,000명, 언데드 군대는 정확히 10만 그리고 토리도의 부대는 800명 정도였다. 전투 노예들이 그럭저럭 나머지 머릿수를 차지했다.

"싸움이란 숫자가 많다고 되는 것이 아니다. 우리는 놈들을 이길 것이다."

"예!"

곧 다가올 전투에 흥분하고 있는 사막 전사들에 비해서 병사들은 얼어붙어 있었다.

베이너 왕국과 마폰 왕국의 정예병은 전쟁의 시대에서 다섯 손가락 안에 꼽힐 만한 강한 군대였다.

"키히히힛, 엠비뉴께서 우리를 돌봐 주실 거다."

"엠비뉴를 따르라. 만세!"

엠비뉴의 광신도 청년들이 전투 노예들 사이에서 열심히 포교 활동도 하고 있었다. 엠비뉴가 민심을 장악한 지역들을 점령하다 보니 광신도들을 받아들이지 않을 수 없었다.

"고향으로 돌아가고 싶어."

"살아서 이 약탈한 금덩이를 쓸 수 있을까? 이건 내 거야. 누구에게도 줄 수 없는."

"불, 불을 지르고 싶다. 성을 활활 태우고, 집들에도 불을 질러라!"

이렇게 개판인 군대도 드물 테지만 위드는 개의치 않았다.

가슴이 대범한 것이 아니라, 이 전투를 치르면서 엠비뉴의 광신도들을 모두 없애 버릴 것이기에 신경 쓰지 않는 것이다.

"상당히 체계적이야. 마법사와 궁수, 기사단, 보병. 어느 하나 부족한 면이 드물군."

위드는 높은 언덕에 올라서서 점점 다가오는 베이너 왕국과 마폰 왕국군을 관찰했다.

보병들이 무기와 방패를 높이 들고 발걸음까지 맞춰서 걸어오고 있다.

마폰 왕국과 베이너 왕국의 깃발을 들고 정확하게 2,000명씩 무리를 지어 열을 맞춰서 오는 것이, 엄정한 훈련을 받지 않았다면 불가능한 장면이었다.

기사단은 말을 탄 채로 갑옷을 번쩍이면서 중앙군을 형성하고 따라왔다.

"아주 탐나는군. 저런 놈들을 부하로 거느리면 싸움을 하는 맛이 조금 더 날 텐데."

위드는 욕심으로 입맛을 다셨다.

저들까지 격파한다면 마폰 왕국과 베이너 왕국을 통합하고 남부 지역을 합쳐 이 시대에 대제국을 건설할 수도 있을 것 아닌가.

거기서부터 조금 더 욕심을 부린다면 과거 게이하르 폰 아르펜 황제 이후로 가장 넓은 영토를 가진 대제국이 탄생하게 되리라.

그렇지만 퀘스트의 목적은 엠비뉴 교단을 뿌리 뽑아야 하는 것이었으니 대제국을 확립시키기에는 시간이 모자랐다.

"정말 아쉽군. 그렇지만 전투는 재미있겠어."

베이너 왕국군과 마폰 왕국군은 전투를 서두르지 않고 평원에 진을 쳤다. 본격적인 전투나, 조나스 성을 공격하는 것은 다음 날로 미루는 모습이었다.

사막 군단을 물리치자는 명분하에 피해를 입은 약소국들 그리고 대륙의 각국이 뭉치고 있었다.

세력권에 있는 공국들도 대거 동참하고 있었기 때문에 느긋해질수록 그들에게 유리하다.

위드는 그들에게 쉴 여유 따위는 당연히 줄 생각이 없었다.

엠비뉴 교단과의 다음 전투를 고려하면 시간도 촉박하거니와 병사들의 밥값도 나간다.

적들 좋은 일을 왜 하겠는가.

50만이 넘는 대군이 평원에 모여 있으니 끝과 끝이 보이지 않을 정도였다.

"저들을 다 죽이려면 시간이 꽤 걸리겠군. 하긴 계획대로 엠비뉴 교단과의 다음 전투를 대비하려면 완벽한 승리를 거둘 필요는 없겠지. 전일, 병사들의 총지휘를 너에게 맡긴다."

“옛, 알겠습니다.”

“전이, 사막 전사들의 대장을 해라.”

“수행하겠습니다.”

조각 생명체 부하들을 군단의 중요 직책에 임명하고 지휘를 맡겼다.

그들은 전쟁을 경험하면서 병력을 다루는 법을 익혔다.

기본적으로는 사막 낙타병들을 이용해 강력하게 치고 신속하게 빠진다. 그리고 아군의 피해를 최소화하면서, 불리하면 전투 노예들을 소모시키면서 시간을 번다.

전쟁을 치르면서 반복 학습으로 철저히 가르친 결과 웬만해서는 함정 따위에 빠질 일은 없을 것이다.

강대국의 기사들은 전술의 정석을 꿰뚫고 있어서 일반 유저들보다 부대 지휘는 훨씬 잘했다. 전체적인 진형의 변화도 유기적으로 이루어질 것이고, 훈련 잘된 병사들을 데리고 용맹한 돌격을 펼칠 테니 사막 전사들에게도 만만치 않은 승부가 될 것이다.

“대제께서는 무엇을 하시겠습니까?”

군사 지휘를 전부 부하들에게 맡겨 버린 게 의아한 듯, 전일이 위드에게 물었다. 보통 이렇게까지 권한을 부하들에게 넘겨주는 경우는 드물었다.

“나는 혼자 싸울 것이다. 이 정도의 전장이라면 제대로 실력 발휘를 해 볼 수 있을 것 같군.”

말살의 불도마뱀 던전 이후로 위드는 전력을 다해서 싸워 본 적이 없었다.

레벨이 824에 달하다 보니 왕실 기사들도 귀여워서 그냥 툭 하고 건드리면 사망!

기사단이라고 할지라도 그냥 동네 꼬마 아이들 다루듯이 하고 있었다.

공성전에서도 성벽을 가볍게 뛰어넘어서 적들을 베고 성문을 부숴 버리면 끝이었다.

마폰 왕국과 베이너 왕국의 연합군.

최소한 이 정도의 전장이라야 약간이라도 위기를 느끼면서 활개를 칠 수 있지 않겠는가.

"비틀어 줄 손목들이 많다 보니 스트레스를 확 해소할 수 있겠군!"

둥! 둥! 둥!

전장에 북소리가 울렸다.

"전쟁 예의도 모르는 야만인들을 고통스럽게 죽여라!"

"배에 기름이 가득 끼어 있는 귀족들을 없애라. 저들에게 고통받은 것을 풀어낼 기회다. 승리한 후에 약탈은 자유다. 돌격하라!"

마폰 왕국, 베이너 왕국의 연합군과 사막의 붉은 칼 부대의 격돌!

말발굽이 지축을 울리며 넓은 평원에서 부딪쳐 가고 있었다.

위드는 강제징집된 병사들 사이에 끼었다.

황금 가면은 착용하지 않은 대신 두껍고 화려한 가죽 망토와 가죽 갑옷을 착용했다. 방어력을 희생하는 대신에 민첩성을 크게 높인 것이다.

"우리가 이번에도 살 수 있을까?"

"틀렸어. 으흐흐흑……."

"우리 아버지의 원수인 베이너 왕국 놈들. 몽땅 다 죽여 버리겠어."

전투 노예들의 불안해하는 목소리들도 들렸다.

조각 생명체 사막 전사들은 낙타 위에서 지휘를 하기에 멀리서도 단연 돋보였다.

위드의 원래 자리도 저곳이었다.

전투에서 가장 많은 이들이 주목하는, 대군을 지휘하는 위치인 것이다.

그가 압도적인 강함을 선보이면 수만에 이르는 적들이 공포에 빠져들어서 주춤거리는 장관이 시도 때도 없이 벌어졌고, 아군에게는 승리에 대한 희망을 주었다.

하지만 다른 때와 달리 위드가 전투 노예들 사이에 끼어서 지켜보는 사이에 전투가 시작되었다.

사막 전사들이 먼저 돌격을 하고, 연합군 측에서는 기사단이 대응을 하기 위하여 뛰쳐나왔다.

그들은 넓은 평원에서 서로 꼬리잡기를 하면서 어우러졌다.

"침략자들에게 굴복한 저 패잔병들의 무리를 쳐라!"

"전군 공격!"

적들의 궁병들과 마법병단, 보병들은 먼저 거슬리는 전투 노예들을 해치우기 위하여 깃발을 높이 들고 진격해 왔다.

위드는 선두에서 약간 뒤쪽이라서 병력끼리 맞부딪치는 걸 볼 수 있었다.

"스카피오 방패 돌격병이여, 국왕 폐하를 위하여 전진하라!"

전투 노예들이 창으로 찔렀지만 그냥 가볍게 방패로 쳐 내고 꿰뚫어 오는 연합군의 정예들!

전쟁의 시대에는 병사들이나 기사들의 수준이 아주 높았기에 급조한 병력으로는 예상대로 상대가 되지 않았다.

적들과 싸워야 하는 전투 노예들이 외쳤다.

"살려 주십시오! 저희는 억지로 끌려왔습니다!"

"야만족들에게 항복한 비겁한 놈들 따위는 필요하지 않다!"

"크아악!"

연합군은 전투 노예들을 쉽게 해치우고 있었다.

반 호크가 있는 언데드 군단과 사막의 붉은 칼 부대가 실질적인 전력이기에, 어쩌면 이것이 전투 노예들의 정해진 운명.

궁병들과 마법사들도 규모가 큰 전투 노예 군단부터 해치우기 위하여 전력을 집중하고 있었기에, 금세 전열이 무너지며 픽픽 쓰러졌다.

하지만 전투 노예들도 끈질긴 면이 있었다.

공국 노아에서부터 끌려온 병사들은 숱한 전투를 경험하면서 성장했기에 험악한 전장에서도 자기 목숨을 챙길 줄 안다.

병사들은 전쟁을 통해서 가장 빠르게 성장한다는 건 두말할 필요가 없는 사실.

때문에 주로 죽어 나가는 건 신참 병사들이었다.

이윽고 선두가 무너지며 위드의 차례까지 금방 적들이 다가왔다.

"너는……."

덤벼들려던 연합군 병사들 400여 명의 부대가 단체로 얼어붙었다. 갑자기 오한과 함께 상상을 불허하는 공포가 밀려온 것이다.

단체로 몸이 굳어 버리는 사태 발생!

"너희가 내 첫 상대라니 가소롭구나. 조금은 더 강한 놈들이 오기를 원했는데."

위드는 발몽드가를 검집에서 천천히 꺼냈다. 말살의 불도마뱀 뿔은 대장장이들에게 맡겨 놓은 이후로 결과물이 아직 나오지 않아서 발몽드가를 장비하고 온 것이다.

만수의 제왕 호랑이 앞에서 초식동물들이 꼼짝도 하지 못하는 것처럼 병사들은 그대로 굳어 있었다.

세 아이가 울부짖는 검, 발몽드가를 무장하였습니다.
세 아이의 영혼이 불구덩이에 빠진 괴로움을 호소하며 울부짖고 있습니다.
강대한 힘과 의지로 영혼마저 굴복시키면서 검의 힘을 100% 끌어냅니다.

"넘실거리는 화염 각인."

사막 전사의 최강 스킬.

불의 기운을 증폭시켜서 퍼트리는 역할을 한다.

위드가 스킬을 시전하자 감당할 수 없는 거대한 힘에 의해서 인근에 있던 병사들의 몸이 폭발했다.

콰과과광!

스킬에 의하여 연쇄 폭발이 계속 일어났다.

줄잡아 수백 명의 병사들이 곧바로 떼죽음.

베이너 왕국의 병사들만 그랬더라면 좋았겠지만, 전투 노예들도 피해가 막심했다.

“음, 역시 화려한 효과로군!”

물론 위드는 그런 것쯤은 별로 신경 쓰지 않았다.

이 정도쯤이야 넓은 사막의 모래만큼이나 쌓여 있는 악명에 조약돌 하나 던진 수준에 불과했다.

전문 은행 강도에게 어린아이 사탕 하나 더 빼앗는 정도야 뭐가 문제가 되겠는가!

“검의 각성, 탄생의 힘, 다른 하나의 검 소환.”

스킬을 시전할 때마다 위드의 몸 근처에서 터져 나오는 빛으로 인한 화려한 특수 효과!

베이너 왕국의 병사들은 급하게 방패를 들어 올렸다.

“너희에게는 미안할 뿐이다.”

위드는 겁에 질려서 조금도 움직이지 못하는 적 병사들을 보며 잠시 독백을 했다.

“제대로 힘을 발휘해서 연약하기 짝이 없는 너희를 몽땅 쓸어버려야 하니 말이다. 나라고 해서 제대로 저항도 하지 못할 너희를 상대로 전력을 다해서 싸우는 것이 즐겁겠느냐? 많이는 아니고 그냥 조금 약간 재미는……. 아무튼 어쩔 수가 없구나. 오늘의 전투도 나중에 방송이 될 것이고, 방송 분량은 채워야 하니까!”

출연료와 광고료를 자주 받다 보니 방송 분량까지 신경 쓰는 꼼꼼함을 갖추게 되었다.

"영업을 시작해 보자꾸나."

위드는 검을 쥔 채로 앞으로 내달렸다.

일일이 휘두를 필요도 없이 근처를 지나가는 것만으로도 병사들은 죽어 나갔다. 지나간 주변으로는 마치 화염이 불길의 강처럼 타올랐다.

"놈이 폐하가 있는 곳으로 접근하려고 한다. 막아라!"

"기사단은 어서 출격하라!"

병사들을 무인지경으로 통과하고 베이너 왕국군의 중앙부로 향하니 기사단이 요격에 나섰다.

왕과 고위 귀족들은 애초에 상당히 멀리 떨어져 있었음에도 불구하고 호위를 받으면서 빠르게 안전한 후방으로 빠져나갔다. 전쟁의 시대인 만큼 군 지휘관들의 대피 역시 즉각적이고 신속하기 짝이 없다.

물론 억지로 잡으려고 하면 고위 귀족들 중에서 1~2명 정도야 잡을 수도 있겠지만 그렇게 무리하지는 않아도 된다.

설혹 국왕이 인질이 되더라도 왕위 후계자들이 나서서 전쟁을 수행하는 것이 이 시대의 법칙.

이 평원의 적들을 철저히 몰살시키는 것이 위드의 목표였다.

"예상대로 국왕을 호위하는 기사들이 나서는 것인가? 조금 상대할 맛이 나겠군."

명검 발몽드가가 손끝에서 빙글빙글 돌았다.

검으로 할 수 있는 가벼운 기교였지만, 그만한 여유가 없다면 전쟁터에서는 결코 보일 수 없는 행위였다.

부하들이 가까이 없으니 힘을 마음껏 쓸 수 있어서 위드로서는 편했다.

평균 레벨이 500대나 600대의 직속 사막 전사들이 아니고서야 힘을 방출하는 것만으로도 주변에서 뜨거운 화염을 맞고 죽어 버렸기 때문이다.

사막 전사들 중에서 레벨 300대는 한참 어린 풋내기였다.

“자, 칼은 이렇게 뽑는 것이다.”

“옛.”

“물부터 떠 와.”

“시원한 물을 가져오겠습니다.”

기초부터 차근차근 가르쳐야 하는, 배울 것이 많은 상대인 것이다.

왕실 근위 기사단 400여 명이 백마를 탄 채 창을 들고 돌진해 왔다.

명마들이 내뿜는 속도감과 박력!

전장의 꽃이라는 기사들의 돌격 목표는, 그들에게는 매우 불행하고 안타깝게도 위드였다.

“확실한 기선 제압을 해 볼까? 아냐, 전투 초반부터 마나를 너무 많이 쓸 수는 없지.”

위드는 기사단이 가까이 다가오기까지 기다렸다.

베이너 왕국의 근위 기사단은 마치 묘기라도 부리듯이 짧은 거리에서 세 방면으로 산개하여 왼쪽과 오른쪽 그리고 정면에서 돌진해 왔다.

일정한 간격을 통해서 목표를 교차하며 연속으로 베어 버리는 돌격술!

"화염의 고리!"

위드는 몸을 한 바퀴 돌리면서 검을 휘둘렀다.

그러자 뜨거운 화염이 사방으로 방출되었다.

창을 들고 돌격하던 말과 기사들은 다가오던 도중에 화염에 타올라 목숨을 잃었다.

일격 필살도 아니고 가벼운 스킬에 기사 30~40명의 떼죽음!

나머지 기사들은 화염을 그냥 뚫고 돌진해 왔다. 그리고 창을 들어서 모든 힘과 무게를 실었다.

위드는 맞상대하기 위해 그 자리에 서서 검을 휘둘렀다.

너무나도 빨라서 눈으로 보기도 어렵다.

왕실 기사들이 스쳐 지나갈 때마다 그들의 공격을 받아쳐 주었다.

푸히히히힝!

거인의 발에 걷어차인 것만 같은 충격을 받은 기사들은 말과 함께 거꾸러졌다.

위드는 꼿꼿하게 몸을 세운 채로 돌격해 오는 모든 기사들을 기초적인 검술과 압도적인 힘으로 눌러 버린 것이다.

기사들의 돌격에 실린 하중까지도 무시해 버리는 무력!

지고한 검의 끝에 도달하여 휘두른 검에는 기사들의 생명이 대가로 바쳐졌다.

검술의 비기인 다른 하나의 검도 공중을 날아다니면서 다가오는 기사들을 부지런히 요격했다.

잠시 왕실 근위 기사단의 돌격이 끝난 자리에는 화염과 위드만이 남아 있었다.

물론 수거도 완벽하게 완료되어, 떨어져 있는 잡템도 일절 없었다.

이 시대에서도 쓸모가 있어서가 아니라, 주체할 수 없는 본능 때문이었다.

"우으으으으으."

"야만족의 왕은 우리와 같은 인간이 아니다."

"저자의 목을 어서 베어라. 목을 벤 자에게는 백작의 작위를 주고, 공주와 혼인을 시키겠다!"

위드는 스킬도 쓰지 않고 기본 검술로 싸웠다. 그럼에도 검술의 마스터라는 경지가 보여 주는 평범하지 않은 광경이었다.

기사단의 돌격을, 검술 수련할 때처럼 맞받아쳐 주면서 논 것에 불과했다.

"벌써부터 놀란다면 곤란하지. 굳이 멋지게 표현하자면 탕수육을 시키면 덤으로 나오는 군만두 정도밖에 안 되니까."

"저 오만방자한 자를 해치워라!"

고위 귀족 중 누군가가 명령했다.

위드가 있는 자리로 화살들이 비처럼 쏟아지고 마법이 작렬했다.

전쟁터에서 아군 없이 함부로 혼자 다닌 대가!

절대 방어가 연속된 피해를 최소화합니다.

어마어마한 공격이 집중되고 있었지만 정작 위드를 정확하게 맞히는 것은 그다지 많지 않았다.

마법들끼리 상쇄되어서 사라지거나 근처로 빗맞아 떨어지는 화살들도 굉장히 많다.

게다가 멋지기 짝이 없는 광경으로, 숨 쉴 틈도 없이 날아드는 화살이 공중에서 화염에 휩싸여서 소멸했다.

넘실거리는 화염 각인의 보호력으로 발생하는 화려한 효과!

생명력이 2,000~3,000 정도씩 줄어들고 있었지만 죽으려면 한참 남았다.

높은 레벨과 전사로서의 생명력, 훌륭한 방어구, 대지의 여신 미네의 축복까지 부여되었으니 목숨도 오우거의 힘줄만큼이나 질기기 짝이 없었다.

일반적인 병사들이나 마법사들로는 도저히 죽일 수가 없는 단계.

지금은 바드레이라 할지라도 가볍게 데리고 놀다가 해치울 수 있는 능력을 가졌다.

"더욱 재미있어지는군. 흑기사의 일격!"

위드는 가까이 있는 군대의 틈으로 뛰어들었다.

"하나, 둘, 셋, 넷… 열!"

콰아아앙!

연속 공격이 성공하면서 광역 스킬 발동!

땅이 뒤흔들리면서 크게 파였다. 그리고 사방으로 나가떨어지는 베이너 왕국의 병사들.

보고 말고 할 것도 없이 모조리 사망이었다.

다른 하나의 검은 공격과 수비를 알아서 해 주었는데, 특히 위드에게로 정확히 날아오는 화살들을 쳐 내고 마법들을 가로 막아서 공중에서 터트렸다.

공격과 방어를 겸비한 최고의 효율적인 스킬 중 하나였다.

지금으로써는 굳이 수비가 필요하지도 않았지만 마나 소모도 매우 적은 검은 매우 빠른 속도로 날아다녔다. 기사들이 덤벼 오는 걸 보며 해치워야겠다고 생각하고 돌아보면 이미 사망한 후인 경우도 자주 있었다.

"바드레이는 정말 편하게도 사냥을 하는구나. 공격과 수비도 다 알아서 해 주고, 광역 스킬도 연속 공격만 성공하면 계속 터지네."

위드는 길게 푸념하면서 전쟁터를 뛰어다녔다.

아군의 위치, 사막 전사들의 활약, 언데드 군대의 상황에 대해서는 일절 신경을 쓰지 않고 오직 적들을 해치우는 것에만 집중했다.

문득, 흰 로브를 입고 지팡이를 든 채로 주문을 외우고 있는 100명의 마법사들이 눈에 띄었다.

"저놈들이 천둥의 지혜라는 놈들이로군."

베이너 왕국이 자랑하는 마법병단!

중앙군 직속이라서 어지간한 국경 분쟁에는 참여하지 않는 병력이다.

이들의 레벨은 300대 후반에서 400대!

마법사라는 직업을 감안하면 일개 군단을 상회하는 전력이었다.

치열한 생존경쟁이 벌어지는 전쟁의 시대에는 상인이나 예술가, 건축가 등의 직업은 레벨이 낮은 반면에 기사 계급이나 마법사 직종은 레벨이 높다.

"다른 놈들이 해치우기 전에 먼저 손을 써야지."

사막의 붉은 칼 부대가 지금 위드에게는 가장 강력한 경쟁자였다.

그들은 기사단을 해치운 뒤에 집단 공격이 가능한 궁병이나 마법병단을 목표로 삼는 전술을 많이 수행해 왔다.

사막 전사들이 마법병단을 먹잇감으로 잡기 전에 서둘러서 먼저 쓸어버려야 했다.

위드가 있는 장소에서는 거리도 1킬로 정도로, 꽤 멀었다.

마법병단이 전장을 내려다볼 수 있는 언덕 위에서 마법을 시전하고 있지 않았다면 다른 적들에 가려져서 보이지도 않았을 것이다.

그들이 하늘에 시전한 마법들이 불과 바람, 벼락 등등으로 구체화되어 전투 노예들과 언데드 군단, 사막 전사들에게 떨어졌다.

전쟁터에서는 지상만이 아니라 하늘에서도 온갖 일들이 다 벌어졌다.

"종말의 날!"

근처에서 얼쩡거리면서 공격을 하던 장창 부대가 화염 해일 앞에서 소멸!

위드는 마법병단을 향하여 달렸다.

마나를 쓰지 않아도 말을 탄 것보다도 훨씬 더 빨랐다. 가로막는 병사들은 허무하게 뚫렸고, 기병들은 뒤처졌다.

"저놈이 우리를 노리고 있다. 감히 야만 검사 주제에 겁도 없구나.”

“어서 막아라.”

“마법 공격으로 막으면서 물러나지. 원형 번개!”

“솟구쳐서 흐르라, 세찬 물줄기.”

마법사들이 저마다 장기인 마법들을 시전했다.

위드는 몸으로 마법을 돌파했다.

그가 나아가는 길에 일직선으로 수백 미터에 이르는 마법의 융단폭격이 벌어졌다.

마법 공격을 연속으로 받고 있습니다.
드래곤의 피부처럼 든든한 맷집으로 피해를 줄입니다.
현재 남아 있는 생명력: 69%

엄청난 생명력을 가진 보스급 몬스터들을, 과거에는 동료들이나 부하들과 함께 힘겹게 잡았다.

그런데 지금은 오히려 자기 자신이 든든한 맷집을 믿으며 보스급 몬스터처럼 마법사들의 공격을 무서워하지 않는 상황이 되었다.

위드가 지나간 곳은 마법 공격으로 파괴되고 화염으로 불타올라 엉망진창이었다.

발자국이 찍힌 곳에 생성된 불구덩이들은 꺼지지 않고 계속 활활 타올랐다.

“이렇게 놀다가는 어린이들이 정말 좋아하겠어!”

약간 규모가 큰 불장난!

이 장면만 보더라도 어린이들의 시청률은 확실했다.

무시무시한 마법 공격이 벌어지면서 창병들과 검병들은 속수무책으로 다가오지도 못했다.

두려움을 잘 모르는 기사들조차도 막아야 할지 말아야 할지 우물쭈물하다가 물러났다.

작렬하는 흑기사의 일격, 다른 하나의 검은 알아서 강한 적들을 해치우고 마법들을 쉴 새 없이 쳐 냈다.

어둠과 공포, 전염병

그사이 조나스 성 앞의 넓은 평원에서는 언데드 군단과 마폰 왕국군이 정면으로 붙었다.

"일어나라. 심연이 이끄는 힘을 받아들여 적들과 싸워라."

반 호크가 지휘하는 스켈레톤 전사들이 용맹하게 날뛰었다.

스켈레톤들은 중장갑보병들의 방패를 뼈밖에 없는 손으로 잡아 빼앗고 몸을 마구 베었다.

인간 병사가 아니다 보니 스켈레톤들은 전투에 격식이 없다.

"죽여라!"

"저놈들의 팔다리를 잘라서 전시해 놔야지. 크키키키킷!"

마구 모여서 달려들고 해치웠다.

일관된 전술적인 움직임이 아니라, 적들이 모여 있는 곳으로 무작정 달려가 7~8마리씩 합동 공격을 했다.

화살과 마법 그리고 기사들의 검에 의해서 파괴된 스켈레톤들이 뼈마디가 산산조각 난 채로 땅바닥에 쓰러진다.

그러나 잠시 후에 보충된 심연의 힘에 의하여 다시 일어나게 된다.

"내, 내 다리가 어디에 있지?"

상체만 있는 스켈레톤은 주변에서 다리뼈를 찾아서 주섬주섬 몸에 붙였다.

"다리, 내 다리가 없다."

주변에서 깨어난 다른 스켈레톤도 다들 자기 다리를 찾고 있었다.

"내 팔뼈를 내놔라."

"무슨 소리냐. 나도 팔이 2개뿐이다."

"둘 다 오른팔 뼈잖아."

"어, 그러네? 난 원래 오른팔만 2개였다."

필요한 뼈를 먼저 챙긴 스켈레톤들끼리 칼싸움도 벌어졌다.

언데드 군단은 그야말로 산만한 데다 개판 5분 전이었지만, 마폰 왕국군은 쉬이 상대를 하지 못했다.

반 호크의 지휘를 받는 스켈레톤들은 데스 나이트급 이상으로 강했고 보충이 빠르다. 마폰 왕국군의 병사가 쓰러지면 스켈레톤이 되어 다시 일어나 덤벼 오니 숫자가 잘 줄어들지도 않았다.

게다가 반 호크가 직접 이끄는 언데드 기사단과 언데드 돌격 부대!

언데드 기사단은 둠 나이트로 구성되어 있으며, 돌격 부대의 주력은 데스 나이트와 듀라한이었다.

언데드 기사단을 막기 위해서는 마폰 왕국의 기사단과 마법병단이 동원되어야 했다.

그러나 마폰 왕국군 역시 전쟁의 시대의 최강국 중 하나답게 정예들이 즐비하였고, 명성 높은 기사들을 다수 보유했다. 병사들의 대응도 신속하고 규율도 철저하게 잡혀 있어서 팽팽하게 싸웠다.

어지간한 왕국이었다면 언데드 군대에 의해서 이미 파괴되어 버렸으리라.

신성력을 가진 종군 사제들도 다수 동원되어서 언데드 군단을 막아 내고 있었다.

"식량이 널려 있군. 마음껏 피에 취해도 좋다."

뱀파이어 로드 토리도는 전투가 벌어지기 전에 조나스 성에서 그의 권속을 600명 이상 만들어 냈다.

한밤중에 은밀하게 다니는 것이 뱀파이어들의 매력이며 특성이 아닌가.

이런 대낮의 대규모 전투에서는 약할 수밖에 없다.

뱀파이어들은 전투 노예들 틈에 섞여서 싸웠다. 그러다가 틈이 보이면 검을 놓아 버리고 날카로운 이빨과 송곳니로 적을 물었다.

피 마시기에 성공한 뱀파이어는 갑자기 크게 강해지는 건 아니지만 생명력과 마나가 매우 높게 늘어난다.

간단한 마법들을 시전하고, 인간들을 웃도는 힘으로 전투를 하기에는 무리가 없었다.

뱀파이어 퀸 부대는 현혹과 세뇌의 힘으로 적들을 교란시킬 수 있었다.

그 바람에 뱀파이어들이 있는 장소로 화살과 마법 공격, 기사단의 돌격이 쇄도하여 그들의 수난이 가장 컸다.

거의 2만에 달하는 사막 전사들은 비교적 자유롭게 싸웠다.

위드의 직속 부하들을 막을 군대는 없기에 마폰 왕국과 베이너 왕국군 사이를 자유롭게 오가면서 전투를 치렀다. 특히 기사단을 끌고 다니면서 적당히 괴롭히고 숫자를 줄였다.

하지만 전쟁의 시대이니만큼 각 왕국에도 영웅은 있는 법!

칼라모르 왕국을 대표했던 콜드림처럼 두 왕국에도 영웅 NPC들이 상당수 있었다.

검으로 마폰 왕국의 공작의 자리에까지 오른 로하드람!

베이너 왕국의 지혜로운 마법사 비얀 안드레!

동맹군으로 참여한 수하르 왕국의 왕실 기사단장 록스타!

그들 영웅들이 이끄는 부대는 매우 강했다.

로하드람만 하더라도 검술의 마스터였으며, 안드레는 무려 최초로 만난 바람 마법의 마스터였다.

또한 마폰 왕국과 베이너 왕국 측에서는 무수히 많은 실전 경험을 치른 강력한 부대들이 아직 전투에 참여하지 않고 기다리고 있었다.

"집중사격!"

"크헉!"

마폰 왕국의 석궁 부대는 하나의 표적이나 한 지점을 노리고 일제사격을 하여 사막 전사들을 낙타에서 떨어뜨렸다.

땅에 떨어진 사막 전사는 분투를 벌였지만, 마법이나 뒤따라온 기사단의 공격에 의하여 사망했다.

평원에서 벌어지는 전투의 규모가 너무나도 거대했다.

유로키나 산맥에서 100만의 오크들을 거느린 적도 있지만, 그 당시에 모든 오크들이 싸우고 있었던 건 아니다. 불사의 군단과 직접 맞부딪친 오크들의 숫자는 아무래도 30만 이하를 쭉 유지했다.

이곳 평원에서는 넓은 전선에서 총력전으로 싸우고 있었기에 그 방대함과 속도는 이루 말할 수 없을 지경이었다.

조금만 실수를 하더라도 어느 한쪽으로 크게 치우쳐 버린다.

전투 노예들은 정규군과 싸우더라도 그다지 버티지 못했기에 과감하게 미끼로 던지고 사막 군단과 언데드들을 통하여 해치우는 계략.

이참에 엠비뉴의 광신도들까지 몽땅 처리해 버리겠다는 계획이 이루어지고 있었다.

조나스 성에서는 남겨 놓은 병사들과 시민들이 몽땅 성벽에 올라와서 이쪽을 구경했다.

그것 또한 대단한 장관!

위드는 전투가 이렇게 될 줄 어느 정도 예상하였지만, 싸움은 혼자서 하기로 결심했다.

최대한 많은 정예부대를 자신에게 집중시키는 것이 도와주는 길이다.

아울러 전쟁의 시대에서 최강자들, 그리고 높은 레벨의 기사들을 꺾고 싶었던 것이다.

"나와라. 베이너 왕국에는 나에게 도전할 용기가 있는 기사가 없는가!"

위드가 큰 소리로 고함을 질렀다.

전쟁터 전부를 집중시키게 만드는 위엄과 카리스마.

또한 시골 동네의 개와 닭도 알고 있는 무시무시한 악명!

위드의 생명력은 41%가 남았다.

마법사들을 잡으려고 다가갔지만, 땅이 갈라지고 가시덩굴이 자라며 벽이 솟아나는 등 계속 방해를 받았다. 강제로 모든 장애물들을 돌파하고 나니 마법사들은 이미 호위 기사단에 의하여 말을 탄 채로 멀찌감치 멀어졌다.

게다가 몇몇 마법사들은 공격 마법을 외우지 않고 단거리 집단 텔레포트 마법을 완성시켜 놓고 있었다.

더 다가간다고 해도 빛처럼 빠른 속도로 먼 곳으로 도망쳐 버릴 것이기에 마법사들을 잡는 것은 잠시 포기했다.

계속 들러붙는 기사들부터 해치우고 마법사들은 다음 기회를 노린다.

위드는 지금으로써도 흥이 났다.

수십만 대군이 싸우고 있는 전장에서 독보적인 무력으로 활약한다.

적들이 약하지만은 않고, 체계적으로 대응하기 때문에 까다로워서 더 큰 즐거움을 주었다.

일격에 100여 명의 병사들을 휩쓸어 버리는, 진정한 전쟁의 신으로서의 모습을 드러내기에는 최고의 전장!

유감없이 힘을 쓰더라도 맞아 줄 적들의 머릿수는 충분했다.

"베이너 왕국의 기사 오메탄이다. 얄렘 성의 성주이며, 베노피아 지방을 다스리고 있다."

흑마를 탄 거구의 기사가 나타났다.

위드는 알지 못하지만 전쟁의 시대에서는 꽤나 유명인으로, 레벨도 500대에 이르렀다.

그의 전투 기술 중에서도 마창술은 거의 달인의 경지에 이르렀다. 마스터를 얼마 앞두지 않았지만, 완성되지 않은 마창술의 격차는 상당히 크다.

위드는 풍겨지는 느낌만으로도 제법 강하다는 사실을 알 수 있었기에 기꺼이 그의 도전을 받아 줬다.

"베이너 왕국에도 용맹한 기사가 있었구나. 오너라."

거구의 기사는 시위를 떠난 화살처럼 말과 함께 순식간에 덤벼들었다.

긴 창의 잔상이 보일 정도로 현란하게 휘두르면서 연속 공격을 퍼부었다.

검으로 철벽처럼 막아 낸 위드에게도 묵직한 느낌이 전달될 정도였다.

"야만족치고는 제법이구나. 하지만 베이너 왕국의 명예를 무시한 대가는 반드시……."

"베이너 쾌검술!"

"커헉!"

신나서 떠들던 기사는 갑작스러운 기습에 큰 피해를 입었다. 말은 곧바로 사망하고 기사는 땅에 떨어졌다.

"이것은 우리 왕실에 전해지는 검술인데, 어떻게……."

"조금 전에 배웠어."

"그럴 수는 없다!"

"아냐. 난 가능해."

위드는 검술의 마스터라서 어떤 기술이든 쉽게 습득했다.

베이너 쾌검술은 적의 공격을 막으면서 힘을 축적하여, 한순간에 몇 배로 폭발시켜서 되돌려주는 기술이다. 공격력과 속도가 워낙에 강하고 빠르지만 상대방이 피했을 경우에는 균형을 잃고 뒷수습이 되지 않는다.

그것을 알아차린 위드가 정확한 기회를 노려서 기사를 벤 것이다.

귀족 출신의 기사답게 마법 갑옷도 입고 있었지만, 베이너 쾌검술에 담겨 있는 거력은 그를 말에서 떨어뜨렸고 잠시 전투 불능으로 만들었다.

"그렇다면 나의 완벽한 패배다. 적이지만 강한 이와 싸워서 영광이었다."

"잘 가라."

자비를 베풀지 않고 곧바로 척살!

위드는 가능한 한 마나를 아낄 필요성도 느끼고 있었다.

워낙 양이 많고 회복 속도 역시 빠르지만, 그만큼 마나를 크게 소모시키는 기술도 다수 가졌다.

체력이나 힘을 바탕으로 기본 검술들만 가지고 전투를 치러야만 대량 살상 스킬을 듬뿍 사용할 수 있다.

그는 어느덧 50만이 넘는 병력의 중심부에 들어와 있었다.

보통 위드처럼 강한 개인을 잡기 위해서는 일부러 진영 깊숙이 끌어들이는 법이지만, 지금은 스스로 들어왔다.

"피햇!"

"불이야. 몸에 불이 붙었어. 살려 줘!"

넘실거리는 화염 각인으로 죽은 병사들만 5,000명은 족히 넘었을 것이다.

일반 병사들은 거의 있으나 마나 한 존재들.

위드가 신경을 쓰는 것은 마법사와 기사 그리고 사제, 정령술사 등이었다.

베이너 왕국군과 마폰 왕국군에서는 이번 전쟁에 상당한 국력을 기울였다. 국가의 군사력을 절반 이상 투입했으니 강자들이 즐비했다.

그렇다고 하더라도 위드의 밥에 불과하였지만.

그러나 역시 위드에게도 피해가 아예 없는 것은 아니어서, 이제 생명력이 30% 대까지 줄어들어 있었다.

"이쯤은 되어야 긴장감이 들지."

상당히 다치긴 했지만 그렇다고 해서 전투력이 떨어질 만큼은 아니다.

베이너 왕국에서도 곤혹스러웠다.

궁병들은 전장에서 활동하는 대신에 화살을 위드에게 집중시켰고, 마법사들도 집중 공격했다.

개인을 상대하는 게 아니라 공성전을 벌일 때처럼 공격을 퍼부었다고 하는 편이 옳으리라.

그런데 이쪽 마법사들은 마나가 다 떨어져서 휴식이 필요할 지경인데도 위드는 아직 건재하다.

"드레이크 부대 출동하라!"

"사자 기사단 출격!"

마폰과 베이너 왕국의 자랑인 드레이크 부대가 하늘을 날아다니기 시작했다.

왕국의 더 뛰어난 기사단도 위드를 목표로 질주해 왔다.

사막의 대제, 그리고 인간 중에서 무의 끝에 도달했다는 위드를 잡기 위해서.

전쟁의 목표 자체가 전투 노예들보다는 위드와 사막 전사들에게 있었다.

"자라나는 뿌리 넝쿨 소환!"

"진흙 웅덩이여, 생겨나라!"

"파루인의 저주!"

마법사와 사제 들은 공격 마법 대신에 위드의 능력을 떨어뜨리는 저주들을 마구 시전했다.

> 두꺼운 맷집으로 피부를 약화시키는 주문을 이겨 냅니다.

> 발걸음이 느려지는 저주에 걸렸지만 바로 벗어났습니다.
> 그래도 그 여파로 20초 동안 이동력이 4% 감소할 것입니다.

> 파루인의 저주!
> 막대한 신성력과 믿음을 가진 사제들이 쓸 수 있는 저주입니다. 신앙심이 부족한 이들에게 괴로움을 안겨 줍니다. 프레야 여신의 축복으로 인해서 적용되지 않습니다.

> 근력 저하!
> 깊고 어두운 밤 가위에 눌려 제대로 휴식을 취하지 못한 것처럼 근력과 체력이 감소합니다. 힘이 6% 감소합니다. 체력의 최대치가 3% 떨어집니다.

무수한 저주들이 쏟아졌지만, 위드에게 걸린 것도 적거니와 걸리더라도 금세 저절로 풀려 버린다.

힘을 약화시키거나 정신력을 감소시키고 체력을 줄이는 샤먼과 사제 들의 마법은 그래도 고스란히 적용되었다.

짧은 순간이지만 위드는 11개의 저주 마법에 걸렸다.

"발할라!"

위드가 커다란 함성을 터트렸다.

> 고대의 함성을 질렀습니다.
> 육신에 깃든 저주 마법들 중에서 8개가 해소되었습니다. 투지에 의해 육체적인 능력이 강화됩니다.

그리고 얼굴에는 파라오의 황금 가면을 착용했다.

물리적인 방어력은 그리 크지 않지만 저주에 대한 내성과 통솔력, 명성, 마법 보호력에 있어서는 압도적인 물건이다.

거대한 제국을 다스리는 제왕의 상징적인 물건.

"몸풀기는 이 정도면 충분하다. 이제부터가 제대로 된 시작이지."

벌써 위드에게 죽어 버린 1만 명 정도의 병사들이 저승에서 듣고 억울해할 말이었다.

재수 없게 반 호크의 영역에 들어서서 죽어 스켈레톤이 되어 일어난 자들은 듣고도 별생각이 없었지만.

"자, 화끈하게 해 볼까."

위드의 품에서 꺼내진 물건은 조각품.

전투가 벌어졌을 때에 조각품을 꺼낸다는 것은 두 가지 의미밖에 없다.

조각 파괴술로 예술 스탯을 활용하거나, 아니면 대재앙을 일으키거나.

마폰 왕국군과 베이너 왕국군에게는 불행하기 짝이 없는 일이지만, 현재는 후자였다.

사막 전사들에게는 일찌감치 고대의 함성을 들으면 물러나라는 명령을 내려 놓았다.

언데드 군단, 뱀파이어, 전투 노예들이 그리 멀리 떨어지지 않은 장소에 있었지만, 그들이 대재앙에 포함되든 말든 그건 위드의 관심사가 아니었다.

지금의 레벨과 방어력, 생명력으로는 어떠한 대재앙이 일어나더라도 자기 자신은 살아남을 것이라는 확신이 있었기 때문이다.

"기왕이면 나 빼고 몽땅 죽어 버렸으면 좋겠군. 대재앙의 자연 조각술!"

> 명작의 조각품입니다.
> 무시무시한 위력이 발휘되어 자신이 죽을 수도 있습니다. 그럼에도 스킬을 사용하겠습니까?

"아주 좋지!"

> 대재앙의 자연 조각술 스킬을 사용하였습니다.
> 예술 스탯 20이 영구적으로 사라집니다. 생명력과 마나가 20,000씩 소모됩니다. 모든 스탯이 사흘간 일시적으로 15% 감소합니다. 자연과의 친화력이 떨어집니다.

대재앙의 자연 조각술은 하루에 한 번밖에 사용하지 못합니다. 위험한 재앙을 불러오게 되면, 그 피해에 따라서 명성이나 악명이 오를 수 있습니다. 재앙을 겪는 와중에 죽을 수도 있으니 주의하십시오.

그동안 여러 재앙들을 일으켰지만 이번의 재앙은 특별했다.

불이나 벼락, 홍수, 지진, 폭풍을 일으키지 않았다.

대재앙의 자연 조각술도 경지에 올라서, 이제 두 가지 이상을 섞어서 일으킬 수 있게 되었다.

심심할 정도로 평범한 복합적인 재앙, 짙은 어둠과 공포 그리고 전염병이었다.

시커먼 어둠이 지평선 너머에서부터 빠르게 밀려와서 군대와 조나스 성까지 전체를 뒤덮었다.

갑작스럽게 눈앞의 그 어떤 것도 보이지 않는다.

평화로운 장소였다면 다시 무언가가 보이게 될 때까지 느긋하게 기다렸을 것이다. 그렇지만 이곳은 죽이지 않으면 자신이 죽는 전장이다.

적들에게 화살을 쏘고 있는 와중에, 혹은 적과 싸우는 중에 갑자기 칠흑 같은 어둠에 뒤덮였다.

챙챙!

"으아악!"

어둠으로 인해서 들리는 것은 싸우는 소리와 비명 소리뿐!

"우린 같은 편이야!"

"우리가 누군데?"

"엠비뉴 교단이여, 영원하라!"

"사막의 영광이 대륙을 뒤덮으리."
"쳐라!"
"궁수들은 화살을 아끼지 마라."
"내 등을 벤 놈, 당장 나와!"

전투 노예들과 뒤엉켜 있던 마폰 왕국과 베이너 왕국의 병사들은 정신없이 싸웠다. 자기 자신이 아니면 가까이 있는 모든 이들이 적이었다.

"모두 움직이지 마라!"

기사들이 통솔을 하려고 하였지만 역부족.

그들도 보이는 것은 아무것도 없고, 오직 귀에 의존할 뿐이다. 눈먼 화살과 검이 기사들에게도 날아오니 물러나지 않을 수가 없었다.

"우아아아악!"

선두 쪽에서만 일어나던 전투는 들불처럼 뒤쪽으로 번져 나갔다.

후방에서도 1명, 2명 비명 소리에 놀라서 주변에 검을 휘두르게 됨으로써, 부대 전체가 자중지란에 빠져서 동료들을 공격했다.

'죽여……!'
'살기 위해서는 먼저 죽여야 돼.'
'키히, 평소에 싫어했잖아. 기회야. 누가 알 수 있겠어?'

가슴속에서는 끊임없이 누군가가 자신을 해칠 것만 같다는 공포가 치밀어 오른다.

그리고 어떤 알 수 없는 목소리들이 들렸다.

위드가 파괴한 명작의 조각품은 눈이 보이지 않는 병사들이 동료들을 공격하는 것이었다.

병사들의 옆에는 간교한 이간질을 일삼는 브라누아라는 악령들이 붙어 있다. 정신계의 정령으로, 쉽게 보기는 어렵지만 정신력이 약한 자들에게는 그 효과가 어마어마하다.

광란을 일으키거나 자기 자신을 해치기도 했다.

정체를 알 수 없는 전염병도 빠르게 퍼져 나갔다.

기사들과 사제들은 그래도 저항력이 꽤 높아 버틸 수가 있었지만 일반 병사들은 금방 붉은 반점이 온몸에 일어나면서 쓰러졌다.

"기회를 놓치지 마라, 언데드 군단이여!"

반 호크가 위엄 가득한 명령을 내렸다.

위드에게 맞을 때와는 전혀 다른 근엄한 목소리로 언데드 군단을 지휘했다.

스켈레톤들은 동요하고 있었다.

"아, 무섭다, 무서워. 가장 친한 자들이 날 죽일 것 같아!"

"나도. 믿을 인간 하나 없어. 혼자 살기도 힘든 세상이야."

"맞아, 맞아."

"근데 우린 이미 죽었잖아."

"어, 듣고 보니 그러네."

"맞아, 맞아."

스켈레톤에게는 공포라는 감정이 다소 덜하다.

하급 언데드들을 지배하는 감정은 살아 있는 생명체에 대한 살의밖에 없다. 전염병과 죽음을 두려워하지 않았다.

"안 보여. 아무것도 안 보이는데 어떻게 공격을 하지?"
"왜 안 보여?"
"까맣게 가려져서 안 보이잖아."
"근데 우리에게 눈알이 있었나?"
"잠깐만, 한번 만져 보고……. 없는데?"
하지만 스켈레톤들은 어쨌든 당황하여 명령을 따르지 못했다. 지능이 나쁘다는 점이 하급 언데드들의 가장 큰 단점이다.
반 호크가 다시 명령했다.
"스켈레톤 궁수들은 뼈 화살을 아끼지 말고 쏘아라!"
"쏘라는데?"
"맞아, 맞아."
"어디로 쏴야 돼?"
"생명이 느껴지는 곳… 그, 살아 있는 놈들한테 쏘면 되지 않을까?"
언데드들은 기본적으로 생명력과 온기를 가진 따뜻한 인간들을 느낄 수 있었다.
"아군한테 맞으면?"
"무슨 상관인데?"
"아, 그렇긴 하지. 으히히히히."
"공격하자."
"아무나 맞아라."
스켈레톤 궁수 부대가 몸의 뼈들을 뽑아내 적들에게 마구 쏘았다.
높고 멀리 날아간 뼈 화살들은 어둠 속에서 사투를 벌이고 있는 병사들의 몸에 적중했다.

노에 병사들, 마폰 왕국군, 베이너 왕국군 가리지 않았다.

인간들도 대응하려고 했지만, 그들은 어둠이 뒤덮고 나서 움직인 탓에 미처 공격 방향도 잡지 못했다.

"갈비뼈가 다 떨어졌어. 다리뼈도 없다. 마지막으로 내 해골을 쏴야지."

"잘 있어라, 모두……."

몸의 뼈들을 다 쏘고 나자 육체가 부서져 스켈레톤 궁수들은 소멸!

반 호크의 권능에 의하여 죽은 시체가 변해서 다시 한 번 일어났다.

인간들이 싸우는 전쟁터의 한복판에서 일어난 스켈레톤 궁수들은 주변을 공격했다.

"이히히힛, 이 몸에는 뼈가 많이 있다."

"죽어라, 죽어."

"맞아! 맞아!"

진영 한복판에서 벌떡벌떡 일어나는 스켈레톤들로 인하여 혼란은 더욱 심해졌다.

서로를 죽이기 위하여 검을 휘두르는 병사들에 이어 기사들까지 가세하여 아비규환이었다.

마법사들과 궁수들조차도 아무 곳이나 닥치는 대로 공격을 했다.

전투 노예들도 그들끼리 싸우기는 마찬가지였고, 언데드 군대도 별다를 바가 없었다.

평원에 모여 있는 모든 이들이 광기에 휩싸여서 미친 것처럼 서로를 공격했다.

이 광경을 만들어 낸 당사자인 위드는 깊이 탄식했다.

"내 생각이 너무도 짧았구나."

얼마나 심한 피해가 벌어지고 있는지는 소리로만 들렸다.

이번 대재앙의 핵심이라고 할 수 있지만, 정작 화면이 안 나온다면 얼마나 아쉽겠는가.

"시청자들을 고려했어야 하는데!"

방송중계에도 적지 않은 지장이 있을 터.

그러나 오히려 보이지 않는 편이 상상력을 자극하여 훨씬 나을 수도 있다.

실제로도 마폰 왕국과 베이너 왕국의 진형은 이미 무너졌고, 서로를 죽고 죽이면서 엄청난 희생자들이 생겨나고 있었다.

마판 상회와 가몽 상회!

북부의 상인들 중에서 가장 유명한 두 사람의 상단이었다.

"마판 상회가 최고야."

"아냐. 가몽 상회야말로 북부의 상징이 될 만한 곳이지."

"마판 상회에는 고급품들이 즐비해. 깜짝 놀랄 만한 고레벨 장비들도 있다고."

"가몽 상회도 있을 건 다 있어! 그리고 저렴하면서 질 좋은 물품들은 가몽 상회에 훨씬 더 많지."

유저들도 두 상회를 놓고 비교를 많이 했다.

마판은 모라타의 초기부터 과감한 투자를 하며 농장과 목장, 광산, 식당, 상점, 여관, 대장간 등을 경영했다. 아르펜 왕국의 성장에도 크게 이바지했다고 할 수 있었다.

솜씨 있는 재봉사와 대장장이 중에는 그와 고정 계약을 맺고 납품하는 이들도 많았으며, 일정하게 유지되는 우수한 품질이야말로 마판 상회 최고의 자랑거리였다.

비싸지만 제값을 하는 것이 특징!

가몽은 북부에 자유 교역 시대를 열었다.

벤트 성에서 시작해서 수많은 도시와 마을 간의 교역로를 적극적으로 개척하고, 어려운 이들을 아무 조건 없이 도왔다.

그녀는 레벨은 낮아도 식료품 거래 분야에 있어서는 독보적이었다.

그녀가 조랑말 4마리를 끌고 행상에 나설 때면 초보 상인들 수백 명이 따라다녀 교역단이 구성될 정도였다.

"자, 자, 가요! 뒤쪽에 계신 분들은 낙오되지 않도록 조심하시구요!"

> 흉작으로 고생하던 페기 마을에 대량의 식량을 가져왔습니다.
> 정체되어 있던 인구 증가가 해소되며 출생률이 400%가 됩니다. 어린아이들이 좋아하는 인형을 가져와서, 페기 마을에 축제가 개최되었습니다.

"페기 마을에 다녀왔다는 이야기는 들었어. 다른 상인들이 거래를 하자고 찾아왔지만 내 가몽 아가씨한테 사기 위해서 기다리고 있었지. 올리브는 잊지 않고 가져왔지?"

"헤헷, 고맙습니다. 서비스로 2개 더 얹어 드릴게요. 그리고 급하시면 저 기다리지 마시고 다른 상인분들에게 먼저 구입하세요."

그녀의 훌륭한 평판은 유저들보다도 NPC들에게 더 널리 퍼졌다.

그 때문에 모라타의 변두리에서 시작된 상점에 어마어마한 NPC 손님들이 찾아오게 되었다.

가몽 상회는 벤트 성에 두 번째 지점이 개설되었고, 그 이후에는 인구가 적은 마을들에까지 모조리 지점이 개설되었다.

인적이 뜸한 해안 마을에 가더라도 가몽 상점을 찾을 수 있었다.

어느 한 모험가가 깊은 산속을 헤매다가 며칠 만에 간신히 빠져나와 보니 초가집 십여 채가 옹기종기 모여 있는 작은 마을이 보였다.

새로운 마을의 발견이라면서 환호하며 달려갔더니 그곳에도 가몽 상점이 있더라는 눈물 어린 사연이 있었다.

"진짜 장사꾼이네."

"저 인기가 부럽다. 상인이 정말 주민들이 좋아하는 직업이구나."

"교역을 계속 성공시키면서 친밀도를 쌓고, 꼭 필요로 하는 물건도 구해다 주고 그러다 보면 모험가 못지않게 유명해질 수 있는 직업이란 소문이 정말이었구나."

상인 유저들조차도 존경하는 대상인 가몽.

그녀 덕분에 북부에서 굶주리는 마을들이 사라졌다는 평가

마저 있을 정도였다.

아르펜 왕국의 급속한 발전에는 실질적으로 가몽의 역할이 아주 컸다.

“나도 대상인이 되어야겠어. 상인은 레벨보다는 눈썰미와 신용이니까.”

“후훗, 북부의 모든 돈을 쓸어 담아서 쌓아 놓고 돈 자랑 해야지!”

마판과 가몽을 보며 꿈을 키우는 유저들이 늘어나 상인 직업이 대인기를 누렸다.

예술 계열, 재봉사, 모험가, 네크로맨서, 정령사 등 직업의 유행이 돌고 돌면서 북부 전체가 대도약의 시기에 들었다.

그리고 유저들의 선망의 눈길을 받고 있는 두 대표 상인, 마판과 가몽이 숙명적인 만남을 가지게 되었다.

아르펜 왕국의 대지의 궁전이 개설되고 있는 주변 평야!

상점을 개설할 땅을 알아보러 온 두 사람이 서로를 마주 보게 되고 만 것이다.

‘저분이 북부 최고의 상인 마판 님이시구나. 과연 듣던 대로 늠름한 턱살과 웅장한 뱃살이 멋있어.’

가몽은 마판을 선망하고 있었다.

그녀가 막 북부에서 시작하였을 때 마판의 명성은 이미 널리 퍼진 상태였다.

가진 건 돈밖에 없는 상인 마판.

땅 투기의 달인 마판.

아낌없는 뇌물 상납자 마판.

몇몇 사람들은 위드와 결탁하여 온갖 특혜를 받아 성장한 것 아니냐고 의혹을 내비치며 질투도 했지만, 대부분은 그의 과감한 투자와 선견지명으로 이루어 낸 것이었다.

가몽은 4주간 도시 밖으로 나가지 못하는 사이에 마판의 수많은 잡화점들 중 한 곳에서 아르바이트를 했던 경험을 가지고 있었다.

'나중에 여기에서 물건을 구매하는 고객이 되어야지.'

잡화점에서 일을 하면서 상인의 꿈도 키웠다.

그런 그녀가 마판을 직접 대면하니 동화 속의 왕자님처럼 느껴졌다.

'세 겹으로 접힌 목살이라니, 딱 내 이상형이야!'

'아, 귀엽고 예쁘다…….'

마판도 그녀에게 반했다.

남자가 사랑에 빠지는 데에는 다른 여러 복잡한 이유가 필요없다.

눈에 예쁘게 보이면 그걸로 끝!

화령이나 이리엔, 벨로트, 각양각색의 미녀들이 주변에 있었지만 마판의 마음에 들지는 못하였다. 지나치게 화려한 외모보다는 수수하면서 예쁜 얼굴을 좋아하는 의외의 까탈스러움(?)이 있었던 것이다.

물론 화령이나 벨로트가 그를 좋아할 리도 없었지만!

남자답게, 마판이 먼저 말을 건넸다.

"반갑습니다. 이야기는 많이 들었습니다. 저는 마판입니다."

"아… 네, 넷! 저는 가몽입니다아. 잘 부탁드려요."

"저기, 어디 가서 차라도 한잔 하실래요? 제가 사겠습니다."

"아니요. 제가 직접 쑨 보리죽이 있는데, 구수하니 맛있어요. 같이 드실래요?"

가몽은 배낭에서 김이 모락모락 나는 풀죽 도시락을 꺼내 조심스럽게 내밀었다.

마판에게는 소박해 보여서 더욱 예뻐 보이는 모습이었다.

"맛있군요. 우걱우걱!"

가몽은 누가 뺏어 가기라도 할 것처럼 급하게 보리죽을 들이마시는 마판을 그윽한 눈으로 바라보았다.

'저 터질 듯한 볼따구는 정말 상상했던 그대로 멋져 보여.'

'아, 볼수록 더 예쁘다…….'

그렇게 사랑이 시작되고 있었다.

반 호크의 위용

어둠과 공포가 휘몰아치고 지나간 전장.

평원 전체에 병사들과 기사들이 셀 수 없이 많이 쓰러져 있었다.

죽은 자들만 10만이 넘었으며 한두 군데씩 부상을 달고 있는 자들은 이루 말할 수도 없을 정도였다.

군대끼리 전투를 하더라도 수비를 철저히 하며 싸우기에 짧은 시간에 이런 피해를 입진 않지만 지금은 온 사방에서 아군들끼리도 싸워 댄 결과였다.

날아오는 검을 보며 수비를 할 수 있는 상황이 되지 않기에 무조건 먼저 적을 죽이기 위한 공격부터 한다.

완전한 어둠 속에서는 사제들의 치료도 불가능했다.

"우으으으, 드디어 끝난 건가?"

"아파. 온몸이 아프다."

"안 돼. 무서워. 집에 가고 싶어."

마폰 왕국과 베이너 왕국 병사들의 사기도 바닥을 기었다.

당장 바로 옆에 있는 병사들을 동료로 받아들이지도 못했다.

어둠이 걷히고 나니 동료들끼리 극렬하게 싸우다가 멈추었던 것이다.

"너희가 감히 기사인 날 공격하다니……."

"살려 주십쇼, 기사님."

"모르고 한 일입니다요. 용서해 주십쇼."

"닥쳐라! 목을 베어서 엄히 다스릴 것이다."

"헉! 제발 목숨만은……!"

"이런 제길! 기사라고 별거 있나? 이왕 이렇게 된 거, 아예 묻어 버립시다!"

"아헬, 고향 친구인 나를 왜 찌른 것인가!"

"실수였지만, 원래부터 널 싫어했어. 내 첫사랑인 포린과 결혼했던 네놈을 죽여 버릴 거다."

어둠이 걷히고 나서도 악화된 감정으로 곳곳에서 계속 전투가 이어졌다.

기사들이 지휘를 하고 있었지만 엉망진창이 된 군기를 빠르게 다잡기는 무리였다.

전투 노예들과 언데드 군단과의 교전도 다시 진행되었다. 적 진영의 한복판에서 일어난 스켈레톤들은 일제히 공격을 받는 바람에 그리 오래 버티지 못하고 무너져 내렸다.

마폰 왕국과 베이너 왕국의 전력이 심하게 손상되고 지휘 계통은 일시적으로 마비되기까지 했다.

물러나서 휴식을 취한 사막 전사들이 다시 접근하면서 마구 화살들을 쏘았다.

모든 병과에 능숙한 사막 전사들의 화살은 공격 범위 안에 있는 병사들을 궤멸시켰다. 사막에서 몬스터들을 상대로 그러했듯이 적들을 휩쓸어 버리는 것이다.

그들의 임무는 원래부터 적군과 어우러져서 전면전을 펼치는 것이 아니라 멀리 외곽을 빙빙 도는 것이었다.

기사단이 공격하면 바깥쪽으로 유인하여 전투를 펼쳐서 잡아먹는다. 그리고 다시 돌아와서 활을 쏴서 적군을 타격하는, 다소 치사하고 야비하다 욕을 먹겠지만 효과는 절대적인 위드의 방식!

그리고 전투 노예들 중에서 주력인 기병들도 돌격했다.

전투는 절정으로 치닫고 있었다.

어둠이 내렸던 그사이에 위드는 원래 자신이 있던 자리를 벗어나서 천둥의 지혜라는 마법병단 옆에 도착해 있었다.

어둠이 내리자마자 방향만 잡고 그대로 돌파해 온 결과다.

마법사들은 이미 호위를 뚫고 들어와 있는 위드를 보면서 경악했다.

"미리 말해 두지만 개인적으로 나쁜 감정은 없어."

"비겁한 놈!"

"이 바닥이 원래 다 그런 거야."

넘실거리는 화염 각인만으로도 가까이 있는 마법사들은 사망했다.

워낙 갑작스럽게 당한 일이라 마법 보호막도 펼치지 못했던 것이다.

위드는 고위 마법사들을 골라서 먼저 검을 휘둘렀다.

레벨 400대 정도의, 왕국에 명성이 자자한 대마법사들이 죽어 나갔다.

바람 마법의 마스터인 안드레는 국왕의 옆에 있어서 죽음을 면하였다.

그렇지만 위드는 안드레의 목숨 따위는 언제라도 취할 수 있다고 생각하고 있었다.

마법사는 굉장히 무서운 존재이기는 하지만 일단 목표로 삼는다면 얼마든지 해치울 자신이 있었다.

아무리 뛰어난 마법사라고 해도 레벨의 차이가 현격하다. 그가 쓰는 마법 공격은 웬만하면 피해 버릴 자신이 있었고, 또한 달려가서 목숨을 끊어 놓을 기회도 엿볼 수 있었다.

"종말의 날!"

천둥의 지혜 마법병단은 그들의 장기인 선더스톰도 써 보지 못하고 전멸했다.

가까이 있는 다른 마법사들을 목표로 다시 공격을 하려는 순간, 호위하는 기사들이 뒤늦게 달려왔다.

"아직 15년은 일러. 사막에서는 감히 내 부하가 되지도 못할 것들이로구나."

화염 검술로 호위 기사들을 가볍게 사망시키고, 흑기사의 일격을 발동시켰다.

다른 하나의 검은 알아서 휘젓고 다니면서 기사들과 마법사들을 제거했다.

인생을 짜게 살면서 터득한 검소함이 전투에도 배어 나왔다.

기사들과 마법사들의 생명력을 정확히 파악하고, 굳이 넘치는 힘을 과시하려고 하지 않는다.

최대의 효율을 위해서 체력까지 아끼면서 간결하게 검을 휘둘렀다.

그저 가볍게 적들을 베는 것임에도 불구하고 일격 필살!

마법사들은 도망치기 위해서 아우성을 쳤지만 하나둘씩 따라잡혀서 회색빛으로 변했다.

적 기사들조차도 우러러보지 않을 수 없을 정도로, 위드는 너무나도 엄청난 활약을 하고 있었다. 마법사와 장거리 공격이 가능한 숙련된 궁수들 같은 고급 전력들이 무참히 죽어 나갔던 것이다.

"저자를 막지 않으면 안 된다. 무슨 수를 써서라도 제거해야 한다!"

베이너 왕국의 국왕이 겁에 질려서 명령을 내렸다.

위드가 공격을 하면서 계속 다가오는 바람에 귀족들과 국왕은 피난을 가느라 전투가 어찌 벌어지고 있는지를 살펴볼 겨를도 없었다.

마폰 왕국이 전투 노예들과 언데드 군단, 사막 전사들까지 대부분을 감당하는 사이에, 베이너 왕국군은 전투에 본격적으로 가담하지도 못했다.

그리고 위드에게로 마구 집중되는 마법 공격들!

마법의 마스터인 안드레가 손을 휘저을 때마다 칼날 바람이 날아왔다.

"이 정도로는 부족하군."

위드의 판단에 의하면, 맞더라도 생명에 큰 지장은 없을 것 같았다. 레벨과 장비가 깡패라는 말처럼 기술이 아무리 뛰어나더라도 힘에 한계가 있는 것이다.

적 진영의 한복판에서 빠르게 움직이는 위드를 맞히는 건 결코 쉬운 일이 아니었기에 애꿎은 베이너 왕국의 기사들만 칼날바람의 희생양이 되었다.

하지만 안드레의 공격도 전초전에 불과했다.

그가 달리 완성시키고 있는 주문은 거대한 바람으로, 목표를 하늘 높이 띄워 올린 후 4개의 회오리바람을 겹치게 하여 분쇄시켜 버리는 광역 마법!

위드뿐만이 아니라 1,000여 명이 같이 피해를 보게 될 테지만 안드레에게는 상관없었다.

마도의 길을 걷는 자로서, 기본적으로 인간의 생명을 그리 귀하게 여기지 않는다. 베이너 왕국의 고위 귀족으로서, 희생자들을 침묵시킬 수 있는 권력도 가지고 있었다.

"저것은 약간 위험해 보이는군."

위드는 싸우면서도 주변을 경계하며 살핀 덕에 마법이 완성되기 전에 미리 발견할 수 있었다.

직접 보거나 경험해 본 적은 없지만 역사서와 주문서 등을 통해 마법 주문에 대해서는 많이 알고 있었다.

아직 마법이 완성된 것도 아닌데 화살이 제 방향으로 날아가지 못할 정도로 미친바람이 불고 있다.

대체로 준비 시간이 오래 걸릴수록 마법의 위력은 강대하다는 것이 보편적인 공식.

"그렇게 나온다면 나도 방법이 있지. 불사조의 생명력!"

위드는 빵빵하기 짝이 없는 스킬을 시전했다.

전투의 전문직인 태양의 전사로 사막을 횡단하면서 얻어 낸 스킬!

3분간 햇빛 아래에서는 어떤 공격을 당하더라도 생명력이 떨어지지 않는다.

물론 약간의 페널티는 있어서, 그 시간 동안 생명력과 체력, 마나가 회복되지 않으며 달리는 것이 불가능해질 정도로 이동 속도도 느려진다.

간단히 이야기하자면, 때리면 다 맞아 주긴 하지만 절대 끄떡도 하지 않는 스킬.

일주일에 한 번만 사용이 가능하다는 사소한(?) 문제도 있긴 했다.

위드는 주변에 있는 적들과 싸우면서 안드레의 마법이 완성되기만을 기다렸다.

"생각보다 오래 걸리는군. 효과가 확실하겠어."

이윽고 마법이 완성되었다.

거센 바람이 불어와서 위드와 병사들의 몸을 하늘로 띄웠다.

바람이 얼마나 거대한지 나무와 흙, 병사들이 떨어뜨린 검과 방패, 갑옷, 땅에 박혀 있던 화살까지도 그대로 딸려 올라갔다.

일찍부터 피하려고 하거나 검으로 바람을 자르면서 최대한 저항했다면 어찌 되었을지는 모르지만, 마법의 위력은 역시 막강했다.

보스급 몬스터를 가장 빠르고 철저히 잡는 방법도, 생명력을 단숨에 깎아 놓는 능력이 있는 마법사들을 활용하는 것.
위드는 바람의 힘에 떠밀려 지상에서 100미터 정도의 공중에 떠 있으면서도 차분했다.
"슬슬 시작하겠군."
할리우드에서 전 세계를 상대로 내놓은 블록버스터급 신작 영화 정도의 기대감.
"안 돼. 벗어나야 돼."
"살려 줘. 살려 주세요!"
베이너 왕국의 병사들은 아우성을 치고 있었으며, 기사들은 명예도 모르는 비겁한 안드레라면서 길길이 날뛰었다. 기사와 마법사의 관계가 그리 좋지 않다는 사실을 보여 주는 전형적인 광경이었다.
위드가 미처 처리하지 못한 마법사들도 함께 딸려 올라가서, 살아남기 위해 보호 마법을 펼치느라 정신이 없었다.
그리고 마침내, 지상과 하늘에서 회오리바람이 일어나더니 네 방향에서 다가왔다.
공중에 떠 있던 화살과 검, 도끼, 아우성을 쳐 대던 인간들이 한 덩어리가 되어 정신없이 빙글빙글 돌기 시작했다.
위드는 폭풍의 핵처럼 완벽하게 중앙에 있어서 아직 바람의 영향을 받지 않았지만, 그의 바로 몇 미터 앞에서만 해도 병사들이 엄청난 속도로 돌아가고 있었다.
"우아아아아악!"
중무장한 기사 1명이 말을 탄 채로 오른쪽에서 다가오더니 바로 왼쪽으로 지나갔다. 그리고 바윗덩어리에 부딪쳐서 사망.

비명 소리가 사방에서 들렸는데, 가까워졌다가 멀어졌다가 제멋대로였다.

당사자들은 당연히 죽음의 공포를 강하게 느꼈다. 마법에 휩쓸린 이들은 전투력 자체를 상실.

지상에서도 외곽 지역에서는 잠시 전투를 멈추고 이곳을 올려다보고 있었다.

이 장면을 본 어린아이들은 겁에 질려서 밤잠까지 설치게 되리라.

위드는 살림 경험이 길고 긴 만큼 조금 다른 각도에서 생각했다.

손빨래를 벗어난 지가 1년도 채 되지 않았다.

중고 할인 매장에 가서 12년 된 세탁기를 사 왔는데, 그 정도로도 살림이 훨씬 편해졌다고 느꼈다.

옷, 수건, 속옷까지 넣고 세제만 풀어 주면 탈수까지 깨끗하게 끝나서, 빨래 걸이에 널기만 하면 되었으니까.

하지만 방송국 관계자들이 집안 살림들을 몽땅 바꿔 주면서 고용량 세탁기를 갖게 되었다.

무슨 특수한 모터를 써서 가격도 더 비싸고, 이불 빨래에도 넉넉한 통돌이 세탁기!

강력한 물살과 통돌이의 빠른 회전은 무한한 감동을 주었다.

집 안에 빨래를 할 것이 더 없는지 찾아보고, 화창하게 맑은 하늘을 바라보며 세탁기를 돌리는 날이면 행복한 기분까지 들었다.

"확실히 세탁기는 용량도 중요하지만 힘이 세야 돼."

광역 바람 폭풍이 주는 감흥이 세탁기보다도 못했다.

이어서 회오리바람이 위드에게로 다가와서 세차게 할퀴었지만 생명력 저하는 일절 없었다.

바람으로 인해서 망토의 내구도가 7 감소했습니다.

장비들의 내구도는 조금 떨어졌지만 이 정도쯤이야 조나스 성의 대장장이들을 들볶아서 고치면 될 일이다.

"시원하군. 여름에 이렇게 바람이 잘 불어 줘야 할 텐데."

자장면에 탕수육까지 먹고 커피를 한 잔 마실 정도의 느긋한 여유.

불사조의 생명력 유지시간은 아직 1분 20초 정도나 남았다.

설혹 마법이 그보다 더 오래 지속되더라도 그때쯤이면 이미 충분히 약해져 있을 테니 어떻게든 바람의 핵심을 깨고 빠져나가면 될 일.

사막 전사들은 그가 대단한 마법에 걸려 있는 걸 보면서도 사기가 감소하거나 동요하지 않았다.

전일이 말했다.

"저 정도에 죽을 분이 아니다. 훨씬 더 독한 곳에서도 끈질기게 살아남으셨다."

전이도 동의했다.

"독에 걸려도, 함정에 빠져도, 몬스터의 무시무시한 공격을 맞아도 죽진 않았다."

사막에서의 질기기 짝이 없던 그 생존력을 믿고 있기 때문이었다.

위드는 마법이 끝나기만을 느긋하게 기다렸다. 다시금 전장에서 활약을 하기 위한 대기 시간.

지상에서는 베이너 왕국군이 수십 겹의 포위망을 구성하기 위하여 노력하고 있었다.

기사단이 10개 이상 집결하고, 기병들이 그 주위를 에워쌌다. 마법사들은 각자 장기인 마법을 준비하는 상황이었다.

위드가 아무리 인간 중에서 가장 강하다고 해도 베이너 왕국군의 전력을 무시할 수는 없다.

하지만 그럼에도 확실한 자신감을 가지고 있는 까닭이라면, 만약을 위한 도망 계획을 엄청나게 가지고 있다는 점.

여차하면 조각 변신술을 써서 베이너 왕국군으로 분장해 도망치려고 조각품까지 미리 다 만들어 놓은 후였다.

"다 먹고살자고 하는 것인데."

바람 폭풍 마법이 절정에 달했다.

그리고 누구도 예상치 못한 부가적인 효과.

위드의 넘실거리는 화염 각인의 불길은 여전히 타오르고 있었다.

마나의 불길, 생명이 꺼지지 않는 한 사라지지 않아야 하는 불길이다.

거센 바람이 밀려오는데도 수그러들지 않고 저항을 한다면서 위드의 마나를 쏙쏙 빨아들이더니, 제멋대로 불길이 불어나 바람과 뒤섞였다.

바람 폭풍에 불길이 휘말리더니 사방으로 퍼져 나가 버린 것이다.

공중에서 화염 줄기와 불덩어리가 꽃보다도 아름다운 형상을 그리면서 날아가 왕국군을 강타했다.

지상의 병력을 집어삼키면서 걷잡을 수 없이 번져 나가는 화염, 예상치 못한 대파괴의 현장이었다.

"역시 불조심을 해야 돼. 꺼진 불도 다시 보자는 말이 있는데… 외출할 때는 가스 밸브도 항상 잠가 놔야지."

안드레의 마법은 결과적으로 밀집한 베이너 왕국군에 궤멸에 가까운 피해를 입히는 것으로 끝났다.

병사들의 사기 추락은 물론이고, 마나를 다 소진한 안드레도 괴로워하면서 기사들의 호위를 받으며 물러서는 것이 보였다.

위드가 땅으로 내려서고 있을 때, 언데드 군대가 있는 쪽에서 큰 함성이 나왔다.

인간들의 절규에 가까운 비명 소리에 이어서, 주로 언데드들이 겔겔거리는 소리였지만.

"크히히히히힛."

"캬핫캬하하하핫!"

위드가 상황을 파악해 보니 반 호크가 대단한 활약을 펼친 듯했다.

반 호크는 둠 나이트들과 함께 영혼 이탈의 돌격으로 마폰 왕국군을 좌우로 분단시켰다.

이어 앞으로 나온 마폰 왕국의 공작이며 검술의 마스터, 로하드람을 상대하게 되었다.

"인간 기사로군. 나는 심연에서 돌아온 반 호크다."

"언데드 주제에 제정신을 가지고 있다니 놀라운 일이군. 그러나 이 신성한 땅은 언데드에게는 허락되지 않는다는 것을 가르쳐 주마."

어비스 나이트 반 호크와 로하드람의 일대일 대결이 펼쳐지게 되었다.

유령마와 백마를 탄 둘은 기사답게 마상에서 겨루었다.

양쪽 다 검을 들고 같은 방향으로 말을 몰면서 검투를 벌이고 있었다.

팽팽한 접전이 벌어지면서, 마상 결투만의 멋진 장면들이 속출했다.

검을 휘두르고 막아 내고, 말 위에서 절묘하게 균형을 잡으면서 펼쳐 내는 불꽃 튀는 대결이 이어졌다.

레벨이나 힘은 반 호크가 높지만 기술 면에서는 로하드람이 약간 뛰어나다.

쉽게 승부가 나지 않자 로하드람은 마음이 급해졌다.

마폰 왕국 최고의 기사로서 적을 빨리 해치우지 못했다는 조바심에, 무리한 연속 공격을 날려 왔다.

이에 반 호크는 능숙하게 공격들을 받아넘기고 반격을 가하여 로하드람에게 큰 부상을 입히고 말에서 떨어뜨렸다.

기사대전에서 낙마한 것은 분명한 패배를 의미했다. 마폰 왕국의 기사단이 구하러 와서 죽이지는 못했지만, 군대 전체의 사기가 극도로 낮아졌다.

"로하드람 님이 패배하다니… 역시 무리였어."

"히에엑, 어비스 나이트가 우리를 해골로 만들어 버릴 거다."

NPC 병사들의 전투력은 사기에 큰 영향을 받는다. 사기가 높으면 전력의 200%를 발휘하기도 하지만, 반대로 사기가 낮으면 제대로 싸우지도 못하고 전멸하기도 한다.

사실 꼭 NPC라는 특성 때문만이 아니라, 인간들 역시 사기에 따라서 이길 수 있는 전쟁에 지는 경우도 비일비재했다.

"어비스 나이트 반 호크 만세!"

"언데드 군대의 총지휘관 반 호크!"

전투 노예들 중에서 엠비뉴의 광신도들도 광란의 함성을 터트렸다.

그리고 위드의 눈가에 희미하게 일어나는 경련.

자기는 베이너 왕국군의 진영 한복판에서 생고생을 하면서 피해를 입히고 있는데, 정작 영광의 과실은 모두 반 호크가 쓸어 담아 가는 게 아닌가.

"이놈의 세상은, 뼈다귀까지 믿을 수가 없다니."

위드는 시기심을 참지 못하고 깊이 탄식했다.

그렇지만 전투는 아직 끝나지 않았다.

"지금부터라도 알맹이를 쏙쏙 빼먹으면 돼. 마법사들의 마나도 다 떨어졌고 적들의 사기도 엉망이니까. 진정한 대활약을 할 수 있는 기회지."

적들이 허수아비는 아니지만 이제부터는 진정 전쟁의 신이 강림한 것처럼 쓸어버리리라.

위드는 땅바닥에 손을 댔다.

> 대지의 여신 미네의 도움으로 체력과 생명력을 회복합니다.

땅의 기운을 받아들이는 빠른 회복력이야말로 비장의 무기와도 같았다.

일반 병사들과 기사들은 감히 덤비지도 못하기에 적들 사이에 있으면서도 죽을 염려 따위는 하지 않았다.

그렇게 각오를 다지며 몸을 일으키는 순간!

"이길 수 없는 전쟁이다. 모두 퇴각하라."

"폐하의 명령이 내려졌다. 들모레 요새로 후퇴한다."

상당한 피해를 입은 마폰 왕국과 베이너 왕국이 갑작스러운 후퇴를 개시했다.

사망자와 부상병을 합하면 족히 15만이 넘어갈 정도의 손실을 입었다. 그에 비해서 사막 전사들은 거의 건재하였고, 언데드들은 줄어들 기미를 보이지 않는다.

전투 노예들이야 반 넘게 죽었지만 토벌군에서도 큰 의미를 두지 않았다.

"안 돼! 절대 이렇게 퇴각할 때 그냥 놓아줄 수는 없지."

사실, 대군이 후퇴를 하는 시기가 공적을 올리기 가장 쉬운 기회였다.

전장에서 급속히 탈출하려는 마음에, 마폰 왕국과 베이너 왕국군은 전투 물자들도 그대로 버려두고 빠져나가고 있었다.

기병들은 자기들이 살기 위해서 앞장서서 도주하고, 보병들은 등을 드러내고 방패를 내던지면서 후퇴했다.

방어나 반격이 전혀 되지 않기에 이럴 때 추격하면서 큰 공을 세울 수 있다.

"돌격하라, 언데드 부대여!"

"크휘히히히힛!"

어비스 나이트 반 호크가 언데드 군단을 이끌고서 추격에 나섰다.

전투 중에 둠 나이트, 데스 나이트가 많이 생성되어서인지 언데드 기사들이 아주 많았다.

추격하면서 적들에게 피해를 입히기에는 최고의 조합!

"사막의 영혼들이여, 대륙의 나약한 놈들에게 매서운 맛을 보여 주자!"

"우와아아아!"

전일이 사막 기병들과 함께 퇴각하는 적들을 몰아쳤다.

보병들에게 화살을 쏘고 작은 도끼를 던지며, 말 그대로 도륙을 했다.

"고생은 내가 다 했는데… 이건 아니야!"

위드도 허둥지둥 뒤쫓아 갔지만 언데드 기사단과 사막 전사들이 워낙에 빨랐다.

그렇다고 해서 놈들을 잡지 말라고 할 수도 없지 않은가.

위드는 주인을 잃어버리고 근처를 어슬렁거리던 말에 올라탔다.

"당장 달려라!"

말을 타고 따라가면서 적지 않은 기사들을 해치웠다.

베이너 왕국군의 진영으로 파고들어 가서, 숫자를 기억하지 못할 정도로 많은 기사들과 귀족들을 처단했다.

적들은 돌아서서 덤빌 생각도 하지 못한 채 마구 뒤엉켜서 도망치느라 바빠, 일방적인 도륙이 이루어졌다.

그러나 들려오는 함성 소리!

"전사 전칠이 베이너 왕국의 왕위 계승자를 사로잡았다!"

"이럴 수는 없어."

"용맹한 사막의 전사 전이가 마법병단의 단장을 베었다!"

"안 돼. 내 거야!"

위드의 주변에는 일반 병사들과 기사들만 아주 넘쳐 나고 있었다.

전투에서 쉽게 대승을 거두고 있었는데도 불구하고 석연찮고 찝찝한 기분.

그런데 마폰 왕국군과 베이너 왕국군이 퇴각하는 길목에 수만에 달하는 군대가 나타났다.

"적들의 지원군인가, 아니면 도주하는 척하면서 우리를 함정에 빠뜨리려는 매복? 그렇다면 전쟁은 지금부터지!"

위드는 아직 몸이 덜 풀려서, 이제야 실컷 싸울 수 있게 되었나 보다고 좋아했다.

그러나 앞에서 나타난 군대는 마폰 왕국과 베이너 왕국군을 공격했다.

"우와아아, 헤스티거 님이 돌아왔다!"

"오푸스 성을 파괴하고, 추격대를 물리치고 돌아오신 영웅 헤스티거 님이 놈들의 도주로를 차단했다!"

행운이 따라다니는 얄미운 헤스티거!

이번에야말로 죽어서 다시는 안 볼 수 있을 줄 알았는데 병력도 거의 잃지 않고 돌아오고 만 것이다.

노들레의 성장 퀘스트를 하면서 위드 혼자만 강해진 것은 아니었다. 부하 NPC들도 함께 성장을 해서, 기회가 생기니 대단한 전투 공훈을 세웠다.

닭 쫓던 개 꼴로, 위드는 NPC를 부러워할 수밖에 없게 되어 버리고 말았다.

마폰 왕국과 베이너 왕국의 대참패와 전면 퇴각!

그들은 몇 겹의 방어 마법이 걸려 있는 들모레 요새까지 철수했다.

요새의 주변에 흐르는 강에는 은이 아주 많이 섞여 있었다. 신성한 은의 속성으로 인해 언데드들이 침범하지 못하는 땅에 위치해 있는 것이다.

그러나 살아서 요새까지 도달한 병력은 절반 정도밖에 되지 않았다.

전투가 정점에 이르기도 전에 베이너 왕국의 국왕이 빠르게 후퇴 명령을 내린 까닭은 위드에게 겁을 먹은 탓이 컸다.

전군이 총공격을 해도 죽지 않고 쌩쌩하게 날아다니며 막대한 피해를 입힌 위드의 무력에 압도당하고 만 것이다.

"이기고 나서도 배가 아프군."

위드는 군대를 이끌고 그들을 추격하면서 상당한 포로들을 붙잡고 근처에 있는 도시들을 약탈했다.

민간인들도 강제로 잡아들여서 병사들로 다시 확보했다.

지금 잡은 병사들이 전쟁에서 그다지 도움은 되지 않겠지만, 언데드들을 위해서라도 부대의 규모를 더 크게 유지하기 위함이었다.

마폰 왕국과 베이너 왕국군의 방침은 확고했다.

수도로 향하는 길목에 있는 들모레 요새를 철저히 지킨다.

남부의 야만인들과 언데드들을 몰아내겠다며 요새 밖으로 나오지 않았다.

결국 마폰 왕국과 베이너 왕국의 도시들이 절반은 수비를 포기한 꼴이 되고 말았다.

"이렇게 된 이상 다음의 전투를 준비해야겠군."

전쟁의 시대의 왕국들과의 전투는 입가심 정도!

진짜 승부는 막강하기 짝이 없는 엠비뉴의 군단과 벌여야만 했다.

전쟁의 시대에서도 벌어지지 않았던 가장 큰 전쟁!

역사에도 존재하지 않는 전쟁을 엠비뉴 교단과 치러야 했다.

위드는 전일에게 명령을 내렸다.

"포로로 잡아들인 패잔병들에게 무기와 갑옷을 지급할 준비를 해."

이번의 전투로 잡아들인 포로들만 하더라도 10만 명은 되었다. 도망치다가 뒤처진 병사들이 마구 항복해 왔던 것이다.

"그래도 될까요?"

일반 주민들과는 달리 훈련된 병사들이다. 그들이 반란이라도 일으키진 않을지, 어찌 안단 말인가.

"괜찮다. 엠비뉴 교단이 진군해 오면 그들도 살기 위해서라도 함께 싸울 수밖에 없을 테니까."

엠비뉴의 대단한 군대는 상상을 초월하는 수준이었다. 항복한 병사들이 최선을 다하더라도 살아남긴 어려울 것이다.

한국 대학교.

이혜연은 오빠 때문에라도 아주 유명세를 떨쳤다.

전신 위드의 여동생!

그녀를 먼발치에서라도 본 사람들은 자기 눈부터 의심했다.

“믿기지 않아. 오크 카리취의 여동생이 진짜 재야?”

“그건 네가 오크 마니아라서 그렇고, 또 위드가 좀 이상한 상태였잖아.”

“아무튼 오빠랑 여동생의 외모가 어떻게 저렇게 다를 수가 있냐.”

이혜연은 대학에 막 입학했을 무렵부터 학과 내에서는 귀엽고 예쁜 얼굴로 이름을 날렸다.

수수하게 청바지에 티셔츠를 입고 고무줄로 머리를 질끈 동여맨 모습에 반해서 그녀를 짝사랑하는 선배들이 참 많았다.

“안녕, 혜연아. 시간 있니?”

“죄송해요, 선배. 도서관에서 과제 해야 되거든요.”

“뭔데? 내가 도와줄 수 있으면…….”

“저 혼자서 할 수 있어요. 그래야 실력이 늘잖아요. 다음에 봬요.”

그녀는 도서관에서 많은 시간을 보냈다.

학교 강의도 착실하게 들어서, 대부분의 수업에서 A 이상을 받고 각종 장학금을 휩쓸었다.

그렇지만 일단 학교 식당에 도착하면 주변을 잘 살폈다.

"선배님!"

"혜연이구나. 밥 먹으러 왔니?"

"넵!"

"같이 밥 먹을래?"

"넵, 선배님!"

학교 식당에서는 갑자기 없던 애교가 무럭무럭 생기는 그녀!

"선배님, 작년에 교양으로 UN 외교학 배우셨죠? 거기 교재가 기억이 안 나는데… 어디서 사야 돼요?"

"너도 이번 학기에 그거 들어? 내가 보던 책 있는데 줄게."

"와, 고맙습니다!"

학비에 식비, 교재비까지 공짜로 챙기는 그녀였다. 휴대폰에는 일정표를 만들어서 항상 기록도 하고 다녔다.

"김진식 선배한테는 사흘 전에 얻어먹었으니까 넘어가고, 호윤 선배한테 얻어먹은 지 2주 가까이 되었네. 놓칠 수 없지."

밥 잘 사 주는 선배들은 특별 관리까지 들어갔다.

그러면서도 MT나 술 모임에는 전부 빠졌다.

"죄송해요. 공부해야 돼서요."

"그래도 같이 과제할 사람들끼리 모이는 자리인데… 한 잔만 하고 가지."

"오빠가 남자들이랑 술 먹지 말라고 그랬어요. 남자란 동물은 믿을 수가 없는 존재들이라서 절대로 기회를 주면 안 된다고요."

술자리는 철저하게 피하는 그녀였다.

대학생이 되면 술자리를 조심해야 한다고 그렇게 많은 이야기를 듣지 않았던가.

그렇지만 그녀에게도 위기는 찾아왔다.

“그렇게 맨날 빠지면 되겠니? 이번만큼은 교수님도 오시니까 참석해라.”

학회장의 강요 아닌 강요.

“휴, 이번에는 거절하기 힘들겠네.”

이혜연은 학과 모임으로 호프집에 따라가게 되었다.

그녀가 온다는 이야기가 퍼져서, 평소에 참석하지 않던 선후배들도 많이 왔다.

“자, 위하여!”

교수를 시작으로 가볍게 맥주로 달렸다.

사실 인사불성이 되도록 마시고 사고를 치는 것도 구세대의 유물. 요즘에는 적당히 마시면서 이야기를 나누다가 일찍 들어가는 것이 일반적이었다.

물론 술을 마시다가 속마음을 이야기하고 고백을 하며 커플이 되는 경우는 여전히 많다.

이혜연은 바로 맥주에 소주를 말았다. 잔에 넣고 빙글빙글 돌리는 모습이, 전문가 수준이었다.

“그거 나 주게? 선배 술 약한데.”

“아니요. 제가 마실 건데요.”

그리고 시원하게 원 샷.

“캬아, 좋다.”

"혜, 혜연아, 너 술 못 마시는 거 아니었니?"

"술요? 없어서 못 먹죠. 마시려면 비싸고 돈 아깝잖아요."

연속 세 잔의 폭탄주가 그녀의 입속으로 들어갔다.

"안주도 먹으면서 마셔."

"술맛 떨어져서 안 돼요."

엄격하게 술을 마시는 이혜연이었다.

그런 그녀에게 학과 교수도 관심을 가졌다.

"혜연이도 예전에 술 좀 마셔 봤니?"

"그럼요. 어릴 때는 조금 놀았거든요."

"하하, 껌 좀 씹고 다녔어?"

"아니요. 친구들이랑 면도날 씹을 때 많이 마시고 다녔죠."

"……."

이혜연은 오랜만에 술을 마시니 기분이 좋아져서 말수가 많아졌다.

"어릴 때는 원래 철이 없고 그렇잖아요. 밤새도록 마시고 패싸움하고, 지나가는 애들 삥도 뜯고 욕도 하고."

"위험하게 놀았구나. 무슨 사고 같은 건 안 일어났고?"

"별다른 건 없어요. 친구 중에 1명이 오토바이 타다가 식물인간 된 정도? 아, 참! 걔 얼마 전에 깨어났다고 연락도 왔는데 공부하느라 바빠서 못 갔어요. 전화라도 해 봐야 되는데."

"……."

"그렇게 놀다가 오빠한테 걸렸어요."

"오빠가 화 많이 냈겠구나?"

"네. 처음으로 다리가 부러져 봤어요. 그때 3달간 꼼짝없이 방바닥에만 누워 있으면서 생각했죠. 다음에 걸리면 진짜 사지가 다 부러지겠구나. 오빠한테 안 걸릴 자신은 없고… 그래서 그 후로 어쩔 수 없이 정신 차리게 됐어요."

탈선하는 청소년이던 이혜연을 바로잡은 건 오빠의 과감한 폭력이었다.

영원한 동료 자하브

검치와 사범들 그리고 수련생들까지 깊은 고뇌에 빠졌다.

〈로열 로드〉를 하다 보면 수많은 사람들이 각자의 고민을 하기 마련이다.

'여기서는 퀘스트를 어떻게 진행하지?'

'유룬 산에서 버섯을 따 오라는데… 내 능력으로는 위험할 것 같은데, 갈까 말까.'

'공격 스킬을 어떤 방향으로 올려야 돼?'

캐릭터의 성장이나 퀘스트. 〈로열 로드〉는 실제 살아가는 것과 같았기에 많은 선택의 갈림길이 있었고, 그에 대한 고민도 따라오게 된다.

그러나 검치와 수련생들의 고민은 그런 고차원적인 것이 아니었다.

인생, 복잡하게 살지 않았다. 강한 놈이 있으면 싸우고, 배고프면 먹었다.

검둘치의 애인이 정신과 의사라는데, 사실 이해가 되지 않는 부분이 한두 가지가 아니기도 했다.

'불면증? 왜 밤에 잠이 안 와? 누워서 눈 감으면 바로 코 골고 자는 거 아닌가?'

'우울증에 걸리면 세상 살기 싫어진다고? 완전 거짓말 아닌가. 아니, 개똥밭에 굴러도 이승이 좋다는데 왜 자살 같은 걸 하고 그래?'

정신과와는 아예 담을 쌓고 살아가는 그들이 괴로워하는 건 위드 때문이었다.

"스승님, 위드가 이런 모험을 하고 있는데 우린 그동안 너무 나태해 있었습니다."

"부끄럽구나. 진작 드래곤 1마리 잡았어야 되는데. 스승으로서 너희를 볼 면목이 없다."

"아닙니다, 스승님. 이게 다 저희 탓입니다. 저희가 제대로 스승님을 보필하지 못하였기 때문입니다."

위드가 어떤 모험을 하더라도 검치와 수련생들은 그러려니 했다.

상식적으로 위드는 그들보다 〈로열 로드〉를 플레이한 시간이 조금 더 길다.

또한 더 많이 빠져서 더 긴 시간을 투자한다.

국가를 세워도 잘했다고 칭찬해 주고, 퀘스트에 성공을 하더라도 담담했다.

복잡한 여러 조건들을 달성해야 하는 퀘스트들은 그들에게 성가시기만 한 것이었기 때문이다.

강한 몬스터가 있는 곳으로 가서 몽땅 다 때려잡으면 되는데 뭐 하러 퀘스트를 받아서 굳이 심부름하는 기분을 느껴야 한단 말인가.

누가 좋은 놈이고 나쁜 놈인지 구분할 필요도 없다.

강해 보이면 그냥 다 때려잡는다.

과거에 먹을 것 궁하고 가난하던 시절에야 굶어 죽지 않고 돈을 벌기 위해서라도 퀘스트를 했지만 지금은 그다지 열정적이지 않았다.

하지만…….

"위드가 혼돈의 드래곤과 싸울 것이라니… 음."

"스승님, 아직 이긴 것은 아니지 않습니까?"

"그래도 몸이 근질근질하구나."

검치와 수련생들이 부러워하는 건 드래곤과의 싸움이었다.

그들도 이미 브레스에 녹아 봤기 때문에 지금 상태에서 무턱대고 드래곤과 싸우려고 한다는 것이 얼마나 무모한 짓인지는 잘 안다.

아무리 혼신을 다해서 검을 익히더라도 폭격기와 싸울 수는 없는 것 아니겠는가.

현대를 살아가는 검사로서의 한계도 알고 있었기에 묵묵히 힘을 키워 왔다.

그러나 과거로 돌아가서 진행하는 퀘스트일망정, 놀랍도록 강해져서 드래곤과 전투를 벌인다니.

그건 얼마나 짜릿한 일이 되겠는가.

"드래곤 슬레이어. 이 호칭은 내가 최초가 되려고 했는데."

"크흐흑, 영광의 기회를 놓쳐 버리고 말았습니다."

검치와 수련생들은 자만하고 나태했던 자신들을 반성했다.

"삼치야, 우리가 지금까지 해 온 게 뭐냐."

"무예인 마스터 퀘스트입니다."

"어떤 일들이 있었지?"

"그게… 제자들을 키웠죠."

검치와 수련생들은 NPC 제자를 들여서 자신의 기술을 가르쳐 줬다.

제자들은 스승들이 스스로 탄생시킨 무예인의 비기를 최소한 고급까지 익히고 던전을 통과해야 했다.

"검을 휘둘러라."

"언제까지요?"

"밤새도록. 지쳐서 죽을 것 같으면 말해라. 내가 먼저 죽여 줄 테니까."

자상하고 이해심 많은 스승이 아니라, 수틀리면 패고 귀찮으면 자습시키고 나중에 검사해 봐서 실력이 별로면 짜증 내는 스승들.

그럼에도 제자들을 선별하는 안목은 있었다.

본인들이 겪은 다년간의 경험 때문에, 어지간히 독하지 않으면 수련을 견뎌 내지 못한다는 사실을 알았다. 재능도 중요하지만 그보다는 성격, 즉 죽기 살기로 검술을 배울 사연 있는 인재들만 구해 냈다.

"저의 부모님들이 산적에게……."
"그럼 복수를 하기 위해서라도 앞으로 강해져야겠구나."
"그냥 스승님이 해 주시면 안 될까요?"
"너도 부모님의 품으로 가고 싶은 게냐?"

제자들은 물 먹은 콩나물처럼 마구 자라나서 던전을 통과해 냈다. 그 후에는 각자의 삶을 살아가게 되었다.
아르펜 왕국의 기사가 된 제자도 있었고, 용병으로 세상을 떠돌기를 결정하기도 했다.
검술에 대한 자질이 생각보다 별로라서 상인으로 방향을 전환하는 경우도 있었다.

"상인이 되고 싶다고?"
"예. 죄송합니다, 스승님."
"아니다. 상인도 좋은 직업이다."

검백일치는 제자의 탈선을 흔쾌히 허락해 주었다.
아는 상인이 있으면 두고두고 이득을 볼 수 있을 테니까.
어설프게 검술을 익혀 봐야 같이 사냥을 하고 다닐 수 있는 것도 아니다. 그런 제자가 필요하다면 또 들여서 두들겨 패면 되는 것 아니던가.

검오치의 제자는 배우는 과정에서 워낙에 많이 맞아서, 던전을 통과하자마자 감시가 소홀한 틈을 타서 도주했다. 그리고 어딘가에서 산적이 되었다고 하는데, 벌써 꽤나 유명해졌다.

"제자들을 키운 후에는 몇 가지의 스킬을 익혔습니다."

검삼치는 지난 일을 다시 회상했다.

제자들을 다 키워 놓고 나니 무예인으로서 깨달음을 얻었다.

강해지는 데 도움이 되는 스킬들, 육체 강화, 방어술, 시력 확장, 초인적인 생명력.

이런 스킬들을 얻어 낸 이후에 또다시 수련의 과정을 거쳐야 했다.

3개월이라는 정해진 시간 안에 새로 익힌 스킬들을 고급 3레벨까지 달성하지 못하면 사라져 버린다. 아울러 무예인 마스터 퀘스트도 다시 진행할 수 없게 된다.

들리는 풍문으로는 검사 마스터 퀘스트 등은 아무 때나 중단하거나 미루어 둘 수 있다는데, 무예인은 그렇지 않았다.

작은 실수나 패배라도 경험하면 그걸로 완전한 마스터의 자격은 물 건너가 버린다.

상당히 억울하다고 할 수도 있는 페널티였지만, 검치와 수련생들은 오히려 만족스러워했다.

"무예인이 다른 직업과 다 똑같으면 안 되지. 이 정도 대우는 받아 줘야 마땅하다."

"당연히 그렇습니다, 스승님."

그들만 특별하다는 자부심으로 3개월간 각자가 산속에 들어갔다.

무예인이라는 직업이 산속에서 수련해야 스킬의 숙련도가 더 빨라지는 건 아니고, 분위기 있는 장소에서 해내야 한다는 기분의 문제!

나뭇가지 위에서 하루를 보내기도 하고, 숲에서 동물들을 따라다니면서도 스킬 숙련도를 쌓는다.

다양하고 특이한 훈련 과정을 수행하면서 숙련도를 쌓아서 새로 얻은 스킬들을 완전히 다룰 수 있게 되었다.

레벨은 이전보다 특별히 높아지지 않았더라도 부가 스킬들로 인해서 전투력은 훨씬 강해졌다.

검술에 매진한 결과도 남달랐다.

사실 인간인 이상 3달을 검만 휘두르면서 살자면 지루해서 견디기가 어렵다. 그렇지만 검치와 수련생들은 걸음마 이후부터는 계속 검을 휘둘렀기에 일상과 다르지 않았다.

"내가 그래도 서열이 있는데… 검오백오치 저놈한테 밀릴 수는 없어."

"이놈들이 왜 이렇게 열심히 하지? 아, 뭐 좀 먹고 쉬려고 했더니."

산속에서도 불타오르는 경쟁의식으로 인해서 검술 스킬들도 엄청나게 올려놓은 후였다.

저마다 최소 고급 9레벨까지를 달성한 상태!

자신들이 만들어 낸 비기를 완전히 몸에 맞춰서 익히면서 특별한 스탯과 공적까지 추가되었다.

회상을 마친 검삼치가 자신의 생각을 말했다.

"우리가 너무 안일하게 생각하고 놀았던 것 같습니다."

검치도 무겁게 고개를 끄덕였다.

"내 생각과 같구나. 이대로라면 체면이 말이 아니다."

"스승님, 좋은 의견이라도 있으신지요."

"꿩 대신 닭이라고 웬만큼 강한 몬스터와 싸워 봤자, 드래곤과 비교할 수는 없을 것이다."

"그렇죠."

검치와 제자들이 이미 북부에서 잡은 몬스터들만 하더라도 다양했다.

한 지역을 제패한 몬스터들에게도 마구 달려들었고 던전도 격파하였지만, 그 정도로는 이름값을 다했다고 볼 수 없다고 느꼈다.

"우리도 기사단을 만들자."

"과연 훌륭한 생각이십니다!"

검치의 의견에 대해 제자들은 깊이 생각하지도 않고 공감을 표시했다.

신속한 아부야말로 스승의 기분을 좋게 만들어 준다.

검치는 엉뚱한 행동도 자주 했지만, 이번에는 상당히 깊이 생각하고 말한 것이었다.

"위드가 하는 전투를 봐도 기사단이 가장 멋있더구나. 기사단이 체계적으로 싸우면 효과는 수십 배가 된다. 전투에 이기느냐 지느냐가 기사단의 활약에 달려 있다고 해도 될 정도지."

"예. 맞습니다."

"그리고 얼마 후면 중앙 대륙 애들과 싸움이 벌어지지 않겠느냐."

"그렇죠."

북부에는 곧 하벤 제국이 침략해 올 거란 소문이 파다하게 퍼지고 있었다.

술렁이는 민심 사이에는, 자발적으로 아르펜 왕국군에 소속되어서 싸우겠다는 유저들이 속출했다. 풀죽신교에서는 대회합을 거쳐서 전투 계획도 짜고 있었다.

"우리끼리 기사단을 편성해서 놈들에게 제대로 맛을 보여 주자. 그 바드레이라는 놈도 우리가 잡아 버리는 것이지."

"스승님의 혜안은 제자들이 따라잡을 수가 없습니다."

"그 전투를 완벽한 승리로 끝내고 나서 우리도 드래곤을 잡으러 가자꾸나."

"과연 고명하신 생각입니다."

위드가 장기간 자리를 비워도 잘 돌아가는 아르펜 왕국에 대해서 사람들은 신기해했다.

"국왕이 없는데 여긴 왜 망하지도 않지?"

"그러게. 그냥 있으나 없으나 잘 돌아가네."

국왕이 나라를 방치하면 치안이 악화되고, 그러면 도적 떼가 들끓거나 주민들이 순식간에 떠나 버린다.

그렇지만 모라타와 바르고 성채 등의 치안은 물론 아주 좋았다. 상업이 발달한 지역치고는 좀도둑도 거의 없었는데, 경제적으로 대단한 부흥을 이루고 있었기 때문이다.

현재 아르펜 왕국의 영역은 거의 북부 전체로 확장되었다. 지역적으로 도시가 없는 늪지대나 깊은 산속이더라도 주민들은 아르펜 왕국에 경제적, 문화적으로 종속된 상태였다.

아르펜 왕국 소속의 모험가와 전사 들이 와서 몬스터들을 퇴치해 주고 의뢰를 해결해 준다. 그리고 상인들이 교역을 하고, 광부들은 광산을 개발했다.

곤경을 겪던 주민들로서는 고맙기 짝이 없는 일이었다.

또한 아르펜 왕국의 군대도 대대적으로 창설되어서, 적극적인 몬스터 퇴치 활동을 벌이면서 북부 전체를 영토로 얻어 낸 것이다.

출생률은 기적적으로 높아졌고, 북부의 넓은 땅에는 인간들만이 살아가는 것이 아니었으니…….

"취익!"

"여기는 집을 짓고 살 수 있겠다, 엄마. 취췻!"

"넓은 동굴을 구해야 된다, 췻. 안 그러면 누울 자리가 없다, 취취취익!"

동부에서 배를 타고 건너와서 북부에 번성하게 된 오크들!

그들은 바르고 성채 주변에서부터 정착을 했는데, 오크 유저들도 선택해서 시작할 수 있게 되었다.

어쩌면 하나같이 카리취를 닮아서, 인상은 거의 눈 뜨고 못 볼 수준이었다.

빨리 강해지고, 순식간에 번식하는 습성상 바르고 성채 주변의 영역은 오크들이 평정하였다.

까다롭고 거칠기 짝이 없는 몬스터가 있더라도 오크 2만 대군, 5만 대군이 덤벼드는데 어찌할 것인가.

던전 내부는 정복되지 않은 곳이 부지기수였으나 적어도 산맥 자체에서는 몬스터들이 대규모로 돌아다니지 못하게 되었다. 오크들에게 치를 떨면서 산맥 너머의 먼 곳으로 이주를 해 버린 것이다.

그리고 오크들은 바르고 성채 인근을 터전 삼아서 계속 늘어났다.

"이게 사슴 다리 맛이냐, 취췻. 맛있다, 취익!"

불에 굽지도 않고 피가 뚝뚝 흐르는 다리를 먹으면서도 오크들은 특별한 맛을 느낄 수가 있었다.

야생의 멋과 맛에 듬뿍 빠져든 오크 유저들은 계속해서 늘어났다.

그리고 오크 성채는 오크들로 넘쳐 났다.

"비켜라. 나가야 된다, 취췻!"

"취취췻, 내가 먼저다!"

성채 밖으로 나가기 위한 오크들의 대기 행렬이, 마치 직장인들 출퇴근 시간의 꽉 막힌 도로처럼 보일 정도였다.

오크 유저 1명이 이끄는 새끼 오크들이 최소한 100마리 이상씩이다 보니 나중에는 성채가 미어터질 지경이 되었다.

"여긴 돼지우리다, 취췻."

"아, 그래서 우리가 오크인가 보다, 취치칙!"

오크 유저들은 식량도 구하고 사냥도 하기 위해서 각자 따로 살기로 결심했다.

안락한 오크 성채에 있으면 원하는 걸 얻기가 쉽다. 상인에게 질 나쁜 식량이라도 구입해서 새끼들에게 먹이면 무럭무럭 잘 자란다.

간혹 지나가던 새끼 오크를 보고 귀엽다고 머리를 쓰다듬어 줬더니 다다음 날에는 2미터 30센티의 거구로 자라나서 등장하는 경우도 있었다.

오크 가문을 형성하기에는 딱 좋았지만, 휘하 세력을 더 크게 늘리기 위해서는 더욱 강한 몬스터들이 출몰하는 넓은 사냥터로 떠나야 된다.

오크 유저들 중에서 오크 투사나 오크 용사로 성장하기를 바라는 비율은 극히 적었고, 대부분이 오크 로드를 꿈꾼다. 수만 마리, 수십만 마리의 오크들의 지도자가 되어서 부족을 이끄는 것이다.

"미개척지로 떠나자. 취취췻."

안정된 사냥터와 쉽게 얻을 수 있는 식량과 무기를 버리고, 오크들은 새끼들을 데리고 북부의 더 험한 지역을 찾아서 이동했다.

사실 고레벨 유저들이 거의 없는 오크들에게는 이런 이동 자체가 삶과 죽음이 걸린 모험이었다.

하지만 잘 정착하기만 하면 수천 마리로 불어나게 되어서 부족을 거느릴 수가 있다.

오크들의 특성상 훌륭한 서식지를 확보하고 버텨 나가면 빠르게 강한 세력을 이루어 낼 수 있다.

더 위험한 장소를 찾아서 성채를 만들어 가는 오크들 때문에 아르펜 왕국의 지도는 매일 바뀌었고, 이제 오크 마을은 숫자를 헤아리기가 어려울 정도였다.

그렇지만 아르펜 왕국의 내정과 통치는 탄탄하게 돌아갔다.

"못 보던 도로가 생겼네."

"응. 건축가들이 만들었어."

"저 강에 다리는 언제 연결된 거야?"

"몰라. 며칠 전부터 있던데."

"더 북쪽으로 모험을 떠납시다. 좋은 사냥터와 유적을 알아뒀어요."

"보급 계획은 있어요?"

"전에는 황무지에 아무것도 없었지만, 아마 지금쯤이면 도시가 생겼을 겁니다."

어마어마한 토목공사 사업!

위대한 건축물마저도 이제는 국력을 기울여서 짓는 것이 아니라 지역 행사 정도로만 자리매김했다.

도시마다 인간, 드워프, 오크, 조인족, 바바리안 등의 인구가 폭발적으로 늘어나면서 상상을 초월하는 발전을 거듭했다.

"우리가 내는 세금으로 이런 게 다 가능해?"

"아르펜 왕국은 세금도 조금 걷잖아. 그럼 이게 다 국왕의 돈인가?"

"몰라. 부겐하임에도 예술 회관이 지어지고 있다는데, 예술품 89만 개를 소장하는 게 목표라더라."

"니플하임 제국의 수도 모드레드도 복원 작업이 이루어지고 있다던데."

"도자기 마을도 지어지는 중인데, 벌써부터 손님들이 가득하단 얘기도 있어."

"진짜 말도 안 돼."

"우리가 이 시기에 북부에 있는 것이 다행이라고 생각이 돼. 만약 그게 아니라면 이렇게 빨리 변하는 모습은 보지를 못할 테니."

중앙 대륙의 패자가 하벤 제국으로 거의 결정되면서, 영토를 잃어버린 명문 길드들이 북부로 제법 많이 넘어왔다.

그들은 북부에서 새로운 영주가 되려는 시도는 하지 않았다. 북부의 유저들이 원하지 않았으며, 주민들은 무조건 아르펜 왕국 편을 들었기 때문이다.

독립된 마을을 세워 봐야 주민도 없을 테고, 그렇다고 어설프게 침략 전쟁을 벌여 봐야 100만 단위로 모여드는 북부 유저들에게 짓밟힐 운명일 뿐이다.

사실상 현실적인 이유로는 아르펜 왕국도 얼마 안 가서 하벤 제국에 잡아먹힐 것이란 생각이 있었기에, 얌전히 교역과 사냥에만 전념했다.

유저들의 질과 양이 계속 높아지고 늘어나면서 아르펜 왕국의 세금 수입은 무척 많아졌지만, 그렇다고 해도 지금의 지출을 감당하기란 어려운 수준.

사실 이 모든 것이 유저들의 복합적인 노력이 있기에 가능한 것이었다.

상인들은 앞서서 부를 이끌었으며, 농부들은 곡물을 재배하여 재산을 일구었다.

오랫동안 캐내지 않고 묵혀 놓은 은광, 금광 등이 광부들에 의하여 한꺼번에 세상에 나오기도 했다.

모험가들은 쉬지 않고 돌아다니면서 폐허가 된 도시 유적에서 골동품과 보물 등을 발굴했다.

재봉사, 대장장이 들은 갈수록 늘어나는 주문량을 맞추느라 쉴 틈이 없었다.

조인족 초보들은 돈이 없으면 자기 털이라도 기꺼이 뽑아서 팔아 소비하며 작은 보탬이 되었다. 깃털은 아무리 많이 뽑아내도 얼마 후면 다시 자라나기 때문에 털 뽑힌 약병아리 신세가 되어도 희희낙락이었다.

그리고 이 모든 세금은 아르펜 왕국의 수도인 대지의 궁전으로 모여서 금인이가 분배했다.

과거 위드가 국왕이 되고 나서 가장 경계했던 건 다른 게 아니었다.

"정치는 측근이나 혈연, 지연을 조심해야 돼."

믿는 도끼에 발등 찍힌다는 말이 새삼스러울 것도 없는 시대에 살고 있다.

그렇기에 권력을 독점하려고 금인이나 누렁이, 빙룡, 와이번들을 왕국의 요직들에 앉혀 놓았다.

독재 권력 앞에서 그들은 한동안 잠잠하였지만, 위드가 부재 중인 사이에 본격적으로 자신들의 권한을 발휘했다.

"골골골. 황금이다, 황금!"

금인이는 세금으로 거둬지는 막대한 수입을, 필요한 곳이 있으면 바로바로 투자했다.

"돈은 묵혀 두면 안 된다. 골골!"

쌓아 놓고 저축하지 않는, 입금과 동시에 이루어지는 즉각적인 투자!

금인이는 북부 전체에 중요한 개발 사업들을 허가했다.

도시와 도로 건설 및 확장, 위대한 건축물 건립, 넓은 곡창지역과 광산 개발, 치안을 확보하기 위한 군대 창설.

돈이 필요한 곳에는 남기지 않고 아낌없이 쏟아부었다.

"왕국에 남은 돈이 0골드다, 골골골. 오늘도 열심히 일했군, 골골."

위드는 조나스 성 인근에 있는 마폰 왕국과 베이너 왕국의 도시들을 마구 부쉈다.

엠비뉴 교단이 다가오고 있어서 시간이 촉박하기에 전일, 전이, 전삼에게도 병력을 6만씩 나눠 주었다.

"알겠지만 우리는 착한 놈들이 아니다."

"……."

"괜한 자비심이나 아량, 이런 건 전부 쓸데없는 짓이야. 이게 다 나를 위해… 아니, 우리 모두를 위하여 무조건 파괴하고 민간인들을 죽여라. 포로들도 마구 붙잡아. 명분 같은 건 생각하지도 마."

전일은 그래도 아직 사악한 심성이나 파괴욕에 물들지 않은 상태였다.

"그래도 이건 너무 나쁜 짓 아닙니까?"

"다가올 큰 전쟁을 이기기 위해서는 반드시 해내야 해. 대륙 전체가 엠비뉴 교단에 의해 지배당할 위기에 휩싸여 있다. 세계를 구할 용사인 나만이 극복할 수 있지만, 지금으로써는 너무 어려워서 너희의 협조가 반드시 필요하다. 작은 희생을 두려워하면 평화를 지키지 못한다."

"알겠습니다."

세계를 구하는 용사라는 직업을 못된 짓 하기 위한 사기 치는 데 써먹는 위드!

부하들은 절대적인 충성심을 가지고 있기에 좋은 일이든 나쁜 일이든 믿고 따른다.

위드는 훗날의 하벤 제국에 엿을 듬뿍 먹여 주기 위하여 도시의 기간 시설들을 마구 파괴했다.

"이곳은 매우 마음에 드는구나."

베이너 왕국 제2의 수도, 푸네스.

아름다운 수로들이 이어진 도시로서, 경치가 이만저만 훌륭한 게 아니었다. 배를 띄워서 물길을 타고 돌아다니다 보면 그림같이 아기자기하고 아름다운 풍경이 나타난다.

지금은 도시의 규모가 조금 더 작지만, 훗날 하벤 제국이 되고 난 이후에도 계속 남아 있는 도시였다.

"이런 곳에 별장이나 지어 놓고 살면 참 좋을 텐데."

삶의 여유와 휴식을 만끽하기 위함은 전혀 아니었다.

"틀림없이 나중에 땅값이 오를 만한 위치라서 부동산값 상승을 노려 볼 수 있을 텐데 말이야."

직속부대장인 전칠이 물었다.

"제가 보기에도 아름다운 도시인데……. 그러면 병사들에게 일러서 약탈을 하지 말고 그대로 놔두게 할까요?"

"흐흠, 할 건 해야지. 그리고 특별히 돌과 흙으로 수로를 다 막아라."

"그러면 갈 길을 잃어버린 물이 다 넘쳐 버릴 텐데요."

"정확히 봤다. 그걸 노린 것이다."

간악하기 짝이 없는 계획 수립에 있어서는 타의 추종을 불허하는 위드!

학창 시절에 공부를 다소 못한 편이기는 했다. 수학이나 영어 책을 보다 보면 지난밤에 분명히 충분히 잘 잤는데도 왜 그렇게 눈이 감기고 졸려 오는지 모를 일이었다.

그런데 나쁜 짓을 저지를 때만 되면 정신이 맑아지고 눈이 반짝반짝 빛났다. 졸음 따위는 단번에 달아나고, 흥미와 호기심이 마구마구 발동한다.

집중력을 상승시키고, 잡념을 제거해 주고, 상상력 강화를 이끌어 주는 나쁜 짓!

"도시 안의 커다란 건물들도 무너뜨려 버려. 중앙에는 큰 동상도 세워 놓아라."

"옛, 알겠습니다."

주민들과 예술가들을 강제 동원하여 65미터에 달하는 청동상을 세우도록 지시했다.

대머리인 위드가 엄지손가락을 거꾸로 들고 있는 작품!

작품성은 거의 없지만, 폭군 위드가 이곳에 다녀간 기념은 되리라.

"이걸 본다면 약이 좀 오르겠지."

헤르메스 길드원들이 분노하더라도 위드에게는 이제 상관없었다.

마폰 왕국과 베이너 왕국을 약탈하고 부순 것만으로도 철천지원수가 되어서 관계가 복원될 리가 없으니까.

"시간이 흐르면 도시들이 복구되는 것처럼 이 청동상이 미래의 시간대까지 남아 있을지도 모르고, 만약 보게 되더라도 또 어때. 나중 일은 나중에 생각해야지, 뭐."

약탈로 재물을 얻기는 하지만 당장 쓸 곳은 없었다.

필요한 것은 그냥 그때그때 강제로 몽땅 다 빼앗고, 성에 보관되어 있는 전투 장비들도 그대로 가로채서 사용한다. 돈밖에 모르는 상인들을 통해서 필요한 전투 물자들을 풍부하게 장만해 놓았으니 굳이 필요한 행동은 아니었는데도 이제는 거의 의무적으로 약탈을 했다.

가장 중점에 둔 것은 강제징병이었다.

조나스 성 부근에 대대적인 병사 훈련장을 개설했다.

청년들은 모두 그곳에 넣어서 검과 방패를 다루는 훈련을 시켰다.

"엠비뉴 교단이 쳐들어오면 좋든 싫든 살기 위해서 싸워야 될 것이다."

병사들의 숫자를 늘리기 위하여 주민들을 마구 잡아들였다.

"안 돼요. 저희 아버지를 놓아주세요. 어머니가 슬퍼하고 있어요."

아버지를 잡아가는 점령군의 다리를 붙잡고 매달리는, 예쁘게 생긴 아홉 살짜리 꼬마 아이.

뒤에는 크게 통곡을 하고 있는 어여쁜 아낙네도 있었다. 틀림없이 강제로 징병된 남자의 아내이리라.

지나가다 우연히 그 광경을 보게 된 위드는 마음 한구석이 찡하니 울렸다.

"여봐라."

"옛."

"저 아이를 이곳으로 데려와라."

병사들은 아이를 잡아서 끌고 왔다.

약탈을 일삼으며 전장을 전전해 온 병사들도 잔인하기 짝이 없게 변해 있었다.

위드는 자상하게 말했다.

"아이야."

"아버지를 구해 주세요."

"세상에는 말이지, 들어줄 수 있는 부탁이 있고 들어줄 수 없는 부탁이 있어."

"아버지를 되돌려주세요."

"네 아버지는 우리와 함께 세계의 평화를 위해 싸울 거란다."

"싫어요, 이 나쁜 놈아!"

위드는 이 대륙에서 가장 많은 악명을 쌓았다.

나쁜 짓은 엠비뉴 교단이 더 많이 저질렀을지도 모르지만, 그들은 어쨌든 숨겨져 있기 때문.

위드는 세계를 구해야 하는 용사로서의 막중한 책무를 느끼게 되었다.

"영화를 봐도 영웅들은 항상 외롭고 쓸쓸하고 주변 사람들이 오해를 하더니, 내게도 똑같이 이런 일이 벌어지는군. 내가 잘해 나가고 있다는 증거겠지."

"이 곰팡이 같은 놈."

"그래. 이해한다, 어린 소녀여."

"반짝반짝 빛나는 대머리."

"인생을 검소하게 살았다는 증거자료라고나 할까."

욕을 먹는 정도로는 흔들리지 않는 정신적인 강함도 있었다.

엠비뉴 교단의 군대는 그리 멀지 않은 장소에 위치했는데도 진군이 예상외로 상당히 느렸다.

그들은 혼돈의 드래곤을 깨우고 탑이 완공될 때까지는 본격적으로 세상에 나오려 하지 않았다. 이른바 완벽함을 추구해야 한다는 대사제의 결정이었다.

대낮에는 광신도들과 마물들이 깊이 잠들었다. 한밤중에만, 그것도 비밀리에 산과 숲을 통해서만 움직이다 보니 진군은 천천히 이루어졌다.

저녁이 되면 위드는 그들의 영상을 원할 때마다 볼 수 있었는데, 계산을 해 보니 도착할 때까지 대략 16일 정도는 남은 듯했다.

도시와 마을을 거치지 않기 위해 일직선으로 오지 않고 멀리 돌아오는 탓도 있었다.

엠비뉴 교단은 위드와 사막 부대를 물리치고 그 자리에 있는 모든 이들을 죽이거나, 세뇌하거나, 혹은 붙잡아서 광신도로 만든다는 계획을 가지고 있었다.

"선택의 폭이 상당히 다양한 편이군."

덕분에 위드는 전쟁을 준비할 시간을 가졌다.

구체적인 전력이야 크게 변하지 않더라도 싸울 장소와 시간대를 대략적으로나마 정할 수 있다는 것도 대단히 큰 변수가 되리라.

지금까지 경험한 전쟁들과는 확실히 다르게, 엠비뉴 교단이 보유한 전력은 베르사 대륙 전체를 지배할 수 있을 정도였다.

그렇지만 위드나 부하들의 능력도 만만치 않다.

진정한 대륙 최강의 전력을 겨루는 자리가 될 것이었다.

"엠비뉴 교단이 다가오고 있으니 우리에게 협력하시오."

"허튼소리! 군대를 신전 밖으로 내보내게. 군신 아트록을 모독할 셈인가?"

위드는 마폰 왕국과 베이너 왕국의 각 교단에도 군대를 보내서 협조를 요청했다.

웬만하면 그들이 얌전히 말을 듣는 쪽이 좋겠지만, 수틀리면 강압적으로라도 사제들을 데려오기 위하여 미리 충분한 병력을 보냈다.

아트록의 교단은 베이너 왕국에 있어서, 위드가 직접 친위대를 이끌고 찾아갔다.

"우리는 엠비뉴 교단과 맞서서 싸워야 하오."

"거짓말하지 마라. 사막을 떠나 기름진 이 땅을 차지하기 위한 너의 추악한 음모는 이미 다 알고 있다."

아트록의 신전에서는 전투가 벌어지기 직전의, 일촉즉발의 상황까지 갔다.

거듭된 정복 전쟁과 악명으로 평판이 아주 떨어져 있었기 때문이다.

군신의 신전이기 때문에 전투 사제들도 능력이 아주 뛰어났다. 물론 전투가 벌어지면 위드와 사막 전사들에 의해서 순식간에 목이 날아갈 테지만.

"내 말이 거짓말이 아니라는 것은 군신 아트록의 축복을 받고 있다는 것으로 충분히 증명을 할 수 있겠지. 이런 식으로 쓰려면 다소 민망하지만… 함께 싸우자!"

위드는 신전 내부에서 아트록의 함성을 터트렸다.

절대적인 카리스마를 뿜어내서 군대를 따르게 합니다.
통솔력을 강화해서 어떤 명령이라도 당장 수행하게 만듭니다. 병사들의 용기가 충만해집니다. 어떤 상황에서도 겁을 모르게 될 것입니다. 병사들이 혼란에 빠지지 않고 냉정해집니다. 전투가 벌어지는 동안은 충성도가 높게 유지되어, 배신하거나 달아나는 일이 발생하지 않습니다. 병사들이 전투를 마치고 나서 얻는 경험을 크게 늘립니다.

아트록의 함성은 스킬로 배울 수 있는 것이 아니라 신의 축복에 의해서만 부여되는 것이었다.

"신께서 직접 축복을 내리신 분이라니… 엠비뉴 교단은 우리에게도 적. 사실이라면 함께 싸우도록 하겠소."

순식간에 상황이 반전되어 아트록의 전투 사제들의 협력을 얻을 수가 있었다.

이런 식으로 아트록을 비롯해서 티르, 미네, 루, 프레야, 호르간, 하갈 등 7개의 교단으로부터 성기사들과 사제들을 지원받았다.

멀리 있는 다른 왕국들에는 도움을 청하지 못했고, 들모레 요새로 막혀 있어서 베이너 왕국의 수도에도 들어가지 못했다. 그러므로 될 수 있는 한 싹싹 끌어모은 것이다.

호르간이라는 신은 바바리안을 수호한다. 그들의 신전에서는 200여 명의 전투 바바리안들을 데려왔는데, 이들이야말로 괜찮은 워리어!

방어 능력만 놓고 본다면 사막 전사들과도 비견될 만했다.

어디에 던져 놓아도, 크게 전투 공적을 세우진 못하더라도 오래 버틸 수는 있다.

하갈은 다소 사이비 같은 교단의 계열로 주술과 번개를 다루는데, 나중에는 없어진 교단이다.

위드가 북부에 신들의 조각을 했을 당시에도 하갈은 없었고,

네 종족이 살아가던 최초의 장소 몽벨트룰리아를 발견했을 때에도 그 신의 흔적에 대해서는 찾아내지 못했다.

여러 방면에 뛰어난 마법사가 스스로 교단을 세운 경우로, 전쟁의 시대에만 잠깐 존재하다가 사라져 버린 것이다.

근처에 도착하자마자 하갈 교단은 곧바로 뛰쳐나와서 합류를 했다.

"하갈 신께서 강림하여 그대들과 싸우라고 했습니다."

"어? 뭐, 그렇습니까."

"엠비뉴 교단을 물리치는 데 우리의 하갈 교단이 빠질 수 없지요."

명성을 높이기 위해 알아서 협력을 하는 그들.

어쩌면 이 선택으로 인해서 멸망이 훨씬 빨라질 수도 있을 것이리라.

그리고 위드는 정말 예상치 못했던 방문자를 맞이했다.

날짜로 본다면 그와 헤어진 지 며칠 되지 않지만, 베르사 대륙의 시간으로는 긴 세월이 지났다.

조각술 마스터 자하브가 말을 타고 진영에 찾아온 것이다.

"포르투 왕성에서 헤어지고 나서도 살아 있었군. 혹시나 했지만 소문을 듣고 찾아와 봤네."

"예. 자하브 님도 생존해 계셨군요."

위드도 자하브를 다시 보게 될 줄은 몰랐다.

사실 어디 가서 객사하지 않더라도 본래 나이가 상당히 많았던 탓이다.

이미 베르사 대륙의 시간 22년이 지나서인지 그의 머리는 완전히 백발로 변해 있었다. 하지만 눈빛은 더 맑아지고 체격도 여전히 건장했다.

"이런 대군을 이끌고 나타나다니, 그동안 엄청난 변화가 있었군."

"저야 조금 고생을 했지요. 자하브 님은 어디에서 무엇을 하고 계셨는지요?"

위드는 우선 정중하게 자하브를 대했다.

자기 자신의 레벨로 보나 군대의 규모로 보나 과거처럼 자하브가 대단하게 여겨지진 않았지만, 어찌 되었든 부려 먹을 수 있는 대상.

"그때 자네와 함께 탈출하고 나서 세상을 돌아다니게 되었지. 이 세계는 정말로 형편없다는 걸 느꼈네."

"어떤 면에서요?"

"정의가 사라지고 예술이 무시당하는 시대. 나는 잘못된 현실을 바로잡기 위해서 싸우고 싶었지만, 내 힘의 한계만 깨닫게 되었다네. 약한 자들을 마음대로 도울 수도 없었지."

자하브가 굉장한 강자라고는 하지만, 전쟁의 시대에서 홀로 무적이 되어서 돌아다니진 못했을 것이다.

모든 국가의 역량이 전쟁에 맞춰져 있어서 군사력이나 평균적인 강함이 이만저만이 아니다.

왕족 하나 잘못 건드리면 군대의 추격을 받아서, 검술의 마스터라고 해도 목이 잘릴 수 있다.

"그래도 사람들을 돕고 뜻이 맞는 재능 있는 이들을 모아서 검술과 조각술을 가르쳤네."

"아, 그러셨군요. 몇 명이나 되는지요?"

"100명이 조금 안 되네. 그렇지만 실력만큼은 믿음직하지."

위드는 차라리 검술만 가르치는 편이 더 좋았을 텐데 아깝다고 생각했다.

어쨌든 자하브의 가세는 도움이 되면 되었지 해가 되지는 않으리라.

위드는 목소리를 착 깔았다.

전형적으로 음모를 꾸미는 듯한 목소리, 혹은 간사하게 아첨할 때의 음성이었다.

"실은, 드릴 말씀이 있습니다."

"무엇인가?"

"다른 사람들에게는 절대 알려 주지 않으려고 했지만… 자하브 님이라면 믿고 말씀드릴 수 있겠죠. 이 세계에도 엠비뉴 교단이 숨어 있다는 걸 알고 계십니까?"

"뭐라고!"

자하브는 순정을 간직한 남자였다.

평생 첫사랑 이베인 왕비를 잊지 못했고, 그 외에는 검과 예술밖에 모른다.

이런 종류의 인간이야말로 이용해 먹기에는 가장 쉬운 대상.

"훗날의 엠비뉴 교단보다도 훨씬 더 강대합니다. 아예 비교조차 되지 않을 정도죠. 지금까지 제가 벌여 온 모든 전투는 그 엠비뉴 교단을 막기 위해서였습니다."

음모를 꾸밀 때의 전형적인 패턴으로, 자기는 훌륭한 사람이라는 점을 자랑하기!

“저는 이베인 왕비님만 생각하면 안타깝고 그립습니다. 이 땅의 정의를 지키기 위해, 그리고 왕비님을 위해서라도 홀로 외롭게 엠비뉴 교단과 싸우고 있습니다. 자하브 님에게 강요는 하지 않겠습니다만… 저와 함께 싸우시겠습니까?”

위드는 자하브에게 손을 내밀었다.

여기서 거절한다면 자하브는 정의도 모르고, 첫사랑인 이베인 왕비도 배신한 채 안락한 삶을 추구하는 이가 되어 버리고 말 것이다.

역시 예상대로, 자하브는 힘차게 그 손을 마주 잡아 왔다.

“기꺼이 싸우겠네.”

대머리가 된 위드가 활짝 웃었다.

이것으로 노인이 된 자하브의 등골까지 빼먹을 수 있게 되었으므로.

북부로 가는 파이톤

조나스의 대장장이들은 말살의 불도마뱀 왕의 뿔과 가죽을 가공하기로 결심했다.

"우리의 손으로 만들어 내지 못한다면 평생을 후회하며 살아가게 될 것이네."

"다 완성하고 나서 꼭 넘겨줄 필요도 없고 말이야."

"악당에게 줄 바에야 차라리 만든 이후에 숨기거나 폐기 처분하는 편이 낫지."

꿍꿍이를 품고 작업에 돌입하여, 드워프들이 주축이 되어 성의를 다했다.

말살의 불도마뱀 왕의 뿔은 보통의 강도가 아니라서 다이아몬드로도 흠집을 내기가 어려웠다.

"세상에 이런 물질이 존재하는 줄은 몰랐군."

"모롤핸드, 이제부터 시작이네."

"암! 우리 드워프들에게 포기란 없지."

어려움에 맞닥뜨릴수록 드워프들은 신바람이 났다. 위드에게 줘야 하는 물건이라는 것도 잊어버린 채로 뿔 자체에만 집중했다.

가죽은 인간들이 맡았다.

그들은 재봉을 하기 전에 실험용으로 가죽의 일부를 떼어 내기 위해서 장검을 열네 자루나 버려야 했다.

검으로 베려고 해도 잘 베이지가 않았고, 마법 검도 효과가 없었다. 냉기를 간직한 마법 검은 가죽에 가져다 대기만 해도 무력화되어 버렸다.

"대충 잘라서 이어 붙이기만 하더라도 완벽한 작품이 될 것 같아. 기사들의 갑옷을 수십 배는 능가할 물건이 될 것이네."

"부드러우면서 감촉도 좋은데 마법 방어까지 되다니, 이런 몬스터를 사냥하는 게 과연 가능한 것인가?"

대장장이들과 재봉사들은 가죽의 질만 보고도 몬스터가 얼마나 강대했을지 충분히 상상할 수 있었다.

그런 몬스터를 사냥하는 데 성공한 위드의 능력에 대해서는 놀라움으로밖에 표현이 되지 않았다.

그렇게 가죽과 뿔을 가지고 씨름하던 중 위드와 사막의 전사들이 베이너 왕국의 동맹군들을 무찌르자, 얌전히 검과 갑옷을 바치기로 결심했다.

그들이 만드는 물품들이 베이너 왕국에 특별히 더 피해를 줄 것 같지도 않다. 더군다나 앞으로의 전쟁은 엠비뉴 교단과 벌인다고 한다.

"엠비뉴 교단이 뭐야?"

"몰라. 하지만 이 세계를 파괴하려고 한다는군. 그리고 저자는 이 세계를 구할 수 있는 용사라는데."

"그 말을 어떻게 믿어?"

"타거핸드가 꿈을 꾸었는데, 헤스티아 신께서 나타나서 말해줬다던데."

"드워프의 꿈이라면 진짜겠군."

위드는 불과 화로를 관장하는 헤스티아 여신과도 인연이 깊었다.

모라타에는 헤스티아의 대장간이라는 위대한 건축물을 지어놓고, 교단에도 상당한 헌금을 하고 있다.

헤스티아 여신은 분명히 존재하고 이 땅에 많은 영향을 끼칠 수 있는데도 의외로 따르는 자들이 적었다.

마법사들은 화염 계열을 익히더라도 신앙심보다는 마도학을 파고들기 마련이다.

대장장이들은 불보다는 아무래도 광물의 신을 더 많이 따랐으며, 드워프들은 어떤 신도 숭배하진 않는다.

신이 있든 말든 무슨 상관이냐, 난 오늘 맥주나 실컷 마시고 코 골면서 잘 거라는 속편한 성격 때문이었다.

세계를 구하는 용사는 단 1명으로, 그렇지 않아도 많은 신들의 관심을 받는다.

헤스티아는 그로 인해 위드에게 약간의 도움을 준 것이었다.

드워프들은 말살의 불도마뱀 뿔에 대해서 정말로 처치 곤란의 상황에 놓였다.

"도무지 이걸 어떤 식으로 가공을 해야 할지 모르겠군. 흠집도 낼 수가 없는데 말이야."

"원형을 그대로 놔두고 손잡이라도 붙여서 쓰면 나으려나?"

"길이가 5미터가 넘어가는데… 그건 너무 커서 불편하고 아름답지도 않잖은가."

"어떻게든 이걸 한번 깎아서 제대로 가공해 보세. 드워프들의 자존심을 걸고 말이야."

조나스의 드워프 대장장이 100명이 달라붙었다.

사실 손잡이만 달아 주더라도 위드에게는 그럭저럭 쓸 만할 것이다.

검술의 마스터에 이른 이상 무기의 형태는 그리 중요하지 않다. 기본적으로 마나를 뿜어내어 원거리 타격을 할 수 있고, 또 자잘한 적들은 넘쳐 나는 힘으로 그냥 두들겨 패면 된다.

조각 변신술을 활용한다면 몸을 오우거보다 더 큰 거구로 바꿀 수도 있었고, 그런 육체를 유지하기 위한 힘과 민첩도 충분한 상태였다.

조각 파괴술까지 써서 보완한다면 원형 그대로라도 뿔을 얼마든지 쓸 수 있는 것이다.

그러나 자존심까지 걸고 있는 드워프 대장장이들은 포기하지 않았다.

수많은 방법들을 사용해 봤지만 물리적으로 자르거나 깨뜨리는 것은 불가능했다.

"최후의 방법으로, 화로에 넣어 보세."

"그래도 될까? 녹아 버리기라도 한다면……."

"이 정도의 강도라면 녹진 않을 거야. 다른 방법도 없으니 일부라도 시도를 해 보는 게 어떻겠는가?"

"조금만 해 보도록 하지!"

중앙의 긴 뿔이 있고, 좌우로 작은 뿔들이 하나씩 더 있다.

드워프 대장장이들은 작은 뿔의 끝부분을 화로에 넣어서 시험을 해 보기로 했다.

"자, 시작하네. 혹시 무슨 사고라도 벌어지면 당장 빼도록 하자고."

"으음, 잘되어야 할 텐데."

드워프들의 손에 의해, 말살의 불도마뱀 왕의 뿔이 강철도 녹일 정도로 불길이 활활 타오르는 화로에 들어갔다.

그렇지만 뿔은 조금의 반응도 없었다.

"모롤핸드, 이 정도로는 약한 것 같으니 화력을 더 크게 올려 보세."

화로에 나무를 던져 넣고 풀무질을 하면서 화력을 강화했다.

그러자 화로에 변화가 생겨났다.

말살의 불도마뱀 왕의 뿔이 새하얀 빛을 내기 시작하더니 불길을 먹어 치운 것이다.

"뭔가?"

"모르겠어. 어쨌든 계속 불을 때 봐!"

불의 기운을 흡수하는 뿔에 의해 화로가 꺼졌다.

드워프들은 계속 새로운 불길을 피웠다.

그러나 아무리 크고 강한 불이라도 금세 꺼져 버렸다.

한번 작업에 몰두하면 끝을 보려고 하는 드워프들은, 계속 불을 피웠다.

위드가 조나스 성에 와서 대장장이들과 재봉사를 불렀을 때, 그들은 거의 초주검 상태였다.

"물건들은?"

"여기 있습니다."

인간들이 먼저 가죽으로 된 갑옷을 바쳤다. 재질은 가죽이지만 강철 갑옷처럼 탄탄한 구조였다.

붉은 가죽의 촉감은 비단을 만지는 것처럼 부드럽고 따스했다. 손에 들어도 무게가 별로 느껴지지 않을 만큼 가볍기까지 했다.

"음."

디자인도 위드의 마음에 들었다. 시장에서 대충 옷을 고르다가 백화점 명품 매장에 들른 듯한 느낌!

아무리 시장 옷의 품질이 괜찮다고 해도, 사실상 비싸기 짝이 없는 백화점 명품 브랜드보다야 부족한 부분들이 제법 있지 않은가.

그런데 인간 재봉사들이 정성 들여서 만든 이 갑옷에는 어떠한 결점도 눈에 띄지 않았다.

위드도 재봉 스킬을 익히고 있었기에 애써 흠을 찾아보려고 했지만 발견되지 않을 정도였다.

금조개 껍데기로 만든 단추와 구석까지 꼼꼼하게 보풀 없이 마무리된 박음질.

그렇지만 위드는 조금도 만족스러운 표정을 짓지 않았다.

재봉사들이 눈치를 보며 말했다.

"가죽의 무늬는 열을 가하면 드러날 것이옵니다."

"흠, 그런가?"

위드는 시간을 오래 끌지 않고 바로 갑옷의 정보를 확인해 보기로 했다.

만약 겉으로만 멀쩡하고 드러나지 않은 불량이 있다면 재봉사들은 바로 죽은 목숨이었다.

"감정!"

정복자를 위한 존엄한 가죽 갑옷

말살의 불도마뱀 왕의 가죽으로 만든 갑옷. 조나스의 재봉사들이 목숨을 걸고 만든 세기의 명품이다. 전쟁의 시대에 완성된 가장 훌륭한 갑옷으로, 너무나도 귀한 재료들로 완성되었으며 갑옷의 내부는 천연 리넨 실로 연결되어 재봉선이 몸에 닿지 않도록 처리되었다. 특별한 맞춤옷으로, 자격이 있는 자만이 입을 수 있다.

내구력: 189/189

방어력: 195

제한: 레벨 790. 왕이나 그에 버금가는 지위.

옵션: 화염 저항 89%. 물리적 피해 감소 91%. 모든 무기로부터 피해를 최소화한다. 힘 +130. 민첩 31%를 추가한다. 생명력과 마나의 최대치 22% 증가. 최고의 카리스마와 위엄. 화살이 꽂히지 않는다. 높은 마법 보호력을 가짐. 불을 다루는 능력 +3. 화염 계열의 직업에 마나 회복 속도 증가. 사용한 마나를 67%까지 다시 회수. 어두움을 물리친다.

"으음."

그 어떤 말도 필요 없이, 감동밖에 나오지 않는 상태의 갑옷이었다.

위드의 전투 능력과 방어력은 이미 엄청났지만, 여기에 날개를 단 격이었다.

특히 맞춤옷이라고는 중학교를 다닐 때 외에는 입어 본 적도 없지 않은가.

위드가 전투 중에 스킬을 활용하기 시작하면 불의 기운을 마구 방출하게 되리라.

그러면서 화려하게 드러나는 갑옷의 무늬들은 더욱 우아함을 안겨다 주리라.

아무리 옷에 대해 관심이 없더라도 좋은 갑옷을 입고 있다 보면 기분도 덩달아 좋아지기 마련이다.

"그럭저럭 쓸 만은 하군. 수고했다."

"감사하옵니다."

"여봐라, 이 인간들에게 포상금을 내려라."

"얼마나 줄까요?"

위드는 기분이 좋아서 외치다가 순간 멈칫했다. 그러고 나서 작은 목소리로 말했다.

"200골드를 주도록 해라."

"옛!"

흘린 땀과 노력에 비해 인건비에 대해서는 인색하기 짝이 없는 사장님 정신!

재봉사들은 생명을 건진 것만으로도 다행이라고 여겼으니 불만을 표시하지는 않았다.

기품이나 명성이 있었다면 그에 대해서 따졌을 수도 있지만, 악명이 다른 모든 걸 압도하는 처지라서 당연하게 받아들였다.

이미 단기간에 쌓은 악명만으로 대륙 최고, 인간으로서는 가히 경쟁자가 없을 정도였다.

위드는 존엄한 가죽 갑옷을 착용했다.

완벽하게 벗겨져서 반짝반짝 빛나는 대머리에, 잔인하고 야비하며 치사하고 지독하게 쪼잔하다는 인상을 심어 주는 쭉 찢어진 눈매.

그러나 옷이 워낙에 좋아서 그럭저럭 잘 어울렸다.

"그러면 너희는 무엇을 만들어 왔는지 보도록 하자."

이번에는 드워프들의 차례.

드워프들에게는 기대치가 높았으므로 어중간한 물품이 나온다면 몽땅 때려죽일 작정이었다.

"우리는… 흠, 말보다는 일단 직접 보시구려."

드워프 모롤핸드가 별다른 말 없이 조금 특이하게 생긴 검 세 자루를 가져왔다.

위드의 주문에 맞춰서 서로 연결할 수 있도록 만들어진 검이었다.

안타까움 때문인지, 무기를 넘겨주는 드워프들의 손이 부르르 떨렸다.

'괜찮아 보이는군.'

겉으로 보기에도 보통의 색채가 아니었다.

햇빛을 받으니 무기로 쓰기가 아까울 정도로 오색찬란한 빛깔을 낸다. 다이아몬드 덩어리로 만든 창과 검처럼 맑은 광채를 뿜어냈다.

드워프가 작품에 대해서 설명했다.

"초고열을 가해서 열을 흡수한 그 순간에만 가공을 할 수 있었소. 물론 깎아 내거나 한 건 아니고, 오히려 망치로 두들겼지. 강하게 두들길수록 조금씩 크기가 줄어들었는데, 그럴수록 더 뛰어난 강도를 갖게 되고 마나를 흘렸을 때 화염을 증폭시키는 능력이 올라가는 것 아니겠소? 지금의 형태는 최소로 줄여서 검으로 만든 것이오. 어지간한 힘으로는 불가능하여 우리 드워프들이 모두 탈진하도록 노력을 했소."

말살의 불도마뱀의 뿔을 가공할 수 있는 비밀은 열을 가하는 것이었다.

드워프 모롤핸드의 입을 통해 나온 설명은 간략했지만, 실제로 드워프들이 한 일은 보통의 수고로움으로는 표현할 수 없는 것이었다.

땀을 흘리며 불을 지피고, 천부적인 팔 힘을 타고난 드워프 대장장이들이 일을 마치고 나서 단체로 쓰러졌을 정도로, 뿔의 형태를 바꾸는 건 어려운 일이었다.

검의 날을 연마하느라 조나스에 있던 망치 2,000개를 내다 버려야 했을 정도로 고된 작업이었다.

드워프들이 아니고서야 감히 엄두도 내지 못했을 일.

대장장이들이 몽땅 달려들어서 혼신을 다해 협력하여 만들어 낸 작품!

"어, 그렇군."

그러나 듣는 위드는 모롤핸드가 드워프치고는 참 말이 많다고 생각했다.

작품이 마음에 들지 않는다면 저 드워프의 발언은 유언이 될 것이라고 생각하며 상태를 확인했다.

"감정!"

감정에 실패하였습니다.

얼마나 뛰어난 무기인지, 감정에도 실패했다.

보통 마법에 의해 숨겨져 있는 경우에는 감정에 계속 실패하게 된다.

솜씨가 좋은 마법사만이 봉인을 풀어서 확인할 수 있다.

일반적인 물건이라 해도 평소에 확인해 보지 않은 종류나 예술품, 혹은 기존의 것들에 비해서 너무 뛰어난 것들일 경우라면 처음에는 감정에 실패하게 된다.

특이한 물품들을 감정하거나 감상하면 스탯이 오르는 것도, 극히 드물지만 가끔 일어나는 일이었다.

위드의 입가가 아주 가늘게 찢어졌다.

"감정!"

말살의 검

말살의 불도마뱀 왕의 뿔로 만든 검. 화염의 정수를 간직한 뿔을 드워프 대장장이들이 검으로 가공했다. 당장 대륙의 보물로 지정해도 좋을 정도로 아름다운 검. 아무나 이 검을 사용할 수는 없지만, 제대로 된 주인을 만난다면 믿기 어려운 능력을 발휘할 것이다.

내구력: 204/204

공격력: 175~226

제한: 레벨 815 이상. 불에 대한 저항력 100%. 힘 2,000. 말살의 불도마뱀 왕의 심장을 먹은 자.

예술적 가치: 5,386

옵션: 매우 가볍다. 검을 휘둘러도 지치지 않는다. 힘 +20%. 예술 +155. 전투 명성을 최고 수준으로 증가시킨다. 무기 약화 저주에 대한 아주 강력한 내성. 수리 불가능. 더 강한 반대 속성과 마주치지 않는 한 내구도가 줄어들지 않는다. 화염을 간직한 속성으로 인해 적의 무기와 방어구를 녹이고, 피부에 닿으면 일정 확률로 '전소'시키는 효과를 가진다. 화염 저항력이 20% 이하인 적은 100% 확률로 불타게 된다. 화염 계열의 공격 범위를 3배 이상 확장. 불의 힘을 100% 증폭시킬 수 있다.

"음!"

위드는 내용을 몇 번이고 확인했다.

로또에 당첨된 사람이 종이에 적혀 있는 번호를 자꾸만 보는 것과 마찬가지의 심정이었다.

이 무기만 있다면 정말 원하는 대로 싸워 볼 수 있으리라. 마치 맨발로 뛰던 축구 선수에게 최고의 축구화가 주어진 것과도 같았다.

레벨 제한도, 지금 현재의 위드라야 간신히 무장할 수 있을 정도로 아슬아슬했다.

그러다가 문득 드는 생각.

'원래의 세계로 돌아간다면 이 무기도 사라지게 되겠지. 마음껏 쓸 수 있는 것도 당분간인 거야.'

갑자기 굳어 버리는 위드의 표정!

눈가가 파르르 떨리더니 입까지 동시에 실룩였다.

"빛 좋은 개살구로군."

위드가 불쑥 화를 내자 드워프들은 겁에 질려서 꼼짝도 하지 못했다.

"여봐라."

"예!"

"이 드워프들이 수고했으니 30골드를 줘라."

드워프들은 밤을 새우면서 제대로 쉬지도 못하고 최고의 무기를 만들어 준 대가로 고작 30골드를 받게 되었다.

위드의 악명이 또 늘어나게 된 순간이었다.

엠비뉴 교단의 진군!

그들이 다가오고 있기에 위드는 그동안 항복한 귀족들의 군대와 포로로 붙잡은 병사들을 조나스 성 앞에 모이도록 했다.

강제로 징집한 병사들까지 합하니 무려 65만이 넘는 대군이었다.

위드와 사막 전사들, 사막 용병들의 실력이야 워낙에 압도적으로 뛰어났지만, 나머지 병사들은 그냥 그런 수준이었다.

전쟁의 시대였기에 패잔병들과 귀족들의 병사도 보통보다는 수준이 높다.

전쟁터를 전전한 징집병들도 약간의 실력이야 갖추게 되었지만, 그렇다고 크게 기대할 수 있는 병력은 아니었다.

그 외에 30만 명 정도는 그냥 검만 들고 있을 뿐이라고 해도 될 정도였다.

"엠비뉴 교단에 먹잇감으로 던져 줄 수는 있겠군."

위드는 전쟁의 핵심적인 역할은 자기 자신과 사막 전사들이

할 수밖에 없다고 진작부터 계획하고 있었다.

강한 무력을 갖추었고, 전투를 지휘할 수 있는 자리에 있다. 그렇다면 기꺼이 희생양들을 던져 주면서 유리한 쪽으로 이끌어 가야 했다.

야비한 전투법이야 수없이 많은 전쟁을 이끌면서 그 효율이 이미 확실하게 증명이 된 바이다.

"근데 오래 버텨 주지는 못할 텐데."

위드는 조나스 성의 궁수 탑에서 평원을 내려다보았다.

65만이라는 엄청난 군대가 모여 있는데도 다들 불안하고 두려워하고 있었다.

훈련도가 그렇게 높지 않고, 패잔병에다 시민들을 강제로 끌고 와 만들어 낸 병력이기 때문에 사기가 좋지 않았다.

엠비뉴 교단의 주술, 세뇌, 현혹, 저주, 자살 충동 등을 얼마나 버틸 수 있을지는 전혀 미지수.

현재의 위드가 보기에는 값싼 불량 식품 같은 군대였다.

"최소한 마녀들의 마나라도 소모하게 해 주긴 하겠지만 무너지는 건 금방이겠군. 수가 많다고 해서 무조건 좋은 건 아니야. 잘못하면 사막 군단의 발목을 잡을 수도 있겠어."

조나스 성의 성벽을 이용하여 엠비뉴 교단을 막는다는 계획은 폐기했다. 이곳보다도 훨씬 더 좋은 전투 장소를 발견했기 때문이다.

마폰 왕국과 베이너 왕국군이 퇴각한 들모레 요새!

들모레 요새를 사이에 두고 엠비뉴 교단과 전투를 벌이는 것이다.

당연히 노림수는, 마폰 왕국과 베이너 왕국군도 전쟁에 억지로 끌어들여서 몽땅 싸우게 하는 것이었다.

엠비뉴 교단의 군대도 분산시키고 두 왕국도 확실히 망하게 하는 일석이조의 계획.

"전략이란 이런 것이지."

위드는 스스로의 계획에 대해서 완벽하게 만족했다.

과거의 전쟁 영웅들도 아마 이와 비슷한 계획을 세우지 않았을까.

음흉하고 얍삽하며 비열한 작전을 세워 성공시켜 내는, 상대가 알면서도 어쩔 수 없이 당하게 하는 뒤통수치기야말로 거듭 찬사를 받아 마땅한 희대의 전략이었다.

특히 엠비뉴 교단과 함께 마폰 왕국과 베이너 왕국이 철저하게 박살이 난다면 최고의 소화제가 따로 없으리라.

"모두 이동하라."

위드의 명령에 따라 군대가 들모레 요새를 향해 진군을 개시했다.

보급을 위한 마차들도 끝이 보이지 않을 정도로 움직였다.

장기전에 대비를 한다기보다는 일단 약탈한 재물과 전쟁 물자는 모조리 싣고 가는 것이었다.

조나스 성에 있는 인간들과 드워프들은 성벽 위에 올라서 군대가 떠나는 것을 지켜보았다.

"정말 우리를 살려 주는군."

"음, 비록 악명은 높지만 약속은 철저히 지키는 인간이었어."

그들이 위드에 대해 이렇게 약간의 칭찬을 하고 있을 무렵,

조나스 성에서 흰 연기가 피어올랐다.
"불이야!"
"성이 불타고 있다!"
조나스 성의 창문 밖으로 화염이 넘실거렸다.
불은 무섭도록 빠르게 번져서, 곧이어 성 전체가 화염에 휩싸였다.
성뿐만이 아니라 도시 곳곳에서도 화재가 일어났다.
"물을 가져와서 불을 꺼라!"
"안 돼. 우물이 막혔어!"
불은 꺼지지 않고 도시 전체로 퍼져 나갔다.
위드는 뒷정리를 확실히 해 놓고 떠난 것이었다.

재봉사 드라고어.
인형 눈 붙이기, 단추 꿰기, 옷 나눠 주기를 성공적으로 마친 그는 마스터 퀘스트의 새로운 임무를 받았다.
"백색의 웨딩드레스라… 재봉사로서 반드시 도전해 보고 싶은 분야였지."
가장 아름다워야 하는 신부의 드레스. 재봉사의 명성을 날리기에는 매우 좋다.
중앙 대륙이 지금처럼 격렬한 전쟁에 휩싸이기 전에는 재봉과 관련된 일거리들이 매우 많았다. 부유한 상인과 귀족들, 왕족들의 요청에 의해서 파티를 위한 드레스 등을 많이 만들었던 것이다.

고위 귀족의 드레스를 재단해 주면서 이익도 많이 남겼다.

드라고어는 드레스 분야에 있어서는 이미 경험도 많은 장인이었다.

"순수한 아름다움의 절정에 이른 드레스를 반드시 만들어 보이겠어."

모라타에서 최고급 천을 가져오고, 근처의 대장간에서 수정을 대량으로 사 왔다.

"수정 알갱이들을 옷에 붙이는 거야."

과거였다면 적당히 포인트만 주었을 테지만 아무래도 특별한 퀘스트를 진행하는 중이다 보니 드레스 전체에 1만 개의 수정 알갱이를 붙이는 엄청난 작업을 시도했다.

바느질도 엉성하게 하지 않고 평생 입을 옷처럼 튼튼하게 한 땀 한 땀 짜 맞췄다.

그러면서 느끼는 재봉사로서의 감정이 있었다.

"괜히 재봉사를 한다고 했어."

드라고어는 다른 직업들이 진심으로 부러웠다.

그렇지만 마스터 퀘스트 외에도 그에게는 주문량이 밀려들고 있었기에 쉴 수가 없었다.

북부에는 경쟁자 카드모스도 있었지만 고레벨 유저들이 부쩍 늘어나서 가죽 갑옷, 부츠 등은 계속 부족했다.

농부 미레타스의 땅은 순수 면적만 아르펜 왕국의 3%를 차지할 정도로 거대했다.

엄청난 수확을 거두고 그 이후로 땅을 사는 데 계속 투자를 했기 때문이다.

넓고 평탄한 곡창지대에서는 곡식들이 여물어 가고 있었으며, 땅에 포함된 언덕과 산에서는 약초들이 자라났다.

농부 미레타스는 황금의 손이라는 별명으로도 알려져 있었는데, 그가 곡식을 뿌리기만 하면 잘 자라서 엄청난 돈을 벌어다 주기 때문이었다.

그러나 요즘 미레타스는 허리가 끊어질 것 같았다.

"이놈의 농사일은 끝이 보이지 않네."

자갈과 바위를 파내고 곡창지대를 조성한 것까지는 좋았지만, 그 넓은 지역을 관리해야 한다.

가뭄이라도 들면 큰일이기에 물을 저장할 수 있는 저수지를 만들고, 농수로를 연결한다.

이것만 하더라도 하루 종일이 모자랄 지경이었는데 메뚜기떼나 조인족들도 경계해야 했다.

미레타스가 하는 일을 보고 있노라면 농부가 한 알의 곡식을 여물게 하기 위해서는… 얼마나 많은 욕을 하는지 알 수 있으리라.

"시간이 없어. 내가 할 수 있는 일은 농사밖에 없으니까."

농부로서의 첫 번째 임무는 사람을 굶주리지 않게 하는 것이었다.

근본적으로 식량 생산이 중단되면 아르펜 왕국이라고 할지라도 금방 성장이 정체되어 버리고 만다.

식료품의 가격이 오르고, 인구가 더 이상 증가하지 못하게 된다.

모라타에서 먼 곳의 도시까지 식량 공급이 풍부하게 되지 않으면 교역과 모험, 경제 발전, 기술 향상 등 모든 면에서 차질이 생긴다.

북부에서 폭발적으로 늘어나고 있는 인구를 먹여 살리기 위해서 미레타스는 계속 곡창지대를 일구어 나갔다.

그는 밭과 논을 일구기 위해 모라타에서 한우도 대량으로 구입해서 활용했다.

머지않은 시기에 곧 하벤 제국이 침공해 올 것은 틀림없는바, 농부로서 할 수 있는 일은 앞장서서 싸우는 것이 아니라 최소한 전투에 나서는 이들이 굶주리지 않도록 하는 것이었다.

전사 파이톤.

아베리안 숲을 평정한 그는 괴물처럼 강해져 있었다.

방송을 통해서 유명세도 떨쳤지만 이제는 더 넓은 세상을 마음에 두었다.

"이쪽에서는 더 잡을 몬스터가 없군."

던전 내부에 있는 고위 몬스터들은 발견하기도 어렵고, 마취, 기절, 혼미, 중독과 같은 여러 특수 능력과 마법을 써 오기 때문에 혼자서 싸워 이기기란 더욱 불가능하다.

동료가 없이 혼자 싸우면서 파이톤은 전사로서의 한계를 처절하게 깨달았다.

방송을 통해서 위드의 사막에서의 행보를 보았더니, 레벨이 400대까지 오르고 난 이후부터는 소위 말하는 것처럼 장난이 아니었다.

성장 퀘스트를 진행하면서 매번의 전투에 목숨을 걸다니, 파이톤의 가슴까지 뜨거워졌다.

"전사로서의 의미를 깨닫기 위해서라도 익숙해진 장소를 벗어나 더 멀리, 더 많이 돌아다녀 봐야겠군."

파이톤도 명문 길드와는 친하지 않았다.

사실 예전에 가입되어 있던 친목 길드가 있긴 했지만 중앙 대륙의 정복 전쟁에 휘말려서 사라지고 말았다.

그는 싸울 곳을 찾아다니는 전사.

이번에는 북부로 올라가 보기로 했다.

한창 개척되고 있는 북부에서 전사로서의 길을 걸어 보는 것도 좋지 않겠는가.

"방송 때문에 나를 알아보는 사람이 많을 것 같아서 큰일이로군. 도시 내에서는 검과 갑옷을 착용하지 말고, 얼굴도 가려야겠어."

파이톤은 머리에 밀짚모자를 착용하고, 여행자의 복장을 대충 챙겨 입었다. 그리고 근처에서 찾은 야생마를 타고 북부로 넘어갔다.

야생마의 부름!

기마술이 뛰어나지 않아도 야생마를 붙잡아 타고 다닐 수 있게 해 주는, 다소 특이한 스킬이었다.

중앙 대륙의 북쪽 지방은 과거 데이몬드의 부활의 군단이 휩쓸고 지나가서 많이 황폐했다.

도시들은 무너진 채로 방치되어 복구가 이루어지지 않았고,

오고 가는 주민들도 별로 없었다.

"조금만 더 가면 북부 대륙이 나오겠군."

중간에 몬스터라도 만나면 적당히 해치우면서 가려고 했던 파이톤의 생각과 달리, 북부로 향하는 길에는 무수히 많은 상인들이 오가고 있었다.

마차를 서른 대에서 백 대까지도 끌고 가는 대상인들이 다수였다.

"소문과는 달리 북부의 생산력이 얼마 되지 않아서 필요로 하는 물건이 많은 모양이로군."

물론 현실은 파이톤의 이러한 생각과는 다소 차이가 있었다.

과거에는 상인들이 중앙 대륙에서 물건을 가져와서 북부에 팔았다.

지금도 그러한 교역은 계속 이루어지고 있었지만, 이는 늘어나는 수요를 감당할 수 없을 정도로 초보자들이 증가하고 있기 때문이었다.

중앙 대륙이 전쟁에 휩싸이고 나서부터 〈로열 로드〉의 대부분의 초보자는 이제 북부에서 시작을 한다.

상인들 입장에서는, 중앙 대륙의 도시들을 돌아다니면서 장사를 하는 것보다는 북부에서 물건을 판매하는 것이 훨씬 이득이 컸다.

중앙 대륙의 대도시에서는 광장에서 자릿세를 내고 하루 종일 판매하더라도 재수가 없으면 물건을 몇 개 팔지 못할 때도 있다.

그런데 모라타나 벤트 성 같은 북부의 대도시에서는 굳이 순서를 기다려 가면서 광장에 자리를 잡을 필요도 없이, 성문 근처에서 바로 몽땅 팔아 치울 수 있었다.

중급품, 고급품의 수요도 탄탄하게 넓어져서, 무엇이든 사와서 팔 수가 있었다.

과거에는 물건이 없기에 사 왔다면, 지금은 엄청난 소비 시장이 형성된 것이다.

북부의 생산력도 일취월장하고 있지만, 광산 개발에는 지형조사와 탐사, 채굴 과정 등이 있기에 다소 시간이 걸렸다.

그렇지만 위대한 건축물로 헤스티아의 대장간이 있는 데다 대장간의 거리가 조성될 정도였기에, 물량 부족도 일시적인 현상이었다.

차후에는 북부 내부의 교역량이 더 크게 확대되리라.

“보통 도시들을 보면 경제력이나 기술력, 성장에 한계가 있는데 북부는 끝이 없어.”

“인구 같은 통계 보고 교역물 가져오면 안 된다니까. 일단 가지고만 오면 무조건 다 팔려. 말이 필요 없는 상황이야.”

“오크 동네로 물건 가져간 상인들은 장난 아니라더라. 시중가의 10배까지 바가지를 씌웠는데도 싸다고, 더 없냐고, 가격은 얼마든지 더 쳐줄 테니까 가져오기만 해 달라고 부탁하더라던데?”

상인들은 돈과 꿈을 좇아서 북부로 향하고 있었다.

“이 앞쪽으로 가면 헤미르 강이 나오는데… 거기선 멀리 빙 돌아가야 하나?”

파이톤은 상점에서 구입한 지도를 보면서 잠시 고민을 했다.

강을 건너려면 수영을 하는 것이 가장 쉽다.

하지만 그렇게 한다면 야생마를 놓아주고 그 이후부터는 걸어야 할 것이다.

그렇게 고민을 하다가 문득 강 쪽을 돌아보니, 마차를 몰고 있는 상인들은 그냥 헤미르 강을 향해 일직선으로 이동을 해 갔다.

맞은편에서도 거래가 잘되었는지 함박웃음을 지으며 빈 마차를 끌고 오는 상인들이 있는 게, 뭔가 상당히 이상했다.

"강을 넘어가는 배라도 있는 것인가?"

주변에 도시는 없었는데…….

어쨌든 그렇다면 다행이었다.

그런데 정작 파이톤이 헤미르 강에 도착해서 본 것은, 강의 양쪽을 이어 주는 어마어마하게 긴 다리!

폭이 최소 3킬로는 되어 보이는 강을 가로질러 넓고 튼튼한 석조 다리가 놓여 있었다.

"이럴 수가! 이런 다리를 만드는 것이 가능한 일인가?"

파이톤은 석조 다리의 웅장함에 정신이 멍해졌다.

돌이란 건축 재료로 자주 쓰이지만 또 그 한계가 명확하기도 하다. 무겁고 부피도 커서 대형 건축물을 짓기란 거의 불가능에 가깝지 않은가.

더군다나 가까이에서 보니 돌 하나하나마저도 그냥 만들어진 것이 아니었다.

평평하게 깎아 내고, 정교하게 그림을 새겨 넣었다. 기둥에는 조각품의 형상들이 있었는데, 불새와 황소 그리고 북부 각

도시들의 모습이었다.

다리는 편편하게 놓인 게 아니라 배들이 오고 갈 수 있도록 중심부를 높게 해 놓은 형태였는데, 유람선은 다니지 않았지만 실제로 많은 낚싯배들이 지나다녔다.

파이톤이 야생마를 재촉해서 가까이에서 보니 낙하를 방지하는 돌벽에는 일정한 간격을 두고 글귀가 새겨져 있었다.

북부로 오신 것을 환영합니다. 기술자들을 반겨 주는 트리반 마을로 오세요! 북부 교통의 핵심인 모라타와 가깝고 고구마죽도 무료입니다.

케아트 마을에서는 개간이 되지 않은 농지를 무료로 나눠 드립니다. 한번 옹골지게 땅을 파 보실 분이라면 당장 오세요. 삽자루도 공짜로 드립니다.

후이스 시에서 여행자들에게 북부를 안내해 주는 특별 패키지를 시행하고 있습니다. 각 지역별 대표 풀죽도 맛볼 수 있는 기회!

북부의 도시들과 마을들이 여행자들을 위한 홍보 글귀들을 깨알처럼 적어 놓았다.

돌을 운반해 온 유저들의 이름도 윗부분에 2~3명씩 새겨져 있었다.

"혼자서는 들 수도 없는 이런 노가다 건축물이라니… 다리

하나를 짓기 위해서 바위 몇만 개를 쓴 거야?"

파이톤은 어이가 없어서 멍하니 계속해서 다리를 쳐다보고 있었다.

"쯧쯧쯧, 말은 제법 괜찮아 보이는데 북부에는 처음 온 모양이군."

"그러게 말일세. 예전에는 저렇게 다리에서 넋 놓고 서 있는 사람들이 참 많았지."

"지금도 여전하지. 노가다야말로 북부의 이념적인 상징임을 모르는가? 낮이 되면 또 수백 명 정도는 서 있을걸."

상인들은 한마디씩 하면서 마차를 끌고 서둘러 지나갔다.

과거에는 〈로열 로드〉에서 도시에 들어가며 최고의 장비들을 착용하고 번쩍번쩍 빛을 내는 것이 대유행을 했다.

고레벨 유저들이 상점이나 술집에 들어가면 모든 유저들이 우러러보는 것이 너무나도 흔한 모습들.

그런데 위드는 간소하게 여행자복만 입고 다니다 보니 북부 전체의 문화도 비슷하게 맞춰졌다.

초기에는 고레벨 유저들이 많지 않기도 했지만, 제법 이름을 내세울 만한 사람이더라도 모라타에 가면 그들과는 비교 자체가 불가능한 위드가 있다.

또한 대륙 전체를 통틀어도 상위권에 속해 있는 모험가나 전사 중에서는 조용히 다니는 이들이 의외로 상당히 많았다.

선술집에서 가장 싼 음료를 마시고 있는 다크 게이머들도 바글바글하다.

다크 게이머들은 북부로 와서 의외의 호황기를 누리고 있었는데, 주변에 쓸 만한 사냥터가 너무 많아서였다. 유적 탐사, 보물 발굴, 공적 쌓기에도 도움이 되고, 퀘스트를 도와 달라는 등의 소소한 의뢰들도 끊이지 않는 추세다.

이런 식이다 보니 북부에서 모나크라는 초보자가 벌인 일도 상당한 화제가 되었다.

레벨 60 정도. 한창 자기 능력에 대해서 과신할 때다.

스탯을 올리면 실제 힘과 속도가 빨라지니 뭔가 대단한 것처럼 느껴졌다.

중앙 대륙에서의 버릇을 못 버리고 말싸움이 벌어지자 상대에게 수련장으로 나오라고 했더니, 레벨 420의 마법사에게 그냥 날아가 버렸다는 이야기.

그 일이 있은 이후로 북부에서는 평범한 여행자 복장을 입은 유저들이라고 함부로 대접하지 않았다. 어떤 고레벨 유저들이 뒤섞여 있을지 모르기 때문이다.

물론 자세히 보면 부츠나 망토, 반지, 목걸이 등에서 차이가 난다.

파이톤의 경우에는 등에 메고 있는 대형 검, 그리고 야생마를 붙잡아서 탔다는 자체가 초보자는 아니라는 점을 의미했기에 금방 알아본 것이다.

"이런 다리는 중앙 대륙을 유랑하면서도 본 적이 없는데 말이야."

파이톤은 말을 탄 그대로 다리를 건넜다.

다리도 충분히 넓어서, 양쪽으로 마차들이 계속 지나다님에도 불구하고 충분한 여유 공간이 있었다.

"우와, 북부 대륙이다!"

"여기만 넘어가면 모라타야?"

"아냐, 한참 더 가야 돼. 북부가 얼마나 넓은지 아니?"

"빨리 가고 싶다."

"달려!"

중앙 대륙에서 넘어가는 유저들도 소란을 떨면서 계속 달려갔다.

북부로 향하면서 새로운 삶에 대한 기대와 해방감을 만끽하는 듯했다.

다리의 중간 부분에서는 잠시 경치를 구경하려는 상인들이 줄줄이 늘어서 있는 모습도 볼 수 있었다.

그리고 다리를 완전히 건넌 이후, 파이톤은 마침내 다리의 이름을 알게 되었다.

위대한 건축물. 튼튼한 돌다리!

먼 길을 떠날 때 중간에 강과 호수, 절벽이 나타나면 막막하기 짝이 없을 것입니다. 여행자들의 피로와 괴로움을 씻어 주는 돌다리입니다. 지진과 홍수에도 절대 부서지지 않으므로 안전하게 이용하시면 됩니다.

대표 건축가 이름은 게이오르. 그리고 북부 유저들의 힘으로 세워졌습니다.

중앙 대륙에서는 구경하기 힘든 위대한 건축물!

원래 문화와 경제가 발전한 중앙 대륙에는 이미 지어져 있는 위대한 건축물들이 많았다. 그러나 전쟁으로 인해서 하나둘 파괴되어 버렸다.

공성전을 통해서 성의 주인이 바뀌거나 할 때 잘못 파괴되어 버리거나, 혹은 어차피 빼앗길 거 수비 측에서 부숴 버리는 경우 또한 허다했던 것이다.

아르펜 왕국에서는 건축가가 최고로 선망받는 직업으로 꼽혔다.

건축가로서 이름을 날리면 특수 건물들도 지을 수 있고, 특히 위대한 건축물을 시작하면 수만 명의 유저들과 협력해서 작업을 진행하게 된다.

북부를 연결하는 다리 중에서도 위대한 건축물만 6개나 되었다.

아르펜 왕국은 돈이 모이기만 하면 물 쓰듯이 한다는 말이 거짓이 아니라는 걸 증명하기라도 하는 것처럼 위대한 건축물들을 마구 지어 냈다.

건물만 그냥 덩그러니 지어져 있으면 재정 낭비에다가 보기에도 볼품이 없을 테지만, 북부에는 가장 중요한 자원인 사람이 있다.

건축물들이 세워지면 우르르 그곳으로 이동을 해서 사냥도 하고, 모험도 하고, 생산을 해내는 유저들.

각 지방을 다리로 연결함으로써 교역량이 늘어나고 문화와 기술을 전파하였으며 중앙집권적인 체제를 갖추는 데에도 도움이 되었다.

현재는 누구나 인정하는 북부의 생명줄이었다.

"위대한 건축물의 이름이 튼튼한 돌다리라니, 참 재미있는 곳이군."

파이톤은 돌다리를 지나서 북부에 도착했다.

튼튼한 돌다리를 건넜습니다.
피로가 감소하여 체력이 80%까지 회복됩니다. 지구력이 영구적으로 3 증가합니다. 민첩성이 영구적으로 1 증가합니다. 행운이 영구적으로 2 증가합니다. 모험을 통한 재난이 발생할 확률을 일주일간 41% 감소시킵니다. 모험에 대한 발견으로 명성이 35 높아집니다. 북부에서는 모르는 이들이 없으므로 멀리 떨어진 다른 지역에서 발견물을 보고할 수 있을 것입니다.

"호오, 이런 효과도 있네!"

아베리안의 숲에 머물면서 사냥에만 전념하느라 북부가 돌아가는 사정에 대해서는 까맣게 몰랐다.

하지만 그가 진짜 놀라야 할 것은 지금부터였다.

아무것도 없는 북부로 희망만 가져왔던 유저들의 시절은 지나가고, 지금은 북부에 대번영의 시대가 찾아오고 있었다.

엠비뉴의 대군

“인생이란 말이야, 마늘 까기와 같은 거야. 왜냐하면, 아무리 까도 맵거든.”

위드는 스스로 말하고 나서도 납득이 되어서 고개를 끄덕거렸다.

군대를 이끌고 들모레 요새로 향하면서 왜 이다지도 힘든 퀘스트를 많이 수행해야 하는지에 대한 고민이 생겼다. 초창기에는 그저 재수가 없었다고 생각했지만, 지금 돌아보면 꼭 그런 것 같지도 않았다.

“그 정도가 아니야. 확실히 전생에 뭔가를 국가적으로 크게 팔아먹었어.”

어지간하게 큰일들은 나서기 좋아하는 사람들이 해결해 주고, 위드는 그 뒤에서 달콤한 과실을 맛보면서 안락하게 살고 싶었다.

그런데 베르사 대륙의 중대한 사건마다 꼭 끼어들어 고생을 해야 하다니!

"이게 다 남들이 놀고먹고 있을 때 혼자 고생하고 있다는 증거인데 말이야."

위드가 불평불만을 늘어놓고 있는 와중에도 그의 군대는 계속 행군을 했다.

사막의 대제로서의 위엄과 공포는 직속 사막 전사 부하들까지도 함부로 떠들지 못하게 할 정도였다.

전일, 전이를 비롯한 조각 생명체들도 위드의 성격에 대해서는 잘못 알고 있었다.

지금까지 저지른 짓들이 있다 보니, 다들 위드를 호전적이고 잔인하지만 사막을 위해서는 물불을 가리지 않는 영웅으로 안다. 사막 전사들에게는 가히 사막을 일으켜 세우기 위해 나타난 제왕이라고나 할까.

위드는 하필이면 사막에 떨어져서 이깃도 얼마나 큰 불만이었는지 모른다.

"적당히 살기 좋은 곳에 있어야 했는데. 사막이라서 어디 한번 가려고 해도 멀어서 엄두도 못 내고, 물도 구하기 귀찮았고, 몬스터들도 너무 화염 계열들만 많았지."

사막은 정말 사람 살 곳은 아니라고 생각했다.

물론 처음부터 그곳에서 태어난 사람들이야 모르겠지만 나중에 방문한 사람들이 겪는 숱한 불편함들은 어쩔 수 없었다.

그렇기 때문에 〈로열 로드〉에서도 유저들이 가장 찾지 않는 장소가 남부 사막 지역이 되었으리라.

위드에 의해서 사막 지역의 부흥이 어느 정도 이루어졌다지만, 그럼에도 구경하러라면 모를까 가서 살고 싶은 마음들은 없었다.

"나를 따르겠다는 부족들이라고 해 봐야 양 몇 마리 키우는 놈들이 전부였지. 팔아먹으려고 해도 돈도 안 나와."

위드는 이동하는 와중에도 그런 식으로 계속 불평을 늘어놓았다.

전쟁에 대한 긴장감 해소에는 돈 드는 사치성 취미보다는 뒷담화나 불평이 최고인 것!

머릿속으로는 냉정하게 지금까지 드러난 엠비뉴 교단과 현재의 전력을 비교 분석했다.

'내가 조금 더 강해져야 할 필요성이 있어. 그리고 최악의 상황에서는… 퀘스트를 완벽하게 실패해 버려야지.'

무조건 이길 거란 환상은 버려야 했다.

불사의 군단과 싸우던 당시에도 그랬지만, 만약에 일이 잘못될 것 같으면 혼자서라도 살아야 한다.

여기서는 살고 죽는 건 큰 의미가 없고 조각술 최후의 비기 퀘스트를 망치고 끝나는 것이 되겠지만, 최대한 많은 걸 얻어내야 한다.

"엠비뉴 교단을 위해서 마폰 왕국과 베이너 왕국을 먼저 쓸어버려야지. 어차피 못 먹을 감이라면, 사막 전사들을 이용해서 이 대륙을 엠비뉴 교단의 세상으로 만들어 버리는 거야."

그렇게 된다면 헤르메스 길드에는 그야말로 진정한 날벼락일 것이다.

하벤 제국의 수도와 번화한 도시, 중요한 요충지에 있는 성들이 전부 엠비뉴 교단으로 넘어가고 광신도들이 들끓는다면, 이거야말로 해결이 어려운 골칫덩이가 된다.

"그래도 헤르메스 길드의 전력이 보통은 아니야. 내가 만들어 낸 결과는 아주 긴 시간을 넘어서 드러나니까 중간에 어떤 영웅들이 나와서 엠비뉴 교단을 막아 냈다는 식으로 역사가 바뀔지도 몰라."

아무리 생각해 봐도 일리 있는 이야기였기에 위드는 혼잣말을 하면서 맞장구치듯 고개까지 끄덕끄덕하며 상상의 세계로 빠져들었다.

지금 이대로의 엠비뉴 교단이 나중까지 그대로 이어진다면 대륙에는 정말로 파멸밖에 답이 없다.

하지만 역사는 어떻게든 바뀌기 마련이고, 중간에 무슨 마스터들이 나타나거나 해서 어떤 대단한 원정대를 꾸려서 엠비뉴 교단의 총본영을 파괴할지도 모른다.

"큰 실수를 할 뻔했군. 서윤을 통해서 마족도 깨워 줘야지."

나쁜 짓에도 섬세함이 필요한 법!

퀘스트 실패에 대한 계획들까지 세우다 보니 전쟁에 대한 부담감은 많이 사라져 버렸다.

못된 행동과 그 결과들을 생각하다 보니 엔도르핀이 마구마구 분비되어 어느새 육체적으로나 정신적으로나 최상의 상태가 되었다.

선두에서 행군을 이끌던 전일이 물었다.

"들모레 요새까지는 2킬로미터 정도 남았습니다. 적군의 기병들이 계속 정찰을 오는데, 박살 낼까요?"

마폰 왕국과 베이너 왕국군이 주둔하고 있는 들모레 요새에서는 자신들을 공격해 오는 것인 줄로만 알고 잔뜩 긴장한 모양이었다.

"아니, 내버려 둬라. 그리고 조금 일찍 도착했으니 오늘은 이곳에서 휴식을 취한다."

엠비뉴 교단은 밤을 통해서 온다. 그들은 언데드처럼 지칠 줄을 모르는 데다 마법과 신성력도 이용하기 때문에 먼 길을 빠르게 주파할 수 있었다.

그렇지만 아무리 빨라도 오늘 중으로는 도착하지 못할 것이고, 낮에도 쉬지 않고 계속 행군한다 해도 내일 정오 무렵에나 도착하게 되리라.

'그때가 전투를 벌이기에 최적의 시기지.'

엠비뉴 교단이 기다리다가 밤에 습격을 해 오더라도 별로 상관은 없다.

들모레 요새 근처의 대평원에서 자리를 잡고 있었기에, 마법으로 적당한 조명만 만들어 낸다면 전투에는 지장이 전혀 없을 것이다.

밤은 언데드들에게도 유리한 시간.

뭐, 어쨌든 전투는 벌어지고 말 것이고, 위드는 수단과 방법을 가리지 않을 작정이었다.

착한 척하면서 마음의 고민을 떠안거나 망설이는 성격은 결단코 아니었으니까.

엠비뉴 교단도 따지고 보면 상당히 재수가 없는 편이다.

현재의 그들은, 노들레라는 진정한 용사에게 총본영이 괴멸

되기는 했지만 다시 살아나서 대륙을 악으로 물들이고 있다. 그런데 뜬금없이 과거의 역사 속에 위드가 튀어나와서 아예 죽자 살자 싸우려고 든다.

노들레처럼 정의와 명분에 의해서 움직이는 것도 아니고, 양심의 가책을 받으면서 전투 수행 시의 도덕적 의무를 지키지도 않는다.

엠비뉴 교단의 입장에서도 위드를 넘어서지 못하면 훗날의 종교적 영향력까지도 날려 버릴 수 있었다.

그렇게 저녁이 되었고, 별다른 사고도 벌어지지 않은 편안한 밤이 지나갔다.

평원에는 야영을 하는 병사들이 밝혀 놓은 모닥불과 횃불이 가득했다. 저 멀리 떨어진 어두운 곳에는 언데드들도 제멋대로 앉아 있거나 서 있다.

엠비뉴 교단에서도 진군 속도를 조금 늦췄으며, 들모레 요새의 군대는 성문 밖으로 일절 나서지 않았다.

위드에게 워낙 호되게 당했던 만큼 알아서 사라져 주기를 바라는 것이리라.

그리고 다음 날.

위드는 병사들에게 푸짐하게 고깃국을 먹였다.

"실컷 먹어라."

"예, 대제님."

"건더기가 정말 많습니다."

험궂게 끌려다녔던 전투 노예들이 황송해하는 걸 보니 기분도 좋았다.

목숨을 건 싸움에 내보내기 전에는 푸짐하게 먹여 주는, 위드가 가진 최소한의 양심!

위드는 들모레 요새도 관찰했다.

마폰 왕국과 베이너 왕국의 병사들이 칼날처럼 엄정한 군기를 세우며 전쟁에 대비하고 있었다.

"역사에 확실히 남을 수 있을 만큼 멋진 전투가 되겠군."

역사서에 기술되는 위드 관련 부분은 이미 온갖 쌍욕들로 도배될 것이 기정사실화되어 있는 상태!

엠비뉴 교단의 군대는 예측대로 정오를 약간 넘긴 시간에 도착했다.

그리고 드디어, 베르사 대륙의 운명을 결정짓는 전투가 개시되었다.

엠비뉴 교단의 군대에서 가장 압도적으로 드러나는 특징이라면 아무래도 청동 거인들로 이루어진 군단과 거대한 비행 생명체들이었다.

지상을 가득 채운 광신도들이야 사실상 대충 전투 노예들로 상대를 할 수 있거나, 그게 안 되어도 최소한 시간은 끌어 줄 수 있으리라.

그러나 청동 거인들과 하늘을 날아다니는 비행 생명체에 탑승한 채 활을 쏘는 궁수 부대, 암흑 사제, 극악의 기사단, 마녀, 엠비뉴의 사제들로 이루어진 완벽한 병력 구성.

제4지파의 대사제 모툴스가 청동 거인들과 비행 생명체에 타고 있는 군대를 관할했다.

제6지파의 잉그리그는 암흑 군대 전반을 이끌었다.

엠비뉴 교단도 따지고 보면 문어발식 확장을 일삼는 대기업과도 같았다.

"뭐, 뭐야!"

"이상한 놈들이 나타났다."

전투 노예들이 놀라서 반응했다.

"오오, 거룩하신 엠비뉴 교단께서 이 몸을 찾아 주셨다. 파괴! 파괴! 파괴!"

"잘 찾아오셨나이다. 이곳에 모여 있는 인간들을 전부 죽여 주시옵소서!"

군대 내의 엠비뉴 광신도들은 열광을 하며 환호했다.

위드는 그동안 광신도들이 눈에 띄는 족족 적들에게 던져 주거나, 언데드로 만들거나, 혹은 뱀파이어로 바꾸었다.

그런데도 질기고 질긴 바퀴벌레처럼 연명하고 있던 그들!

그런 병력이 도처에서 1만 명 넘게 등장하며 환호를 했다.

위드가 아무 말 없이 손을 쓱 들었다.

그러자 군대 사이사이 배치되어 있던 사막 전사들이 광신도들을 신속하게 처리했다.

2만여 명에 이르는 사막 전사들과 사막 용병들이야말로 엠비뉴 교단에 물들지 않은, 어떤 면에서는 더 위험하기 짝이 없는 위드의 철저한 신봉자들이었다.

"모두 똑똑히 들어라!"

아트록의 함성을 사용하였습니다.
모든 병사들이 공포를 잊습니다. 군대에 전투와 관련된 특별한 행운이 생깁니다. 훈련된 병사들은 자신이 맡은 임무를 탁월하게 수행할 것입니다. 기사단의 돌격에 아트록의 축복이 부여됩니다.

적절한 때에 스킬을 사용해 줘야 했다.

워낙에 대군이라서 적당한 때에 확실하게 통솔력을 발휘하지 않으면 귀족들의 군대 같은 경우는 뿔뿔이 흩어져 버리기도 한다.

전투 노예들도 틈이 생기면 싸우기보다는 도망쳐 버리려 하리라.

"저들은 엠비뉴 교단! 우리가 살아가는 이 땅을 파괴하기 위하여 나타난 자들이다."

위드는 말살의 검을 뽑아 엠비뉴 교단을 겨누었다.

"인간성이 사라진 광신도! 죽음과 파괴밖에 모르는 자들! 오직 엠비뉴만을 믿으며 모든 이들을 죽이고자 하는 목적만을 가지고 있다. 우리가 뿌려 놓은 곡식들을 짓밟고, 도시를 불태워서 문명을 없애고, 아이들을 처형하려는 잔인무도한 자들이다. 모두 저들과 싸우기 위해 검을 들어라!"

"우와아아!"

사막 전사들과 전투 노예들이 함성을 질렀다.

어떤 적을 맞이해도, 전사들에게는 위드와 함께 싸운다는 것이 중요했다.

또한 전투 노예들이야 어차피 자유가 없다. 싸우지 않으면 죽을 뿐!

들모레 요새에서는 그저 황당할 뿐이었다.

"저 야만족의 수장이 무슨 소리를 하는 거야. 자기들끼리 내분이라도 일으키는 것인가?"

"모르겠습니다, 국왕 폐하. 아무튼 뻔뻔하기 짝이 없는 자입니다."

마폰 왕국과 베이너 왕국군의 입장에서 위드의 연설은 정확히 침략자인 자신들을 가리키는 것이 아닌가.

그렇지만 엠비뉴 교단이 접근해 오면서 들모레 요새에서도 긴박한 위기감이 흘렀다.

"전투준비를 갖춰라!"

"공중에서의 공격에 대비하고, 궁수들은 화살을 넉넉히 준비하라!"

"전원 전투준비!"

위드가 원하던 대로 들모레 요새에서도 분주하게 수비를 위한 움직임을 보였다.

위드의 군대와 들모레 요새까지는 그래도 상당히 거리가 있었다.

성벽 위에서 쏜 화살과 마법이 닿지 않아야 했고, 언데드들이 요새 주변에 흐르는 강에 접근을 하지 못했기 때문이다.

요새 수비군을 전투에 끌어들이기에는 지형상의 난점이 조금 있었지만, 이 정도야 조금만 더 치사하게 극복하면 될 일.

"싸움이다. 강적과 싸우는 전투 진형대로!"

위드는 명령을 내리며 엠비뉴 교단과 맞서기 위해 군대의 진형을 바꾸었다.

사막 전사들은 중간과 좌우의 날개에 배치되었다. 아직까지 저들의 공격이 어떤 식으로 구체화될지 모르기에 상황에 따라 즉각 대응하기 위해서이다.

최근에 징집한 전투 노예들은 앞에 세웠다. 잃어버리더라도 아깝지 않은 병력이다.

귀족들의 군대는, 그래도 머릿수는 충분히 채울 수 있고 밥값도 하기에 중앙과 후방에 넓게 퍼트렸다.

각 교단에서 선발된 사제들과 성기사들도 뒤쪽으로 챙겨 놓았다.

그리고 위드는 군대의 가장 선두에서 쌍봉낙타를 탄 채로 엠비뉴 교단의 접근을 지켜보았다.

'내가 있을 곳은 여기가 아닌데.'

속으로는 물론 가장 안전한 후방에 있고 싶었다.

제일 앞에 있어 봐야 엠비뉴 교단의 일차 표적이 되어서 각종 저주 마법이나 공격 마법을 온몸으로 받아 내는 신세밖에 더 되겠는가.

남자로서의 자존심이야 당연히 없었다.

사막의 대제이며 폭군으로서 전쟁에서 피바람을 일으킬 때와는 달리, 상황의 변화에 따라서 두려움을 적극적으로 표현하는 성격!

엠비뉴 대군은 적당한 거리를 유지하며 멈추지 않고 계속 다가왔다.

위드는 적의 대사제와 멋지게 말싸움을 벌일 계획을 갖고 있었다.

전쟁의 명분이 어디에 있는지, 저들이 왜 나쁜 놈인지를 따끔하게 질타하면서 군대의 사기를 극적으로 끌어 올리려는 것이다.

이 전투는 규모 면에서도 유례를 찾기 힘들 뿐만 아니라, 향후 베르사 대륙의 미래까지도 바꿀 것이니 당연히 중요하지 않겠는가.

방송국들도 생방송으로 중계를 하고 있을 것이기 때문에 멋진 모습을 연출해 주어야 했다.

물론 놈들의 약점이나 정보를 찾아내게 된다면 더할 수 없이 좋고, 극적인 타협이 이루어지지 말란 법도 없었다.

위드는 냉정하게 말하면 정의의 편이 아니라, 가진 자의 편이 되고 싶었으니까.

"에… 너희는 우선 이곳까지 오느라 수고했다."

부드럽게 구슬리는 말투였지만 아트록의 함성을 이용하였기에 전장에 쩌렁쩌렁 울렸다.

그러나 엠비뉴 교단은 진군을 멈추지 않고 계속 다가왔다.

이제 양측의 거리는 곧 화살은 닿지 않더라도 공격 마법은 충분히 통할 수 있을 정도로 가까워졌다.

양측이 모두 워낙에 대군이 모여 있기에 이 정도는 거의 근접해 있는 것과 다름이 없었다.

"엠비뉴 교단이여, 너희의 음모는 만천하에 밝혀지고 말았다. 나는 시간을 거슬러서 대륙의 평화를 지키기 위해 싸우러 온 것으로……."

위드가 이번엔 더욱 큰 소리로 질타를 했지만, 엠비뉴 교단의 사제들은 전혀 신경도 쓰지 않았다. 지나가던 몸보신이 짖더라도 이보다는 좀 더 반응을 보이지 않을까 싶을 정도로, 아예 듣는 것 같지도 않았다.

철컹! 철컹! 철컹!

그때, 청동 거인들이 앞으로 나서더니 양손을 위로 들어 올렸다. 그들은 5미터, 6미터가 넘는 거대한 바윗덩어리를 들고 있었다.

"설마……."

청동 거인들의 바위 투척!

수백 개의 바윗덩어리들이 공간을 가로지르며 위드와 전투 노예들을 향해 그대로 날아왔다.

"절대 방어, 다른 하나의 검 소환, 탄생의 힘!"

위드는 급하게 스킬들을 발휘하고 말살의 검을 뽑아서 바윗덩어리들을 베었다.

정말 두부 자르듯이 잘려 나가는 바위들!

가까이에서 날아오던 다른 바윗덩어리들은 알아서 스스로 타오르더니 녹아 버렸다.

콰과과과광!

그러나 위드가 없앤 것은 십분의 일도 되지 않았고, 나머지 바윗덩어리들은 그대로 전투 노예들을 강타했다.

아무 말도 없이 전투 개시!

엠비뉴 교단의 군대는 신탁을 받아서 출격한 것이기 때문에 그 어떠한 말도 필요하지 않았던 것이다.

비행 생명체들도 날아오더니 탑승하고 있는 궁수들로부터

소나기 같은 화살 공격이 이어졌다.

엠비뉴의 저주가 걸려 있어서, 화살에 맞은 이들은 고통스러워하다가 목숨을 잃었다.

전투 노예들이 버텨 내기에는 너무나도 엄청난 공격이었다.

"우아아아악!"

"으아아앗, 살려 주세요. 엠비뉴 교단에 충성을 다짐하겠습니다!"

"방패를 들고 공격 범위 밖으로 뛰어라!"

전투 노예들의 진형은 삽시간에 와해되어 버렸다.

사실 중장갑병도 아닌 이상 당연히 그럴 것이라고 생각했지만, 이건 그냥 상대가 되지 않을 정도로 압도적이었다.

비행 생명체들이 하늘에서 움직일 때마다 지상에서는 그 부근을 피하기 위해서 아우성이다.

쿠걱쿠거걱!

"신! 신을 믿으라! 엠비뉴 신은 모든 이들에게 평등하다. 너희 모두를 공평하게, 고통스럽게 죽여 줄 것이다!"

"영광, 파괴, 죽음!"

엠비뉴 교단 측에서는 괴물들과 극악의 기사들, 광신도들이 미친 듯이 절규하며 앞으로 달려 나왔다.

그러나 위드는 여전히 평정심을 유지하고 있었다.

"이 정도야 충분히 예상했지. 거뜬하게 이길 수 있겠군."

엠비뉴 교단의 전면적인 공세가 바로 벌어졌고, 전투 노예들로 구성된 군대의 선봉은 처참하게 박살 나고 있었다.

그러나 위드가 가장 잘하는 부분이야말로 전력 분석!

숱한 전쟁터를 경험하고 지휘해 보았기에 싸워 보기도 전에 적들이 어느 정도인지 안다.

엠비뉴 교단에 대한 예상 정보들은 턱없이 부족하였지만, 강자들이 많은 전쟁의 시대다. 어떠한 피해도 입지 않은 엠비뉴 교단이라면 당연히 최상의 전력을 갖추고 오리라고 짐작했다.

머릿수를 끌어 맞춘 어중간한 전투 노예들로는 적들을 조금 귀찮게나 한다면 할 몫을 다한 것이었다.

위드도 전투에 아직 가담하지 않았고, 주력인 사막 전사들도 대기 중이었다.

본격적인 카드는 아직 꺼내 들지도 않았으니 이렇게 예상했던 수준이라면 충분히 싸워 볼 수 있는 상태이리라.

"…그리하여 엠비뉴 신의 이름으로 명령한다. 지옥의 문이여, 열려라!"

그런데 그때, 엠비뉴의 교단 측에 속해 있는 마녀들이 뭐라고 중얼중얼하더니 두 손을 번쩍 쳐들었다.

그러자 하늘에 붉은 기운이 가득 모여들더니 어두운 구멍이 뚫렸다.

콰르르르르르릉!

천둥 벼락이 사방에 떨어지더니, 구멍을 통해서 나오는 것은 지옥의 마물들!

"크리리리리릿. 얼마 만의 인간 세계 방문인가?"

"모두 먹어 치워 주자!"

날개가 달린 지옥의 하급 마물들이 수천 마리 이상 무더기로 튀어나오고 있는 것이 아닌가.

위드는 한숨을 크게 내쉬었다.

"그러면 그렇지, 이놈의 팔자는……."

위드의 모험은 닷새간 전례 없을 정도의 시청률을 기록했다.

사막의 카리스마, 폭군 위드의 행보에 유저들은 부러워하면서도 재미있어했다. 그리고 그 이후에 더욱 화제가 된 건 바로 모험의 내용 때문이었다.

그러면서 다양한 반응들이 나왔다.

—과거로 거슬러 올라가서 노들레와 힐데른의 퀘스트를 하다니, 로맨틱 그 자체네요.

—두 사람이 꼭 이어졌으면 좋겠어요.

—저도 남자랑 같이 전쟁의 시대에 가 보고 싶어요. 그런 곳에서도 지켜 주는 남자라면 믿을 만할 텐데… 현실은 던전에서 도망치는 애들밖에 없으니, 원.

헌신적이고 용감한 남자는 전통적으로 인기가 있었다.

—사막 전사들의 울퉁불퉁한 팔근육. 꺄아!

—헤스티거는 늘씬하면서 얼굴도 미남형에, 눈빛이 정말 좋지 않나요? 수염까지 길렀을 때는 진짜 영화배우급이었던 듯.

—재수 없게 생긴 거죠.

—그냥 콱 죽었어야 하는데.

—전투를 마치고 땀에 젖어 있는 모습을 보니까 진짜 미남이더라고요. NPC라는 게 아까울 정도로.

—쌍봉낙타도 표정이 살아 있어서 귀엽습니다.

그리고 정보 게시판, 분석 게시판 등에서도 모험과 연관된 무수히 많은 글들이 쏟아졌다.

제목: 전쟁의 시대에 존재하는 왕국들에 대하여

제목: 베르사 대륙의 역사 변동?

제목: 엠비뉴 교단의 위험성을 다시 한 번 경고하며

제목: 과거의 변화로 인해 퀘스트에 실패한다면 대재앙이 벌어질지도

위드의 모험이 대륙에 직접적으로 큰 영향을 끼치고 있었기에 화제가 끊이지를 않았다.

모든 이들이 모험에 대하여 주목하지 않을 수가 없었다.

엠비뉴 교단도 당장 크게 연관이 있었을 뿐만 아니라, 중앙 대륙의 하벤 제국에도 연속적으로 피해가 발생했기 때문이다.

직접적인 피해를 입지 않은 유저들은 은근히 고소해하고 있었기에 게시판에서의 비판 여론은 그리 크지 않았다.

게다가 위드가 전쟁의 시대에 타락한 왕국들을 쓸어버리면서 엠비뉴 교단을 물리치는 내용이 되고 나니 더욱 이해할 수 있는 부분도 있었다.

그리고 마침내, 엠비뉴 교단의 군대와의 전쟁이 방송국에서 생중계로 진행되었다.

방송국들도 생중계를 원했지만, 방송 일정을 늦추기라도 한다면 이젠 어떤 일들이 벌어지는지 다 알고 있는 시청자들의 항의에 의해 업무가 마비될 지경이었던 것이다.

사실 이번의 전투는 단순한 위드의 모험으로만 볼 수도 없게 되었다.

전투의 승패에 따라서 베르사 대륙의 운명이 뒤바뀌게 될 터였다.

위드를 좋아하는 무리이거나 싫어하는 무리이거나, 한결같이 전투에서 승리하기를 바랄 수밖에 없었다.

시청자들이 완벽하게 위드를 응원하게 되었고, 그만큼 그의 행보는 초미의 관심사였다.

화령은 다른 동료들과 모험을 하는 노중에 위드의 퀘스트 내용에 대해서 알게 되었다.

"날 놔두고 다른 여자를 데리고 가다니… 흐흐흑."

그녀는 〈로열 로드〉에 접속해서 서럽게 울었다. 어찌나 눈물을 흘려 대는지, 제피는 물론이고 벨로트도 달래 줄 수가 없을 정도였다.

'언니가 이 정도로 위드 님을 좋아… 아니, 사랑했던 거야?'

'화령 님에게도 이렇게 순수한 면이 있었구나. 하긴 겉으로는 별로 티를 내지 않는 사람이 외로움은 더 많이 타는 법이지.'

다들 그녀의 눈물이 그칠 때까지 조용히 곁을 지키며 기다려 주기로 했다.

"아흐흐흑, 팽! 저, 전쟁의 시대에 있는 가방도 꼭 갖고 싶었는데."

"……."

"지난번에 해외 스케줄 때문에 스트레스를 얼마나 많이 받았다고! 과거로 돌아가서 달콤한 여행을 했어야 되는데… 구두도 많이 신어 보고."

"……."

다소 둔감한 페일도 화령의 말이 완전한 진심이 아니란 건 알았다. 참지 못하고 쏟아지는 눈물을 어쩌지 못해서 장난처럼 말을 늘어놓는 것이리라.

위드가 같이 가자는 제의도 하지 않았으니 얼마나 섭섭하고 밉겠는가.

그래도 화령이 그렇게 말하니까 왠지 진짜 가방과 구두에 목맨 사람같이 들리기는 했다.

"위드 님이랑 잘 지내고 싶었는데. 앞으로는 가방도 비싼 거 안 사려고 했는데."

"……."

"지금까지 예약 걸어 놓은 것들만 다 사고 나면 신상품 나올 때까지 한동안은… 흐흐흑!"

"……."

화령은 정말 실컷 울었다.

본래 성격이 직설적이고 감정을 여과 없이 표현할 줄 아는 그녀였다.

정득수는 호성 그룹의 회장직에서 자의 반 타의 반으로 쫓겨난 이후로 자신의 넓은 저택을 정리했다.

"더 이상 여기에는 미련도 없군."

대한민국 경제계를 좌지우지하는 그룹 회장, 사장 들이 살아가는 부유한 동네지만 떠나기로 한 것이다.

채권단과 정치권에 의해서 호성 그룹의 알짜배기 기업들은 백화 그룹과 벽일 그룹에 의해서 인수되고 있었다.

언론에 의해서 무능한 기업가로서 낙인찍힌 신세이다 보니 어디론가 멀리 떠나고 싶었다.

아직 지방 여러 곳에 별장들이 남아 있고, 미국과 이탈리아 등 해외에도 부동산이 있다.

"하지만 내가 진심으로 가고 싶은 곳은 없구나."

쭉 살아오던 저택을 떠나서 어떤 도시, 어떤 나라에서 살아가더라도 쓸쓸함을 감출 수는 없을 것이다.

지금까지는 기업 경영을 하면서 정신없이 바쁘게 살아왔지만 갑자기 한가해지게 되었다. 잠시 멈춰 서서 과거를 돌아보니 모든 것들이 일장춘몽과 같았고, 자신은 그저 외로운 사람이었다.

늙고 돈만 많은 중년이 되어 버린 것이다.

과거에 워낙 큰 부를 가지고 있었고, 회장 자리에서 떠나면서 회사 지분을 정리했기에 보유한 현금은 상당하다. 그렇지만 마음의 허전함은 돈으로도 살 수가 없는 것이었다.

일가친척들은 이제 그를 반겨 주지 않을 테고, 남아 있는 가족이라고는 서윤뿐이었다.

"딸아이의 근처에서 살아야겠군. 만나서 다정하게 이야기는 하지 못해도, 가끔씩 거리에서 지나다니는 걸 볼 수는 있겠지."

부동산을 통해서 단독주택을 구하기로 했다.

"선생님, 어떤 집을 찾으시는데요?"

"그냥 나 혼자 살 집이 필요하다오."

정득수는 복잡한 사정 이야기는 설명하고 싶지 않았고, 부동산에서도 더 이상 묻지 않았다.

혼자 사는 사람이 많은 시대인 것이다.

아울러 정득수가 기업 회장 출신이라는 것도, 부동산 중개인 아줌마는 알아보지 못했다. 사실 그룹 회장들의 얼굴을 정확히 기억하는 일반인은 드문 편이다.

"그러시구나. 그럼 전세 구하실 건가요?"

"전세?"

"네? 아, 요즘 시세가 많이 오른 편이라서요. 전세로도 많이들 거주하시죠. 혼자 사실 거라면 월세로도 좋은 집이 나온 게 있는데요."

"그냥 매매로 합시다."

"네. 그러면 구체적으로 어떤 집을 찾으시는지요? 이 동네가 살기 좋다고 소문이 나서 매물이 많이 없는데… 그래도 지금은 이사철이라서 매매라면 몇 개 있긴 하거든요."

이현이나 서윤이 사는 집과 너무 가까워도 곤란하니 조금은 떨어져 있어야 한다. 그렇다고 너무 도로 주변에 있는 집도, 사

생활이 방해될 것 같아서 싫었다.

“흔한 2층집 정도가 좋겠소.”

“아, 2층짜리 단독주택요? 그러면 고를 수 있는 집은 더 줄어드는데요.”

“정원에 나무들은 너무 번잡하게 많지 않았으면 하고, 연못 같은 게 하나 있는 것도 붕어들 기르는 소일거리로 괜찮을 것 같군. 실내에는 골프 연습장이나 영화 감상실을 만들어 둘 수 있는 공간이 있었으면 하고… 아, 휘트니스를 위한 기구들도 들여놓아야 될 것 같소. 거실은 따로 서재로 꾸며야 하니 구조가 좀 넓었으면 좋겠군.”

“…더 바라시는 건 없나요?”

“계단이 좀 번거로우니 에스컬레이터나 엘리베이터가 있는 집이었으면 하는데. 주차장은 번호판 자동 인식으로 작동되어야 하고, 다섯 대에서 일곱 대 정도는 넣을 수 있어야 편할 것 같고.”

“저기, 이 동네에는 원하시는 그런 집도 없고, 혹시 그런 집이라면 가격이 얼마 정도 하는지는 알고 계시는지요?”

“한 50억이면 되지 않겠소? 예전에 살던 집을 처분할 거라서 100억 정도까지는 상관이 없는데.”

“…….”

부동산 업자를 패닉으로 몰고 간 집 구하기는, 이곳 동네의 현실적인 상황을 듣고 나서 아담한 2층짜리 주택을 구하는 것으로 끝이 났다.

물론 일반 서민이나 중산층을 기준으로 한 것이 아니라 정득수에게나 아담한, 건물 면적만 140평짜리 집이었다.

바트는 모라타의 선술집에서 저렴한 맥주를 시켜서 마셨다.

"크으, 좋다."

선술집에는 워낙에 많은 사람들이 모여 있었다.

"다들 사냥도 퀘스트도 팽개치고 뭐 하는 것인지 모르겠군."

위드의 모험이 중계가 되는 날에는 도시 안에 사람들이 가득하다.

굳이 북부만 그런 것도 아니고, 사정은 중앙 대륙도 마찬가지라고 한다. 하벤 제국의 영토 내에서도 보면서 킬킬거리며 좋아한다니, 인기는 말 다한 셈이지 않은가.

바트는 어렵게 선술집의 자리를 구했다. 그나마 한 가게만 계속 이용하면서 고정 고객이 되지 않았더라면 앉아서 마시지도 못했으리라.

'딸을 딸이라고 말하지 못하고, 딸 친구를 딸 친구라고 말할 수가 없구나.'

서윤과 위드와의 관계에 대해서 밝히더라도 아무도 믿지를 않고, 오히려 이상한 사람 취급이나 하기 일쑤다.

'가상현실에서 이런 기반을 닦았을 줄이야 내가 어떻게 알았겠나.'

북부 대륙에서 특히 위드는 왕이었기 때문에 그에게 함부로 대했다는 것이 밝혀진다면 설 자리가 없었다.

모라타에서 사람들 사이에 끼어서 살아가며 풀죽신교에도 슬쩍 발을 들여놓고 있는데, 그날로 북부를 떠나야 하는 신세가 될지도 모른다.

"야, 이제부터 시작인 거야?"

"닭부터 빨리 먹자."

"아까운데 천천히 먹어야지."

"5마리 더 시켰어. 왕창 먹으면서 봐야 돼."

"잘했다!"

배와 턱의 살이 늘어져서 탐욕스럽게 생긴 상인들이 앉아서 이야기를 하고 있었다.

"으음."

바트는 상인을 부러운 눈빛으로 쳐다보았다.

북부 발전의 초창기에는 상인들의 체형도 작고 마른 편이었다. 다들 레벨이 낮다 보니 어쩔 수가 없었다.

하지만 이제 북부의 발전만큼이나 뱃살이 두꺼워진 상인들이 상당히 많아졌다.

일반 유저들도 뚱뚱보 상인이라면 일단 믿음을 주었다.

북부 상인들은 비싼 물건을 바가지 씌워서 팔기보다는 저렴하게 대량으로 공급하는 것을 기본 원칙으로 하고 있어서 인기도 높았다.

치안도 확보되지 않은 넓은 지역을 마차를 끌고 돌아다니면서 교역을 하기에, 겁쟁이라는 말로 무시하지도 못한다.

전투 계열 직업들도 진입하지 못하는 험한 산골 마을로, 가죽과 철광석 등을 사 오기 위해 손수레를 직접 밀고 올라가는 것이다.

다만 상인이라고 해서 무조건 살이 찌는 건 아니고, 전투 능력을 올리거나 교역을 하면서 장거리를 돌아다니다 보면 금방 다시 날씬해질 수는 있었다. 하지만 그렇게 되면 장사하기 어렵고 창피하다면서 억지로라도 살을 반드시 찌우는 편이었다.

"나도 전직이나 할까? 전투 계열 직업은 아무래도 맞지 않는 것 같은데."

바트는 상인이 되기 위해 전직을 결정했다.

전사로서 몬스터들과 싸우기가 만만치 않았고, 기업가로서 평생을 살아온 만큼 상인이 되어 보는 것도 재미가 있으리라.

레벨이 워낙에 낮은 만큼 지금 전직을 하더라도 크게 아쉬울 것도 없었다.

헤르메스 길드의 수뇌부에서는 중앙 대륙을 제패했다고 판단했다.

연합군은 와해되어 패전을 거듭한 끝에 사라졌고, 몇몇 미점령 지역은 있지만 아직 제국군이 가지 못한 곳들이다.

중요한 요새와 성, 도시 등을 장악하고 왕국의 수도들을 점령했을 뿐, 지방의 작은 마을들과 깊은 산속, 섬들은 완전히 복속시키는 데 시간이 걸릴 수밖에 없는 것이다.

그러나 늦어도 1~2달 내로 중앙 대륙의 모든 땅에 하벤 제국의 깃발이 걸리게 될 것은 분명한 사실이었다.

드워프 왕국 토르, 엘프의 숲도 무난하게 장악 작업이 진행되었다.

오히려 그들을 정복하기가 훨씬 쉬운 것이, 드워프나 엘프는 국가를 이루고 있지 않았기 때문에 조직적이고 체계적인 저항을 하지 못하였다.

돈과 인력을 동원하여 야금야금 영토를 빼앗고 있으니 곧 하벤 제국의 영향력 아래에 놓이게 되리라.

하벤 제국의 황궁에서는 라페이가 주도하는 중대 회의가 벌어지고 있었다.

이 회의의 결과에 따라 베르사 대륙의 통치 방법과 전쟁의 향방이 결정될 것이다.

"중앙 대륙에서의 큰 전쟁은 대략적으로 마무리되어 가고 있습니다. 앞으로 우리의 걸림돌은 엠비뉴 교단과 위드만이 남아 있을 뿐입니다."

라페이의 말이 떨어지자마자 수뇌부에서는 골칫덩이들이 나왔다는 기색이 역력했다.

엠비뉴 교단은 국가들이 몰락한 자리에서 무섭게 세력을 확장해 가고 있었다. 종교적인 영향력이 확대되자 여기저기에서 광신도들이 출몰하고 있었기에 이를 막아 내기란 여간 까다로운 것이 아니었다.

점령지에 하벤 제국에 대한 복종과 충성심을 심어 주기도 전에 까딱 잘못하면 엠비뉴 교단으로 넘어가 버리는 것이다.

그리고 과거로 돌아가서 모험을 하고 있는 위드.

도대체 어떤 식으로 대응 방법을 찾아야 하는가.

도시 파괴의 여파는 이제 정점에 달해서, 몇몇 중요한 상업 · 군사도시들이 쓸모없게 변했다.

그 정도야 드넓은 하벤 제국에 돌이킬 수 없는 타격까지는 아니었지만, 승승장구하고 있는 그들에게 미묘하게 무시할 수 없는 불안감을 조성하고 있는 것도 사실이었다.

중앙 대륙의 패자가 되었는데도 상당한 피해가 생겨서 마냥 기뻐할 수만은 없었으며, 사람들의 관심도 위드의 모험으로 향했다.

"아시다시피 현재 위드는 곧 엠비뉴 교단과 싸우게 될 것입니다."

라페이가 회의를 개최한 지금 이때에는 위드와 엠비뉴 교단의 군대 간의 전투도 막 시작되고 있었다.

각 방송국들이 생중계를 해 주면서 모두 그것을 관심 있게 지켜보고 있을 것이다.

헤르메스 길드에 소속된 유저들조차도 위드의 모험이 시작되면 가슴을 졸이며 시청할 정도였으니 그 인기야 어마어마한 것이었다.

"위드가 만약 퀘스트를 무사히 완수하고 조각술 최후의 비기를 얻어 낸다면, 어떤 종류의 것인지는 모르지만 우리의 앞길에 상당한 골칫덩이가 될 수도 있을 것입니다."

"그러나 막을 수는 없지 않겠습니까?"

"퀘스트의 진행을 막을 수는 없지요. 하지만 지금까지 보기에 그 퀘스트들이 쉬워 보이는 것도 아니니 실패하기를 기다려 봐도 될 것입니다. 그리고 우리는 최대한 상황에 맞는 준비를 해 나가야 합니다."

"상황에 맞는 준비라니요?"

수뇌부는 라페이의 말이 계속 진행되기를 기다렸다.

헤르메스 길드가 별다른 저항 없이 쉽게 하벤 왕국을 먹어치우고 경쟁자들을 제거하며 중앙 대륙을 제패한 데에는 라페이와 참모부의 역할이 결정적이었다.

명문 길드들 사이를 이간질하고 첩자들을 심어 놓는 장기적인 안목.

물론 위드의 등장은 큰 변수였지만, 이번에도 라페이가 잘 해결할 수 있으리라 믿었다.

"참모부에서는 위드의 퀘스트를 계속 분석해 봤습니다. 그리고 내려진 결론은, 현재 진행되는 퀘스트가 대실패를 했을 경우 엠비뉴 교단은 지금과는 비교도 할 수 없을 정도로 어마어마하게 커지게 될 것입니다."

"저런……."

수뇌부의 얼굴이 찌푸려졌다.

다들 어느 한 지역의 영주였기 때문에 엠비뉴 교단이 지금보다 더 심하게 확산되는 것은 원하지 않는 바였다.

영주들이 가까이 있는 친한 사람들과 작게 속삭이며 불평을 늘어놓았다.

"이번에 포도 농장에 크게 투자를 했는데 말이야……."

"난 운송 사업에 돈을 걸었는데, 그 효과가 사라지는 것은 아니겠지?"

이 자리에는 헤르메스 길드의 초창기 멤버들도 참석하고 있어서, 칼라모르 왕국 점령지 에바루크 성의 영주 다인도 와 있었다.

에바루크 성은 칼라모르의 영역 내에서 유일하게 저항군들이 날뛰지 않는 지역으로, 인구도 늘어나고 있고 경제도 발전했다. 전쟁 후의 재건기를 통해 제2의 수도라고 할 만큼 발달하고 있었다.

그렇지 않아도 엠비뉴 교단에 의해서 고생을 하던 영주 누만차가 물었다.

"구체적인 피해 예상은 나왔습니까?"

"엠비뉴 교단이 현재보다 어느 정도로 커질지는 짐작하기가 어렵습니다. 퀘스트의 중요도와 내용으로 보아서는 2~3배가 될 수도 있겠고, 어쩌면 그 이상도 가능합니다."

"그렇게 된다면……."

"국가들의 역사가 사라지고, 주민들이 모두 광신도로 변해 버릴 수도 있습니다. 그리되면 하벤 제국의 전 군대가 엠비뉴 교단과 전쟁을 치러야 할 것입니다. 하지만 우리는 이미 대비가 되어 있습니다."

하벤 제국에서는 엠비뉴 교단과 맞서기 위하여 일찍부터 대비를 해 왔다.

가진 것이 많을수록 걱정도 크다고, 대륙의 위협을 제거하기 위한 신성 기사 부대도 비밀리에 창설해 가고 있었다. 신성력이 부여된 무기와 갑옷으로 무장을 하고 엠비뉴 교단을 칠 준비를 하는 것이다.

그런데 전혀 예측하지 못하던 방식으로 갑자기 엠비뉴 교단의 세력이 거대해진다면 악전고투를 예상할 수밖에 없는 어려운 승부를 해야 하리라.

성들이 그대로 엠비뉴 교단의 영역으로 넘어가 버려서, 중앙 대륙 전체를 놓고 다시 기초부터 닦아야 하는 상황에 처하게 될 수도 있다.

그들과 싸우는 사이에 연합군이 회복할 기회를 주게 될지도 모르니 하벤 제국의 통치가 중대한 갈림길에 놓이는 것이다.

"하벤 제국의 국력은 강대합니다. 전력을 다한다면 엠비뉴 교단을 물리칠 수 있을 것입니다. 그리고 긍정적인 여론도 등에 업을 수 있겠지요. 위드가 실패한 엠비뉴 교단을 처리하는 것입니다. 즉, 피해는 있더라도, 어찌 되었든 힘으로 만회할 것입니다."

위드의 모험으로 인해서 하벤 제국의 계획에도 차질은 이미 벌어졌다.

중앙 대륙을 완전히 석권하고 난 이후에 엠비뉴 교단을 몰아내려고 했는데 다급하게 연속된 전쟁을 대비해야 했던 것이다.

"만약에 위드가 모험을 성공한다면요?"

"역사가 인간들에게 조금 더 유리하게 바뀌어서 엠비뉴 교단의 세력은 더욱 크게 위축되겠지요. 그렇게 된다면 우리는 당분간 엠비뉴 교단과 싸울 필요가 없습니다. 그 경우, 전쟁 준비를 하고 있던 군대는 그대로 북쪽으로 올라갑니다."

"그 말뜻은……."

"북부 대륙의 토벌, 아르펜 왕국의 멸망입니다."

중앙 대륙에 이어서 북부 대륙까지 하벤 제국의 차지가 되면 전 대륙에 걸쳐서 사실상 더 이상의 경쟁자는 없다.

대륙의 완전한 지배자가 되는 것이다.

위드의 모험에 따라 하벤 제국의 대응도 달라질 수밖에는 없겠지만, 라페이는 어느 쪽이든 그들에게는 이득을 가져오는 방향으로 모든 것을 준비했다.

'단지 나에게 두려운 것은…….'

그러나 라페이가 영주들에게 말하지 않은 것이 있었다.

위드는 불가능한 퀘스트를 수없이 성공으로 이끌었다. 그 전무후무한 능력에 대해서는 객관적인 평가가 어려울 정도였다.

하지만 이번의 퀘스트를 실패해 버린다면 하벤 제국의 입장으로서는 최악의 상황을 맞이하게 된다.

'위드도 퀘스트를 진행하면서 여기까지 내다보지 못한 것은 아닐 것이다. 전쟁의 시대로 가서 역사를 바꿀 수 있음을 알고 도시들을 파괴했을 때부터 이미 확실하게 인지하고 있었겠지. 그렇다면 일부러 퀘스트를 실패해 버리고 엠비뉴 교단을 키워주게 될 수도 있지 않을까.'

역사적으로 보면 중앙 대륙과 북부는 단절되어 있어 교류가 그리 많지 않았다.

엠비뉴 교단이 판을 치게 된다면, 북부의 피해는 거의 없을 테지만 반면 중앙 대륙은 완전히 초토화된다.

위드가 최선을 다하지 않고 퀘스트를 실패해 버린다면 큰 후유증을 겪어야 하는 건 헤르메스 길드였다.

'정말 일부러 실패해 버리는 건 아니겠지?'

라페이는 불안감에 몸을 떨어야 했다.

위드는 하늘에서 쏟아져 내려오는 마물들을 보고 있었다.

"몬스터가 비처럼 내려오는구나!"

마녀들이 열어 버린 지옥의 문!

지옥을 관장하는 악마들은 거대한 힘을 가지고 있기에 이 문을 통과하지 못했다. 그렇지만 무수한 마물들이 세상으로 쏟아져 내려오고 있었다.

세상이 갑자기 해가 저물기 직전처럼 어두워지고, 쏟아져 나온 마물들이 질러 대는 괴성으로 귀가 먹먹할 지경이었다.

들모레 대평원에 지옥의 문이 열렸습니다
베르사 대륙에 중대한 위기가 찾아왔습니다.
대마녀 페첏은 매우 위험한 여자입니다. 그녀는 온갖 사악한 술수와 흑마술에 능숙하며, 새로운 실험들을 통하여 어둠의 물건들을 만들어 냅니다. 그녀가 가지고 있는 '지옥의 반지'는 지옥과 연결된 통로를 만들어 낼 수 있습니다.
그녀를 제거하고 반지를 없애지 않는 한 개방된 지옥의 문을 통해서 몬스터들은 계속 나오게 될 것입니다. 혹시 모릅니다, 문이 오랫동안 열려 있게 된다면 어떤 위험한 악마가 인간 세상을 기웃거리게 될지도…….
전장에 묵직한 공포가 찾아와 모든 이들의 사기가 60% 감소합니다. 지옥의 문이 오랫동안 열려 있으면 의지와 투지가 미약한 자들은 미쳐 버리게 될 것입니다. 모든 이들에게 신앙의 효과가 일시적으로 감소합니다. 들모레 대평원에서 흑마법의 효력이 증가합니다.

지옥의 문에서 튀어나온 마물들이 어찌나 충격적이고 놀라

운지, 병사들은 그대로 얼어붙었다.

하늘에서 집채만 한 덩어리가 땅으로 뚝 떨어지더니 꿈틀거렸다.

꾸에, 꾸에에에!

몸 전체가 지방으로만 이루어진 무언가가 입을 쩌억 벌리고는 풀과 나무, 바위, 무엇이든 보이면 다 먹어 치웠다.

지방을 꿈틀거리면서 병사들을 향해 기어 오는 놈의 공격 방식은, 당연히 한입에 꿀꺽 삼켜 버리는 것이리라.

어떤 마물들은 칼날 같은 것들을 몸에 달고서 날아와서 부딪쳤다.

마물들은 지옥의 문을 통과하자마자 무장한 채로 평원에 서 있는 인간들을 보고 신나게 덤벼들었다.

아마 그들의 마음은 이게 웬 뷔페식이냐며 반가움이 가득할 것이다.

전투가 벌어지기 전, 위드는 노들레의 성장 퀘스트를 진행하면서 쌓은 자기 자신의 능력을 믿었다.

"남아 있는 퀘스트들은… 적당히 싸우다가 패 주면 되겠지. 힘이 세지니까 얼마나 좋아? 타협이나 양보 같은 건 몰라도 되잖아."

그렇기 때문에 엠비뉴 교단의 군대와도 기꺼이 전쟁을 벌이도록 퀘스트를 진행시켰다.

감당하지 못할 정도의 적들이 대량으로 등장하면 어쩌나 하는 걱정도 물론 아예 하지 않은 것은 아니다. 그러나 역으로, 과연 이번에도 일이 대책 없이 커질까 하는 의심이 들었다.

재수 없는 것도 한두 번이지, 연속적으로 일이 잘못 커지는 것도 확률상 어렵지 않겠는가.

"역시 이번에도 이렇게 될 줄이야. 확실히 나는 복권을 사지 않기를 잘했어. 샀더라면 평생 당첨되지 않을 거야."

마지막까지 방심해서는 안 되고, 돌다리도 두들겨 보며 건너라는 말도 물론 있다. 그렇지만 인생이 적당히 매끄럽게 풀리기도 해야 되는데 위드에게는 그게 아니었다.

"이놈의 팔자는 정말 규칙적이란 말이야."

한숨을 내쉰 위드는 아트록의 함성을 터트렸다.

"모두 수비에 전념하라!"

전투 노예들에게 마물들과 싸우라는 주문은 도저히 불가능!

대충 잠깐이라도 시간을 끌면서 살아남아 주면 그걸로 충분했다.

핵심적인 전력인 사막 전사들과 용병, 각 교단의 사제들이 뒷수습을 하면 되리라.

"불신자들을 제거하자!"

"고통스럽게 죽이자."

"산 채로 맛있게 뜯어 먹어 주지."

어느새 돌진해 온 엠비뉴 교단의 광신도들이 전투 노예들과 격전을 치르고 있었다.

보통의 평범한 광신도가 아니라, '어린아이를 잡아먹은', '피를 뽑는 고문에 능숙한', '이교도를 괴롭히는'과 같은 수식어가 있는 광신도들!

평범한 광신도들이 레벨 100 이하라면, 이들은 200을 넘기는 데다 특수 능력까지 한 가지씩 지니고 있었다.

광신도들의 특성상 여러 명이 모여 있으면 더 강해지는 효과가 있기에 만만치가 않다.

군대의 주력을 이루는 암흑 기사, 사제, 마녀 들도 돌격을 해오니 전투 노예들은 말 그대로 박살이 나고 있었다.

게다가 엠비뉴 교단의 숱한 괴물들과 비행 군단, 청동 거인까지 있었으니 이들의 전력은 그야말로 깨뜨릴 수 없는, 난공불락의 요새와도 같았다.

본격적인 전투가 벌어지지 않았기에 징벌의 사제단, 극악의 기사단은 나서지도 않았다.

보스급 몬스터로는 대마녀 페첫, 엠비뉴 교단의 대사제 모툴스, 잉그리그까지 있으니 이보다 더 화려한 진용이 또 어디에 있겠는가.

그런데도 전투 노예들이 그나마 싸우려고 드는 것은, 아트록의 함성 때문이기도 하지만 위드를 믿기 때문이었다.

전투가 벌어지면 앞장서서 상황을 반전시키는 화끈한 모습을 보여 주던 위드가 있다. 강제로 이곳으로 끌고는 왔지만 자신들과 함께 싸우리라는 믿음.

"두렵군. 이 정도라면 백화점 명품관 같은 느낌이야."

상상을 초월하는 대공세에, 위드는 절로 가슴이 떨려 왔다.

그렇지만 조각사로서 움츠러들던 과거의 자신이 아니다.

사막의 대제로서의 명예와 자부심이 있지 않은가. 당당한 배짱과 능력을 보여 주어야 할 때!

"으음, 갑자기 옛날 생각이 나는군. 백화점에 들어가서 구경을 해 보고 나서 너무 비싼 가격에 충격을 먹고 밤에 잠을 못 잤지."

전투 노예들이 무참하게 죽어 나가고 있었다.

"입으면 보이지도 않는 속옷 하나에 10만 원씩 하다니… 정말 공포의 근원이었어."

위드는 현실도피 중!

그러나 곧 엠비뉴 교단의 군대에 대해 현실을 받아들이게 되었다.

"그래도 엠비뉴 교단이 백화점 모피 코트 정도는 아니지. 어디 해보자, 엠비뉴 교단!"

위드는 쌍봉낙타를 몰고 정면으로 달렸다.

"인간, 제법 맛있어 보이는구나."

마물들이 그를 먹잇감으로 삼고 하늘과 땅에서 덤벼들었다.

지옥의 마물들은 인간의 생기를 흡수하여 강해질 수 있다. 그러지 않으면 이 세계에 마기를 빼앗기고 금방 약해진다.

과거 몬투스의 경우는 보전이 잘되어서 힘을 고스란히 간직하고 있던 드문 경우이고, 마물들이나 악마병들이 가장 강한 건 지금뿐이다.

그렇다고 해도 인간의 한계를 넘어서고 검술을 마스터한 무지막지한 노가다의 화신 위드에 비할 바는 아니었다.

"화염의 검!"

화르르륵!

위드가 말살의 검을 휘두르자 근처에 있던 마물들은 그대로 전소되었다.

공격 영역이 3배나 넓어졌을 뿐만 아니라, 공격력 자체도 예전과 비교가 안 되었다.

그리고 떨어뜨린 아이템들은 인간 세계에서는 구하기가 정말 어려운, 지옥의 보석과 지옥의 철, 제련 도구들!

"제대로 놀아 보자!"

위드의 전투 의지가 솟구쳤다. 쌍봉낙타를 타고 그대로 적을 향하여 돌진했다.

말살의 검을 제대로 다루어 보는 것은 처음이지만, 숱한 무기를 써 본 덕분에 어렵지 않았다.

예전의 클레이소드에서부터 무기마다 무게중심이나 타격점이 약간씩은 다 달랐다. 위드는 조금이라도 더 좋은 검이 나타나면 손에 익숙하지 않더라도 바꾸어서 금방 적응을 했다.

드워프들의 작품답게 무기 자체의 감각으로는 흠잡을 곳이 없어서, 바로 오래 써 본 것처럼 다루어 낼 수 있었다.

스탯이 아닌 감각의 영역이었지만, 이런 것들에 있어서는 너무도 탁월한 위드였다.

검광이 스쳐 지나갈 때마다 마물들이 화염에 휩싸인다.

한번 베어 버린 마물들은 다시 돌아보지도 않았다. 너무도 엄청난 공격력으로 인해, 야심차게 인간 세상으로 쏟아져 나온 마물들은 완벽하게 타서 재로 변했다.

"뛰어라!"

위드와 쌍봉낙타는 함께 움직였다. 마물들을 밟고 높이 도약해 가면서 연속으로 베었다.

지옥의 문 입구까지 올라가서는 스킬을 사용!

"흑기사의 일격!"

마물들이 나타나는 족족 계속 베어 버렸다. 한 번씩 터지는 광역 스킬은 하늘의 마물들을 한꺼번에 회색빛으로 변하게 만들었다.

마녀들이 만들어 낸 지옥의 문이 생각보다 커서 빠져나가는 마물들도 있었지만, 위드에 의해서 대다수의 마물들이 세상에 온 보람도 찾지 못하고 사라졌다.

그렇다고 해도 지옥의 문을 닫지 못하는 이상 마물들은 계속 쏟아져 나오고 점점 강한 놈들이 출현하게 된다.

그러니 위드의 행동은 일견 무의미해 보이지만, 반드시 그런 것도 아니었다.

"엄청나게 강한 인간!"

"만 명의 인간을 먹는 것보다 저놈 하나가 더 낫다."

"하지만 어떻게? 악마만큼이나 강하다."

마물들 사이에서 인기를 끄는 데에는 완벽하게 성공했다.

위드는 신기에 다다른 기마술로 쌍봉낙타를 타고 마물들을 밟아 가면서 하늘에 머물렀지만 그 시간은 길지 않았다.

"내려가자!"

마물들을 역으로 밟으면서 지상으로 착지했다.

푸흐흐흥!

쌍봉낙타는 절벽에서 뛰어내리더라도 거뜬할 정도였기에 이 정도는 아무것도 아니었다.

"가자, 쌍봉아!"

그러고는 엠비뉴의 교단을 향해서 당당하게 돌진을 시작!

청동 거인들이 그를 향하여 바위들을 던졌다.

대부분은 쌍봉낙타가 절묘하게 내달리면서 피해 냈고, 피하기 까다로운 것은 위드가 베어서 녹였다.

마물들에 이어서 엠비뉴 교단의 막강한 군대에도 혼자 돌격하는 무모함!

사막 전사들은 출동하지 않았기에 그들의 도움을 받을 수도 없었다.

"인…간! 엠비뉴 신께서 심장을 꺼내 바쳐야 한다고 명령하신 인간이 바로 저자다!"

"위대한 엠비뉴 신을 따르는 이들이여, 저놈을 죽. 여. 라!"

키보다도 더 큰 지팡이를 들고 있던 모툴스와 잉그리그가 명령을 내렸다.

전투 노예들을 향하고 있던 암흑 기사들과 광신도들이 일제히 반응했다.

"죽이자! 저놈을 내 손으로 찢어 놓는 영광을!"

"암흑의 검이 너를 처단할 것이다."

위드를 붙잡기 위하여 수십 겹의 포위망이 형성되었다.

"이렇게 되어야 재미있지!"

위드는 조금도 당황하지 않았다.

싸우기 전에는 걱정도 많고 하지만, 막상 움직인 이상은 두려울 것이 없다.

최악의 상황이 되더라도 목숨을 잃고 퀘스트에 실패하고 나서 중앙 대륙이 엉망진창이 되는 정도 아니겠는가.

결과에 대해서는, 속이 쓰리면서도 고소한 면도 함께 있으니

참을 만은 하다.

스포츠 선수들이 결승전에 임하여 막대한 부담감 탓에 제 실력을 발휘하지 못하고 무너지는 경우가 실제로 비일비재하다. 그런데 위드의 경우에는 어찌 되든 상관이 없었다.

"나만 당하는 거 아니지. 망해도 다 같이 망하는 거야. 전부 덤벼라!"

위드의 손에서 빙글빙글 돌면서 쇼를 보여 주는 말살의 검!

암흑 기사들이 덤벼 왔지만 공중을 날아다니는 다른 하나의 검에 의해 요격이 되어 버리거나, 위드의 손에 하나둘 베여 나갔다.

흑기사의 일격!
돌이킬 수 없는 공격이 주변의 적들에게 발동합니다.

위드는 적들에게 새까맣게 둘러싸여 있었다.

지상으로 내려온 마물들도 나약한 전투 노예를 노리기보다는 비할 수 없을 만큼 강한 위드를 향해서 모여들었고, 엠비뉴 교단의 일차 목표 역시 마찬가지였다.

"암흑과 파괴가 지배하는 이 세상에……."

"속박과 고통으로 얽매이게 하여……."

마녀들이 저주와 고통의 주문을 외웠다.

위드가 아무리 레벨이 높고 강하다고 하여도 여러 개의 저주에 한꺼번에 걸리면 전투 능력은 확실하게 떨어지게 된다.

위드는 귀신처럼 마녀들의 행동을 예측했다.

"귀가 간지러워. 슬슬 내가 욕을 먹을 때가 된 것 같군."

근접한 적들에 대해서는 개의치 않고, 전설의 프로스트 보우 요르푸시카를 무장하고 마녀들이 있는 지역을 향하여 마구 쏘았다.

새하얀 얼음 화살들이 암흑 기사들을 뚫고 곧장 마녀들을 향하여 날아갔다.

"피해야 한다!"

"불신자의 화살이다!"

마녀들은 급하게 저주 마법을 취소하고 피하거나 보호 마법을 걸어서 수비를 했다.

제아무리 위드가 날린 얼음 화살이라 해도 몇 겹이나 걸린 강력한 보호 마법을 뚫지는 못했다.

그러나 위드는 연속으로 활시위를 마구 당겨서 수백 개의 화살을 쏘았다.

밀려오는 화살.

속사 스킬의 마스터.

궁술도 곧 마스터를 앞두고 있었기에 엄청난 빠르기였다.

쌍봉낙타는 적들 사이를 휘젓고 다니면서 위드가 화살을 쏘기 쉽도록 움직였다.

마녀들이 펼쳐 낸 보호막이 하나씩 깨져 나가면서, 얼음 파편이 주변의 적들까지도 얼어붙게 만들었다.

"크익!"

암흑 기사들과 마법사들이 파편에 맞고 얼음덩어리로 변해 버렸다.

생명력이 낮은 마법사들은 빗맞은 파편에 그대로 사망! 그나마 암흑 기사들은 얼음이 녹고 나면 다시 움직일 수는 있었다.

그리고 보호막이 완전히 사라지고 나서부터는 얼음 화살이 마녀들의 몸을 꿰뚫었다.

그렇지만 당하는 것도 잠깐뿐, 마녀들은 파리와 연기로 변해서 멀찌감치 도망쳤다.

"아직 인간의 탈을 벗지 못한 주제에 제법이구나!"

대마녀 페첫도 나서서 나머지 마녀들을 빼돌렸다. 공중에 공간 왜곡 마법을 펼쳐서 얼음 화살이 엉뚱한 곳으로 날아가게 방향을 바꾸어 버린 것이다.

그사이에 위드는 암흑 기사들과 마물들의 공격을 받았다.

정면에서 덤벼 오는 암흑 기사들의 공격은, 맞더라도 크게 아프지 않았기 때문에 무시해 주었다.

정복자를 위한 존엄한 가죽 갑옷이 적의 공격을 흡수합니다.

지옥에서 살아가는 헤카테의 꼬리에 적중당했습니다.
지옥의 기운이 몸에 스며듭니다. 생명력이 1,393 감소합니다.

마물들의 공격은 여러 대를 맞으면 여간해서는 해소가 어려운 저주에 걸리게 된다.

간단한 종류는 조각 생명체 부하 알베른과 알베린이 해소해 줄 수 있지만, 지옥 힘은 신성력도 많이 소모되고 시간도 다소 필요하다.

당장의 생명력 감소도 무시할 수 없지만 저주가 더 까다롭다고 판단, 위드는 검으로 다시 주변의 적들을 상대했다.

"마녀들과 마법사들, 사제들부터 확실히 처리를 해 버려야 하는데."

마녀들만 해도 1,000명이 넘었고, 화살 공격으로 피해를 입은 것은 불과 100여 명도 되지 않는 것 같았다.

전투의 초기에나 틈을 봐서 파고든 것이지 각종 괴물들이 진군을 해 오면 이런 기회는 쉽게 다시 찾아오지 않는다.

수많은 마법사들이 힘을 모아서 위드의 공격을 차단하고, 각종 암흑의 마법을 발휘하면서 마물들까지 늘어나게 된다면 갈수록 불리해질 수밖에 없는 것이다.

"아깝게 됐군."

물러설 때를 알아야 하기에 깨끗하게 단념을 하고 가까이 있는 암흑 기사들부터 확실하게 처리를 했다.

마물들은 어차피 계속 늘어나고 있었지만, 처음처럼 잡다하게 많이 나오지는 않았다. 다만 갈수록 지옥의 악마병들처럼 강한 놈들이 뒤섞여서 나타났다.

그리고 마물들은 광신도들까지도 죽이고 집어삼켰다.

결과적으로 보면 전투의 형태가 더욱 복잡해지게 되었지만, 마물들과는 타협이 가능하지 않았기 때문에 어쨌든 중대한 적이었다.

대마녀 페첫의 반지를 깨뜨리지 않는 한 베르사 대륙에는 지옥의 문을 통해 나오는 악마의 위험까지도 함께하리라.

"엠비뉴 신께서 하신 말씀대로 저놈을 처리하라."

"저 인간을 갈기갈기 찢어 놓도록 하라!"

엠비뉴 교단의 군대는 위드와의 적대도가 아주 최악이었다.

전투 노예들이야 허망하게 죽어 나가고 있었기 때문에 엠비뉴 교단에서도 거의 신경을 쓰지 않았다. 위드만이 혼자 쳐들어와서 대활약을 하니 모든 이들의 표적이 되었다.

"이놈의 인기는 끝이 없군. 종말의 날!"

위드는 마나를 아끼지 않고 태양의 전사 최강의 스킬을 시전했다.

해일처럼 퍼져 나가는 불길이 가까이 다가와서 공격하던 암흑 기사들과 마물들을 잿더미로 만들어 버리고 넘실거리면서 퍼져 나갔다. 말살의 검에 의하여 공격 범위가 3배나 늘어나고 불의 힘까지 증폭되어 어마어마한 위력이 발휘되었다.

그렇기에 엠비뉴 교단의 군대 선두는 온통 불길로 뒤덮였고 광신도들은 그대로 절규하면서 사망했다.

인근 전체에 피해를 주는 광역 공격 기술!

그러나 위드의 화려하고 짜릿한 순간도 잠깐이었다.

"너의 무모함을 후회하게 해 주마!"

청동 거인이 돌덩이를 집어 던졌다.

마녀들과 암흑 마법사들은 위드가 있는 곳을 향하여 청록색의 마법탄을 날리고, 벼락과 독가스를 소환했다.

161회의 마법 공격에 적중되었습니다.
재빠른 민첩성으로 59개를 정확히 맞지 않고 회피하였습니다. 생명력이 95,831 감소합니다.

높은 저항력과 맷집, 방어구를 가진 덕분에 천둥 번개에 맞더라도 죽지 않고 무사할 수는 있었다.

넘실거리는 화염 각인을 통해 마나와 생명력을 급속히 보충했다.

그러나 위드를 향한 적들의 대공세가 시작되고 있었다.

돌을 집어 던지는 데에서 그치지 않고 이제는 청동 거인들이 거대한 창을 들고 성큼성큼 뛰어오고 있었으며, 엠비뉴의 성전을 지킨다는 암흑 추종자들이 말을 타고 돌진해 온다.

물론 위드는 얼마든 거뜬하게 싸울 수가 있었고, 떨어진 생명력은 전투 도중에 보충할 방법도 있다. 지금까지 헤매고 다닌 전장들의 위험성으로 볼 때 아직 죽음의 위협까지는 느껴지지 않았다.

그렇지만 약간 아쉬움을 남기고 돌아서기로 했다.

"이만큼 했으면 됐군."

쌍봉낙타도 동의한다는 듯이 고개를 끄덕였다.

기마술이 절정에 오르면 종말의 날과 같은 광역 공격 스킬을 사용하더라도 타고 있는 말이나 낙타는 피해를 받지 않을 수 있다. 쌍봉낙타는 특히 불의 체질을 타고나서, 종말의 날 덕분에 벌어진 적진의 참상을 보고 느끼는 상당한 기쁨을 코와 입을 실룩이면서 표현하고 있었다.

낙타의 감정 표현은 아주 음흉한 입가의 실룩임으로 알 수 있는 법이다.

"2단계 작전을 실시할 시간이야. 돌아가자!"

위드는 쌍봉낙타를 몰고 엠비뉴 교단의 대공세를 뒤로하며 도망쳤다.

청동 거인들이 던지는 창과 바윗덩어리가 우르르 날아와 그가 지나간 땅을 깊게 파며 떨어졌다.

"빠져나가지 못한다. 견딜 수 없는 고통을 영원하도록 안겨주마."

암흑 기사들도 길을 막았지만 그들로는 어림도 없었다.

위드가 제대로 작정하고 도망치려고 하는데 보통의 암흑 기사들 따위가 상대가 되겠는가.

가볍게 검을 휘둘러서 처치하고 잡템까지 챙겨서 계속 도주!

"저놈의 발을 묶어라!"

"너무 빨리 움직입니다."

마녀들과 암흑 마법사들은 속박의 주문을 외우려고 시도했다. 그러나 그들과는 거리도 있었고, 미리 빠른 선택을 내려 도망치고 있었기에 저주로도 붙잡기가 어려웠다.

이것이야말로 준비된 도주!

"끝까지 추격하라!"

대사제 모툴스의 명령은 엠비뉴 교단의 지상군뿐만 아니라 하늘을 날아다니는 비행 군단에도 영향을 주었다.

비행 군단이 쫓아오면서 소나기 같은 화살을 날렸다.

다른 하나의 검이 공중에서 쳐 내었지만, 너무나도 집중된 화력 탓에 대부분은 그대로 날아왔다.

피할 곳도 없이 쏟아지는 화살 공격으로 생명력이 계속 빠르게 감소했다.

그러나 수치상으로만 그러할 뿐 위드의 생명력은 아직 89%가 넘게 남았다.

"그래도 방심해서는 안 되지. 마법이나 화살은 집중되면 위험하니까."

쌍봉낙타도 살기 위해서 힘껏 질주를 했다. 그러나 정면으로 내달리는 것이 아니라 화살 공격을 피해 가면서 엠비뉴의 군대가 다가오는 것을 기다려 주었다.

마물들도 비행 생명체와 엠비뉴 궁수들이 집중 공격을 하는 위드에게 관심을 가지고 근처를 맴돌았다.

이 전장에서 가장 강한 인간이기에 가장 먹음직스러운 위드! 그가 약해지는 결정적인 순간에 덮쳐서 힘을 빼앗고 잡아먹을 기회를 노리는 것이다.

엠비뉴의 군대가 대대적으로 쫓아오고 있었고, 마물들도 근처에 대기를 한다.

위드에게 어마어마한 적들이 몰렸다.

그러나 사막 전사들과 용병들, 군대는 그를 구하러 오지 않았다.

"계획대로 동쪽으로 이동한다."

"우린 서쪽으로 빠진다."

선두의 전투 노예들은 그냥 놔두고, 본진을 지휘하던 전일과 전이가 군대를 둘로 나누어서 멀리 떠나 버렸다.

아예 전장을 이탈하여 도망치는 것과도 같은 모습이었다.

위드는 적들을 이끌고 그대로 계속 달려서 들모레 요새로 향했다.

쌍봉낙타는 요새로 향하는 흙길을 질주하고 있었고, 그 뒤를 비행 군단과 암흑 기사단, 암흑 추종자, 청동 거인 들이 바짝 따라왔다.

마물들도 무려 1,000마리 가까이 계속 들러붙어 있다.

가까운 곳에서 위드의 군대와 엠비뉴 교단의 군대 간에 전투가 벌어지는 바람에 요새에서는 병사들이 삼엄한 경계를 펼치고 있었다.

"야만족이 괴물들과 싸우고 있습니다, 폐하!"

"음, 바람직한 일이군. 그들끼리 싸우다가 모조리 죽어 버렸으면 좋겠도다."

흐뭇하게 지켜보고 있던 들모레 요새의 수뇌부는 곧 화들짝 놀랐다.

"쏴라! 마구 쏴라!"

마법과 화살이 위드와 엠비뉴 교단으로 향하였다.

쌍봉낙타는 그림과도 같은 회피 기술을 발휘하면서 계속 전진했고, 엠비뉴 교단에서는 일부가 화살과 마법에 적중되어서 낙오하기도 하였지만 추격을 멈추지 않았다.

청동 거인들은 땅을 울리면서 어지간한 공격들은 거뜬하게 몸으로 받아 주면서 걸어왔다.

위드는 쌍봉낙타를 타고 해자를 건너 성문 앞에 도달했다.

"높이 뛰어!"

동시에 쌍봉낙타가 무서운 점프력으로 땅을 박차고 날아올랐다.

평소에는 입술을 질겅거리면서 당근이나 찾아다니며 게으름을 피웠지만, 사막에서는 바람을 앞질러 갈 정도로 빠른 쌍봉낙타!

단숨에 10여 미터 높이의 성벽 위로 올라가서 마폰 왕국군과 베이너 왕국군의 수비병 사이에 섰다.

도열해 있던 병사들과 기사들은 갑작스러운 상황 변화에 깜짝 놀란 표정을 감추지 못했다.

병사들을 무시하고 위드가 뒤를 돌아보니 엠비뉴의 대군과 마물들이 그대로 쫓아오고 있는 것이 보였다.

"음, 약간 틀어진 면도 있지만 전체적으로는 계획대로군."

나쁜 짓을 꾸며서 성공할 때의 쾌감이란, 길거리에서 우연히 만 원짜리를 줍는 것과도 같으리라.

위드는 성벽에 서서 큰 소리로 함성을 터트렸다.

"엠비뉴 교단이여, 얼마든지 덤비도록 하여라! 정의를 수호하는 마폰 왕국군과 베이너 왕국군은 너희가 오기만을 기다려 왔다!"

요새를 지키고 있던 마폰 왕국군과 베이너 왕국군 입장에서는 그저 황당할 따름이었다.

들모레 요새의 불행

조각술 최후의 비기 퀘스트는 베르사 대륙의 역사를 한참이나 거슬러 올라간다.

칼을 든 자가 정의인 전쟁의 시대.

사막에서 전사로 성장하여 부하들을 이끌고 엠비뉴 교단의 군대를 막아 내야 하는 막중한 임무!

위드는 검술의 마스터, 세계를 구하는 용사라는 호칭까지 얻을 정도로 지니고 있는 무력도 엄청났지만, 당당하게 싸울 정도로 고지식하진 않았다.

"인생은 열심히 공부하고 정직하게 노력하는 사람들만이 성공하는 게 아니지. 적당히 타협도 해 가면서 잔머리를 잘 굴려야 돼!"

인생은 실전!

위드는 쌍봉낙타를 타고 들모레 요새의 성벽 위에 버티고 서 있었다.

갑자기 나타난 그에 의해 마폰 왕국군과 베이너 왕국군은 크게 놀랐다. 얼마 전까지도 전투를 벌였던, 다시는 보고 싶지 않은 사막 군단의 대제왕이 아닌가.

"죽여라."

"끼요옷! 엠비뉴를 거역하는 역적들! 네놈들의 내장을 파먹을 것이다."

무엇보다 위드를 쫓아서 엠비뉴 광신도, 괴물 군대가 요새로 밀려들어 오고 있었다.

엠비뉴의 군대는 머릿수 자체만 놓고 보면 그렇게 많지 않았다. 마폰 왕국과 베이너 왕국의 동맹국 병사들, 사막 군단에 비하면 적다고 할 수 있는, 고작 30만!

전쟁의 시대 왕국들이 조금 무리를 한다면 동원할 수 있는 규모의 병력이다.

그렇지만 차원이 다르다고 할 수 있는 부분이, 인간 병사 수백 명 정도는 아침, 점심, 저녁을 배부르게 잘 먹고 나서 야식으로 잡아먹을 수 있는 커다랗고 이상하게 생긴 괴물들만 5만이 넘는다.

키가 30미터가 넘어 요새의 성벽을 그냥 넘어올 수 있을 정도의 청동 거인도 1,000명이나 되었다.

엠비뉴의 축복과 암흑의 오라를 받은 광신도들은 인간 기사들을 두 손으로 잡고 그대로 찢어 버릴 수 있었다.

이렇게 그나마 정상적인 병력만 있는 것이 아니라, 하늘을 날아다니는 각종 대형 괴물들!

수십 미터씩 늘어나는 혓바닥으로 땅의 인간들을 잡아채서 먹고, 산성 침을 아래로 내뱉는다.

전설에 남아 있는, 하늘을 나는 대형 거북 바라테스.

거북들의 위에도 엠비뉴의 정예 궁수들이 5,000명씩 나눠서 타고 화살과 투석 공격을 준비하고 있었다.

엠비뉴의 군대 중에서도 징벌의 사제, 극악의 기사단이 무서운 것은 그들에게 목숨을 구걸하거나 투항하면 바로 이성을 상실한 엠비뉴의 광신도로 만들어 버린다는 점!

종교재판관, 주교 들은 신성력을 바탕으로 심판을 내린다. 엠비뉴가 버린 존재로 낙인을 찍으면 온갖 저주와 괴로움 속에서 죽어 가게 된다.

"인간들은 살아갈 가치가 없다. 죽이고, 죽여라."

"하염없이 지긋지긋한 고통을 느끼게 해 주리라."

"엠비뉴를 위하여 전진하라!"

위드를 뒤쫓아 온 청동 거인들과 비행 생명체에 타고 있는 궁수들의 화살 공격들도 요새로 집중되었다.

수만 발의 화살이 들모레 요새의 성벽 위로 날아왔다.

위드의 사막 군단을 토벌하기 위해 모였던 마폰 왕국군과 베이너 왕국군은 어쩔 수 없이 엠비뉴 교단을 막아야 하는 신세가 되고 만 것이다.

"우리는 저자와 아무런 관계가 없다!"

기사들이 요새를 공격하는 적들을 향하여 힘껏 외쳤지만, 단순하고 파괴밖에 모르는 엠비뉴 교단이 사정을 봐줄 리가 만무했다.

대화가 조금도 통하지 않는 최악의 상대!

"어떻게 해야 합니까, 대장!"

"저들이 요새를 함락하려고 합니다."

"어느 쪽이든 빨리 공격 허가를 내려 주십시오!"

병사들은 위드에게로 화살을 쏴야 할지 당장 성벽 아래로 몰려오고 있는 엠비뉴 교단의 광신도와 괴물부터 처리해야 할지, 난감한 기색이 역력했다.

슈우우우우우우우!

청동 거인들이 던지는 거대한 돌덩어리들은 바람을 가르는 무시무시한 소리를 내며 날아와서 성벽을 강타하면서 무너뜨리고 있었다.

들모레 요새가 아무리 절벽을 끼고 있는 천혜의 지형에 위치해 있고 마법과 순수한 은의 강으로 인해서 보호를 받는다고 해도, 이런 파상 공세를 오래 버틸 수는 없다.

하늘에 떠 있는 비행 군단에서 쏘는 화살들은 성벽의 궁수들을 향하여 직접적으로 쏟아졌다.

요새 보호 마법. 바람의 영역, 성대한 방패, 강철의 벽이 발동되었습니다.

마법 방어진들이 발동되면서 화살들을 차단하고, 청동 거인의 돌덩어리와 투창 공격을 약화시키는 화려한 효과들이 연쇄적으로 발생했다.

그러나 청동 거인들의 돌덩어리들은 마법 방어에도 불구하고 스파크를 일으키면서 뚫고 들어와서 성벽을 부수기도 했다.

"요새를 점령하려는 적들을 향하여 공격하라!"

마폰 왕국의 지휘관이 참다못해서 국왕이 내린 검을 휘두르며 명령을 내렸다.

"발사!"

"적들을 물리쳐라!"

"국왕 폐하를 위하여!"

마폰 왕국과 베이너 왕국의 병사들은 기다렸다는 듯이 성벽에 갈고리를 던지고 올라오는 엠비뉴 교단의 광신도들을 향하여 화살을 쏘았다.

공격이 우선 그들에게 집중된 것은, 아무래도 가만히 있는 위드보다는 엠비뉴 교단이 훨씬 위협적이었기 때문이리라.

그때를 맞춰서, 눈치를 보고 있던 위드는 더 크게 고함을 질렀다.

"엠비뉴 교단이여, 이것 보아라. 존경해 마지않는 베이너 국왕 폐하께서 군대를 움직여 너희를 벌하고 있다!"

그러자 성벽 아래에서 광신도들의 외침이 들렸다.

"이교도들을 죽여라! 엠비뉴를 받들지 않는 자, 끝없는 고통을 맛보게 해 줄 것이다!"

그냥 들어 주기만 해도 충분했다. 딱히 시키지도 않았는데도 절묘한 호응.

"크흠, 내가 이런 말까지는 하지 않으려고 했는데, 베이너 국왕 폐하께서는 엠비뉴 신을 향해서 차마 전하지 못할 정도의 쌍욕을 하셨다. 특히 밤일이 순식간에 지나갈 정도로 아주 짧다던가."

"베이너 국왕의 몸을 갈기갈기 찢어라!"

위드와 엠비뉴 교단의 광신도들은 죽이 척척 잘 맞았다.

때리는 시어머니보다 말리는 시누이가 더 밉다는 말을 있는 그대로 보여 주는 광경!

얼마나 미웠는지, 들모레 성에 있는 수비 병력이 위드에게로도 화살을 쏘았다.

티디팅!

그러나 화살들은 위드의 갑옷에 생채기도 내지 못하고 튕겨 나갔다.

> 화살 공격으로 인하여 경미한 피해가 생깁니다.
> 높은 방어력과 맷집으로 인하여 생명력이 3 감소합니다.

> 화살에 연속으로 적중되었습니다.
> 별 관심을 기울이지 않아도 될 정도의 미약한 공격입니다. 갑옷이 이를 완벽하게 막아 내고 역으로 튕겨 냅니다.

워낙에 높은 생명력을 가진 데다가 좋은 방어구들로 무장하고 있으니 일반 궁수들의 화살 따위에 피해를 입을 리가 만무했다.

위드는 병사들의 공격을 관대하게 용서해 주기로 했다.

"뭐, 객관적으로 봐서도 나처럼 나쁜 짓을 하면 조금은 욕을 먹어도 돼."

여전히 최소한의 양심은 가지고 있었다.

모든 수비병들이 위드를 향해서만 공격을 한다면 그것은 상당히 부담스럽고 귀찮은 정도의 위기가 될 수 있었다.

마폰 왕국과 베이너 왕국의 영웅 로하드람과 안드레 그리고 동맹군의 영웅들까지 가세하여 위드를 죽이려고 덤벼든다면,

또한 엠비뉴 교단에서도 만사를 제쳐 두고 위드에게만 집중 공격을 한다면 영락없이 빠져나올 곳이 없는 막다른 길에 갇히게 된다.

하지만 엠비뉴 교단의 성향을 이용하여 양측에 싸움을 붙이고, 잠깐이지만 최고의 자리에서 구경을 할 수가 있었다.

신경을 써 둬야 하는 로하드람과 안드레는 각자 성벽에서 병사들을 지휘하며 엠비뉴 교단을 막느라 여념이 없었다.

'내 사리사욕을 위해… 아니, 대의를 위해서 마폰 왕국과 베이너 왕국은 망해야 돼. 여기서 보다가 수비병들이 잘 싸우고 있으면 쓸어버려야겠군. 그리고 엠비뉴 교단이 너무 쉽게 요새를 장악하지 못하도록 도와주기도 해야지.'

양쪽을 오가면서 이득을 보겠다는, 얍삽하면서 추잡하지만 효과는 절대적인 전술이었다.

역사에 주로 나오는 위대한 전략가들의 공통적인 특징이자 장점이 무엇이던가. 바로 상대방의 뒤통수를 얼마나 절묘하게 잘 치느냐였다.

순간적인 기회를 놓치지 않고 제대로 뒤통수를 강타해야만 좋은 전술이다.

"역시 난 나쁜 놈이야."

위드는 스스로를 향해서 칭찬까지 했다.

괜히 도덕심 때문에 사고를 경직되게 했으면 사막 군단을 데리고 엠비뉴 교단과 정면으로 싸웠을 것이 아닌가.

적의 전력이 어느 정도인지 가늠도 되지 않은 상태인 만큼 승리를 장담할 수도 없었을 테고, 이기든 지든 피해는 막심했을 것이다.

놈들이 들모레 요새를 파괴하는 것을 보면 적의 전력도 파악할 수가 있고, 공격 방법을 결정하기에도 좋았다.

역사를 통해서 배울 점은 배워야 한다. 영웅 심리야말로 등 따뜻하고 배부르게 사는 데에는 손해였다.

"돌격!"

"신도들이 들어갈 수 있도록 문을 열어라."

"파괴의 순례자들이여, 죽음을 위하여 전진!"

광신도들은 강철 기둥을 들고 뛰어와서 들모레 요새의 성문을 부수려고 했다.

순수한 은이 흐르는 강 때문에 성향이 악에 완전히 치우친 마물들과 괴물들은 우물쭈물하며 쉽게 접근하지 못했다. 하지만 강에 돌덩어리들과 흙더미를 채워 넣고 있었다.

지옥의 문에서 튀어나온 마물들은 불규칙적으로 공중을 날아다니며 화살과 마법 공격을 뚫고 접근하여, 수비병들을 낚아채어 하늘로 끌고 갔다.

마법 보호 장막이 있기에 몸이 타들어 가는 고통을 느낄 텐데도, 마물들은 인간 사냥을 계속했다.

"캬하핫, 이 맛이군."

"머리를 씹는 맛을 그리워했지."

지옥에서 온 놈들에게는 인간들이 얼마나 맛있는 성찬이겠는가.

아마도 악마들이 키우는 마물들은 관광지의 맛집을 찾아온 느낌일 것이다.

들모레 요새는 삽시간에 마물들로 인해서도 아비규환!

전쟁의 시대에 철벽의 성으로 명성을 떨치던 난공불락의 요새라고 하지만 엠비뉴 교단의 군대를 오래 막아 내기는 힘들 것 같았다.

—아… 시작되었습니다.

—엠비뉴 교단의 군대가 다가오고 있습니다. 저런 것이죠. 우리가 생각했던 진짜 전투다운 전투는 이제 벌어질 것 같습니다.

방송국들의 중계 경쟁이 화끈하게 펼쳐졌다.

어느 채널을 돌리더라도 모든 방송국들이 들모레 요새의 전투를 생중계로 내보냈다.

시청자들의 채널 선택권을 박탈한다는 논란이 없었던 것도 아니지만, 방송국들로서는 생중계에서 빠질 수 없는 사정도 있었다.

위드의 모험을 중계하지 않는 방송국!

최신 유행에 뒤처진 이류 방송국의 느낌이 날 수 있다.

위드의 모험과 베르사 대륙의 운명까지 걸린 중요한 이벤트에 자신들의 방송국만 쏙 빠져 버릴 수는 없는 것이다.

이 시간대에 다른 프로그램을 방송해서 시청률이 좋다는 보장도 없었고, 어찌 되었건 위드만 내세우더라도 광고를 다 팔 수 있었기에 방송국들은 선택의 여지가 없었다.

게다가 위드의 모험이야말로 가장 인기가 있고 남녀노소를 막론하고 좋아하기에 채널 선택권과 연관된 비판도 극히 적게 받는 편이었다.

방송중계에 나오는 화면에 보이는 엠비뉴 교단의 어마어마한 군대는 시작과 끝을 알 수 없을 정도였다.

병력의 숫자 자체는 〈로열 로드〉의 전쟁 규모에서 여러 차례 나왔던 정도이지만, 단일 퀘스트에서 이렇게 격렬한 공성전은 극히 드물다.

산악처럼 우뚝 서 있는 청동 거인들이 땅을 울리면서 들모레 요새를 향하여 걸어가고, 비행 생명체들과 그것에 타고 있는 궁수들로 하늘까지 온통 뒤덮여 있다.

"이…교도들을 심판하라."

"참을 수 없는 고통의 형벌을 내리리라."

〈로열 로드〉의 유저들, 시청자들도 엠비뉴의 군대가 보이는 위력 앞에 전율하지 않을 수가 없었다.

위드가 모험을 하고 있는 전쟁의 시대가 아닌 현재에도, 엠비뉴 교단의 전력은 무섭게 팽창해 가고 있기 때문이었다. 하벤 제국이 중앙 대륙을 먹어 치우고 있다고는 해도, 엠비뉴 교단에 의해 파괴되는 지역들도 만만치가 않았다.

지금 보이는 것만이 전부도 아니었다. 마녀들에 의해 열린 지옥의 문을 통하여 여전히 마물들이 무더기로 떨어지고 있다.

아직 대낮임에도 불구하고 하늘도 종말을 의미하는 듯이 온통 검붉게 변해 갔다. 베르사 대륙의 운명을 건 결전에 어울리는 분위기였다.

KMC미디어에서는 신혜민과 오주완이 진행을 맡았다.

방송국 진행 요원만 100여 명에 이를 정도로 큰 팀을 이루어서 생방송 중계를 하고 있었다.

—시작부터 압도적인 영상이네요. 오싹하면서도 기대가 일어나는데요. 오주완 씨, 어떻게 보고 계신가요?

—재밌게 보고 있습니다.

—아, 요즘 안티들을 정말 열심히 모으고 계세요.

—제가 그랬나요? 그만큼 손에 땀을 쥐고 봐야 할 정도의 전투라서 그렇습니다. 위드의 무력이야 이미 퀘스트 도중에 나온 몇 번의 영상을 통해서 보인 바가 있습니다만, 저 엠비뉴 교단을 상대로는 과연 어떻게 싸우게 될까요? 항상 기대를 넘어서는 장면들을 보여 주었기에 이번에야말로 위드를 위한 최적의 자리가 마련되었다고 볼 수 있겠습니다. 앞으로 사막의 대제로서의 진면목을 발휘할 수 있는 한판 승부가 시원하게 펼쳐지겠죠.

—제가 저기에 있다면 얼마나 막막하고 무서울까요. 그런데 사실 시청자들 사이에서는, 이 정도의 고난이 없으면 위드의 모험이 아니라는 말도 있어요.

—저 역시도 그렇게 생각합니다. 위드가 어려운 퀘스트를 시도할수록 시청자들과 진행자인 우리는 정말 행복하니까요.

방송국 관계자나 시청자들조차도 위드가 고생을 하는 걸 이제는 자연스럽게 여겼다.

뭔가 사고만 쳤다 하면 대륙 전체가 떠들썩해지는 스케일!

1명의 개인으로서 〈로열 로드〉에 이토록 많은 변화와 관심을 가져오는 사람이 앞으로도 또 나타날까 싶었다.

—그런데 오주완 씨, 위드와 엠비뉴 교단 사이의 전쟁에 끼게 된 두 왕국들의 운명은 어떻게 되는 것일까요?

—그 부분만큼은 제가 확실하게 설명드릴 수가 있겠습니다. 아마도 요새와 함께 최후를 맞이하게 될 가능성이 크겠죠.

—그러면 마폰 왕국과 베이너 왕국은 정말 딱하게 되었네요. 어머, 지금 성문이 격파되었어요.

—과연 바로 부서지는군요! 엠비뉴의 광신도들이 계속 밀려오고 있습니다. 전투는 지금부터라고 할 수 있기에, 잠시 광고를 보고 다시 돌아오겠습니다.

전투에 직접 참가한 위드는 전설의 프로스트 보우 요르푸시카를 무장한 채로 엠비뉴의 광신도들을 향하여 연속으로 화살을 쏘았다.

단순한 얼음 화살이 아니라, 좁은 지역 전체를 얼리면서 작렬하는 화살!

성문 근처에 모여 있는 광신도가 한꺼번에 수십 명씩 떼죽음을 당했다.

"이것이 대량 학살의 재미로군. 그래도 아쉬워. 저곳에 잡템이 잔뜩 떨어져 있을 텐데 말이야."

요새의 수비병들은 이제 위드를 공격하지 않았다. 당연히 적대적인 사이로서 죽여야 하는 관계임에는 변함이 없었지만, 당장은 그들을 돕고 있었으니 공격의 우선순위에서는 밀려난 것이다.

엠비뉴 교단의 잔인함과 그로 인한 공포는 그만큼 컸다. 물론 그들이 물러가기라도 한다면 두 왕국의 집중 표적이 될 테지만, 그것도 살아남은 후의 이야기가 될 것이다.

청동 거인들은 아예 요새를 남김없이 파괴해 버릴 작정인지 커다란 돌덩이를 거침없이 내던지고 있었다. 요새의 보호 마법이 어느 정도 위력을 반감시켜 주기는 한다지만, 느리게라도 날아와서 성벽에 부딪쳤다.

게다가 마법의 효과도 무한정 지속되는 것은 아니다.

잠시 후 순수한 은의 강이 흙으로 메워지면 마물과 광신도들이 더 많이 몰려와서 좁은 성문만이 아니라 성벽을 타고 올라오게 되리라.

어떻게 본다면 요새의 진정한 위기는 그때부터라고 할 수 있었다.

이미 병사들 사이에서는 심각한 공포가 전염되었다.

지옥의 문을 통해서 나온 마물들이 인간들을 마구 납치해서 먹어 치우거나, 혹은 강제로 육체를 빼앗아서 전투를 했기 때문이다.

위드는 아트록의 함성을 터트렸다.

"엠비뉴 교단은 잔인하여 우리를 살려 주지 않을 것이다! 살고 싶다면 끝까지 싸워라!"

마폰 왕국군과 베이너 왕국군은 적이었기에 지휘력을 높여서 명령을 내리는 효과는 없다. 하지만 사기에는 약간 영향을 줄 수 있었다.

"아, 안 돼. 고향으로 돌아가고 싶어."

"가자. 살려면 지금 도망을 치는 게 나아."

"우리 왕국은 이미 끝장이야. 안젤라. 그녀에게 가리라."

마물들 때문에 병사들의 사기는 더욱 크게 떨어졌고 전투력까지 나빠졌다. 사기가 아예 바닥을 치게 되면 저마다 살기 위해 도망을 치다가 내분까지 일어나면서 군대가 사상누각처럼 한꺼번에 무너져 버린다.

지휘관의 능력이 뛰어날수록 군대의 전투력도 크게 차이가 났다.

"놈들에게 죽으면 우리의 영혼까지도 짓밟히게 되리라. 이 땅에 정착하여 살아온 수많은 사람들이 노력하여 일구어 낸 땅이 불모지로 변할 것이고 도시는 폐허로 변하게 될 것이다. 고향에 있는 가족들이 저들에게 끌려가서 잔혹한 일을 당하지 않도록 최선을 다하라!"

마폰 왕국의 병사들은, 사기는 올랐지만 다소 어리둥절했다.

"저 야만족의 수장이 무슨 헛소리를 지껄이는 거지?"

"그러게 말일세. 지금 하는 말들은 모두 저자가 저지른 짓이 아닌가?"

위드는 잠시 자신과 사막 군단이 한 행동을 잊어버렸다.

전투 노예들을 붙잡고, 약탈하고, 도시를 불태운 정복자의 행동이나 엠비뉴 교단이나 크게 다를 바는 없지 않은가.

하지만 당사자의 관점에서는 차이가 있었다.

'난 나쁜 짓을 조금 해도 어쨌든 착하니까 괜찮아. 이 정도야 뭐, 인생 살다 보면 다 한 번씩 저지르는 거 아닌가?'

긍정적인 자기 합리화!

현재 전쟁의 시대에 있는 모든 주민들은 위드와 서윤이 퀘스트를 하고 있기 때문에 존재한다. 나중에 위드가 원래의 세상으로 돌아가게 되면 바람에 날리는 티끌처럼 사라지게 되리라.

그렇기에 양심의 가책이 덜한 채로 실컷 더 분탕질을 칠 수도 있었다.

사실 평화로운 시대로 왔다면 위드의 행동들은 미래에도 크나큰 영향을 미칠 수가 있다. 하지만 전쟁의 시대 주민들은 만약 위드가 나타나지 않았더라도 어차피 매일 싸워서 죽이거나 죽는 삶을 살아갔을 것이다.

발전보다는 정체, 혹은 멸망의 시기.

파괴하고 복구되는 일을 계속 반복하면서 의미 없는 싸움을 지속해 나가고 있었다. 그렇기 때문에 훗날의 하벤 제국도, 위드의 사막 군단이 중앙 대륙을 휩쓸었음에도 불구하고 의외로 피해가 생각보단 적었다.

'흠, 병사들이 제대로 싸운다고 하더라도 엠비뉴의 군대와의 전력 차이가 너무 극심하게 나는군. 이렇게 쉽게 밀리면 곤란한데.'

위드는 성벽에 올라서 적을 향해 활을 쏘는 와중에도 전투 전체를 중립적인 관점에서 살펴야 했다. 궁극적인 그의 목적은 들모레 요새를 지키는 것이 아니라 이 전투를 승리로 이끌어야 하는 것이기 때문이다.

사막 군단은 미리 계획한 대로 위드가 시선을 잡아끄는 동안 멀찌감치 물러났다.

멀리서 준비를 갖추고 있다가 적당한 시기가 되면 엠비뉴의 군대를 강타하리라. 믿음직한 조각 생명체들이 병력을 지휘하고, 언제 죽어도 아쉽지 않은 헤스티거와 노인 자하브가 선두에 설 것이다.

반 호크가 이끄는 언데드들은 이미 투입되어 엠비뉴의 군대를 측면에서 공격하고 있었다. 언데드들이야 소모되더라도 얼마든지 계속 일어나기에 일찍 싸워 주는 편이 좋다.

어비스 나이트 반 호크와 둠 나이트의 돌격 기사단!

나름 언데드들의 질을 많이 향상시켜 놓았다고 생각했지만, 이곳의 시체들은 워낙 수준이 높아서 다시 일으키는 게 이득인 경우도 많다.

물론 반 호크만이 언데드를 소환할 수 있는 것은 아니었고, 오히려 엠비뉴 교단의 마법사들이 활약할 가능성도 컸다.

그러나 당장 엠비뉴의 주력은 들모레 요새로 향하고 있기에 언데드들은 광신도들과, 또 난쟁이 종족을 상대로 하여 제법 공을 세우고 있었다.

"쿠힛!"

"쿠히히히힛!"

키가 1미터도 되지 않는 난쟁이들은 아주 골칫덩이였다.

마법도 쓰고, 짧은 거리를 순간 이동해서 손톱으로 할퀴니 위협적이라 상대하기가 까다롭기 그지없지만, 유저가 아닌 좀비와 구울 들에게는 좋은 간식이 되었다.

"성문이 부서졌다. 마폰 왕국의 형제들이여, 적을 막아라."

"장창 부대는 한 걸음도 물러서지 마라. 왕국은 너희의 피를 원하고 있다. 국왕 폐하를 위하여 싸워라!"

청동 거인들의 돌덩이가 한꺼번에 성문을 강타하여 부숴 버린 이후 광신도와 괴물 들이 물밀듯이 들어오면서 전투가 벌어졌다.

마폰 왕국의 기사들이 앞장서면서 장창 부대와 함께 요새 안으로 들어오는 적들을 힘겹게 계속 막아 냈다.

성벽에서 적들이 접근하지 못하도록 화살만 쏘아 대는 위드가 제일 한가한 상황이었다. 가끔 마물들도 덤벼 왔지만 화살 두세 발을 맞고는 비명을 지르며 땅으로 추락했다.

"그래도 상당히 빨리 밀리고 있군. 난공불락의 요새치고는 조금 허술한 거 아닌가?"

요새의 방어력이 이 정도라면 철벽이라는 명성과는 달리 사막 군단을 데리고 왔어도 함락시킬 수 있었을 것 같다. 각종 전투와 전쟁에서 위드의 병력 지휘 경험이야 누구도 따라오지 못할 경지에 이르렀기 때문이다.

위드는 이미 뚫려 버린 성문 부근에 공격을 집중하기보다는 순수한 은의 강을 건너서 일렬로 다가오는 적들을 향하여 줄줄이 화살을 쐈다.

채채채챙!

시위를 떠난 화살이 사방으로 터지면서, 공격 범위에 있는 수백의 적을 결빙시켰다.

보통의 광신도라면 이것으로 죽었을 테지만, '악몽을 퍼트리는', '몸이 극독으로 이루어진', '어린아이를 뜯어먹는'과 같은 지독한 수식어를 가진 존재들이다. 게다가 엠비뉴의 군대에 흐르는 암흑의 오라가 결빙의 피해를 덜 받게 하고, 움직일 수 없는 상태에서도 빨리 풀려나게 했다.

결빙 상태에 걸려서 죽은 광신도와 괴물은 불과 40% 미만이었다.

물론 살아남은 자들도 잠시 행동이 느려지고 생명력이 떨어지긴 했다. 순수한 은의 강을 넘어서 요새로 돌진하는 무리 중에는 빙결의 효과가 걸려 있는 이들이 매우 많았다.

그들을 향해서도 들모레 요새의 궁병들은 쉴 새 없이 화살을 쏘아 대고 있었다.

끊임없는 비명 소리, 공격을 독려하는 고함, 마물들에게 끌려가는 병사들을 부르는 소리가 시끄럽게 들렸다.

"뭔가 왕국군의 전투력이 제대로 발휘되지 않은 느낌인데. 벌써 왕족들과 함께 요새에서 도망가려는 것은 아니겠지?"

위드는 불현듯 드는 위험한 생각에 마폰 왕국과 베이너 왕국의 기사들과 마법사들이 뭘 하는지 보기 위해 뒤를 돌아봤다.

뒤쪽의 요새 중심 거리에서도 성문 부근 못지않은 격렬한 전투가 한창 펼쳐지고 있었다.

엠비뉴의 비행 생명체들이 공중을 장악한 채로 낮게 날아다니며, 그 위에 탄 광신도 궁수와 공성 무기들이 요새의 건물들을 부수고 불태웠다.

특히 무서운 것은 날아다니는 대형 거북.

바라테스가 산성 독액을 토해 내자 병사들은 그대로 녹아 버리고, 잠시 후에는 건물들이 폭발하면서 불에 타올랐다.

공격 수단은 그것만이 아니었다.

지옥의 문을 통하여 등장한 마물들은 영악한 데다 학습 능력이 뛰어났다.

'저 인간은 당장 먹을 수는 없다.'
'우리의 몫이 아니다. 악마 이상으로 강하다.'
'잔인한 느낌이 든다. 우리를 붙잡아서 괴롭힐 것 같다.'

위드가 종말의 날을 펼치고 난 후, 어중간한 마물들은 겁을 잔뜩 집어먹고 목표를 인간 병사들로 바꾸었다.

날개가 달린 마물들은 들모레 요새의 병사들을 마구 납치해 가고 있었으며, 특이하게 두더지처럼 땅을 파고 튀어나와서 땅속으로 끌고 가는 부류도 있었다.

마법사들은 지상에서 비행 생명체들을 향하여 불과 얼음, 바람, 빛의 속성을 가진 마법 공격들을 하며 저항했지만, 워낙에 난전이라서 그 효율이 좋지는 못했다.

마법 공격들이 무작위적으로 하늘을 향하여 치솟았다.

기사들 역시도 요새가 워낙 넓고 크다 보니 도처에서 침입한 적들을 제거하고 막아 내느라 아주 바빴다.

폭발음과 비명 소리, 그리고 순식간에 난장판이 되어 가고 있는 들모레 요새.

제아무리 난공불락이라고 하더라도 그것은 인간들끼리의 정규전에 국한된 것이라서, 마물들과 엠비뉴의 군대에는 취약점을 보였다.

"뭐, 불평을 할 수도 없겠군. 내가 조금만 더 활약을 해 줘야겠어."

당장 급한 것은 성문과 공중이라고 할 수 있었다.

성문을 막아서 적들이 들어오지 못하게 해야 궁수들과 마법사들이 엠비뉴의 군대의 숫자를 많이 줄여 놓을 수 있다.

물론 요새를 향하여 커다란 돌덩어리들을 투척하고 있는 청동 거인들도 심한 골칫덩이였다.

위드는 타고 있는 낙타의 머리를 쓰다듬었다.

"쌍봉아."

푸르릉!

"부를 때까지 알아서 잘 숨어 있어."

위드는 낙타에서 내리며 말살의 검을 뽑아 들었다.

쌍봉낙타가 가장 잘하는 것은 지치지 않고 빨리 달리기와 회피술, 그리고 안전하게 숨는 것이었다.

"그럼 어디 놀아 볼까?"

생명력과 마나의 회복 속도가 워낙 빠르다 보니 그사이 완전한 몸으로 돌아온 상태.

위드가 성문을 틀어막는다면 아마 광신도와 괴물은 1마리도 넘어오지 못할 것이다. 그렇지만 그 자리에서 지키고만 있는다면 좀이 쑤시고 시시할 것이다.

한낱 광신도 따위가 어떻게 사막의 대제를 막을 수 있겠는가. 수백 명을 한꺼번에 불에 태워 죽이는 위용을 아무렇지도 않게 펼쳐 보일 수 있다.

원래의 시간대로 돌아가게 되면 잘 도망 다녀야 했지만, 적어도 지금 이 순간만큼은 위드에게 무서운 적이란 거의 없다.

그렇지만 청동 거인들을 서둘러 해치우지 못하는 이상 나중에 성벽이 다 파괴되고 난 이후를 생각하면 성문을 사수하는 것에 크게 의미를 둘 필요가 없었다.

"공중에서 놀아 봐야겠어."

위드는 궁수들이 가득 차 있는 성벽 위를 바람처럼 질주했다. 성벽을 타고 올라와서 기사들 수십 명과 싸우고 있던 괴물 몇 마리들은, 가볍게 검을 휘둘러 처리했다.

"섬광의 도약!"

충분히 빠르게 달리고 있다는 생각이 들자 위드는 스킬을 시전했다.

마나 소모는 거의 없지만 힘과 민첩성이 필요했다. 뛰고 싶은 높이만큼 속도를 내며 달리고 있어야 하는 기술.

콰과쾅!

엄청난 충격이 땅으로 전달되면서 가까이 있던 궁수들이 튕겨 나가고 성벽이 오분의 일쯤 허물어졌다.

위드는 바람을 가르며 100미터가 넘는 거리를 단숨에 도약해서 대형 거북 바라테스의 등판이 바로 앞에 보이는 위치까지 올라왔다.

바라테스의 등에는 엠비뉴의 궁수들이 가득 차 있었으며, 마법사들을 향해 설치되어 있는 쇠뇌를 돌리는 중이었다.

"저, 적이다!"

"반드시 죽여야 하는 자다."

그러나 궁수들이라고 해 봐야 위드가 가볍게 말살의 검을 두세 번 휘두르는 것으로 전멸했다.

말살의 검에서 뻗어 나오는 세찬 화염. 불의 기둥이라고 해야 마땅하리라.

무시무시한 화염이 바라테스의 등판 위를 뒤덮으면서 궁병들은 저항도 하지 못하고 불덩어리가 되어 비명을 지르면서 땅으로 추락했다.

푸흐흥!

쌍봉낙타는 위드의 전투를 구경하다가 벽으로 가까이 다가갔다. 그러자 몸이 흙처럼 변하더니 스르륵 벽에 빨려 들어갔다. 남아 있는 건 벽에 새겨진 쌍봉낙타의 형상뿐이었다.

쌍봉이는 어디든 사물 안에 모습을 감출 수 있다는 조각 은신술을 익히고 있었다.

저주받은 잡철을 습득하였습니다.

얄타 독을 바른 화살을 381개 습득하였습니다.

책《엠비뉴를 위한 제물 목록》을 습득하였습니다.
약간의 지식과 경험을 올릴 수 있습니다.

위드는 강한 전투력만큼이나 빠르게 바라테스의 등 위에서 궁수들이 남기고 난 잡템을 회수하고 나서 고민했다.

"이놈은 어떻게 죽이지?"

엠비뉴의 궁수들만 처리할 게 아니라 대형 거북 바라테스까지도 없애야 한다.

꾸우우우우우!

대형 거북은 목숨의 위기를 느껴서인지 갑자기 속력을 내고 몸을 비틀면서 날기 시작했다.

위드를 떨어뜨리기 위해서 거꾸로 몸을 뒤집었을 때에는 울퉁불퉁한 등판을 잡고 매달려 버텼다.

창공에 있기에 느낄 수 있는 스릴감!

지상이 아찔하게 보이기는 했지만 워낙 무식하도록 많은 생명력 덕분에 이 정도 높이에서는 추락하더라도 별로 다치지 않는다.

주변에는 다른 마물들이 날아다니고 있었고 마법사가 쏘아낸 화염 마법들이 스치고 지나갔다. 다른 바라테스들도 그를 노리고 산성 엑기스를 내뱉었지만, 공중에서 마구 뒤집히고 있는 와중이라 역으로 거의 맞지 않았다.

"어느 정도의 힘으로 때려야 죽을지 애매한데. 일일이 신경 쓰기도 성가시니 조금 강하게 처리해야겠군."

위드는 스킬을 시전했다.

"화염의 진노!"

말살의 검에서 불길이 크게 타올랐다.

일반적인 불꽃과는 다르게 아주 거칠고 격렬했다.

직접 닿지 않은 적들에게는 피해를 주지 않지만 검에 베이고 난 후에 불길에 휩싸이면 웬만하면 몬스터라 해도 가죽과 뼈가 다 녹아 버린다. 특히 검에 직접 찔렸을 때는 공격력을 5배 이상 높여 준다.

위드는 대형 거북의 등판을 연속으로 여러 번 베어 버리고 나서 결과를 확인하지도 않고 높이 뛰었다.

이번에는 도약 스킬을 사용하지 않더라도 다른 대형 거북의 등판에 내릴 수가 있었다.

궁수들을 제압하는 동안, 지나왔던 대형 거북이 화염에 휩싸여서 괴성을 지르며 지상으로 추락하는 모습이 보였다.

"제대로군!"

그 이후부터는 공중에서 풀쩍풀쩍 뛰어다니면서 대형 거북들만 공격했다. 등판에 타고 있는 궁수와 기사 들이야 거북들이 땅에 떨어지면 알아서 사망할 게 아닌가.

"피해라!"

"또 떨어진다."

"백작님이 저곳에……."

하늘에서 불덩이가 되어 추락하는 대형 거북들로 인해서 들모레 요새는 더욱 처참하게 부서지고 있었다.

탑과 건물이 무너지면서, 병사들과 귀족들이 깔려서 수없이 많이 죽어 갔다.

대활약의 예고

"깨어나라. 야성의 본성에 따라 울부짖어라."

들모레 요새를 지켜 주던 신성한 은의 강은 돌과 흙으로 절반 이상 메워졌다.

엠비뉴의 사제들이 화살이 닿지 않을 정도의 거리까지 다가와서 지팡이를 땅에 내려찍으면서 주술을 펼쳤다. 그러자 요새를 지키기 위해 싸우던 수비병들이 괴로워하며 머리를 감싸 쥐었다.

"이봐, 괜찮아?"

"몰라. 머리와 온몸이 가렵고 아파. 살이 찢어지는 것 같아."

갑자기 병사들이 입고 있던 갑옷 사이로 털이 길게 자라서 삐져나왔다.

"이게 무엇인가?"

"몰라. 이건 아니야. 내 몸이 변하고 있어."

팔다리가 굵어지고 피부가 벗겨졌다. 그리고 커진 몸을 견디지 못하고 갑옷마저도 떨어져 나갔다.

"주, 죽여 줘!"

"사제님을 불러오겠네."

"안 돼. 그 전에 나는… 아, 늦었……."

얼굴에도 수북하게 털이 자라나더니 엎드려서 네발로 땅을 디뎠다.

크르르릉!

눈에는 살인 충동만이 가득한 중형 늑대개들로 변하고 만 것이다.

엠비뉴의 주술 중 하나로, 인간을 야수로 바꾸어 놓는 것.

날쌘 늑대개들은 주변에 있는 인간의 목을 물어뜯었다.

어깨와 등을 맞대고 함께 싸우던 동료들이었지만, 그것을 알아볼 이성은 야수의 본능과 엠비뉴를 향한 충성심에 의해 잠식되어 있었다.

"너의 눈과 귀는 잘못된 것을 보고 들어 왔다. 너희가 진정으로 모셔야 할 분은 오로지 엠비뉴뿐이다!"

세뇌의 신성 마법도 수비병들을 뒤덮었다.

마법에 걸린 병사들은 곧바로 배신을 하여 엠비뉴의 편에 섰다. 성벽을 장악한 궁수들이 화살을 오히려 성 안쪽의 병사들을 향해 돌린 것이다.

"정신 차려라!"

"대장, 엠비뉴를 믿어야 합니다. 그분이야말로 우리를 편안하고 행복한 고통의 세계로 이끌어 주실 것입니다."

"쟈토! 국왕 폐하께서 우리에게 베풀어 주신 은혜를 잊어서는 안 된다.”

“헹, 국왕? 그 작자가 우리에게 해 준 것이 도대체 뭐가 있습니까? 영토에 대한 욕심으로 허구한 날 전쟁이나 일으키고 과중한 세금이나 책정하고, 도저히 못 살겠다고 떠나는 유민들을 잡아 가두고 죽이는 일을 좋아서 했는지 아십니까?”

“그, 그것은 어쩔 수 없는 일이었다. 다른 왕국도 다 그렇지 않으냐!”

“국왕이란 작자는 우리를 부려 먹기만 했을 뿐입니다. 귀족들과 함께 권위를 앞세우면서 지배하기만 했습니다. 이제 그 고통의 시간은 지났습니다. 엠비뉴께서 안식을 내려 주시니 기꺼이 받아들여야 합니다.”

병사들을 통솔하는 대장은 막으려고 했지만, 곧 그에게도 세뇌 마법이 걸렸다.

“크크, 너의 말이 맞군. 그렇다면 나도 엠비뉴를 따르겠다.”

도처에서 병사들의 반란이 일어났다.

기사들은 가벼운 현혹에는 걸리지 않았지만, 충성도가 낮은 병사들에게는 간단하게 먹혀들었다.

위드가 공중에서 엄청난 활약을 하는 동안에 굳건할 줄 알았던 들모레 요새의 성벽 수비병들은 무참히 허물어지고 있었다.

성벽을 힘으로 점령하고 수비병들과 싸우는 방식이 아니라, 야수화와 집단 세뇌를 걸어 버리니 오히려 엠비뉴의 군대를 늘려 주는 셈이다.

“이런 못난 놈들.”

위드는 대형 거북 사이를 뛰어다니면서 지상을 잠깐 내려다

보는 것만으로도 상황을 짐작했다.

"아무튼 일을 믿고 맡길 놈들이 없어. 그 잠깐을 버티지 못하는군."

대비도 하지 못한 채로 갑작스럽게 엠비뉴 교단과 싸우게 된 들모레 요새의 병사들 입장에서는 억울하기 짝이 없는 푸념이었다.

그러나 엠비뉴 교단의 군대에 의해서 요새가 당장 함락되는 것은 아니다.

요새의 마법 공격 장치와 공성 무기가 작동되면서 커다란 마력탄들을 토해 냈다.

정예들이 배치된 궁수탑에서도 강철 화살들을 쏘아 내고 있었다.

마폰 왕국과 베이너 왕국의 마법사들도 응징에 나서면서, 성벽 부근에 모여 있는 적들에게 적지 않은 반격도 가하였다.

효과적인 격퇴라고는 할 수 없어도 광신도와 마물의 진군을 지연시키는 효과는 있다.

위드가 원하는 건 딱 그 정도 수준이었다.

그가 마음껏 활약할 수 있도록 시간을 끌어 주는 정도면 충분하다.

"벌써 네가 마지막이다!"

궁수들의 저항을 가볍게 무시한 채 마지막으로 남아 있던 대형 거북까지 추락시켰다.

지상에 떨어질 때에는 폼 나게, 불타는 대형 거북을 타고 함께 떨어졌다.

액션 영화의 주연배우는 아니지만 방송국의 중계를 보고 있을 시청자들을 위해 가끔씩은 이렇게 멋진 장면도 보여 주어야 한다.

'이러면 확실히 폼이 좀 나겠지!'

거북의 등을 밟고 그대로 서서 망토를 휘날리며 요새의 중앙 광장에 정확히 추락!

> 높은 위치에서 떨어져서 땅에 크게 충돌했습니다.
> 네로만의 목걸이가 신비한 힘으로 충격을 흡수합니다. 37,838의 생명력의 피해를 받았습니다. 충돌 시 생겨난 약간의 어깨 부상으로 인해 전투력에 손실이 발생했습니다. 검술 스킬을 시전하면 더 많은 마나의 소모와 허점이 생겨납니다. 961초 동안 유지됩니다. 생명력의 회복 속도와 사제의 치유에 의해 더 빨리 완쾌될 수 있습니다.

붕괴와 폭발이 일어나고, 먼지가 가시고 나서 위드는 천천히 등장했다.

생명력의 하락이야 그리 심하지 않아서 무시해도 될 정도지만, 멋을 부리느라 입게 된 어깨 부상은 약간 꺼림칙하다.

그러나 당장 위험한 전투 중이 아니라서 참을 수 있었다.

'정말 멋있었어. 역시 난 최고야.'

방송국은 실시간으로 시청자들에게 그 장면을 전송했다.

게시판들은 난리법석이었다.

> ㅡ하늘에서 싸울 때는 진짜 빠르고 환상적이었는데 지금은 좀 무식해 보여요. 왜 떨어진 거죠? 설마 저 레벨에도 회피할 수 있는 스킬이 없었나?
> ㅡ눈으로 봐도 상당히 아플 것 같음.

—폭발 직전의 영상을 잘 보면 그 전에 뛰어서 거북이를 벗어날 시간도 충분했던 거 같은데요.
—폼 잡은 거 아니에요?
—별로 띨띨해 보이기만 했는데.

시청자들의 냉정한 눈은 겉모습에 치중한 행동들을 좋게 봐주진 않았다.

그들이 위드에게 바라는 건 그저 전율이 일어날 정도의 호쾌한 전투!

오크 카리취의 지휘력만 하더라도 불사의 군단과의 공방이 워낙 급박하게 이루어지면서 박진감이 흘러넘쳤다.

위드의 전투에 대해 내성이 생긴 만큼, 대형 몬스터와 함께 하늘에서 떨어지는 장면 정도는 시청자들에게 먹혀들지 않았다. 돈도 되지 않는 미취학 어린이들에게나 그럭저럭 먹히는 행동이었다.

엠비뉴의 공중 생명체 바라테스 군단은 지상을 향하여 막대한 화염 브레스와 화살 공격을 퍼부으면서 요새를 파괴하고 수비병들을 죽였다. 그렇지만 위드에 의하여 의외로 별 활약도 하지 못하고 금방 정리가 되어 버리고 말았다.

물론 대형 거북들이 요새에 추락하면서 입힌 피해는 별도로 계산을 해야겠지만!

위드는 연기가 걷히자마자 바로 주변부터 살피며 눈을 번뜩였다.

"콜록! 누, 누구든 나를 좀 도와주시오!"

부상을 입은 기사나 귀족 들이 있었다. 얼마 전 전투에서도 봤던 베이너 왕국의 루만 백작이 번쩍거리는 보석 박힌 검을 가진 게 보였다.

'조용히 처리해 버리고 아이템을… 아, 병사들이 좀 많이 있군. 지금은 이목을 다소 신경 써야 할 때야. 아깝군, 아까워.'

요새의 마법 보호막이 유지되고 있기에 침범해서 지상에서 전투를 벌이고 있는 지옥의 마물들은 아직 적었다. 성문을 통해서 들어온 광신도와 괴물도, 힘겹지만 어떻게든 처리되고 있었다.

들모레 요새에는 수비를 위한 마법 탑이 총 12개나 세워져 있다. 땅에 흐르는 마력을 가져와서 보호 마법진을 활성화하는 것으로, 탑이 파괴될 때마다 방어 능력은 약해진다.

청동 거인들과 괴물들, 마물의 공격도 마법 탑이 있는 방향으로 집중되고 있었다. 하늘에서 보니 이미 3개가 청동 거인의 돌덩이에 의해서 부서지고 말았다.

어차피 엠비뉴의 파상공격을 오래 막진 못하리라.

청동 거인들의 돌덩어리 투척은 요새가 완전히 부서지기 전에는 그치지 않을 것이기 때문이다.

"요새가 점령되기 전에 적의 병력을 줄이면서 실속을 최대한 챙겨야지."

지옥의 문도 가장 급한 문제다.

엠비뉴의 군대는 전력의 규모라도 정해져 있지만, 지옥의 문이 오랫동안 열려 있는다면 마물들이 늘어나다가 대악마라도 나타나지 말란 법이 없다.

대마녀 페쳇을 해치우고 빨리 지옥의 반지를 부숴야 하지만, 달성하기가 정말 어려운 목표였다.

적들의 한복판에 있는 페쳇을 어떻게 해치울 수 있겠는가.

설혹 단둘이 싸우게 되더라도, 그녀는 특수한 능력을 가진 것이다.

켈튼 왕국의 어느 기사가 남긴 쪽지에 그녀에 대한 이야기가 기록되어 있었다.

…하늘조차 데려가기를 포기한 마녀는 용맹한 기사단의 검에도 베이지 않았다. 마법사들이 목숨을 걸고 완성시킨 마법 공격에도 결코 피해를 입지 않았다. 사제들의 신성 마법도 그대로 통과해 버릴 뿐이었다.

분명히 실체가 있는데도 모든 공격이 지나가 버리다니, 어찌해야 저 저주받은 마녀를 세상에서 깨끗하게 지울 수 있을 것인가.

아홉 번의 전투 패배로 인하여 켈튼 왕국은 멸망의 위기에 처했다. 왕궁마저 넘어가면 켈튼 왕국은 마녀들의 세상이 되리라.

마지막으로 남은 마법사들은 더 늦지 않게 대마녀의 능력을 분석해 냈다. 고대의 마법 중의 하나로, '차원 이탈'. 2~3개의 차원을 넘나들면서 진실한 육체를 숨기는 마법이다. 그녀를 죽이는 건 모든 몸이 완벽하게 이 세계로 넘어오고 난 이후에만 가능하다.

마녀 페쳇은 상대방을 농락하다 죽어 가는 순간에 힘을

흡수하는 것을 즐긴다. 그녀로 인해서 얼마나 많은 기사들이 생명력과 마나를 잃어버렸는지 모른다. 유일한 방법은 그녀의 몸이 나타나서 상대의 힘을 흡수하는 순간을 노리는 것. 그때가 아니라면 어떤 공격도 무용지물이다. 또한 섣부른 공격은 다시 그녀의 육체가 달아나 버리게 하고 말 것이다.

나 제르켈은 사악한 네크로맨서들에게 금단의 마법을 배웠다. '시체 폭발'!

주군에게 충성을 다하고 시민들을 지키기 위하여, 그녀의 앞에서 내 목숨을 끊고 동시에 육체를 폭발시키리라.

나머지 일은 다른 기사들에게 맡겨야겠지. 기사들의 피와 시체가 왕국을 지켜 낼 것이다.

오오, 켈튼 왕국에 영광이 있으라.

원래의 시간대에 있는 마판에게 자료를 최대한 모아 달라고 부탁해서 모라타의 대도서관에서 발견한 기록.

페첼은 어떤 공격도 무력화시키는 특기를 가졌기에 전투 중에는 무적이라고도 부를 만하다. 숭고한 희생이 없이는 절대 잡을 수 없는 마녀였다.

위드의 생각이 거기까지 미쳤다.

"음, 빨리 움직여야 하는데. 요새 안에 빈방이 있을지 모르겠군. 낮잠이라도 좀 자면 안 되겠지?"

급할수록 돌아가라는 말이 있다. 위드는 아예 가지 않을 생각도 조금은 들었다.

"이번에야말로 위드에게도 최후의 날이로군. 오늘만큼은 하늘을 나는 재주가 있더라도 죽음을 피해 가지 못할 것이다."

유병준은 엠비뉴의 군대에 속해 있는 전력을 세세하고 꼼꼼하게 살펴보고 있었다. 주 전력을 나열해 놓은 기록들만 몇 장이 넘어가는데, 보는 내내 입가에 미소가 가시지 않았다.

공격대의 선발을 이끄는 거대 거북 바라테스 군단은 적들의 요새를 허무하게 무력화시킨다.

성벽을 높이 쌓으면 무엇 하겠는가. 하늘에서 화살을 아래로 쏴 버리면 속수무책으로 당해야 하는데.

지상에서 반격할 수 있는 마법 공격 범위보다 높이 날아다니고, 단단한 등껍질을 두르고 있는 거북의 특성상 맷집도 보통은 아니다.

유일한 단점이라면 비행 속도가 조금 느리다는 정도.

그런데 이렇게 쉽게 당할 줄은 몰랐다.

"그래도 시작에 불과하다. 엠비뉴의 주 전력은 나오지도 않았으니까 말이지. 크크크."

유병준이 보는 모니터에 나타나 있는 엠비뉴의 대사제들과 징벌의 사제들, 극악의 기사단은 아직 움직이지도 않았다.

엠비뉴의 핵심 전력의 구성은 유저들이 소위 말하는 네임드 몬스터들 그리고 준보스급 몬스터들의 향연이라고 할 수 있다.

300종이 넘는 희귀 괴물과 맹목적인 믿음을 가지고 전투를 치르는 광신도, 청동 거인!

그 휘하의 전력만으로도 들모레 요새는 버티지 못하고 무너지게 되겠지만, 진정한 보스급들이 나선다면 그때부터가 진짜 전투가 아니겠는가.

모니터로 지켜보면서도 긴장감으로 발바닥이 간질거릴 순간은 아직 나오지도 않았다.

엠비뉴의 진정한 힘은 잉그리그와 모툴스, 2명의 대사제에 의하여 발휘된다. 그들의 상상을 초월하는 권능은 대륙을 제패할 수 있는 엠비뉴의 군대를 무적에 근접하게 만들어 주었다.

인공지능이 분석한 바에 따르면 위드가 동원 가능한 최상의 모든 전력을 다 합하여도 엠비뉴의 군대와 비교하여 23%밖에 되지 않았다.

들모레 요새와 마폰 왕국군, 베이너 왕국군을 잘 끌어들인다고 해도 26%를 넘지 못한다. 훈련된 왕국군 병력이라고는 해도 흑마법에 의해 현혹되거나 세뇌되면 취약점을 그대로 드러내는 약점 때문이었다.

마녀들의 주술은 집단 환상을 불러내기도 하기에, 군대로 격파하기는 대단히 까다롭고 어렵다.

아군들끼리 엉뚱하게 자중지란을 일으켜서 자멸하기 일쑤인 것이다.

이러한 엠비뉴 교단의 특성상 정규군으로 토벌한다는 것은 불가능에 가깝다.

어떠한 군대의 특성이나 장점도 통하지 않으며 그에 반해 약점들은 적나라하게 드러나게 만든다는 점이 근본적으로 엠비뉴 교단의 광신도 군대가 무적이 될 수밖에 없는 이유다.

남부와 중앙 대륙을 휩쓸던 위드의 군대 사막의 붉은 칼 군단이 어떤 식으로 싸울지 흥미진진하게 기다렸는데, 제대로 정면으로 맞붙지 않았다.

아무래도 다양한 전투 경험이 있는 위드가 엠비뉴 교단의 각종 능력들을 대략이나마 짐작하고 미리 꽁무니를 빼 놓은 것이리라.

자만심을 가지고 어설프게 힘만 믿고 정면에서 덤볐다면, 잠깐은 사막 군단이 압도적으로 우세했겠지만 시간이 지나며 몰살 확정!

엠비뉴의 군대가 지닌 전력이나 특성이 미지수이다 보니 다른 왕국들을 끌어들여 적당히 간도 보고, 미리 약화도 시켜 놓으려는 것이리라.

정말 교활하고 영악한 행동이라고 하지 않을 수가 없었다.

"아무리 강하더라도, 그리고 실수를 저지르지 않더라도 한계는 있다. 이번 기회에 엠비뉴의 진면목이 드러나게 되겠구나."

〈로열 로드〉에 대해 많은 정보를 아는 유병준으로서는 자꾸만 엠비뉴 교단이 과소평가를 받는 부분이 불만이었다.

유저들은 베르사 대륙에서 살아가면서도 진정한 위기를 별로 겪어 보지 못했다. 자기들끼리만 치고받고 싸웠지, 언제 악의 세력에 의하여 지배를 당해 본 적이 있겠는가.

그렇기 때문에 대륙의 음지에서 엠비뉴 교단이 퍼져 나가는 것을 어리석게도 방치해 두었을 것이다.

베르사 대륙은 결코 안정적이고 평화가 당연하게 자리 잡고 있는 곳이 아니다.

위드가 지금까지 퀘스트에 연속으로 성공을 거둔 것이 오히려 상당한 공으로 작용해 과거에 전성기를 누렸던 엠비뉴의 세력이 제대로 나타날 수 있게 되기도 했다.

노들레가 실패자로 역사가 바뀌고 나면, 대번에 세상은 온통 엠비뉴 교단이 날뛰는 것을 보게 될 것이다.

"헤르메스 길드가 대륙을 지배하는 것도 탐탁지 않고… 최상의 결론이 되겠어."

유병준은 최종적으로는 유저들이 욕심을 부리다가 불행해지기를 원했다.

〈로열 로드〉의 창조자로서 대륙을 관찰하면서 마음에 들지 않았던 때가 매일 수백 번씩이었다.

겁도 없이 아주 강한 몬스터들이 우글거리는 마굴로 들어가서 최후를 맞이하는 커플.

"으윽, 이렇게 죽음을 맞다니… 하지만 당신과 죽음까지 같이할 수 있어서 행복하오."

"덕배 씨, 사랑해요."

드라마나 영화로도 제작되지 않을 삼류 신파극이 수없이 벌어진다.

베르사 대륙의 멋진 세계를 배경으로 하여 커플들은 우후죽순 나타나고 살아갔다.

힘을 가졌다고 과시하고 지배하려고 하지 않고 남들을 돕는 선한 자들도, 알려지지 않았지만 많았다.

도시에서는 웃음꽃이 활짝 피었고, 모험을 원하는 자들의 얼굴은 열정으로 빛이 났다.

유병준에게는 상당히 거슬리는 부분들이었다.

"위드가 이번 전투에서 패배하고 죽기만 한다면 말이지."

—위드의 사망 확률을 계산해 볼까요?

"그럴까?"

유병준은 인공지능의 말에 관심이 쏠렸다.

매번 어려움을 극복하던 위드였지만 이번에는 아무래도 상식적으로 실패하지 않겠는가.

사막 군단이라고 거느리고 있는 놈들이 많긴 해도 정예병들을 제외하면 강제로 징집한 병사들이라 약하기 짝이 없다. 엠비뉴의 괴물들은 물론이고, 광신도와 싸우더라도 곧바로 밀려버릴 것이다.

현혹이나 세뇌의 마법에 걸리면 적으로 돌변하지 말란 법도 없다. 물론 애초에 그럴 가치조차 없는 병력이었지만.

들모레 요새도 몇 시간을 버텨 내지 못할 것이고, 믿을 것은 2만여 명 정도의 사막 전사들밖에 없다.

하지만 전체적으로 전력 차이가 심하게 나고 있으니 사막 전사들이 하나하나 죽어 가는 것을 보는 재미도 있을 것이다.

조각 생명체들을 포함하여 위드를 따르는 모든 이들이 목숨을 잃는다.

그리고 마지막에 위드와 서윤이 죽는다면, 그것이야말로 완벽하고 깔끔한 마무리.

조각술 최후의 비기도 영영 사라지게 된다.

설혹 위드가 탁월한 지휘 능력에 믿기지 않는 지략까지 발휘하더라도 괜찮다.

전투가 오래 지속된다면, 잉그리그와 모툴스의 권능에 의하여 엠비뉴의 군대는 갈수록 강해지게 되는 특성까지 보유했기에 승리에 대한 믿음은 절대적이라고 할 수 있다.

"으음."

유병준은 그런데도 확률을 계산하기가 꺼림칙했다.

"계산하지 마."

―생존 확률 계산을 취소합니다.

실컷 기뻐하는 것도 지금뿐일 수 있다.

확률이란 일이 이루어질 가능성을 따져 보는 것일 뿐이다. 성공 가능성이 3%에 불과하더라도 거짓말처럼 이겨 버릴 수도 있지 않은가.

"가능성이 거의 없는데 성공한다면 배가 더 아플 것 같단 말이지."

다름 아닌 상식 밖에 존재하는 위드이기 때문에, 엠비뉴의 군대가 패배하거나 예상 밖의 일이 벌어질지도 모르는 것이다.

유병준은 도무지 인정할 수는 없었지만, 마음으로는 믿고 있었다.

'위드라면, 해낼 수 있을지도 몰라.'

당장 들모레 요새가 공격받고 있지만 위드는 어디까지나 차분하고 냉정했다.

청동 거인들이 던지는 돌로 인하여 땅이 울릴 지경이고, 도처에 비명 소리가 가득해 전쟁터 주변은 혼란의 극을 달리고 있었다.

"슬슬 파상 공세가 시작되는 것 같군."

외부 성벽은 엠비뉴 교단이 순식간에 차지해 버렸다. 요새의 수비병 그리고 마폰 왕국과 베이너 왕국의 병사들이 나서서 탈환하려고 하고 있지만 쉽진 않다.

"정의로운 신의 심판을 받으라!"

"크으으, 안 돼. 머리가 아파."

"엠비뉴를 따르면 편해질 것이다."

종교재판관과 사제 들에 의해서 세뇌된 변절자들도 계속 생겨났다.

아군인 줄 알고 방심하였다가 엠비뉴 교단의 하수인이 되어버린 부대들에 의해서 죽는 경우도 다반사로 일어난다.

엠비뉴 신의 심판!

신앙심이 깊거나 저항력이 높지 않다면, 걸리고 나서의 선택은 단 두 가지였다.

고통스러운 죽음을 맞이하거나, 엠비뉴를 따르거나.

하지만 왕국의 기사단들이 출동하여 외부 성벽에서 내성으로 들어오는 길목들을 철저하게 막았다.

내성에는 국왕을 비롯한 고위 귀족들이 머무르고 있기에 기사들의 전력은 상당했다.

넓은 방패와 철검을 든 기사들이 주요 요소들을 지키면서 괴물들을 막아 냈다.

들모레 요새의 내부는 어쨌든 군사 요새답게 복잡한 미로의 형식을 가지고 있어서, 외부 성벽을 빼앗겼다고 해도 그 이후가 허술하지는 않았다.

"엠비뉴 교단도 이 요새를 차지하기 위해서는 꽤 많은 피를 흘려야겠지."

처음 경험하는 괴물들이나 공격 전술들은, 지켜보는 것만으로도 전투에 참고가 된다.

그리고 위드가 노리는 것은 무엇보다도 엠비뉴의 고급 전력의 약화에 있었다.

사막 군단을 본격적으로 투입하기 전에 마녀들과 세뇌를 일삼는 사제들을 어떻게든 처리해 놓아야만 한다. 그렇게 엠비뉴의 군대를 약화시켜 놓지 않으면 마법들에 의해 너무나도 불리할 수 있다.

마폰 왕국과 베이너 왕국군에 홀랑 맡겨 놓고 전장을 완전히 이탈하지 않는 것도 그 기회만을 호시탐탐 노리고 있기 때문이었다.

"아깝더라도 어쩔 수 없지. 조각 파괴술! 이 모든 것이 힘이 되어라."

위드는 2단계의 전투를 위하여 이제 조각술을 활용하기 시작했다.

대상도 무려 명작의 조각품!

이 시간대로 와서 퀘스트에 빠져 지내느라 조각품을 많이 만들어 내지는 못했다.

그러나 약탈한 최고의 보석들을 바탕으로 쌍봉낙타 위에서 제작한 〈정복자의 다이아몬드 수컷 낙타〉.

예술적 가치는 다소 낮은 편이지만 위대한 정복자 위드가 직접 만든 것이기 때문에 역사적인, 명성과 관련이 있는 보석 작품이었다.

명작은 2개밖에 없었고, 걸작은 3개를 만들어 놓았지만 조각 파괴술을 쓸 수 있는 기회는 여러 번이 아니다.

중요한 시기에 아끼지 않고 쓰기로 했다.

그 순간, 위드의 몸에 강렬한 빛이 어렸다.

어두워진 하늘에 대비되어 더욱 밝고 환한 빛이었다.

조각 파괴술을 사용하였습니다.
명작 조각상이 파괴된 고통! 슬픔! 예술 스탯이 10 영구적으로 사라집니다.
명성이 200 줄어듭니다. 예술 스탯이 1 대 6의 비율로 하루 동안 힘으로 전환됩니다.
예술 스탯이 너무 높아 힘과 관련된 전투 스킬을 획득하게 됩니다.

힘 1,660이 스킬 마스터 '통렬한 일격'으로 바뀝니다.
힘을 잔뜩 실은 공격을 정확히 적중시키면 적들을 저 멀리까지 날려 버릴 것입니다. 마비와 혼돈, 즉사의 상태에 빠지게 만드는 비율을 늘립니다.

힘 1,320이 스킬 마스터 '꿰뚫는 창'으로 바뀝니다.
강력한 공격력으로 상대방의 갑옷과 방패를 통째로 부수고 관통합니다.

힘 1,980이 스킬 마스터 '순간의 괴력'으로 바뀝니다.
짧은 시간 동안 낼 수 있는 최대 힘의 5배까지 쓸 수 있습니다. 막대한 체력을 필요로 합니다.

힘 2,880이 스킬 마스터 '용사의 의지'로 바뀝니다.
용사만 획득이 가능한 스킬입니다. 자신을 포함하여 범위 안의 동료들의 정신력에 따라 축복을 부여합니다. 힘의 약화와 관련된 저주에 대해 완전한 면역력을 가집니다.

힘 1,450이 검의 기본 공격력을 극대화시키는 데 활용됩니다.
내구력이 빠르게 줄어들게 되겠지만 검의 공격력이 62%까지 늘어나게 됩니다.

위드는 들끓어 오르는 힘을 느꼈다.

"이 맛이로군!"

무엇이든 부술 수 있고, 어떤 적이든 으스러뜨릴 수 있을 것만 같은 기분!

〈로열 로드〉에서만 느낄 수 있는 이 기분은 최상의 환희와도 같다고 할 수 있다.

더구나 이 주변에는 힘을 마음껏 과시하고 터트려도 될 정도로 강한 적들도 쌓여 있다. 엠비뉴 교단이야말로 현재의 위드가 제대로 싸워 보기에 부족함이 없는 대상이며 푸짐하게 먹을 수 있는 밥이 되리라.

"힘은 이만하면 충분하고, 그렇다면 어디 본격적으로 놀아볼까?"

철저한 준비야말로 안정된 노후를 보장한다.

전투를 위해 바로 달려가는 대신 이번에는 다른 조각품을 꺼냈다.

야만 전사 투르거!

그들은 바바리안의 일족으로 분류되지만 거인족과 관련된 신화에도 기록되어 있다.

키가 무려 6미터에 달하며, 몸 전체가 섬세하고 강인한 근육질로 둘러싸여 있다. 육체의 모든 것들이 마치 싸움을 위해서 만들어진 것 같은 전투 종족.

나이 어린 여자들이 보면 무슨 저런 징그러운 몸이 있냐면서 싫어하겠지만, 세상의 이치를 조금 알게 되면 눈을 초롱초롱 빛내며 쳐다볼 그런 몸매였다.

야만 전사들은 베르사 대륙에서도 희귀해서 만나기가 어렵고 그들이 살아가는 땅에는 몬스터들도 아주 강해서 아직까진 유저들이 들어가서 탐험하지 못했다. 그러나 전설과 모험에 대한 책과, 동굴 속에 그려진 벽화 등을 통해서 외모와 전투 능력만큼은 확실하게 알려져 있었다.

호전적이고 투쟁심이 강해서 항상 어떤 몬스터들과 싸우고 있는 그림들이나 누군가를 해치웠다는 이야기들이 사람들을 통해 전해져 내려온다.

덩치가 큰 종족으로 변하고 나면 육체를 유지하는 데 체력과 힘이 더 많이 소모된다. 그러나 지금의 힘과 전투력이라면 야만 전사 투르거도 어렵지 않게 충분히 소화할 수 있을 것이라는 자신감이 있었다.

"조각 변신술!"

> 조각 변신술을 사용합니다.
> 조각술에 대한 무한한 애정은, 그 조각품과 조각사를 서로 닮게 만듭니다!

위드의 키가, 배가 터지도록 우유를 마신 성장기의 아이들과도 비교할 수 없을 만큼 쑥쑥 자랐다.

피부는 건강하고 보기 좋을 정도로 검게 그을고 몸 전체의 형상도 바뀌었다.

넓고 탄탄한 어깨와, 성능 면으로 최신형 통돌이 세탁기마저 능가할 것 같은 빨래판 복근. 옆구리의 섬세한 근육 갈라짐이나 잘빠진 허벅지의 건장한 자태도 일품이었다.

얼굴형도 많이 바뀌었는데, 오크 카리취나 드워프 아트핸드, 해골 리치였을 때와는 정반대로 몹시 잘생겨졌다.

사실 처음에 위드는 야만 전사로서 위압감이 넘치는 험악한 얼굴형을 생각했다. 하지만 조각상을 만들다 보니 얼굴과 몸의 조화와 균형미가 잘 맞지가 않았다.

조각 변신술을 위해서는 당연히 있어야 할 칼자국 1~2개에 매부리코, 찢어진 눈매와 갈라진 턱선. 그 정도의 얼굴은 되어줘야 위드의 마음에 찼지만, 육체가 워낙에 멋지다 보니 전혀 어울리지가 않아 어색하기 짝이 없었다.

육체의 아름다움과 안면의 부조화 사이에서 괴로워하다가 결국 부하 헤스티거의 얼굴형을 본뜨는 것으로 타협을 보았다.

그 얼굴을 그대로 조각하자니 예술가로서의 자존심이 용납하지 않아 코를 약간 더 높이고, 눈에도 옆트임을 하고 눈썹을 진하게 바꿨다. 그리고 이마를 넓히는 정도로.

그렇게 탄생한 절정의 미남 전사!

얼굴과 몸매 모두 여자들의 혼을 빼 놓을 것만 같은 외모가 되었다.

몸의 크기가 커지면서 현재 착용하고 있는 장비들의 상당수를 쓸 수 없게 되었습니다.
조각 변신술에 필수적인 '조각품에 대한 이해'가 마스터의 경지에 올랐습니다. 충분한 힘과 종족에 대한 이해를 바탕으로, 야만 전사 종족의 특수 스킬들을 그대로 사용할 수 있습니다.

철벽 육체
야만 전사들은 거추장스러운 갑옷을 입지 않습니다. 그들의 몸은 강철보다도 단단한 최고의 갑옷입니다. 축복받은 육체는 모든 마법들을 약화시키고 빨리 벗어나게 합니다. 만약 상처가 생기더라도 거짓말처럼 아물어 버리게 될 것입니다.

바위 울림
야만 전사의 외침은 끝없이 울려 퍼집니다. 그들의 고함 소리는 적들을 압도합니다. 나약한 자들은 소리만 듣고서도 혼이 빠져나가게 됩니다.

대지의 흔들림
땅을 주먹으로 치거나 발을 굴러서 인위적인 흔들림을 일으킬 수 있습니다. 넓은 범위의 적들이 쓰러지게 될 것이며, 건축물들도 파괴될 것입니다. 무엇이 야만 전사가 일으키는 땅의 흔들림에 버텨 낼 수 있겠습니까? 쓰러진 적들은 일정 확률로 기절, 혼란, 이동 불가능의 피해를 입습니다.
주의: 스킬 시전에는 많은 체력과 힘이 소모되며 단기간에 회복되지 않기에 신중하게 사용해야 합니다.

깊은 숨결
야만 전사는 인간과 비슷하지만 조금 다른 신체 구조를 가졌습니다. 그들의 폐는 넓고, 심장은 거칠게 약동합니다. 어떤 무리한 움직임에도 결코 호흡이 가빠지지 않습니다. 일주일간 끊임없이 전투를 벌인다 해도 야만 전사들을 지치게 하기는 힘들 것입니다.

환희의 회복
야만 전사들은 용맹의 신 바트거를 믿습니다. 사실 그들에게 있어 바트거의 존재는 인간들과 같이 신앙의 대상은 아닙니다. 용맹을 떨친 야만 전사들은 나이가 들고 나서 승리의 제단을 통해 전사들의 무덤에 들어갈 수 있다고 생각합니다. 용맹의 신 바트거는 그 무덤의 관리인이자 가장 뛰어났던 야만 전사입니다. 야만 전사가 고통과 괴로움으로 비명을 지를 때, 바트거는 특별한 힘을 줍니다.

—야만 전사여, 아직 그대가 할 일은 끝나지 않았다. 승리자는 반드시 네가 될 것이니 싸움을 멈추지 말라.

환희의 회복은 모든 상태 이상을 해소하고 소모된 체력, 깎여 나간 생명력을 복구합니다. 또한 힘과 체력에 따라 각종 저항력들을 높여 줍니다. 그러나 사용할 수 있는 건 1달에 한 번뿐입니다. 환희의 회복을 사용하고 나서도 싸움을 승리하지 못하여 스킬을 다시 시전하려면 대단한 전투 업적을 세워야 합니다.

조각 변신술의 영향으로 힘과 민첩, 체력이 대폭 증가합니다.
공격 스킬의 효과가 25% 늘어납니다. 지구력이 강화됩니다. 조각 변신술이 풀릴 때까지 유효합니다.

"으으음, 제대로구나."

위드는 야만 전사의 능력에 감탄했다.

이건 마치 된장찌개에 꽃게, 전복, 새우 등의 해산물이 듬뿍 들어가 있는 것처럼 푸짐하고 완벽하지 않은가.

야만 전사는 아직까지는 유저들이 선택할 수 없는 종족이다. 그러나 네크로맨서 직업이 열렸듯이, 유저들에게도 훗날 기회가 주어지게 될 수도 있으리라.

물론 얻는 것이 있으면 그만큼을 잃어야 하기에 누구나 선택하게 될 수 있을지도 의문이고, 어떤 페널티가 적용될지는 알 수 없었다.

위드의 경우에는, 적어도 지금의 능력이라면 충분히 야만 전사를 소화할 수 있다. 조각 변신술의 최대의 장점, 조각술의 비기가 가져오는 기적과도 같은 능력이었다.

"이제 내 세상이로군."

놀랍도록 커다란 덩치가 되어 높아진 시선으로 주변을 둘러보았다.

들모레 요새 안에 있던 병사들이 그를 쳐다보면서 기겁하고 있었다.

"괴물! 괴물이다!"

"신이시여, 어찌하여 저런 악마를 우리에게 보내셨습니까!"

병사들은 두려워서 검도 꺼내지 못했다.

사실 그들이 공격을 하더라도 위드에게는 그저 이삼일 감지 않은 머리를 시원하게 긁어 주는 정도밖에 되지 않을 것이다. 비가 오는 날에 등을 공격하면 때가 나올지도 모르고.

위드도 인간과는 그다지 싸우고 싶지 않았다.

그들의 키는 자신의 허리춤에도 닿지 않는다.

왠지 한참 작은 꼬마 아이들 사이에 서 있는 우월한 존재가 된 것 같았다.

"끓어오르는 힘을 어서 빨리 터트리고 싶군."

청동 거인이 던지는 바윗덩어리들로 땅이 요동치며 흔들리는 것이 느껴졌다. 요새 밖으로 나가서 청동 거인들을 부숴 버리고 싶었지만, 당장 급한 무기부터 해결해야 한다.

보통 전투를 펼치면서 잡템과 여러 무기들을 얻기는 하지만, 야만 전사가 쓸 만한 무기를 얻을 확률은 극히 드물다.

아이템도 그냥 떨어지는 것이 아니라 연관성이 있어야 하기 때문이다.

사막 지역에서는 주로 사용되는 무기인 시미터를 얻기가 쉽고 해안가에서는 낚시 도구와 희귀한 조개껍질 같은 걸 획득할 수 있는 것처럼, 다 이유가 있다.

야만 전사들의 장비는 아마도 그들이 살아가는 돌의 숲 부근에서나 주울 수 있을 터.

"이럴 때를 위해서 미리 다 준비했지."

위드는 쪼그려 앉아 배낭에서 말살의 검을 3개 모두 꺼냈다.

찰칵!

대장장이들에게 요구했던 특별 주문.

말살의 검들은 서로 연결해서 창처럼 길게 이어 붙일 수가 있었다. 강도야 말할 필요도 없거니와, 이렇게 하면 큰 덩치에도 불구하고 소검을 휘두르는 느낌도 나지 않으리라.

특히 마지막 세 번째의 검 자루는 야만 전사의 손으로도 편하게 잡을 수 있도록 충분히 두꺼웠다.

> 말살의 검이 연결되었습니다.
> 공격력이 1.4배가 됩니다. 불의 특성을 더욱 강화합니다. 추가적인 스탯이 부여됩니다.

"됐어."

야만 전사가 되어 검을 쥐니 실제 그 위력이야 어떻든 몸에 비해서 얇고 긴 꼬챙이를 들고 있는 듯한 어색한 모습이었다. 검신이 인간에게 맞게 맞춰져 있다 보니 차라리 도끼나 철퇴를 드는 것이 현재로써는 더 어울릴지도 모른다.

그러나 위드는 말살의 검에 담겨 있는 불의 힘을 일으켰다.

화르르륵!

검을 감싸고 도는 두꺼운 불길.

야만 전사와 완전하게 어울리는 무기가 되었다.

그리고 손을 통해 타오르는 듯한 뜨거움이 느껴졌다.

최상의 몸과 공격 무기!

말살의 검을 사용하기 위한 조건 중 불에 대한 저항력이 있어야 한다는 것이 있다.

종족의 특성이 바뀌었지만, 검술의 마스터라는 사실과 기본적인 저항력은 그대로였기에 쓸 수 있었다.

야만 전사들의 투쟁심은 전 종족을 통틀어서 최고라고 했다.

위드의 머릿속에도 어서 빨리 싸우고 싶은 생각밖에 들지 않았다.

나쁜 용사의 출현

"성벽을 적들에게 빼앗겼습니다. 즉시 물러나야 합니다!"

"싸워라. 우린 이곳에서 죽는다. 국왕 폐하를 위하여!"

"싫어. 난 저 악마들에게 산 채로 몸을 뜯어먹히고 싶지는 않아. 도망칠 거야!"

"엠비뉴 신을 모독하는 이교도들을 남김없이 붙잡아라. 그냥 죽이지는 않으리라. 엠비뉴의 스물일곱 가지 고문을 실시하겠다. 그 후에 나무에 걸어서 햇볕에 바짝 말린 후에 말에게 먹이면 아주 좋아하겠군."

"악마야. 지옥에서 온 마물이 내 친구를 데려갔어. 오오, 이런 날이 오다니 슬퍼해야 하나. 내 친구는 아마 지금쯤 머리까지 잡아먹혔겠지. 돈을 빌린 게 있었는데 갚지 않아도 되겠어. 물론 내가 이곳에서 살아남아야 하겠지만……."

들모레 요새의 성벽은 청동 거인의 투석 공격에 의해 잠깐 사이에 심각하게 파괴되었다.

요새의 수비병들은 광신도들, 괴물들과 뒤엉켜 싸우며 적들이 넘어오지 못하게 필사적으로 버텼지만, 순수한 은의 강도 거의 다 메워지고 있었기에 곧 요새를 향한 파상 공세가 벌어지게 되리라.

"신이시여, 왜 우리에게 이런 고난을 주시는 겁니까."

병사들은 비탄에 잠겼다.

일반 왕국이 괴물들과 악마들로 구성된 침략을 막아 낸다는 것은 불가능했다. 마폰 왕국과 베이너 왕국의 최정예들이 있어서 그나마 버텼다고 할 수 있다.

위드가 말살의 검을 들고 등장한 것은 그때였다.

들모레 요새의 내성으로 연결되는 통로에서 천천히 걸어 나왔다.

쿵! 쿵! 쿵!

걸음을 내디딜 때마다 돌로 된 바닥이 울리면서 묵직한 소리가 났다.

군사 요새인 만큼 통로를 넓게 만들지 않았다. 그래서 아주 꽉 찬 느낌을 주었다.

사실상 그냥 공중으로 뛰어서 오면 더 빨리 올 수 있었지만 남들 싸움에 서두를 필요는 없다. 그리고 이렇게 해야 괜히 멋있어 보이지 않겠는가.

은은한 걸멋이야말로 포기할 수 없는 남자의 자존심!

"어엇."

전쟁터를 앞두고 긴장하고 있던 병사들이 위드를 보며 경악했다.

엄청난 체구에, 전투를 위해 태어난 것처럼 각진 근육으로 위압감이 넘치는 몸매, 가공할 화력을 뿜어내는 말살의 검.

지옥의 문이 열리고 먹구름이 몰려와서 날이 어두움에도 불구하고 환한 머리!

"저 대머리 거인은 뭐지?"

"……."

사막의 대제로서 머리가 벗겨진 채로 활약을 하다 보니 익숙해져서 그만 머리카락을 만들지 않았다.

우람한 육체에 잘생긴 얼굴, 그렇지만 머리카락이 없어서 오히려 더 야성미가 넘쳐흘렀다.

진정한, 나쁘고 못되고 사악하고 고집 강한 남성다운 느낌이랄까!

"내 밥들이 많이 있구나."

나타날 때는 천천히 움직였지만, 전장에 끼어든 이상 그 후부터는 아니었다.

가까이에서 엠비뉴의 거대 거미가 인간을 끈끈한 거미줄로 휘어잡고 잡아먹는 중이었다.

위드는 성큼성큼 걸어가서 거미 다리 중의 하나를 붙잡았다.

크아왕!

"저리 꺼져! 넌 사냥해 봐야 거미 끈끈이나 다리 껍질밖에 안 주잖아."

거대 거미가 뭐라고 하건 간에 상관하지 않고 저 성벽 너머로 투척!

거대 거미는 수백 미터를 날아가서 엠비뉴의 군대를 깔아뭉

갔다.

딱히 스킬을 사용하지도 않았는데 자연스럽게 발휘되는 괴력이었다.

"엇! 도와주셔서 고, 고맙습니다."

거미줄에 잡혀 있던 인간 병사가 감사의 인사를 했다.

위드는 고마워하는 병사들은 무시한 채로 성벽을 향하여 걸어갔다.

솔직히 병사들이야 죽거나 말거나 상관이 없었다. 거미가 잡아먹은 후에 처리를 해도 되었지만, 기다리고 싶지 않았을 뿐이다.

들모레 요새의 수비병들은 투지에 눌려서 저마다 물러나며 길을 터 주었다. 아마 위드가 그냥 동료들을 죽이더라도 감히 덤비지 못하였을 것이다.

아예 싸움이 안 된다는 것을 느끼고 사기가 잔뜩 저하된 채 허겁지겁 도망치는 것이 훌륭한 판단이리라.

"감히 내 허락 없이 엠비뉴의 괴물들이 넘어오고 있군! 돈도 안 되고 경험치도 안 되는 이 최악의 놈들!"

위드는 괴물들을 붙잡아서 마구 던졌다.

"우와아아아, 적들을 몰아내라!"

그 모습을 본 요새의 수비병들은 사기가 치솟아서 침입한 적들과 싸웠다.

그렇지만 위드가 활약하는 장소 외에도 수십 곳의 성벽이 허물어져서, 적들이 넘어오는 곳은 아주 많았다.

엠비뉴에 넘어간 궁수들도 수비병들을 향해 활시위를 당기고 있었다.

위드의 분전에도 불구하고 전황 자체는 인간들의 압도적인 죽음으로 이어졌다.

"제대로 힘을 써 봐야겠군."

위드는 성큼성큼 걸어서 돌무더기를 밟으며 성벽 위로 올라갔다. 성벽에 올라가니 그렇지 않아도 큰 몸뚱이가 더욱 크게 보였다.

"저리 꺼져라!"

성벽에 달라붙어 있던 암석 괴물을 잡아서 엠비뉴의 군대 중심부가 있는 장소까지 멀리 던져 버렸다.

"세상에 무슨 힘이……."

"저 무거운 괴물을 던졌어!"

그 광경에 엠비뉴의 사제들이나 세뇌된 수비병들 할 것 없이 경악을 금치 못했다.

"크워어어어어어!"

전장을 압도하는 바위 울림의 외침!

위드가 엠비뉴 교단의 강한 적을 부르는 소리였다.

"누가 요새의 시시한 인간들과 싸우려고 하는가! 나에게 달려와라. 너희에게 힘이 무엇인지를 알려 주겠다!"

대규모 폭발 마법이 터진 것과 같은 광량한 외침이 터져 나왔다.

야성을 만끽하며 싸워 볼 가치가 있는 적을 초대한다.

야만 전사는 덩치만 거대한 것이 아니라 목소리까지 엄청나게 컸다.

"저, 저희가 사악한 주술에 걸렸었나 봅니다."

성벽의 궁수들이 갑자기 정신을 번쩍 차렸다. 방금까지도 엠비뉴에 현혹되어 있었는데, 외치는 소리를 듣고 나서 주술이 깨어진 것이다.

"함께 싸우겠습니다!"

궁수들이 협력 의사를 밝히거나 말거나, 위드는 진정한 전투 전의 전매특허와 같은 노래를 시작했다.

시커먼 먹구름이 밀려온다
나약한 자들이 어렵게 지켜 오던 평화는 깨져 버렸지
내가 살아가는 곳은 깊은 땅속, 어둠이 함께하는 곳

시청자들은 여기서 다소 뜬금없다고 생각했다.

과거의 위드가 부른 노래와는 다르게, 가사가 이상하지 않고 지나치게 멀쩡했다.

심지어는 장중한 서사시와 같은 느낌까지 난다.

엠비뉴 교단의 군대가 진격해 오면서 어두워진 하늘과도 잘 어울리는 분위기의 노래 아닌가.

빨래를 할 수가 없어서 화가 난다
장판 아래, 그리고 벽지에 습기가 차 버렸다
구질구질 퀴퀴한 냄새!
비 오는 날이 제일 싫다
내일 아침에 일어나면 방 안에 짙은 안개가 끼어 있겠지

악몽 같은 곰팡이를 없애기 위해 한여름에 보일러를 돌려야 해
난방비, 난방비, 이 지옥 같은 난방비

노래 제목은 '멸망의 반지하 방'!

노래를 부르다 보니 감정이 몰입되어, 위드는 극도로 분노해 버리고 말았다. 반지하 월세방에 살던 설움을 떠올리고 만 것이다.

살림살이라고는 단출하게 이불과, 재활용 센터에서 얻어 온 오래된 작은 텔레비전, 길거리에서 주워 온 플라스틱 수납장 2개가 전부였던 시절.

매달 집주인에게 월세를 내기 위해서 허덕이던 기억이 통째로 떠오르고 말았다.

남들은 어릴 때 친구들과 싸우거나, 엄마한테 성적에 대한 잔소리를 듣고 비관을 한다. 그러나 위드는 집주인한테 야단을 맞고 쫓겨날지도 모른다는 위기의식을 유지한 채로 청소년기를 보냈다.

아직도 꿈에 집주인만 나오면 가슴이 철렁 내려앉고, 반사적으로 뭔가 잘못한 건 없는지부터 허둥지둥 찾아내려 한다.

연탄이 쌓여 있던 반지하 방은 고향처럼 아늑하면서도 말할 수 없이 두려운 장소였다.

"전부 죽여 주마!"

위드의 애초 계획은 성벽에서 조금 더 기다리는 것이었다.

들모레 요새의 수비군이 아직은 건재하기 때문에 일찍 나설 필요가 없다.

반 호크가 이끄는 언데드 군단도 적들을 약간씩이나마 괴롭히고 있었기 때문에, 전장에 그가 바로 뛰어들 필요는 전혀 없다고 봐도 된다.

하지만 그 모든 이야기들은 화가 나기 전의, 차분했던 당시에나 실현 가능한 계획들.

위드는 성벽을 박차고 요새 밖으로 뛰어나왔다.

밀려오는 엠비뉴의 군대 한복판에서 말살의 검을 휘둘렀다.

꾸엑!

"피해. 도망쳐라!"

광신도들 따위는 일 검에 100명 이상씩이 잿더미로 변해 버렸다.

엠비뉴 교단에서 공성용으로 데려온 괴물들이라고 하더라도 마찬가지였다. 위드의 공격 범위 안에 있는 자들은 모두 불에 타올라서 죽음을 맞이했다.

"죽어라. 죽어. 죽어!"

> 흑기사의 일격!
> 돌이킬 수 없는 공격이 주변의 적들에게 발동합니다.

연속 공격이 성공하면서 발동되는 광역 스킬!

위드의 주변 일대가 불바다로 뒤덮였다.

집을 임대해 주고 월세를 받는 건 나쁜 일은 아니다.

그렇지만 집주인 가족이 가끔씩 마당에 모여서 단란하게 삼겹살을 구워 먹는 걸 보면서 얼마나 부러웠던가. 혹시나 얻어먹을 게 있을까 싶어서 순수한 마음으로 여동생을 데리고 나가

봤더니, 고기 먹는 동안 거지처럼 어슬렁거리지 말라는 이야기만 들었다.

보일러가 고장 나거나, 문틀이 어긋나서 문이 열리지 않는다는 하자를 말해도 소용이 없었다.

직접 고쳐서 살든지 아니면 방을 빼라는 식이다.

집주인에게 수없이 당했던 서러운 기억들.

어린 시절이었기에 수학 시간에 배운 피타고라스가 뭐 하는 사람인지는 몰라도, 집주인 이름이나 그가 했던 말들은 정확히 기억났다.

"넘실거리는 화염 각인!"

종족은 바뀌었지만 용사라는 직업은 그대로이기에 스킬들을 쓸 수 있었다.

콰과과과과광!

연쇄 폭발이 일어나면서 주변 지역을 마구 초토화시켰다. 위드 혼자 날뛰면서 들모레 요새로 향하는 엠비뉴의 군대를 휩쓸어 버린 것이다.

최소한 3,000~4,000명 정도는 가볍게 목숨을 잃었으리라.

요새에서 갑자기 병사들의 환호성이 터지는 것이 어렴풋이 들렸다.

그러나 마침내 순수한 은의 강이 완벽하게 힘을 잃어버리면서, 괴물들의 본격적인 진격도 개시되었다.

하늘에서는 지옥에서 내려온 마물들 100마리 이상이 날갯짓을 하면서 머무르며 위드를 노리고 있었다. 그들은 교활하기에, 위드가 약해지는 순간 한꺼번에 덤벼들 것이다.

"엠비뉴를 따르지 않는 자, 파멸을 면치 못한다!"

엠비뉴의 군대는 공포를 모르기에 수많은 병력이 죽었음에도 불구하고 그대로 계속 진격을 해 왔다.

사제들과 마법사들도 순수한 은의 강의 경계를 넘어왔다.

그들 모두의 가장 큰 표적은 엠비뉴 신의 신탁까지 내린 위드였다.

"놈을 죽여라."

"진실의 눈으로 저자의 실체를 파악했다. 엠비뉴께서 우리의 염원을 위하여 반드시 없애야 한다고 하신 놈이다."

"엠비뉴를 따르는 모든 신도들이여, 우리의 목표가 저기 나타났다."

엠비뉴의 군대는 위드를 향하여 집중했다.

원래 파괴를 일삼는 그들의 사명에 따라 요새를 공격하기도 하였지만, 이 순간만큼은 위드를 향하여 모든 원거리 공격을 퍼부었다.

"쐐기 돌풍이여, 불어라!"

"깨어지는 차가움의 구슬!"

전쟁터로 나온 위드를 향해 엠비뉴 교단에서 발현된 수없이 많은 마법 공격들이 날아왔다.

"다른 하나의 검, 절대 방어, 눈 질끈 감기!"

방어 스킬들의 발동!

눈 질끈 감기는 쓸모가 많아 노들레의 퀘스트를 하면서 다시 익힌 것이다.

공중을 날아다니는 검이 마법들을 격파한다.

그러나 채 깨뜨리지 못한 마법들이 위드의 커다란 육체를 그대로 강타했다.

융단폭격처럼 이어지는 수백 개의 마법 공격이었다.

위드는 눈을 감은 채 충격과 고통에 대비했다.

"응?"

큰 충격에 의해 튕겨 나가서 땅을 구르며 쓰러질 줄 알았지만 그렇지 않았다.

분명 몸을 두들기는 느낌은 났지만, 대비하고 있던 것에 비해서는 의외로 간지럽기 짝이 없는 듯한 기분!

생명력이 십분의 일도 감소하지 않았다.

대사제 모툴스와 잉그리그가 공격에 가담하지 않았다고는 하지만, 큰 부상도 없이 지나치게 거뜬했다.

위드의 가공할 레벨과 스킬, 스탯이 야만 전사로 바뀌면서 엄청난 능력을 발휘한 것이다.

야만 전사들은 마법에 대한 저항력이 굉장히 높다.

게다가 감소한 생명력도 매우 빠르게 차오르고 있지 않은가! 트롤처럼, 싸우면서 멀쩡하게 회복이 되는 재생력까지는 아니었지만 이 정도도 엄청난 것이었다.

위드는 깔끔하게 계산을 끝냈다.

'역시 야만 전사는 강해. 조금 안심해도 되겠군. 물론 이런 공격을 대여섯 번 이상 당한다면 위험하겠지만…….'

공중에 날아다니는 마물들은 위드가 약화되었다고 느끼면 바로 덤벼들기 시작할 것이다.

그런 위험을 감안한다면 생명력이 절반 이하로 하락되어서는 곤란할 것이다.

먼지가 완전히 가시고 난 후에 위드는 아무렇지도 않다는 듯이 포효했다.

"어리석은 놈들! 너희가 믿는 엠비뉴의 힘은 고작 이 정도였느냐!"

마법 공격에 대해서는 대비하지 않을 수 없었기에 빠르게 움직였다.

달려가서 괴물들을 마구 붙잡아 마법사들과 사제들이 있는 장소로 던졌다.

엠비뉴의 마법사와 사제는 숫자부터 아주 많았다.

보통 일반 왕국군에서 마법사와 같은 병력은 제한적이며 그 수도 많지 않다.

하지만 엠비뉴의 군단은 신성력과 마나를 바탕으로 하기 때문에 광신도들 중에도 간단한 마법을 발휘하는 자들이 대거 섞여 있다.

전투 중에 인간 병사들을 죽이고 나서 종교재판관이나 사제로 승격을 하는 경우도 가끔 볼 수 있을 정도였다.

"이놈의 인기는……."

위드는 급하게 뛰어다녔다.

괴물을 그냥 찢어 버릴 정도로 엄청난 괴력이나 공격력을 자랑했지만 덩치가 크다 보니 맞을 곳도 많다는 점은 아주 불리한 부분.

마법의 발동에는 조금 시간이 걸리더라도, 광신도 궁수들의 화살도 수백 개씩 날아오기에 하나씩 피한다는 건 아예 불가능하다.

그냥 공격이 조금이라도 덜 오는 쪽으로 몸을 날리는 정도가 전부라고 할 수 있었다.

"엠비뉴를 위하여 놈을 붙잡아라!"

"반드시 생포해야 한다. 산 채로 가죽을 벗겨서 끓는 기름에 담아야 할 것이다."

암흑 기사들도 대거 덤벼들었다.

위드는 그들을 주먹으로 후려치고, 말살의 검으로 베었다.

"얼마든지 덤벼라, 이 엠비뉴의 잡졸들아!"

위드의 모험을 보는 시청자들은 평소와 다르게 가슴을 졸이고 있었다.

그동안은 유쾌하고 박진감 넘치는 모험을 즐기면서 묵직한 쾌감에 빠져들었다면, 이번에는 무조건적인 성공을 기원했다.

이 모험의 결과에 따라 세상이 바뀌기 때문이다.

위드를 좋아하는 팬이 아니라도 엠비뉴 교단이 커지는 것은 누구도 바라지 않았다.

엠비뉴 교단의 대확장과 더불어 찾아온 대륙의 위기, 위드가 유저들을 대표하여 과거로 돌아가서 전쟁을 치른다는 느낌도 있었다.

영향력이 큰 KMC미디어, CTS미디어를 가리지 않고 위드의 영웅 만들기에 치중한 결과이기도 했다.

—대륙의 평화가 사실 엠비뉴 교단으로 인해서 많이 위태롭거든요. 지금까지 살펴보면, 위드는 베르사 대륙이 위험에 빠질 때마다 적극적으로 나서서 해결을 해 왔습니다. 대단한 정의감을 가지고 있으면서도 이를 내세우지를 않지요.

—베르사 대륙이 지금처럼 발전한 데에는 위드의 공도 상당히 있었다고 봅니다. 특히 생산과 예술 계열 직업들에 대한 위드의 공헌도는 상당히 큽니다.

방송이 대중에게 미치는 영향력이 정말 크다는 것을 알 수 있는 것이, 각 가정에서 아동들의 변화였다.

"앞으로 커서 위드처럼 정의롭고 훌륭한 모험가가 되고 싶습니다!"

"예술가가 되어서 멋지게 살아가고 싶어요. 그리고 오크 카리취 같은 남자랑 결혼할래요."

위드가 만든 조각 생명체들의 인기를 등에 업고 동화책도 출간되었다.

인간을 수호하는 빙룡과 친구 같은 와이번들을 만나서 함께 나쁜 괴물들을 물리친다는 내용. 밭을 갈고 있던 누렁이가 현자로 나와서 도움을 주고 금인이는 배고파하는 여주인공에게 자장면 사 먹으라고 금괴를 선물로 주는, 굳이 읽지 않아도 다 알 수 있을 정도로 상투적이고 뻔한 전개가 이어졌지만 인기가 있었다.

아무튼 이번의 전투에서 패배하고 죽으면 위드 개인의 손해일 뿐만 아니라 엠비뉴 교단에도 큰 힘을 실어 주게 되기에 시청자들은 그런 결과를 결코 원하지 않았다.

"오늘은 심장이 떨려서 통닭을 못 먹겠네."

"뼈 바를 정신이 없으니까 피자로 시켜 먹자."

시청률은 계속 공전의 히트를 기록했다.

방송국이나 시청자들이나 위드에 대해서 각별히 여길 수밖에 없게 된 것이, 베르사 대륙의 패권을 헤르메스 길드에서 장악해 버리고 말았다.

어찌 보면 위드가 대륙에 마지막 남은 영웅일지도 모른다는 인식을 하게 된 것이다.

그리고 위드는 지금 역대 모험 중에서도 가장 실패 확률이 높은 퀘스트를 진행하고 있었다.

"아휴, 안전하게 성벽 안에 있지 무모하게 왜 밖으로 나가는 거야?"

"완전 다 쓸어버리네. 시원하긴 하다."

시청자들은 불안하게 볼 수밖에 없었다.

앞으로의 세상은 이 모험의 결과에 따라 둘로 나누어지게 되리라.

헤르메스 길드에 의해 대륙이 통일되어 강압적인 지배를 받거나, 혹은 엠비뉴 교단에 의하여 파괴되거나.

위드는 적들이 몰려들수록 신을 냈다.

"마음껏 덤벼라. 모두 박살을 내 주마!"

쉴 새 없이 달려드는 적들을 한 번에 수십수백 마리씩 해치웠다.

"엠비뉴의 잡졸들아, 고작 이 정도밖에 되지 않느냐? 대륙을 파괴하기는커녕 나 하나도 이기지 못하는구나!"

야만 전사의 넘치는 야성미를 바탕으로 적들을 도발했다.

암흑 기사나 광신도, 괴물 들이 모두 그에게로 달라붙었다. 마법사들의 공격도 적아를 가리지 않고 퍼부어졌기에, 위드가 있는 부근은 온통 쉬지 않고 폭발이 일어났다.

> 생명력이 감소하고 있습니다.
> 큰 부상은 아직 없지만 수많은 적들에게 둘러싸여 있습니다.
> 현재 남아 있는 생명력 68.7%

적진의 한복판에서 꽤 오랫동안 싸움을 한다.

가히 세계를 구하는 용사의 호기, 혹은 무모함!

그가 활약을 할수록 들모레 요새의 병사들은 기운을 내고, 또한 적들의 침략을 성공적으로 막아 내고 있기도 했다.

엠비뉴 교단에서도 고급 병력, 지옥의 문에서 나온 마물들이 위드에게만 집중적으로 관심을 가져서 부담이 훨씬 줄어든 것이다.

위드는 괴물의 머리를 손으로 붙잡고 공중으로 던졌다.

콰르르릉!

때마침 내려치던 벼락이 괴물에 대신 적중했다.

마법과 화살의 표적이 되어서 적들 사이에서 날뛰는 것은 기회를 노리기 위함이었다.

때로는 괴물들을 엄폐물로 삼고 암흑 기사들을 짓밟으면서 포효했다.

"약하다. 정말 한주먹거리도 되지 않는구나. 이대로는 시시하니 한꺼번에 와라!"

대륙의 인간 중에서는 아마 최고로 손꼽힐 강자다운 위압감이었다.

엠비뉴의 군대를 상대로 혼자서 적들을 가로막고 있었다. 그렇지만 머릿속으로는 끊임없이 냉정하게 계산했다.

'마법 공격이 조금 뜸해졌다. 큰 것을 준비하는 모양이군.'

간단한 아이스 볼트 정도로는 야만 전사의 몸에 생채기도 내기 어렵다.

엠비뉴의 마법사들도 그 사실을 깨달았을 테니 좀 더 위력이 확실하고 강한 마법을 준비할 것이다.

사제들도 제물을 바쳐서, 피할 수 없는 저주로 위드를 옭아매려고 하고 있었다.

기사와 전사는, 단순 전투력 자체는 사실 어떠한 직업보다도 압도적으로 높다.

하지만 그들에게도 최악의 상성이 있으니 저주와 약화 주문을 외우는 사제와 샤먼, 흑마법사, 마녀 등이었다.

강력한 힘을 약화시키고, 방어력을 무너뜨리며, 몸을 무겁게 하여 움직임을 느리게 한다.

레벨이 높은 전사라고 해도 저주에 걸리면 제 능력을 발휘하지 못하니, 저주 관련 계통에는 통달하다시피 한 엠비뉴의 사제들은 최악의 적이었다.

적으로 나쁜 사제가 많이 출몰하는 던전이야말로 최악의 사냥터로 가장 인기가 없는 이유이기도 했다.

물론 사제와 같은 직업은 생명력과 방어력이 형편없어 제대로 걸리기만 하면 단숨에 떼죽음을 당한다. 그렇기 때문에 전사와 사제의 전투는 어느 한쪽이 더 낫다고 할 수는 없는 입장이다.

'지난번 공격 이후로 시간이 조금 지났으니까. 슬슬 시간이 됐다.'

위드는 엠비뉴 군대의 본진으로 파고들기 시작했다.

짓밟고, 후려치고, 잡아서 던지고!

한 걸음을 옮길 때마다 수십의 적들을 해치워야 했다.

그나마 덩치가 워낙 커져서 한 번 움직이는 거리가 보통이 아니었다.

"정말 맛있어 보이는 인간이군."

"저 힘을 빨아먹고 싶다, 크헬헬헬."

"저놈의 머리는 내 것이다. 머리통을 와그작와그작 깨물어 먹어야 돼."

마물들이 하늘에서 조금 더 아래로 내려왔다.

위드가 그만큼 정신없는 상황에 빠졌다고 생각했기 때문이리라.

지옥의 문을 통과하여 세상에 나온 마물도 어느새 1,000마리가 넘어갔다.

"사제님들에게 가지 못하도록 놈을 막아라."

"칼의 심판을 내리라."

불나방처럼 덤벼드는 광신도와 암흑 기사 들로 인해 신속한 돌파는 처음부터 불가능.

그러나 엠비뉴의 군대도 많이 흐트러져 있었다.

들모레 요새를 파괴하기 위하여 일부 병력은 공성전을 치렀고, 또 후방에서는 반 호크가 이끄는 언데드들과 싸웠다.

위드가 나서자 거대한 병력이 그를 포위했지만, 초반의 강한 공격과 몰아치는 돌파로 인하여 적들은 우왕좌왕하면서 따라왔다.

'조금 더 가까이 가야 한다. 다소간의 피해는 무시할 수밖에 없어.'

위드는 생명력이 감소함에도 과감하게 적들의 공격도 무시하고 그대로 짓밟으면서 달렸다.

덩치가 워낙 커지다 보니 마법과 화살을 잘 맞을 뿐만 아니라, 기사들이 덤벼들어서 창으로 찌르더라도 피하기가 마땅치가 않았다.

때릴 곳이 셀 수도 없이 많은 상황!

현재 남아 있는 생명력이 51.3%입니다.
합동 공격으로 인하여 피해가 커지고 있습니다.

메시지 창에도 경고가 떠올랐다.

지옥의 마물들을 감안하면, 이 정도면 상당한 위기였다.

엠비뉴 군대의 고위 사제들과 마법사들이 있는 곳까지는 아직도 1킬로 정도 거리가 남았다. 위드의 덩치가 커진 만큼 그냥 달리면 금방 이동할 수도 있겠지만, 그 사이를 가로막은 적들이 수만 명 이상이다.

저주와 신성력으로 만들어진 각종 괴물들이 즐비하고, 청동 거인들도 요새 공격을 중단하고 모여들고 있었다.

키가 커진 덕에 위드는 저 멀리에서 사제들과 마법사들이 마법을 완성하기 직전인 것을 볼 수 있었다.

"지금이다. 대지의 흔들림!"

오른발로 땅을 강하게 밟았다.

야만 전사 고유의 스킬.

> 스킬, 대지의 흔들림이 사용되었습니다.
> 현재 남아 있는 체력은 87.46%. 스킬을 시전하면서 체력을 7.1% 소모합니다. 일시적으로 과도한 힘을 사용했습니다. 15분간 최대 힘이 10% 줄어듭니다.

쩌저저적!

위드가 밟은 땅을 중심으로 땅이 무시무시한 소리를 내면서 갈라졌다. 그러더니 대지 전체가 물처럼 출렁거리면서 진동이 퍼져 나갔다.

광신도와 암흑 기사 들은 이리저리 휩쓸리면서 나가떨어지고, 괴물들은 균형을 잃고 몇 바퀴씩 굴렀다. 키가 20미터에 달하는 청동 거인들조차도 비틀거리더니 쓰러지며 수많은 병사들을 깔아뭉갰다.

조각 파괴술을 써서 힘을 최대로 늘려 놓았으니 스킬의 위력은 극대화!

위드 외에는 누구도 멀쩡하게 서 있는 이가 없을 정도로 주변 일대가 아수라장으로 변했다.

"으으으윽, 깔려서 일어날 수가 없어."

"이런 파괴적인 힘이라니, 엠비뉴의 은총이야."

다만 죽음에 이른 것은 비교적 약한 광신도들 소수에 한정되었다. 강력한 효과에 비해서 공격력이 뛰어난 스킬은 아닌 탓이다.

거리가 멀수록 대지의 흔들림의 위력은 급속도로 약해졌다. 그러나 멀리서 마법을 준비하던 마법사들과 사제들조차도, 약간의 시간차를 두고 땅이 출렁거리면서 공중으로 뛰어오르더니 볼품없이 대지에 나뒹굴었다.

준비하고 있던 마법들이 취소된 것도 당연한 일.

위드의 눈이 기회를 포착하고 날카롭게 빛났다.

'지금이다.'

쓰러져 있는 적들을 넘어서 엠비뉴의 중심부를 향하여 달려갔다.

중요한 마법사, 사제 들이 있는 장소!

호위하는 암흑 기사들이 땅에서 급하게 몸을 일으켰다.

"어림없다, 이교도여!"

말에서 떨어진 기사들은 제 실력을 발휘하지도 길을 막지도 못했다.

레벨로 따지자면 300대 후반에서 400대에 이르는, 나름 강자들로 이루어진 군단이지만 위드의 주먹질 한 번에 나가떨어졌다.

엠비뉴의 고위 사제들이 있는 방향으로 일직선으로 뚫고 들어갔다.

"검은 바람의 난동!"

대사제 모톨스가 빠르게 진언을 외웠다.

어디선가 시커먼 까마귀 떼가 나타나서 위드를 온통 둘러싸 버렸다.

마법사들과 사제들을 공격하기 어렵게 하기 위함이리라.

위드의 눈에는 까마귀들 수천 마리 외에는 아무것도 보이지 않았다.

"이렇게 되면 방법이 있지. 종말의 날!"

아껴 왔던 마나를 태양의 전사 최강의 스킬을 쓰는 데 사용했다.

현재의 위치는 대략 엠비뉴의 군대 아주 깊숙한 안쪽까지 들어왔기 때문에 고위 사제들이 피해를 보지 않을 수 없다는 판단에서였다.

"신성 보호!"

고위 사제들은 보호 마법을 써서 뜨거운 불길로부터 자신들을 안전하게 지키려고 했다.

하지만 너무 가깝게 있던 이들은 그대로 화염에 휩쓸려 잿더미만 남았다. 다시 몰려들던 암흑 기사들도, 위드의 곁에서 운 좋게 살았던 마법사도 목숨을 잃었다.

엠비뉴의 군대 중심부에 상당한 피해를 입혔지만 그렇다고 해서 마음을 놓을 수 있는 상황은 전혀 아니다.

쓰러졌던 사제들과 마법사들을 비롯하여 엠비뉴의 지배를 받는 괴물들도 일어나서 모여들었다.

하늘의 마물들도 기회가 왔다고 느껴서인지 입맛을 다시면서 조금 더 가까이 다가왔다.

"독 안에 든 쥐로구나!"

"저자가 이곳에 온 것은 엠비뉴의 은총이 있었다고 할 수밖에 없다. 희생된 자들이여, 기뻐하라. 오늘 우리의 일에 큰 장애물이 될 자를 처치하게 될 것이다!"

별 타격도 받지 않은 모툴스와 잉그리그가 주위를 격려했다.

위드는 마나까지 다 써 버린 채로 엠비뉴의 군대 중심부에서 고립되었다.

폭풍의 눈

"죽이자!"

"엠비뉴의 형벌을 저 몸에 실험하는 것이 우선이다. 달군 인두부터 가져와라!"

"팔다리를 자르고 나서 살점을 잘게 다져라!"

광신도들이 마구 아우성을 쳤다.

위드가 빠져나갈 곳은 아무 데도 없는 상황!

근처는 오로지 엠비뉴의 하수인들로만 가득했으며, 사막 군단은 모습이 보이지 않을 정도로 멀리 떨어져 버렸다.

들모레 요새와도 적들로 가로막혀 있을뿐더러 상당한 거리가 있다.

그리고 당연히 마폰 왕국과 베이너 왕국에서 군이 그를 구하러 올 리는 없다.

"음, 이만하면 딱 한가운데라고 할 수 있겠군."

당황할 만도 했지만, 위드는 흥미롭게 엠비뉴의 병력 배치를 살펴봤다.

사제들과 마법사, 마녀 들의 주변에는 사이사이 겹겹이 엘리트 괴물들이 자리를 메웠다.

생김새도 최악이고 역한 침을 뚝뚝 흘리는, 짙은 초록 피부의 괴물들.

엠비뉴의 괴물 개량 작업에 의하여 태어난 놈들로, 각종 전투 기술들과 회복력, 병을 퍼트리는 능력을 가졌다.

광신도들이야 아무리 강하더라도 눈에 차지 않았지만 그런 괴물들이 수천 마리가 넘게 군대 사이에서 모여들고 있었다.

위드는 딱하다는 듯이 깊은 한숨을 쉬었다.

"너희가 무슨 죄가 있겠냐. 그저 세상을 살다 보면 별일이 다 벌어지는 거지."

"……?"

"전쟁의 시대에 태어나 엠비뉴를 믿는 광신도가 될 게 아니라 나중에 아르펜 왕국이라는 훌륭한 국가가 건설된 후에 그곳의 주민으로서 살아가면 되었을 것을."

"……!"

어느 한쪽이 낫다고 구분하기 어려운 비교!

아르펜 왕국의 주민들은 국왕인 위드가 그들을 가난과 굶주림에서 벗어나게 해 주고 문화와 모험, 상업을 가져왔다고 신처럼 떠받들고 있다.

사실상 아르펜 왕국의 충성도에 대해서는 별도로 관리가 필요하지 않을 정도였다.

그렇지만 세금이란 각종 명목을 들어서 슬그머니 오르기 마련이다.

평화로운 시기였다면 진작 하늘 높은 줄 모르고 치솟았을 테지만 하벤 제국과 경쟁을 하려다 보니 유저들과 주민들을 늘리기 위해서 간신히 참고 있었다.

위드에게 그 고통은 가히 말기 암 투병에 비견될 정도!

그나마 훗날 세금을 올릴 수 있다는 희망이 있기에 가까스로 버틸 수 있었다.

만약 하벤 제국이 갑자기 몰락하기라도 한다면 그 후로 아르펜 왕국의 주민들은 치솟는 세금을 감당하느라 감자와 고구마 대신에 콩나물만 먹고 살아야 할지도 모른다.

"갇혀 있는 이교도 주제에 말이 많구나!"

"그 커다란 몸에 엠비뉴에 대한 존경심을 빼곡하게 채워 넣겠다."

소검을 든 광신도들이 위협하면서 날뛰었다.

고위 사제들과 괴물들도 각자 공격을 준비하고 있다.

잉그리그와 모툴스는 수장들답게 들모레 요새에서 전투가 벌어지고 나서도 지켜보는 입장이었지만, 이제 위드가 가까이 다가오니 직접 전투에 뛰어들려고 했다.

엠비뉴의 석상이 새겨진 목걸이를 들고 보라색의 신성력을 모으고 있었다.

등에 날개를 붙인 마녀들은 쉬익거리면서 혀를 뱀처럼 날름거렸다.

그녀들은 공격을 할 것처럼 불안감을 조성했지만 신중한 성격으로 결코 먼저 다가오지는 않았다.

중과부적.

사면초과.

모든 적들을 상대로 버텨 나가다가 상처를 입어 가면서 얼마나 버틸 수 있겠는가.

그러나 위드가 이성을 잃고 적진의 한복판까지 들어온 것은 아니었다.

효율을 앞세우고, 가능한 한 피해를 최소화하는 그가 무모한 전투를 할 리가 없다.

지금의 이 모든 것은 계획의 일부.

작전명은 '막다른 쥐'!

"쥐도 궁지에 몰리면 고양이를 무는 거지!"

계획을 성공시키기 위해서는 적들 한가운데 있어야 했다. 위험을 감수해야 했지만, 위드가 가지고 있는 조각술 스킬을 최대로 이용하기 위한 최선의 방법이었다.

"어디 다 같이 죽어 보자. 하늘이 무너져도 살아남을 수 있을지 봐야지."

위드가 품에서 꺼낸 것은 이번에도 조각품!

넓고 평평한 나무판에는 섬뜩한 풍경의 조각상들이 돌출되어 있었다.

하늘에 구멍이 뚫린 것처럼 굵은 비가 내리고, 바람의 회오리들이 움직이면서 모든 걸 휩쓴다. 땅은 갈라지고, 끝을 모를 깊은 곳으로 무너져 내렸다.

복합적인 재앙을 표현하고 있는 작품.

베이너 왕국과의 전투 당시에 바람 마법의 마스터 비얀 안드레가 쓰던 것을 겪어 본 후에 조금 더 파괴적으로 개량한 것이었다.

마법은 비교적 협소한 부분에 적절하게 통제된 상태에서 강력한 영향을 미치지만, 대재앙은 그 범위가 아주 넓고 예측하기도 어렵다.

또한 위력에 있어서도 대재앙이 바람 마법보다 결코 약하지 않다.

비얀 안드레는 바람 마법의 마스터로서 마나를 소모하여 마법을 발휘한다.

장점은, 시간이 걸리더라도 주문만 완성하면 바로 사용이 가능하고 또 본인은 안전하다는 점.

그에 반해 대재앙의 자연 조각술은 비기로서 축적된 예술 스탯과 자연과의 친화력, 조각품을 바쳐서 이루어 내는 기적!

조각술 마스터의 경지에 거의 다다른 데다 예술과 자연과의 친화력도 월등한 위드가 일으키는 대재앙은 천문학적인 위력을 자랑했다.

"대재앙의 자연 조각술!"

> 명작의 조각품입니다.
> 무시무시한 위력이 발휘되어 자신이 죽을 수도 있습니다. 그럼에도 스킬을 사용하겠습니까?

"누가 죽나 해 보자!"

> 대재앙의 자연 조각술 스킬을 사용하였습니다.

예술 스탯 20이 영구적으로 사라집니다. 생명력과 마나가 20,000씩 소모됩니다. 모든 스탯이 사흘간 일시적으로 15% 감소합니다. 자연과의 친화력이 떨어집니다.
대재앙의 자연 조각술은 하루에 한 번밖에 사용하지 못합니다. 위험한 재앙을 불러오게 되면, 그 피해에 따라서 명성이나 악명이 오를 수 있습니다. 재앙을 겪는 와중에 죽을 수도 있으니 주의하십시오.

"놈을 붙잡아라!"

대재앙을 일으키고 난 이후, 괴물과 광신도 들의 공격이 개시되었다.

"이 세계는 파멸할 것이다. 우리를 막을 수 있다는 착각을 없애 주마."

"절대 벗어나지 못하리라!"

위드가 긴 말살의 검을 휘두르면서 다가오는 적들을 베었다.

광신도들을 상대하는 건 어린아이 장난과 같았지만, 괴물들은 두세 번씩 베어야 확실히 죽일 수 있었다. 생명력이 높기도 하였고, 엠비뉴의 축복 속에서 웬만하면 전투 불능에 빠지지 않고 회복도 빨리 이루어지기 때문이다.

불의 힘을 사용하여 완벽하게 육체를 태워 버려야 했다.

그사이에 극악의 기사단과 징벌의 사제들이 신속하게 배치되고 있었다. 모툴스와 잉그리그, 페첫을 제외하면 최상의 전력인 그들이 제 발로 찾아온 위드를 포위하면서, 빠져나갈 수 없게 했다.

피의 저주!

알 수 없는 기운이 몸을 으스스하게 만들고 있습니다. 피를 흘릴 때마다 생명력이 평소보다 더 많이 빠져나가며 느리게 회복됩니다.

어두침침한 증오의 지대!
암흑의 영역이 선포되었습니다. 부정한 기운의 움직임이 활발해지고, 이에 저항하는 능력이 약해집니다. 저주 마법에 더 취약해질 것입니다.

축 늘어지는 육체!
힘, 체력이 14%씩 감소합니다. 움직임이 저하됩니다. '용사의 의지'가 힘을 약화시키는 저주를 완벽하게 이겨 냈습니다.

타고난 약점!
징벌의 사제들의 끈끈한 마법에 걸려들었습니다. 가슴 한복판의 맷집이 약해지고, 적들을 유인하는 붉은 점이 생깁니다. 이곳을 공격당하면 생명력이 최대 15.4배까지 더 많이 감소합니다.
말살의 검이 이 저주 마법에 대해 화염의 힘으로 저항하였지만 완벽하게 막아 내지는 못했습니다. 저주의 효과를 64%까지 감소시킵니다.

걸려들게 된 저주들!

눈앞의 적들과 싸우느라 바빠서 그 이후로는 몸에 깃든 저주들을 확인하지도 못했다.

암흑 사제들, 징벌의 사제들은 즉각적인 공격을 하기보다는 저주로 약화시키는 쪽을 택했다.

위드는 기본적인 저항력이 높고 저주를 파해하는 아이템들도 갖추고 있었지만 사제들의 끊임없는 시도에 의해서 하나둘 걸려 갔다.

"엠비뉴께서 우리에게 한 약속에 따라 피와 생명을 바칩니다. 고통스러운 망각!"

제물을 바쳐서 시전하는 희생 마법은 적중률이 매우 높았다.

위드는 싸우면서도 몸 상태가 급격하게 나빠지고 있다는 것을 느꼈다.

젊은 청년이었다가 노인의 몸이 된 것처럼, 움직임이 예전과 달라졌다. 야만 전사 특유의 생존 기술과 회복력도 현저하게 느려졌다.

정말 무서운 것은, 더 이상 위드에게 걸릴 저주들이 없게 되자 사제들이 광신도와 괴물 들에게 축복을 걸어 주기 시작한 것이었다.

잠재력과 수명을 건드려서 평범한 사람을 투사로 바꾸는 엠비뉴의 신성 마법.

부작용은 10분도 지나지 않아서 죽음을 맞이하게 되는 것이지만, 엘리트 보스급 이상으로 강해진다.

광신도들이 암흑 기사들의 수준으로, 그리고 암흑 기사들은 극악의 기사들처럼 변했다.

원래부터 강한 괴물들은 상당한 수준을 갖춘 보스급 몬스터로 변신!

"얼마든지 덤벼 봐라. 몽땅 쓸어 주마!"

위드는 발을 구르고 말살의 검을 휘두르며 덤벼 오는 적들을 처리했다.

생명력과 체력이 깎여 나가고, 수십 개의 저주가 걸려 있다가 해소되고 다시 적용되기를 반복했다.

최악의 상황을 맞이하고 있었지만 용사답게 당당하게 서서 모든 적들을 상대했다.

아직도 말살의 검을 휘두르면 수십 미터의 불길이 일어나서 광신도들을 떼죽음으로 몰고 갔다. 그 탓에 사제들이 가까이 다가오지 못했으며, 극악의 기사단도 그저 지켜보고 있는 모습이었다.

방심이나 여유를 부리는 것이 아니라, 잉그리그와 모툴스가 따로 신성력을 극대화시키기 위한 어떤 의식을 펼치고 있는 것이 보였다.

의식이 완료될 때까지 그들을 지키면서 기다리고 있는 듯한 태도!

그러나 나머지 적들은 끊임없이 공격해 와서, 잠깐 사이에 없애고 짓밟은 적들이 수백에 달했다.

위드도 부상을 입지 않을 수가 없었다.

야만 전사의 덩치가 큰 만큼 힘과 공격력도 월등히 강해졌지만 작은 난쟁이들이 빠르게 달려오면서 독침을 쏘는 것은 이런 난전에서는 피하기가 거의 불가능했다.

전투를 위하여 태어난 야만 전사에게도 천적이라는 것이 있었던 것이다.

생명력이 51% 이하로 감소했습니다.

"엠비뉴가 고작 이 정도였느냐. 누구도 나를 막지 못한다!"

위드가 크게 고함을 질렀다.

"미개한 적이지만 제법 용감하구나!"

엠비뉴의 징벌의 사제들도 적진의 한복판에서 싸우는 용기만은 칭찬을 했다.

"유일하게 우리를 막을 수 있었던 자. 너의 죽음으로 인하여 이 세계는 파멸될 것이다."

"내가 지키고 있는 한 엠비뉴 교단 너희는 이 대륙을 넘보지 못한다. 이 대륙에 살아가는 인간, 엘프, 드워프, 오크, 모든 종족을 대신하여 어긋난 삶을 살아가는 너희를 막아 내리라."

사제들이 이런 말을 날리니 위드도 적절한 대사로 받아쳐 주었다.

소싯적에 그래도 텔레비전을 통해 블록버스터급 영화 몇 편은 보았던 것이다.

주인공들이 낯간지러운 말들을 할 때 재수 없다고 비웃으면서도 속으로 은근히 '꽤 멋진데.'라는 생각을 했다.

그런데 이렇게 써먹는 날이 오게 될 줄이야!

'방송을 통해 중계되면 뭇 유치원생들과 초등학생들이 나를 우상으로 여기게 되겠지.'

대한민국만이 아니라 전 세계에서 인기가 높은 〈로열 로드〉.

즉, 전 세계의 어린이들이 위드를 우상으로 여기게 되는 것이다.

자라나는 꿈나무들에게 유독 화학물질을 끼얹는 격!

이렇게 죽을 확률이 더 높은 위험한 전투에서는 두려워하거나 움츠러들 필요가 없다. 너무 계산적이 되어 버리면 아무것도 못하지 않는가.

야만 전사로 변신한 이유도 시원하게 싸워 주기 위해서였다.

힘겹게 버티고 있는 사이에 굵은 빗방울들이 떨어지기 시작했다.

"이제 왔구나!"

가뭄 끝에 내리는 단비를 맞이하듯, 위드는 하늘을 올려다보았다.

소나기처럼 갑자기 땅을 적시던 빗방울들은 곧바로 앞을 알아보지 못할 정도로 세찬 폭우로 변했다.

거의 전투가 불가능할 정도의 비, 그리고 바람의 회오리가 불어오고, 땅도 미친 듯이 흔들리기 시작했다.

"제대로군."

위드는 회심의 미소를 지었다.

엠비뉴 교단의 전력이 대단하다면 이렇게 모아서 한꺼번에 죽여 놔야 하지 않겠는가.

명작을 바친 대재앙의 자연 조각술로 벌이는 대량 학살의 현장이었다!

세찬 폭우로 인하여 괴물들도 당장은 덤벼들지 못하고 주춤했다.

"그래도 이걸로는 뭔가 모자라."

위드는 고장 난 보일러에서 나오는 온수를 맞을 때처럼 뭔가 뜨뜻미지근하다고 느꼈다.

"생명력이 높은 괴물들은 어지간한 재난에도 잘 버텨서 살아남을 것 같은데."

맷집과 생명력이 높다면 대재앙에 빠지더라도 아주 재수가 없지 않은 한 살아남을 가능성이 크다.

위드만 하더라도 레벨이 매우 높고 야만 전사가 된 지금의 상태에서는 대재앙으로 죽을 걱정을 하지 않았다.

"내가 산다면 엠비뉴의 고위급들도 대거 살아나겠지. 엘리트 괴물들 그리고 지옥의 마물들도 말이야."

지옥문을 닫기 전까지는 계속 쏟아져 나오는 마물들.

그놈들도 처리해야 하는 마당에 단지 대재앙의 자연 조각술만으로는 부족하리라.

"확실히 나도 죽을 수 있을 정도의 위험이어야 돼. 으음, 그렇지 않으면 시시하지."

위드는 품에서 종이쪽지를 하나 꺼냈다.

오래되고 볼품없이 구겨져 있는 종이지만, 대마법사의 무시무시한 궁극 마법이 새겨져 있는 스크롤.

유성 소환!

성 하나 정도는 파편만으로도 그냥 말아먹을 정도이며, 아주 큰 유성이 낙하하면 국가의 수도가 통째로 사라지기도 한다고 한다.

누구도 경험해 본 적은 없기 때문에 그 위력이 어디까지인지도 전혀 알 수가 없었다.

"이판사판이야."

위드는 유성 소환의 스크롤을 찢었다.

명동의 사채업자들!

그들은 자신이 왜 이런 상황에 처하게 된 것인지 알아내기 위하여 머리를 굴렸다.

"틀렸어. 원한을 가진 놈이 어디 한둘이어야지. 혹시 최 사장이 내 뒤통수를 쳤을까? 아니면 배 이사님이 회사 내에서 영향력이 커진 나를 제거하려고?"

먹고 먹히는 뒷세계에서 의심 가는 인물은 쌓이고 쌓였다.

검찰과 국세청까지 모두 동원할 정도의 권력을 갖고 그들과 같은 조무래기들을 쳐 내는 것도 어딘가 이상하다. 그들은 약한 자에게 강하고 강한 자에게는 약한 생존의 철칙을 잘 지켜왔던 것이다.

"이유를 모르겠군."

사채업자들 중에서 가만히 내버려 두면 누군가 구해 줄 거라 믿는 낙천적인 인물은 없었다.

언제 적대적인 자들이 나타나서 자신을 죽일지도 모른다는 두려움으로, 처음에는 악착같이 탈출구를 찾았다. 하지만 작은 방에 비밀 통로는 당연히 없었고, 천장과 벽을 아무리 두들겨 봐도 대꾸 따위는 들리지 않았다.

"지나가는 누구라도 좋다. 나를 구해만 준다면……."

그들이 갇혀 있는 장소는 지하 300미터. 조금만 더 파면 천연 암반수가 나오는 지역이다.

당연히 지나가는 행인이 있을 리가 만무했다.

탈출은 정말 꿈도 꿀 수 없는 장소였으니 결국 각자 체념하고 살아갈 수밖에 없었다.

3~4달이 지나고 나서는 감금 생활에 부득이하게 익숙해지면서 적응하게 되었다.

그들의 유일한 낙은 텔레비전을 보는 것.

뉴스는 애당초 관심이 없었고, 스포츠와 드라마 정도를 즐겨 봤다.

사채업자들은 의외로 아침 드라마의 매력에도 빠져들게 되었다.

인간 세상의 자극적인 소재들은 전부 모여 있는 데다 매회가 흥미진진하다. 죽기 살기로 싸우다가 화해하고 다시 싸우면서 원수가 되고 출생의 비밀까지 알아내는 과정이 한 편에 모두 담겨 있으니, 할리우드 영화들은 저리 가라 할 정도로 버라이어티했다.

그리고 〈로열 로드〉!

답답하고 좁은 공간에 갇혀 있는 사채업자들에게 탁 트인 〈로열 로드〉의 배경과 세계는 부러움을 잔뜩 안겨 줬다.

〈로열 로드〉만큼 사람들의 행복 지수를 끌어올려 주는 매체는 없었다.

사채업자들도 당연히 위드의 모험을 지켜보았고, 지금도 생중계를 보기 위해 텔레비전 앞에 앉아 있었다.

—위드가 지금 대재앙을 일으키고 있습니다. 전쟁의 신 위드의 트레이드마크와도 같은 대재앙이 엠비뉴의 군대 중심부에서 펼쳐집니다!

—대재앙으로 적들을 모두 쓸어버리려는 생각인 것 같습니다.

—전투 실력뿐만 아니라 정말 과감하고 적극적인데요. 저러한 용기는 어디서 나오는 것일까요?

CTS미디어의 방송에서는 해설자들이 침을 튀겨 가면서 열을 올렸다.

위드가 엠비뉴의 군대 한복판으로 들어간 순간부터 위기의 절정 과정에 있었다.

방송을 오래 하다 보면 시청률이 가장 높게 나오는 순간이 언제인지 직감적으로 알게 되기에, 그 순간에 약간은 더 오버하는 것도 자연스러웠다.

CTS미디어만이 아니라, 동시간대에 중계를 하는 다른 방송국들도 사정은 모두 마찬가지.

위드가 위기를 겪거나 혹은 대단한 장면을 만들어 낼수록 흥분한 해설자들의 목소리가 커졌다.

그리고 위드가 품에서 종이쪽지를 꺼냈다.

—저것은 마법 스크롤이네요.

—특이하게 생긴 붉은 종이인데. 상당한 고위 마법으로 보입니다.

—위드 정도 되는 유저라면 고위 마법 스크롤을 꺼내는 것도 당연하죠.

—사막에서 얻었을까요? 아니면 정복과 약탈을 하면서?

—텔레포트로 도망치려는 게 아닐까 추측이 되는데요.

—엠비뉴의 마법사들이 허락을 하지 않을 텐데… 과연 성공할 수가 있을지 미지수입니다.

텔레비전 속의 해설자들은 빠르게 말을 이어 갔다.

추측밖에 나오지 않는 상황에서 정보들을 끼워 맞추고 결론을 내려야 한다.

설혹 틀린 말이라고 할지라도 시청자들의 흥미를 이끌어 내고 감정을 고조시킬 수 있다면 성공적.

—붉은 종이의 스크롤이라면 화염 계열 마법입니다.

—아, 위드와 잘 어울리는군요. 역시 대단한 공격 마법이 펼쳐질 것 같

습니다.

—비가 쏟아지는 와중에 화염 마법이라니, 일반적인 상식에 비춰 보자면 위력이 많이 약화될 텐데… 이런 사정을 고려하지 않은 것일까요. 위드답진 않습니다.

—위력이 매우 강한 화염 마법이라면 쏟아지는 빗줄기 정도는 무시해도 될 것입니다. 폭발 계열의 화염 마법이라면 거의 상관이 없죠.

—아… 지금 확실한 소식통을 통해서 정보가 들어왔습니다. 저 마법 스크롤의 정체는 궁극의 공격 마법인 유성 소환입니다!

—유성 소환이라고요!

대재앙을 일으키더라도 어느 정도의 효과가 일어날지는 미지수였다.

엄청난 재앙이 휩쓸고 지나가겠지만 엠비뉴의 군대가 절반이나 혹은 그 이상 감소하기는 아무래도 무리이리라.

해설자들은 그래도 실컷 띄워 주면서 위드를 찬양해야 시청자들의 관심을 집중시킬 수 있다는 걸 잘 알고 있었다.

〈로열 로드〉 방송도 리액션이 굉장히 중요한 것.

그런 해설자들도 이번에만큼은 진심으로 놀라서 자리에서 펄쩍 뛰었다.

사촌이 로또에 당첨된 것만큼의 경악!

—터, 터무니없는 일이 벌어졌습니다. 궁극의 유성 소환 마법! 다른 명칭으로는 불타는 유성 소환이라고도 합니다만, 차이를 둘 필요는 없을 것입니다. 결과는 어차피 같을 테니까요.

—유성이 정말 소환이 될까요? 만약 마법 스크롤이 정상적으로 작동된다면 베르사 대륙 최초로 유성이 소환되는 광경을 볼 수 있겠습니다.

—그러한 광경을 보는 것만으로도 영광스러울 것입니다. 얼마나 화려한 장관이 연출될까요. 상상도 하기 어렵습니다.

엠비뉴의 군대와 전력을 다해서 싸울 줄만 알았지 설마 유성을 소환해 버릴 줄이야.

각 방송국들의 연출진에는 갑작스러운 비상이 걸렸다.

유성 소환의 영상을 제대로 현장감 넘치게 방송하기 위해 모든 기술진이 총동원됐다.

"이런 미친놈!"

텔레비전을 보고 있던 사채업자들도, 입에서 보리빵이 튀어나올 정도로 놀랐다.

유성 소환의 마법이 봉인되어 있는 스크롤이 발동되었습니다.
유성이 낙하할 장소를 정해 주십시오.

위드는 스크롤을 가지고 다니면서도 긴가민가했다. 너무도 엄청난 마법 스크롤이기에 혹시나 불량품이 아닐까 하는 의심이 자꾸만 든 것이다.

대마법사 로드릭이 낙서를 해 놓고 나서 잊어버린 스크롤을 귀중하게 여기고 가지고 다니다가 발동시키고 나니 아무 반응이 없는 허무한 일이 벌어지지 말란 법도 없다.

"제대로 작동하는군. 역시 명품이었어. 글씨도 악필이고, 겉보기에는 딱 그냥 딱지나 접게 생겼는데 말이야."

유성 소환은 그 특성상 오차가 아주 크다고 했던 점이 떠올랐다.

"그렇다면 바로 여기로 결정해야지. 그래야 빛나갈 테니까. 후후후, 역시 난 똑똑하군."

위드는 자기의 발밑을 유성이 낙하할 장소로 결정했다.

장소가 지정되었습니다.
잠시 후 유성이 낙하하게 될 것입니다. 지상에 충돌하면 그 피해는 넓은 지역에 미치게 되니 주의해야 합니다.

"이렇게 정하는 게 가장 좋은 방법이 맞겠지. 음, 그런데… 왠지 아주 불안한데."

온몸을 파고드는 불안한 한기.

그러나 기다려 보는 것 외에 달리 할 수 있는 것이 없었다.

굵은 빗줄기가 내리면서, 바람의 회오리들이 전장을 휩쓸고 다녔다.

광신도와 괴물 들이 그대로 공중으로 떠올라서 이리저리 날아다니며 울부짖는 비명 소리가 들린다.

땅이 움푹 꺼지고 갈라지면서 수많은 엠비뉴의 군대를 끝을 모를 무저갱으로 집어삼켰다.

"우히히히힛, 이제야 죽겠구나!"

"나는 저 아득한 밑바닥으로 떨어지고 있다. 아주 영광스럽습니다!"

광신도들은 일반 병사들과는 다르게 어떤 재앙에 의해서도 사기가 줄어들지는 않았다.

그러나 위드의 대재앙은 세상의 마지막을 보여 주는 것처럼 어마어마했다.

불어오는 회오리바람이 몸을 가눌 수가 없게 만들며 천지사방으로 끌고 다닌다.

괴물들과 광신도들은 이리저리 밀려서 대지의 구멍으로 한꺼번에 쓸려 내려갔다.

땅은 흔들리고 무서운 소리를 내면서 두부처럼 으깨진다.

인간으로서 경험하기 어려운 대재앙의 무시무시한 현장.

지켜보는 것만으로도 평범한 사람들은 앞으로 착하게 살아야겠다는 다짐을 하게 만들고, 위드에게는 최소한의 양심이 생기게 되는 그런 광경이었다.

위드는 큰 덩치 때문에 바람의 저항도 많이 받았다. 야만 전사의 맷집도 저주로 인해서 약화되는 바람에 생명력이 제법 감소했다.

"우에에에엑!"

상체를 숙이고 버티고 있는데 괴물들이 굴러 와서 부딪쳤다. 피하려고 했지만 화살 같은 것도 아니고, 바람에 휩쓸려 온 수많은 괴물들을 어떻게 다 피할 수가 있겠는가.

"아, 안 돼!"

위드의 육중한 몸도 거짓말처럼 붕 떠서 날아가기 시작했다.

바람에 휘말리면서 공중에서 광신도와 괴물과 부딪쳤다. 손을 허우적거려도 잡히는 것은 아무것도 없었고, 몸은 속절없이 빙글빙글 돌면서 하늘을 날아다녔다.

어찌할 수가 없는 막막함!

대재앙에 휘말려 버리고 만 것이다.

불사조의 생명력 스킬은 3분간 어떠한 공격에서도 버텨 내게 해 주지만, 지금은 맑은 하늘이 아니라서 쓸 수가 없다.

회전이 너무 빨리 이루어져서 위드가 보는 시야는 땅과 하늘이 계속 뒤바뀌었다.

괴물들이 무서운 속도로 날아다니면서 몸에 부딪쳤다.

충돌로 인한 생명력의 저하야 당장 죽을 정도로 위험한 수준은 아니었지만 이 재앙이 끝나고 나서 연쇄 공격을 당할 것을 감안한다면 충분히 위태로운 상태!

“절대 방어, 눈 질끈 감기!”

방어 스킬을 총동원하고 버티기로 전환!

콰르르르르릉!

바로 근처에서 천둥이 쳤다.

회오리에 휘말려서 하늘 저 높은 곳까지 솟구쳤다. 구름을 뚫고 올라가는 대재앙의 위력!

갑자기 몸을 밀어 올리는 바람도 느껴지지 않았고, 환한 빛에 눈이 부셔 왔다.

“으으음!”

눈을 떠 보니 맑은 하늘, 그리고 태양도 보였다. 먹구름을 돌파하여 평온한 세상에 온 것이다.

그러나 그러한 여유도 불과 2~3초!

아래에 있는 회오리바람이 다시 그의 몸을 끌어당겼다.

“으아아아아아!”

이번에는 무시무시한 속도로 지상으로 낙하했다.

놀이공원에 있는 롤러코스터를 타 본 적은 한 번도 없지만, 그걸 탄 기분이 지금과 비슷하리라고 추측할 수는 있었다.

그러나 롤러코스터는 기껏해야 몇백 미터에서 안전하게 내려오는 것이고, 지금은 구름 위에서 어떤 안전장치도 없이 바람에 휘말려서 추락한다는 사소한 부분만이 달랐다.

"볼 것도 없다. 눈 질끈 감기!"

위드는 다시 방어 스킬을 사용했다.

회오리바람이 살갗을 베고 지나가고, 얼마나 많은 광신도와 괴물 들을 집어삼켰는지 알 수 없는 대재앙이 계속 부딪친다.

몸만 부딪친다면 다행이지만 날아다니는 창과 검에 찔리고 베이고 꽂혔다.

끄으으으응!

저 멀리에서 날아와서 위드의 다리를 물고 늘어지는 괴물도 있었다.

악어처럼 입이 아주 길고 날카로운 이빨을 가진 괴물은 어떻게든 살려고 주둥이를 열지 않았다.

퍼퍽!

그러나 결국 위드의 발길질을 맞고 아득하게 멀리 날아가는 신세가 되고 말았다.

'대재앙이 길기도 하구나.'

적들이 당할 때는 몰랐는데 자신이 휘말리게 되니 아주 길게 느껴졌다.

군대에 간 당사자는 그렇게도 시곗바늘이 안 움직이는데, 사회에 있는 친구들은 왜 이렇게 자주 휴가를 나오고 벌써 제대할 때가 되었느냐고 물어보는 것과 같은 이치!

'한참을 내려온 것 같은데. 지금쯤이면 이제 땅에 부딪칠 때가 되지 않았나?'

위드가 방어 스킬을 취소하면서 눈을 떠 보니 갈라진 땅이 보였다.

깊고 어두운 대지의 틈으로 정확히 떨어지고 있었다.

아찔하게 빠른 속도.

그리고 몸이 옆으로 계속 빙빙 돌았다.

"흐읍, 순간의 괴력!"

체력을 소모하더라도 막대한 힘을 발휘하는 스킬!

몸에 지독하게 걸려 있던 저주들은 그사이에 높은 저항력에 의해 5~6개를 남겨 놓고 모두 풀린 뒤였다.

'어디 한 놈만 걸려라.'

위드는 땅이 아니라 온 사방을 살피기 시작했다.

마침 길고 두꺼운 꼬리를 가진 괴물이 팔다리를 요동치면서 날아오고 있었다.

"통렬한 일격!"

꽤액!

바람에 휩쓸린 괴물은 생명력이 많이 떨어져 있었다. 그러다 거세게 얻어맞고 곧바로 사망했다.

위드는 그 반발력을 이용하여 추락하는 속도를 조금 줄였다.

'이 정도로는 안 돼. 몇 놈만 더.'

바람이 한 방향으로만 불어오는 것이 아니고 곡선으로 휘어지기 때문에 모든 곳을 철저히 살폈다.

날아오는 괴물, 광신도, 마차, 돌덩어리 할 것 없이 연속해서 공격!

위드의 공격은 빗나갈 때도 있었지만 적중할 때가 훨씬 더 많았다. 그 덕에 간신히 추락하는 속도와 방향을 조금 바꾸기는 했지만, 여전히 대지의 틈을 향해서 떨어지고 있었다.

이대로는 정확하게 땅속으로 빨려 들어가서 모든 게 끝나 버릴 상황!

'대재앙에 대해서 너무 방심했어.'

뒤늦은 후회를 해 봤지만 소용이 없었다.

그렇게 땅 근처까지 내려왔을 때, 위드는 갑자기 등에 엄청난 충격을 받았다.

"커헉!"

청동 거인이 날아와서 부딪친 것이다.

하지만 그 덕에 까마득하게 깊은 곳으로 빨려 들어가지 않고 대지의 틈에 생성된 절벽에 충돌했다.

충격으로 인해 생명력이 19,374 감소합니다.

생명력은 문제가 아니었고, 당장 다시 아래로 떨어질 판.

"살아야 돼!"

위드는 팔을 쭉 뻗어서 돌출된 바위들을 붙잡았다.

푸스스슥.

야만 전사의 몸무게를 감당하지 못한 바위들이 두부처럼 으스러졌다.

그렇게 수십 미터를 쭉 내려오다가 간신히 정지했다.

"사, 살았다."

위드는 겨우 한숨을 돌렸다.

지금까지 진행한 조각술 최후의 비기 퀘스트가 그대로 날아가 버릴 뻔한 순간이었다.

위쪽을 쳐다보니 대지의 벌어진 틈에서는 광신도와 괴물 들이 계속 떨어지고 있었다.

바람이 얼마나 부는지 그 소리가 시끄럽게 울렸다.

"시원하게도 죽는군. 뭐, 나로서는 잘된 일이기는 하지만."

위드는 절벽을 기어서 올라갔다.

다시 바람에 휘말리고 싶지는 않으니 지상으로 올라가진 않을 속셈이었다.

10미터 정도 더 낮은 곳에서 휴식을 취하면 되지 않겠는가.

> 대지의 여신 미네의 축복이 함께합니다.
> 땅이 전해 주는 기운으로 체력과 생명력을 회복합니다.

편안하게 벽에 손을 대고 있으니 체력과 생명력도 빨리 보충되었다.

적진의 한복판에서도 당당할 수 있었던 것은 맷집과 더불어서 이러한 회복력을 믿었기 때문이다.

"몇만 명 정도는 피해를 입었겠지? 혼란스러운 와중에 마녀들과 사제들이 많이 죽어 주면 좋을 텐데."

대략 앞으로 있을 일을 머릿속으로 정리하면서 대재앙이 그치기만을 기다렸다.

그러다가 불현듯 드는 생각.

'유성 소환은 어떻게 되었지?'

이곳에서 벌어지는 일 중에서 대재앙이 예고편이라면, 유성 소환은 그야말로 메인이벤트.

만약 엉뚱한 장소로 낙하하는 것이 아니라 제대로 적중한다면 측정이 불가능할 정도로 강렬하기 짝이 없을 것이다.

그 위력이야말로 대대대대대대대대재앙 수준!

'대재앙이 벌어지고 나서 겨우 살아남았다고 안도하는데 유성이 떨어진다면 정말 날벼락이겠지. 엠비뉴의 군대는 폭삭 망할 거야.'

하지만 위드도 회심의 미소만 짓고 있을 수는 없었다.

유성이 어디로 어떻게 떨어질지를 누가 알겠는가!

들모레 요새 위나 사막 군단의 머리 위로 떨어져서 그냥 다 전멸하지 말란 법도 없다.

하늘에서 떨어지는 빗방울이 조금씩 줄어들고, 바람도 약간 이나마 진정이 되는가 싶었다.

그런데 하늘이 갑자기 붉게 타오르는 듯이 빛났다.

먹구름은 뜨거운 태양에 녹아 버리는 안개처럼 힘없이 흩어졌다.

"설마 이것이 유성 소환?"

위드는 고개가 꺾어져라 위를 올려다봤다.

갑자기 밝아진 하늘에 작은 돌멩이가 있었다.

"저게 유성이라면 좀 작은데. 마법 스크롤은 성공했지만 위력이야 뭐, 거의 불량품 수준에 가까운 것인가?"

실망감이 가슴을 쳤다.

하지만 그 작던 돌멩이가 잠깐 사이에 무서운 속도로 커졌다. 처음 봤을 때는 고작해야 손가락 반 마디도 안 되었던 것이 금방 손바닥 수준으로 넓어진 것이다.

구체적으로 크기가 가늠이 되지 않는 것으로 보아서 아직도 어마어마한 거리가 남아 있는 것 같은데, 날아올수록 기하급수적으로 확대되고 있었다.

위드의 본능이 마구 경고를 발했다.

'이거 장난이 아냐. 저건 스치기만 해도 사망이 아니라, 흔적도 안 남고 죽겠다.'

온몸의 솜털까지 곤두설 정도의 위기감.

그럼에도 불구하고 섣불리 움직일 수는 없었다. 아직 대재앙이 끝난 것도 아니며 유성이 어디로 추락하게 될지도 알 수 없다는 점 때문이었다.

'딴 데로 가라. 가 버려라.'

위드의 간절한 바람을 무시한 채로 불과 몇 초 사이에 유성의 크기는 갈수록 늘어 갔다.

이럴 때일수록 냉정해져야 했다.

'다시 천천히 사실관계부터 확인해 보자. 저게 계속 커지고 있다는 점은 가까워지고 있다는 의미지. 유성이 땅으로 추락하는 건 당연한 거니까. 그리고 거의 정확히 내 머리 위에서 다른 방향으로 움직이지를 않는데, 그 의미는?'

길게 생각해 볼 것도 없이 바로 정확하게 이곳으로 떨어지고 있다는 뜻!

위드를 겨냥하고 있는 것은 아니겠지만 이 지역 전체가 범위에 들어 있다고 봐야 옳았다.

위드가 있는 장소는 엠비뉴의 군대의 중심부이니 유성 소환이 제대로 이루어졌다는 것을 기뻐하는 것도 잠시.

살지 못하면 그거야말로 최악의 경우가 아닌가.

행운은 항상 비껴가고 마는데 불행은 언제나 정확하게 다가왔다.

"어떻게든 피해야겠군."

위드는 주변을 살펴보았다.

대지의 깊은 틈새 안이라고 해도 전혀 안전할 것 같지 않다. 유성 소환의 파괴력이라면 이 부근 전체를 초토화시켜 버리기에 충분하지 않겠는가.

점점 빠르게 커져만 가는 유성은 차분히 생각할 시간적 여유도 주지 않는다.

"이판사판이야."

위드는 대지의 틈을 박차고 뛰어올라서 밖으로 나왔다.

비와 회오리는 여전하였고, 땅은 갈라져서 흔들리면서 춤을 추고 있었다.

그래도 이제 대재앙의 위력은 많이 약해지고 점점 사라져 가는 중이다.

위드는 이미 머리 위가 뜨거워짐을 느낄 수 있었다.

하늘에서 불타오르는 거대한 운석이 직접적으로 느껴지기까지 하는 것이다.

다른 그 어떤 방법도 없는 상태.

"이판사판이야. 바람의 질주!"

위드는 앞을 향해서 무작정 달렸다.

야만 전사의 다리가 긴 편이고 힘이 워낙에 좋기에 빠른 속력을 낼 수가 있었다.

그보다도 더 다행인 점은, 엠비뉴 교단 측에서도 방해하지 않았다는 것이다. 유성을 본 모든 이들이 도망치려고 하였기 때문이다.

전일과 전이.

사막 군단을 지휘하는 조각 생명체들은 멀리 떨어진 언덕 위에서 전투를 지켜보고 있었다.

"과연 대제시로군."

위드에 대하여는, 어쨌든 감탄밖에는 나오시 않는 월등한 무력이다.

그가 들모레 요새로 들어갔다가 야만 전사로 변해서 나오는 것도 다 알아보았다. 위드가 불가사의한 조각술을 펼치면서 싸우는 것을 충분히 많이 겪어 봐서였다.

그리고 약속한 대로 대재앙이 일어났다.

사막 군단은 대재앙이 끝날 무렵에 돌격하기 위하여 대기 중이었다.

전투 노예들도 준비를 갖추고, 코끼리 부대와 뱀파이어 부대들까지 싸움을 개시하기 위하여 전열을 갖췄다.

사막 군단이 대륙을 휩쓸 정도라고는 해도 엠비뉴의 군대에 그냥 부딪쳐서는 승산이 낮다.

위드가 휘저어 주고, 들모레 요새로 일부를 끌어들인다.

대재앙까지 일으켜서 그들을 괴롭혀 놓은 후에 몰아치겠다는 계획!

"돌격 준비를 갖춰라. 기병들은 모두 말과 낙타에 타라."

그런데 저 멀리 하늘이 붉게 물든 이후로 출동은 보류하기로 했다.

"퇴각하라!"

오히려 전장에서 더욱 멀리 떨어졌다.

조각 생명체들이 보기에도 어마어마한 유성이 위드와 엠비뉴 교단이 있는 장소로 향하였던 것이다.

위드를 구하기 위하여 가는 것은 무의미했기에 전력을 보존하는 쪽을 택했다.

그리고 엠비뉴의 군대 진영에서 일어난 대폭발!

태양을 직접 보는 것처럼 눈이 먼저 부시고, 그 이후에는 돌과 나무, 모래가 밀어닥쳤다. 몸이 절로 뒤로 밀려날 정도로 바람도 강하게 불어왔다.

전투 노예들에게 다소의 피해가 있었지만 체력이 약한 몇백 명이 죽었을 뿐 심한 정도까지는 아니었다.

"대제께서는 생존하셨는가?"

"모릅니다. 보이지 않습니다."

위드의 생사에 대하여 확인하기도 전에 하늘이 다시 붉게 물들었다.

전삼이 손가락을 들어 하늘을 가리켰다.

"또 옵니다!"

하늘에서 쏟아지는 유성들.

놀랍게도 유성 소환의 마법은 단 하나만 불러오는 것이 아니라 수십 개의 유성을 낙하시키는 것이었다.

폭발로 인한 먼지구름이 일어난 곳으로, 불타오르는 유성들이 긴 꼬리를 이어 가면서 차례대로 내리꽂힌다.

대지가 놀라서 펄쩍펄쩍 뛰고 있었다.

땅이 아이스크림처럼 깊게 파이고 박살 나는 광경을 여실히 볼 수 있었다.

이윽고 전일이 말했다.

"대제께서는 편안히 가셨을까?"

전이가 확신을 갖고 대답했다.

"고통은 없었을 것입니다."

위드의 최후

위드는 첫 번째 유성이 땅에 떨어지기 10여 초 전부터 등줄기가 오싹했다.

'이건 엄살이 아니라 정말 죽겠다.'

방어력을 높여 놓더라도 의미가 없을 정도의 위력.

유성 소환은 마법의 궁극 공격이라고 칭하기에 충분했다.

도무지 비교할 것을 찾을 수 없을 정도로, 너무나도 강한 공격 마법!

최소한 세 가지의 마법 분야에서 거의 마스터에 근접한 마법사만이 발휘할 수 있는 것이 유성 소환이다. 정말 아무나 쓸 수 없는 마법인 것이다.

더구나 개인을 상대로는 발동 시간이 오래 걸리고 정확도가 낮아서 의미가 없는 마법이고, 전투에서 사용하기에도 부담스러운 수준이었다.

다행히 적군에게 떨어지면 좋지만, 아군에게 떨어지지 말란 법이 어디 있겠는가.

위드는 대충 어떻게든 되리라는 생각에 막 스킬을 사용한 감이 있었다.

유성이 사막 군단으로 향하더라도 그들은 전투에 돌입해 있는 상태가 아니기에 말과 낙타를 타고 일찍부터 도망쳐서 피해를 줄일 것이다.

20만이 넘는 전투 노예들이야 죽거나 살거나 어차피 큰 영향을 미치지는 못할 터.

그래서 유성 소환을 대충 저질러 버렸는데 그것이 정확하게 자신이 있는 지역으로 떨어지게 될 건 또 뭐란 말인가.

"비켜라!"

위드는 그냥 마구 달리는 것 외에는 할 게 없었다.

괴물들과 마물들까지 놀라서 다 같이 달아났다.

"오오, 엠비뉴 신이시여! 드디어 이 땅을 파괴해 주시는 것이 옵니까."

"저를 어서 죽여 주소서. 제 소원은 저의 죽음입니다!"

광신도들은, 피하는 자들도 있었지만 땅에 엎드려서 감사의 기도를 올리기도 했다.

"엠비뉴의 은총을 이렇게… 꽥!"

위드는 그들을 밟고 지나갔다.

유성이 어디에 있는지 볼 겨를도 없었지만 그리 먼 곳은 아니라는 느낌이 계속 들었다.

등 뒤가 너무나도 뜨겁게 느껴진다.

'앞으로 5~6초 정도.'

유성이 떨어지는 속도로 대충 예상해서 시간을 쟀다.

정확한 건 아니었고, 불과 0.1초 차이로도 삶과 죽음의 갈림길을 오가게 되리라.

불타오르는 유성이 지상으로 낙하하면서 비와 회오리바람은 모두 사라져 버리고 말았다.

위드는 대지의 틈을 빠져나와서 최소한 1킬로미터 정도는 그대로 달렸다.

어쩌다 도망치는 방향이 같은 엠비뉴의 사제들을 몇 명 보기도 했지만 그들을 죽일 시간도 없다.

너무나도 밝은 빛에 시야 전체가 환해지고 있었다.

그 의미는 충돌이 머지않았다는 뜻!

어쨌든 확실한 건, 앞쪽이 아니라 뒤쪽으로 떨어진다. 얼마나 먼 거리에서 유성이 떨어지게 될지, 그 파괴력이 어떻게 되는지는 겪어 보면 알 수 있으리라.

"아이고, 죽겠다. 이번에 살아나면 정말 남들 잘 도우면서 착하게 살아야지."

문득 근처에 또 다른 대지의 틈이 있는 것이 보였다. 그렇지만 너무 좁아서 지금의 몸으로는 도저히 들어갈 수가 없을 것 같았다.

"조각 변신술 해제!"

조각 변신술이 풀리며 야만 전사의 덩치가 원래대로 작아져 갔다.

대지의 틈을 향하여 몸을 날리고 뒹굴면서 갑옷과 방어구들까지 전부 착용.

"눈 질끈 감기, 절대 방어! 그리고 또 쓸 만한 게 뭐가 있나. 강철 피부!"

사막에서 성장하는 퀘스트의 초창기에 배워서 몇 번 쓰고 효과가 미미해서 사용하지 않던 방어 스킬까지 사용했다.

생존을 위한 본능이 얼마나 위대한 것인지를 보여 주는 광경이었다.

그리고 유성이 지면에 충돌했다.

맨 처음 위드가 빠져 있던 대지의 틈에서 그다지 떨어지지 않은 위치.

유성이 땅에 떨어지면서 거대한 지진이 일어났다. 파편들이 주변을 휩쓸었으며, 화염 폭풍도 커다랗게 일어났다.

그 직후에는 엄청난 충격파가 해일처럼 지상을 휩쓸고 지나갔다.

영혼이 이탈할 정도의 거센 충격으로 생명력이 극심하게 감소합니다.
절대 방어가 굳건한 의지로 정신을 잃어버리는 것을 막습니다. 전체 생명력 중에서 48%를 한꺼번에 잃어버렸습니다. 육체에 큰 부상을 입어 전투 스킬들의 효과가 현저히 낮아집니다. 다리에 치명적인 손상을 입었습니다. 고통으로 인해 절뚝거리게 됩니다.

평소에는 보려고 기를 써 봐도 보기 어려운 메시지 창이 나왔다.

초보자들이 겁도 없이 고레벨 몬스터에 덤벼들었을 때에나 나오는 메시지.

위드의 생명력도 354,000이 한꺼번에 줄어 버렸다.

그동안 전투와 대재앙에 휩쓸렸던 탓에 마지막 남은 생명력은 38,000 정도.

대지의 여신 미네의 축복으로 생명력을 보충하지 않았더라면 정말 위험할 뻔했다.

위드는 대지의 틈 속에서 한숨을 돌렸다.

"겨우 살아난 것 같군. 이건 다 내가 운이 없었던 탓이야. 더 열심히 다른 사람들을 착취하면서 살아가야지. 아르펜 왕국에 무사히 돌아가기만 해 봐라."

충격파가 휩쓸고 지나가고 난 이후에는 뜨거운 열풍이 불어왔다.

엄청난 화염이 대지를 덮고 있었다.

불의 기운을 통해 생명력을 보충합니다.

대지의 여신 미네의 축복이 함께합니다.
땅이 전해 주는 기운으로 체력과 생명력을 회복합니다. 생명력이 20% 이하로 감소한 상태이기에 회복 속도가 4배로 높아집니다.

위드는 대지의 여신 미네의 축복에 넘실거리는 화염 각인 스킬도 다시 발휘하면서 체력과 생명력을 다시 채웠다.

지금 적들에게 발각된다면 정말 목숨이 위태로울 수 있는 상황이다!

'유성 소환으로 놈들도 많이 죽어서 반격은 꿈도 못 꾸겠지. 의외로 정말 엄청난 공격이었어. 대충 적들의 외곽이라도 무너뜨려 주면 좋다고 생각했는데, 확실하게 쓸어버렸겠군.'

위드조차도 즉사할 뻔했으니 기대했던 것의 10배 이상의 수

확이라고 봐야 하리라.

'아, 아쉽다. 그런 마법 스크롤을 아껴 놨다가 헤르메스 길드 놈들에게 썼어야 하는데.'

좋아한 것도 잠시였을 뿐, 마법 스크롤을 소모한 것이 아까워졌다. 아껴 놓으면 다 재산인데 너무 쉽게 사용해 버린 것 아닌가.

'그래도 퀘스트를 마치는 것도 중요하니까.'

생명력이 최대치의 6%까지 회복되고 난 후 위드는 대지의 틈 위로 고개만 내밀었다.

아직 몸 상태가 정상은 아니지만 적들을 살짝 살피기만 하려는 생각에서였다.

"엠비뉴의 우월한 보호는 모든 파괴에서 우리를 구해 준다."

"파괴! 파괴! 파괴!"

유성 낙하의 충격에 의해 인근의 엠비뉴의 군대가 싹 쓸려 갔을 것이라는 예상은 빗나갔다.

징벌의 사제를 비롯하여 고위 사제들은 특수한 보호 마법을 펼쳤다.

파괴신의 신성한 믿음.

보호막 안에 있는 광신도들과 괴물들은 일시적으로나마 모든 공격으로부터 안전하게 보호받을 수 있었다.

여러 말이 필요 없이 사기적인 스킬!

주문을 외우는 시간이 길다는 단점이 있었지만, 징벌의 사제들은 스스로를 지키기 위한 보호 마법을 완성시켰다.

그 결과 사제들은 꽤 많이 살아남았지만, 유성 낙하로 인하여 엠비뉴의 군대가 입은 전체적인 피해는 참혹한 수준이었다.

유성이 군대의 중심부를 정확히 강타하면서 많은 고급 전력이 폭발과 충격에 의해 즉시 먼지로 변하여 사라졌다.

유성 낙하의 힘이 너무나도 큰 나머지, 지형 자체가 부서질 정도의 충격에 의하여 괴물들과 극악의 기사들 중에서 많은 부대가 전멸했다.

설혹 살아남았다 하더라도 많은 이들이 전투 불능에 빠지고 말았다.

위드가 그러했듯 대재앙에 휘말리고 난 직후에 일어난 유성 낙하라서 더욱 피하지 못하고 휩쓸려 나갔다.

사제들의 보호 마법이 없었더라면 엠비뉴의 군대의 핵심 전력도 몰살을 면치 못했으리라.

특히 지옥의 문을 통과해서 나왔던 마물들은 삼분의 일도 남지 못하고 깔끔하게 숫자가 감소했다.

문이 열려 있는 만큼 마물들이 계속 나올 수야 있겠지만 유성 소환에 의하여 멀쩡한 놈들이 몇 없을 테니 당장은 정리가 된 것이다.

위드와 스무 걸음 정도로 제법 가까운 곳에도 보호막이 펼쳐져 있었다.

극악의 기사들 그리고 괴물들과 눈이 마주쳤다.

"제물! 그곳에 숨어 있었구나!"

"아, 안녕?"

위드는 두더지처럼 대지의 틈으로 다시 들어가려고 했다. 생명력이 없으니 바로 전투를 재개하기에는 부담감이 있었다.

그런데 아주 짧은 순간이지만 극악의 기사들이나 괴물들이 움직이지 않는 것에 이상함이 느껴졌다.

'저놈들이 왜 그러지?'

눈치를 보아하니 보호 마법의 특성상 밖으로 나오지 못하는 것 같았다.

'공격도 끝났으니 신성 마법을 해제하면 될 텐데. 의문이 드는군.'

대재앙도 그 이상의 파괴를 가져온 유성 낙하에 의해서 사라졌다.

여전히 곳곳이 불바다이고 땅이 녹아서 용암처럼 흘러내리고 있긴 하다.

그렇더라도 신성 마법을 풀고 조심해서 돌아다니면 될 텐데 가만히 있는 것이 이상할 따름.

위드의 감각이나 본능은 칼날처럼 날이 서 있었다.

'이놈들이 단체로 미쳤을 리가 없어.'

엠비뉴의 사제들이 집단적으로 멍청한 행동을 할 이유도 없으리라.

'설마…….'

혹시나 해서 하늘을 쳐다보니 어느새 또 붉어져 있었다.

그리고 빼곡하게 들어찬 수많은 작은 돌멩이의 형상들!

그것들이 무지막지하게 빠른 속도로 다가오면서 커지고 있었다.

"1개가 끝이 아니었구나!"

같은 유성 소환 마법을 사용하더라도 효력은 그때그때 다른 법이었다.

1개의 중형 유성이 떨어지는 경우도 있었으며, 어쩔 때는 2개가 떨어진다.

소환하는 데에는 마법사의 마력도 중요하지만 운에 좌우되는 면이 큰 것이다.

지금은 마법이 최고조의 위력을 발휘하면서 아예 유성우가 되어서 떨어지고 있는 것.

가장 큰 것이 먼저 일차로 떨어졌지만 수십 개의 유성들이 그 뒤를 따랐다.

위드의 머릿속은 막 윈도우를 설치한 컴퓨터처럼 빨리 돌아갔다. 그리고 계산 완료!

상황 암울.

견적 안 나옴.

유성 소환 마법 스크롤은 어쩌면 자신을 죽이기 위한 미끼였을지도.

이건 다 대마법사 로드릭 탓.

결론은 역시 남 탓이 최고!

"정말 살아남기가 어렵겠구나."

그렇다고 포기할 수는 없는 노릇이었다.

위드는 대지의 틈에서 기어 나와서 떨어지는 유성으로부터 최대한 멀어지기 위하여 사막 군단이 대기하기로 한 방향을 향하여 다리를 바닥에 끌면서 걸었다.

생명력이 지금은 6% 남짓밖에 남아 있지 않아서 아까와 비슷한 충격이면 제대로 사망이다.

'조금 전처럼 근처에 떨어지면 무조건 죽음이다.'

신성 마법을 펼치고 있는 엠비뉴의 군대는 위드를 막으려고 하지 않았다. 그저 멀뚱멀뚱 쳐다보고 있을 뿐이었다.

온 사방에 사제들의 보호를 받지 못한 괴물들이 쓰레기 매립장에서 보던 것처럼 널브러져 있었다.

엠비뉴의 대군을 직격해 버린 유성의 충돌. 그 피해를 환산하는 것도 불가능에 가까울 것이다.

'많이도 죽었군. 살아 있는 놈들도 툭 건드리기만 해도 가 버릴 텐데.'

위드는 초등학교 때 친구 우유 뺏어 먹던 힘까지 다해서 걸었다.

가능하면 유성의 낙하로 인해서 화염이 일어나고 있는 지역을 택해서 일부러 그 위를 절뚝거리면서 불편하게 걸었다.

사막의 대제, 세계를 구하는 용사로서 불의 기운이 있을수록 생명력의 회복은 더 빠르기 때문이다.

물론 사막의 대제로서 지켜 왔던 명예나 위엄, 겉모습에 대해서는 포기를 해야 했다.

"모두 기뻐하라. 엠비뉴 신께서 직접 저자를 척살할 것이다."

"하늘에서 엠비뉴의 힘이 내려오고 있도다."

엠비뉴의 추종자들은 기뻐하고 있었다.

당장 위험한 건 하늘에서 떨어지는 유성이고, 그것을 불러온 것도 자기 자신이었기에 위드가 누구를 원망할 처지는 아니었다. 그럼에도 환호하는 엠비뉴의 하수인들이 괜히 얄밉기 짝이 없었다.

하늘을 보니 이차로 3개의 유성이 한꺼번에 낙하 중!

막상 지상으로 떨어지는 방향은 상당히 갈라져서 제각각이었다.

위드가 있는 위치를 기준으로 1개는 한참 뒤쪽에, 하나는 신성한 은이 흐르는 강이 있는 위치로, 다른 하나는 꽤 가까운 오른쪽이었다.

엠비뉴의 대군은 들모레 요새를 공격하기 위해서도 많이 분산되어 있었다.

신성한 은이 흐르는 강으로 떨어지는 유성은 엠비뉴의 군대를 다시 한 번 정확하게 타격하리라.

"어디로 피해야 하지?"

불타는 유성이 이미 눈에 선명하게 보일 정도였기에 머뭇거릴 시간조차 없었다.

"에라, 모르겠다."

위드는 대지의 틈 속으로 몸을 던졌다. 그리고 한참을 낙하하다가 절벽에 달라붙었다.

잠시 후 대지가 울리는 엄청난 충격이 몸으로 전달되었다.

"커헉!"

거센 충격을 연속으로 받았습니다.
생명력이 48,973 감소합니다. 절대 방어가 여진으로 인한 피해를 막아 냅니다. 현재 걸려 있는 '잔혹함에 울부짖게 하는 고통' 저주가 생명력의 최대치를 낮추고 맷집을 약화시킵니다. 전체 생명력의 1.6%가 남았습니다. 내구도의 감소로 갑옷의 방어력이 줄어들었습니다. 다리 부상이 심해집니다. 출혈의 피해가 있습니다. 1초마다 974의 생명력이 빠져나갑니다.

"사, 살았다. 말도 안 돼."

절뚝거리면서라도 걸으면서 불의 기운을 흡수하지 않았다면 확실히 사망을 하고 말았을 일.

위드는 가파른 절벽을 간신히 붙잡고 고개를 올려서 하늘을 쳐다봤다.

하늘에 6개의 유성들이 보이고 있다.

유성 소환은 최고의 궁극 마법이었지만 벌써부터 지긋지긋해지는 느낌이었다.

이번에 다행인 점은, 4개는 완전히 멀리 떨어진 다른 방향으로 갔다. 하늘을 가로질러서 베이너 왕국의 수도가 있는 위치로 향하고 있었다.

그리고 2개는 위드가 있는 방향으로 정면에서 다가왔다.

정확하게 어디로 낙하할지는 끝까지 지켜보지 않는 한 알 수 없지만 워낙 넓은 지역에 영향을 미치기에 그 피해는 고스란히 입게 되리라.

"가자."

위드는 대지의 틈을 올라와서 다시 걸었다.

이번에는 첫 번째로 유성이 떨어졌던 장소를 향했다.

죽더라도 조금 더 걸어야 하지 않겠는가.

어마어마한 폭발이 일어나고 있는 위치로 가야만 당장 불의 기운을 흡수해서 살 수가 있다.

엠비뉴의 군대가 겪은 피해 역시 어마어마할 테니 어떻게든 살아남기만 한다면 전쟁에 승리할 가능성이 훨씬 커진다. 단지 자기 자신의 생존 가능성이 별로 없다는 점이 제일 큰 문제였지만.

생명력이 계속 감소하고 있습니다.
저주 '살벌한 유산'이 생명력의 감소 속도를 19.7% 늘립니다. 저주 '흑색 피부병'이 맷집을 계속 약화시키고 있습니다. 마법 저항에 대한 내성이 약해져서 저주 '어두운 환각'이 시야를 조금씩 흩트립니다.

위드의 부상은 너무 심각하여 빨리 낫지도 않았다.

몇 가지 끈질기게 걸려 있는 저주들은 사라지지 않고 계속 육체를 좀먹었다.

튼튼한 몸과 체력을 가지고 있었기에 그나마 죽지 않고 걸을 수가 있었다.

엠비뉴의 광신도는 '고통스러운 죽음을 기다리라'는 내용의 노래를 부르며 축하해 주었다.

지금은 암흑 기사나 괴물 들이 보호막에서 나와서 덤벼들더라도 다리 부상으로 움직이기가 어려워서 싸우기가 힘들다.

그리고 위드에게 진정한 절망이 찾아왔다.

"더 이상 갈 수가 없겠어."

대재앙과 유성이 땅에 떨어진 충격으로 지형이 많이 바뀌어 있었다.

지층이 흔들리면서 대지의 틈은 막히기도 하고, 오히려 더욱 크게 벌어지기도 했다.

위드가 유성을 피하고 생명력을 보충할 수 있는 화염 지대로 가기 위해서는 폭이 20미터는 족히 되는 대지의 틈을 건너가야 했다.

끝없는 바닥으로 내려가서 맞은편으로 건너가기는 불가능하고, 멀리 돌아가기에는 도저히 시간이 되지 않는다.

"이제 끝이야."

출혈의 피해는 계속되고 있었다.

곧 땅에 떨어질 유성의 충격으로부터 최대한 멀리 도망쳐야 하고, 생명력도 보충이 필요했다.

위드는 하늘을 쳐다보고 암울한 눈빛을 했다.

거대해진 불타는 유성이 눈에 선명하게 보였다.

"퀘스트 실패까지… 그리고 내 목숨이 사라지기까지 30초도 남지 않았겠군."

사람들은 최후의 순간에 닥치면 자신이 경험한 일들이 주마등처럼 스쳐 지나간다고 한다.

위드도 어느 정도는 그랬다.

노들레와 힐데른의 퀘스트를 진행하고 바다와 사막에서 서윤과 함께했던 일들, 노가다로 성장을 하고 사막 군난을 키워서 대륙을 휩쓸어 나갔던 시간들이 이제는 추억으로만 남게 되리라.

"이 정도면 내 죽음을 맞이하기에도 괜찮은 무대로군. 쓸쓸하지는 않겠어."

위드는 담담하게 죽음을 받아들이기로 했다.

얼마 남지도 않은 생명력으로는 유성의 충격에서 살아남지 못한다.

설혹 그 위험으로부터 무사하더라도, 눈을 번뜩이며 자신이 죽기만을 기다리는 엠비뉴의 군대가 가득한 중심부에 있다.

"가장 기억에 남는 죽음이 되겠군."

위드는 땅에 드러누워서 하늘을 보았다.

기왕 죽는 것, 유성의 낙하를 지켜보면서 멋지게 죽고 싶다는 기분이었다.

하늘은 온통 붉게 물들고, 크고 작은 수십 개의 유성들이 긴 꼬리를 드러내며 지상을 향하여 떨어지고 있다.

이런 장관은 어디서도 구경하기 힘들 것이다.

위드의 머리 위에 축축하고 벌름거리는 무언가의 콧구멍이 닿았다.

푸흥!

조금은 참기 힘든 퀴퀴한 냄새.

"쌍봉아, 저리 가."

푸흐흐흥!

"쌍봉아, 냄새 난다니까. 넌 어째서 그렇게 씻겨도 계속 냄새가……. 쌍봉이가 왜 여기 있지?"

위드가 벌떡 몸을 일으켜 보니 정말로 거짓말처럼 쌍봉낙타가 주둥이를 오물거리면서 서 있는 것이 아닌가.

절망으로 가득하던 눈이 다시 희망으로 불타올랐다.

쌍봉낙타는 위드의 명령에 따라 들모레 요새에서 조각 은신술을 펼치고 있었다.

'음, 열심히들 싸우는군.'

요새의 공방전을 지켜보는 것도 재미가 있었지만, 애틋함을 품은 그의 시선은 저 멀리에 있는 위드에게로 향해 있었다.

그는 사막에서부터 전투를 따라다니면서 한몫 거들었다.

전일, 전이와 같은 조각 생명체들이 각자 전투를 수행한다면 쌍봉낙타는 위드와 한 몸이 되어 움직였다.

몬스터들과 함께 싸우고, 피하고, 뒷발로 걷어찬다.

드넓은 사막에서 물의 냄새와 별을 살펴서 헤매는 일이 없이 길을 찾아 주었다.

"더 빨리! 더 빠르게!"

시간을 아끼려고 항상 목적지까지 최단시간에 도착하기를 원하는 위드를 위해서 경주를 하듯이 쉬지 않고 달렸다.

"아주 잘했어."

쌍봉낙타는 칭찬을 들을 때가 참 좋았다.

그래 봐야 당근 2~3개를 더 먹을 수 있을 뿐이고, 감정 표현이 쉽지 않은 얼굴은 항상 심드렁하니 무언가를 질겅거리는 듯 보일 뿐이지만.

그러나 위드가 사막의 대제로 성장하는 것을 지켜보면서 그를 자신의 목숨보다 더 중요하게 생각했다.

'저건 뭐지?'

어두웠던 하늘이 붉게 밝아질 때부터 쌍봉낙타는 특유의 기감으로 위험을 감지했다.

'주인님이 위험하다.'

유성이 떨어지는 것을 알면서도 조각 은신술을 해제하고 위드가 있는 방향으로 날쌔게 뛰었다.

쌍봉낙타는 괴물들과 암흑 기사의 표적이 되었다.

"엠비뉴께서 특별한 자비를 베풀고 계시다. 낙타들은 모두 구워 먹으라는 말씀이 있었다."

"낙타를 붙잡아서 피를 빨아먹자!"

쌍봉낙타는 껑충껑충 뛰면서 엠비뉴의 군대를 돌파했다.

사방에 깔려 있는 적들을 급하게 지나치면서 어쩔 수 없는 상처도 입고, 몇 가지 저주도 걸렸다. 하지만 대재앙과 유성 낙하의 충격으로 초토화가 되어 버린 땅을 무사히 지나, 주인을 찾기 위하여 돌아다녔다.

그리고 마침내 위드를 발견하고, 몸은 만신창이가 되었지만 아무렇지도 않은 척 코를 비벼 댄 것이다.

"음, 내가 싸움 구경하면서 기다리라고 했더니 심심해서 여기까지 온 모양이구나."

푸흥!

"아무튼 잘됐다."

위드는 쌍봉낙타의 등에 몸을 실었다.

"최대한 빨리 가자!"

쌍봉낙타는 두세 걸음 뒤로 물러나더니 20여 미터나 되는 대지의 틈을 단번에 뛰어넘었다.

쌍봉낙타를 타고 있으니 그렇게도 멀어 보이던 장애물도 하찮게 여겨졌다.

"더 빨리! 우리가 지나왔던 사막의 모래처럼 달려!"

쌍봉낙타도 유성이 떨어지는 것을 알고 있었다. 불과 10여 초도 남지 않았으리라.

위드를 태운 낙타는 바람을 추월하는 무서운 속도로 앞을 향하여 내달렸다.

대지의 틈, 솟아나온 바위, 엠비뉴의 군대를 뛰어넘고, 뚫고 지나갔다.

뜨거운 화염이 일어나고 있는 장소를 통과하면서는 위드를 찾느라 지친 쌍봉낙타의 체력이 보충되기도 했다.

위드도 생명력을 채우는 것은 마찬가지!

위드는 계속 달려 나가다가 낙타 위에서 몸을 돌려서 뒤를 보았다.

긴 꼬리를 달고 내려온 유성이 엠비뉴의 군대를 향하여 막 떨어지고 있었다.

"저기로 들어가!"

푸흐흥!

위드를 태운 낙타는 화염 지대를 지나 첫 유성이 떨어졌던 흔적에 도착했다.

유성은 대지를 파헤치며 어마어마한 흔적을 남겨 놓았다.

무려 사방 400미터 정도에 걸쳐서 깊은 구덩이가 형성되어 있었다.

그리고 무엇보다도 주변은 온통 불바다!

위드와 낙타가 막 유성의 흔적으로 들어가자마자 대지가 흔들리며 충격이 몸을 뒤흔들었다.

그다음 유성들이 땅에 떨어지고 있는 것이었다.

회복하기 어려운 충격을 받았습니다.
대지의 요동으로 인해 생명력이 극심하게 감소합니다. 쌍봉낙타가 피해의 일부를 흡수해 줍니다. 15,838의 생명력을 잃어버렸습니다. 절대 방어가 눈부신 투지로 추가적인 피해를 막아 냅니다. 온몸에 걸쳐 위급한 부상을 입었습니다. 출혈 피해가 더욱 심해집니다. 걸을 수 없습니다. 최대 생명력이 앞으로 이틀간 14% 줄어들게 될 것입니다.

살아도 산 게 아닌 상태!

위드는 거의 시체라고 불리더라도 어쩔 수 없는 상태였지만 생명은 부지하고 있었다.

마찬가지로 쌍봉낙타도 피로 누적과 절절한 부상으로 인해서 힘없이 옆으로 쓰러졌다.

그럼에도 만족스러워하는 얼굴 표정은, 위드의 목숨을 구했기 때문.

쌍봉낙타는 임무를 다했다는 생각에 죽음을 기다리기 위해 눈을 감았다.

생명력은 13% 정도가 남았지만 오른쪽 앞발과 왼쪽 뒷다리를 다쳐서 걸을 수가 없게 된 것이다.

낙타에게 더 이상 걷지 못한다는 것은 죽음을 의미했다.

그나마 한 번이라도 위드의 목숨을 구할 수 있었으니 여한이 없었다.

"이대로 끝낼 수는 없어."

위드는 아까까지만 해도 삶을 포기했었다. 솔직히 도저히 살아날 기미가 보이지 않았기 때문이다.

"한 번도 살아났는데 두 번 살지 못하란 법도 없지. 인생은 그냥 얻어지는 게 없었던 거야."

불의 기운을 흡수하고, 대지의 여신 미네의 축복으로 생명력을 보충하기 위한 시도를 했다.

> 온몸의 뼈가 서른한 군데 부서졌습니다.
> 움직일 때마다 고통을 느낄 것이며 정상적인 행동이 불가능합니다. 생명력의 회복을 더디게 만듭니다.

"식물인간 신세로군."

위드는 자리에서 일어나지도 못했다.

생명력을 회복하는 속도는 평상시에는 아주 뛰어났지만, 지금은 심각한 부상으로 죽지 않고 버티는 수준에 불과했다.

불행 중 다행으로, 엠비뉴의 군대도 유성의 낙하로 인해서 잠시 움직이지 못한다.

"유성이 다 떨어지고 나면 날 죽이러 오겠지."

불과 몇 분 정도로, 시간 여유는 그저 아주 잠깐이었다.

그럼에도 왠지 살아날 것만 같은 기분.

위드가 실행한 막다른 쥐 계획에서 가장 중요한 것은 어떤 환경에서도 살아남는 자신의 능력이었다.

대재앙과 유성 소환은 그 한계를 넘어서 위기를 초래했다.

엠비뉴의 군대가 강했던 이유도 있지만, 약간의 자만심이 만들어 낸 결과이리라.

하지만 정작 스스로에 대한 의문도 들었다.

'내가 최선을 다했던 것일까.'

어떤 퀘스트도 발버둥을 치지 않았던 적이 없다.

무엇이든 뚝딱뚝딱 해치웠다기보다는, 적들을 파악하고 그에 맞춰서 주변에서 이용할 수 있는 모든 것들을 총동원해서 대응을 해 왔다.

오합지졸인 오크들과 다크 엘프들을 이끌고 불사의 군단을 물리치고, 빙설의 폭풍 속에서 북부를 탐험하여 본 드래곤을 해치우던 카리스마는 대체 어디로 갔단 말인가.

사막의 대제로서 크게 성장하고 나서 적들에게 당당히 맞서 왔다.

물론 마폰 왕국과 베이너 왕국의 입장에서는 반발의 여지가 상당히 크겠지만, 최소한 위드의 관점에서는 야비하지 않고 정직하고 용감하게 싸웠다고 생각했다.

그런 정직함은 위드의 방식이 아니었다.

"내가 잘못해 왔군."

위드의 머리가 냉철하게 다시 돌아가기 시작했다.

상황들을 분석하면서 빠뜨린 것들이 없는지를 찾아보았다.

그 어떤 유리한 기회라도 있다면 무조건 이용하여 살아남으리라.

그때 뒤통수를 치는 듯한 깨달음!

"이걸 남겨 두고 있었지."

위드가 품에서 먹을 것을 꺼냈다.

불도마뱀 왕의 마나 심장.

불도마뱀 왕의 심장은 마치 살아 있는 것처럼 쿵쿵 뛰고 있었다.

제대로 요리를 해서 먹으면 효과가 더 좋다기에 요리사들을 알아봤다.

하지만 어설프게 요리를 한다면 역효과가 일어날 수도 있기에 깨끗하게 포기!

지금까지 가지고만 있던 음식이다. 그렇지만 이런 위험한 때에는 보약이 될 수도 있으리라.

그렇지만 꼭 몸 상태가 좋아지란 법도 없으며, 오히려 더 악화될 수도 있다.

"뭐, 죽으면 없어질 텐데. 엄마가 예전에 먹고 죽은 귀신이 때깔도 좋다고 말씀하였어."

심장에는 소금만 간단히 뿌렸다.

아직 살아 있는 느낌의 심장이라서 비위가 약간 거슬렸지만 충분히 참아 낼 수 있는 정도였다.

몸에만 좋다면 뱀이나 개구리, 곤충, 파리와 모기도 기꺼이 먹을 수 있었다.

"음, 왠지 곱창 맛과 조금 비슷한 것 같군. 고소하고 감칠맛이 나고. 살짝 구워서 고추장을 찍어 먹어도 맛있겠는데."

입안에 넣었더니 얼마 씹지도 않았는데 말 그대로 사르르르 녹았다.

불도마뱀 왕의 마나 심장을 먹었습니다.
마나의 최대치가 영구적으로 증가합니다. 화염을 다루는 능력이 3% 높아집니다. 화염 압축 기술이 강화됩니다. 특정 스킬들의 파괴력과 사정거리에 영향을 주게 될 것입니다. 화염에 대한 면역력이 생깁니다. 뜨거운 곳에 있더라도 피해를 거의 입지 않을 것입니다. 스킬 불의 세계가 사용 가능해졌습니다. 체력이 대부분 회복되었습니다. 불의 기운을 흡수하여 생명력이 일부 회복됩니다.

불의 세계
불도마뱀 왕의 마나 심장에는 고도로 농축된 화염의 마나가 잠들어 있다. 완전히 풀어지지 않은 이 마나를 매개체로 삼아서 정령계에 있는 불의 상급 정령들을 대거 불러와서 날뛰게 한다. 불의 세계가 펼쳐지면 살아남을 수 있는 것은 극히 드물다.
심장에 깃들어 있는 마나로 불의 세계를 3회 사용할 수 있다. 그러나 일주일 이내에 연속으로 사용한다면 2회를 쓰고 화염의 마나는 사라진다. 6개월간 불의 세계를 한 번도 불러오지 않으면 마나의 최대치가 45,300까지 늘어나게 된다. 불의 세계를 사용할수록 훗날 얻을 수 있는 마나의 최대치가 감소한다.

"불의 세계라!"

위드의 주변으로 갑자기 화염의 기운들이 미친 듯이 퍼졌다.

불의 신이 이 땅에 강림한 것처럼 화염이 넘쳐흐르며 발산되었다.

"과연 좋은 걸 먹으니 다르긴 해. 나이가 들수록 몸보신에 예민해질 수밖에 없는 이유지."

대지의 여신 미네의 축복이 함께합니다.
땅이 전해 주는 기운으로 체력과 생명력을 회복합니다. 생명력이 20% 이하로 감소한 상태이기에 회복 속도가 4배로 높아집니다.

생명력도 다시 정상적으로 회복이 되기 시작했다.

위드의 현재 생명력은 5%.

마나 심장을 먹고 나서 보충된 것이 대략 30,000을 조금 넘는 정도였다.

하지만 아직 여러 부위에 부상이 남아 있어서 전투는 어려운 상태였다.

> 출혈이 멎었습니다.
> 거친 모래바람을 뚫고 살아온 강인한 신체는 다시 한 번 목숨의 위기를 극복해 냈습니다.

생명력의 회복 속도는 더욱 빨라졌다.

불의 기운으로부터도 생명력을 얻기에 몸이 더 활발하게 회복되고 있었다.

과거 사막에서 성장할 때 노들레의 퀘스트 막바지에, 위험부담은 아주 높았지만 말살의 불도마뱀 왕을 사냥하지 않았었더라면 이러한 회복 수단도 얻지 못하였으리라.

역시 몬스터와 광신도 들은 때려잡아야 제맛!

"놈들이 오기 전에 가야겠어."

위드는 유성으로 깊게 파여 있는 구덩이에서 일어났다. 다리가 정상이 아니었지만 엠비뉴에서 추적자들이 오기 전에 멀리 떨어져야 하리라.

지옥의 마물들도 어찌 되었을지 궁금하기도 했다.

지금의 상태가 알려진다면 마물들도 실컷 덤비게 될 테니.

쌍봉낙타는 불길 속에서 따스함을 느끼며 조용히 옆으로 드러누워 있었다.

"어이, 쌍봉아!"

푸흐흐흥!

쌍봉낙타는 툴툴대면서 입술을 실룩였다.

아마도 큰 부상을 입은 자신은 내버려 두고 혼자 가라는 듯.

주인의 마지막 모습을 볼 수 없기에 애처롭게 눈도 뜨지 못했다.

"야, 자냐?"

푸흥!

"개념 없이 낮잠 자지 말고 어서 가자."

위드는 쌍봉낙타를 어깨에 들쳐 멨다.

더 부려 먹을 수 있는 조각 생명체를 그냥 놔두고 갈 수야 없지 않은가. 몸에 잔부상은 많고 생명력도 바닥 수준이지만 체력만큼은 건재하다.

위드는 쌍봉낙타를 짊어지고 사막 군단이 있는 장소를 향해서 걷기 시작했다.

엠비뉴의 권능

대재앙의 한복판에 휘말리고 유성우에 의해서 박살이 난 엠비뉴의 군대!

대지 자체가 유성의 낙하에 의하여 박살이 나 버린 만큼 그들의 피해도 무시무시했다.

자랑스러운 엠비뉴의 대군 중 핵심 전력이 붕괴되고, 수많은 광신도들과 괴물들이 사망했다.

모툴스와 잉그리그와 같은 사제들은 일찍 보호 마법을 펼쳐서 무사했지만, 그들이 몰고 온 괴물에 대한 지휘와 통제는 무너졌다.

캬웅!

괴물들이 광신도들을 서슴없이 공격하여 잡아먹었다.

그사이 인간들이 있는 들모레 요새에서는 괴물들끼리의 싸움이 벌어졌다.

"마폰 왕국을 위하여 모두 검을 들라!"

"기사단은 괴물들을 베도록 하라. 국왕 폐하께서는 오직 승리만을 원하고 계시다!"

들모레 요새의 인간들은 도저히 어쩔 수 없는 강대한 힘 앞에 공포에 사로잡히며 굴복하고 있었다.

절망만이 가득하던 곳에서 괴물들끼리의 전투가 벌어지면서 내성으로 도주한 국왕을 지키기 위한 전투가 팽팽한 기세로 펼쳐졌다.

"신이여, 우리 마폰 왕국을 구하소서!"

로하드람이 기사단을 이끌고 괴물들을 무찔렀다.

그러나 신성한 은의 강에 유성이 낙하하면서, 화염과 함께 땅이 뒤흔들렸다. 계속 진격해 오던 광신도와 괴물 들이 상당수 전멸한 것은 다행이라고 할 수 있었지만, 요새의 방어 시설들까지 병사들과 함께 한꺼번에 무너지고 말았다.

"으으, 아니야. 우린 잘못하고 있어."

"한슨, 왜 그러는가? 적들이 지금 다가오고 있네. 어서 화살을 쏴야 돼!"

"아냐. 국왕이 우리에게 해 준 것이 뭐가 있지? 엠비뉴 교단을 따르자!"

"기사단이여, 엠비뉴 교단을 위하여 검을 들라!"

종교재판관과 암흑 사제 들의 영향력에 의해 병사들은 광신도가 되었다.

제대로 폭삭 망하고 있는 상황!

들모레 요새로서는 강력한 저주와 생명력을 가진 엠비뉴 교단을 도저히 막아 내지를 못했다.

징벌의 사제 몇 명은 요새 내에 악독한 저주를 몇 가지 심어서 병사들이 광기에 휩싸이게 했다.

그러나 하늘이 무너지고 세상이 온통 파멸할 것만 같던 유성우가 마침내 끝나고, 모툴스와 잉그리그가 엠비뉴의 군대에 대한 지배력을 회복했다.

"오라. 엠비뉴를 거스르는 자가 여기에 있다. 신의 뜻을 받들라. 모두가 나서서 이자를 죽여야 하리라."

"잉그리그 님이 부르신다."

"엠비뉴께서 내리신 신성한 명령을 이행해야 할 때가 왔다."

광신도들과 괴물들은 정신을 차렸다.

그리고 들모레 요새 밖에 있던 모든 병력이 잉그리그의 명령에 의해서 목표를 바꾸었다.

엠비뉴의 뜻을 이루기 위해서는 상대적으로 하찮은 들모레 요새의 병력보다는 위드를 죽이는 것이 훨씬 중요하다.

유성우로 전투 불능이나 죽음의 피해를 본 괴물들과 광신도들은 거의 12만에 달하였다.

분노로 날뛸 만한 상황이기도 해서, 들모레 요새 안에 있는 병력을 제외하고는 다시 지금은 일그러진 평원으로 이름을 바꾸어야 될 것 같은 대평원으로 나왔다.

물론 요새에 남아 있는 병력만 하더라도 인간들에게는 그리 호락호락한 상대가 아니었다.

신성한 은의 강은 완전히 메말랐고, 요새의 수비를 위한 마법 탑은 12개가 모두 부서졌다. 마법 보호 장막이 더 이상 작동되지 않자 유성우에서 살아남은 지옥의 마물들이 활개를 치면서 인간 사냥에 나섰다.

불행인지 다행인지 1,000마리가 넘어가던 지옥의 마물들은 십분의 일 이하로 줄었다. 마물의 절반 정도는 육체 자체가 소멸하여 죽었으며, 나머지는 유성우에 겁을 내고 아예 전쟁터를 이탈하여 멀리 도망쳐 버렸다.

"위드라는 자를 처참하게 죽이는 자에게는 엠비뉴의 특별한 힘이 주어질 것이다."

"놓치지 마라. 뒤를 쫓아라. 놈의 발자국이 이곳에 있다."

14만에 달하는 병력이 대평원을 수색하며 위드를 찾았다.

극악의 기사단은 식인마를 타고 내달리기 시작했다.

"우리를 쓰러뜨린 자가 누구인가."

땅에 넘어졌던 청동 거인들도 일어났다.

1,000명의 청동 거인들 중에서 무사한 것은 700여 명!

청동 거인들은 엠비뉴에 복속이 되면서 특별한 권능을 얻었다. 머리가 부서지지 않는 한 몸은 아무리 다쳐도 복원되는 것이다. 물론 그 속도야 느릿느릿하기 짝이 없었지만, 그래도 죽지 않는다는 게 어디인가.

청동 거인들이 거대한 몸으로 땅을 쿵쿵 울리면서 평원을 포위했다.

유성이 떨어진 곳 가까이에 있던 청동 거인들은 온몸이 부서지는 걸 피하지 못하였다. 들모레 요새를 공격하다가 신성한 은의 강 주변에서 유성의 피해를 받은 놈들도 있었다.

그에 대한 복수를 하기 위하여 용암이 흘러내리는 돌덩어리를 집어 들고 포효했다.

'사방이 내 적이군. 이놈의 인생은 매번 그렇지.'

위드는 쌍봉낙타까지 어깨에 메고 있어서 이동속도가 느렸다. 그런 이유로 아직까지는 유성이 낙하한 곳을 크게 벗어나지 못했다.

화염과 연기가 심하게 일어나고 있기에 적들에게 발견되지는 않았지만, 바람이 불면서 연기도 옅어져 갔다.

푸흥!

쌍봉낙타가 내려 달라는 듯이 울었다.

"조용히 해. 적들에게 발각되니까."

푸르릉!

"맨날 네가 나를 태워 줬는데 한번 업어 주는 게 뭐가 그렇게 힘들다고 그러냐."

쌍봉낙타의 게슴츠레한 눈에 맑은 눈물이 맺혔다.

막 생명을 부여받은 직후, 사막의 모래판을 더 빨리 달리지 못한다고 그렇게도 무시하고 갈구더니 사실은 이렇게나 따뜻한 가슴을 가지고 있었단 말인가.

맨날 나쁘던 놈이 갑자기 착한 짓을 하니 감동이 몇 배로 크게 다가온다.

진작 주인에게 더 잘하지 못하고 약간씩이나마 체력을 비축한다고 농땡이를 피웠던 스스로가 한심스러워졌다.

만약 이곳에서 살아날 수 있다면 주인을 등에 태우고 정말 기꺼운 마음으로 어디든지 가리라.

"너 때문에 내가 위험해진다고 착각하면서 마음의 부담을 갖지 않아도 돼."

푸흥?

"적들이 나타나면 미끼로 내던지고 갈 거니까. 화살 막이로도 쓸 거고 말이야. 뭐, 이 바닥이 다 그런 거 아니겠어."

쌍봉낙타는 그렇게 죽고 싶지는 않다는 듯이 바동거렸다.

농담으로 넘기기에는, 실제로 그럴 가능성이 충분하다는 걸 겪어 봐서 알기 때문!

위드는 쌍봉낙타를 잘 붙잡고 연기가 깊은 곳들을 위주로 걸었다.

유성우가 내리면서 대지가 일그러지고 깊게 파였다. 매캐한 연기와 화염이 피어오르면서 숨을 곳도 제법 있었지만, 그 시간은 잠깐밖에는 지속되지 않는다.

'생명력이 8%를 넘어갔군. 그럭저럭 광신도들은 신경 쓰지 않아도 되겠지만…….'

위드는 적당히 장소를 옮겨 다니면서 생명력을 높이고 탈출하려는 계산을 세웠다.

콰아아아아앙!

그 한가로운 생각을 날려 버리려는 듯이 돌덩어리가 근처에 깊숙하게 꽂혔다.

청동 거인들이 날뛰며 화염이 치솟는 장소에 마구 돌덩어리를 던져 댔다.

"저곳 어딘가에 놈이 숨어 있다."

"모조리 박살 내라!"

화가 난 엠비뉴의 사제들은 차가운 얼음 확산의 마법을 써서 불을 진화했다. 돌기둥을 솟구치게 하고 광역 저주를 뿌리고 시체들을 폭파시켰다.

"쉴 틈을 안 주는군. 하기야 계속 덤벼들겠지."

위드는 불평을 하면서 앞에 펼쳐져 있던 화염 지대를 벗어났다. 그대로 있다가는 숨도 못 쉬고 죽을 판!

연기를 벗어나자마자 주위를 에워싸고 있던 괴물들에게 들켰다.

~~우우우우우우~~!

괴물들이 크게 울었다.

그러자 그 울음소리를 받아서 가까이 있는 다른 괴물들도 차례차례 울기 시작했다.

그리고 평원을 수색하던 엠비뉴의 모든 움직임이 위드가 있는 장소로 향했다.

키가 큰 청동 거인들이 위드를 발견했다.

"우리 형제들을 죽인 자가 저기에 있다."

"산 채로 찢어라!"

청동 거인들은 차분함이나 이성과는 거리가 멀었다.

위드를 향하여 바로 집채만 한 바위들을 던졌다.

푸르릉.

바위가 날아오는 짧은 순간, 쌍봉낙타는 죽음을 직감했다.

얌전히 평온한 죽음을 기다리고 있었는데 저 비정한 주인이 괜히 자신을 끌고 나와서 돌에 깔려 죽게 생기지 않았는가.

낙타가 한 많고 짧은 생을 마감하기 직전!

위드는 바위들을 보면서 스킬을 사용했다.

"넘실거리는 화염 각인!"

유성 낙하도 다 겪어 냈는데 이 정도쯤이야 무엇이 문제이겠는가.

콰과광!

바윗덩어리들은 위드의 주변으로만 떨어졌다. 직접 그를 노린 것들은 화염의 힘에 의해서 녹아 버린 것.

청동 거인들이 포효했다.

"저놈들은 우리의 것이다. 우리의 손으로 찢어 죽일 것이다!"

마물들과 괴물들에게 내리는 경고!

입맛을 다시며 위드에게 날아오던 지옥의 마물들은 넘실거리는 화염 각인에 타 버리거나 청동 거인이 던지는 돌덩어리에 맞아서 멀리 날아갔다.

화염 지대를 벗어나서 모습을 드러낸 짧은 사이에 괴물들 수백 마리, 청동 거인 10명 이상이 포위망을 구성했다.

"어리석은 인간아, 네가 도망칠 곳은 없다."

대재앙과 유성 낙하로 화가 머리끝까지 솟구친 마녀 페첏이 공중에 둥둥 떠서 나타났다.

그녀는 무사하였지만 마녀들은 상당히 많은 숫자가 유성 낙하의 충격을 버텨 내지 못하고 목숨을 잃었다.

위드는 화염 지대를 벗어나자 급속도로 늘어만 가는 주변의 적들을 살펴본 후 길게 한숨을 내쉬었다.

"이놈의 인기란……."

몬스터와 엠비뉴 교도들에게 위드의 인기는 한류 스타를 수백 배 능가할 정도!

어찌나 원한을 품고 이를 갈아 대는지, 이곳에 치과 의사 직업이 있다면 광신도들의 이빨을 고쳐 주기만 하더라도 한밑천 단단히 잡을 수 있을 것임에 틀림없었다.

물론 헤르메스 길드나 일반 유저들 중에도 그를 증오하거나 미워하는 자들이 아주 많았다.

"뭐, 죽일 테면 죽여라."

위드는 쌍봉낙타를 짊어지고 계속 앞으로 걸어갔다.

"당연히 죽일 것이다."

"놈은 우리의 몫! 누구에게도 내줄 수 없다."

"마녀들의 목숨값을 너에게 받아 내고 말 것이야."

청동 거인들과 마녀 페쳇이 경쟁하듯이 가까이 다가왔다.

유감스럽게도 청동 거인들이 갖고 있는 원거리 공격 방법이라 봐야 무식하게 돌이나 특별히 제조된 큰 창을 던지는 것밖에는 없다.

공성전에서는 정말 탁월한 공격 방식이지만, 자신보다 훨씬 작은 인간을 상대로 쓰기에는 그다지 좋지 않다.

대신 발로 밟거나 창을 휘둘러서 후려 팰 수 있으리라!

마녀 페쳇은 특수한 붉은 기운이 감도는 양손을 내밀고 둥둥 떠서 날아왔다.

그녀의 능력은 상대방의 힘 흡수!

약해진 위드를 다른 이들에게 빼앗기지 않기 위해서 제일 먼저 날아왔다.

"어림없다, 마녀여!"

위드는 쌍봉낙타를 내려 두고 말살의 검을 휘둘렀다. 하지만 유령처럼 모든 것을 통과시키는 그녀는 공격을 무시한 채로 손톱을 휘둘러서 그를 베었다.

적의 몸을 베었습니다.
아무 피해를 입히지 못했습니다.

마비 효과에 의해 움직임이 3% 감소합니다.
마녀 페첼이 옆구리를 할퀴어서 생명력이 4,382 떨어졌습니다.

위드의 무지막지한 공격력에도 불구하고 페첼의 진짜 몸에 대한 피해를 입힐 수는 없는 상태!

포위망이 펼쳐져 있다 보니 도망을 치지도 못하고, 몸에 깃든 저주들도 수십 가지에 달했다.

반지하 월세방에 살면서 그날 먹을 라면도 떨어진 것 같은 최악의 상황!

하지만 그러한 점은 차치하더라도 제자리에서 움직이지 않으니 페첼을 상대하는 공격은 둔하고 뻔하기 그지없었다.

위드가 항상 자랑하는 공격 스킬의 연계나, 상대방의 후속 동작을 예측한 움직임조차 전혀 이루어지지 않았다.

육체를 갖지 않은 적에게 공격은 무용지물이라서 그렇다고 쳐도, 페첼의 손톱 공격은 공격 거리가 짧아서 피하려고만 한다면 간단히 막거나 물리칠 수도 있었다.

하지만 어딘가 다소 어색함이 느껴질 정도로 고지식하게 쌍봉낙타의 앞에서 한 발자국도 움직이지 않고 싸웠다.

마치 쌍봉낙타를 지켜 주기 위해서 떠날 수가 없는 것처럼!

'역시 아까는 본마음이 아니었어. 내가 주인을 제대로 모셨

구나.'

움직이지도 못하는 쌍봉낙타가 다시 굵은 눈물을 뚝뚝 흘리면서 감동했다.

"쌍봉이를 구하기 위해서라면 내 무엇이든 할 것이다. 종말의 날!"

그리고 큰 스킬을 준비하다가 페첼에게 붙잡혔다.

"오호호, 잡혔구나!"

육체가 마비되었습니다.
스킬이 강제 취소됩니다.

생기 흡수!
생명력과 마나, 체력을 매초마다 1,390씩 강제로 빼앗깁니다. 강제 제압 스킬에 의하여 현재 발휘할 수 있는 힘이 79%로 감소합니다. 10초마다 훈련이나 모험의 성공으로 획득한 스탯을 영구적으로 조금씩 빼앗기게 됩니다. 미라처럼 완전히 말라붙어서 죽음을 경험하게 되면 생명력과 마나의 최대치가 최소 사흘에서 1달간 낮아지는 부삭용을 경험하게 될 것입니다.

대마녀 페첼은 상대방의 기운을 그대로 빨아들인다.

위드는 이미 알고 있었고, 또 이를 노리고 있었다.

그렇다고 시체 폭발과 같은 숭고한 마법을 쓸 생각을 한 건 물론 아니었다.

네크로맨서 마법은 현재 쓰지도 못할뿐더러, 그렇게 자신을 희생해서 세상을 올바르게 만들면 뭐 하겠는가.

'이게 다 먹고살자고 하는 짓인데!'

생기를 흡수하면서 대마녀 페첼의 몸이 미세하지만 조금 더 선명해졌다. 긴 머리카락은 곤두섰고, 몸 전체에서 검붉은 기운이 발산되었다.

다른 차원에 있던 육체가 이 세계로 넘어오고 있는 것일 터였다.

생명력이 43,746 남았습니다.
힘이 영구적으로 4 감소합니다. 명예가 영구적으로 4 감소합니다.

위드는 차분히 노리고 있었다.

기회가 두 번 있는 것이 아니기에 조금 더 확실하게 될 순간을 기다렸다.

생명력이 30,000까지 떨어지고, 스탯을 17개나 잃어버렸을 때, 위드는 간신히 고개를 돌려 쌍봉낙타에게 눈을 깜박였다.

'아, 주인이 최후를 맞이하기 전에 나에게 인사를 하는 것이구나.'

끔벅끔벅.

쌍봉낙타도 큰 눈을 감았다 떴다 하면서 알아들었다는 표시를 했다.

'잘 가라, 주인. 곧 따라가마.'

위드의 인상은 더욱 찌푸려지고 구겨졌다.

마치 저런 걸 내가 생명 부여하고 나서 보리빵을 먹었지 하며 후회하는 표정!

쌍봉낙타는 감동에는 약해도, 눈치는 대단히 빠른 편이었다. 칭찬보다는 욕과 잔소리만 듣고 살아오다 보니 표정 변화에 있어서만큼은 아주 빨리 이해했다.

'저건 내가 답답하고, 멍청하고, 게으른 짓을 할 때나 짓는 표

정인데.'

그사이에도 위드는 죽음에 가까워져 가고 있다.

그러던 어느 순간, 위드가 갑자기 가장 행복한 순간처럼 활짝 웃으면서 입을 질겅질겅 우물거렸다.

맛있고 신선한 당근이라도 먹는 것처럼!

필사적으로 얼굴로 의사를 전달하고 있는 것이었다.

쌍봉낙타는 과거의 기억을 떠올려서 자신이 해야 할 일을 이해했다.

위드가 사막에서 성장할 때, 초반에는 레벨이 낮아서 쌍봉낙타가 가까이 따라다니면서 보살펴 주던 시절이 있었다.

매번 무리하고 힘든 사냥만 하느라 위험이 끊이지 않았다.

그때 몬스터들의 공격으로 위드가 위험에 빠진 순간 뒷발차기를 해서 물리쳤더니, 상으로 당근을 준 적이 있다.

위드의 부축을 받으면서 여기까지 오다 보니 쌍봉낙타는 제대로 걸을 수도 없었지만 약간 움직일 수는 있었다.

앞발을 비틀거리면서 간신히 몸을 일으켜서 페첫을 향해 엉덩이를 뒤로하고 돌았다.

그리고 강렬한 오른쪽 뒷발차기!

"꺄악!"

위드에게 붙어 있던 페첫이 비명을 지르면서 쓰러졌다.

> 마비가 풀렸습니다.

원래 계획대로라면 종말의 날을 썼겠지만 지금은 다르다.

"불의 세계!"

말살의 불도마뱀 왕의 심장에 담겨 있던 마나가 세상에 내보내집니다.
상급 불의 정령들에게는 더할 나위 없는 영양분. 고귀한 정령들이 이를 먹어 치우기 위하여 강림할 것입니다.

스킬을 사용하자마자 공기가 뜨거워지기 시작했다.

유성우가 떨어지고 난 이후로 온도는 부쩍 올라 있었다.

하지만 갑자기 달아오르는 기온은 마치 불구덩이 속을 방불케 했다.

그리고 갑자기 사방에서 나타난 온갖 불의 정령들!

“여기에는 순수한 불의 기운이 넘치는구나. 소환자여, 그대가 원하는 것은?”

위드는 단호하게 명령했다.

“다 태워라. 모든 것을 깨끗하게!”

“원하는 대로 이루어지리라.”

지상에 강림한 적이 드문 상급 불의 정령들의 힘에 의하여 세상이 화염에 뒤덮였다.

화염은 광신도와 괴물, 기사, 사제, 청동 거인을 가리지 않고 집어삼켰다.

“캬하악!”

마녀 페첫은 도망치기 위해서 땅을 구르면서 멀리 떨어지려고 했다.

위드는 그녀가 생기를 흡수하기 위해서 다가올 때는 이렇다 할 강한 저항을 하지 않고 붙잡혀 줬다. 공격을 하더라도 자신의 힘만 빼는 것이지 다른 차원에 육체가 있는 그녀에게 타격을 줄 수는 없기 때문이다.

하지만 지금은 화장실을 갔다 나온 것처럼 달라진 상황.

"다른 하나의 검 소환."

위드의 근처에서 빛으로 된 검이 소환되더니 즉시 마녀 페첼의 몸을 베었다.

"카아악!"

마녀는 마법사와 비슷하면서 저주와 주술에 매우 탁월한 능력을 가진다. 그렇기 때문에 생명력이 낮은 것이 보통이었지만, 페첼은 이 정도로는 죽지 않았다.

위드는 다리가 불편했지만 땅을 박차고 페첼을 향해서 몸을 날렸다.

이번에 마녀를 놓쳐 버린다면 다시는 기회를 얻지 못하리라.

그사이에 육체를 다시 다른 차원으로 돌려보내려고 하는 것인지, 마녀 페첼의 몸이 조금씩 투명하게 일렁거렸다.

"흑기사의 일격, 달빛 조각 검술!"

불과 빛으로 이루어진 조각 검술이 마녀 페첼의 몸을 연속으로 갈랐다.

치명적인 일격이 터졌습니다!

치명적인 일격이 터졌습니다!

치명적인 일격이 터졌습니다!
적이 외우고 있는 마법 주문을 무력화시킵니다.

흑기사의 일격!
돌이킬 수 없는 공격이 주변의 적들에게 발동합니다.

주변에 수많은 적들이 있지만 지금 위드는 그들에 대해서는 일절 신경을 쓰지 않았다.

모든 공격이 마녀 페첫에게 집중되었다.

"꺄아악!"

페첫은 비명을 토해 내면서도 끈질기게 죽지 않았다.

"틀을 벗어나지 못한 인간 주제에 제법이구나. 하지만 죽음은 너의 곁에 가까이 있을 것이다. 알라노프의 관이여, 여기 안장되어야 마땅한 시체가 있으니……."

마녀는 공격을 당하면서도 주문을 외웠다.

위드의 생명력도 간당간당한 상태였으니 무슨 공격이든 당하기만 하면 무조건 죽을 판!

공격이 스쳐 지나갔습니다.

공격이 무력하게 통과했습니다.

적을 베었습니다.

페첫의 몸을 분명히 베었는데도 헛수고로 돌아가는 경우도 절반이 넘게 되었다.

마법이 완성되느냐 혹은 위드가 죽느냐의 짧은 순간의 승부!

위드는 아직 사라지지 않은 심장이 있는 부위를 연속으로 찔렀다.

치명적인 일격이 터졌습니다.
96%의 피해를 추가합니다.

치명적인 일격이 터졌습니다.
283%의 피해를 추가합니다.

치명적인 일격이 터졌습니다.
485%의 피해를 추가합니다.

치명적인 일격이 터졌습니다.
721%의 피해를 추가합니다.

다시 제대로 터져 나온 일점공격술!

조각 파괴술을 써서 모든 예술 스탯을 힘으로 몰아넣은 상태이기도 하였기에 공격력만큼은 어마어마했다.

드디어 페첼의 몸이 거울이 깨지듯이 흩어지더니 회색빛으로 변했다.

그리고 퍼져 나오는 수백 가지의 영롱한 마나들.

레벨이 올랐습니다.

나롯 계곡의 지배자이며 악독한 연금술사, 대마녀 페첼이 영원한 안식에 들어갔습니다.

위대한 업적으로 인하여 명성이 19,238 올랐습니다.

전투에 대한 특별한 보상으로 모든 스탯이 6 상승하였습니다.

위드가 원래의 세상으로 돌아가게 되면 레벨과 스킬 숙련도 등은 다시 줄어들게 된다.

하지만 모험이나 전투 공적을 쌓으면서 얻은 추가 스탯들은 온전히 자신의 것.

대마녀 페첫이 죽으면서 떨어뜨린 아이템도 대단했다.

드래곤의 뼈 피리, 공간의 망토, 지옥의 반지, 영원의 팔 가리개.

위드는 나머지 아이템들은 수거했지만 지옥의 반지는 줍거나 정보를 확인하지도 않고 말살의 검을 휘둘렀다.

1마리의 마물이라도 덜 내려오도록 해야 하기 때문에.

지옥의 반지가 깨졌습니다.
엠비뉴 신이 남긴 성물 중의 하나, 지옥과의 연결 통로를 만들 수 있는 반지는 완전히 부서졌습니다. 지옥과 연결된 통로가 닫히게 될 것입니다.

지옥의 문이 열림으로써 줄어들었던 병사들의 사기가 원래대로 회복됩니다.
희망을 얻어 일시적으로 사기의 최대치가 140%가 됩니다.

신앙의 효과가 정상적으로 작동합니다.

흑마법은 더 이상 강하게 발현되지 않습니다.

"하나는 해결됐군."

위드는 바로 땅에 쓰러져 나뒹굴었다.

생명력, 체력, 마나. 그 어느 것도 넉넉하지가 않았다.

대마녀 페쳇에게 그대로 흡수당해서 죽어 버리기 직전이었던 것이다.

불의 기운을 통해 생명력을 보충합니다.

불의 세계가 펼쳐져서, 떨어져 있던 위드의 생명력이 빠르게 회복되었다.

그러는 사이 괴물들과 청동 거인들은 아우성을 쳐 대면서 무수히 많이 죽어 가고 있었다.

그러나 불의 세계가 유지되는 시간도 잠깐.

엠비뉴의 군대에 포위되어 있다는 사실은 변하지 않는다.

위드는 생명력도 보충할 겸 불의 세계 속에서 잠깐 쉬기로 했다.

"그래도 희망이 보여. 페쳇도 처치했고, 엠비뉴의 군대도 턱없이 많이 줄어들었을 테니까."

싸우느라 정신이 없었지만 대재앙에 유성우, 불의 세계까지 덮쳤다.

엠비뉴의 군대는 위드를 죽이기 위하여 빼곡하게 모여 있었던 만큼 피해가 더 크지 않겠는가.

그때 대사제 모툴스와 잉그리그가 시선을 마주쳤다.

"이교도 주제에 제법 능력을 가지고 있군."

"그러나 파멸을 관장하시는 엠비뉴 신의 뜻을 거스르진 못하리라."

"물론이다."

그리고 잉그리그는 주문을 외웠다.

"약속된 믿음의 종들아, 너희의 육신은 영원히 썩지 않을 것이며 영혼조차도 지옥으로 가지 못한다. 자유와 안식, 평온은 우리의 신성한 약속에 의해 허락되지 않았다. 엠비뉴의 뜻에 따라 불멸의 존재가 되어 살육과 파괴의 축제를 벌여라!"

잉그리그의 신성 마법이 들모레 대평원 전체로 퍼져 나갔다.

그러자 완전히 깨끗하게 죽어 버렸던 광신도와 괴물 들의 육체가 생성되더니 다시 일어나서 움직이기 시작했다.

대재앙으로 깊숙한 땅속에 묻혀 버렸던 자들도 순차적으로 다시 올라왔다.

유성우에 의하여 흔적조차 남지 않고 박살이 나 버린 자들까지도 되돌아왔다.

청동 거인들의 몸조차도, 느리지만 다시 생성이 되어 갔다.

대사제 잉그리그의 광신 군대!

파괴를 추구하는 광신도들은 엠비뉴 신에 의하여 불멸의 약속을 부여받았습니다. 영혼과 육체는 신에게 완전하게 종속되어서 사라지지 않습니다.

대사제 잉그리그가 불멸의 약속을 증언하는 한, 어떠한 상태에도 완전한 부활을 하며 세상을 파괴로 이끌어 갈 것입니다. 불멸의 약속을 막으려면 잉그리그가 영원한 안식에 들어가게 해야 합니다.

대마녀 페첫과 그 휘하의 마녀들은 소속이 달라서 해당이 되지 않지만 광신도와 괴물, 징벌의 사제, 극악의 기사 들은 끝없이 되살아난다.

시체가 다시 일어나는 언데드 소환과는 아예 다르게, 완벽하게 멀쩡한 원래의 상태로 되돌아온다.

전투의 초창기에 해치워 버렸던 거북 군단도 추락했던 땅에서 다시 날아올랐다.

거북의 넓은 등에 배치된 궁수들까지도 원래대로 나타났고, 그들은 잉그리그의 명령에 따라 대평원을 향하여 날아왔다.

한꺼번에 모든 군대가 되살아나는 것은 아니었지만 광신도와 괴물 들은 제법 무서운 속도로 복구가 되었다.

위드는 그러한 광경을 보면서 경악을 금치 못했다.

"어째 일이 그래도 할 만하다고 느껴지기는 했는데."

산 너머 산 정도가, 보통 아득하고 힘들지만 열심히 노력도 하고 성취감을 가질 수 있는 난이도가 아닌가.

이건 산 너머 낭떠러지, 산성 호수, 심해, 해저 동굴, 해저 협곡, 용암이 분출되는 분화구 수준의 퀘스트였다는 사실을 이 순간 위드는 비로소 깨달았다.

종착점

위드의 눈빛은 아직 죽지 않고 살아 있었다.

잡초처럼, 밟힐수록 악착같이 자라나는 근성!

"어디 갈 데까지 가 보자. 뭐, 죽기밖에 더하겠어? 저들에게 처참하게 죽고 나서 퀘스트를 망치면 되는 거지. 어차피 인생이란 게 다 그런 거였잖아."

이판사판!

이번 퀘스트에 대해서 더 이상 승산을 깊게 따지지 않았다.

지옥의 문에 이어 불멸의 광신도 군대까지 나타났다.

그에 맞서 대재앙에, 유성 낙하까지도 시켰으니 이쯤 되면 나올 것은 다 나온 셈.

어려운 의뢰일수록 성공 가능성을 예측한다는 것이 불가능하다.

적당히 할 만하다고 느껴졌을 무렵 뒤통수를 거세게 얻어맞는 것이 처음도 아니고, 인생에서는 부지기수로 벌어지는 일 아니던가.
단지 실낱같은 희망이 있다면, 잉그리그의 마법에 의해 엠비뉴의 대군이 한꺼번에 바로 다 되살아나는 건 아니라는 부분.
순차적으로 몇백 명 정도씩 부활을 하기 때문에 시간을 주지 않으면 된다.
"빨리 해치워 버리면 되겠군."
위드는 말과는 달리 다리를 절며 쌍봉낙타에게로 걸어갔다.
불의 세계를 펼쳐서 생명력을 흡수하고는 있었지만 마녀 페첼과의 전투로 인하여 몸 상태가 좋지 않다.
걸려 있는 저주도 수십 가지에 달했으므로 말과는 달리 어서 빨리 도망쳐야 할 때!
쌍봉낙타가 길게 울었다.
푸흐흐흥!
머리까지 흔드는 것이, '쓸 만큼 써먹었으면 이제 제발 날 놔두고 그냥 너 혼자 가라!'라는 의미가 분명했다.
"걱정 마라. 아무렴 널 놔두고 혼자 가겠냐?"
푸흐흐흐흥!
"무서워하지 마. 내가 있잖냐."
위드는 쌍봉낙타를 등에 짊어지고 다시 걸었다.
불의 정령들이 그들이 가는 길 앞에 있는 적들을 불태우면서 길을 열어 주었다.
그렇게 200~300미터쯤을 전진했을 무렵, 주위를 호위하고 있던 불의 정령들의 세력이 점점 약해졌다.
상급 불의 정령들이 불러온 자잘한 정령들은 마나 공급이 끊어져서 역소환되었다.

"시간이 없군."

위드는 도망치기 위해 걸음을 재촉했다.

불의 세계가 엠비뉴의 군대에 수천, 혹은 1만이 넘는 피해를 입혔다고 하더라도 다시 전부 부활할 것임을 알고 있었다.

거북 군단도 하늘 높이 날아서 다가오고 있었는데, 그들의 목표는 따져 볼 필요도 없이 위드에 대한 복수일 것이다.

다리를 다쳐서 불편한 위드의 걸음은 거칠었다.

대재앙과 유성 낙하로 인하여 일그러진 땅은 벗어났지만 속도는 쌍봉낙타를 타고 달릴 때처럼 빠르게 낼 수가 없었다.

유성 충돌의 피해를 받은 쌍봉낙타의 부상은 심각한 정도로, 치료 마법을 펼쳐 주지 않는 이상 자연적으로는 잘 낫지 않는다. 위드가 불의 기운을 전달해 줄 수도 있지만 그럴 여력까지는 없는 형편이었다.

"소환자여, 신선한 마나를 듬뿍 받아들여서 기뻤다. 다시 부를 날을 기다리겠다."

상급 불의 정령들도 역소환!

화염이 넓게 펼쳐져 있었지만 엠비뉴의 사제들에 의해서 곧 진화되었다.

"저기 놈이 있다."

"제물로 바칠 가치도 없다. 죽여 버려라!"

기세등등하게 달려오는 극악의 기사단.

괴물들도 뒤를 따라서 질주를 해 오지만, 극악의 기사단만큼 쾌속한 질주를 해 오지는 못했다.

지옥에서 내려온 마물들도 공격 준비를 하고 다가왔다.

그러나 마물들에 대해서는 오히려 조금 안심을 해도 되는 것이, 엠비뉴의 징벌의 사제들 때문이었다. 자신들의 손으로 위드를 죽이기 위하여, 마물들이 접근하지 못하도록 신성력으로 견제를 했다.

위드는 다시 쌍봉낙타를 내려놓고 말살의 검을 쥐었다.

"여기가 내 무덤이 될 장소겠군."

기사단만 보이는 것이 아니라, 하늘에서는 거북 군단이 날아오고 있다. 청동 거인들도 저마다 던질 것을 들고 있으니 무수히 많은 공격에 난타를 당하지 않겠는가.

"최후라면 최후답게 죽어 주지."

위드는 쌍봉낙타를 뒤에 두고 검을 휘두르면서 극악의 기사단의 돌격을 제자리에서 맞받아쳤다.

가공할 힘에 의하여 그대로 튕겨 나가고 거꾸러지는 극악의 기사들!

진정한 검술이 무엇인지를 보여 주었다.

야만 전사였을 때만큼은 아니더라도 정면에서 기사단을 쓰러뜨렸다. 하지만 적들의 공격을 세심하게 막지 않았다면 극심한 부상으로 인해 이미 죽었을 것이다.

"우으으으으."

"이교도여, 과연 엠비뉴 신의 뜻을 거스를 만하구나!"

극악의 기사들 150명을 해치우고 나자 기사단장인 하렘우드가 말했다.

놈도 레벨이 600대 초반에 이르는, 엠비뉴의 중간 보스 중의 하나였다.

> 생명력이 5.8% 남았습니다.
> 불안정한 몸 상태로 전투를 치르면서 체력의 저하 속도가 증가합니다.

"얼마든지 덤벼라!"

위드는 호기롭게 외쳤다.

생명력이 보충되기 무섭게 다시 바닥을 기었지만, 이제 와서 친하게 지내자고 화해할 수도 없는 상황!

극악의 기사들은 계속 덤볐고, 몸에는 저주들이 차곡차곡 쌓였다. 정정당당한 승부가 아니라 전형적으로 여럿에게 몰매를 맞는 처지에 놓여 있었다.

설상가상, 잉그리그와 모툴스가 다가오면서, 금방 쓰러졌던 극악의 기사들도 멀쩡한 몸이 되어서 다시 일어났다.

끝이 없는 싸움!

위드는 지치지 않고 달려오는 극악의 기사들의 공격을 최소한의 움직임으로 피하면서 검으로 반격을 가했다. 적을 베고 있는 말살의 검이 점점 무거워짐을 느껴졌다.

'이래서 용사는 안 된다니까. 역시 나쁜 놈들의 편에 섰어야 하는데…….'

정의로움의 씨가 마른 세상!

그때 힘들어하는 위드의 입가에, 희미하지만 야비한 썩은 미소가 순간적으로 스쳐 지나갔다.

'그래도 이 정도 했으면 시청자들은 내가 최선을 다한 거라고 믿어 주겠지. 이렇게 쓰러져서 죽더라도 잘 싸웠다고 칭송

을 해 줄 거야.'

영웅의 완성은 멋지게 죽는 것으로 끝난다.

슬픈 결말이야말로 시청자들의 심금을 오랫동안 울려 줄 것이다.

'상황이 상당히 괜찮아. 마지막까지 싸우다가 죽는 거지.'

위드가 죽고 나면 엠비뉴 교단은 중앙 대륙을 확실히 파괴하지 않겠는가.

가장 가까운 마폰 왕국과 베이너 왕국의 운명도 정해져 있는 것이다.

직접 도시들을 파괴한 것에 이어서 엠비뉴 교단을 통해서 완벽하게 쓸어버리는 것이다.

이것은 위드의 방식은 아니었지만, 아쉬움과 허전함을 그런 식으로나마 조금은 달랬다.

"집단 살육의 검!"

극악의 기사들은 불을 향하는 날파리처럼 사방에서 덤벼들고 연속으로 쇄도했다.

끊임없이 적들을 상대하며 계속 조금씩 공격을 허용하다 보면 최후를 맞이하게 될 수밖에 없으리라.

상황이 변한 것은 그때였다.

푸히히히힝!

누워서 죽은 척하던 쌍봉낙타가 벌떡 일어나더니 옆에 다가와 위드를 등에 태웠다.

모래 폭풍의 질주.

힘이 다할 때까지 달리는 기술.

쌍봉낙타의 몸은 여전히 정상이 아니지만, 그래도 절뚝이면서라도 달릴 수 있는 수준은 되었다.

앞다리 둘과 뒷다리 하나!

휘청거리면서도 살기 위하여 마지막 사력을 다한 질주를 선택한 것이다.

포위망을 구성한 괴물들 사이를, 쌍봉낙타 특유의 펄쩍 뛰는 걸음으로 지나쳤다.

"쫓아라, 기사들이여!"

극악의 기사단이 곧바로 뒤를 추격해 왔다.

"그래 봐야 안 되겠군."

위드는 별로 나아진 것은 없다고 느꼈다. 쌍봉낙타의 몸이 정상이 아니다 보니 일직선으로 달리지도 못하고 비틀거린다. 방해하지 않더라도 평원을 벗어나지도 못할 것이다.

극악의 기사단도 금방 따라잡고 있었다.

"그래도 하나라도 더 죽일 수 있겠지."

등에 메고 있던 전설의 프로스트 보우 요르푸시카를 무장!

뒤쫓아 오는 극악의 기사들을 향하여 얼음 화살들이 퍼부어졌다.

그들의 진격을 조금 늦출 수는 있었지만, 모든 부분을 감당하기에는 적들이 너무나도 많다.

그리고 잉그리그의 명령에 의해 괴물들이 달려오고 있었다. 게다가 청동 거인들은 그런 괴물들까지 그대로 짓밟으며 다가왔다.

적들의 대공세를 보자면 도저히 삶에 대한 애착을 바랄 수가 없는 상태!

이변이 일어난 것은 그때였다.

"엠비뉴의 버러지들아, 이곳을 지나가진 못한다."

온몸이 뼈로 이루어진 기사단.

암흑 군대의 총사령관 반 호크 그리고 그의 친위대인 둠 나이트들이 나타난 것이다.

어디 그것뿐이던가.

어두운 그늘과 땅속에 숨어 있던 뱀파이어들!

조용히 잠복해 있던 그들이 추격해 오는 적진의 중심부에서 솟구치듯이 일어나서 괴물을 타고 추격해 오던 징벌의 사제들의 목덜미에 날카로운 송곳니를 꽂았다.

"캬아악!"

반 호크와 토리도.

그들은 유성 낙하에 의하여 큰 충격을 받았다.

10만의 언데드 군단은 태반이 박살이 났으며, 뱀파이어들의 세력도 위축되었다.

어비스 나이트인 반 호크는 조용히 언데드들의 세력을 추스르는 한편 둠 나이트들을 이끌고 위드를 구하러 왔다.

토리도는 뱀파이어 로드였음에도 이곳에서는 그리 강함을 자랑할 수 없는 처지였다. 정면공격으로는 엠비뉴의 군대에 승산이 없으니 매복을 했다.

그들의 목표는 처음부터 맛있는 사제들.

뱀파이어들에게는 치명적일 수 있는 사제들의 피가 역설적으로 가장 맛있다.

엠비뉴를 따르는 사제들은 암흑의 권능을 가지고 있기에 뱀파이어들에게는 그야말로 보약 그 자체였다.

부하들의 갑작스러운 등장에, 이번만은 위드도 적지 않게 감동했다.

사업에 실패하고 빛 한 줄기 없는 캄캄한 세상에 기꺼이 보증을 서 주는 친구의 존재가 이렇지 않겠는가.

반가움의 외침이 저절로 튀어나왔다.

"이런 무능하고 재수 없는 놈들!"

생각과는 달리 입버릇처럼 나오는 비난!

반 호크는 심연의 힘을 전신에 두르고 극악의 기사단을 막아섰다.

"나 암흑 군대의 총사령관 반 호크, 진정한 암흑의 율법을 가르쳐 주겠다."

"엠비뉴를 따르지 않는 언데드로군! 이 세상의 죽음과 악을 엠비뉴 신께서 주관하고 있다는 것을 알고 있는가!"

날고뛰는 극악의 기사단이었지만 위드에 이어서 반 호크까지, 상대하는 이들마다 워낙에 강하다 보니 제 실력을 발휘하지 못하고 죽어 나갔다.

토리도와 뱀파이어 부대의 경우에는 지금 시점에서 평균 전투력이 아주 뛰어난 편은 아니다. 하지만 징벌의 사제들 가까이에 달라붙어서 괴롭히면서 저주와 공격의 신성 마법을 사용하지 못하도록 막아 냈다.

"쌍봉아, 가자."

푸르르릉!

쌍봉낙타는 기진맥진한 상태로도 계속 앞으로 나아갔다.

반 호크와 둠 나이트 부대는 전투의 전문가들로, 청동 거인들에게도 용감하게 덤벼들었다. 청동 거인의 주먹을 맞고 뼈마디가 일부 바스러지더라도 금방 몸을 재구성했다.

언데드들은 불사의 생명력을 자랑한다.

엠비뉴의 사제들이 정화 마법을 펼쳐서 그들을 죽음으로 돌려보낼 수 있지만, 뱀파이어들이 설쳐 대는 바람에 그조차 여의치 않았다.

잉그리그의 신성 마법에 의해서 광신도와 괴물 등이 되살아났음에도 불구하고 반 호크의 근처에 있는 시체들은 언데드가 먼저 되었다.

급하게 죽음의 속성으로 만들어진 언데드들이라 좀비와 구울 같은 하급들도 꽤 있었지만 지금은 그렇게 예뻐 보일 수가 없었다.

불량 해골이라고 해도 잠깐이라도 버텨 주는 게 어디인가.

"훌륭해!"

삶에 대한 애착을 버렸었지만, 위드는 다시금 불꽃처럼 일어났다.

주식 투자에 실패해서 한강에 갔는데 그 순간 로또에 당첨되었다는 걸 알게 되었다면 삶에 대한 열정이야 얼마나 활활 타오르겠는가.

잉그리그가 호위대를 이끌고 다가오며 외쳤다.

"엠비뉴의 적을 없애라!"

반 호크와 토리도가 적들을 많이 저지하였지만 그 옆으로 빠져나온 괴물들이 계속 뒤쫓아 왔다. 하늘을 날아오는 거북 군단, 지옥의 마물들도 추격을 해 왔다.

잉그리그와 모툴스가 이끄는 엠비뉴의 본진도 밀려오고 있기에, 반 호크가 오랫동안 막아 주진 못할 것이다.

위드는 근접하는 적들에게 얼음 화살을 마구 쏘았다.

쌍봉낙타를 거꾸로 타고 괴물들을 막느라 다른 곳을 살필 겨를도 없을 정도였다.

얼음 덩어리의 벽이 세워져서 괴물들의 돌진을 잠깐이나마 붙잡아 두었지만, 금방 위로 타고 넘어왔다.

"지긋지긋하도록 정말 끝이 없군."

괴물들은 제대로 맞은 얼음 화살 한두 번에 목숨을 잃었다.

위드가 워낙에 강하고, 조각 파괴술까지 써서 힘을 늘려 놓은 덕분!

그러나 이성이 없고 오로지 잉그리그에게만 복종하는 괴물들은 동료들의 죽음에도 아랑곳하지 않고 계속 쫓아왔다. 그 부근까지 한꺼번에 결빙시켜 버리는 얼음 화살이 아니었더라면 진작 사로잡혀 버렸을 것이다.

푸르릉!

"알고 있어!"

얼음 화살로 지상으로 다가오는 지옥의 마물들까지도 견제해야 하다 보니 공격이 분산되어 적들과의 거리는 줄어들기만 했다.

설상가상으로 쌍봉낙타는 갈수록 느려지더니 걷는 것도 제대로 못 했다.

위드가 화살을 시위에 걸며 애처롭게 말했다.

"쌍봉아, 더 달려 봐. 평생 당근은 원 없이 먹여 줄게."

푸히이이잉.

하늘을 향해 쏜 얼음 화살이 마물들을 관통하여 일곱을 한꺼번에 떨어뜨렸다.

하지만 그러면 뭐 하겠는가.

불과 몇 초면 잡히고 말 것인데.

적들과의 거리가 이제 수십 미터밖에는 떨어져 있지 않았다.

"조금이라도 더 달려. 어떻게 해서든 이 위기만 벗어난다면 내가 가지고 있는 그 어떤 보물이라도 아깝지가……."

위드가 말을 채 다 잇지도 못했을 무렵이었다.

이제 10미터도 되지 않을 정도로 가까워진 마물 중 1마리의 주둥이가 벌어지나 싶더니 혓바닥이 채찍처럼 날아왔다.

시위에 다른 화살을 걸려는 동작을 취하고 있는데 벌어진 공격이라서 위드도 대처하지를 못했다.

쌍봉낙타의 등 위이니 어디로 피할 수도 없는 노릇!

쿠엑!

그런데 위드를 건드리기 직전, 마물이 갑자기 땅으로 추락하더니 목숨을 잃었다.

위드의 뒤쪽에서 수만 발의 화살이 날아와서 하늘에 떠 있는 마물들과 엠비뉴의 괴물들을 단숨에 휩쓸었다.

"뭐야?"

위드가 뒤를 돌아보니 흙먼지를 날리며 질주해 오는 익숙한

낙타병들과 기병들이 있었다.

"대제님을 위협하는 자들을 모두 죽여라!"

"사막의 붉은 칼 부대여, 적들을 무찌르라."

궁술에 특화된 전오가 이끄는 낙타병들이 달리면서 공중으로 활시위를 당기고 있다.

사막 전사들의 화살은 정밀도에서는 많이 떨어지지만 군단 전술에 능숙하다. 한 지역을 집중적으로 타격하여 적들을 섬멸하는 방식에서는 살아남는 이들이 거의 없다.

화살을 쏴서 방어진을 무력화시키고 이동하는 방식은 적 군대의 혼을 쏙 빼 놓는다.

기동력에서 탁월한 전삼이 이끄는 낙타병들은 위드를 스치며 그대로 앞으로 지나갔다.

그들이 주로 내세울 수 있는 장기는 바로 무지막지한 힘! 가까이 따라온 괴물들을 파죽지세로 돌파하면서 제압했다.

전군 총사령관의 직책을 임시로 맡고 있는 전일이 위드에게로 다가왔다.

"대제님, 약속대로 저희가 왔습니다."

원래 계획대로라면 위드가 조금 더 멀쩡한 상태에서 적들과 싸우다가 사막 군단이 돌격하기 좋은 지형으로 유인을 했어야 한다.

하지만 살기 위해 허겁지겁 도망을 치다 보니 상황이 여의치가 않았고, 사막 군단도 그들에게로 향한 1개의 유성 때문에 골치를 앓았다.

정면으로 타격한 것은 아니지만 이동 경로에 깊게 파인 고랑이 생겨나서, 통과해 오느라 약간의 시간이 지연되었다.

그렇지만 어쨌든 절묘한 순간에 도착하여 쫓아오는 적들을 물리친 것이다.

물론 엠비뉴의 중앙군도 다가오고 있었다.

위드가 잠시 살펴보니 청동 거인들을 상대로 전삼과 전오의 부대가 전투를 치렀다. 화살과 투창, 불의 기운을 통한 공격을 맹렬하게 퍼붓는다.

청동 거인들 역시 괴력을 발휘하여 땅을 뒤집어 버리거나 돌덩어리들을 던져 낙타를 타고 지나가는 사막 전사들을 쓰러뜨렸다.

박빙의 전투!

남자라면 저곳에 끼어들고 싶을 것이다. 물론 살아남을 자신이 있는 자들만.

위드는 쌍봉낙타에서 굴러떨어지듯이 내려왔다.

"이런 무능한 놈들! 왜 이제야 온 것이냐!"

"……."

"아무튼 수고했다. 반 호크와 토리도와 함께 전선을 구축하고 방어에 치중하도록."

"예, 알겠습니다."

전일이 떠나자마자 주변이 안전한 것을 확인하고 바로 땅에 손을 댔다.

대지의 여신 미네의 축복이 함께합니다.
땅이 전해 주는 기운으로 체력과 생명력을 회복합니다. 생명력이 20% 이하로 감소한 상태이기에 회복 속도가 4배로 높아집니다.

"으음."

간당간당한 생명력이 다시 빠르게 차오르는 기분은 무엇과도 비교할 수 없으리라.

또한 위드는 생명력을 채우고 난 이후 다시 전장으로 향해야 할 것이기에 더욱 간절해졌다.

제 할 일을 다 마친 쌍봉낙타는 힘없이 땅바닥에 쪼그려 앉았다.

푸흐흐흐흥!

다리 부상도 심하고 더는 걸을 수도 없을 정도로 지쳤기에 아주 충분한 휴식이 필요했다.

그런데도 쌍봉낙타는 눈을 끔뻑이면서 위드를 보고 있었다.

위드가 조금 전에 하다가 그친 말.

이 위기만 벗어난다면 가지고 있는 어떤 보물도 아깝지가 않다는 부분까지 들었다. 그 뒤에 이어질 말들이 상당히 궁금했던 것이다.

위드도 쌍봉낙타의 그런 음침한 눈초리를 느꼈다.

사막의 대제로서 지금 보유한 보물들의 목록만 하더라도 어마어마했다.

한 국가라도 충분히 살 수 있지 않겠는가.

"흐흠, 그럭저럭 누구나 할 수 있는 일을 해 놓고 자랑스러워할 필요는 없다."

바로 말 바꾸기!

"별 의미는 없는 일이었지만 아무튼 공적을 아주 약간 세웠으니 포상으로 20골드를 내리겠노라. 이 돈이면 사막 한복판에 멋진 마구간도 지을 수 있을 것이다."

물도 풀도 없는 모래 한복판에 마구간을 건설 가능한 금액!

쌍봉낙타는 기분 좋다는 듯이 입술을 실룩거리면서 웃었다.

지능이 이 수준이기에 위드와 아웅다웅하면서도 절대적인 충성을 다 바치고 있는 것이리라.

사막 군단에 뒤이어 전투 노예들과 항복한 귀족들의 군대가 도착하면서 사제들도 대거 몰려왔다.

"악독한 기운이 몸을 잠식했군요. 프레야 여신의 축복이 그대에게 있을 것입니다."

> 골격 쇠약의 저주가 해소되었습니다.
> 뼛속 깊숙한 곳까지 파고드는 약화의 주문이 사라집니다.
> 생명력 회복 속도 +27%.

> 파괴 추의 거울 저주가 해소되었습니다.
> 적을 공격하였을 때 일정한 확률로 입던 역피해가 사라집니다.

"리커버리!"

"라운드 힐!"

> 아트록의 신성 마법에 의해 생명력을 3,872 회복합니다.

> 티르의 신성 마법에 의해 생명력을 4,199 회복합니다.

위드에게로 저주 해소와 축복, 치료 마법 들의 집중이 이루어졌다.

몸 상태가 급속도로 정상을 되찾아 갔다.

엠비뉴의 군대와 맞붙은 사막 군단!

사막 전사들이 대열을 이루고 돌격하고 지나간 장소에는 광신도와 괴물의 시체가 산더미처럼 쌓였다.

"계속 움직여라. 적들을 사막의 율법에 따라 처리하라."

"먼저 돌파할 적들의 우선순위를 정하라. 몰려 있는 사제들이 첫 번째이며, 그다음은 모조리 죽이는 것이다!"

극악의 기사들도 사막 전사들에게는 상대가 안 되었다.

그들은 엠비뉴의 신성 마법에 의해 공격력과 방어력을 크게 강화시키고 돌격할 뿐이지만, 사막 전사들은 훨씬 고급화된 집단 전술을 사용한다.

일차로 적들을 화살로 타격하고, 가까워지면서 창과 손도끼를 던진다. 그리고 두꺼운 시미터로 적을 강하게 밀어 쳐서 말에서 떨어뜨렸다.

그 후 후속 부대의 돌격을 통해 낙타로 짓밟아 버리는 전술!

사막 전사들의 강함은 그들 자체에만 있는 것이 아니라 그들이 키우고 있는 낙타에도 있었다.

중장갑을 입은 기사들의 경우에는 말이 전투 능력을 좌우하는 것처럼, 사막 전사들에게는 사막과 평원을 횡단할 수 있는 낙타가 필수적이다.

물을 구하거나, 적들을 추적하여 단숨에 끝장을 보기 위해서는 기동력이 필요하다.

위드에 의해 사막 부족들은 몬스터 사냥 시 낙타를 활용한 전투를 자주 치르며 이러한 연쇄 공격 방식에도 단련이 되어 있었다.

서윤이 키운 사막 용병들 또한 집단전에 능숙했다.

거친 사막에서 의뢰를 맡아서 해결하는 용병들은 기본적으로 여러 무기를 다룰 줄 알고, 싸움이 벌어지면 적극적으로 맡은 역할을 할 줄 안다.

병력의 대다수를 이루는 전투 노예들과 투항한 귀족의 포로 군대들은 상황이 달랐다.

"아, 안 돼. 저기로 가면 우리는 죽을 거야."

"왜 싸워야 하지? 무엇을 위해서 싸워야 하는 걸까. 고향으로 가고 싶다."

훈련도와 사기 자체가 낮다 보니 우물쭈물하면서 전투를 주저하고 있었다.

그때 위드의 고함 소리, 아트록의 함성이 들려왔다.

"싸워라! 엠비뉴를 물리친다면 고향으로 돌아갈 수 있을 것이다. 놈들이 이긴다면 이 세상은 파멸하고 말 것이다. 집에 있는 가족들을 위해서라도 적들을 물리치고 살아남아라!"

어느 정도 회복을 하자마자 사막 군단을 위하여 전투 병력을 더 보낼 필요성을 느끼고 시전한 것이었다.

겁에 질려 있던 전투 노예들의 표정이 확 바뀌었다.

"저놈들만 해치우면 되는군."

"저렇게 큰 괴물들은 처음 봐. 생김새도 자세히 보니 귀엽게 생겼는걸. 토막을 내 주마!"

아트록의 함성이 일으킨 변화!

고작해야 광신도에게도 휩쓸려 버릴 약한 병력이었지만 전력을 다해서 덤벼들었다.

그들의 임무는 터무니없이 강한 적인 엠비뉴의 군대를 제압하는 것이 아니다.

싸우는 방식의 훈련도 전혀 되어 있지 않았다.

목적은 가까이 다가가서 방패를 겹겹이 쌓고 창으로 견제를 하며 버텨 내는 것!

사막 군단이 활약할 수 있도록 미끼도 되어 주고, 시간을 끌어 주어야 하는 임무를 부여받았다.

뱀파이어들의 방해를 받지 않은 사제들이 바로 세뇌의 수법을 사용했다.

"너희가 진정 믿고 따라야 할 분은 엠비뉴 신뿐이다. 과연 이 세상이 너를 위해 무엇을 해 주었지? 엠비뉴 신을 믿으면 힘과 권력을 얻을 것이다. 고통을 다른 이들에게 전해 줄 수 있을 것이야."

"아냐, 대제왕 위드 님에게 복종해야 한다. 그분이 우리의 편이 되어 준다면 얼마든지 적들을 물리칠 수 있을 거야. 그분과 싸워서 이길 수 있는 인간은 없어."

아트록의 함성은 세뇌와 포교 활동에 대한 병사들의 저항력도 키워 주었다.

"엠비뉴 신을 따르면 모든 고통과 괴로움으로부터 해방될 것이다."

"오오, 과연, 엠비뉴 신이여!"

"재 뭐야, 갑자기 엠비뉴를 외치고, 조금 이상한데."

"죽여 버려!"

"모두 힘을 내서 엠비뉴를 받들어… 켁!"

"엠비뉴를 말하는 놈들은 볼 것도 없다. 아군이고 뭐고 몽땅 죽여라!"

배신자들이 속출하더라도 옆에 있는 다른 병사들에 의하여 즉각 처형!

워낙 약한 자들을 모아 놨기에 엠비뉴의 사제들이 쓰는 신성 마법이 오히려 아깝게 느껴질 지경이었다.

사막 전사들은 당연히 엠비뉴의 유혹에도 넘어가지 않았다.

본인들의 의지도 단호했지만, 대륙을 약탈하면서 신성력이 부여된 물건이나 각종 보물들을 하나씩 가지고 있었기 때문!

대재앙과 유성 소환은 엠비뉴의 군대에 치명적인 피해를 입혔다. 더구나 죽었던 병력은 순차적으로 멀쩡히 돌아오더라도, 살아남긴 했으나 체력과 마나, 생명력의 손실이 심하고 부상까지 입은 괴물들도 부지기수!

엠비뉴의 군대는 겉보기만큼 강하지는 않은 상태였다.

"지금이 기회다. 이 잠깐 외에는 다시는 놈들을 이길 기회가 없을 거야."

위드는 생명력을 68%까지 채우고 난 후에 전장으로 다시 나섰다.

엠비뉴의 군대도 엄청난 전력이었으나 궁극적으로는 모툴스와 잉그리그를 죽이지 않고서는 해결이 될 리가 없지 않은가.

위드는 다시금 조각 변신술을 펼쳐서 야만 전사 투르거가 되었다.

조금 전처럼 모든 것을 혼자 해치우려고 하진 않는다. 그가 선봉에서 길을 뚫어 내면 이후에는 사막 전사들과 협공하는 것까지도 고려한 모습이었다.

단지 불만인 점!

"내가 대륙의 평화를 지키고 정의의 사도 역할을 해야 하다니. 도무지 동기부여가 안 된단 말이야."

수많은 역경을 뚫고 나쁜 짓을 저지르고 만인의 지탄을 받는 악인이 되어 주리라는 굳건한 다짐.

장기적인 관점에서 본다면 엠비뉴 교단도 밥그릇의 경쟁자였다.

"전이."

"옛."

조각 생명체 전이는 아직 출격을 하지 않았다.

그의 임무는 사막 전사 1,000명과 함께 위드의 호위대를 구성하는 것!

호위대에 속해 있는 200명의 사막 전사들은 노들레의 퀘스트를 하면서 함께 성장한 직속 부하들이다.

소규모 단일 집단으로는 대륙 최고의 전력을 자랑했다.

위드도 그들을 보니 혼자서 다 해야 했던 아까와는 달리 훨씬 든든했다. 최악의 경우가 닥치더라도 같이 싸워 줄 든든한 부하들이 잔뜩 있었으니까.

"가자. 사제들을 철저히 막아라."

"옛!"

사막 전사들로 하여금 징벌의 사제들을 담당하게 하였다. 사제들을 목표로 화살을 쏘는 것만으로도 훌륭한 견제가 되었다.

사막에서 전사들이 싸우는 방식은 자유분방한 편이다.

직속부대들은 위드에 의하여 특정한 전술을 수행하기도 하지만, 전사 특유의 용맹함으로 개별적으로 적진을 파고든다.

약하면 무모하기 짝이 없는 행동일 뿐이지만 강함과 생존력이 있으면 모든 것이 허용되는 전쟁터!

사실 마법사나 주술사, 사제 등을 상대할 때에는 기사단처럼 집단을 이루고 단일 행동을 하는 것이 더 무식한 방법이다. 마법이나 저주의 표적이 되어서 약화되고 결국 깡그리 몰살당하는 일이 비일비재다.

사막 전사들은 기동력을 이용한 돌파 전술에도 능숙하지만, 그들의 진정한 장점은 흩어져서 벌이는 난전에 있었다.

"지금이라도 늦지 않았다. 썩은 시체가 되어서 전장을 헤매고 다닐 것이냐. 엠비뉴를 따른다면 고향으로 다시 돌아가게 해 줄 것이다."

"닥쳐라. 어디서 더러운 수작질이냐. 아내는 진작 바람났고 자식들은 옆집 아저씨를 더 따르고 있다!"

"고향? 전쟁터만 돌아다니다 보니 아무것도 남지 않았어. 너희를 죽이는 것밖에는 할 게 없는 신세다."

사막 전사들은 적진을 파고들어서 흩어져 있는 징벌의 사제들을 목표로 전진했다.

위드는 거대한 덩치를 가진 야만 전사가 되어서 중앙을 돌파했다. 괴물들을 그냥 발로 걷어차 버리고 두 팔로 후려쳐서 길을 만든다.

반 호크와 토리도는 거의 쓰러지기 직전의 상태에서 한 발 두 발 물러서면서도 힘겹게 버티고 있었다.

뱀파이어 군단의 경우에는 특히 피해가 심해서 그리 길지 않은 시간이었음에도 불구하고 삼분의 일도 살아남지 못했다.

그들이 다시 회복이 된 위드를 보며 반가워했다.

"주인!"

"무사하셨군요."

목숨을 구한 부하로서 그저 칭찬 몇 마디를 듣고 싶었을 뿐이다.

위드는 그들을 향해 덤벼드는 극악의 기사들을 길게 연결한 말살의 검으로 가볍게 해치우고 나서 말했다.

"쯧쯧쯧, 이런 거 하나 똑바로 정리를 못해 가지고 비실대고 있냐."

"……."

"반 호크 넌 명색이 암흑 군대의 총사령관이 되어 가지고 말이야."

"……."

"토리도, 지금까지 네가 마신 피가 한두 방울이냐. 아무튼 부족한 너희 때문에 나 혼자 고생을 한다니까."

달면 삼키고 쓰면 뱉는 용병술!

사회생활을 하며 직위가 올라갈수록 자연스럽게 터득하는 필수과목이었다.

그러나 잠깐의 여유를 부릴 새도 없이 엠비뉴의 군대가 밀집했고 제대로 전투력을 발휘하였다.

잉그리그가 이끄는 본진에서는 사제단과 기사단이 진형을 짜서 대응에 나섰다.

사제들은 저주와 자신들에 대한 축복, 신성력의 장벽으로 방어의 역할을 맡았고, 승리에 대한 믿음으로 사기가 드높은 극악의 기사단은 거침없이 돌격했다.

설혹 사막 전사들의 능력이 탁월해서 어느 정도 그들을 물리친다고 해도 잉그리그가 무한하게 부활을 시키는 한 결국은 차츰 소모되어 줄어들게 될 것이다.

모툴스의 특수 능력도 어마어마했다.

"이곳은 엠비뉴 신께서 다스리는 땅이다. 그 어떠한 이교도들도 이 영역을 넘어오지 못한다. 신성불가침의 영토 선언!"

> 신성불가침의 영토가 선언되었습니다.
> 엠비뉴의 파괴적인 권능이 이 지대에 퍼지게 됩니다. 엠비뉴를 따르는 모든 이들의 전투와 관련된 스탯이 70% 오릅니다. 스킬의 파괴력이 120% 증가하며 피해를 적게 입습니다. 엠비뉴를 믿지 않는 이들이 이 영투에 들어오게 되면 5초마다 3,892의 생명력을 흡수당합니다. 흡수된 생명력은 대사제 모툴스의 마나로 변환될 것입니다.
> 주의: 신성불가침의 영토에는 마의 장벽이 솟아납니다. 단단한 장벽을 돌파하여 대사제 모툴스를 죽이기 위해서는 진정한 영웅심이 필요할 것입니다.

잉그리그와 모툴스!

엠비뉴의 대사제로, 레벨이 700을 넘다 보니 특수 능력들도 이만저만이 아니다.

전사의 레벨이 700을 넘으면 약한 적들에게는 아득함을 느끼게 할 정도로 강하다. 생명력도 높아서, 여간해서는 잘 죽지 않는다. 마법사나 사제는 특수 능력을 가지게 되어서, 부하들까지 지휘한다면 상상 이상의 위력을 발휘했다.

신성불가침의 영토 안에서는 극악의 기사들이 사막 전사들과 호각으로 싸울 뿐만 아니라, 생명력 흡수로 인하여 이쪽의 병력은 후퇴에 급급했다.

"뼈다귀 파괴, 천벌의 대참화, 깊고 어두운 독 안개!"

모툴스가 흡수한 마나로 마법을 마구 난사했다.

대사제로서 상당한 고위 마법까지 자유자재로 사용을 하는데 마나가 무한정 공급된다. 사제와 마법사를 그래도 상대할 수 있는 건 마나에 한계가 있기 때문인데 이 얼마나 무서운 특수 능력이란 말인가.

"놈들을 해치우려면 최대한 서둘러야 해."

위드는 적이 강할수록 재미가 있었다.

잉그리그와 모툴스.

두 대사제가 모두 특수 능력을 발휘하고 대군을 지휘하는 지금이 기회다.

시간은 오히려 적들에게 훨씬 유리할 것이라는 점을 확실히 파악하고 있었다.

위드의 눈이 주변으로 향하며 전장을 빠르게 훑었다.

밉상인 헤스티거와, 노예로 확실히 자리매김을 한 자하브를 찾는 것이다.

유성우로 황폐화된 땅, 불길이 이글거리면서 도처에서 타올랐다.

"돌파하라. 우리의 용맹은 적들이 막지 못한다."

"우와아앗! 헤스티거 님의 뒤를 따르자!"

헤스티거는 자신의 부대를 이끌고 괴물들을 마구 도륙하고 있었다.

건장하고 큰 키에 잘생긴 외모, 배려심이 깊고 부하들을 아끼는 성격. 검술 실력도 나무랄 데가 없고, 전장에서는 항상 훌륭한 공적을 세운다.

낙타를 몰고 돌격하며 싸우는 모습에서는 나름의 호탕한 멋까지 느껴졌다.

검술 마스터 자하브는 엄청난 괴물들을 가볍게 두 동강을 내버리는 중이다. 그 역시 조각사이기도 했기 때문에 조각 파괴술을 써서 모든 스탯을 힘으로 몰아넣었다.

긴 세월을 살아오면서 위드를 능가하는 무지막지한 예술 스탯을 쌓았고, 검술과 공격 스킬의 완숙미 역시 절정에 달했기에 그의 주변에는 남아나는 괴물이 없었다.

사제들이 불덩어리를 쏘아도 가볍게 검을 휘둘러서 조각 검술로 튕겨 내 버렸다.

로자임 왕국의 전설, 달빛 아래에서 춤추던 자하브의 현란하고 아름다운 검무가 그대로 재현되고 있었다.

"좋아, 써먹을 만한 동료로는 충분하군. 나 혼자 나설 수는 없지."

위드는 크게 고함을 질렀다.

"헤스티거!"

"예!"

"휘하의 부대를 데리고 나와 함께 싸운다."

"영광입니다."

헤스티거는 항상 위드에게 깍듯하게 예의를 갖췄다. 겸손하면서도 왠지 모르게 기품이 흐른다.

"자하브 님."

"알고 있네."

자하브는 이미 대사제들을 목표로 삼고 있었다.

그는 검술의 마스터답게 가장 강한 자들을 해치우려고 했다.

"전이, 너희는 우리가 싸우는 동안 엠비뉴의 다른 병력이 개입하지 못하도록 막아라."

"목숨을 바치겠습니다."

위드는 엠비뉴의 대사제들 중에서 우선 죽여야 할 대상을 잉그리그로 결정했다.

양쪽 다 어느 하나 오래 내버려 둬서 좋을 것이 없는 상대들이었다. 잉그리그는 엠비뉴의 군대를 계속 다시 일으키고, 모툴스는 막강한 마법으로 사막 군단들에 대규모 피해를 입힌다.

잉그리그가 선택된 것은 그저 가깝기 때문이었다.

"갑시다."

위드는 자하브와 헤스티거와 함께 잉그리그를 향하여 달려갔다.

어지간한 괴물들은 말살의 검을 휘둘러서 내치고 그 사이로 돌격!

잉그리그의 주변에는 극악의 기사단에서 최상위를 차지하는 강자들과 외모부터 무조건 강할 수밖에 없게 생긴 괴물들이 있었다. 호위대에는 청동 거인들까지 있었으니 그야말로 철벽 수비진!

적어도 수천의 적들을 물리쳐야 잉그리그를 없앨 수 있었다.

위드는 땅을 강하게 밟았다.

"대지의 흔들림!"

단단한 땅이 1미터 이상 위아래로 흔들리니 괴물들을 비롯하여 청동 거인들까지도 제자리에 서 있지 못했다.

청동 거인들이 뒤나 옆으로 쓰러지면서 깔리는 괴물들도 속출했다.

막 저주의 주문을 외우던 사제들은 볼품없이 땅바닥에 나뒹굴었다.

전방 병력의 초토화!

위드는 기회라고 생각했지만 위험도가 높은 선제공격은 기꺼이 양보했다.

"지금이다, 헤스티거!"

"붉은사자단! 출동이다!"

헤스티거가 이끄는 병력이 질풍처럼 내달렸다.

그러자 즉각 주변에서 화살과 마법 공격이 날아들었다.

엠비뉴의 대군이 잉그리그를 지키기 위하여 집중 공격에 나선 것이다.

대지의 흔들림의 범위 밖에 있었던 징벌의 사제들 또한 자신들의 수장인 잉그리그를 노리는 적들을 향하여 저주 공격을 날렸다.

헤스티거와 붉은사자단은 굶주린 사자 떼처럼 가로막는 적들을 해치우면서 돌파했다.

사막 군단의 위용은 각자 싸울 때에도 뛰어나지만 이렇게 무작정 돌파를 할 때에 더욱 빛을 발한다.

개개인이 훌륭한 전사이면서 지휘 능력을 갖추었다. 그렇기에 쓸데없는 움직임이라고는 일절 보이지 않으며 적진을 돌파했다.

숱한 공격에 의하여 낙마하는 이들도 속출했지만 최소한의 피해를 감수하며 거침없는 용맹을 드러냈다.

“자하브 님, 가시죠!”

위드는 자하브와 함께 그 뒤를 따라서 달렸다.

극악의 기사들은 일대일이나 일 대 십이나, 그들을 막지 못한다.

자하브는 적들을 조각 검술로 가볍게 베었고, 위드의 경우에는 그냥 힘으로 압도해 버렸다.

“전부 비켜라!”

말살의 검을 옆면으로 세워서 후려치는 기술!

검이나 방패로 막거나 말거나, 일단 부딪치기만 하면 100미터가 넘게 날아가 버린다.

야구나 골프를 연상시킬 정도의 호쾌함.

위드에게 당는 손맛도 일품이었지만, 옆에서 지켜보기에는 이보다 더 압도적인 광경이 없을 정도였다.

기사단 전체를 후려치며 몇 번 휘저으니 기사들이 쓰러지며 방어벽이 허무하게 뚫리고 말았다.

“잉그리그, 너의 최후의 날이다!”

위드의 눈에 불과 70미터도 떨어지지 않은 곳에 넘어져 있는 잉그리그가 보였다.

야만 전사에게는 정말 지척과도 같은 거리다.

들모레 대평원이 아니라, 좁은 고시원에서 같이 북적거리는 정도의 거리감!

"폐혈의 저주!"

잉그리그가 검붉은 마나를 모아서 수인을 맺었다. 그에 따라 저주의 기운이 발출되었지만, 위드는 극악의 기사를 내던져서 막아 냈다.

"캬아아아악!"

저주가 적중된 극악의 기사는 온몸에서 피를 쏟아 내면서 목숨을 잃었다.

'정확히 10여 초밖에는 기회가 없을 것이다.'

위드는 냉정하게 상황을 읽었다.

땅에 쓰러진 호위대가 일어나면 바로 잉그리그를 대피시킬 것이다. 그리고 엠비뉴의 군대 중심부라서 그들을 목표로 사제들이 저주의 마법을 외우고 있다.

야만 전사로서 최고의 전투력을 발휘하고 있지만, 다시금 온갖 저주에 걸려들게 된다면 불과 그 절반의 능력도 발휘하지 못한다.

사막 군단이 쓸모 있게 싸우는 시기를 놓치면 역으로 엠비뉴의 군대에 쫓기다가 전멸하리라.

위드 혼자서는 결국 끝없이 부활하는 엠비뉴의 군대에 안된다는 것이 조금 전에 증명이 된 셈이기도 했다.

"자하브 님, 기회입니다."

"알겠네!"

위드는 자하브를 붙잡아서 땅에 앉아 있는 잉그리그를 향하여 강하게 던졌다.

인간 화살처럼 일직선으로 날아간 자하브!

"광휘의 검술!"

자하브의 검에서 셀 수도 없을 정도로 많은 빛의 새들이 나타나서 잉그리그를 경호하는 극악의 기사들에게 작렬했다. 그리고 자하브는 몸을 뒤집으면서 착지하여 바로 잉그리그를 향해 덤벼들었다.

"이베인의 원수!"

뭐, 좋게 보면 순정을 가진 남자이고, 나쁘게 본다면 이미 시집간 여자를 잊지 못하고 불륜을 꿈꾸며 살아온 인생!

"너는 누구냐!"

땅에 주저앉아 있던 잉그리그는 지팡이를 들어서 공격을 막았다.

"제법이구나, 인간."

"널 죽일 것이다."

"인간이 감히 신의 뜻을 대변하는 나를 죽일 수 있을까?"

검과 지팡이가 부딪칠 때마다 신성력과 마나의 충돌로 인한 전류가 흐른다.

대사제로서 상당한 수준의 근접 전투력까지도 갖춘 모습이었다.

눈알이 박혀 있는 해골 지팡이는 적의 기운을 흡수하는 능력도 가지고 있다.

"강한 자여, 너 정도의 실력이라면 엠비뉴 교단에 들어올 자격이 충분하다!"

"닥쳐라. 이베인의 목숨값을 받아 내고 말 것이다."

물론 이베인 왕비가 태어나고 죽는 것은 지금으로부터 한참 훗날의 이야기가 될 테니 엠비뉴 교단으로서는 억울하기도 하리라.

나이가 들었다고는 해도 전혀 노화를 짐작할 수 없는 자하브의 현란한 몸놀림.

위드는 어쨌든 제대로 상대를 붙여 준 셈이었다.

"조각 검술!"

잉그리그를 자하브가 잠시 맡은 동안, 위드도 맡은 일거리가 있었다.

대지의 흔들림의 여파로 청동 거인들이나 괴물들이 일어나지 못하는 동안 가까운 징벌의 사제들부터 쓸어버렸다.

나머지는 전이가 지휘하는 부대가 공격을 가하면서 위드에게 방해가 되지 않도록 막아 주었다.

"엠비뉴의 뜻을 실행하는 사제님들을!"

청동 거인들이 날뛰었으나 원거리 공격에나 뛰어나지 근접전에는 약점이 많다는 걸 알아차린 위드에게는 관심사 밖!

어떻게든 저주들에만 휩싸이지 않는다면 괴물들이나 청동 거인들 정도는 무시해 버리면 된다.

위드도 자하브와 같이 잉그리그를 공격하는 전력에 합류를 했다.

야만 전사의 덩치로 사제를 협공하려니 모양새가 약한 자를 괴롭히는 것 같지만 실상은 그렇지 않다.

잉그리그는 지팡이에 담긴 어둠의 힘을 찰나에 날리면서 공격했다.

또한 잉그리그의 위기를 본 모툴스가 휘하의 병력을 데리고 다가오는 중.

자하브의 공격이 지팡이에 막힌 사이, 노리고 있던 위드의 기다란 검이 잉그리그의 몸을 베고 지나갔다.

잉그리그를 베었습니다.
악신의 보살핌에 의해 말살의 검에 담겨 있는 불의 기운이 16%의 피해만 입힙니다. 저주받은 생명력의 로브가 87%의 확률로 피해를 복구시킵니다.

치명적인 일격!
악신의 보살핌에 의해 혼란 상태에 대한 면역이 적용되었습니다. 어린 원혼의 울부짖음으로 치명적인 일격이 연속으로 작렬하는 것을 방지합니다.

잉그리그는 자하브와 위드를 동시에 상대하느라 허점을 자주 노출시켰다.

위드의 공격력은 엄청났지만, 온갖 희귀한 축복들을 몸에 두르고 있는 잉그리그!

사제는 근접전에는 취약하다는 것이 일반적인 평이었지만 엠비뉴를 이끌어 가는 대사제 중의 일인답게 간단히 죽어 주지는 않았다.

시간과의 싸움이었다.

청동 거인들과 괴물들은 벌 떼처럼 모여들었지만 그들을 무시하거나 가볍게 제쳐 두고 잉그리그만을 공격했다.

모툴스와 휘하의 병력도 전이의 호위대가 막고 있었다.

잉그리그를 지금 처리하지 못한다면, 그의 특수 능력에 의하여 방금 죽은 징벌의 사제들도 되살아나게 될 것이다.

“반 호크, 토리도!”

“기다리고 있었습니다, 주인.”

“악에 물든 피의 맛은 어떨지 무척 궁금하군!”

반 호크와 토리도 역시 재빨리 전투에 가세했다.

여럿이서 팰 때의 손맛은 더한 법!

역사의 흔적

잉그리그도 사제로서의 한계답게 순수 생명력은 그렇게 높지 않았다.

"적 상태 확인!"

미쳐 버린 잉그리그

악신을 추종하는 엠비뉴 교단의 대사제. 과거 평범한 농부였지만 엠비뉴가 이 땅에 남겨 놓은 기록의 석판을 발견하고 나서 광신도가 되었다. 불멸의 약속에 의하여 군대를 통솔한다.

생명력: 51%

마나: 79%

잉그리그의 생명력은 대략 43만!

튼튼한 맷집 대신에 악신의 보살핌이라는 마법과 특수한 자들만 입을 수 있는 희귀 로브를 통하여 방어 능력을 높였다. 그러나 위드와 자하브의 공격이나 반 호크, 토리도가 덤벼드는 것에는 감당할 수가 없었다.

사제의 주특기는 다른 동료들이나 부하들을 축복하고 적에게 저주를 퍼붓는 일이다. 이렇게 벌어진 근접 전투 자체가 그에게는 가장 취약한 전투 방식인 셈.

"구하라. 믿음의 종들을 거느리고 보살피는 나 잉그리그가 위기에 빠져 있다. 모든 엠비뉴의 종들은 이곳으로 오라!"

궁지에 몰려서도 군대에 대한 지휘 능력을 발휘!

전장의 모든 괴물들과 광신도들이 갑자기 이곳을 주시하고 달려오고 있었다.

사막 군단과 팽팽하게 맞서 싸우던 녀석들조차도 진형을 무시한 채로 무조건 등을 내보이고 잉그리그에게로 달려오려고 했다. 그 탓에 갑자기 괴물들이 죽어 나가야 했다.

위드는 잉그리그가 청동 거인들의 뒤로 숨으려고 할 때마다 강력한 스킬을 터트렸다.

"작렬의 강타!"

청동 거인들을 죽이지는 않는다.

매우 뛰어난 맷집과 생명력을 가진 그들을 해치우기 위해서는 대단위 파괴 마법을 퍼붓거나, 위드라고 하더라도 정확한 공격을 여러 번 성공시켜야 했다. 위드는 그저 지금의 자신에 비해서도 큰 키를 가지고 있는 청동 거인들의 다리를 공격하거나 빠른 공방 중에 힘의 균형을 빼앗아서 넘어뜨리는 방식을 취했다.

쓰러진 청동 거인들은 괴물들의 진입을 가로막는 훌륭한 장애물 역할도 되었다.

잉그리그는 수비에 전념한 채로 이리저리 도망을 다니느라 바빴으며, 생명력이 계속 떨어져 나갔다.

그는 대륙의 평화를 파괴하려는 엠비뉴 교단의 대사제!

세계를 구하는 용사인 위드의 파티의 면면도 대단했다.

어비스 나이트가 되고도 개무시를 당한 반 호크, 눈이 충혈된 채로 피를 빨아 먹으려고 악착같이 덤비는 토리도.

여자 친구 때문에 위드의 노예가 되어 인생을 망친 자하브!

평탄한 노후 생활을 누려 보지도 못한 채로 전쟁의 시대로 와서 궂은일은 다 하고 있다.

그야말로 엠비뉴의 대사제를 상대하기에는 최고의 조합이지 않은가.

'놈의 마지막은 내가 챙겨야 돼!'

위드는 본능적으로 잉그리그의 최후가 머지않았음을 느끼고 있었다.

그가 쓰는 저주의 스킬들이 자하브의 공격으로 연속으로 취소되면서, 지팡이에서 암흑의 기운이 퍼지려다가 사라졌다.

땅을 구르면서 도망치면서도 다시금 무언가 주문을 외우려고 하는데 그 느낌이 심상치 않았다.

"거룩한 분이시여, 믿음의 종들을 데리고 불멸의 약속을 이행하는 저 잉그리그가……."

위드는 알지 못했지만, 잉그리그는 원래 생명력이 20% 이하로 떨어지게 되면 스스로에게 불멸의 육체라는 신성 마법을 걸 수가 있다. 그 신성 마법이 성공하면 어떠한 공격에도 생명력이 하락하지 않는 무적 상태가 된다.

단, 엠비뉴의 군대에 걸려 있는 불멸의 약속은 해제!

그 후부터는 광신도와 괴물 들이 되살아나지 못하게 되지만, 잉그리그는 무려 이틀간이나 생명력이 감소하지 않는 존재로 변하고 만다.

위드는 본능적으로 위협을 심각하게 감지했다.

마치 친하지도 않던 친구가 몇 년 만에 전화를 해 왔을 때와 비슷한 긴장감!

"반 호크, 덤벼들어라. 넌 죽어도 돼! 괜찮아!"

"알겠다!"

반 호크는 잉그리그에게 달라붙어서 암흑 투기를 내뿜으며 검을 휘둘렀다.

좀 전과는 달리 공격을 당하더라도 잉그리그의 주문은 취소가 되지 않았다.

"이 땅의 모든 살아 있는 생명들을 제물로 바치려고 하오니 쓰라린 고통을 적들에게 느낄 수 있게 하시고……."

주문이 계속 이어졌다.

위드도 청동 거인들을 견제하기보다는 잉그리그 쪽을 공격했다.

머리, 가슴, 배를 가리지 않고 집중 연타!

일점공격술이 기본으로 터지면서 경이로울 정도의 대미지의 공격들이 연속으로 들어갔다.

잉그리그는 몸 여기저기를 맞고 나가떨어졌지만, 그럼에도 주문은 계속되었다.

자하브는 빛의 검을 휘둘렀고, 반 호크는 심연의 창을 소환하여 찌른다.

현재 베르사 대륙에서 최고의 공격력을 지닌 자들이 이 자리에 모여 있었다.

그리고…….

쿠와아아아아아아!

잉그리그가 비명을 지르면서 두 팔을 크게 벌렸다.

쿠르르르르릉!

하늘에서 벼락이 땅에 내리꽂혔다.

수십 갈래의 번개 줄기들은 잉그리그의 몸을 깨끗하게 태워 버렸다.

> 엠비뉴 교단의 대사제 미쳐 버린 잉그리그가 영원한 안식에 들어갔습니다.
> 치러야 할 죗값이 막대하기에 그의 영혼은 결코 휴식처로 가지 못할 테지만,
> 악신에 사로잡힌 이후 처음으로 자유로움을 느낄 것입니다.

> 엠비뉴 제6지파의 괴물과 광신도 들이 일정 기간 혼란에 빠집니다.

> 위대한 업적으로 인하여 명성이 32,392 올랐습니다.

> 전투에 대한 특별한 보상으로 신앙심이 120 상승하였습니다.

> 1명의 신의 축복이 강력하게 깃듭니다.
> 주방의 신 헤스티아! 그녀의 축복은 일주일 동안 불의 공격력을 135% 늘려 줍니다.

"이제 한 놈 남았군."

위드의 입가에 맺히기 시작한 썩은 미소!

"안 돼!"

모툴스가 안타까운 비명을 터트렸다.

물론 대사제 모툴스도 상당히 인정해 줄 수 있는 적이다. 죽음 한 번으로 퀘스트는 물론이고 모든 걸 잃어버릴 수 있는 입장에서는 방심해서는 안 된다.

하지만 페첸과 잉그리그를 다 해치우고 모툴스만 남았으니 마음의 짐이 한결 가벼워졌다.

사막 군단이 쓸고 지나간 광신도와 괴물 들이 다시 살아나지 않는 것만 하더라도 얼마나 큰 축복인가.

아울러 반 호크로 인하여 죽은 시체들은 신성력에 의한 저항이 풀리면서 한꺼번에 언데드로 일어나고 있었다.

도처에 일어나는 스켈레톤, 듀라한, 데스 나이트 등의 하급 언데드들. 그들은 부서져도 계속 일어나면서 광신도들의 이동을 가로막았다.

위드는 이제 체계화된 계획을 세웠다.

지금까지만 하더라도 전황에 맞춰서 급박하게 임기응변식으로 대응을 한 면이 많았다.

"토리도."

"왜 부르는가."

"저기 너 먼저 가 봐."

"……."

모툴스가 있는 지역은 신성불가침의 영역!

침입자들은 생명력을 잃어버리고, 모툴스를 지키는 보호병들은 매우 강해진다.

그런 곳에는 당연히 토리도부터 던져 봐야 하는 법!

전투력에 있어서는 막내이지만 뱀파이어 로드의 특성에 의해서 생명력은 가장 많았다.

"싫다."

"왜?"

"위험해 보인다. 꼭 내가 가야 하는 것인가?"

"너의 선택권을 존중해 주지. 나한테 맞아 죽을래, 저기 가서 죽을래?"

"으음, 저기 가서 죽는 게 더 나을 것 같다."

토리도가 신성불가침의 영역으로 들어가서 극악의 기사들과 결투를 벌였다.

엠비뉴의 신성력이 강하게 영향을 미치는 땅에서 몇 명의 극악의 기사들에 의해 협공을 당한 끝에 박쥐로 변해서 간신히 도망을 나왔다.

"뭐, 다소 까다롭기는 하겠군. 그렇다면 다른 놈들부터 해치워야지."

위드는 새로운 전투 계획에 따라 우선 그 자리를 벗어났다.

작전명은 공무원의 강철 도시락!

불멸의 약속이 깨진 엠비뉴의 광신도와 괴물, 청동 거인 등을 사막 군단과 합류하여 차례대로 제거하기로 한 것.

엠비뉴의 군대가 가진 전투력은 당연히 비할 바 없이 어마어마하다. 패배를 모르던 사막 군단 2만여의 병력도 어느덧 삼분의 일가량이 줄어 있었다.

그러나 징벌의 사제들이 상당히 많이 사망한 뒤다. 난전에서 사막 전사들이 적진을 돌파하여 사제들을 집중적으로 노렸기 때문이다.

유성우에 의해 입은 피해, 들모레 요새로 향한 병력 등, 엠비뉴 교단의 현재 전력은 8만도 되지 못했다.

"언데드들을 더 많이 활용하고, 이제 곧 밤이 될 테니 뱀파이어들도 적극적으로 써먹어야지. 보급도 충분하고… 사막 전사들은 하루 종일 싸우더라도 지치지 않으니까 상관없지."

청동 거인들은 모툴스와 멀리 떨어져 있는 것부터 화살 공격을 집중해서 잡았다.

놈들이 던지는 돌덩어리들은 가뿐히 산개해서 피하고, 일제히 불화살을 쏘며 반격한다.

조각 생명체 부하들도 저마다 활약을 하면서 외곽에서부터 적의 무리를 무너뜨렸다.

엠비뉴의 군대가 결집하여 질주를 해 오면 물러나서 우회하여 측면을 친다. 거대한 괴물들이 가로막으면 1,000명의 전사들이 대를 이루어 적당한 간격을 유지한 채 돌격과 후퇴를 하며 화살을 쏘아 제압!

20여 개의 대가 나비처럼 나뉘고 벌 떼처럼 모여들면서 적을 격파한다.

사막을 질타하던 방식 그대로, 적진을 타격하여 꿰뚫고 일부분씩 궤멸시킨다.

다소 둔한 엠비뉴의 군대를 상대로 제대로 된 집단 전술의 궁극을 보여 주는 사막 군단!

이런 집단 전술을 보이기 위해서는 숱한 전투 경험이 필요했지만, 그보다는 위드의 잔소리가 제 역할을 톡톡히도 해냈다.

피해를 본 엠비뉴의 군대 측에서는 보복이라도 하듯이 저주와 공격 마법을 날려 왔지만 사막 군단은 재빨리 사방으로 흩어져서 피해 버렸다. 설혹 적중이 되더라도 강인한 생명력 덕분에 바로 죽지만 않으면 지원을 나온 각 교단의 사제들이 치료를 해 준다.

엠비뉴의 대군은 전력 자체로만 놓고 보면 분명히 월등히 강하였지만 그건 정직하고 우직하게 싸울 때의 이야기.

방진을 이루고 중앙군끼리 정면으로 부딪치는 것이 아니라 부근을 돌면서 깎아먹고 분리시키는 수법에는 단순하고 육중한 괴물들이 따라오지 못했다.

기동력을 바탕으로 한 원거리 타격, 섬멸전, 중심 돌파!

전술에 있어서는 사막 전사들이 압도적이다.

전투에서 온갖 꼼수들을 부리는 위드의 자식과도 같은 존재들이었다.

그렇게 전투가 흘러가자 신성불가침의 영토 내에 있는 자들은 싸울 기회가 없었다.

사막 군단과 싸우려고 뛰어오다 보면 모툴스의 지배력이 미치는 범위 밖으로 나오게 된다.

그럴 때마다 일제히 화살 공격으로 섬멸!

단순한 전투력이 아니라 진형과 기동력, 원거리 타격을 바탕으로 한 전투 체계의 압승.

물론 위드가 온갖 위험을 무릅쓰고 혼자서 엠비뉴 군대의 힘을 상당히 힘을 빼 놓았던 덕분도 있었다. 지금 사막 군단이 상대하는 엠비뉴의 군대는 처음 나타났을 때에 비해 30% 정도의 규모도 되지 않았으니까.

그리고 드디어 마지막 목표인 모톨스를 처리해야 할 때가 되었다.

엠비뉴의 군단이 남아 있긴 하지만 사제들과 기사들, 특히 괴물들이 상당히 많이 처치된 상태인 것이다.

"전이."

"넷!"

위드의 사막 전사 호위대는 잉그리그와의 전투 중에 주변을 소탕하느라 200여 명이 죽었다.

쉽게 키우기 힘든 병력 200여 명은 엄청난 손실.

이들이 살아남아야 위드의 제국이 오래 버틸 수 있을 텐데 하는 아쉬움이 잠깐 스치고 지나갔다.

"가장 큰 놈을 사냥할 시간이다. 활로 지원해라."

"옛!"

"전일!"

"말씀하십시오."

"넌 누구도 들어오지 못하게 막아라."

"따르겠습니다."

전일은 사막 전사들을 데리고 주변의 괴물들과 광신도들을 계속 해치우고 있었다.

전투 중에 방해를 최소화한다면, 결국 신성불가침의 영토 내에 있는 적들만 몽땅 없애면 된다.

그들이 강해졌다고는 해도 여전히 위드보단 훨씬 약했다.

"자하브 님! 헤스티거!"

"알겠네."

"명령을 기다리고 있었습니다."

자하브와 헤스티거를 앞세워서 신성불가침의 영토 내로 진격했다.

극악의 기사들이 덤벼들었지만 호위대의 화살 공격에 자유롭지 못한 신세였다. 신성불가침의 영토 바로 밖에서 사막 전사들이 번개처럼 화살 공격을 계속 가했던 것이다.

"통렬한 일격!"

그럼에도 덤벼드는 녀석들은 위드의 강렬한 일격을 맞고 신성 마법의 영역 밖으로 멀리 떨어져 나가서 뒹굴었다.

엠비뉴의 신성력이 미치는 영토로 들어왔습니다.
생명력이 감소합니다. 높은 저항력으로 방어합니다. 생명력이 5초마다 2,138씩 흡수됩니다.

신성불가침의 영토가 까다로운 것은 모툴스에게 마나를 최소한으로 넘겨주어야 하기 때문이다. 대군으로 몰아붙인다면 모툴스는 무한정 공급되는 마나로 계속 최고의 마법들을 사용할 수 있으리라.

시체를 산처럼 쌓는 방식으로 이기는 거야 가능하겠지만 그건 위드의 방식이 아니었다.

"짧고 빠르게 끝내야 됩니다."

"알겠네!"

위드는 이미 써먹었던 방법대로 자하브를 모툴스에게로 집어 던졌다.

효과 측면에서만 보면 확실하지만 안전도에 대해서는 전혀 검증되지 않은 방법.

그러나 검술과 조각술 마스터라는 천재 중의 천재 자하브이기에 날아가는 동안 적들을 베고 날렵하게 모툴스의 근처에 알아서 착지까지 끝냈다.

"헤스티거, 너도 와라."

"영광입니다, 대제왕!"

자하브 때와는 달리 헤스티거를 향하는 위드의 손길에는 사심이 듬뿍 담겨 있었다.

뭘 해도 잘하고, 겸손하고, 미남이고, 부하들에게 인기도 많다. 죽으라고 힘든 일을 맡겨도 엄청난 공적을 세우고 멋지게 돌아오는 얄미운 놈!

붕붕부웅!

위드는 헤스티거를 붙잡은 채로 크게 서너 번 돌리다가 정확히 모툴스를 향해 힘껏 던졌다.

'잘되면 대박이고, 죽어도 뭐… 아쉬울 건 없지.'

혼자서도 충분한데 눈치도 없이 계속 끼어들던 헤스티거만 없었더라도 노들레의 퀘스트를 하면서 레벨을 3~4개는 더 올렸으리라.

축적된 원한과 함께 빛살처럼 빠르게 날려 간 헤스티거는 극악의 기사들을 거침없이 베었다. 그리고 모툴스의 옆구리까지 베고 공중제비를 넘으면서 가볍게 착지!

극악의 기사 둘이 양쪽에서 협공을 가했지만 미리 알고 있기라도 한 듯이 점프를 해서 검을 크게 휘둘러 둘을 한꺼번에 베었다.

물론 그렇다고 해서 적들이 죽지는 않지만 잠깐은 쓰러뜨릴 수 있었다.

“과연 질풍의 헤스티거다!”

“역시 붉은사자단을 이끄는 헤스티거야.”

위드의 귓가에 헤스티거에 대한 칭찬들이 따갑게 들려왔다. 하지만 한가롭게 질투나 하고 있을 때가 아니다 보니 위드도 모툴스에게 곧장 뛰어갔다.

쿠르르르르르릉!

그런데 갑자기 대지가 벽처럼 솟구쳐 오른다.

마의 장벽!

모툴스를 지키는 장벽이었다.

위드는 야만 전사답게 옆으로 돌아가지 않고 넘쳐 나는 힘을 바탕으로 몸으로 뚫고 통과했다.

극악의 기사들과 강화된 괴물들은 쉽게 제압할 수 없기에 통렬한 일격으로 멀리 날려 버리는 것을 선택.

굳이 죽이지 않더라도 신성불가침의 영역만 벗어나면 사막 전사들이 알아서 해치울 것이기 때문이다.

“엠비뉴의 뜻을 거스르는 이 모든 일의 원흉, 너의 죽음으로 이 땅의 파괴는 이루어질 것이다!”

평범한 사제라면 가까이 다가가는 것만으로도 승패는 가볍게 결정지어진다.

잉그리그만 하더라도 까다로웠지만 포위 연속 공격에는 버텨 내지 못했다.

하지만 모툴스는 일반적인 사제가 아니라 몽크!

맨주먹으로 검을 쳐 내면서 동시에 신성 마법까지 외울 수 있었다.

"속죄의 피 주먹!"

위드는 야만 전사로서 공격은 피하지 않고 맞아 주는 편이었다. 일일이 피하려고 애쓰기보다는 그냥 맞아 주는 쪽이 속 편했다.

'이건 조금 위험해 보이는데.'

그래도 혹시나 싶어서 막지 않고 피했더니, 주먹에서 튀어나온 스킬은 일직선으로 쭉 날아가서 한참 뒤에 있던 극악의 기사에게 적중했다.

"캬아악!"

극악의 기사의 몸에서 피바람이 일어나더니 주변에 있던 동료들 4명까지 한꺼번에 사망.

신성불가침의 영토 때문이겠지만, 공격력에서만 놓고 보면 위드에게도 달리지 않는 수준이었다.

몽크의 특성에 의해 방어력과 생명력도 잉그리그보단 훨씬 뛰어났다.

설상가상으로 스스로에게 미리 보호 마법을 걸어서 물리력이나 마법 저항도 높았다. 그냥 싸우더라도 헤스티거와 자하브를 능가할 정도였다.

게다가 그 옆에 버티고 선, 무식할 정도의 스탯을 가진 극악의 기사들도 껄끄러운 수준!

"참회의 종속 추!"

모툴스의 스킬은 넓은 범위 내에 있는 적과 아군을 가리지 않고 다리에 무거운 추를 매달게 했다.

> 저주에 걸렸습니다.
> 이동속도가 24% 느려집니다. 고통을 받습니다. 10초마다 일정 확률로 피해를 입습니다. 공격을 당하면 저주와 증오의 추가적인 피해를 입게 될 것입니다.

신성 마법으로 떼어 내지 않는 한 해소되지 않는 종속 추!

"저주에는 신경 쓰지 말고 놈들과 싸워! 동료들이 바깥에서 도와줄 것이다."

"알겠습니다."

위드는 생명력이 많아서 조금 더 오래 버틸 수 있었지만, 헤스티거와 자하브는 잠시 지나자 생명력이 15% 이하가 되었다.

괴물들과 극악의 기사들 또한 혼신을 다해서 모툴스를 지키려고 하였기 때문이다.

한정된 공간에서 그들의 공격을 감당하면서 버텨 내는 것 또한 상당히 힘겨운 일.

"저희가 맡겠습니다."

조각 생명체들인 전오부터 전십까지가 뛰어들었다.

자하브와 헤스티거는 초주검이 되어서 밖으로 나가고 사제들의 집중 치료의 대상이 되었다.

"대사제님이 위험하다."

"안 돼! 엠비뉴의 뜻을 퍼트리는 대사제님이 돌아가시면 우린 영원토록 지옥의 불구덩이에 빠져 버리고 말 거야."

전일이 통솔하는 사막 군단은 넓게 퍼져서 지원군을 철저히 차단!

청동 거인들의 돌덩어리는 가끔씩 날아왔지만, 지상으로의 접근은 완벽하게 막아 냈다.

위드는 극악의 기사들을 신성불가침의 영토에서 쫓아내는 데 집중했다.

발로 걷어차고, 말살의 검으로 상대방의 방어를 무시한 채 날려 버리는 위용!

생명력이 감소하고 있습니다.
현재 남아 있는 생명력: 17.8%

현재 일곱 가지의 저주에 걸려 있습니다.

"한 번에 죽이기 위해 무리할 필요는 없겠지."

소삭 생명체늘에게 전투를 맡기고 위드도 신성불가침의 영토에서 빠져나왔다.

여사제들이 그를 치료하는 사이에, 모틀스도 약 20여 명 남은 극악의 기사들의 보호를 받으며 신성 마법을 외웠다.

"완전한 회복!"

모툴스의 몸에 빛의 기둥이 생겼다.

시간을 조금 주니 대사제답게 넘치는 마나로 자기 자신의 생명력을 가득 채운 것.

그를 호위하던 부상을 입은 극악의 기사들 또한 한꺼번에 치유가 되었다.

"말도 안 돼. 사기잖아!"

위드는 어처구니가 없었다.

신성불가침의 영토로 접근한 자들의 마나는 쏙쏙 빼먹고, 자신의 몸이 축나면 스스로 치료를 하기도 한다.

대사제이면서 근접 전투력도 무시 못 할 수준이다.

조각 생명체들도 저주에 빠져서 전투력이 약해지고 금방 수비에 급급하게 되었다.

"그래도 놈을 지켜 주는 병력이 불과 스물에서 서른 정도밖에는 되지 않아. 전일이 철저히 막아 주기만 한다면, 잠시 후면 잡을 수 있겠지."

그때 모툴스가 또 다른 마법 주문을 외웠다.

"맹약의 수호!"

다시 빛의 기둥이 어리더니 신성불가침의 영토 내에 청동 거인 4명이 등장!

극악의 기사도 100여 명이 소환되었다.

"원점에서 시작이로군."

위드는 더 이상 모툴스가 마법을 쓰지 못하도록, 생명력이 67%가 되자마자 다시 전투에 뛰어들었다.

극악의 기사들을 가볍게 날려 버리고 돌출되는 마의 장벽을 관통!

이 정도의 저항이야 예상하지 못했던 바도 아니었다.

엠비뉴의 대군에 의해 사막 전사들이 피해를 입고 있지만 수비 진형은 튼튼하고 안정적이다. 오로지 모툴스만을 노리고 집중할 수 있었다.

"엠비뉴의 뜻을 받드는 한 나는 꺾이지 않는다."

"순진하기 짝이 없군. 세상에 원래 믿을 놈 하나 없는 거야."

"나의 손을 잡아라. 올바른 신앙의 길로 인도해 주겠다. 절대 경험하지 못한 미증유의 힘과 권력을 넘겨주지."

"인생, 돈이 최고야!"

모툴스와 말싸움도 하면서 전투 재개!

자하브, 헤스티거에 반 호크, 토리도까지 제대로 가세했다.

그러다가 그들의 생명력이 낮아지면 조각 생명체 부하들과 교체.

위드와 함께 모툴스는 생명력이 점점 떨어졌다.

극악의 기사들은 사막 군단의 화살 공격과 조각 생명체들의 돌격에 의해서 삼분의 일 이하로 줄어들어서 제 몫도 하지 못할 정도였다.

"크후후, 괴롭고 아프지 않으냐. 엠비뉴를 믿으면 그분의 무한한 힘에 의해 너의 고민은 전부 해결될 것이다."

모툴스의 주먹질은 상당히 위협적이었다. 맞게 되면 피해를 입는 것은 둘째로 치고 기괴한 저주에 걸린다.

넓은 지역을 특성으로 하는 모툴스의 공격이 이어지면서, 위드는 최소한의 회피 동작만으로 기다란 말살의 검을 휘둘렀다.

양측 모두 치열한 교전을 벌인 끝에 모툴스의 생명력이 50% 이하가 되었지만 위드는 16% 이하로 감소했다.

위드가 먼저 죽을 판이었다.

그 사실을 알아차렸는지, 모툴스도 도망을 다니거나 신성 마법을 쓰지 않고 공격에 집중했다.

마치 자신이야 어떻게 되든 위드만 죽인다면 상관없다는 듯했다.

"저놈을 죽여라. 엠비뉴의 뜻이다."

"옛!"

극악의 기사들 또한 위드를 공격하는 데 치중했다.

"너희도 나는 상관하지 말고 저놈을 죽여!"

위드도 모든 부하들을 모툴스에게로 내보냈다.

서로가 누가 먼저 죽느냐의 싸움!

위드는 큰 덩치로 10명이 넘는 극악의 기사들의 공격을 받아치고, 모툴스의 공격을 몸으로 때웠다.

생명력이 급격하게 감소하면서 위기에 빠졌다.

남은 생명력 3.4%.

이대로라면 그간의 모든 노력이 허무하게 사라지게 될 순간.

모툴스의 생명력은 여전히 35%가 넘게 남아서, 활기차게 공격하고 있다.

극악의 기사들마저 공격에 집중하면서 위드가 신성불가침의 영역 밖으로 도망치지 못하도록 막았다.

그때 위드가 큰 함성을 터트렸다.

"환희의 회복!"

> 야만 전사의 고유 능력, 환희의 회복을 사용하였습니다.
> 용맹의 신 바트거가 야만 전사의 몸 상태를 정상으로 되돌려줍니다. 강한 적과의 싸움에서 한 걸음 물러나는 것은 야만 전사에게는 치욕입니다. 야만 전사의 고고한 자존심은 적을 용납하지 않습니다. 마땅히 적을 부스러뜨려야 합니다!

생명력이 완전하게 회복되었습니다.
몸에 걸려 있는 저주들이 완벽하게 해소되었습니다. 저주와 마법에 대한 저항력이 370%까지 상승합니다.

위드의 몸은 정상이 되었다. 그리고 저주가 해소되면서 움직임조차도 갑자기 빨라졌다.

'단 한 번의 기회!'

극악의 기사들을 뛰어넘어 단숨에 모툴스를 향해 검을 휘둘렀다.

"크억!"

말살의 검은 모툴스의 몸을 그대로 갈랐다. 그럼에도 보호 마법으로 인해 부상은 적은 편.

위드는 상관하지 않았다.

일대일의 승부에서는 자신이 훨씬 더 강하다.

짧은 시간이었지만 노늘레의 퀘스트를 진행하면서 공격과 수비에 골고루 균형 있는 성장을 이루어 냈다. 레벨도 높고, 전투와 연관된 마스터 스킬까지 여러 개를 가지고 있기에 여기에서 죽는다면 자신이 못 싸웠다는 소리밖에 안 된다.

정신만 바짝 차리고 있으면 호랑이에게 물려 가도 가죽을 갖고 돌아온다고 하지 않았던가!

"감히 엠비뉴를 거역할 셈이냐!"

"엠비뉴가 나한테 해 준 게 뭐가 있는데? 뭐, 사실 없진 않지만, 그건 다 내가 잘난 덕분이야!"

위드는 말살의 검으로 연속 검술을 펼쳤다. 모툴스가 물러나는 만큼 따라가면서 쉬지 않고 검을 휘둘렀다.

공격이 연속으로 성공하면서, 탄생의 힘에 흑기사의 일격까지 간간이 작렬했다.

극악의 기사들이 비명을 지르며 보호하려고 하였지만 그런 것들은 아예 무시!

모툴스가 신성 마법을 사용하지 못하도록 공격하면서 힘으로 계속 뒤로 밀쳐 냈다.

"이 세상이 올바르다고 생각하나? 엠비뉴를 믿으면 진정한 광명을 깨닫게 되리라."

"국민연금도 못 믿는 세상에 무슨."

"무서운 엠비뉴 신의 분노가……."

"집주인의 공포도 이겨 낸 나야!"

위드에게는 모툴스의 어떠한 말에도 흔들리지 않는 굳건한 믿음이 있었다.

현대를 살면서 자연스럽게 터득하게 되는 현금우선주의!

모툴스의 생명력이 10% 미만으로 급격하게 감소했다.

"완전한 회……."

"기다리고 있었다. 가라!"

> 치명적인 일격이 터졌습니다.
> 68%의 피해를 추가합니다.

> 치명적인 일격이 터졌습니다.
> 149%의 피해를 추가합니다.

치명적인 일격이 터졌습니다.
261%의 피해를 추가합니다.

치명적인 일격이 터졌습니다.
442%의 피해를 추가합니다.

일점공격술로 치명적인 일격을 연속으로 작렬!

위드는 모툴스와 전투를 치르면서 예민한 감각으로 그의 허점을 파악해 냈다.

무수한 전투 경험으로 현재의 생명력이나 방어력, 그 모든 것들이 잡힐 듯이 느껴졌다.

지금까지 쉽고 편안한 전투들만 벌여 온 것이 아니기에 더욱 예리한 관찰력이나 직감을 얻게 되었다.

우유 배달, 신문 배달을 오래 하다 보면 집 대문이나 담벼락만 봐도 딸기 우유를 먹는 집인지 초코 우유를 좋아하는 집인지 알 수 있게 되는 법.

'그렇다면 마지막은…….'

모툴스는 계속 회복을 위한 신성 마법을 시도하고 있었다.

위드는 일점공격술로 그의 가슴을 연속으로 세 번 노렸다.

결 검술이 성공했습니다.
치명적인 일격이 터졌습니다. 상대방의 방어력을 무력화하며 284%의 피해를 추가합니다.

결 검술이 성공했습니다.

치명적인 일격이 터졌습니다. 상대방의 방어력을 무력화하며 516%의 피해를 추가합니다.

결 검술이 성공했습니다.
치명적인 일격이 터졌습니다. 상대방의 방어력을 무력화하며 837%의 피해를 추가합니다.

기하급수적으로 늘어나는 공격력!

야만 전사의 엄청난 괴력에 말살의 검까지 한 점에 집중시켜서 입히는 피해는 어마어마했다.

신성불가침의 영토에 있는 모툴스였기에 그나마 지금까지 버텨 온 것.

모툴스의 몸이 유리처럼 깨어지더니 어두운 기운이 사방으로 흘러나오며 흩어지기 시작했다.

"너희의 생명도 얼마 남지 않았다. 엠비뉴께서 반드시……."

엠비뉴 교단의 대사제 거악의 제물 상납자 모툴스가 영원한 안식에 들어갔습니다.
치러야 할 죗값이 막대하기에 그의 영혼은 결코 휴식처로 가지 못할 테지만, 악신에 사로잡힌 이후 처음으로 자유로움을 느낄 것입니다.

엠비뉴 제4지파의 괴물과 광신도 들이 일정 기간 혼란에 빠집니다.

위대한 업적으로 인하여 명성이 42,138 올랐습니다.

전투에 대한 특별한 보상으로 신앙심이 130 상승하였습니다.

엠비뉴의 군대를 뒤덮고 있던 어두운 기운이 사라졌습니다.

정복자의 등장 퀘스트 완료

남쪽 사막에서 일어난 젊은 정복자는 세상을 온통 뒤흔들어 놓았다. 그의 발걸음이 지나는 곳을 따라 영토가 넓어졌고, 오만불손한 귀족들은 무릎을 꿇어야 했다. 충성심 가득한 그의 병사들은 사자처럼 용맹하고 강하였다.
완전하다고는 할 수 없으나 사막을 일통하고 대제국이라고 불릴 정도로 넓은 영토와 그 주민들이 그의 지배를 인정하였다. 불온한 그림자를 깊게 드리우던 엠비뉴의 하수인들도 사라지게 되었다.
욕심 많은 왕들에 의해 전쟁이 거듭되며 피를 부르는 이 세계는 마침내 똑똑히 알게 되었다, 가장 위대한 정복자가 높은 곳에서 그들을 내려다보고 있음을!

명성이 51,282 올랐습니다.

역사에 커다란 발자취를 남기게 됩니다.

퀘스트에 대한 보상으로 시간의 보너스가 부여됩니다.
시간의 보너스는 조각술 최후의 비기 퀘스트를 완료하고 원래의 세계로 돌아가는 시점에 적용됩니다.

기적을 일으킨 모험을 통해 모든 스탯이 15 오릅니다.
획득한 스탯은 원래의 세계로 돌아가더라도 유지될 것입니다.

제국의 이름을 정해 주십시오.
제국은 대륙의 역사에 존재하면서 일정한 흔적을 남긴 후 사라질 것입니다.

"음, 제국의 이름이라."

위드는 이름을 참 자주 짓는다는 생각을 했다.

조각품과 부하들을 만들어 내는 정도야 익숙했지만, 국가의 이름을 또 짓게 될 줄이야 누가 알았겠는가.

"어차피 잠시 지나면 사라져 버릴 제국이니 대충 짓더라도 관계는 없겠지."

딱히 돈이 나오는 것도 아니라서 간단히 이름을 지었다.

"팔로스 제국."

> 팔로스 제국이 맞습니까?

"맞아."

팔로스라는 이름.

먼 옛날 추억의 사탕 이름이었다.

그렇게도 먹고 싶었지만 너무 비싸서 도저히 사 먹을 수가 없었던 신기루와 같은 사탕.

가끔씩 꼬마 아이들이 먹고 있는 걸 빼앗아서 먹었다.

약탈과 파괴로 이루어 낸 제국이니 딱 어울리는 이름이 아니겠는가.

> 이름이 팔로스 제국으로 결정되었습니다.

> 국가의 통치 체제를 선택하여 주십시오.
> 황제에 의해 다스려지는 군주제, 시민들이 권력자를 뽑는 공화국, 귀족들의 자치권을 인정하는 봉건제, 최고 귀족들에 의해 다스려지는 원로원을 결정할 수 있습니다.

주의!
군주제로 선택한다면 즉시 후계자를 정하고 모든 권력을 넘겨줘야 합니다. 똑똑한 황제는 제국의 기틀을 다지고 오랫동안 이끌어 가게 될 것입니다. 물론 무능한 황제가 선출되면 그 반대의 상황이 벌어지므로 후계자의 역량이 중요합니다.
공화국으로 선택한다면 팔로스 제국의 시민들이 스스로 황제를 결정합니다. 일정 기간마다 황제가 바뀌며, 권력은 제약됩니다. 상인들이 빨리 성장하고, 점령 지역의 반발이 적습니다.
봉건제를 선택한다면 각 지역을 다스리는 영주들에게 통치를 맡기게 됩니다. 방대한 제국의 영토에서 중앙의 관할권이 미치지 않는 지방까지 안정적으로 다스리기에 좋은 제도입니다만, 그 지역에 있어서는 황제보다 영주의 권한이 앞서게 됩니다. 반란이나 탈세에 대하여 자유롭지 못할 것입니다.
원로원은 팔로스 제국 내에서 명망과 힘을 가장 많이 가진 이들로 구성될 것입니다. 그들은 원로회의를 거쳐서 중대사를 결정합니다.

"으음."

마음 같아서는 딱 군주제를 택하고 싶었다.

절대왕정!

황제가 모든 것을 지배하며 주민들을 착취하는 그러한 국가 제도야말로 위드의 적성에 딱 맞았다.

올바른 말을 하는 신하가 있더라도 수틀리면 죽이고 쫓아내고, 모든 것들이 황제를 중심으로 다스려지는 제국!

"근데 내가 다스릴 것도 아니고, 기껏 이뤄 놓은 걸 다른 놈에게 넘겨주자니 못 할 짓이야."

공화국은 더욱 곤란하다.

위드는 사막과 베르사 대륙을 통틀어서 인간으로서는 가장 절대적인 무력과 권위를 가지고 있었다. 그러나 공화국을 택하면 그다음의 NPC가 자리를 차지하게 되리라.

그러면 아무래도 얄미운 헤스티거가 팔로스 제국의 황제 자리에 앉게 될 가능성이 크다.

봉건제는 더욱 말도 안 된다. 믿을 놈 하나 없는 마당에 그 지역에 대한 전적인 통치권을 줄 수는 없는 노릇.

"원로원으로 결정해야겠군."

정치 체제란 무엇을 택하더라도 거기에 속한 사람들의 문제이지 완전하지는 않다.

베르사 대륙의 역사에 팔로스 제국이 어떤 형태로 존재하느냐를 결정하는 부분이기에 매우 중요하다고 볼 수도 있지만, 위드는 대충 정해 버리고 말았다.

팔로스 제국의 통치 체제는 원로원의 집단 지배 체제로 결정되었습니다.

팔로스 제국력

베르사 대륙에 변화가 찾아왔다.

과거에도 위드의 모험이 성공하면서 많은 변화가 있었다.

얼음이 뒤덮고 있던 북부가 살 만한 장소가 되었고, 불사의 군단이 사라지고, 태초의 도시가 발견되었다. 새로운 정령들이 생겨나고, 위대한 건축물, 도시 들이 북부 대륙에 세워진 것도 커다란 영향을 남긴 것이라고 할 수 있었다.

무수히 많은 유저들 그리고 그보다도 훨씬 많은 주민들이 살아가는 베르사 대륙이지만 위드만큼 큰 변화를 일으킨 사람이 어디에 또 있을까.

이번에도 엠비뉴 교단에 승리를 거두자마자 유저들이 살아가는 베르사 대륙이 변화했다.

로자임 왕국의 아루드 강가.

스핑크스와 피라미드가 있던 장소로, 현재는 엠비뉴의 교단에 의해 파괴되어서 돌무더기들만 즐비하게 널려 있다.

악으로 물든 쓸모없는 황무지에서 유저들이 몸을 웅크리고 숨었다.

"쉿! 조용히."

"들키면 끝장이니까. 천천히 가자."

엠비뉴의 지배 아래에 있는 땅이었지만 일부 유저들은 살아가고 있었다. 고향인 로자임 왕국을 차마 떠나지 못한 것이다.

사냥도 어렵고, 정상적인 생활도 불가능하다. 광신도나 종교 재판관에게 들키면 바로 목숨을 잃어야 했으니 유저들에게는 절망에 가까운 땅.

유저들은 대낮에만 활동하고 밤이면 은신처인 숲에 숨어야 했다.

검게 타 버린 흔적이 남아 있는 황무지를 지나가고 있는데 갑자기 꽃들이 활짝 피어났다.

땅이야말로 모든 회복력의 근원.

생기를 억누르던 엠비뉴의 마력이 사라지면서 과거처럼 비옥한 땅으로 다시 변해 갔다.

곡식을 심더라도 수백만 명이 먹을 수 있을 테지만, 당장은 아루드 강을 끼고 넓은 강가에 온갖 꽃들이 피어났다.

"뭐야, 이거?"

유저들은 신기해서 아는 사람들에게 이상한 일이 벌어졌다고 귓속말을 보내 봤다.

—정말이야?
—응. 갑자기 무슨 일인지 모르겠네.
—모르겠어? 오늘은 위드가 엠비뉴 교단과 싸우는 날이잖아.

—그러면 그거 때문에?
—방송으로 보고 있는데 아직 그 부분까지는 안 나왔어. 근데 모험이 성공한 모양이야. 진짜 대박이다!

부서졌던 스핑크스와 피라미드도 서서히 거짓말처럼 복원되었다. 과거의 역사가 바뀌면서 엠비뉴 교단이 로자임 왕국에 남긴 깊은 상처들이 사라지고 있는 것이다.

세라보그 성도 다시 원래의 상태로 되돌려지고, 몰살당한 국왕과 왕족들이 되돌려졌다. 마을들도 숱하게 복구되었다.

변화는 베르사 대륙의 동부에만 국한되지 않았다.

중앙 대륙!

가장 많은 유저들과 주민들이 살아가는 땅.

명문 길드들의 분쟁은 하벤 제국의 승리로 종식되었지만 전투는 끊이지 않았다.

갈수록 넓어져 가는 엠비뉴 교단의 영토로 인하여 도처에서 파괴와 반란이 일어났다. 광신도들만이 살아가는 도시들, 괴물의 생산 기지로 변한 마을들도 한둘이 아니다.

중앙 대륙의 왕국들은 하벤 제국의 공격에 의해 점령되었지만, 엠비뉴 교단에 의하여 자멸한 국가들도 많았다.

엠비뉴의 세력 팽창으로 인해 하벤 제국조차도 긴장한 채로 그들을 몰아내기 위한 전쟁을 준비하고 있었다.

전쟁으로 인한 화가 중앙 대륙을 다시 휩쓸려고 하는 이때!

무너졌던 도시들이 원래보다 더욱 크게 세워지고 황폐화되었던 대지들이 복원되었다.

엠비뉴를 따르거나 혹은 그들에 의해서 죽어 갔던 주민들이 사라졌던 도시에서 다시 나타나서 일을 했다.

"올해는 풍년이었으면 좋겠어."

"그러게 말일세. 루의 교단에다 기부라도 좀 하고 싶은데 말이야."

도시들이 복구되고 주민들이 다시 살아간다.

기술력이 발달하고, 문화가 번성하며, 경제가 꽃을 피운다.

위드가 전쟁의 시대에서 파괴해서 피해를 끼쳤던 이전보다 몇 배에 달하는 번영과 발전이 이루어졌다.

중앙 대륙은 아주 넓었다.

베르사 대륙은 동, 서, 남, 북, 중앙으로 구분을 하지만, 그 중에서도 중앙 대륙은 다른 모든 지역들의 인구와 영토를 합한 것만큼이나 컸다.

남부 고요의 사막 너머 불모의 대지, 북부 빙하 지역 너머의 결빙의 땅, 동부의 끝없는 바다와 섬들을 포함하면 중앙 대륙이 그보다 더 넓다 할 수는 없겠지만, 적어도 사람들이 살아가는 영토로서는 다른 네 곳을 합한 것보다도 컸다.

페어리들의 숲, 엘프들의 수림, 목숨을 내놓아야 들어갈 수 있는 드래곤의 영토, 거인족의 유적지.

매우 다양한 지형과 사냥터, 모험이 있다.

엠비뉴 교단에 의해 물들었던 그 넓은 땅이 정상화가 되어 가고 있었다.

유저들은 처음에는 이러한 변화를 잘 몰랐다.

선술집에 왁자지껄 모여서 대형 벽걸이 수정을 통해 위드의 모험을 지켜보고 있었던 게 전부다.

그런데 그들이 알고 있는 유저들이 귓속말을 해 온다.

—내가 퀘스트 재료 구하려고 이네프 성에 왔잖아.
—그런데?
—여기 있던 엠비뉴 교단이 싹 사라지고 부서진 이네프 성도 3달 전처럼 돌아왔는데.
—진짜야?

그렇게 변화가 알려졌지만, 유저들이 보는 앞에서 바뀌어 가기도 하였다.

"제발 살려 주세요!"

"엠비뉴를 따르지 않는 자, 고통스러운 죽음뿐이다!"

돌아다니던 종교재판관들에게 사로잡힌 초보 유저들!

그들은 눈을 질끈 감고 종교재판관의 무식하기 짝이 없는 철퇴가 날아오기만을 기다리고 있었다.

근처에는 엠비뉴에 세뇌된 기사들까지 있어서 도망은 꿈도 못 꿀 상황!

그런데 종교재판관의 몸이 회색빛으로 변하더니 마치 목숨을 잃을 때처럼 가루로 변해서 사라졌다.

"자네들은 왜 그러고 있나?"

"넷?"

조금 전까지만 해도 엠비뉴에 세뇌되어 그들을 따르던 기사들은 얼굴에 힘줄이 돋아나고 흉신악살처럼 일그러져 있었다. 하지만 어느새 평범하고 우직한 기사의 모습으로 돌아왔다.

"땅이 차가울 텐데 왜 엎드려 있는지 모르겠군. 어서 일어나게나.”

기사들은 따뜻한 손으로 초보 유저들을 일으켜 주었다.

중앙 대륙의 엠비뉴 교단 세력이 십분의 일 이하로 급격하게 감소했다.

이 사실은 위드의 모험이 성공으로 끝난 것과 동시에 알려져 중앙 대륙 유저들을 광란의 기쁨으로 몰고 갔다.

—위드는 진짜 강아지 같은 놈입니다! 그놈 때문에 어렵게 장만한 집이 날아갔어요. 주민들도 다 사라졌습니다. 제가 입은 피해는 정말 이루 말할 수가 없는데… 흑흑.

—내 가게! 위드의 악마 같은 짓으로 이 도시는 엉망진창이 되었어요. 주춧돌까지 완전히 날아가서 주민들이 오분의 일로 줄어들고 경제력, 기술력 말할 것도 없이 망했습니다. 유일하게 좋은 점이라면 도둑이 줄어든 거죠. 털 게 없거든요. 오죽하면 이렇게 되었을까요?

게시판마다 옮겨 다니며 위드에 대한 비난 글을 올리던 중앙 대륙의 유저들!

위드가 전쟁의 시대에서 폭군 활동을 하며 도시들을 파괴해서 수많은 유저들이 피해를 입은 것은 사실이었다.

〈로열 로드〉에서는 다른 유저들의 모험이나 침략으로 인해서 손해를 보는 것 정도야 어쩔 수 없이 받아들여야 하는 부분이기도 하다.

명문 길드들이 대립을 하며 전쟁을 일으켜 성을 빼앗는 와중에 죽음을 경험하기도 한다. 상권 위축, 사냥터 제한 등의 부차적인 피해를 본 사람이 어디 한둘이겠는가.

하벤 왕국이 칼라모르 왕국, 브리튼 연합 도시 등을 점령할 때에도 유저들은 바뀐 세상에 적응을 하면서 살아갔다.

어차피 약육강식의 세계이니 그렇게 전쟁으로 손해를 보는 건 그나마 납득하고 받아들였지만, 한 개인의 모험으로 인해서 피해를 보니 억울하게 느껴지기도 했다.

헤르메스 길드의 유저들은 원래 위드에 대해 부정적이었지만, 반대로 중앙 대륙의 유저들은 위드를 우상처럼 생각했다. 그러한 위드의 모험으로 인하여 살아가던 터전을 날려 버린 유저들은 분노하여 비난 글을 올리고 있었다.

—위드 신발아기, 더럽고 치사해서 진짜… 내가 그놈 때문에 본 피해를 생각하면…….
—다시는, 다시는 위드를 좋아하지 않을 겁니다! 사나이가 한을 품으면 한겨울에 물놀이를 한다는 말이 있는데 말이죠. 〈로열 로드〉를 하는 동안에는 평생 증오하면서 살 겁니다.
—위드가 돌아오기만 하면 죽여 버립시다. 위드 척살조 대모집 중!

그러다가 중앙 대륙의 변화가 유저들에게 알려졌다.

몰락한 도시, 폐허밖에 남지 않은 도시, 인구가 절반 이하로 감소한 도시들이 새롭게 바뀌었다.

엠비뉴의 영향력이 감소하면서 그들의 점령 아래에 있던 대도시, 상업 도시, 관광도시 등이 안정된 치안과 함께 과거의 영광을 화려하게 회복했다.

도시들은 유저들이 예전에 살아가던 〈로열 로드〉의 초창기 이상으로 훨씬 엄청난 번영을 구가했고, 검과 마법의 발달도 이루어졌다. 중앙 대륙 전체에 걸쳐서 주민들이 늘어나고 100여 개의 새로운 도시들이 생겨나면서 교류를 한 덕분이었다.

그리고 〈로열 로드〉의 모든 유저들에게 메시지 창이 떴다.

띠링!

전쟁의 시대를 종식시킨 팔로스 제국!
역사가들은 전쟁의 시대를 협잡과 배반, 모략, 폭력이 지배하던 시기로 규정지었습니다. 탐욕스러운 왕과 귀족들에 의해 전투가 끊이지 않던 시대! 무고한 주민들이 전쟁터에서 죽어 나가고, 과도한 세금을 못 이겨 저항을 꿈꾸다가 진압군에 의해 목숨을 잃었습니다. 기사들은 충성심을 갖고 명예롭게 행동하는 대신에 잔인하고 폭력을 부끄러워하지 않았습니다.
그러나 이 시대에 엠비뉴의 암운이 깊숙하게 자리 잡고 있었다는 사실을 아는 자들은 많지 않습니다. 광활하고 메마른 모래의 땅에서 올라온 정복자는 대륙의 암운을 깨끗하게 걷어 내고 새로운 질서를 창출해 냈습니다.
팔로스 제국!
낙타를 탄 전사들의 시미터에 의해 세워진 국가입니다. 사막의 문화와 전통을 계승한 제국은 칼로 전쟁의 시대를 끝내며 막강한 지배자가 되었습니다. 강대한 무력을 갖춘 그들은 무려 80여 년간 대륙을 지배하면서 힘에 의한 세계 질서를 유지하였습니다.
고질적인 사막 부족들끼리의 분쟁과 점령지의 반발에도 불구하고 80여 년이라는 긴 시간 동안 지배할 수 있었던 것은 강자를 우대하는 그들의 단순하면서도 효과적인 방식 때문이었습니다. 우수한 사막의 전사들은 왕국 기사들로서도 역부족이 었습니다. 그들은 대륙을 연결하는 도로를 개설하여 상업을 장려하였고, 몬스터들을 완벽히 토벌하여 치안을 확고하게 다스렸습니다.
원로원의 내분으로 인해 다투지 않았더라면 팔로스 제국의 통치는 더욱 길게 이어졌을 것입니다.

팔로스 제국력

0년: 마폰 왕국과 베이너 왕국과의 영토 전쟁에서 승리. 조건 없는 항복 선언을 받음. 대륙의 암운인 엠비뉴 교단을 물리침. 모든 국가들이 팔로스 제국을 존중하며 두려워함. 대제왕 위드는 황제의 자리에서 물러나며 원로원에 통치를 위임함. 사막 부족의 대표들이 원로원에 합류.
2년: 점령지에서의 반란 발생. 공국 노아와 루프레아 소속의 6개 도시가 참여.

팔로스 제국의 넘쳐 나는 사막 전사들이 가볍게 제압. 갑자기 저질러진 잔인한 약탈과 파괴는 추가적인 반란을 봉쇄함.

3년: 전쟁의 시대에 악화된 치안으로 인해 몬스터 무리가 대륙에 크게 날뜀. 팔로스 제국에도 침입하였으나 국경 주변에서 섬멸. 왕국들이 넘쳐 나는 군사력을 두려워하며 조공을 바침. 제국의 전성기 시작.

5년: 극심한 가뭄으로 인한 흉년. 팔로스 제국은 넘치는 재물로 식량을 비축해 놓아서 피해를 입지 않음.

6년: 위대한 사막의 전사 모비스 탄생. 모든 사막인들이 존경하는 위드의 뒤를 이어 태양의 전사가 됨.

9년: 원로원 영토 확장을 결의. 팔로스 제국에 의하여 마폰 왕국 멸망. 전쟁 중의 극심한 파괴로 인하여 다른 국가들과의 외교 악화.

15년: 사막 지역의 출생률 급증. 중앙 대륙의 발전된 농사 기술의 전수로 식량 생산량 증가. 라호스, 대륙 10대 도시에 선정. 주민들은 사치와 풍요에 빠지게 됨. 사막 지역의 특산품인 물 담배가 대륙 전체에서 인기를 끌기 시작.

21년: 부르칸 부족과 크실리야 부족 간의 대규모 내전 발생. 연맹을 맺은 다른 사막 부족 43개 합류. 숱한 시체들과 앙금을 남기고 휴전.

34년: 사막 전사들의 세대교체. 대제왕 위드와 함께 전투를 치렀던 사막 전사들 절반이 흙으로 돌아감.

52년: 네브론의 흑마법사 침공. 팔로스 제국과의 3년 전쟁 발발. 흑마법사는 전사 모비스에 잡혀 처형됨. 그러나 죽기 전 사막의 오아시스들에 독을 살포함. 해독이 까다롭고 늦어져서 오아시스 도시들 여섯 군데가 폐쇄.

66년: 원로원 내부에서 분쟁 발생. 또다시 부르칸 부족과 크실리야 부족 간의 전쟁으로 이어지게 됨. 사막 부족들 대부분이 참여한 내전으로 격화.

69년: 팔로스 제국의 곳간이 비게 됨. 전사들을 우대하는 정책으로 인해 생산과 상업 부분에서 다른 국가들에 뒤처지고 숙련도 높은 장인들이 부족. 타국과의 교역 불균형이 갈수록 심해짐.

71년: 원로원 극적인 화해. 감소한 제국의 금 수입을 회복하기 위해 다른 국가들 침략을 결정.

72년: 점령지에서의 반발. 사막 전사들이 출진하였으나 방책과 요새, 마법으로 저항. 다간 왕국 재건국.

74년: 위대한 사막의 전사 모비스 은퇴.
77년: 팔로스 제국에 저항하는 국가들의 숫자가 6개로 늘어남. 콜튼 원정 실패.
81년: 점령지 대부분에서 반란 발생. 사막 전사들은 여전히 뛰어난 무력을 가지고 있었지만 진압과 통치를 위한 병사들이 부족. 팔로스 제국 점령 지역을 버리고 사막으로 철수를 결정.
83년: 사막 부족들의 뜻이 갈라짐. 팔로스 제국의 공식적인 해산.

역사서에 팔로스 제국이 새로 나타납니다. 관련 모험들이 생성되었습니다.
대륙 남부 지역이 경제적, 기술적으로 발달합니다.
중앙 대륙에 사막의 문화가 유입된 도시들이 생성됩니다.
사막 지역에서 특출난 전사가 탄생할 확률이 높아집니다. 사막 지역의 아이들은 뛰어난 전사가 되기 위한 꿈을 크게 키울 것입니다.

팔로스 제국은 역사적으로 보면 큰 발자취를 남기지는 못했다. 하지만 예정보다 빨리 전쟁의 시대를 종식시킬 수 있었다. 그로 인하여 훗날의 세계에는 큰 번영과 안정을 가져다주었다.

위대한 사막의 대제왕 위드가 세운 업적이라고 할 수 있을것이다.

그의 영웅적인 행보는 긴 시간을 거슬러 올라가 현재를 바꾸어 놓았다.

게시판에 열심히 비난 글을 올리던 유저들은 서둘러 자신의 글을 지웠다.

좋든 싫든 자신들이 살아가는 하벤 제국. 원래에는 없었던 숱한 도시들이 생겨나고, 문물도 훨씬 발달했다. 파괴되었던 도시들이 예전보다 훨씬 더 크게 생성된 경우도 있으니 그 기쁨이야 이루 말할 수가 없는 것.

—전쟁의 신 위드!
—캬아, 우리를 생각해 주는 건 과연 위드밖에 없네요.
—고맙습니다. 앞으로 열심히 살아 보겠습니다.
—방 한 칸짜리 집이 부서져서 계속 욕을 했는데… 지금 가 보니 대저택으로 바뀌어 있네요. 이 은혜를 어떻게 갚아야 할지……

"설마 했는데 정말 말도 안 되게 성공해 버렸군."

라페이는 모사꾼으로서 앞으로 일어날 일에 대한 백 가지 가능성을 고려한다.

위드가 모험을 실패하여 엠비뉴 교단이 크게 활약하는 것이 확률이 가장 높은 상황이었다. 실리로 따지더라도 모험을 실패하는 쪽이 그리 나쁘지는 않았으니까.

프롬펜에 결집했던 광신도의 군대가 소멸했습니다.

랑켄 성의 엠비뉴 숭배자들이 보통 주민들로 돌아왔습니다.

엠비뉴 교단을 처리하기 위한 전투준비까지 갖춰 놓았는데 허망하게 사라져 버렸다.

텔레비전으로 위드의 모험을 보고 내린 라페이의 판단은, 물론 유성 소환과 같은 놀랄 만한 장면들도 있었지만 결국 불굴의 의지와 노력으로 퀘스트를 성공해 버렸다는 것이었다.

"어이가 없군. 어이가 없어."

그렇게 힘든 모험을 성공한 것도 기가 막히지만 그 결과가 초래한 것은 무엇인가.

중앙 대륙에서 하벤 제국을 위협하던 엠비뉴의 세력은 초라할 정도로 쪼그라들었다. 큰 변수가 없다면, 앞으로 지속적으로 경계를 하는 한 엠비뉴로 인한 피해가 커지진 않을 것이다.

"정말 멍청하군."

라페이는 괜히 웃음이 나왔다.

사람들은 노력을 한다. 그 이유는, 어떤 대의를 위해서라기보다는 자기가 잘 먹고 잘 살기 위해서다.

위드는 모험을 성공시켜서 다시금 유명세를 떨치게 될 테지만, 달콤한 과실은 하벤 제국이 다 차지하게 되리라.

"죽 쒀서 개 준다는 말이 있는데, 그런 걸 다 얻어먹게 되는 셈인가."

하벤 제국의 황실에는 이름만 들어도 알 만한 유저들이 모여 있었다.

유명한 성과 도시, 기사단을 지휘하는 유저들!

일찍부터 헤르메스 길드에 소속되어 공적을 세운 이도 있고, 점령 작업 중에 영입된 랭커도 있다.

이른바 헤르메스 길드의 최정예들이 전투준비를 갖춰 놓고 기다리고 있었다.

"우리는 이제 북부로 갑니다."

라페이의 말에 놀라는 사람은 1명도 없었다.

엠비뉴 교단, 혹은 북부 정벌. 둘 중의 하나는 있으리라고 생각했다.

하벤 제국을 지키기 위한 전투보다는 기왕이면 영토와 도시를 얻을 수 있는 정벌이 훨씬 좋다.

엠비뉴 교단과의 번거로운 내전을 생략하고 바로 베르사 대륙 정복의 깃발을 들 수 있는 것.

헤르메스 길드에서는 중앙 대륙을 장악한 순간 베르사 대륙을 거의 통일했다고 생각했고, 절차상 나머지 과정들이 조금 남아 있다고 여겼다.

북부까지 복속시킨다면 유저들이 제대로 결집하지도 못한 동부와 서부는 어렵지 않게 장악할 수 있으리라. 어쩌면 군대가 도착하기도 전에 스스로 항복을 할지도 모른다.

"북부 원정군은 12개의 군단이 함께 출진합니다."

라페이와 참모부에서는 북부 정벌에 대한 계획서까지 꼼꼼하게 작성해 놓았다.

과거 위드에게 호된 맛을 보여 주기 위해 시도했던 북부 원정이 실패로 끝나면서 얻은 자료들이 상당하다.

북부에서는 유저들의 저항이 만만치 않고, 보급에도 차질이 있다. 결론은, 어설픈 병력으로 다시 시도해서는 안 된다는 것이다.

각 군단이 30만씩으로 이루어져 있으니 12개 군단이라면 총 360만에 달하는 엄청난 병력!

하벤 제국의 군대는 총 20군단까지 있었으니 절반이 넘는 병력이 원정대에 속했다.

제국에서도 이만한 병력을 다 훈련시키며 유지할 여력까지는 없었다. 중앙 대륙을 석권한 헤르메스 길드의 유저들이 35만 정도 되고, 정복 과정에서 지나칠 정도로 늘어나게 된 NPC 병사들이 나머지를 차지한다.

헤르메스 길드의 유저들 중에는 다양한 직업군들이 속해 있었고 그들은 온갖 전투에 익숙하다.

각 군단별로 그리고 부대별로, 지휘관들은 병사들의 능력을 상승시켜 주는 기사들로 구성되었다.

왕국 하나를 점령할 때 동원되는 것이 2~3개의 군단이었으니 라페이도 북부 정벌에 매우 큰 힘을 쏟고 있는 것이었다.

기사들이 지휘하는 하벤 제국의 12개 군단은 무적의 군대라고 불러도 무방하리라.

"꼭 이 정도까지 해야 됩니까?"

"아르펜 왕국의 병력은 10만도 안 됩니다."

군단 지휘관들에게서 볼멘소리가 나왔다.

고작 북부를 정벌하기 위해서인 것치고는 지나치게 과도한 병력이 출진한다는 생각이 들었다.

"우리가 상대해야 할 것은 아르펜 왕국뿐만이 아니라 북부의 유저들입니다."

"그렇다고 해도 오합지졸에 불과한데……."

과거 북부 정벌군을 이끌었던 렌슬럿은 불과 7만의 병력을 데리고 갔다. 무사히 중앙 대륙으로 돌아오지 못하고 몰살을 당하기는 했지만, 북부의 유저들을 수십만 명은 죽였다.

중앙 대륙과 북부는 총 전력으로 봐서 싸움이 안 된다고 생각했다.

특히 바드레이를 비롯한 핵심 유저들이 이끄는 정예 군단들은 각자가 왕국을 상대로 싸울 수도 있는 전력이다.

"대륙 통일을 위한 전투이니 준비가 지나치다고 해서 나쁠 건 없습니다. 목적은 북부의 초토화. 보급에 필요한 나머지 준비를 마치고 나서 사흘 후 진격합니다."

하벤 제국의 황궁 앞에서는 대륙 통일을 위한 출정식이 성대하게 치러졌다.

헤르메스 길드의 유저들의 머릿속에는 이번 전쟁이 시시할 것 같다는 생각이 공통적으로 들었다.

전쟁에서 자신들은 결코 지지 않는다.

과거의 북부 정벌과는 병력의 규모와 질에서 완전히 다르다.

바드레이도 황제 친위군을 이끌고 직접 나설 뿐만 아니라, 상대편에는 전쟁의 신이라고 불리는 위드도 없지 않은가.

'우리는 항상 이기는 싸움을 하니까.'

'헤르메스 길드에 속해 있으면 답답한 일은 없어서 좋군.'

헤르메스 길드의 유저들은 이기는 싸움에 익숙해졌다.

철저한 규율과 복종, 힘에 의한 위계질서를 바탕으로 효율성을 극대화한 승리를 할 뿐이다.

개인적으로는 전쟁의 신 위드의 모험을 좋아하고 그의 모습을 보면서 가슴이 두근거린 적도 있지만, 공과 사는 구분할 줄 알았다.

〈로열 로드〉에서 대단한 업적을 이룬 위드라고 해도 헤르메스 길드가 전력을 다하는 이상 아르펜 왕국은 파괴되고 당사자는 사로잡혀 죽게 될 것이다.

유병준은 코코아를 마시며 흥미진진한 모험을 지켜보았다.

"결국 승리를 거두었군."

대재앙을 부른 직후에 유성 소환을 할 때에는 어처구니없는 짓을 저지르고 개죽음을 당할 줄 알았는데 바퀴벌레처럼 끈질기게 살아남았다.

위드의 가장 큰 자산은 어떠한 환경에서도 살아남는 생존력!

그리고 도무지 믿을 수는 없지만 부하들을 다스리는 능력도 뛰어났다.

깊이 있는 지혜와 통찰력, 부하들에 대한 신뢰, 전략과 전술. 물론 책임감은 거의 찾아보기 어렵다.

예측이 안 될 만큼 보기 드문 쪼잔함을 가졌지만 대신 때때로 대담하고 용감하였으며, 풍부한 상상력에다 어떠한 고난에도 불구하고 좌절하여 꺾이지 않는다.

어떤 퀘스트와 불리한 전투더라도 정면에서 부딪치거나 측면에서, 혹은 가능하다면 뒤치기도 서슴지 않는다.

즉, 인간 바퀴벌레나 다름이 없는 것이다.

"정말 죽이기 힘든 놈이야."

시청자들은 다분히 편집이 된 영상을 본다.

웅장한 음악도 틀어 주고, 때때로 멋지지 않은 장면들은 과감하게 통과!

생방송이라고 하더라도 캡슐에서 나오는 영상으로 인해 약간의 시차는 있어서, 중간에 광고도 삽입해 가면서 편집실에서 다음 영상을 준비하는 방식이다.

이에 반해 날것 그대로를 보는 유병준이 위드의 동영상에서 받는 느낌은, 뭔가 대단히 멋지다기보다는 살기 위한 발버둥의 연속이었다.

어쩌면 역사에 기록된 영웅들의 일대기들 또한 어려운 환경에 놓인 사람들이 발버둥을 쳐 온 기록에 지나지 않을지도 모른다.

인생도 저마다 힘겨운 일들도 겪으면서 극복해 나가고 나이를 먹고, 이를 악물면서 살아가는 게 아니겠는가.

"우리의 예상대로 하벤 제국이 움직이고 있습니다."

"놈들이 과연 신속하군요."

풀죽신교의 대회합!

풀죽들의 대표자와 각 직업의 대표, 마을과 도시의 대표가 일제히 참석했다.

하벤 제국에는 헤르메스 길드를 중심으로 한 최고의 랭커들이 있다면 풀죽신교에는 각개각층의 사람들이 다양하게 있다.

중앙 대륙의 관점으로 본다면 초보라고 불릴 수 있는 레벨 100대의 유저도 대회합의 자리에 참석했다. 그는 죽음을 기꺼이 환영하는 영광스러운 독버섯죽이기 때문이다.

북부에서 시작하여 개척의 기회를 누리고 아르펜 왕국과 함께 성장한 유저들이 대다수 자리를 차지했다. 하지만 중앙 대륙에서 이주해 온 길드들과 북부의 영주들도 꽤 많이 있었다.

아르펜 왕국의 건국 후 귀족들과 영주들이 대대적으로 늘어났다.

대부분의 땅들은 문화가 확장되거나 주민들의 의지에 의해 왕국의 직할령으로 시작이 되었지만, 유저들이 활약을 하면서 영주들을 맞이하게 되었다.

유저들은 공적치를 올리거나 마을을 도시로 발전시키는 활동, 기부금 상납, 특정 퀘스트를 수행하여 영주의 직위에 오르는 등 다양한 방식으로 영주가 되었다.

중앙 대륙에서 이주해 오는 고레벨 유저들도 최근에는 영주의 자리에 꽤 욕심을 내는 편이었다.

'우리 길드의 터전을 북부에서 새로 마련해 볼까. 여긴 발전 안 된 곳이 많은 만큼 기회도 열려 있겠지. 산이 많은 곳에는 광산이 존재할 가능성이 있고, 들판이 넓은 땅은 곡창지대로 쏠쏠하단 말이야.'

'전쟁은 별로 관심이 없지만 여기에서는 모험이나 공적치로도 영주가 될 수 있으니까. 그리고 일단 영주가 되고 나면 다른 영주들의 침략으로 땅을 잃어버리는 일도 없을 거란 말이야.'

'음, 멋있겠다. 도시를 다스려 보고 싶었는데 벌어 놓은 돈을 몽땅 써서 나도 영주나 한번 되어 봐?'

북부는 성장 신화를 써 내려가고 있었고, 군사적으로도 내전이 자주 벌어지지 않는다. 아르펜 왕국에서 자체적으로 규제를 한 적은 없지만 일반 유저들이 이를 허용하지 않기 때문이다.

욕심 많은 영주가 전쟁을 일으키면 그 땅은 인기가 최하위!

초보 유저들조차 기피하는 마을이 되어 버린다.

수많은 기회가 널려 있고 발전도 역시 낮은 마당에, 약간의 영토를 얻기 위하여 무리해서 군사를 일으키는 실익이 전혀 없었다.

게다가 북부의 유저층은 상당히 복잡하고 다양했다.

북부에서 빠르게 성장한 유저들은 레벨 300대를 넘보고 있고, 모라타 같은 곳이라면 다른 지역에서 온 레벨 400대의 유저도 곧잘 발견할 수 있었다.

하벤 제국이 중앙 대륙을 석권한 이후에는 얼마나 많은 유저들이 넘어왔는지 통계조차 잡히지 않았다.

어설프게 전쟁을 일으켜 봐야 평판만 나빠지고, 상대편에 고레벨 유저들이 가세해 버리면 그나마 가진 것도 잃어버리지 않겠는가.

그러한 이유로 아르펜 왕국에 속해 있는 영주들은 내실을 기하면서 촌락을 마을로, 마을을 도시로 그리고 취향에 따라 상업 도시나 관광도시, 문화도시, 생산도시 등으로 개발해 왔다.

아르펜 왕국의 급격한 발전의 바탕에는, 일반 유저들의 활약도 컸지만 영주들의 노력 역시 동반된 것이었다.

폐허 마을 모라타에서부터의 성장 기적은 아직도 끊어지지 않고 일주일, 1달이 다르게 변해 가고 있었다.

"하벤 제국이 침공에 동원한 병력은 얼마나 됩니까?"

"지금 열한 곳 이상에서 군단이 움직이고 있답니다."

"으음, 많기는 많군요."

헤르메스 길드의 라페이는 참모부를 결성하여 정보 수집에 대단한 공을 들였다.

하지만 풀죽신교에서는 그렇게까지 할 필요가 없다. 도처에 널려 있는 일반 유저들을 통해 군대의 움직임 정도는 쉽게 보고가 되었다.

이미 풀죽신교에서도 하벤 제국의 활동에 대해서는 경계를 하고 있었다.

위드와 관계가 나쁜 것을 떠나서, 대륙을 정복하려고 하는 하벤 제국이다. 그들이 언젠가 반드시 북부로도 침략을 해 오리라는 걸 알고 대비를 해 왔다.

"절반만 오더라도 감당하기가 쉽진 않을 텐데 지금 움직이는 놈들은 보통이 아닙니다. 하벤 제국에서도 주력이라고 할 수 있는 부대들인데, 싸워 본 사람들이라면 모두 공감하시겠죠."

중앙 대륙에서 건너온 유저들은 자신들이 패배한 경험들을 이야기했다.

일반 공성전이라면 하벤 제국에서는 더 많은 병력과 장비를 동원하여 이길 수밖에 없는 싸움을 한다. 하지만 전투의 규모가 더 커지면 아예 병력으로 상대를 압도하여 싸울 엄두도 내지 못하게 하거나, 라페이의 참모부가 개입하며 상대의 혼을 빼 놓는 전술들을 실행한다.

동맹군의 배신, 배반은 우습게 이루어진다.

싸우기 전에는 어떻게든 최선을 다해 보자고 하지만 전투가 벌어지고 나면 탁월한 전술에 의하여 속수무책으로 농락당하고 만다.

헤르메스 길드는 단지 강한 자들이 모인 게 아니라, 전투 방식에서도 자신들의 능력을 몇 배로 끌어내 발휘할 줄 알았다.

"그들은 체계적으로 분석하고 전체적인 그림을 그릴 줄 압니다. 패배하고 나면 결국 질 수밖에 없는 싸움이었고 처음부터 상대가 되지 않았다는 점을 인정하게 만들죠."

하벤 왕국 출신의 유저가 말했다.

그는 한때 하벤 왕국에 자리를 잡은 명문 길드에서 제법 인정을 받으면서 활약을 했다. 하지만 헤르메스 길드에 의하여 왕국이 점령되고 난 이후 박해를 견디다 못해 북부로 왔다.

하벤 왕국 통일 전후에서의 온갖 꼼수와 비열한 행동들이 유저들에 의해 낱낱이 밝혀졌다.

"음, 진짜 더럽고 치사한 놈들이군요."

"인생을 그렇게 살다니!"

전의를 다지기 위한 헤르메스 길드 뒷담화의 시간을 잠시 거치고 나서 다시 회의가 진행되었다.

어떻게 해서든 북부를 지키기 위한 싸움을 해야 하기에 결론은 이미 나와 있었다.

"이전처럼 르포이 평원에서 요격을 하면 어떨까요?"

"놈들도 철저히 대비가 되어 있을 겁니다. 같은 방식이 다시 통하진 않을 거예요."

"경험상, 놈들은 다양한 진격로를 택하여 우리를 뭉치지 못하게 하면서 괴롭힐 겁니다."

"고작 7만에도 수십 배가 죽어 나갔습니다. 그런데 이번에 오는 놈들은 수백만이에요. 헤르메스 길드의 대륙 최강 유저들이 전부 몰려올 테고요."

"하벤 제국을 상대로 우리 측의 병력은 몇 명이나 모일 것 같습니까?"

"총동원령을 내리더라도 몇 명이 모이게 될지는……. 사실 우리 풀죽신교만 하더라도 도대체 얼마나 속해 있는지 알 수가 없습니다."

"평원에서 결전을 하다가는 적들만 이롭게 할 뿐입니다."

중구난방으로 계속되는 회의!

이야기가 계속될수록 헤르메스 길드의 강함만이 돋보였다.

그들이 진지하게 나선 전투에서는 위드를 제외하고는 누구도 이겨 보질 못했기 때문이다. 그 위드는 현재 퀘스트를 한다고 다른 시간대에서 모험을 하고 있으니 회의는 짧은 시간에 결론이 나오지 않았다.

"어떻게든 최대한 많은 유저들을 모아서 막아 봅시다."

"적어도 위드 님이 돌아올 때까지 아르펜 왕국이 초토화되는 건 막아야겠지요."

그날 아침, 북부의 성문마다 하벤 제국의 침공을 알리는 벽보가 붙었다.

하벤 제국의 침공

"전쟁이라……."

"후후, 그날이 왔군."

"이놈들은 대륙 통일을 하기 전까지는 멈추지 않겠지?"

하벤 제국의 산악 지역을 다스리는 산적왕 스타이너!

죽음을 몰고 오는 그림자 양념게장!

도둑 잭슨!

그들도 하벤 제국이 움직이고 있다는 소식을 접했다.

하벤 제국의 영향력이 워낙에 절대적이다 보니 작은 행동도 유저들 사이에서 금세 퍼져 나간다. 하물며 북부를 정벌하기 위한 어마어마한 움직임이 알려지지 않을 리가 만무했다.

"산적질을 하기에는 최고의 기회가 왔어."

스타이너는 커다란 도끼를 들고 씩 웃었다.

산속에 숨어서 산적질을 하는 것도 꽤 재미가 있다. 허약한 국가에서 산적질을 한다면 먹을 것도 없고 위험하지도 않을 것이다. 하지만 하벤 제국에서의 산적질은 위태로우면서도 얻는 것이 상당히 컸다.

보물, 마법 아이템, 금화를, 상업 도시의 영주가 되는 이상으로 획득할 수가 있는 것이다.

게다가 인재들의 등용에도 좋다.

하벤 제국이 다른 왕국들을 점령하면서 유능한 기사들이 방랑을 하게 되었다. 그들에게 조금만 잘해 주면 쉽게 부하로 삼을 수가 있다.

산적임에도 의리, 인정, 투지를 발휘하면서 떠돌이 기사들을 적극적으로 영입했다.

일반 주민들도 산적이 되고 나면 고분고분해지고 말을 잘 따랐다.

왕국을 잃어버리거나 극한의 상황에 처해 있던 주민들은 가족들을 먹여 살려 주는 정도만 해 줘도 힘든 훈련을 기꺼이 받으면서 강해졌다. 최고의 실력으로 성장하는 데에는 무리가 있더라도, 산속에서는 금방 적응한다.

비록 토벌군에 의해서 수시로 쫓겨 다니더라도 이렇게 세력을 키우는 맛이 있었다.

스타이너가 위험을 감수하면서도 하벤 제국에 자리를 잡은 이유는 더욱 큰 야심 때문이었다.

언젠가 산을 내려가서 도시들을 실컷 약탈해 보리라.

레인저들을 적극적으로 키워서 하벤 제국의 병사들에게만 잡히지 않게 된다면, 산과 숲을 지배할 수 있다.

말뿐인 왕이 아니라, 진정한 산적왕으로서의 등극!

"죽일 놈들이 너무 많군."

양념게장은 하벤 제국을 배회하면서 유저들이나 기사들을 암살하고 있었다.

목숨을 잃는 이들이 다수 나타나더라도 엠비뉴 교단의 행동으로 추측해 버리니 일하기가 편하다.

가장 뛰어난 암살자이다 보니 그의 흔적을 알아차릴 수 있는 자는 헤르메스 길드 내에서도 없었고, 또 용의주도하게 완벽한 기회를 노려서 철저하게 해치우기 때문.

암살자가 활동하는 것이 아니냐는 의견이 가끔 나오긴 했지만, 그런 말이 떠도는 시기가 되면 엠비뉴가 장악하고 있는 지역으로 가서 종교재판관이나 암흑 기사 들을 눈에 보이는 대로 처리했다.

하벤 제국이 북부를 정벌한다고 하니 양념게장으로서도 조금 고민이 되었다.

"하벤 제국의 영토 내에서 계속 죽일까? 영주들도 그리 어렵진 않을 것 같은데."

영주들 중에는 NPC도 매우 많았다.

하벤 제국을 위해 세금을 거두고 병사들을 키우는 영주들.

황궁에서 세율이나 방침을 내리면 그에 따라서 통치를 하는 영주들이다.

영주 성은 보통 철저히 지켜지기 마련이지만, 넓은 성에서 침투할 만한 작은 구멍을 찾는 것쯤이야 양념게장에게는 쉬운 일이다.

"제대로 저항도 하지 못하는 놈들을 죽이는 건 재미가 없는

데. 북부로 가야겠군. 진짜 상대해 볼 만한 놈들은 군대와 함께 북부로 향하겠지."

양념게장은 북부로 올라가서 헤르메스 길드의 유저들을 사냥하기로 마음먹었다.

잭슨은 여러 목표를 가지고 있지는 않았다.

하벤 제국의 수도 아렌 성의 허름한 선술집에서 싸구려 맥주를 마시면서 기다렸다.

"세상이 나를 돕고 있군. 조만간 거사를 벌일 날이 오겠어."

전투로 이름을 날리고 싶지도 않고, 장대한 모험도 원하지 않는다.

그가 노리는 것은 오직 한 가지.

하벤 제국의 황제를 상징하는 옥새!

바드레이마저도 친위대를 이끌고 북부로 움직이고 난 후라면 황궁의 경계망은 많이 허술해질 것이다. 은밀하게 황궁에 들어가서 옥새를 가지고 나오는 것이 잭슨의 목적이었다.

"제대로 털어 봐야지. 킬킬킬."

위드는 퀘스트를 완수하고 나서도 조금도 기쁘지 않았다.

"죽 쒀서 개를 준 꼴이군!"

팔로스 제국이 역사에 큰 발자취를 남기지는 못했다.

돈이라면 모를까 명예욕이야 속세를 떠나 암자에서 사는 수도승의 수준으로 담담하였기에 큰 상관은 없다. 그런데 자신의 행동으로 말미암아 전쟁의 시대가 일찍 종식되어 중앙 대륙이 훗날 더 크게 발전을 하다니!

"죽이 아니라 갈비탕을 끓여 줘어."

헤르메스 길드에 큰 도움을 준 꼴이 되고 말았다.

하지만 그들은 그러한 은혜도 모르고 북부 정벌을 위해 출진했다고 한다.

위드에게는 이보다 더 억울할 수 없는 상황이었다.

"그렇다고 퀘스트를 그만두고 아르펜 왕국을 지키기 위해 돌아가지도 못하겠고."

위드가 전쟁의 시대를 벗어나서 원래의 시간대로 돌아가게 되면 그냥 바드레이에게 두들겨 맞아 죽을 신세다.

과거에는 그래도 호각에 가깝게 싸웠지만 전투가 길어졌다면 주변의 방해 없이도 상대를 어쩌지 못하고 졌을 것이다.

멜버른 광산 이후로 지금까지 퀘스트를 한다면서 사냥도 못했고 스탯도 못 쌓았으니 격차는 더 크게 벌어졌으리라. 바드레이를 만나면… 아니, 다른 고레벨 유저 3~4명이 덤벼드는 것도 무섭다.

그나마 바드레이처럼 강한 적과 일대일로 붙는다면 훨씬 낫지만, 수십 명의 고레벨 유저들의 합동 공격에는 제대로 숨도 못 쉬고 죽을 것이기 때문.

위드라고 해서 보통 유저들이 생각하는 것처럼 전쟁의 신이나 무적은 아니었다.

현재의 시대에서야 정말 강력하지만, 어쨌든 원래의 시대로 돌아가게 되면 날아갈 능력들이다.

도시에서 전전긍긍 눈치를 보며 조각품을 팔아서 돈을 벌던 시절도 그리 오래전이 아니었으니까.

"난 도대체 왜 이런 팔자냐. 퀘스트를 하면 무슨 극악의 난이도이고, 대륙의 평화를 위협하는 단체, 유저들과 원수를 져도 하필이면 가장 센 단체와 이렇게 되고 말이야."

열심히 살면 어떤 보람이라도 있어야 하는데 끊임없이 기구한 운명!

그럼에도 위드도 가끔 행복을 누리는 순간들이 있기는 했다.

5,000원짜리 티셔츠를 사서 잘 입고 빨래를 했는데 목이 늘어나지 않았을 때나, 오랫동안 써서 해진 수세미를 버리고 새것으로 설거지를 하면서 누리는 기쁨.

새 양말을 꺼내 신을 때, 욕실 청소를 깨끗하게 한 후에도 잠깐 인생의 행복을 만끽했다.

큰맘 먹고 자장면을 시켰는데 단무지가 많이 와도 기분이 좋았다.

그러한 소소한 행복이 없었더라면 견디기 어려웠으리라.

"음, 아무튼 거의 마지막까지 왔으니 조각술 최후의 비기 퀘스트를 계속 진행하는 수밖에는 없어."

아르펜 왕국에 대해서 걱정이 안 되는 건 아니지만 별수가 없었다. 가더라도 어떤 큰 힘으로 하벤 제국의 침공을 막을 수 있는 건 아니니까.

"그러고 보면 퀘스트를 역시 실패했어야 하는 건데."

비로소 때늦은 후회가 스쳐 지나간다.

그 죽을 고생을 하면서 퀘스트를 성공해서 헤르메스 길드가 대륙을 통일할 절호의 기회를 안겨 주다니, 이런 멍청한 짓을 자신이 저지를 줄이야.

"어쨌든 반 호크."

"말하라, 주인."

"넌 참 잘생겼어. 믿음직하고 충성스러운 부하야."

"……."

"이번 전투에서 이긴 것도 다 네 덕분이라고 할 수 있지. 고맙다."

반 호크의 갈비뼈가 부르르 떨렸다.

평소에 안 하던 말을 하는 걸 보니 또 어떤 트집을 잡아서 때릴지 모르기 때문.

그러나 반 호크의 두려움과 달리 위드의 속내는 보이는 것과 달리 시커멓지 않았다. 원래의 세상으로 돌아가게 된다면 반 호크를 믿고 내세워야 할 처지라서 앞으로 잘해 주기로 결심한 것이다.

'그래, 이놈이라도 있으니 그래도 퀘스트를 빨리 끝내고 아르펜 왕국이 완전히 망하기 전에 돌아가기만 하면 뭔가 기회가 있겠지.'

몰락해 가는 왕국을 되살리기보다는 그나마 남은 재산을 챙겨서 튀려는 계획!

"자하브 님."

"으음?"

"도와주셔서 감사합니다."

"아니네. 엠비뉴 교단은 당연히 부숴 버려야 하지."

자하브도 평생 노예이니 늙어서 죽기 전에 잘 부려 먹는다면 무슨 방법이 있지 않겠는가.

'역시 세상은 인맥이야. 학연, 지연, 혈연은 없지만 약점을 잡아서 부려 먹으면 되는 거지.'

대사제들이 다 사망하고 나자 엠비뉴의 군대는 현저히 약화되었다.

그들의 능력을 올려 주는 오라가 사라지면서 광신도들은 평범한 인간이 되었고, 괴물들은 신체의 붕괴를 일으켰다. 하늘을 날아다니던 바라테스 부대도 땅으로 추락해서 산산조각이 나 버렸다.

사막 전사들과 전투 노예들은 그리 어렵지 않게 그들을 몰살시킬 수가 있었다.

"우아아아아, 이겼다!"

"베이너 왕국 만세!"

들모레 요새에서도 커다란 함성이 들려왔는데, 아마도 쳐들어온 괴물들을 간신히 물리치긴 한 모양이었다.

하늘에서 먹구름이 서서히 걷히더니 환한 빛이 들모레 대평원을 밝혔다.

엠비뉴의 군대가 남긴 무수히 많은 시체들은 그 빛에 의해 정화되어 사라졌다.

대재앙과 유성 소환에 의해 참혹하게 박살이 나 버린 대지의 흔적만이 전투가 얼마나 격렬했는지를 알려 주었다.

그리고 갑자기 하늘에서 빛의 기둥이 떨어지더니 흰 수염을 길게 기른 노인이 나타났다.

그는 전장을 훑어보더니 긴 한숨을 내쉬고 나서 위드를 향하여 말했다.

"피와 시체를 쌓아 올린 대제국의 황제여, 전투에서 이긴 것을 축하드리오."

"성자 아헬른 님 되십니까?"

"과분하지만 사람들이 나를 일컬어 그렇게 부른다오."

위드는 노인이 나타나는 순간부터 그가 성자 아헬른일 거라고 짐작하고 있었다.

그의 몸에서는 신성력으로 인한 흰 오라가 발출되었다.

반 호크와 토리도가 불편해하고, 언데드들이 기피하면서 도망친다.

하지만 인간들은 그 신성력에 닿으면 상처가 치유되고 생명력이 차올랐다.

'진작 와서 좀 도와주지.'

아헬른도 위드를 탐탁지 않게 여겼다.

"황제여, 그대는 너무나도 잔인하고 마음속에 인정이라고 할게 없소이다."

"시대가 저를 이렇게 만들었지요."

"말보다는 검이 앞서는 이 시대에도 최소한의 도의는 있었는데, 그대는 오로지 살육밖에 모르더구려."

"악한 자들을 죽이기 위하여 망설이면, 수십 배의 선한 자들이 고통을 받습니다."

"그대가 저지른 지나친 살인과 파괴. 무고한 영혼들이 신에게 가지 못하고 주변을 떠돌고 있소."

"신들이 저를 축복해 주고 계십니다만."

아헬른과 위드 간에는 치열한 말싸움이 벌어졌다.

전쟁의 시대에서 자신이 조금 심한 짓을 저질렀다는 건 위드도 인정하는 바였다. 야만족의 왕, 잔인한 학살자, 폭군이라는 별명들이 긍정적이지는 않았다.

하지만 이 시대에는 나약하면 짓밟히고 강하면 남의 것을 빼앗는 것이 당연하게 여겨지고 있었다. 그에게 패배했던 다른 군주들 또한 자연스럽게 저지르던 행동들이다.

더구나 비밀리에 엠비뉴를 따르는 이들을 소탕하기 위해서는 어쩔 수 없다는 한계도 있었다.

어느 세월에 엠비뉴를 믿는 자들을 하나하나 가려 가며 죽일 것인가.

위드는 자신이 착하다는 착각은 하지 않았다.

칼을 들고 덤비는 자들을 대화와 설득으로 깨우치게 할 정도로 무모하지도 않았다.

한 대 맞고 용서해 주기보다는, 더 세게 두 대를 때려야 훨씬 속이 후련하고 정신 건강에도 좋지 않은가.

게다가 훗날의 대륙은 오히려 훨씬 더 번영을 구가하기까지 했다.

자신이 한 일로 초래된 결과가 기분 나쁠 정도로 좋은데 질타를 받으니 억울한 감도 있었다.

"엠비뉴의 그림자 아래에 있는 세상을 구하기 위해서 어쩔 수 없는 부분이 있었습니다. 만약 제가 약했거나 인정에 의해서 흔들렸더라면 악한 이들을 다 죽이지 못하였을 것입니다."

"악한 자들도 사람이오."

"그러나 살면서 그보다 더 많은 착한 자들을 고통 속으로 빠뜨렸겠지요. 세상에 순수한 마음을 가진 사제들이 아무리 많더라도 이 비극은 그치지 않았을 것입니다. 저는 차라리 가장 악하고 강한 자가 되어서 비극의 매듭을 깨끗하게 잘라 내는 쪽을 택하였을 뿐입니다."

"그대야말로 진정 폭군이라고 부를 만하오. 새로운 강력한 힘의 질서가 세워졌으니 당분간 대지가 피에 젖는 일은 줄어들겠지. 그대로 인하여 앞으로 수많은 사람들이 구원을 얻은 것도 틀림이 없으니 그대의 말 또한 틀렸다 할 수 없겠구려. 이 시대가 그대와 같은 폭군을 낳은 것일지도 모르니 나 아헬른은 더 이상 탓하지 않겠소."

띠링!

성자 아헬른의 인정을 받았습니다.
악명이 주는 병사들의 충성도 하락이 사라집니다.

아헬른은 시간에 쫓기고 있다는 듯이 서둘러서 말했다.

"그보다도 어서 엠비뉴 교단을 막아야 하오. 한시가 바쁘오."

"예?"

"황제여, 엠비뉴 교단이 이 세상을 파멸로 몰고 가는 거대한 음모를 꾸미고 있다는 사실을 그대도 잘 알고 있으리라 보오."

"물론입니다."

"그들은 하늘까지 올라가는 탑을 세우고 있고, 또 혼돈의 드래곤을 깨우려고 하고 있는데… 그들의 목표가 완수되기까지 이제 불과 열흘밖에 남지 않았소."

"열흘요?"

위드의 악명이 쌓이다 보니 아헬른과의 만남도 정상보다 늦어지게 되었다. 아마 노들레와는 상당한 시간차가 벌어졌을 수도 있으리라.

그렇지만 벌써 혼돈의 드래곤이 깨어나려고 하고, 하늘까지 오르는 탑이 완공되려고 할 줄이야.

"제가 엠비뉴 교단을 방해해서 시간이 충분할 줄로 알았습니다만."

"이 세상에 흐른 수많은 피가 그들을 빠른 길로 이끌었소. 잡혀간 수많은 포로들이 하늘까지 오르는 탑을 쌓고 있고, 오늘의 패배가 알려지고 나면 불완전한 상태의 혼돈의 드래곤이라도 깨우려고 할 것이오."

"크으음."

엠비뉴의 군대를 물리친 이상 퀘스트에 변화가 오리라 예상은 했다.

그들의 전력이 어떻게든 크게 깎이게 되는 것이다.

물론 엠비뉴의 총본영에도 엄청난 세력이 남아 있을 테지만, 갑자기 모든 것들을 서두르고 있다고 한다.

"시간이 없소이다. 지금 당장 가야만 하오. 방대한 영토와 세상의 보물들을 소유한 황제여, 신들이 보살피는 영웅이여, 그대가 가지고 있는 것들을 내려놓고 엠비뉴 교단을 막기 위한 숭고한 임무에 함께해 주시겠소?"

띠링!

드래곤의 입을 향해 뛰어드는 7인의 결사대

엠비뉴의 대군은 황제에 의해 제거되었다. 믿을 수 없는 대업적을 이루어 낸 것이지만, 위험은 아직 끝나지 않았다.

교단을 이끄는 대사제 헤울러. 그는 시작과 끝을 알 수 없는 긴 시간 동안 살아오면서 음모를 퍼트려 왔다. 육체는 세월을 거스르고, 깊은 지혜는 탐욕과 파괴욕에 사로잡혔다. 교단의 군대가 패배했다는 소식을 듣고 서둘러 혼돈의 드래곤을 깨우고, 신의 능력을 엿보기 위해 하늘을 향해 올라가고 있는 탑의 건설을 서두를 것이다. 그들을 막아야 한다. 대륙에서 살아가는 모든 생명을 위해…….

난이도: 조각술 최후의 비기 퀘스트.

목표: 하늘로 오르는 탑 붕괴. 혼돈의 드래곤 아우솔레토 파괴.

제한: 퀘스트 도중에 무사히 살아남아야 한다. 사망 시, 퀘스트 실패. 세뇌당하거나 항복하면 역사에 변화를 가져온다.

주의: 퀘스트를 수락하면 당사자와 아헬른 외에 참여할 NPC를 5명 선택할 수 있다. 퀘스트 실패 시, 대륙이 그만큼의 큰 피해를 입게 될 것이다.

"으으음, 드래곤이 무슨 닭백숙도 아니고."

결국 퀘스트의 마지막은 혼돈의 드래곤을 없애야 하는 것이라는 소리 아닌가.

엠비뉴 교단을 이끄는 첫 번째 대사제 헤울러 역시 다른 놈들보다는 훨씬 강할 것이라는 느낌도 들었다.

고작 7명이 가서 임무를 완수해야 하다니, 그야말로 살인적인 난이도!

그렇더라도 위드는 퀘스트를 받아들일 수밖에 없는 처지였다. 간이 커질 대로 커지다 보니 남아도는 건 배짱밖에 없었다.

"세상이 저를 부르고 있군요. 대륙을 구하고 엠비뉴를 물리치는 일에 저의 사명을 다할 것입니다."

퀘스트를 수락하였습니다.
퀘스트를 위해 함께 출발할 5명을 선택할 수 있습니다. 단, 그들도 자발적으로 참여해야만 합니다.

"잘 판단하셨소. 엠비뉴 교단을 막는 일이 급하니 빨리 출발할 준비를 했으면 하오."

아헬른은 바로 재촉부터 했다.

인간관계가 나쁘다면 단둘만 가야 할 수도 있는 퀘스트였다.

'어차피 믿을 놈도 많지 않지. 제대로 실컷 부려 먹을 수 있는 부하는 몇 명 없어.'

위드는 자하브부터 선발했다.

"가시겠습니까?"

"물론이네. 그녀에 대한 복수를 완성시켜야지."

자하브가 퀘스트를 수행할 동료로 포함되었습니다.

일단 복수에 눈이 먼 노인 1명 섭외 완료.

그리고 나머지가 무척 고민이 되었다.

무력만 놓고 보자면 부하들 중에서 고르기만 하면 되겠지만, 모집할 수 있는 5명이라는 인원수가 조금 빡빡하다.

일종의 파티를 구성해야 한다면 다양한 특성의 직업들을 뽑아야 한다. 성자 아헬른이 치료를 맡는다고 하면 길잡이로 도둑이나, 강력한 일격을 날릴 수 있는 마법사가 속해 있는 것도 괜찮으리라.

"문제는… 쓸 만한 놈이 별로 없군."

다른 직업군 중에서 위드의 눈에 차는 이가 있을 리가 만무하다.

적어도 레벨이 500이나 600 정도가 되지 않으면 툭 하고 건드리기만 해도 죽어 버릴 것처럼 허약하게 느껴지는 것.

"전일, 전이, 전삼!"

"옛!"

"영광입니다."

"어디라도 함께 가겠습니다."

> 사막 전사 전일, 전이, 전삼이 퀘스트를 수행할 동료로 포함되었습니다.

그리고 이제 단 1명!

"헤스티거."

"저를 부르실 줄 알고 있었습니다. 이런 거룩한 사명이 제가 마땅히 해야 할 일이라고 여기던 중입니다. 대제를 따라서 끝까지 가겠습니다."

"넌 좀 싫은데."

"저를 아끼시는 것은 잘 알고 있습니다. 하지만 제 걱정은 마십시오."

"그래. 뭐, 데려가 보자."

> 헤스티거가 퀘스트를 수행할 동료로 포함되었습니다.

위드가 그렇게도 꼴 보기 싫어하던 헤스티거를 뽑은 이유는 두 가지 정도였다.

참 마음에 안 들고 보기는 싫지만 능력만큼은 확실하다.

노들레의 퀘스트를 하면서 스스로의 성장보다 헤스티거를 지원해 주었더라면 그는 자신보다 훨씬 더 강해졌을 수도 있을 것 같았다.

천재적인 재능을 가졌는데 거기에 성실한 노력파이기까지 하다.

몬스터 사냥과 퀘스트 목표 달성을 위하여 매번 헤스티거와 경쟁하면서 지내 왔기에 위드도 그의 탁월한 능력만큼은 인정했다.

그리고 두 번째 이유로는, 그래도 잘 먹고 잘 살라고 그대로 놔두기에는 너무 얄밉다.

엠비뉴의 군대를 격퇴하고 팔로스 제국까지 건국하였으니 앞으로의 세상은 탄탄대로라고 할 수 있지 않은가.

헤스티거가 금은보화에 미녀들까지 끼고 살아갈 것을 생각하니 저절로 식은땀이 흐르고 아랫배가 아파 왔던 것.

'이번에는 제대로 죽여야지.'

다 모인 것을 보고 아헬른은 고개를 끄덕였다.

"이제 가도록 하세. 신성한 의무를 행할 자들이 전부 모였으니 길이 열릴 것이네. 엠비뉴 교단이 있는 지역에는 어둠의 마력이 흘러서, 신성력이 아니라면 그곳으로 가지 못하지."

아헬른은 백색의 지팡이로 땅을 가볍게 찍었다.

그러자 환한 빛으로 이루어진 문이 생성되었다.

아헬른이 먼저 들어가고, 자하브와 조각 생명체들, 헤스티거가 뒤를 따랐다.

마지막으로 위드가 문을 통과해야 할 순간이 다가왔다.

이 문을 지나가고 난다면 아마 팔로스 제국의 건국자와 같은 부귀영화는 모두 사라지고 말게 되리라. 엠비뉴 교단에서 있을 퀘스트를 마치고 나면 전쟁의 시대의 이곳으로 다시 돌아오지 못하게 될 가능성이 컸다.

"전사, 전오, 전육, 전칠, 전팔, 전구, 전십, 알베른, 알베런."

"옛, 대제님."

조각 생명체 부하들은 위드가 헤어지기 싫은 아쉬움에 작별의 인사라도 나누려는 것인가 싶었다.

"내가 죽도록 고생해서 너희 좋은 일만 해 놓고 말았구나."

"……."

"제국까지 건국해 놓았으니 다들 높은 자리 차지해서 등 따듯하고 배부르게 살겠지."

"……."

고마운 마음까지도 사라지게 하는 적나라한 표현!

"마지막이 될지도 몰라서 그러는데, 내가 없더라도 내 은혜 잊지 말도록 하고."

"옛, 물론입니다."

"그럼 다들 가까이 와 봐라."

위드는 조각 생명체 부하들을 향해 무언가를 속닥거렸다. 무언가 음험한 음모의 냄새가 물씬 풍기는 광경이었다.

그리고 그 이후, 문으로 들어가기 전에 쌍봉낙타의 머리를 쓰다듬어 줬다.

"앞으로 잘 지내라."

푸흥!

쌍봉낙타는 먼 땅을 쳐다보면서 빨리 가라는 듯한 태도를 취했다.

냉소적이기 짝이 없는 태도!

쌍봉낙타도 나름대로 아쉬움을 달래고 있는 것이었다.

"이제 와서 하는 말인데, 네 등은 정말 불편해서 힘들었어. 역시 와삼이가 최고였는데."

"……!"

위드는 작별의 시간은 짧을수록 좋다고 생각했기에 이제 당당하게 문으로 들어가서 사라졌다.

"대제왕이시여!"

"폐하!"

푸흐흐흐흥!

그러고 나서야 진짜 떠났다는 것을 알게 된 부하들의 탄식 소리가 울렸다.

쌍봉낙타의 눈곱 많은 두 눈에서도 아쉬움의 굵은 눈물이 흘렀다.

문을 통과하자마자 위드는 생소한 지역에 도착했다.

땅은 갈라진 갈색 암반으로 이루어져 있고, 그 깊은 틈새로는 매캐한 연기가 새어 나왔다. 멀리 떨어진 땅에서는 붉은 무언가가 솟구치기도 하였는데, 이제는 여러모로 익숙해진 용암!

"여긴 어디야."

위드는 바위 옆에 몸을 숨긴 채 재빨리 눈을 굴려서 상황을 파악했다.

수십 미터나 되는 높고 두꺼운 장벽이 길게 이어져 있지만 군데군데 부서져서 제 역할을 하지 못하고 폐허로 변해 있다. 그 너머로는 몬스터와 괴물 들이 우글거리는지, 자꾸만 괴상한 소리가 들렸다.

꾸륵꾸륵.

쿠워억!

그리고 장벽 너머로 몇 킬로는 떨어진 먼 곳에 요새와 비슷한 건축물이 지어져 있었다.

건물의 중심에는 익숙한 엠비뉴의 초거대 동상이 우뚝 솟아 있다. 똬리를 튼 뱀처럼 빙글빙글 돌면서 구름을 넘어서까지 치솟아 있는 탑도 보였다.

예전에 퀘스트로 봤던 엠비뉴의 대신전이 바로 저곳이리라.

아마 혼돈의 드래곤도 어딘가에서 잠들어 있을 게 틀림없다.

'영상으로 봤을 때는 대신전에 감시탑이 아주 많았지. 중간에 시커멓게 썩은 강에는 독 안개도 흘렀고. 들키지 않도록 조심해야겠군.'

상황을 제대로 파악하지도 못한 채 대책 없이 달려드는 건 절대 금물이었다.

듬직한 부하들을 데리고 사막의 대제로서 대륙을 휩쓸던 때와는 많이 다르다. 전투를 수행할 병사들도 없고, 전장도 적의 소굴이다. 게다가 퀘스트를 완수하기 위한 시간도 모자라다.

설상가상, 그보다도 먼저 문으로 들어온 아헬른과 조각 생명체들이 단 1명도 보이지 않았다.

"개똥도 약에 쓰려면 없다더니. 설마 나 혼자 버려진 것은… 아니겠지?"

위드의 불행한 예감은 점쟁이를 능가하는 적중률을 가지고 있었다.

띠링!

> 메마른 울부짖는 폐허에 도착하였습니다.
> 이곳은 대륙의 감춰진 지역으로, 전쟁의 시대에만 존재하였습니다. 최악의 사교 집단 엠비뉴 교단의 대신전에서 흘러나오는 사악한 마력이 모든 공간 이동을 흩트려 놓습니다.
> 아헬른과 다른 동료들은 이 넓은 폐허 지역 어딘가에 있을 것입니다. 그들을 발견하여 만날 수도 있고, 혹은 적들에게 먼저 발각되어 죽을 수도 있을 것입니다. 생존은 전적으로 동료들의 능력에 달려 있습니다.

위드와 함께 온 부하들이나 자하브의 능력은 최고라고 할 수 있다. 조각 생명체들의 전투 능력이야, 밥 먹고 싸움만 했으니 오죽 뛰어날 것인가.

그래도 이런 상황에서는 몇 명이나 살아남아 다시 만날 수 있을 것인지 짐작하기조차 불가능했다.

'약속 장소를 정해 놓은 것도 아니고, 제각각 어디인지도 모르게 흩어졌다면 아주 곤란할 수밖에 없겠는데. 1명 1명 찾다 보면 시간도 지체하게 되어서 혼돈의 드래곤이 깨어나는 것이나 탑의 건설을 막지 못할 거야.'

지금까지와도 성격을 완전히 달리하는, 곤란하고 어려운 퀘스트.

진정 최악의 경우라면, 싸움을 좋아하는 조각 생명체 부하들이 다 발각되어 죽고 혼자 전부 책임을 져야 할 수도 있지 않겠는가.

'남 걱정할 시간도 없어. 내가 실수를 할 수도 있는 거니까.'

위드는 조금 더 커다란 바위 뒤쪽으로 옮겨 갔다.

사람 여럿이 충분히 숨을 수 있을 정도의 면적이기에 부하가 먼저 와 있기를 바랐지만, 그곳에는 오래된 해골만이 있을 뿐이었다.

'이제 어떻게 한다. 조심조심 잠입을 해 봐야 하나?'

싸우고 죽이는 퀘스트는 힘만 있으면 해결할 수 있다.

하지만 이렇게 머리를 쓰고 꼼수를 부리는 얍삽함이 통하는 퀘스트야말로 위드의 주 전공.

위드는 장벽을 보면서 차분히 숨을 골랐다.

'이 퀘스트가 나에게는 가장 중요해.'

여태까지 고생한 것들이 거의 마무리가 되어 가고 있었다.

이번 퀘스트를 끝내고 나면 헤르메스 길드로부터 살아남는 것만 남는다. 조각술 최후의 비기를 가지고 간다면 생존 확률, 혹은 승리할 가능성도 커지게 될 것이다.

앞으로도 여러 퀘스트들을 진행하고 몬스터들을 사냥하면서 살아가겠지만, 사막의 대제로서 강해져 본 경험과 조각술 최후의 비기가 있다면 난이도가 높다고 하더라도 그리 어렵지만은 않을 것이다.

사실 조각술 최후의 비기 같은 특별한 스킬은 아마도 사기적인 능력을 자랑할 테니까.

그런데 막상 퀘스트를 실패해 버린다면 얻은 것도 없이 고생만 하는 걸로 시간을 낭비하고 원래의 세상으로 돌아가는 꼴이 된다.

'그래도 당장 눈앞의 급한 불은 끌 수 있지.'

엠비뉴 교단이 다시 커져서 중앙 대륙을 휩쓸게 될 것이다.

하벤 제국이 큰 피해를 입는다면, 어쩌면 아르펜 왕국을 정복하지 않고 회군할 수도 있지 않을까.

'이제 어떻게 해야 하나.'

위드는 이 퀘스트를 과연 최선을 다해서 성공시켜야 하는지부터가 고민이 되었다.

하벤 제국의 12개의 군단은 신속하게 움직였다.

중앙 대륙 정복을 마치고 얼마 되지 않은 시기였기에 각 군단별로 전투를 위한 최상의 상태를 유지하고 있었다.

"북부로 간다."

"대륙 통일이 얼마 남지 않았다. 행군!"

하벤 왕국 내의 한 부분을 차지하던 명문 길드였던 시절부터 끊임없는 전투를 경험하면서 단련이 되어 온 군대.

엠비뉴 교단과의 싸움도 대비하고 있었던 만큼 그 창끝을 북부로 돌리는 데에는 별도의 준비도 필요하지 않았다.

"마지막 싸움이 될지도 모르는데 방심은 있을 수가 없습니다. 완벽한 승리로 끝내야 합니다."

라페이와 참모부가 적극 개입하여 군단의 이동로까지 결정했다.

군단들이 주둔하고 있는 장소에서부터 중앙 대륙 하벤 제국의 영토를 횡단하여 북쪽으로 향한다.

각 도시들마다 미리 보급품들을 쌓아 놓고 있다가 그들이 통과할 때 건네준다.

어차피 하벤 제국의 침공은 알려지지 않을 수가 없는 것.

미처 대응하지 못할 정도로 신속한 이동을 하면서도 아군 전력을 최고의 상태로 보존하는 것이 관건이다.

하벤 제국 내의 상인 집단들도 군대를 따르면서 물자들을 과할 정도로 보급할 테니, 전쟁에서 가장 중요한 보급에 대한 부분은 문제가 되지 않았다.

라페이와 참모부에서는 전투 외적인 부분에 대해서는 철저히 배려를 해 주기 때문에 각 군단들은 편하게 싸움만 잘하면 된다.

"7개의 군단이 일차로 모여야 할 곳은 포르우스 강 앞이다."

렌슬럿이 북부 원정군을 이끌고 과감하게 넘었던 강!

200만이 넘는 거대한 군세가 모여 정면으로 적을 공략한다.

북부 유저들로 구성되어 있는 풀죽신교의 반격도 당연히 시작될 것이다.

하지만 하벤 제국이 결집한 병력은 초보자 무리가 주축을 이루는 인해전술로는 끄떡도 하지 않는다.

7개의 군단이 유기적으로 움직이면서 중요한 지형들을 장악하고, 적들이 덤벼 오는 족족 괴멸시켜 버린다.

200만 최정예 군대의 정면공격은 북부 유저들이 아무리 덤비더라도 상관없다는 자신감의 표출이었다.

여기서 숫자는 아무 의미가 없다.

만 명이 있다고 하여 만 명의 전투력을 발휘하는 게 아니듯이, 어느 정도 한계를 초과하여 모인 병력은 큰 의미가 없으니까 말이다.

사실 200만의 군대 역시 적정 전투력을 발휘하기에는 필요 이상으로, 하벤 제국의 세력을 만천하에 시위하는 것과 마찬가지였다.

앞으로 대륙의 패자가 되고 나면 크고 작은 많은 반란이 일어날 수 있다. 점령 지역에서는 이미 소소한 저항들이 벌어지고 있기도 하다.

그리하여 그들에게 보여 주는 것이다.

봐라! 하벤 제국의 힘은 이렇게 강대하다!

너희가 그나마 희망으로 삼는 아르펜 왕국, 북부라고 하더라도 무력하게 짓밟힐 뿐이다.

점령 초기의 반감과 저항은 익숙해지면 저절로 사그라지게 될 것이다.

나중이 되면 먼저 헤르메스 길드 소속이 되려고 안달복달할 테니 잠깐 몇 달간의 시기만 넘기면 된다.

"큰 전투를 세 번에서 다섯 번 정도 이기면 북부는 괴멸하게 될 것입니다."

라페이는 원정군의 군단장들에게 그렇게 말했다.

보통 그가 말하는 것은 틀림이 없었다. 북부의 유저들이 제아무리 용기가 있더라도 다섯 번쯤 처절하게 몰살을 당하고 나면 알아서 기게 될 것이다.

헤르메스 길드는 지금까지 항상 무적이었다.

유독 위드에게는 패배를 경험했지만, 지금은 그도 없는데 무엇이 걱정인가.

나머지 3개의 군단은 느들란 산맥을 넘어서 나달리아 평원으로 즉각 진출했다.

하벤 제국의 본대 병력이 모라타와 아르펜 왕국의 왕궁인 대지의 궁전을 파괴한다.

그렇게 되면 적들은 지형이 험한 바르고 성채로 가서 장기간 농성을 하는 방법을 택할 수도 있다.

하벤 제국에서는 북부의 적들이 잠시라도 희망 따위를 품는 것은 허용하지 않으려 했다. 본대 병력이 모라타 파괴를 위한 전투를 할 때 우회한 병력은 바르고 성채를 먼저 짓밟아 버릴 것이다.

그리고 2개의 군단은 별도의 점령군으로 편성되었다. 그들은 산개해서 북부를 남김없이 쓸어버릴 것이다. 아무리 작은 마을이라도 모조리 부숴 버린다.

폭군 위드?

그가 전쟁의 시대에서 보여 준 것쯤은 애교로 느껴질 정도로 초토화를 시켜 버릴 것이다.

북부의 자랑거리인 위대한 건축물은 물론이고 도시의 흔적도 남기지 않으리라.

라페이는 모든 유저들에게 진정한 힘과 공포가 무엇인지 확실하게 각인시켜 줄 때라고 생각했다.

검치와 수련생들은 가끔 생각했다.

'우리가 싸움을 못했으면 어땠을까.'

공부를 하고 있으면 저절로 잠이 오고 머리에 쥐가 났다. 간단한 문서 분류와 같은 서류 작업도 피곤하기 짝이 없다.

사무직으로 취업이 되더라도 정신적으로 힘들어서 도저히 견디지를 못했다.

대신 공사 현장에라도 나가서 몸을 실컷 쓰고 나면 후련하고 개운하기 짝이 없는 단순한 이들.

검둘치가 벽보를 보고 달려왔다.

"스승님, 전쟁입니다."

"우리가 기다려 오던 날이 왔구나."

검삼치가 기회가 왔다면서 급히 아부를 했다.

"정말 스승님의 말씀대로 이루어졌습니다. 천기를 헤아리다니, 과연 스승님의 깨달음이 어디까지인지 모르겠습니다."

검치는 하늘을 보며 전쟁의 기운을 이미 읽고 있었다.

오랜 세월 동안 쌓아 온 경륜은 당연히 아니었고, 그냥 비 오는 날의 신경통 환자처럼 몸이 찌뿌듯했던 것이다.

'곧 제대로 한번 싸우려나?'

수련생들도 하벤 제국과 싸울 날을 기다리며 각자 사냥과 스킬 훈련에 집중하고 있었다.

그들은 무기술의 마스터를 목표로 퀘스트를 진행해 왔다. 그 과정에서 특수한 수련들을 하며 스탯과 스킬들을 얻어 냈다.

이제는 강한 몬스터들을 전력을 다해 해치우면서 레벨을 올리는 중이었다.

검둘치도 전투라면 당연히 신이 났지만, 도장을 책임질 후계자로서 뒷수습에도 신경을 쓰지 않을 수 없는 입장이었다.

자신과 수련생들이 약한 건 아니지만 저 막강한 하벤 제국의 군대에 맞서 싸워서 이길 수 있을 거란 생각은 도저히 들지 않았다.

"어렵겠지. 힘들겠지. 그러나 저놈들이 싸우는 방식은 텔레비전으로 몇 번 봐서 대충 어느 정도 알겠다. 마법을 잘 피해서 가까이 다가가기만 한다면 난전에 끼어들 수 있을 것이다. 강한 군대를 상대로 하는 전투를 겪어 보는 것도 좋은 경험이 되겠지."

"결국 아쉽지만 우리가 나서더라도 패배로군요."

검둘치는 고개를 끄덕였다.

어쩔 수 없는 운명이리라.

자신들은 약하고 적들은 강하다는, 그 사실만큼은 바뀌지 않으니까.

물론 검치와 수련생들이 약한 건 아니다. 실제로 베르사 대륙에서 그들과 비슷한 수준이라도 되는 단체를 찾기는 불가능할 정도다.

최소 레벨 400대.

검술 스킬 고급 9레벨 이상.

이런 제한이 있는 단체는 유일무이했기 때문이다.

이번에는 검삼치가 물어봤다.

"그럼 북부도 놈들이 다 점령해 버리고 말겠네요?"

"막내가 올 때까지 참아야지."

"막내가 온다고 바뀌겠습니까?"

검오치가 얼굴 가득 의문을 담아서 물었다.

하벤 제국의 침공!

자신들은 그냥 싸우는 게 좋아서 나서려는 것이니 지금 싸우든 나중에 싸우든 큰 상관은 없다. 제대로 싸움이 벌어져서 적들이 앞에만 있다면 몇백씩은 죽여 줄 것이다.

그렇지만 약점이 보이지 않는 하벤 제국의 어마어마한 군사력을 과연 위드가 이겨 낼 수 있을 것인가.

"지난번에 도장에 와서 훈련을 하고 있던 위드에게 하벤 제국의 군대가 쳐들어오면 막아 낼 수 있느냐고 물었다. 그랬더니 대답이 무엇이었는지 아느냐?"

"이길 수 있다고 하지 않았습니까?"

"못 이긴다고 했다. 중앙 대륙을 통일한 최강의 전력이니 막기가 버거울 것이라고 했다. 자신한테는 웬만큼 데어 본 적도 있어서 방심하지도 않을 테고, 시간도 있었으니 준비를 잘했을 거라면서."

"그러면 망하는 거 아닙니까?"

"싸움은 그렇겠지만, 큰 국면에서의 전쟁은 그렇게 단순하지는 않지."

검치가 재미있는 일을 남겨 둔 사람처럼 빙긋 웃었다.

"적들을 막아서 지킬 수는 없다고 했다. 싸우려고 하지 않았지만 일단 싸움이 걸렸으면 적을 완전히 박살을 내지 않으면 안 되지. 위드는 하벤 제국을 갈가리 찢어 놓을 것이라 했다."

"무슨 의미입니까?"

"말 그대로의 의미라고 들으면 될 것이다."

사범들의 심장이 쿵쿵거리고 거칠게 뛰기 시작했다.

얼마나 카리스마가 넘치는 발언인가.

저 넓고 큰 하벤 제국을 갈가리 찢어 버리겠다니!

사내들을 달아오르게 만들기에 충분하다.

위드는 매번 죽겠다 죽겠다 하면서도 정작 싸움이 벌어지고 나면 눈빛부터가 달라진다.

어쩌면 싸울 때의 투쟁심이 솟구치는 그 모습이 진정한 본모습이 아니겠는가.

물론 위드가 했던 말은, 내용은 어느 정도 같아도 검치가 전달한 말과는 느낌이 많이 달랐다.

"아, 진짜 짜증 그 자체인 놈들이라니까요. 옷에 달라붙은 껌처럼 지긋지긋하기까지 합니다. 막는다고 해결될 문제도 아니고… 이번에 놈들을 갈가리 찢어 버려야죠."

흩어진 부하들

메마른 울부짖는 폐허에서는 몬스터들이 심심치 않게 돌아다녔다.

그렇다고 폭력적이지는 않고, 입가에 침을 줄줄 흘리면서 영혼을 잃어버린 좀비들처럼 멍하니 걸어 다닌다.

'음, 외모로 봐서는 레벨이 300대? 근데 여기는 심상치 않은 기운이 흘러서 그 이상도 될 것 같군.'

위드는 바위 뒤에 숨어서 몬스터들을 분석했다.

고위 몬스터로 갈수록 확연히 드러나는 특징이 있다. 예컨대 피부색이 특별하다거나, 흉측하게 생겼으면서도 왠지 우아한 느낌을 풍긴다거나.

그런데 이곳의 몬스터들은 그냥 단순하게 못생겼다. 어떻게 하면 이렇게 생길 수 있는지 의문이 들 정도로 크고 흉악하다.

하지만 도처에 흐르는 엠비뉴의 마력 때문인지 그저 평범하기만 한 몬스터 또한 없다. 몸의 비율도 정상적이지 않고, 한쪽

팔이나 머리가 기이하게 크거나 해서 위협적이었다.

'수준도 그렇게 낮지 않지만 몬스터들의 풍년이로군.'

기괴한 몬스터들이 껑충껑충 뛰어다녔다.

끼야아악!

멀리서 까마귀가 위드를 스쳐서 무너진 장벽을 향해서 날아간다.

처음 보았을 때에는 비교적 덩치가 크긴 해도 정상적인 까마귀였다. 하지만 곧 독수리처럼 커지더니 털이 숭숭 빠진다. 흡혈박쥐처럼 입안에 송곳니가 돋아나고, 발톱은 낫처럼 길게 자란다.

장벽에 도달한 순간에는 개와 까마귀가 반반 정도 섞인 특이한 몬스터가 되었다. 그리고 정신을 놓은 듯 주변을 빙글빙글 돌면서 배회하는 것이다.

'여긴 제법 위험해. 엠비뉴 교단의 총본영이 있기 때문이겠지만… 아무튼 세상에 이런 곳도 흔치는 않겠지.'

위드는 바위 구석에서 조용히 살피면서 기다렸다.

느릿느릿 움직이는 몬스터들은 갑자기 멈춰서 주변을 돌아보거나 코를 킁킁거리곤 했다.

따로 엄폐물이 많지 않기에, 들키지 않고 장벽을 넘어가긴 힘들 것 같았다.

'일단 움직이면 대신전으로 가기 위해서 근처에 있는 놈들을 최대한 빠른 시간에 정리를 해야 해. 소란을 보고 몬스터들이 몰려오지 않도록.'

이곳의 몬스터들은 오크, 고블린처럼 누구의 지휘를 받거나 집단행동을 하지는 않는 느낌이다.

하지만 전투가 펼쳐지면 즉시 모여들 것이다. 어둠의 힘에 물들어 버린 마물들은 살아 있는 생물을 보면 본능적으로 적개심을 가질 테니까.

'이동하는 것도 차분히 기회를 노려야겠지. 정찰을 하려면 이동, 은신, 이동, 은신을 반복해야 한다. 부하들이 잘 버틸 수 있을지 모르겠군.'

위드는 이곳의 지형과 분위기부터 파악해 보려고 했다.

퀘스트를 하는 데 열흘이라는 시간이 있지만, 짧을 수도 있고 길 수도 있는 기간이다.

조각술 최후의 비기를 구하는 장대했던 모험에서도 곧 결말에 해당하는 단계!

지금까지 퀘스트를 진행해 오면서 경험한 바도 있듯이, 난이도가 높다 보니 틀림없이 넉넉한 시간은 아닐 것이다. 열흘간 죽어라 고생을 해도 마지막에 불과 몇 분 차이로 실패할 수도 있기에 조바심을 내야만 했다.

마치 공부와 담을 쌓고 지내다가 시험이 내일로 닥쳐온 학생처럼!

'아무튼 이동한다. 조금 더 높은 곳으로 가서 전체를 봐야 돼. 이 부근에서 가장 높은 건… 저 장벽이로군.'

느릿느릿 걸어오는 괴물!

위드는 괴물이 지나가기를 그냥 기다렸다. 그리고 말살의 검을 꺼내 들고 뒤에서 기습을 가했다.

기사들은 정면이 아닌 뒤치기를 하면 명성과 명예가 감소하는 페널티가 있다. 심하면 '뒤를 자주 노리는 기사'와 같은 악명도 붙는다.

하지만 다른 직업들, 근본적으로 기품을 상관하지 않는 전사 계열은 마음껏 뒤를 공격할 수 있었다.

도둑 계열 직업들은 아예 뒤통수나 등을 노리라고 만들어진 것들이 아닌가!

치명적인 일격이 터졌습니다!

쿠엑!

단숨에 사망.

위드의 레벨에 기회를 노려서 뒤치기까지 하였으니 일반 몬스터들이 버텨 낼 리가 만무했다.

캬악!

꽥!

커윽.

짧은 거리를 이동하면서 몬스터들을 처리.

6~8마리가 함께 돌아다니는 놈들은 광역 스킬로 재빨리 한꺼번에 없애 버렸다.

"뭐지?"

"무… 무슨 소리가 들렸다."

약간의 소란이 일어나면 말을 할 줄 아는 괴물들이 모여들기도 했다.

위드는 그럴 때면 얌전히 그 자리에서 조금 물러나서 10분 이상 숨어 있다가 다시 나왔다. 이곳의 몬스터들은 똑똑하지 않은 데다 활발하지 않고 단순하게 본능에 따라 움직이기만 한다는 점을 알아차린 덕분이었다.

뭔가 시끄럽거나 이상하더라도 모여서 잠깐 두리번거리다가 좀비들처럼 다시 흩어진다. 무너진 장벽과 같은 엄폐물이 있을 때는 일부러 소란을 일으키고 뒤로 돌아서 지나가더라도, 눈에 띄거나 소리가 나지 않는다면 의심하지 않았다.

죽이고 먹으려는 기본적인 본능 외에는 모두 제거된 것처럼.

'반응이 단순해서 최고의 사냥터라고도 할 수 있겠군.'

그러나 위드는 결코 방심하지 않았다.

본능에 의해서만 움직인다는 건 어쩌면 정말 무서운 일이었으니까. 할퀴거나 물어뜯으면서 살기 위한 이유도 잊어버린 채로 그냥 덤벼들기만 할 것이다.

몬스터들과 싸우다가 소란이 점점 커지다 보면 이 주변 일대 전체의 적과 싸움을 해야 한다. 그러다 보면 엠비뉴의 대신전에서 공격대가 나오지 말란 법도 없지 않은가.

지형도 파악하지 못한 채로 대신전에서 튀어나온 기사단 같은 것들과 싸우게 된다면 상황이 매우 안 좋게 될 것이다.

'더 나쁜 경우도 생각해야 돼.'

그 어떤 상황에서도 전투를 두려워하진 않는 위드였지만 아직 본격적으로 싸울 때는 아니라는 생각만은 확실했다.

목표는 이 주변의 몬스터들이 아니었으니까 말이다.

'그래도 인생 전반에 걸쳐 눈치를 보는 데에는 익숙하니까!'

그렇게 한참을 신중하게 움직인 끝에 이윽고 목표인 장벽에 도착해서 절반쯤 무너진 계단을 올라갈 수 있었다.

알 수 없는 장벽에 도착하였습니다.
누가 세운 것인지, 언제 만들어졌는지도 확인이 불가능한 장벽에는 음습한 기운이 감돌고 있습니다. 생명력을 소진시켜서 강제로 몬스터화하게 됩니다. 생명력이 50,000 이하라면 즉시 몬스터로 변하게 될 것입니다. 침침한 느낌으로 신체의 활동력이 23% 감소합니다. 체력이 절반 이하로 낮아졌을 때 생명력의 피해를 입을 수 있습니다.

예상하지 못한 페널티!

"으음, 이런 건 안 좋은데. 그리고 지형마저도 최악이야."

장벽에 오른 위드의 입에서 절로 신음 소리가 튀어나왔다.

메마른 울부짖는 폐허에만 몬스터들이 많은 것이 아니었다. 엠비뉴의 대신전이 있는 방향을 살피니, 시체들이 둥둥 떠다니는 시커멓게 썩은 강이 흐르고 강가에는 몬스터 떼가 우글거렸다. 마치 달짝지근한 꿀물을 보고 모여드는 개미 떼처럼 시커먼 강물을 끊임없이 마시고 있었다.

강을 따라서 수만, 수십만의 몬스터들이 있는 것 같았다.

몬스터들의 대박람회, 종족 전시회라 이름 붙일 만한 곳 중에서도 이곳이 단연 최고의 자리를 차지하리라. 이곳만큼 다양한 종류의 몬스터들이 잔뜩 몰려 있는 장소는 대륙 전체를 찾아보더라도 없을 테니까.

대신전으로 가려면 반드시 썩은 강을 지나야 하는데 하늘을 날아서 통과할 수도 없다. 독 안개가 짙게 퍼져 있기 때문이다.

하늘을 나는 몬스터들이 강을 건너려다가 독 안개에 닿자마자 그대로 녹아내리면서 강물로 떨어지는 광경이 적나라하게 보였다.

이러한 장애물을 넘어서 엠비뉴의 대신전 근방에 도착하더라도 절망을 일으키는 성벽이 또 문제였다.

모래 언덕을 따라 지어서, 그 어떤 요새보다도 성벽이 높은 편이다. 바위만 쌓은 게 아니라 굵은 강철 줄을 연결하여, 청동 거인들의 돌덩어리 공격에도 끄떡하지 않을 정도로 두껍고 단단해 보인다.

반인반수의 마물들이 감시탑에서 경계를 하고 있었고, 또한 짓고 있는 탑도 문제다.

거의 하늘 끝까지 닿을 것만 같은 탑에는 계단을 따라서 병력이 배치되어 있었다.

저런 삼엄한 감시망을 뚫고 어떻게 대신전에 침입할 수 있겠는가.

대신전은 엠비뉴의 군대의 특별한 몬스터와 괴물을 만들어 내는 생산 기지이기도 했다.

눈에 보이지는 않지만 내부에는 괴물들의 훈련장이 작동되고 있었다. 그렇기에 발각되는 순간 벌집을 건드린 것처럼 몬스터들이 끝도 없이 덤벼들 게 뻔하다.

"차라리 한국은행에 가서 보관되어 있다는 금괴를 털어 오는 편이 더 빠르겠군."

그만큼 절망감이 느껴질 정도였다.

자신은 일개 개인에 불과한데 적들은 하나의 국가로 보아도 될 만큼 규모가 방대하다.

"로또에 연속으로 세 번 정도 당첨된다면 돈 걱정은 할 필요가 없을 텐데."

도대체 그 어떤 상식적인 수단과 방법도 떠올릴 수조차 없는 상태!

위드가 인간 중에서 가장 강하다고 하더라도, 그 한계도 많이 겪어 봤다.

저주에 약한 데다, 휴식도 없이 긴 시간을 싸울 수는 없다. 엠비뉴의 총본영이자 대신전인 이곳에서 힘을 자랑한다면 목숨이 남아나진 못하리라.

그리고 적들에게는 궁극의 무기라고 부르기에 충분한 혼돈의 드래곤이 있다.

아우솔레토는 다른 드래곤들도 상대하기를 꺼릴 만큼 특별히 강하고 위험하다고 한다.

'차분해져야 돼. 어떻게든 방법은 있어. 그리고 열흘. 빠듯하지만 이 시간을 정말 잘 이용해야겠지. 의지할 건 그 정도밖에 없으니까.'

위드는 대신전이 있는 방향이 아닌 주변도 살펴보았다.

장벽은 좌우로 끝을 모르게 계속 이어져 있었다. 어디까지 이어져 있는지 호기심이 들기도 하였지만, 어쨌든 대신전을 파괴하기 위한 목적을 달성하려면 장벽을 계속 따라가는 건 그다지 의미가 없을 것이다.

중간중간 무너진 곳들이 많아서 몬스터들이 드나들기에 발각될 염려도 높았다.

위드가 왔던 뒤쪽으로는 붉은 황무지가 계속 이어졌다. 황무지를 지나면 아마 인간들이 사는 왕국이 나타날 것이다.

'여기의 정확한 위치는… 대충 태양과 달의 위치를 보니 아

무래도 잃어버린 길의 황무지 너머겠군.'

중앙 대륙과 서부 대륙이 연결되는 중간에 붉은 황무지가 있다. 모험가들에게는 잃어버린 길의 황무지라고도 불리는데, 여기는 정말 거대한 미로다.

사전에 길을 충분히 숙지하고 들어가지 않으면 끝없이 헤매다가 죽음을 맞이한다는 장소.

전설의 검이 묻혀 있다거나 절세의 갑옷, 어마어마한 재물이 있다는 소문에 혹해서 들어간 많은 모험가들이 목숨을 잃은 장소였다.

당연하게도 10대 금역 중의 하나였는데, 여기는 그 황무지도 넘어선 지역이 아닌가.

"으음, 안 돼. 여기서 끝낼 수는 없어."

위드는 지금의 명성도 지키고 모험도 방송국에 계속 중계하기 위해서 퀘스트는 가능하면 성공시키고 싶었다.

천문학적인 광고 수입!

모험과 사냥으로 얻은 아이템을 팔아서 버는 돈도 있지만 방송국들이 안겨 주는 숫자 개수는 다른 출연료에 비할 바가 아니다.

눈먼 돈이 따로 있겠는가.

위드도 부유하고 넉넉한 생활에 익숙해지다 보니 배고프던 과거는 이제 떠올리고 싶지 않았다. 최근 버는 돈이 많다 보니 호의호식, 사치가 몸에 배어 버린 것이다.

"더 이상 과거의 내가 아니야. 돈도 써 본 사람이 쓸 줄 안다고, 지출도 많이 커져 버렸어."

밥 한 숟가락 뜰 때마다 햄을 나눠 먹지도 않고 한 조각씩 통째로 먹으니 이제는 누가 봐도 중산층이었다.

머리를 감을 때에도 보일러를 틀어서 따뜻한 물을 쓰고 시장에서 제철 과일까지 사다 먹으니, 사치스럽다는 비판을 들어도 할 말이 없는 상황이었던 것이다.

열흘이란 시간은 길기도 하고 짧기도 하다.

위드는 몬스터들이 시커멓게 썩은 강까지 시장 통처럼 뒤덮고 있는 메마른 울부짖는 폐허에서 무너진 장벽을 끼고 1시간 정도를 보냈다.

조용히 궁리를 하고 있는 셈!

"방법을 찾아야 해."

바글바글한 몬스터들을 뛰어넘어 엠비뉴의 대신전으로 들어가서 하늘로 오르는 탑을 파괴하고 혼돈의 드래곤을 없앨 수 있는 방법.

"내 머리로 할 수 있을까. 어떤 묘수가 떠오를 것 같기도 한데. 으음, 콜 데스 나이트 반 호크!"

심상치 않은 기운이 소환을 막고 있습니다.
어비스 나이트로 승격된 반 호크는 원래의 세상으로 돌아갔습니다.

이미 위드의 공식 노예라고 부를 수 있는 반 호크와 토리도까지 원래의 시간대로 돌아가 버리고 말았다.

"쓸모 있는 놈이 사라져 버리고 말았군."

그렇다면 부득이하게 주변을 탐색하여 부하들과 아헬른이라도 빨리 찾아야 한다.

"몬스터들을 따라다녀야겠군. 굳이 놈들을 계속 죽이며 이동할 필요는 없지."

위드는 위장을 위해서 조각 변신술을 쓰기로 했다.

깡! 깡! 깡!

벽에다 주변의 비슷비슷하게 생긴 몬스터를조각했다.

두 눈 가운데 오른쪽 눈만 유별나게 크고, 턱은 앞으로 길쭉하게 뻗어서 휘어져 있다. 빠른 속도를 위하여 다리는 네발로 뛸 수 있도록 했으며, 뒷다리의 근육은 특별하게 발달시켰다.

유사시에는 그대로 달려서 도망쳐야 했으므로.

귀는 주변의 소리들을 놓치지 않고 들을 수 있도록 넓고 크게, 수염투성이에 입은 작게 만들었다.

비루먹은 망아지를 완성하였습니다.
볼품없고 대충 만들어진 망아지입니다. 불행을 이끌고 다닐 이 망아지는 아무도 원하지 않아서 한편으로는 자유로울 수 있을 것입니다. 시간과 공간을 여행하며 모험을 즐기는 조각사에 의해서 만들어졌습니다.
예술적 가치: 30. 이 작품이 부서지지 않고 계속 간직된다면 엄청난 역사적 가치가 부여될 것입니다.
옵션: 5초 이상 이 조각품을 쳐다보면 행운 65 감소.

조각술 스킬의 숙련도가 증가합니다.

손재주 스킬의 숙련도가 증가합니다.

무지막지한 특수 효과를 가진 조각품!

식량을 먹어 본 지 일주일은 된 것처럼 굶주려서 깡마른 체형은 다른 몬스터들의 이목을 최대한 끌지 않도록 해 주리라.

위드 스스로 조각을 하면서도 도대체 이게 무슨 해괴한 모습인지를 알 수 없는 지경이었지만, 이 주변에 있는 몬스터들이 모두 이 모양이었으므로 유행을 따랐다.

"시간만 넉넉하게 있었으면 조각술을 완전히 마스터하고 모험을 할 텐데. 하긴 헤르메스 길드가 그러도록 가만 놔두지도 않겠지. 역시 인생은 조금만 먹고살 만하면 온갖 날파리들이 꼬여드는 법이니까. 조각 변신술!"

조각 변신술을 사용합니다.
조각술에 대한 무한한 애정은, 그 조각품과 조각사를 서로 닮게 만듭니다!

태양의 전사이며 사막의 대제로서, 몸 자체가 아름답다고 해도 좋을 만큼 건장한 육체미를 자랑한다.

말살의 불도마뱀 왕까지 잡아 최상의 장비들을 착용하고 있어서 사람들의 선망을 받을 만한 외모가, 급격하게 비루먹은 망아지로 바뀌었다.

형태가 이상해진 만큼 전투력도 거의 발휘할 수 없는 모양이 되었다.

공격 수단 중에서 항상 치명적인 일격이 터지는 것은 뒷발차기 정도!

위드는 망아지처럼 입술을 우물거렸다.

'음, 나름 괜찮군. 괜히 당근이 먹고 싶어지는데. 쌍봉이의

마음을 이해하겠어.'

비루먹은 망아지가 되어서 계단을 또각거리면서 방벽을 슬그머니 내려왔다.

크흥!

몬스터들이 그를 한번 힐끗 보았지만 자신들과 비슷한 종류라고 여겼는지 다시 고개를 돌렸다.

'우리도 우리지만 정말 저 외모는 아니다.'

'내 앞으로 가까이 오지 않았으면 좋겠군.'

위드는 천연덕스럽게 고개를 꼿꼿하게 들고 방벽을 따라 걸었다.

전이.

사막에서 위드에 의해 생명력이 부여되고 오직 전투를 위해서 살아온 그의 자부심은 남달랐다.

막 태어났을 때에는 안전을 위협하는 무서운 적들이 많았지만 나중에는 전부 평정하였다.

사막의 대제 위드를 따라다니면서 쌓은 용맹의 기록들만 수십 장!

그는 엠비뉴 교단을 무찌르기 위하여 메마른 울부짖는 폐허로 오고 나서도 자신감이 있었다.

'놈들을 전부 죽여서 대제께 인정을 받고 싶다.'

호위대를 통솔할 만큼, 충성심으로는 어느 부하들에게도 뒤지지 않았다.

혼자 이곳에 떨어졌지만 전이는 굴하지 않고 당당하게 시미터를 들고 적들을 노려봤다.

“모두 덤벼라!”

쿠릉?

“나 전이가 전부 죽여 주겠다.”

굳이 일부러 소란을 떨어 몬스터들의 이목을 끄는 행동을 서슴지 않고 했다.

크릉. 크르르르릉!

그 결과는 수백 마리나 되는 몬스터들의 집중 공격!

전이는 영예로운 사막 전사답게 몬스터들이 덤비는 족족 그 자리에서 해치웠다.

도끼와 창을 오른손과 왼손에 들고 몬스터들을 일격, 혹은 연속 타격으로 해치우는 그의 모습은 대단하기 짝이 없었다.

그러나 점점 소란이 커지고 시끄러워지자 부근의 몬스터들이 전부 모여들기 시작했다.

뿔에 가슴을 강타당했습니다.
생명력이 감소합니다. 마비 효과가 발생하려고 하였지만 극복해 냅니다.

어깨를 물렸습니다.
공격 속도가 저하됩니다.

꼬리를 물고 덤비는 몬스터들의 집단 공격.

제아무리 강철 같은 체력을 자랑하는 전이라도 몇 시간을 싸우니 점점 지치고 생명력도 감소했다.

독을 내뱉고, 자신의 몸을 터트려서 공격하는 몬스터들.

혼자서 수천 명의 병사들을 물리칠 수 있지만 이곳의 몬스터들은 지독한 면이 있었다.

압도적으로 강한 실력을 보이면 인간의 경우에는 투지가 꺾여서 덤비지 못하는 법인데 몬스터들은 그런 생각 자체를 못했다. 침을 뱉고, 독을 발사했다.

끊임없이 달려와서 아비규환에 가까운 공격을 해 올 뿐만 아니라, 장벽 너머의 몬스터들까지 밖으로 뭉쳐서 나왔다.

장벽 너머 썩은 강물을 마신 몬스터들은 레벨이 400이 넘기도 하였으며, 5~6마리가 하나처럼 생명력을 공유했다.

어떤 몬스터들은 주변의 다른 몬스터를 잡아먹고 순식간에 체형을 키우면서 더 강해졌다.

"싸우다가 죽는 것은 전사의 최후로서 아주 기꺼운 일이다."

웬만하면 도망을 갈 법도 하지만 전이는 고집스럽게 그 자리에서 버텼다.

수천의 적들을 상대로 상처투성이가 되어서도 싸우는 투혼!

죽어 가는 전이를 먹잇감으로 삼기 위하여 몬스터들은 갈수록 많이 몰려들고 있었다.

"아쉬…움은 없다. 그러나… 대제를 뵙지 못하고… 죽게 되다니……."

전이의 생명력이 10% 정도밖에 남지 않았을 때였다. 저 멀리에서 비루먹은 망아지가 전속력을 다하여 달려왔다.

몬스터들이 뭉쳐 있는 것을 보고 위드는 부하 중의 누군가가 위기에 빠져 있는 것을 알았다.

'이런 한심한 놈! 너네가 그러면 그렇지. 난 너희를 조각하고 나서도 절대 미역국을 먹지 않았다.'

푸히히히힝!

망아지의 달리는 속도는 믿을 수 없을 만큼 빨랐다.

위드의 스탯이 전부 질주형으로 바뀌어 있었기에 육상에서 달리기 능력 하나만큼은 절대적이라고 할 수 있었다.

몬스터들의 무리가 있는 곳까지 다가와서는 공중으로 풀쩍 뛰어오르더니 놈들의 머리를 지지대 삼아 밟아 가면서 이동하기 시작했다.

앞발과 뒷발로 머리를 박찰 때마다 수십 미터씩 앞으로 쑥쑥 이동하는 망아지.

"크르르르르, 어딜… 가느냐."

갑자기 거대한 몬스터가 정면을 막으면 앞발과 뒷발을 수평으로 펼치며 날렵하게 도약해서 넘어갔다.

"아직… 싸울… 힘이 남…았다."

위드는 전이에게 바로 다가갔다.

몇 시간에 걸친 전투로 전이의 몸은 상처투성이였고, 칼도 내구력이 다해서 휘어졌다. 조금만 더 싸우면 칼이 깨어져 버릴 수도 있는 단계였다.

전이는 무시할 수 없는 대단한 전사이다 보니 육체보다도 무기가 먼저 버텨 내지를 못한 것.

위드를 보자 전이는 반가워하는 대신에 푸념부터 했다.

"여기는 정말 온갖 불행이 모여 있는 장소로군. 이런 못생긴 망아지까지 몬스터가 되었다니!"

푸흐흥!

"어? 나를 보는 이 썩은 표정은 무척이나 익숙한데… 설마 대제님이십니까?"

위드는 전이를 등에 태웠다.

그리고 잠깐 둘러보니 몬스터들은 빼곡하게 사방을 에워싸고 있었다.

적들이 빈 곳이 없는 때에 탈출로를 찾기란 불가능에 가깝다. 지금 함께 있는 둘이 위드와 전이가 아니라면 아마 여기에 뼈를 묻어야 할 것이 틀림없다.

위드는 야생마처럼 제자리에서 뒷발로 땅을 고르며 콧김을 뿜어냈다.

'이 부족한 몸을 믿어야겠군.'

파바박!

땅을 차며 일직선으로 돌파!

몬스터들 사이를 억지로 헤집고 들어가서 공중으로 뛰었다.

월등한 민첩성으로, 공중에 투명한 계단이 있는 것처럼 박차는 4단, 5단 뛰기!

날개 달린 말처럼 비상한 위드는 전이를 태운 채로 몬스터들의 어깨와 머리를 밟고 이동했다.

몬스터들의 포위망을 단숨에 벗어나서는 그대로 정면을 향해서 내달렸다.

"쫓…아라."

"먹잇감을 놓치지 말자."

몬스터들이 계속 뒤쫓아 왔다.

갑자기 몬스터들로 구성된 장거리 마라톤이 벌어진 것과도 같은 느낌!

위드는 귀를 쫑긋 세운 채로 장벽을 따라 달렸다.

어디로 가더라도 계속 몬스터들이 나타나서 앞을 가로막고 공격해 왔다.

또한 한참 뒤에서 추격해 오는 몬스터들도 어지간해서는 포기하지 않을 듯한 느낌이다.

메마른 울부짖는 폐허에서 크고 작은 수많은 몬스터들을 만나고 피하고 이끌면서 달려 나간다.

4분 정도를 꼬박 달리자 장벽 아래에 푹 들어가 있는 구덩이가 하나 발견되었다.

'여기로군.'

위드는 전이를 태운 채로 구덩이 안으로 들어갔다.

잠시 후 지성을 갖지 않은 몬스터들은 쭉 해 온 것처럼 그들을 스쳐 지나갔다. 본능에 따라서 하염없이 앞으로 달리다가 다시 두리번거렸다.

"우…리가 왜 여기에 있지?"

"모른…다."

"뭔가… 있었…던 것 같…기도 한데."

"배…가 고프…다."

몬스터들은 다시 의욕을 잃어버리고 좀비처럼 흐느적거리면서 주변을 돌아다니기 시작했다.

위드는 이곳 몬스터들의 특성을 완벽하게 파악할 수 있었다.

'둔하군, 둔해. 그래도 위험하고.'

몬스터들의 레벨은 일반 유저들에게는 부담이 될 정도로 높다. 왕국을 지배하던 명문 길드가 전력을 이끌고 와도 여기를 토벌하기에는 무리 아니겠는가.

헤르메스 길드가 온다고 하더라도 여러모로 힘든 구석이 있다. 위드도 현재의 몸이 아니라면 몇십몇백 마리를 우습게 해치우진 못할 것이다.

그리고 몬스터들의 생명력은 낮은 편이지만 목숨을 도외시하는 공격 방식과 비정상적인 신체 때문에 항상 방심하면 안 될 정도였다.

'뭐, 그렇더라도 어떻게든 죽진 않겠어.'

몬스터들과 싸움이 벌어지더라도 도망칠 수 있다는 자신이 위드에게는 있었다.

썩은 강의 몬스터 무리가 통째로 움직이거나, 대신전에서 기사단과 사제들이 나와서 저주를 건다면 상황이 복잡해지기는 할 것이다.

그렇더라도 지금까지 쌓아 온 무력과, 가끔 상상 이상의 능력을 발휘하는 재빠른 눈치 덕분에 쉽게 목숨이 위험해지진 않는다.

하지만 전이처럼 고지식하게 싸운다면 몬스터들의 한입거리로 전락하고 말리라.

위드는 망아지처럼 입을 오물거리면서 말했다.

"이런 무능한 놈! 네 목숨이 너만의 것이더냐. 쓸데없이 고집을 피워서 죽어 버린다면 나는 어디서 부하를 구해야 한단 말이냐!"
"죄송합니다, 대제."
"그나저나 앞으로의 일이 깜깜하구나. 네놈이 그런 상황에 처해 있었다면 다른 놈들도 크게 다르지는 않을 텐데."
위드가 던전과 사냥터를 오가면서 막 부려 먹은 덕에 조각 생명체 부하들은 기본적으로 용맹하고 물러서지 않는 성격을 가졌다.
다재다능한 능력을 가지고 자기 몸 하나 정도는 알아서 챙길 수 있는 자하브, 능력의 한계를 짐작하기 힘든 아헬른 그리고 슬슬 죽을 때도 되었다고 생각하는 헤스티거를 제외하면 꽤나 암울한 상황이 아닌가.
노인들이 다 큰 자식들을 믿지 못하고 노후를 걱정하며 사는 이유를 알 것 같았다.
'이놈을 찾은 이상, 계속해서 등에 태우고 다닐 수도 없는 노릇이고.'
망아지가 된 위드는 몬스터들이 거의 신경을 쓰지 않는다. 가까이 접근하면 냄새를 맡아 보고 썩은 냄새가 나지 않아서 의아해하기는 했어도, 30미터쯤 멀어지고 나면 다시 멍하니 할 일을 했다.
몬스터들이 많이 배회하고 있어도 크게 눈에 띄지만 않는다면 편하게 얼마든 돌아다닐 수가 있는 것이다.
하지만 살아 있는 인간 전사인 전이를 등에 태운다면 그들을 노린 몬스터들의 습격이 재개되리라.
'이렇게 많이 돌아다녔는데도 1명밖에 발견하지 못했군. 다

른 부하들을 일일이 모두 찾을 수는 없겠어.'

위드는 그래도 포기는 하지 않고, 전이에게 구덩이 속에서 휴식을 취하도록 한 후에 밤까지 수색을 했다.

해가 저물도록 지치도록 달렸음에도 다른 부하들은 찾지 못했다.

몬스터 무리가 싸운 흔적이 조금 남아 있기도 했지만 부하들이 있었는지 확신할 수는 없었다.

시간이 촉박한데 장벽 전체를 뒤질 수도 없고, 이러는 사이에 이미 썩은 강을 지나갔을 수도 있었다.

'부하들의 운명이라고 해야 될 거야.'

부하들도 스스로 대신전으로 모이기만을 기대해 보는 수밖에 없었다.

막상 전이조차도 찾아 놓고 나니 그 후에 둘이서 어떻게 해야 할지 알 수 없었다. 전이와 단둘이서 썩은 강의 몬스터를 뚫고 엠비뉴의 대신전으로 침입할 수도 없는 노릇이었다.

"음, 그래도 이게 있었지!"

위드는 품에서 시간의 모래를 꺼냈다.

노들레가 했던 모험을 본다면 그것을 따라 좋은 공략법을 얻을 수도 있으리라.

진작 이 생각을 하지 않았던 건 아니지만, 아끼고 또 아끼느라 쓰지 못했다.

"이런 시기를 위하여 남겨 놓았지. 역시 인생은 꿍쳐 놓으면 나중에 다 쓰게 되는 거라니까. 시간의 모래 사용!"

위드의 손에서 시간의 모래가 흘러내리며 은은하게 빛났다.

시간의 모래

시간의 모래, 혹은 회상의 모래라고도 불리는 신비한 물건이다. 대륙 남부 사막 부족의 보물로서, 시간을 되돌려 오래전에 있었던 모습들을 보여 준다. 원래 살던 시간대로 돌아가서 물건이나 사람을 데려올 수 있다. 소유하고 있는 것만으로도 과거의 시간과 엮이기도 한다.

띠링!

시간의 모래가 사악한 마력에 의해 잠식되어 사용되지 않습니다.
시간의 모래가 쓸모없어졌습니다. 영구히 사라지게 됩니다.

하늘로 오르는 탑의 인부

"커헉!"

아껴 두었던 비장의 카드가 사용 불가능!

과연 세상에 믿을 것은 하나도 없었다.

위드의 머릿속이 다급하게 굴러갔다.

'어떻게 해야 하지? 퀘스트 진행 방식을 파악하기 위해서는 노들레와 함께 있었던 아헬른을 찾으면 좋을 테지만, 오늘처럼 어디 있는지 헤매고 다니느라 시간을 다 보낼 수도 없는 노릇이고.'

한숨도 푹푹 나왔다.

노들레와는 이미 퀘스트가 달라졌다.

당시 노들레와 함께 이곳으로 온 동료들의 구성도 완전히 바뀌었으니 상황이 반복될 리가 만무하다. 아헬른은 비슷한 역할을 다시 수행하더라도 각자 다른 이들이 어떤 행동과 능력을 발휘하게 될지는 알 수 없는 일.

위드만 하더라도 노들레가 아니었다.

설혹 그가 했던 일들을 본다고 하더라도 반드시 그대로 할 필요도 의무도 느끼지 못했고, 그저 참고삼아 나름의 방법을 찾아내고자 했을 뿐!

"사람은 닥치면 다 하게 되어 있어. 믿을 건 그것뿐이군."

평생 누군가가 도와주거나 이끌어 주는 손길에 따라 살지는 못했다. 그렇다면 이번 퀘스트도 위드의 방식대로 스스로 길을 개척할 수밖에 없는 노릇.

위드는 깊은 한숨을 내쉬었다.

결국 열흘이란 기간을 어떻게 보내야 하는가에 달려 있었다.

중앙 대륙을 일통한 하벤 제국.

그들이 자랑하는 7개의 군단이 북부로 들어서는 관문인 포르우스 강을 넘었다.

무려 210만의 대군!

말과 마차, 보급을 위한 상인들까지 있어서, 뒤따르는 규모 역시 끝을 알 수 없을 정도로 어마어마했다.

자신들이 속해 있는 길드와 제국의 힘이 이 정도라는 생각에 헤르메스 길드의 유저들은 발걸음조차 가벼웠다.

"북부 놈들은 붙잡아서 목을 비틀어 주면 되겠군."

"빨리 싸워 봤으면 좋겠는데? 감히 덤빌 수 있을지 모르겠지만 말이야."

7개의 군단이 뭉쳐서 이동하는 위세가 너무나도 대단해서 전투를 건다는 것이 도무지 의미가 있을 것 같지 않았다.

전쟁을 앞둔 긴장감보다는 적당한 즐거움.

대륙 최대의 전력으로 북부를 쓸어버리면 될 뿐이었다.

원정에 나섰음에도 병사들에게 지급되는 음식들도 산해진미가 따로 없었다. 유저들이야 그렇다 치더라도 NPC 병사들에 대한 대우도 훌륭하다.

거듭된 정복 전쟁으로 하벤 제국의 병사들 중에는 숙련병, 엘리트 병사가 높은 비중을 차지했다.

"다른 5개의 군단들도 북부 대륙을 눈앞에 둔 지점에 도착했다는 소식입니다."

"그러면 슬슬 진군을 해 봅시다."

군단장들은 라페이가 세운 작전 계획대로 저마다 군대를 진격시켰다.

7개의 군단이 먼저 북부로 진입하여 정면에서 압박한다. 북부의 눈과 귀가 그들에게 쏠렸을 때에 5개의 군단이 우회 침략하여 맡은바 임무를 진행한다.

7개의 군단은 북부를 쪼개는 창이 될 것이고, 다른 5개의 군단은 망치와 칼이 되어 산산이 부수고 갈기갈기 찢어 놓을 것이다.

웅성웅성.

모라타의 빙룡 광장!
평소에도 초보 유저들로 북적이는 장소였다.
아르펜 왕국에서 〈로열 로드〉를 시작하여 한창 신기해서 상점과 거리를 뛰어다니는 초보자들을 늘 볼 수 있는 곳.
“이 과일 얼마예요?”
“2쿠퍼에 팔고 있습니다.”
“우와, 비싸다! 나중에 돈 벌어서 꼭 사 먹으러 올게요.”
세상 물정을 모르는 초보 유저들을 보면서, 어느덧 성장한 모라타 출신 유저들은 감회가 새로웠다.
‘나도 저랬던 때가 있었지.’
토끼만 보면 가죽과 고기를 얻을 수 있겠다는 생각에 반가웠고, 숲에서 만난 고블린이 무서워서 나무를 타고 올라가 숨소리도 내지 못하고 숨어 있던 시절.
〈로열 로드〉를 하면서 누구나 겪었던 초보 시기는 그 이후에는 향수처럼 다가왔다.
아르펜 왕국은 어느 마을이나 새로 시작한 초보자들로 붐비면서 생동감이 돌았다. 산골 마을에도, 불편한 점은 많지만 비싸게 팔리는 약초를 운 좋게 구할 수도 있고 가죽을 가지고 도시로 내려와서 팔면 약간의 생활비를 벌 수도 있기에 유저들이 붐볐다.
신생 왕국으로 유저들도 초보들이 많은 만큼 활력과 모험심이 넘쳐서 적극적으로 북부를 개척한다.
농부들도 안정된 도시 주변보다는 넓은 땅을 얻기 위하여 몬스터들의 영역으로 들어가고, 바드들은 모험에 대한 이야기를 짓기 위해서 미지의 영역으로 발을 내디뎠다.

모라타가 발전하면서 왕국의 주민들 또한 북부 전역에서 모여들고, 출생률도 높아져 어린아이들이 많이 태어났다.

이들이 추후 북부를 융성하게 만들 수 있는 주춧돌이 되리라 누구도 믿어 의심치 않았다. 중앙 대륙의 발전도를 쉽게 따라잡긴 어렵더라도 북부 고유의 문화와 경제, 생산력을 발전시킬 수가 있는 것이다.

아직도 쓰지 못하는 땅이 광대하게 펼쳐져 있고, 모험하지 못한 지역, 전설이 많다 보니 발전 가능성은 무궁무진!

그렇게 평소에는 상거래와 모험에 대한 이야기를 나누던 광장이 오늘은 중무장을 한 유저들로 꽉 들어찼다.

"우리의 집과 땅 그리고 자유를 지키기 위하여 싸웁시다!"

"놈들에게 짓밟힐 수는 없어요. 싸워서 격퇴해야 합니다. 설혹 죽더라도, 끝까지 투쟁합시다."

"아르펜 왕국은 우리 자신이나 다름없습니다. 일어나야 합니다. 일어나지 않으면 평생을 기어 다니면서 살아야 됩니다. 이 세상을 그렇게 만들고 싶습니까!"

북부의 토박이 유저들은 하벤 제국에 대한 거부감으로 들끓었다.

중앙 대륙이 명문 길드 대 명문 길드의 싸움으로 국한되었다면, 하벤 제국의 침공은 북부 유저들 스스로가 들고일어나게 만들었다. 이유야 수없이 많았지만, 가장 중요한 것은 북부에는 유저들의 피와 땀이 배어 있기 때문이리라.

어느 정도 레벨이 있는 이들은 시골 마을 수준이던 모라타와 함께 성장을 해 왔고, 그 이후에 시작한 이들은 북부 개척 시기를 살았다. 최근에 〈로열 로드〉에 접속한 유저라고 하더라도 북부 유저라는 자부심을 갖고 살아갔다.

"세상 사람들은 우리가 1쿠퍼도 아끼면서 사는 빈민들이라고 놀릴지 모르지만, 북부만큼 발전 가능성이 큰 곳도 없지 않겠어? 하벤 제국이 침략하더라도 여길 떠난다는 건 미련한 짓이야."

"중앙 대륙은 벌써 끝났고, 다른 왕국에서 세금을 왕창 뜯기면서 살아가느니 좀 위험하더라도 북부를 돌아다니는 편이 낫지. 여긴 낙후되었더라도 금방 발전해 버려서 사는 맛도 있고."

모라타는 아르펜 왕국의 수도는 아니지만 교통의 요지이고 중심이 되는 대도시였다. 북부 유저들은 하벤 제국의 침공 소식을 듣고 계속 모여들고 있었다.

물론 국왕 위드는 아직 가 본 적도 없지만 어느새 수도 역할을 하고 있는 대지의 궁전에도 유저들은 바글거렸다.

아르펜 왕국의 크고 작은 마을, 도시, 성채마다 하벤 제국과 싸우자는 유저들의 결집으로 붐비고 있었다.

"왔습니다. 슬론 님 어디 계세요?"

"워리어 하슬러 파티가 전투에 함께할 사람 구합니다. 레벨 350의 워리어와 전쟁에 참여하실 분 오세요!"

"어엇, 혹시 저랑 1년 전에 같이 박쥐 동굴 파티를 하신 적이 있지 않나요? 밴디트 갑옷 풀 세트라니! 그동안 레벨 많이 올리셨군요."

"하핫, 별말씀을요. 그냥 사냥터에서 먹고살았죠."

도시 여기저기에서, 오랜만에 만난 유저들끼리의 반가운 해후도 이루어졌다.

모라타를 중심으로 북부 전체로 퍼져 나간 모험가들의 만남과 정보 공유도 이루어졌다.

"뼈다귀는 살점이 조금 붙은 것이 좋습니다."

"반쯤 썩은 것이 특등품이죠. 손으로 약간만 힘을 주면 뚝 부러질 정도로요."

"하지만 잘 썩은 뼈는 구하기가 어려워서……."

"쟌 님은 요즘 해골 궁수 소환 스킬을 고급 6레벨까지 익히셨을 거라고 하던데."

"후후후, 얼마 전에 고급 8레벨이 되었습니다."

"오오, 사냥터에 가시면 해골 궁수 200마리씩을 데리고 휩쓸어 버리시겠네요!"

"강화 부패 좀비 셋으로 호위를 시키고, 해골 궁수 200마리로 공격을 하죠. 근데 데스 나이트 전문 소환 스킬은 아직 좀 낮은 편입니다. 오템 님이 이 부분에서는 가장 앞서 나가시는 것 아닌가요?"

"저야 데스 나이트를 워낙 좋아해서요."

쟌, 헤리안, 오템!

네크로맨서들도 오랜만에 회합을 가졌다.

그들은 직업 특성상 유저들이 많은 곳에서는 사냥을 하기가 어렵다.

언데드 부대를 소환해서 끌고 다니다 보면 다른 유저들의 사냥에 본의 아니게 민폐를 끼치는 경우가 자주 생긴다. 언데드들은 살아 있는 생명체라면 무조건 공격을 하는 편이라서, 아차 하는 사이 남들이 사냥 중인 몬스터들을 가로채는 경우가 비일비재하게 발생했다.

그 정도야 고의가 아니라면 일반 유저들도 어느 정도는 이해를 하고 넘어간다. 언데드 부대와 함께 사냥을 하게 되면 일반 유저들 입장에서는 방어에 신경 쓸 것 없이 공격만 해도 되니 편한 점도 분명히 있었다.

하지만 네크로맨서들은 마법사이면서도 소환 계열이 주 특성인 탓에 재료 수집이 필수!

시체들을 뒤적거리거나 무덤을 파헤쳐야 하다 보니 괜히 다른 유저들의 눈을 의식하지 않을 수가 없었다.

"어라, 여긴 좋은 시체가 있을 것 같네?"

네크로맨서에게는 필수라고 할 수 있는 도굴! 그러나 삽자루를 들고 무덤을 파다가 다른 유저들과 마주쳤을 때의 그 민망함이란…….

마력을 향상시켜 주는 해골 어깨 보호대로 물을 떠 마시는 모습에 놀라 쳐다보는 사람들의 시선도 무시할 수는 없었다.

아무리 레벨이 높은 네크로맨서가 되더라도 이런 점만큼은 극복할 수 없는 문제라서, 북부에서도 인적이 뜸한 곳을 위주로 다녔다.

"네크로맨서들은 갈비를 씹지 않고 되살려서 언데드로 만들어 뜯어먹는다더군."

"그놈들은 흉가에서 살고, 데이트도 무덤 근처로 간다는 소문이 있어."

사람들의 안 좋은 의식도 여전히 상당했다.

네크로맨서들이 존중을 받는 시기는 전투를 벌일 때뿐!

직업적인 오해와 편견이 매번 뒤따르지만, 언데드 군단을 끌고 다니면서 사냥을 하는 재미만큼은 남부럽지 않다.

"최근에 동쪽으로 떠나셨다는 이야기를 들었습니다. 그럭저럭 괜찮은 모험을 하고 돌아오신 것 같은데……."

"뭐, 체이스 님만 하겠습니까. 그냥 섬 몇 개 찾아내고 돌아왔죠."

"무인도라면 별로 볼 것도 없었겠습니다."

"설마요. 인구가 4만 정도인 도시가 있던데요?"

모험가들의 불꽃 튀는 말싸움도 은근하게 펼쳐졌다.

모험가들은 전사나 기사와는 다르게, 어느 던전을 깨끗하게 정복하고 몬스터들을 사냥했는지를 다투지 않는다. 스킬 숙련도와 레벨도, 매우 중요한 부분이기는 하지만 결정적인 자랑거리는 되지 못하였다.

그들은 무엇을 찾아내고, 발굴하고, 이야기를 들었는지를 자랑으로 여겼다.

모험가는 실낱처럼 작은 실마리를 추적하여 역사를 바로잡고 유물들을 건져 내는 직업!

대륙의 술집을 떠들썩하게 만드는 모험이야말로 그들이 밤

잠을 이루지 못하고 떠돌아다니게 하는 원동력이었다.

모험가들은 원래 대륙 전체에 흩어져서 누비고 다녔다. 정해진 소속 같은 것은 그들에게는 별 의미가 없다.

임무를 완수하기 위한 동료들을 그때그때 구하기는 하지만, 공성전에 참여한다거나 영주로서 통치행위를 벌이는 것도 그들에게는 그다지 마땅치 않았다.

모험가들은 돈을 벌어도 사냥보다는 의뢰의 보상비를 받아내는 쪽을 선호하고, 그보다 좋은 것은 금광, 은광, 숨겨진 보물들을 발견해 내는 것이었으니까.

모험가들에게는 무엇을 찾아내고 어떤 도전을 겪었느냐가 제일 중요하고 또한 자랑할 거리가 된다.

"다리를 무너뜨립시다. 우리가 쌓아서 만든 다리를 놈들이 이용한다니 불쾌하지 않습니까?"

"반드시 지켜야 할 건물들을 따로 추려 봅시다. 예술 회관, 프레야 여신상, 대도서관, 빛의 탑과 같은 건물들은 최악의 경우에도 적들의 손에 넘어가지 않도록 아주 계획을 치밀하게 짜야 합니다."

"늦기 전에 다 옮길 수 있을까요? 그리고 전쟁으로부터 피할 수 있는 안전지대가 어디에 있을지……."

"안 되면 섬으로라도 옮겨야죠. 최선을 다해 구해야 할 건축물들을 선별하고, 도시를 지키기 위한 요새화 작업에도 참여합시다. 이 전쟁에서는 우리 건축가들이 해야 할 일이 아주 많습니다."

건축가들은 애국심에 불타올랐다.

북부에서는 그들의 재능을 활짝 꽃피울 수 있었다. 위대한 건축물들이 끊임없이 건설되고, 험한 산과 넓은 강을 넘어서 북부를 연결하는 도로망 개선 사업도 아직 초기에 불과하였다. 인구수가 폭발하면서 팽창하는 도시 건설에도 건축가들은 대거 참여하고 있었다.

넉넉한 쉼터와 공원, 사냥터에서 얻은 금화를 기꺼이 꺼낼 수 있게 만드는 왁자지껄한 시장, 넓은 도로를 끼고 있는 화려하면서도 실용적인 상업 지대, 안락한 휴식을 취할 수 있는 주택가!

문화가 있는 특색 있는 언덕, 하천 주변 공간을 꾸며 사람들이 즐기면서 스트레스를 날려 버릴 수 있게 해 줄 공간도 중요하다.

도시의 전망과 야경까지도 고려하면서 지어야 하기 때문에 건축가들끼리의 협력은 무엇보다 중요하였다.

건물 하나하나가 제아무리 멋지다 해도 모두 모아 놓고 보았을 때 아름답지 못하다면 건축 디자인이란 관점에서는 실패나 마찬가지다.

일부 특색 있는 건축물만 부각되다 보면 도시의 거리는 엉망진창의 형편없는 몰골이 되었다.

하천과 건물, 거리와 나무까지 조화를 이루어야만 하기에 건축가들은 자주 모여서 대화를 나누었고 그래서 사이도 좋은 편이었다.

일반 유저들의 존경을 받는 직업!

그들이 결정을 내리면, 초보 유저들이기는 해도 수천 명이 일사불란하게 움직이면서 작업을 도와주었다.

북부에서는 건축가가 아주 유망한 직업이었다.

"풀죽에는 독버섯이 꼭 들어가야 되네. 죽느냐 사느냐의 경계 속에서 피어오르는 감칠맛을 느껴 본 사람이라면 밋밋하고 식상한 다른 죽들은 먹기도 힘들지."

"푸짐한 해산물죽을 못 먹어 봤으면 말을 말아야죠. 산지에서만 먹을 수 있는 각종 해산물을 바다에서 직접 채취해서 바로 끓여 먹는 그 맛! 해산물죽은 선원들의 충성심 올리기에도 일품입니다."

"실용성으로 따진다면 던전 깊은 곳에서 식량이 떨어져서 만드는 이끼죽, 벌레죽만 할까요?"

요리사들의 만남도 이루어졌다.

북부 전체를 풀죽신교가 차지하고 있다고 해도 과언이 아니다 보니 하벤 제국의 침공으로 벌어지게 되는 이번 전쟁은 모든 유저들을 결집시켰다.

현재 풀죽신교에는 대표적으로 71개의 부대가 있었다.

현재 가입되어 있는 총 인원수는 측정 불가!

초보 유저들이 집중 가입하는 죽순죽 부대 같은 경우는 개방제로, 무제한 받아들였다.

가슴이나 머리에 죽순을 꽂고 돌아다니면 죽순죽 유저다. 작은 마을에도 죽순죽 유저는 수천 명씩 돌아다니고 던전에도 무수하게 흩어져 있는데 무슨 수로 전체 인원수를 확인하겠는가.

"북부 유저 전체가 풀죽신교이지 않을까?"

"글쎄… 모르겠네. 주민들도 풀죽풀죽하면서 다니는 판이니 말이야."

풀죽 식당, 풀죽 카페, 풀죽 여관, 풀죽 무기점 등등 체인점들의 인기도 뛰어났다.

그리고 무엇보다 무서운 점은, 풀죽신교는 적들의 침략에 맞서 싸우려는 의지로 불타오른다는 것이었다.

그들이 아르펜 왕국에 바치는 충성심의 근원은 위드에 대한 친밀감도 있을 테지만, 그보다는 북부에서 자신들이 행복하기 때문이었다.

이 행복한 국가를 파괴하려는 하벤 제국은 바람피우다가 걸린 여자 친구보다도 훨씬 나빴다.

처음부터 비교의 대상도 될 수 없다.

왜냐하면 상당수의 풀죽신교의 남성들은 바람피울 여자 친구도 없었으니까!

"우린 싸워야 합니다."

"갑시다!"

북부 도시들마다 유저들의 거대한 무리가 전투에 대한 의지로 들끓었다.

비록 칼질 한 번, 화살 한 발에 죽을 목숨이라지만 침략자들을 무찌르고 싶기에 일어났다.

하지만 과거에 중앙 대륙에서 숱한 전쟁을 경험했던 유저들은 만류했다.

"안 됩니다. 인원수가 아무리 많더라도 이대로 몰려가는 건 자살행위일 뿐입니다."

"하벤 제국은 지금까지 싸워 온 상대들과는 다릅니다. 호락

호락하지 않아요. 압도적으로 완전무결한 강함을 가지고 있습니다."

"그렇다고 우리의 땅과 도시를 저항도 하지 않고 내줄 순 없잖아요!"

"우리는 이길 수 있습니다. 반드시 이기겠다는 의지만 있다면요!"

결집한 북부 유저들 사이에서 의견이 나뉘면서 사방에서 우왕좌왕했다. 싸우고 싶은 마음은 굴뚝같았지만, 레벨이 높은 유저들일수록 우려 섞인 조심스러운 반응이다.

원래 중수나 고레벨 유저가 되면 죽음으로 인해 잃는 것도 많아진다.

레벨 300대나 400대의 유저가 어처구니없는 실수로 허무하게 죽어 버린 후 스킬 숙련도와 레벨을 날리고 좌절하는 경우도 적지 않았다.

도시의 중앙 분수대에서 고개를 숙인 채 땅이 꺼져라 한숨을 짓고 있는 이들이 그런 부류!

하지만 죽음을 즐긴다는 독버섯죽의 유저들조차도 이렇게 무작정 싸우는 것은 마땅치 않아 했기에 다른 유저들도 덩달아서 망설였다.

풀죽신교의 유저들은 자신들이 가진 장점을 확실히 인지하고 있었다.

질보다 양.

무조건 들이닥쳐서 적들을 쓸어버린다.

허술하기 짝이 없는 작전이라도 단합을 이루어 내면 된다.

막상 상대하는 쪽에서는 상상을 초월하며 끊임없이 들이닥치는 물량 앞에서 놀라고 좌절하기 마련이다.

강한 군대라도 숫자로 압도한다면 결국 무너지기 마련이다.

하지만 하벤 제국의 정예 병력이 어마어마하게 진군해 오고 있다.

중앙 대륙을 통일해 버린 군대에도 그러한 막무가내의 전투 방식이 통할 것인가.

어쩌면 전 대륙을 제패할 수 있는 최강의 군대라고 할 수 있을 텐데.

"해보고 안되면 또 싸우면 되죠!"

"놈들을 북부에서 몰아냅시다!"

결국 목소리가 크고 주류를 이루는 강경파 유저들의 의견이 득세할 수밖에 없었다.

그들은 과거처럼 르포이 평원에서 하벤 제국군을 격퇴하기로 했다.

아직 돈이 없어서 철검도 사지 못한 북부의 유저들이 르포이 평원을 향하여 대대적으로 이동했다.

북부 유저들은 사냥과 레벨 업만 하지 않고 다양한 활동과 재미를 찾아다니는 성향이 있었다.

모라타에서 일찍 시작한 유저라고 해도 아직 레벨이 200대 후반에도 이르지 못했다.

어마어마하게 늘어난 인원은 경제력을 부강하게 만들어 주고는 있었지만 실질적인 개개인의 능력은 크게 높아진 것이 아니었다.

"과연 라페이의 의견은 귀신같군."

하벤 제국의 3군단장 포르칼은 고개를 끄덕였다.

저기 저 능선 너머에서 끝이 없이 걸어오는 북부의 유저들을 보라.

약하고 강하고를 떠나서, 어찌 저 인원 앞에 압도되지 않을 수가 있겠는가.

"렌슬럿이 패배했던 이유도 알겠어."

헤르메스 길드의 유저들이 존경하던 대영주 렌슬럿.

그는 적들이 철벽의 요새 내에서 농성을 하는 상당히 까다로운 전투에서도 용기와 지략으로 가뿐하게 승전을 거두었다. 그래서 북부에서 처참하게 패전을 하고 돌아왔을 때, 헤르메스 길드의 전쟁 지휘관들은 내심 적지 않은 충격을 받았다.

이기는 데 익숙한 그들로서는 설마하니 렌슬럿이 그런 처절한 패전을 경험할 줄은 몰랐던 것이다.

지금 저 북부 유저들을 보니 고작 7만의 부하들만을 데리고 왔다면 어떤 수단을 쓰더라도 질 수밖에 없었겠다는 생각이 들었다.

병사들의 레벨과 훈련도가 아무리 높더라도, 버틸 수 없는 대홍수처럼 적들에 의하여 휩쓸려 버렸을 게 아닌가!

특히 저 대량의 인원들 사이에는 무시 못 할 강자들도 끼어 있다.

중앙 대륙에서 밀려나서 복수심을 가진 유저들!

그들이 초보 유저들 사이에 섞여 있기 때문에 원치 않는 난전이 벌어진 후에는 애를 먹기 일쑤가 될 것이다.

헤르메스 길드의 실질적인 유저 숫자는 20만 정도 된다. 그중 현재 북부 원정에 동참한 유저 수는 5만 명에 달한다.

날고뛰는 수준의 유저들로, 전투에는 도가 텄다고 표현해도 좋을 정도!

도시에서 걸어 다니면 다른 사람들이 우러러보고, 자신이 활동하는 지역에서 유명세를 떨치는 것은 물론 〈로열 로드〉 전체를 통틀어서 최상위권 랭커들이 다수 포진되어 있다.

그러한 최정예들이라고 해도 끝이 보이지 않고 가늠도 되지 않는 적에게는 정신적으로 움츠러들 수밖에 없지 않겠는가.

“전쟁에는 사기가 중요하니까 말이지.”

유저들이 동요하면 휘하의 NPC 병사들 역시 마찬가지다.

하지만 중앙 대륙을 정복한 헤르메스 길드에서는 끊임없이 전쟁에 대한 계획을 세우고 준비를 하고 있었다.

하벤 제국군은 이제야 북부로 왔지만, 그에 대한 훈련과 대비는 렌슬럿의 패배 이후로 계속되어 왔다.

유저들이 뭉쳐서 대항하더라도 숫자로 어찌할 수 없는 그 한계란 너무도 명확했다.

어떠한 전술도 세우지 못하고, 날카롭고 빠른 돌격도 불가능하며, 툭 건드리면 죽어 버리는 자들이 달려온다.

대륙 최강의 군대를 가진 하벤 제국의 입장에서는 그리 두려워할 이유가 없다.

더군다나 위력은 약하지만 마나 소모가 적은 광범위 확산 마법 공격, 범위 화살 공격 등을 미리 전부 갖춰 놓고 준비해 두고 있었다.

최상의 질과 충분한 병력을 가진 하벤 제국이 겁을 상실한 나약한 초보자들을 학살해 버리는 것이다.

"이번에도 이기는 싸움을 하겠군. 역시 군중심리란 단순해서 전술적으로는 상대하기가 쉬우니까. 가장 많은 학살 기록을 세울 수 있겠어."

군단장들은 미리 지정된 자리에 부대를 배치했다.

"광역 마법을 사용해 보고 싶군."

"캬아, 오늘 최소한 1,000명 이상은 죽일 수 있겠구나. 전투 공적을 어마어마하게 세울 수 있겠는데."

적의 막대한 병력에 헤르메스 길드의 유저들도 조금은 흥분이 되었다.

"으음, 어쩌지?"

"진짜 단단해 보이네. 어떻게 공격을 해야 돼?"

무작정 달려온 북부 유저들은 적군 코앞에 이른 후에는 정작 어쩔 줄을 몰랐다.

하벤 제국의 중장보병들이 창과 방패를 앞에 세워서 진을 치고, 뒤에는 궁수들이 빼곡하게 밀집해 있다. 단단한 바위에 부딪치는 계란이 된 것만 같은 본능적인 두려움을 느끼게 만드는 진형이라서 무작정 덤벼들기에는 망설여졌지만, 좌우로 끝도 없이 모인 북부 유저들은 기운을 냈다.

"가자! 선봉은 독버섯죽 부대다!"

"전투에서 승리하기 위하여 장렬히 우리의 몸을 불사르는 겁니다."

"먹다 죽으나 싸우다 죽으나 마찬가지다."

죽음을 즐기는 독버섯죽 부대가 선봉으로 달려 나가기 시작했다.

10만 명 이상의 유저들이 먼지구름을 일으키면서 전력으로 질주했다.

그리고…….

2군단장 발바로가 명령했다.

"겁 없는 놈들에게 맛을 보여 준다. 1대와 4대의 궁수들은 사격 개시! 화염 마법사들은 광역 확산 공격을 실시한다."

하벤 제국의 궁수들이 쏘아 낸 화살이 독버섯죽 유저들을 그대로 뒤덮었다.

"커억!"

"윽!"

"너무나도 많다."

"이럴 수가……."

화살 비에 무력하게 죽어 가는 유저들!

뒤를 이어 화염이 널리 퍼지면서 그들이 달려가는 지역을 뒤덮었다.

독버섯죽 유저들은 지역 전체를 목표로 삼는 공격에 버티지 못하고 족족 쓰러졌다.

하벤 제국에서 궁수와 마법사를 사용하는 방식은 실제 전쟁에서 쓰는 것처럼 정확했다.

6대에 속해 있는 궁수들은 운 좋게 살아남은 유저들은 무시하고 강해 보이는 자들만을 노리고 따로 화살을 쏴서 요격하기 시작했다.

독버섯죽 부대는 아직도 계속 달리고 있었지만, 하벤 제국군의 사정거리에 들어가기만 하면 엄청난 공격을 받아야 했다. 지역 자체가 부서질 것만 같은 화력의 공격이 계속 이어지니 들어가기만 하면 회색빛으로 변해서 사라졌다.

북부의 유저들은 맹렬히 달려간 독버섯죽이 아무것도 하지 못하고 말 그대로 녹아 버리는 광경을 목격하고 경악했다.

"이건 아니야. 용맹한 독버섯죽 부대가……."

"광역 화염 마법이 몇백 개나 한꺼번에 터지면 저런 느낌인 거구나."

"공격 방식이 마치 우리와 싸우기 위해 만들어 놓은 것 같지 않아요?"

"저들에게만 맡겨 놓지 맙시다. 우리 전부가 동시에 가야 합니다."

"시간을 주지 말고 해치웁시다."

엄청난 광경에도 불구하고 용기를 잃지 않은 북부의 유저들!

"우와아아아아!"

그들 또한 해일처럼 일제히 달려들기 시작했다.

좌에서 우로, 시작과 끝을 알기 힘들 정도로 많은 유저들이 끝도 없이 덤벼든다.

어쩌면 이제부터가 전쟁의 시작이리라.

하지만 하벤 제국군 역시 완벽한 대응이 되어 있었다.

"놈들은 허수아비와 다를 바가 없다. 하지만 첫 전투이니만큼 조금은 예의를 갖춰 줘야 하겠지. 하벤 제국의 무서움을 똑똑히 보여 주어라!"

화살과 마법으로 닥치는 대로 유저들을 학살했다.

수만, 수십만이 우습게 죽어 나갔지만 하벤 제국군에 가까이 접근조차 하지 못했다.

과연 요새의 존재 이유가 있을지가 의문이 들 정도로 막강한 화력으로, 유저들의 반격을 허용하지 않고 쓸어버렸다.

정복 전쟁을 통해서 훈련과 전투 경험을 쌓은 엘리트 궁수들과, 최상의 대우로 성장시킨 마법사들을 운용할 수 있는 것은 오직 하벤 제국뿐이었다.

NPC 궁수들이 착용한 값비싼 장궁과 사정거리를 늘리기 위한 액세서리 장비들, 마법사들을 성장시키기 위한 마법 연구 서적과 실험 도구들의 지원이 있어야 하기 때문이다.

전쟁에 집중했던 헤르메스 길드였기에 궁병들과 마법병단은 특별히 강화되어 있었고, 그 수준도 여타 다른 왕국들은 감당해 내지 못할 정도였다.

물론 북부 유저들 사이에도 고레벨들이 상당수 끼어 있기는 했다.

누구나 예상하던 것과 같이, 난전이 벌어지면 활약을 하기로 약속이 되어 있었던 상태!

하지만 하벤 제국군이 보여 주는 우월한 화력 앞에서는 조금 더 버티다가 초보 유저들과 함께 사이 좋게 죽어 나가는 신세였을 뿐이다.

북부 유저들의 어설픈 물량은 하벤 제국의 원거리 집단 공격

전술 앞에 무용지물이었다.

최대한 한꺼번에 많은 인원이 돌격을 하더라도 막상 운 좋게라도 검을 휘두를 수 있는 정도의 거리까지 다가가는 병력은 2할도 안 된다.

사실 그마저도 궁수대들이 해치울 수 있었지만 그들은 후속부대를 차단하느라 방치해 둔 것이다.

가까이 접근한 병력 또한 별다른 공격도 해 보지 못하고 철벽처럼 뭉쳐 있는 중장갑보병들에게 부딪쳐 목숨을 잃고 사라졌다.

"이거 어떻게 하지?"

"몰라. 갈 수가 없겠는데?"

"아무리 싸우고 싶어도 적이 근처에 있어야 뭐라도 해보는 것 아냐."

북부 유저들의 돌격 진형에는 정체 현상이 벌어졌다.

많은 유저들이 여전히 무작정 달리고 있었지만, 무의미한 죽음과 감히 어떻게 해 볼 수가 없는 절망적인 상황이었다.

느려지는 발걸음 저주가 걸렸습니다.
40초 동안 이동속도가 35% 저하됩니다.

참혹한 진실에 대한 저주를 받았습니다.
현재 가지고 있는 마나의 94%가 소모됩니다.

북부 유저들을 향하여 덧씌워지는 저주들!

하벤 제국은 막대한 재물로 많은 교단들에 기부금을 냈다.

돈을 쏟아부어 전쟁 사제들도 대거 동원하였으며, 헤르메스 길드 소속의 성직자들도 참여하고 있었다.

그럼에도 북부 유저들은 너무나 많이 모여서 아직 십분의 일도 피해를 입지는 않은 상태. 뒤에 대기하고 있는 유저들이 더욱 많기에 비록 의미 없이 쓰러진다는 걸 알고 난 이후로도 계속 돌격해 왔다.

하벤 제국의 군단장들은 미리 받은 명령이 있었다.

"이렇게 해도 이길 수 있겠지만 더 큰 절망을 가르쳐 주기 위해 2단계 작전을 실행해야 하겠지. 중장갑보병 전진! 기사단은 출격하라. 전진 방향은 400미터마다 교차할 수 있도록."

마침내 하벤 제국군도 수비만 하던 지금까지의 상황을 버리고 앞으로 뛰쳐나왔다.

그들은 전투의 승리를 의심하지 않았다. 원거리 공격에 의한 순차적인 지역 초토화가 아니라 어떠한 방식으로도 이길 수 있다는 점을 증명하기 위해 늑대가 양을 쫓듯 북부군을 몰아내기로 한 것이다.

병사들과 기사단이 마주 달려가면서 유저들과 검과 창을 부딪쳤다.

"말도 안 돼. 검이 부러졌어!"

"커억! 고블린 던전을 정복한 내가 이렇게 허무하게……."

백 번 이상의 전투를 거친 숙련병들이 가볍게 유저들을 베었다. 약한 유저들이 앞장을 서고 있었기에 이미 정해진 결과나 다름없었다.

그리고 그들 사이에 뒤섞여 있는 고레벨 유저들.

하지만 그들이 활약할 만한 시간과 공간이 없었다.

원거리 공격 부대의 일제 공격이 일차로 휩쓸고 나면 하벤 제국의 기사단이 짓밟고 지나간다.

기사단의 돌진 앞에 초보 유저들은 장애물이 되지를 못하였고, 고레벨 유저들도 허망하게 죽어 나갔다.

개인들이 전쟁에서 발휘할 수 있는 능력은 집단에 비해서 한계가 있다. 몇 명씩 숨어 있었던 것이 도리어 최악의 결과를 나오게 하고 말았다.

뭉쳐서 저항하더라도 힘든데 자신들은 거치적거리는 초보 유저들 사이에 흩어져 있고 적들은 기사단 규모로 운용되고 있으니 상대하기가 역부족이었다.

"한 놈씩만 죽입시다!"

북부 유저들 중에서 레벨 200에서 300대들은 그러한 목표를 세웠다. 자신의 목숨이야 어찌 되든 숫자를 조금이라도 줄여 놓으면 된다. 그다음은 남은 동료들이 알아서 해 줄 것이다.

양으로 내세울 수 있는 전술!

하지만 하벤 제국군도 전쟁에서 불패의 신화를 그냥 이룬 것이 아닌 만큼, 거의 무인지경이었다.

뿔뿔이 흩어져서 돌격한 기사단은 유저들을 짚단처럼 베어 나갔다. 그리고 정해진 위치마다 교차하면서 다시 가속을 하기 위한 여력을 보충했다.

몇 명씩 섞여 있는 고레벨의 유저들은 원거리 공격이 무서웠고, 기사단의 돌격에 저마다의 능력을 효과적으로 발휘하지 못했다.

제국군 병사들은 기사단의 뒤를 따르면서 혼란에 빠진 지역을 장악했다. 궁수대와 마법병단은 천천히 전진해 오면서 북부 유저들이 뭉쳐 있는 곳에는 어김없이 공격을 날렸다.

그들만이 그렇게 움직이는 것이 아니라, 7개의 군단이 조직적으로 진군하면서 중요한 고지들을 점령했다.

하벤 제국군은 병력 배치를 통해 전체 진형을 형성하여 넓게 퍼진 후에 유저들을 깊숙하게 끌어들이고 분쇄시켰다.

방어에 특화된 중장갑보병들이 전면에서 버티는 사이에, 내부에 갇힌 10만 명 이상이 그대로 살육당했다.

지휘나 통솔에 있어서라면 북부 유저들은 따로 계획 자체가 없었다.

규모가 큰 만큼 효과적인 통제는 애초에 불가능!

어느 순간부터는 북부 유저들은 그저 돌격만 하고 있고, 하벤 제국군은 일정 시간마다 진형을 바꿔 가며 원거리 공격과 돌격을 섞어서 그들을 죽이기만 하면 되었다.

물론 아직 기회를 노리는 북부 유저들도 있었다.

적들이 다가오기만을 기다리던 도둑과 전사 등의 고레벨 유저들!

회심의 일격으로 병사 1~2명을 죽이는 전과를 세우기도 했지만, 그들 또한 원거리 공격에 쓸려 버리거나 기사단의 돌격에 의하여 저항하지 못하고 죽었다.

궁수들과 마법사들은 이도 저도 할 것이 없어서 우왕좌왕하다가 결국 하벤 제국을 향하여 막무가내의 공격을 시전했다.

"이거나 먹어라!"

"최소한 몇 놈은 죽을걸!"

그러나 준비된 보호 마법이나 방패에 의해서 막히고, 역공을 당해서 목숨을 잃었다.

절삭의 능력을 가진 검병부대, 마법의 위력을 약화시키는 방패부대 등을 운용하면서 제국군은 상대방에게 절망감을 느끼게 했다.

"어떻게 해?"

"말도 안 돼."

"그래도 물러설 수는 없잖아."

북부 유저들 사이에서는 앞으로 가기만 하면 죽는다는 소문이 파다하게 퍼졌다.

그럼에도 용기를 내서 돌격해 보지만, 무엇을 해 보지도 못하고 개죽음!

종합적인 전쟁 수행 능력에서 비교도 되지 않았다.

하벤 제국군은 사제들의 회복 마법도 무한대로 퍼부어지고 번갈아서 휴식도 취하고 있기에 지치지도 않는다.

전체적인 연결 고리가 단단하고 매우 조직적이라서, 상대하는 입장에서는 가히 악마처럼 느껴지는 군대였다.

집주인의 눈빛

이현은 텔레비전을 통해서 르포이 평원의 전투를 보았다.

"제대로 대패로군."

하벤 제국을 몰아내겠다고 덤빈 북부 유저들은 절반 이상의 희생자들만을 남기고 퇴각했다.

퇴각하는 모습은 또 얼마나 안쓰럽던가.

초보 유저들 일부는 끝까지 싸우겠다면서 그 자리에서 버티다가 의미 없이 죽어 가고, 후일을 기약하자면서 사방으로 흩어지던 나머지도 제국군의 기병대가 쫓아오니 살기 위해서 뛰다가 목숨을 잃었다.

병력의 규모가 아무리 크다고 해도 하벤 제국군의 질과 전쟁 능력이 압도하는 상황이었다.

그리고 전쟁에서 패배한 공포와 무력감이 유저들 사이에서 퍼져 나갔다.

—우린 어떻게 해야 돼?

―아아, 안될 거야, 아마…….

―우리의 힘으로는 역부족이지. 여기서도 지배를 받아들이면서 사는 수밖에는.

다수의 전쟁을 경험해 본 하벤 제국군은 전체적으로 전투를 보는 눈이 냉정하고, 각 병과별로 확실하게 운용한다.

병력의 흐름, 시의적절한 공격과 방어, 병력 배치, 진형 변경 등은 그들이 어떤 식으로 중앙 대륙을 통일했는지를 알게 해 주었다.

헤르메스 길드원 중 전쟁 지휘관으로 성장하기를 원하는 자는 먼저 전술 교본들을 보고 시험까지 쳐야 한다고 한다.

이른바 똑똑한 엘리트들만 모아 놓은 셈!

그에 비해 북부 유저들은 단순했고 어떠한 전술도 없었다.

북부 유저들의 결정적 약점은, 대군을 지휘하는 사람이 없기에 군중심리에 쉽게 휩쓸린다는 점이다.

적군을 격파하기 위한 전술이 없으며 적절하게 병력을 운용할 능력도 갖지 못했다.

그 점을 완벽하게 파악한, 명령 체계가 확고하고 전투력이 뛰어난 부대 입장에서는 요리하기가 이보다 쉬울 수가 없다.

이현은 큰 전투를 많이 지휘해 봤기 때문에 지휘의 중요성을 알았다. 동일한 부하들을 데리고 싸우더라도 전술과 적절한 지휘에 따라서 전투의 결과는 극단적으로 다르게 나온다.

중앙 대륙을 정복한 하벤 제국에 막무가내로 무작정 덤비기만 했으니 처참하게 박살 나는 것이야 정해진 운명 같은 것 아니었겠는가.

"음, 납득이 되는군."

이현은 고개를 끄덕였다.

애초부터 헛된 희망도 갖지 않았다. 세상사가 다 이런 게 아닌가.

학연, 지연, 혈연 등으로 엮이고, 또 머리 좋은 놈들은 어떻게든 출세를 한다.

평범한 서민들을 홀리는 대형 사건들이 얼마나 많던가.

분양 사기, 대출 사기, 부실 회계, 주가조작, 금융회사 파산 등으로 수백억씩 뜯기는 정도는 예사로 벌어진다.

개천에서 용이 나온다는 말은 완벽한 사기다. 이 세상에서 중산층이 되는 것이야말로 진정한 모험이지 않은가.

돈만 있으면 정말 살기 좋은 세상.

〈로열 로드〉 역시 남에게 짓밟히지 않으려면 무력은 필수적인 요소다.

헤르메스 길드에서 밝힌 이번 정복 전쟁의 이름은 '개미 밟기 작전'.

북부 유저들을 개미처럼 밟아 버리겠다는 의미이리라.

그중의 대왕개미야 당연히 위드를 뜻하는 것임은 말할 필요도 없으리라.

이현은 그래도 가슴을 쓸어내렸다.

"기대를 안 해서 다행이야."

로또라도 당첨되라는 심정으로 북부 유저들을 응원했다면 실망감은 더욱 커졌을 터!

나쁜 놈들이 더 잘 먹고 잘 사는 이 바닥에 정의가 어디 있단 말인가!

아예 기대도 하지 않았기에 그럭저럭 버틸 수는 있었다.

"오늘따라 밥맛이 떨어지는군."

그렇더라도 기분만큼은 조금도 좋지 않았다.

그의 중요한 밥그릇과도 같은 아르펜 왕국이 하벤 제국의 침공에 무너질 위기에 처해 있었으니 말이다.

언젠가 이렇게 되리라는 걸 알았지만 그렇다고 해도 결국 벌어지니 최악의 기분에 빠졌다.

위드 캐릭터가 원래의 시간대에 존재하지 않기 때문에 하벤 제국에 맞서서 싸울 수도 없다.

이현의 눈이 차갑게 빛났다.

"어디 해보자는 거지. 난 잃을 게 하나도… 아니, 적당히 많지만 너희는 엄청 많지."

아르펜 왕국을 가지고 하벤 제국에 맞서려고 한다면 누가 봐도 정신 나간 짓이리라.

솔직히 그도 진지하게 방법을 생각해 본 적은 없다.

강자에게 적당히 양보하고 굽실거리면서 사는 게 편한 것이 인생이었으니까.

하지만 싸우려고 한다면 방법이야 없겠는가.

이현은 항상 불가능한 퀘스트에 도전을 해 왔고 적들을 깨뜨리면서 살아왔다. 하물며 지금은 그를 돕는 북부의 유저들도 있다.

이른바 하벤 제국을 상대로 수백만, 수천만의 파티 플레이가 진행되는 셈!

당장이라도 원래의 시간대로 돌아가서 북부 유저들과 협력하고 싶지만 참았다.

감정적이 될수록 손해를 보기 쉽다. 이럴 때일수록 조각술 최후의 비기 퀘스트를 마무리하고 본전을 뽑아야 되었다.

이현의 그릇은 아주 컸다.

"밥그릇도 지키고, 국그릇도 지키고, 반찬도 지켜야 하니까. 조금만 기다려라. 내가 어떤 사람인지를 보여 주지. 너희는 잠자는 미친개의 수염을 뽑았어."

위드가 〈로열 로드〉에 접속해서 나타난 곳은 여전히 장벽 근처의 웅덩이였다.

"으으음, 대제님, 제가 위급한 걸 알고 이렇게 와서 구해 주시다니……."

눈이 초롱초롱 빛나는 건장한 전이가 곁에 있었다. 붕대를 감고 푹 쉬었더니 원래대로 회복이 된 모양이다.

위드도 어쨌든 반갑게 일상적으로 말했다.

"밥만 축내는 쓸모없는 놈."

"……."

구박과 잔소리가 어디 하루 이틀이던가.

조각 생명체들은 하나같이 욕을 먹는 데에는 익숙했다.

못하면 막말, 잘하면 질투!

모든 시어머니들이 위드 같다면 대한민국의 이혼율은 몇 배로 높아졌으리라.

"아무튼 몸조리 잘하고, 무모하게 싸우지는 말고 동료들을 찾아보도록 해라."

"옛! 대제님께서는 저와 함께하지 않으실 겁니까?"

"따로 움직이는 편이 나을 것 같다. 동료들을 만나면 엠비뉴의 대신전으로 와라. 그곳에서 만나자."

"꼭 다시 뵙겠습니다."

그렇게 전이를 남겨 두고 자리를 떠났다.

그를 챙겨서 퀘스트를 진행할 수는 없는 마당이었지만 부하들을 찾는 일도 중요하다. 그렇기에 다른 부하들과 만나서 돌아오거나, 대신전으로 몰래 오라고 지시를 했다.

물론 큰 기대는 하지 않았다.

"역시 혼자 움직이는 게 편할 때도 있어."

위드가 할 일은 대신전으로의 잠입!

조각 변신술로 빼곡한 몬스터들의 무리에는 어떻게든 섞일 수 있었다.

중간에 있는 시커멓게 썩은 강은 다소 골치가 아플 것 같았다. 강의 어느 부분의 폭이 좁은지도 알아봐야 하고, 걸어서 건널 수 있는지도 살펴야 한다.

그러나 대신전에 가까워질수록 엠비뉴의 감시탑을 피하진 못한다. 위드를 발견한 엠비뉴를 따르는 기사단이 대거 출격해 올 게 틀림없지 않은가.

"엠비뉴 신이 우리의 적이 될 거라고 신탁을 내린 자가 나타났다."

몸에 꿀 바르고 호랑이 굴로 찾아가는 상황!
기사단을 물리친다 해도 더한 적들이 계속 나올 것이다.
위드가 아무리 강하고, 또 전투에 적합한 생명체로 변신을 하더라도 혼자서 전부와 싸울 수 없다는 건 겪어 봤다.
도망을 치려고 한다면 썩은 강과 몬스터의 무리가 또 장애물이 될 것이다.
그렇다 하더라도 바퀴벌레와 같은 생명력으로 살아날 수는 있을지 모르지만 애초에 정면 침입은 시도하나 마나 한 방법이었다.
"관찰을 해야겠어. 시간을 활용하면서 틈을 찾아내야겠지. 인생에는 편법이나 얕은 수작이 필요하니까."
위드는 더 이상 부하를 찾아보려 하지 않고 장벽을 넘어가서 시커멓게 썩은 강 주변을 어슬렁거렸다. 비루먹은 망아지라서 그를 건드리는 몬스터는 없었다.
"냄새가 아주 지독하군. 보통 독이 아닌 것 같아."
강물을 마신 몬스터들은 자연스럽게 악취를 풍기면서 독을 내뿜는다. 일반적으로 사냥을 하자면 정말 까다로운 놈들임에는 틀림이 없다.
"강을 넘는 건 아주 어려울 것 같진 않은데. 몬스터들을 강물로 빠뜨려서 그걸 밟고 매우 빨리 지나가 버린다면 말이야. 조각 변신술로 독 안개에 저항력이 있는 생명체로 몸을 바꾸어도 될 테고."

거기까지 생각한 후, 위드는 고개를 절레절레 흔들었다.

당장을 해결할 방법은 되지만 대신전까지 들어갈 수 있는 길을 찾아내지 못한다면 무용지물이다.

시커멓게 썩은 강을 지나고 나면 엠비뉴의 대신전의 감시 영역에 들어가기 때문이다.

혼자서 전부와 맞서 싸울 생각이 아니라면 계획은 접어 두어야 했다.

"으음, 좀 더 확실한 방법이 있겠지."

위드는 썩은 강의 하류를 향해서 계속 걸었다.

몬스터들의 눈에 띄지 않게 비루먹은 망아지의 모습을 하고 있었지만, 또 너무 속도를 내서 달리다 보면 자연스럽게 놈들이 의식을 하게 된다.

혈통 좋은 명마들처럼 머리를 꼿꼿하게 들고 말발굽을 또각거리면서 걷지 않았다.

금방이라도 쓰러질 것처럼 비실비실, 네 다리의 보폭을 달리해서 걸었다.

몬스터들 여럿이 지켜볼 때에는 정상적으로 앞으로 가기도 부담스러웠다.

샤샤샤샤샥.

갯벌에 사는 게를 흉내 내며 옆으로도 이동!

위드는 천금 같은 시간을 망아지로 행세하면서 지형을 살피고 몬스터들의 허점을 찾는 데 썼다.

그리고 시커멓게 썩은 강을 연결하는 석조 다리를 찾아냈다.

띠링!

특별한 모험의 발견을 하였습니다.
메마른 울부짖는 폐허에서 노예들이 지은 다리를 찾아냈습니다. 독가스가 올라오는 강 위에 다리를 놓는 것은 아무나 할 수 없는 일이었습니다. 이 작업을 위해 희생된 노르드 종족의 숫자만 7,600명이 넘습니다. 피와 시체로 쌓은 다리이지만 이용하는 자들은 거의 없습니다. 명성이 485 올랐습니다.
생명력의 최대치가 영구적으로 640 늘어납니다.

원래의 세상으로 돌아가고 나서도 추가적으로 얻은 스탯은 그대로일 테니 생명력의 증가는 반가웠다.

"강도 그냥 건널 수 있겠어."

다리가 있으면 어쨌든 이용을 해 줘야 할 게 아닌가!

하지만 다리 맞은편에는 엠비뉴의 기사들 100여 명이 삼엄하게 지키고 있었다.

썩은 강을 배회하는 몬스터들이 다리 위로 넘어가기도 하였지만, 엠비뉴의 기사들의 투창 공격에 의해서 대번에 목숨을 잃었다.

다리를 지키는 기사들이기 때문인지 혹은 엠비뉴의 총본영이 있는 장소라서 그런지, 기사들도 특별히 강한 느낌이었다.

그러다가 불현듯 드는 생각!

'대신전에는 어떤 놈들이 있을까?'

엠비뉴를 따르는 광신도, 사제, 기사들, 괴물들이 가장 먼저 떠올랐다. 그들은 대신전의 구성원이라고 부를 수 있으리라.

'저들의 사제가 된다면… 아냐. 무리지.'

조각 변신술을 쓰더라도 신성력만큼은 어찌할 수가 없다.

위드는 기본적으로 가지고 있는 신앙심이 제법 높지만, 특별히 신을 모시는 사제들에게 허락된 권능인 신성 마법 자체는 사용하지 못한다.

각 교단에서는 일종의 종교의식이나 세례나 축복을 부여받아서 신이 허락해야만 신성 마법의 사용이 가능하다. 엠비뉴 교단의 사제가 되었는데 신성 마법을 하나도 못 쓴다면 전투적으로는 상당히 난감하고, 들킬 확률도 높은 상황!

대사제, 종교재판관, 주교 들은 상대방이 어떤 신을 믿는지를 간파할 수 있기 때문에 도저히 흉내 낼 수가 없었다.

하지만 과연 저 넓은 대신전에 엠비뉴 신을 믿는 자들만 있을까.

'아니겠지. 그것도 한두 놈이 아니야.'

제물로 바쳐질 처녀부터 시작해서, 요리 재료로 사라질 동물들까지.

문제가 있다면, 모두가 곧 죽을 목숨들이라는 점!

엠비뉴 교단에 사로잡혔다는 사실 자체가 대부분의 생명체들에게는 죽음을 의미했다.

그렇지만 아직 당장은 쓰임새가 있어서 죽지 않을 생명체들도 있다.

'하늘로 오르는 탑의 건설자들!'

마물들만이 아니라 노예들을 통해서 짓고 있다고 한다.

아주 먼 곳에서 정찰을 해 보니 엠비뉴의 포로 사냥꾼들이 노예들을 끌고 대신전이 있는 곳으로 주기적으로 다리를 넘어갔다.

'그렇다면 결론은 나왔군.'

키가 작고, 눈이 앞으로 툭 튀어나온 종족 노르드!

오크들처럼 체격이 건장하지도 않고, 바바리안들처럼 용맹하고 전투를 즐기면서 힘이 세지도 않다. 금화나 보석을 좋아하는 것도 아니며 그냥 흙과 나무, 개울이 있는 부근에서 나무열매를 따고 물고기를 구워 먹으며 살아가는 평화로운 종족이었다.

전쟁의 시대에 이리 치이고 저리 치이다가 멸종 비슷하게 희귀해진 종족.

평범하고 약간 작은 노르드 1명이 시커멓게 썩은 강에서 걸어오고 있었다.

“엄마. 엄마.”

아마도 엄마를 찾아서 온 것인 듯, 불안하고 애타는 표정으로 주위를 두리번거렸다.

발걸음도 무겁고, 어린아이처럼 짧은 팔뚝은 아래로 축 처졌다. 먼 길을 걸어온 듯이 지치고 피곤해 보였지만 자세히 보면 눈동자가 빠르게 왔다 갔다 한다는 것을 알아챌 수 있으리라.

전형적으로 간사한 타입!

봉건제도 시대에 태어났다면 아첨과 횡령으로 부정 축재를 일삼았을 간신배의 전형!

시커멓게 썩은 강에 도착한 어린 노르드는 망설이다가 다리를 건넜다.

“멈춰라!”

"재수가 없군. 감히 엠비뉴의 땅에 허락도 없이 들어오다니, 죽어야 한다."

엠비뉴의 기사들이 노르드를 포위했다. 얼마나 얕잡아 보고 있는 것인지 무기도 꺼내지 않았다.

"왜, 왜 이러세요."

노르드는 아침 드라마에 주연으로 나올 법한 애처로운 연기를 하면서 눈동자를 굴렸다.

"저기요, 여기 우리 엄마 없나요? 엄마가 보고 싶어요."

"흐음, 배가 고픈데 먹어 버릴까."

"노르드는 맛이 없어. 고기는 까마귀에게 주고 피는 흡혈초들을 키우는 데 쓰자."

"좋은 의견이로군."

노르드의 이마에 힘줄이 솟아났다.

'이런 무식한 놈들이.'

그의 정체는 조각 변신술을 쓰고 있는 위드였다.

엠비뉴의 기사들의 결정에 따라서 그가 할 행동도 정해질 것이다.

"저는 정말 맛이 없어요. 그리고요, 저희 엄마가 기사님들을 따라서 저쪽에 있는 대신전으로 가셨어요."

심심해서인지 엠비뉴의 기사는 말을 받아 주었다.

"그래? 언제쯤인데?"

위드는 잠깐 머리를 굴렸다. 너무 길어서도 안 되고, 짧아도 좀 이상하지 않겠는가.

"6달 전요."

"킬킬, 그러면 뼈는 아직 남아 있겠군."

"모르지. 통째로 씹어 삼켜서 소화가 되었을지도……."

엄마를 찾아온 순진한 아이를 놀려 먹으려고 하는 기사들.

"중요한 시기인데 경계를 철저히 해야지. 어서 놈을 죽이고 주변을 경계하도록 하자."

"그럼 먹을까? 배도 고픈데."

"종교재판관님이 탑의 건설을 위해서 노예들이 더 많이 필요하다고 했다."

"아, 그 혹독한 노동을 견디지 못해서 많이 죽어 나가고 있다더군. 하지만 이 어리고 약한 놈이 할 수 있을까?"

위드가 주먹으로 땅을 치면 쩍 하고 수십 미터가 갈라질 정도였지만, 노르드의 행세를 하고 있으니 상당히 약해 보였다. 사실 지금의 모습은 인간일 때보다도 전투력 측면에서는 오히려 손해가 더 컸다.

"상관없지. 며칠만 버티면 탑이 완공될 테니까 말이야."

"그때가 되면 위대한 엠비뉴의 능력이 이 땅에 내려와서 우리의 힘도 더욱 강해지겠군."

"암! 그날이 오면 노예들도 더 이상 필요 없으니 피의 축제를 열어도 된다고 하셨어."

"인간 노예들은 정말 맛있겠군."

엠비뉴의 기사들 중에서도 이곳에 있는 무리는 식인의 습성까지 있는 악질이었다.

기사들은 결론을 내리고는 위드에게 말했다.

"꼬마야."

"넷?"

아무것도 모른다는 듯이 천진난만하게 되묻는 위드!

"너희 엄마한테 데려가 줄까?"

"정말 저희 엄마가 있는 곳을 아세요?"

"알지. 아저씨가 엄마가 있는 장소로 데려가 줄 거야. 그런데 조건이 있다."

"뭔데요?"

"엄마를 보려면 좀 고된 일을 해야 돼. 할 수 있겠지?"

"그럼요!"

위드가 씩씩하게 고개를 끄덕였다.

물론 엠비뉴의 기사가 하는 말들은 전혀 통하지도 않을 개수작이었다!

어디 사기를 칠 사람이 없어서 감히 위드에게 치려고 한단 말인가.

"그럼 말에 타거라."

"일부러 데려다주신다니 정말 고맙습니다."

위드는 속는 척 기사의 말 뒤쪽에 탔다.

"잠시 다녀오겠네."

"갔다 오게. 중간에 마음이 바뀌더라도 혼자 먹지는 말고."

"으흐흐, 물론이지."

위드는 엠비뉴의 기사가 모는 말을 타고 대신전이 있는 방향으로 달렸다.

엠비뉴의 성지로 다가가고 있습니다.
엠비뉴를 따르는 모든 이들의 능력이 강화되고 불가사의한 회복력을 갖게 될 것입니다. 엠비뉴를 부정하는 자, 정신과 육체를 의지하지 않는 자들은 체력과 생명력, 마나의 회복 속도가 49% 감소합니다. 또한 다른 신들의 신성력이 이 공간에서는 86% 약화됩니다. 신앙의 성소가 파괴되지 않는 한 이 효과는 계속 유지될 것입니다.

"에고, 첩첩산중이로군."

엠비뉴의 기사가 이상하다는 듯이 돌아봤다.

"무슨 소리냐?"

"아무것도 아닙니다."

"계속 갈 것이다. 시끄럽게 떠들면 구워서 뜯어 먹을 테니 조용히 해라."

"예, 알겠습니다. 저는 맛이 없어요."

사악한 마력을 받아들인 말은 아주 빠른 데다가 지치지도 않았다.

하지만 모래판을 쏜살같이 달리면서도 흔들림이 없던 쌍봉낙타보다는 훨씬 못했다.

성질 급한 운전수가 있는 마을버스와 모범택시 정도의 승차감 차이라고나 할까.

'쌍봉이는 잘 있겠지.'

벌써 쌍봉낙타가 그리워졌다.

조각 생명체들과의 이별은 이미 여러 번 겪어 봤는데도 여전히 익숙해지지가 않았다. 전육, 전칠 등의 다른 조각 생명체들도 앞으로는 만날 수 없을 것이다.

퀘스트를 마치고 나면 위드가 원래의 세계로 돌아가게 될 테니 이 세계에서 만든 조각 생명체들은 다시 보지 못할 가능성이 크다.

퀘스트와 전투를 함께하면서 나름대로 친숙해졌지만 이제는 추억만 남게 되리라.

와이번들에게는 미안한 말이지만 예술가로서 생명을 부여하기 위한 작품 창조를 하면 할수록 더욱 애착이 갔다.

'아마 와이번들은 대충 만든 탓이겠지. 불량 식품이 더 맛있는 것처럼 말이야.'

인생에는 작별이 있기에 더욱 아련한 추억들이 깊어지는 게 아니겠는가.

"여기가 네가 일할 곳이다."

엠비뉴의 기사는 하늘로 오르는 탑의 건설 현장에 위드를 데려다 놓았다.

노르드, 인간, 오크, 드워프, 엘프를 비롯하여 온갖 종족들이 다 붙잡혀 와서 강제 노동을 하고 있었다.

수없이 많은 이들이 인근의 채석장에서 캐낸 돌덩어리를 짊어진 채로 끝이 보이지 않을 만큼 까마득한 계단을 오르락내리락했다.

"으아아악!"

안전 대책이라고는 전무한 탑에서 추락하는 자들도 적지 않았다.

위드는 아동 납치범에게 사탕을 빨리 달라고 보채는 어린아이처럼 활짝 웃었다.

"멋진 곳이네요. 원래 높은 곳을 좋아했어요."

"위대한 일을 하는 것이지. 이곳에서 죽으면 대단한 영광이란다."

"여기에서 열심히 일하다 보면 정말 엄마를 만날 수 있는 거겠죠?"

"물론이다. 하지만 도망치면, 너는 물론이고 너의 엄마까지 찾아내서 죽일 것이다."

"어허헉! 절대 도망치지 않을게요."

"쉬지 않고 일하면 엄마를 빨리 만날 수 있을 거다. 아주 먼 곳에서… *크크크크*……."

기사가 떠나고 나자 탑의 보초병들이 소리쳤다.

"거기 어린놈! 왔으면 가만히 서 있지 말고 어서 일해라!"

"옛!"

위드는 근처에 있는 바위로 가서 활기차게 등에 짊어졌다.

노르드 종족으로서는 다소 부담이 가는 무게였지만, 조각 변신술로 모습을 바꾸었다고 해도 기본 레벨이 워낙에 높기에 거뜬했다.

물론 힘든 척이나, 눈에 덜 띄는 적당한 공간에서 시간을 보내는 눈치쯤이야 어디 하루 이틀이던가.

"그럼 시작해 볼까."

무사히 탑에도 도착했고, 공사 현장이라면 정말 익숙한 곳이었다.

위드는 바위를 짊어지고 탑의 계단을 힘차게 올라갔다.

'2만 6,237, 2만 6,238, 2만 6,239…….'

위드는 하늘로 오르는 탑의 계단을 한 칸씩 오를 때마다 숫자를 셌다.

숫자를 세다가 까마득하게 현기증이 날 정도로 계단은 많았다. 인부들이 오르고 내려오기 편하도록 계단의 높이가 낮은 것도 아니었다.

오크들이라면 모르겠지만 다리도 짧은 노르드에게는 부담스러운 계단은 1개마다 30센티 정도의 높이로 되어 있었다.

계단이 1,000개를 넘었을 무렵에는 초고층 아파트 정도의 높이에 달했는데, 1만 개를 넘을 때부터는 웬만한 산보다도 가파르고 험한 산보다도 훨씬 높은 것 같았다.

2만 개를 넘었을 때에는 구름을 뚫고 지나서 계속 올라갔다.

그때부터는 탑의 창가로 보이는 지상 세계가 장난감처럼 작게 보일 정도였다.

엠비뉴의 대신전, 시커멓게 썩은 강, 메마른 울부짖는 폐허까지도 전부 눈에 들어왔다.

'여기에 있는 몬스터와 광신도들을 다 잡으면 적어도 100만 마리는 되겠군.'

구체적인 머릿수야 헤아릴 수가 없지만, 그만큼 지상과 하늘을 가리지 않고 중대형 몬스터들이 넘쳐 났다.

성벽을 힘으로 무너뜨리고 기사들을 짓밟을 수 있는, 강력한 광신도들의 본거지!

'이런 세력을 가지고도 대륙 파괴에 실패하다니, 진짜 무능한 놈들.'

위드는 겁에 질리기보다는 한심스러워서 견딜 수가 없었다.

나쁜 놈들이 강대한 세력을 가지고도 부지런하지 못하고 방심을 일삼으니까 용사나 정의의 사도가 나타나서 매번 퇴치하는 것이 아니겠는가.

'과연 사회는 노력에 대한 보상에 인색해. 악당들의 정당한 노력에 대한 보상은 누가 해 주는 거야?'

계단참 옆에는 잠깐씩 앉아 쉬고 있는 노예들도 있었다.

"우린 어떻게 될까?"

"모르지. 다 죽은 목숨일 거야."

"며칠 전에 노르딕이 어떻게 되었는지 봤어? 커다랗고 팔팔 끓는 솥에 산 채로 던져져 버렸어."

"살점은 다 녹아 없어져 버리고, 뼈들은 건져서 새들에게 주었다면서?"

노예들의 이야기 중에는 쓸모 있는 정보는 거의 없고 잔인하고 우울한 이야기들만이 가득했다.

"헤울러 님? 그분의 이름을 함부로 꺼내지 말게. 어디서든 그분의 험담을 하게 되면 까마귀들에게 잡아먹히게 돼."

"모르는 것이 없고 전지전능하신 분이지. 저쪽의 엘프 노인 보이나? 끌려와서 100년이 넘도록 일을 하고 있지. 저 노인 말에 의하면, 헤울러 님은 예전보다 더 젊어지셨다는 거야."

"날씨를 바꾸고, 어둠을 불러올 수 있지. 이 탑에도 그분의 강대한 마력이 깃들어 있다네. 가히 신이라고 불러도 될 정도 아닌가?"

파수꾼들은 4, 5층마다 지키고 있으면서 순찰을 돌며 앉아 쉬고 있는 노예들에게 채찍질을 가했다.

"거기, 더 빨리 올라가라. 더 늦어지면 마수들의 먹이로 던져 줄 거야."

"제발, 제발 살려 주세요!"

"우으으흑!"

노예들이 돌과 모래를 운반하면서 내는 짓눌린 신음 소리가 계단을 울렸다.

죽음에 대한 공포와 침울한 분위기가 드높은 탑을 채우고 있었다. 감수성이 예민한 사람이라면 감정이 이입되어서 눈물을 흘릴 수도 있는 상황!

'으하암, 심심하고 졸린데. 계단이 정말 길기도 하군.'

위드는 묵묵히 걸어서 결국은 탑의 꼭대기까지 올라갔다.

중간에 약간 헛갈려서 정확하게 세어 보지 않았지만 계단은 대략 4만 개 남짓이었다.

'정말 엄청난 높이야. 탑이 이렇게까지 높을 줄은 몰랐는데.'

구름을 넘어 한참을 올라와서, 바람도 이만저만 강한 것이 아니다.

와이번들을 타고도 보통 이 정도 높이까지는 올라오지 못했다. 시선을 아래로 내리면 고소공포증이 느껴질 만큼 아찔할 정도로 탑이 땅으로 뻗어 있고, 주변을 보면 하늘에 둥둥 떠 있는 것처럼 느껴진다.

탑의 면적은 고층부로 갈수록 줄어들어서 꼭대기는 불과 작은 방 하나 정도의 넓이밖에는 되지 않았다.

아마도 여기가 베르사 대륙에 지어진 가장 높은 건축물의 정상 부위이리라.

이제부터는 의지할 난간도 없이 계단만이 하늘을 향하여 끝없이 올라가고 있었다.

계단이 향하고 있는 하늘의 끝!

'으음.'

위드는 탑이 향하는 부분을 볼 수 있었다.

대악마의 눈동자처럼 크고 위험하고 음침한 무언가가 땅을 내려다보고 있다. 탑은 눈동자를 닮은 그 검붉은 일렁임을 향해 지어지고 있었다.

그곳까지 도달하기에는 고작해야 600미터 정도만이 남아 있는 것으로 보였다.

'3층에서 나를 내려다보던 집주인의 눈빛과 닮았어.'

집주인은 그저 사람의 얼굴을 보는 게 아니었다.

이놈이 이번 달 월세를 정상적으로 납부할지, 혹은 보증금과 월세를 더 올려 받아야 하는 건 아닌지, 기물을 파손하거나 한 건 없는지, 장독에서 김치를 훔쳐다 먹고 있는 건 아닌지를 고민하는 눈빛!

상위 서열의 포식자가 만만한 초식동물을 볼 때의 자신감까지도 묻어 나온다.

지하 방 월세를 살다 보면 대문을 열고 들어오고 밖에 나가는 것도 그렇게 신경이 쓰였다. 물론 날씨가 아주 맑은 날에는 감히 빨래를 널지도 못하고, 윗집 세탁기가 돌아가지 않는 흐린 날에나 마당의 빨랫줄을 쓸 수 있었다.

탑 꼭대기의 눈동자는 뼛속까지 파헤치는 집주인의 그런 눈빛을 연상시켰다.

"할 일을 마쳤으면 어서 내려가라!"

"예."

파수꾼들의 재촉에, 위드는 돌덩어리를 놔두고 다시 계단을 내려왔다.

간단한 정찰은 이쯤으로 충분했으니까.

북부 사람들

전쟁으로 목숨을 잃었던 북부의 유저들이 〈로열 로드〉에 다시 접속했다.

전의를 상실하고 침울해 있을 거란 예상과는 달리 기운이 넘쳤다. 죽음을 경험하고 접속하지 못하는 동안 하벤 제국에 앙갚음하고 싶은 마음으로 가득했던 것이다.

"놈들을 몰아냅시다."

"갑시다. 우리의 끈기를 보여 줍시다!"

북부의 유저들은 침략해 오는 하벤 제국을 향하여 다시 돌진했다.

"가자, 독버섯죽이여!"

"우리의 죽음을 의미 없다고 하지 말라. 우리는 그냥 죽는 것이 아니다!"

효과가 없었던 무모한 인해전술의 반복!

겉으로 보기에는 영락없이 미친 짓이었다. 하지만 세 번에서 다섯 번 정도 압도적으로 전투를 승리한다면 다들 포기하고 순응해서 쉽게 북부를 정벌할 수 있을 거라던 라페이의 예상과는 다른 전개였다.

"우린 풀죽신교입니다. 전투에서 패배할 수는 있지만 마음마저 꺾이진 않아요."

"풀죽, 풀죽, 풀죽, 풀죽!"

북부 유저들의 항전은 매일같이 밤낮을 가리지 않을 만큼 끈질겼다.

위드는 아르펜 왕국의 국왕으로서 그동안 유저들의 마음을 사로잡아 왔다.

불가사의한 모험과 훌륭한 통치.

이 모든 것들이 훗날의 막대한 세금 수입을 위한 것이었지만 그로 인해 유저들은 아르펜 왕국을 진심으로 아꼈다.

그래도 전투에서는 하벤 제국의 터무니없을 정도로 막강한 화력 앞에 근본적으로 접근조차 하지 못하거나, 별다른 피해를 입히지도 못하는 경우가 대부분이었다.

마법 방어막, 생명력과 방어력이 높은 워리어 전사들의 배치로 인하여 어중간한 공격으로는 하벤 제국군에 타격을 줄 수가 없다.

병사들이 조금씩 줄어들기는 해도, 전체적으로는 무시해도 될 정도였다. 하벤 제국군 병사가 약간 감소하더라도 전체적으로 보면 전쟁의 승리로 많은 경험치를 얻어서 전력이 보충되기도 하였던 것이다.

일반 병사와 전쟁으로 단련된 정예 병사들의 전력은 하늘과

땅 차이!

훈련으로는 성장시킬 수 없는 사기의 최대치, 병과별 능력, 레벨도 빨리 올라갔다.

"놈들을 막으려면 방법을 다양하게 해야 될 겁니다."

"약점을 찾아냅시다. 그리고 우리의 것을 지킵시다."

풀죽신교의 고위층, 북부의 고레벨 유저들은 여전히 무모한 전투를 벌이면서도 조금 다른 각도로 머리를 쓰기 시작했다. 인해전술로 몰아붙이는 방식으로는 한계가 있다는 걸 점점 깨달은 것이다.

아무리 돌격해도 하벤 제국의 공격에 이기지 못해 5만, 10만씩 그냥 떼죽음을 당하고 박살이 나 버린다.

작전은 철저히 놈들의 허점을 노리는 것이어야 했다.

그리고 〈로열 로드〉의 유저들 중에는 현실에서 다양한 경력을 가진 이들이 있었다. 라페이와 참모진의 전략과 전술이 뛰어나다고 해도, 북부의 유저들 역시 그들의 움직임을 이해하고 있었다.

"놈들의 전력은 잘 뭉쳐 있습니다. 하지만 우리가 계속 공격한다면 놈들은 병력을 분산시켜서 북부를 빠르게 점령하지 못합니다. 정복을 상당히 지연시킬 수가 있는 것이죠."

모라타의 광장에서 하사관 출신 유저가 자신 있게 외쳤다.

하벤 제국 놈들이 영악하게 싸운다면 이쪽도 그런 식으로 대응을 해 주어야 할 게 아닌가.

"바르고 성채 쪽으로 오는 양동부대를 막아야 합니다. 어느 한쪽이든 놓치면 북부의 주요 도시들, 심장부가 파괴됩니다."

"우리에게는 아직 없는 것이 많아요. 유저들은 많은 반면에 광산들은 개발이 덜 되어서 빈 땅으로 남아 있고, 대장간도 부족합니다. 전투에 지고 나서 무기와 방어구를 잃어버리는 것도 큰 손실입니다. 그걸 회수할 수 있는 방안도 마련해 봅시다."

"만일의 사태를 대비하여 대장장이들은 미리 피신시킵시다. 그리고 우리도 병과를 나누어서 조직적으로 대응합시다."

사관학교를 졸업하고 군 복무를 마친 대위들도 나섰다.

"지형적으로 볼 때 모라타로 향할 놈들의 진군로에 맞서서 가장 큰 피해를 입히고 시간을 끌 수 있는 장소는 여덟 곳 정도가 있습니다. 요새들이 있으면 막기에 조금은 수월할 텐데… 아쉽지만 지금은 어쩔 수 없죠."

그러자 모여 있던 유저들이 무슨 말이냐는 듯이 떠들었다.

"요새가 필요하면 만들면 되죠!"

"왜 벌써 포기하세요. 우리에게 남는 건 사람뿐입니다!"

하벤 제국이 침공해 옴에 따라 던전 사냥, 퀘스트, 원정을 떠났던 북부의 유저들이 모조리 도시로 귀환하고 있었다.

"풀죽신교 참깨죽 아탈, 지금 도착했습니다."

"흑임자죽 후속 부대 결성 중입니다. 소속 부대원들은 어서 오세요."

"죽순죽 부대, 우리는 약해서 방해되니 전투에 직접 나서지 말고 어떠한 방식으로든 지원을 하도록 해요."

현재 하벤 제국과 맞서 싸우고 있는 1진이 아니라 새로운 2진, 3진의 부대였다.

북부 유저들 전체가 하벤 제국에 저항하려는 움직임을 보이고 있기 때문에 사람이 필요하다면 광장에서 외치기만 하면 되었다.

"그렇다면 건축가들은 요새를 축성하고, 방어 시설들도 설치합시다."

"놈들이 계속 진군해 오고 있는데 유저들을 설득해서 작업하는 게 가능할까요?"

"설득은 무슨! 간단히 성벽만 높게 쌓은 요새 정도야 하루면 끝이죠! 피라미드 건설을 할 때 하루에 나른 돌만 해도 50개는 된다고요!"

국왕 위드를 따라서 노가다에는 특화되어 있는 북부의 유저들이었다!

그들은 곧바로 방어를 위한 요새 건축에 들어갔다. 말들의 진군을 까다롭게 하기 위해 유리 조각과 쇠못도 넓게 뿌려 놓았다.

전투가 끝나고 나면 회수에 어려움이 따르는 물건이지만, 초보들에게 가져오면 1쿠퍼씩 준다고만 해도 산처럼 쌓이는 거야 눈 깜짝할 순간!

저렴한 양질의 노동력이야말로 북부의 원동력과도 같다.

군인 출신 유저들이 전술적인 활동을 하면서, 하벤 제국의 침공에 맞서 북부 대륙 전체의 지형을 고려한 체계적인 방어 계획들이 잡혔다.

"이걸로도 이기지는 못합니다. 진군을 조금 느리게 하는 정도이지 병력 배치를 완벽하게 하고 우리 쪽에서 강자들이 나서더라도, 하벤 제국에는 부족해요."

"레벨 300~400대 분들이 군대를 이루어서 싸워 준다면요?"

"모르는 사람끼리 군대로 뭉치더라도 NPC로 구성된 병력보다 잘 싸우란 법은 없습니다. 전쟁은 그런 거니까요. 그리고 저들이 차근차근 진군하지 않고 우리를 상대로 본격적으로 전술적인 움직임을 보이면 어떻게 될지 모릅니다."

"계속 덤벼들어서 전력을 약화시키고, 결정적인 큰 실수를 하지 않는 이상에는……."

"얼마나 버틸 수 있을까요. 일주일? 1달?"

"모라타가 파괴되면, 그리고 궁전이 날아가면 왕국 전체에 미치는 파장이 아주 클 겁니다."

"유저들이 계속 싸우려고 하더라도 그게 우리의 가장 큰 약점이지요."

모라타는 상징적인 의미도 있지만 북부 전체의 생산과 상업, 종교, 모험을 위한 기반 시설들이 채워져 있어 중요하다. 부근 일대의 곡물 생산지와, 교통의 요지인 모라타가 잿더미로 변한다면 북부 전체에 마비 현상이 일어나게 된다.

하벤 제국군도 일차 목표를 대지의 궁전과 모라타로 삼고 있을 것이다.

"모든 계획은 모라타를 중심으로 짜여야 합니다. 모라타는 매일 북부 유저들 몇백만 명이 죽더라도 지키지 않으면 안 될 도시입니다."

"왕궁은, 만약 부서진다면 다시 지읍시다. 그러나 모라타만은 지켜야 됩니다. 최소한 위드 님이 돌아오기 전까지는요."

"그가 돌아온다고 뭐가 바뀔 수 있을까요?"

"모르죠. 하지만 그가 나타나기 전까지는 패배하더라도 진 것이 아닐 겁니다. 전쟁의 신 위드가 우리의 뒤에 남아 있다는 희망이 있으니까요. 하벤 제국도 위드가 퀘스트를 성공시키는 것이 두려워서 지금 공격해 온 것 아닙니까?"

"하벤 제국은 확실히 강합니다. 그러나 북부가 우리 유저들의 손에 의해서 지켜지지 않고 한 영웅을 기다린다는 점은 마음에 들지 않는군요."

"받아들입시다. 우리가 이렇게 북부에 모인 것도 위드라는 사람이 없었다면 불가능했던 것 아닙니까. 지금은 위드가 북부이고 희망입니다. 그리고 우리가 할 일은, 그가 돌아올 때까지 버티면서 하벤 제국을 약화시켜 놓는 것입니다."

풀죽신교 전쟁지휘센터는 정식으로 지위를 갖춰서 구성된 조직이 아니었다.

레벨을 떠나서, 전투 지휘에 자신이 있는 이들 100여 명이 모여서 끊임없는 토의를 통해 방어 계획을 세웠다.

그 실행 계획들은 즉각 북부의 유저들에게 전해졌다. 강제력을 가진 명령이 아님에도, 유저들은 자발적으로 따랐다.

"건축가님이 그러는데, 강이 있는 곳까지 성벽을 20미터 정도는 쌓아야 한대."

"하루 동안?"

"응."

"시간이 남아도네. 20미터는 낮으니까 40미터로 쭉 둘러 버리자."

그리고 도시에서는 하벤 제국을 막기 위한 전투부대도 계속 결성되었다.

"새벽 순교를 위해 출정할 전투부대는 이쪽으로 모이세요."

"아침 무렵에 함께 공격하실 분들 구합니다. 선착순 100만 명입니다."

북부 유저들의 규모는 측정하기가 어렵지만, 잠깐씩이라도 접속해서 활동하는 사람들까지 포함한다면 수천만 명에 이른다고 보는 것이 일반적이었다.

대부분 〈로열 로드〉의 초보자가 모여들고 있었기에 가능한 인원수!

그들 중 70% 이상은 북부에서 시작했고, 심지어 천만 명가량은 모라타 주변을 벗어나 본 적도 없는 완전 초보!

이번에 전쟁을 하러 가는 것이 먼 길을 나서는 첫 여행인 사람도 많았다.

그리고 열띤 토론이 벌어지고 있는 북부의 전투지휘소에, 백발의 노인 1명이 방문을 했다.

그는 레벨 150 정도의 전사들이 주로 착용하는 허름한 장비를 입고 있었다.

분위기가 자유로운 북부에서는 상대의 복장이나 레벨을 가지고 함부로 무시하지는 않는다. 오히려 착용한 장비가 너무 흔한 제품들이라 신경을 쓰지 않았는데, 몇 사람이 노인의 얼굴을 보고는 화들짝 놀랐다.

"헉! 참모총장님!"

10여 년 전 명예롭게 퇴임한 대한민국 참모총장의 방문!

북부에는 한국만이 아니라 여러 국가의 유저들이 있었다. 각국의 노인들이 매일 전투지휘소로 찾아왔는데, 그들 중에는 전직 항공모함 함장, 공군 사령관, 국방장관 등 고위직들이 즐비했다.

"흘흘, 이 나이가 되어서 자유를 위해서 싸우게 되다니 영광이구만."

"제국을 상대로 하다니 피가 끓어오르는데."

"우리가 약하긴 하지만 제대로 한번 붙어 볼까? 여기 게릴라전 전문이었던 사람 없나?"

"특수전 사령관 아이 하나 내가 불러오도록 하지. 퇴임한 지 1년도 안 되어서 쓸 만할 게야."

"특수부대 애들과 정보국 애들도 데려오도록 하자고."

"보급은 군수지원단 애들 부르면 해결되겠군."

상상을 뛰어넘는 자발적인 참여로 인해, 북부가 인해전술의 한계를 넘어 진정한 전시체제로 재편되고 있었다. 이 또한 라페이의 예상을 완전히 뒤엎는 것이었다.

물론 그들이 어떤 계획을 세우고 움직인다고 하더라도 대다수가 초보 유저들이기 때문에 전력상에 큰 변화는 없었다. 강대한 하벤 제국군을 상대하기에, 초보 유저들은 그저 인원 숫자만 채워 줄 뿐 오히려 약점이 되고 있었기 때문이다.

중앙 대륙의 풀죽신교 지부들!

그들은 하벤 제국의 통치로 인해서 떳떳하게 드러내 놓고 다니지는 못하는 처지였다.

"북쪽의 형제들이 졌다는군."

"싸워 보면 알게 되지. 놈들이 보통 센 게 아니니까 말이야."

"저항을 한다니, 재미는 있었겠어."

중앙 대륙에서는 풀죽신교가 할 일이 마땅히 많지가 않았다.

하벤 제국의 치안 상태는, 부분적으로 불안정한 지역은 있었지만 대도시 부근에서는 정식 저항군이 크게 세력을 떨치지 못했다. 중요한 거점과 요새마다 제국군이 주둔하여 반란을 방지하였고, 일정 규모 이상 유저들이 뭉쳐서 세력을 갖추려고 하면 군대를 근처로 이동시켜서 싸우지도 않고 그 불온한 싹을 일찌감치 도려내 버린다.

예전 각 왕국의 수도와 중앙 분수대에는 황제 바드레이의 조각상, 총독 관청 등등의 통치를 위한 건물들도 속속 올라가고 있다.

몰락한 왕국의 주민들도, 일어나지 못하도록 적당히 눌렀다.

기존의 중앙 대륙 영주들은 그저 세금을 거둬들여서 전쟁에만 쏟아부었다.

싸워서 승리를 거두면 대박, 패배한다면 몰락!

하벤 제국에서는 무엇보다도 헤르메스 길드를 기반으로 뭉친 유저들이 강하였지만, 장기적인 내정에도 탁월한 면모를 보였다.

치안이 좋은 지역은 생산과 무역의 거점으로 양성하고, 불안한 지역은 군대를 주둔시키고 병사 훈련장을 만든다. 요충지에는 상업 시설, 문화 건물을 짓고 세금 감면의 혜택을 주면서 주민들의 충성도를 높였다.

하지만 도저히 거두어들이기가 까다로운 지역은 과감하게 배제한다. 일부러 도시를 파괴해 버리거나 주민들의 강제 이주, 혹은 그냥 식량의 공급을 끊어 버리고 굶어 죽도록 방치해 둔다.

통치를 위하여 공포와 채찍을 적당히 이용하면서 넓은 제국의 영토가 최소한의 차질로 굴러 돌아가게 했다.

원래 정복 작업이란 유저들은 둘째 치고 주민들의 저항을 많이 받기 마련인데, 중앙 대륙을 통일하고 나서도 아슬아슬하게 균형을 유지하면서 크게 곤란을 겪지 않는 것만 봐도 칭찬과 감탄을 할 만했다.

겉으로 드러난 것이 10 정도라면 실제 하벤 제국의 통치는 100에 가까울 정도로 세련된 것이었다.

초반에 하벤 제국에 점령된 칼라모르 왕국!

주기적으로 크고 작은 저항군이 날뛰면서 하벤 제국을 성가시게 했다. 그러자 하벤 제국에서는 감시와 통제를 소홀히 하는 척하여 헤르메스 길드를 싫어하는 유저들을 그곳으로 모이게 하고 군대를 투입해서 사소한 사고 외에는 일으키지 못하게 조절했다.

반대자들에게 약간의 희망을 주면서 결국 아무것도 못하게 하는 전술!

산적왕 스타이너처럼 걸출한 유저도 나타났지만 하벤 제국의 통치는 대세로 흘러가고 있었다.

약간씩이라도 물러나다 보면 결국 하벤 제국의 지배는 공고

해진다. 중앙 대륙의 수많은 유저들은 상황이 어찌할 수 없을 정도로 돌아가는 것을 보며 체념을 하고 받아들였다.

헤르메스 길드에서는 무수히 많은 노력과 준비를 해서 더 빨리 중앙 대륙을 통일하고 베르사 대륙도 정복할 수 있을 정도의 저력이 있었다.

그들에게 저항했던 반헤르메스 길드 연합군이 어떻게 패배했는지를 돌아보면 명확해진다.

명문 길드들끼리의 분쟁을 거쳐서 서로의 힘이 빠지기를 기다려 단숨에 점령하기 위한 의도도 있었겠지만, 그것을 떠나 하벤 제국의 내실을 키우기 위해서였다. 어설픈 힘으로 대륙을 통일한다면 끝없는 혼란기에 접어들게 될 테니.

도시계획이나 후속 병력 배치 등을 보면 정복 이후까지도 대비하고 있었음이 틀림없다는 정황이 속속 나왔다.

최근에는 하벤 제국을 곤란하게 하던 엠비뉴 교단의 세력까지도 싹 사라지게 됨으로써 지배 체제는 더할 나위 없이 확고해졌다.

중앙 대륙 정복 후에 약간이나마 아슬아슬했던 균형점이 안정으로 확 기운 것이다.

중앙 대륙의 풀죽신교 지부는 딱히 어떠한 활동도 하지 못하고 지켜보고만 있었다.

"여기에 있어 봐야 할 일도 없고……."

"사냥하러 갈 건가?"

"몰라. 그냥 북부로 가서 구경이나 해 볼까?"

"그곳은 뭐 하러?"

"하벤 제국 놈들에게 다 파괴되기 전에라도 보고 싶은 거지. 전투도 가까이에서 구경하고 말이야."

"우리가 도착하기도 전에 끝나 버릴지 모르는데……. 어쨌건, 그런 이유라면 나도 같이 가지."

중앙 대륙의 유저들도 북부로 움직이기 시작했다.

갓 시작한 초보들도 몇 명 있었지만, 300대나 400대의 고레벨들도 상당했다.

그들이 정말 전투를 구경만 할지는 두고 볼 일이었다.

이름 없는 영웅들!

"하벤 제국이 계속 설치는 게 영 거슬리는군."

"북부까지도 오다니 좀 지겨운데."

〈로열 로드〉에서 누군가와 섞이지 않고 혼자 사냥을 하는 유저들은 매우 많았다. 다크 게이머들처럼 돈을 목적으로 하는 경우도 있고, 직장인이나 자영업자처럼 시간이 없어서 그러는 이들도 있다.

하지만 어쨌든 혼자 다니는 까닭 중에 상당수를 차지하는 건, 바로 성격이 더러워서!

광장에서 급히 구한 파티의 경우, 그날의 운에 따라서 레벨이 높더라도 실수를 연발하여 파티 전체를 위기에 빠뜨리는 동료를 만나게 되는 일이 비일비재하게 일어난다. 또한 좋은 아이템이 나오면 서로 가지려고 분쟁이 일어나는 것도 다반사다.

그럼에도 파티 사냥을 즐기고 새로운 친구를 사귀는 걸 재미로 아는 유저들도 많지만, 성격이 더러우면 화가 나서 그 꼴을 참지 못하고 날뛰게 되는 법이다. 〈로열 로드〉에서 동료를 잘못 만나서 억울하게 죽으면 그 손해는 정말 크기 때문이다.

더러운 꼴 보며 욕하고 싸우다가 제대로 사냥도 못 하고 접속을 종료하느니, 차라리 어렵더라도 혼자서 부딪치다 보면 극복해 나가는 재미를 누릴 수도 있다.

게다가 고생 끝에 몬스터를 쓰러뜨리고 던전을 털면 전리품은 혼자 몽땅 다 갖게 된다.

파티 사냥에서는 서로 가고 싶은 장소가 다르거나 선호하는 몬스터가 달라서 의견 대립이 벌어지기도 하지만 혼자 다니면 그런 시간 낭비도 없다.

효율의 극대화, 직업에 따라서는 특정 스킬들을 위주로 성장하면 나중에 레벨이 높아진 후에는 파티 사냥에 부적합해지기도 한다. 맷집을 키운 궁수, 특별히 빨리 달리는 스킬을 얻은 전사라면 여럿이서 함께하는 파티 사냥에서는 별 도움이 안 되기도 했으니까.

'아무튼 난 친구는 없으니까. 평생 혼자서 살아야지.'

'여자 친구? 흐음… 아마 나한테도 생기겠지. 나중에 돈 많이 벌어 놓고 나이 먹어서 양로원에 들어가게 되면…….'

나이는 어리지만 여자 친구도 없는 부류가 세상에는 아주 많았다.

실제 현실에서 역시 여자 친구가 없어서 만날 일도 없다 보니 〈로열 로드〉를 할 시간은 충분하다.

그렇게 혼자 다니면서 사냥과 모험을 하다가 중앙 대륙이 번잡해지면서 북부로 넘어온 유저들이 아주 많았다.

모험을 성공시키면 주민들의 입에서나 가끔 거론되는 이름 없는 유저들!

레벨이나 모험의 성과를 중요하게 여기면서 나름의 방식으로 〈로열 로드〉를 즐긴다.

그렇기에 그들의 특성은 대체로 높은 스킬이나 레벨이다.

"전투 구경이나 가 볼까."

"오랜만에 전쟁에 끼어 보는 것도 괜찮겠지. 중앙 대륙에서처럼 용병으로 활약하며 돈을 벌긴 힘들겠지만……."

"원래 난 하벤 제국을 싫어하니까."

"풀죽신교에는 예쁜 여자들이 많다는데. 혹시 나에게도 말이라도 걸어 줄지 몰라."

그렇게 북부에서 혼자서 활약하던 유저들도 모이고 있었다.

검삼치가 손바닥을 비비며 아부를 했다.

"과연 스승님의 혜안은 탁월하십니다."

아부 경쟁에 있어서만큼은 검사치도 질 수가 없었다.

"전투의 승패를 예측하다니, 천기를 읽으신다고 해야 될 정도 아닙니까?"

검치는 북부의 유저들과 하벤 제국의 싸움이 어떻게 결론 나게 될지 이미 예측한 바가 있었다.

북부 유저들의 일방적인 패배!

그 예견은 말 그대로 이루어지고 말았다.

"비결이 무엇입니까, 스승님!"

검오치가 진심으로 존경한다는 표정으로 말했다.

무서운 게 없고 눈에 보이는 것도 없던, 철모르던 10대 시절. 검치에게 검술을 배우다가 겁 없이 덥고 짜증이 나서 이까짓 것 안 배운다고 큰소리를 쳤다가 염라대왕에게 이름 세 자 중에 두 글자까지 알려 줄 정도로 맞은 이후로 검오치에게 아부는 삶 그 자체가 되었다.

검치는 멀리 능선 너머 하벤 제국군을 보며 당연하다는 듯이 말했다.

"사람은 누울 자리를 보고 연장을 휘둘러야 하는 법이다."

"아, 과연!"

"놀랍습니다, 스승님!"

수십 년 인생의 역경이 담겨 있는 명언에 제자들은 깊이 감동했다.

"그런데 언제까지 지켜보기만 하실 것입니까?"

"구경은 충분히 했으니 슬슬 몸을 풀어 보자꾸나. 저 오만한 놈들에게 세상의 쓴맛을 보여 주어야지."

"즉시 연장을 챙기겠습니다."

사범들과 수련생들은 연장을 항상 몸 가까이에 두고 있었다.

무수히 다양한 종류의 검들을 비롯하여 도끼, 철퇴, 낫, 망치, 활.

전원 무기술을 익혔기에 사용하는 무기도 아주 다양했다.

검둘치는 전투라면 고기를 먹다가도 자리에서 벌떡 일어날 정도로 신이 났지만 도장을 책임질 후계자로서 뒷수습에도 신경을 쓰지 않을 수 없는 입장이었다. 자신과 수련생들이 약한 건 아니지만 저 막강한 하벤 제국의 군대에 맞서 싸워서 이길 수 있을 거란 생각은 도저히 들지 않았다.

"근데 지난번에 우리가 나선다고 해도 못 이길 거라고 하지 않으셨습니까? 하벤 제국 놈들을 다 합치면 300만이 넘는다는데요."

"어렵겠지. 힘들겠지. 그러나 이런 큰 싸움을 놓칠 수는 없는 노릇이니… 그리고 적들이 강하고 많으니까 싸울 맛도 더 나지 않느냐?"

"물론입니다!"

큰형님처럼 듬직하고 차분하던 검둘치와 검삼치, 사범들의 눈이 뜨겁게 빛났다.

〈로열 로드〉는 그들이 즐기면서 전투를 경험하는 장소였다.

실제 현실에서의 검술에 직접적으로 아주 크게 도움은 되지 않지만 상당한 자극과 흥미를 느끼게 한다. 죽음을 두려워하지 않는 마음만큼은 여전히 변함이 없지만, 강한 적이 나타나니 투쟁심이 들끓었다.

'박살을 내 주겠어.'

'전치 800주 정도로 두들겨 패 줘야지.'

'숨도 못 쉴 정도로 때리고 밟아 줄 거야.'

각오를 단단히 다지니 하벤 제국군이 막강한 것이 오히려 반갑다.

남자가 검을 뽑으면 그 정도의 적을 향해서는 휘둘러야 할 게 아닌가.

근육으로나 전투력으로나 영화 〈300〉을 능가하는, 〈505〉의 탄생이었다.

"취이익!"

바르고 성채에 있는 오크들은 온통 불만투성이였다.

"내 자식들은 너무 많다, 취췻. 도대체 우리 가족은 몇 명인가, 취이익!"

오크 수컷들은 암컷들을 향하여 불만을 표시했다.

보통 부족 내에서 영향력을 쥐고 있는 암컷들 역시 기가 센 편이라 조금도 지려고 하지 않았다.

"어제 일곱, 오늘 아홉 낳았다, 취치칙! 가족이 그 정도는 되어야 북적이고 좋지 않은가, 취칙!"

"먹여 살리기 힘들다, 취잇!"

"움막에서 노니까 그렇지! 당장 나가서 사냥이나 해 와라, 취익취익!"

북부의 오크들은 숫자가 기하급수적으로 늘어났다. 하루가 지나면 새끼 오크들이 줄줄이 태어나서 마을에서 연애를 한다.

"너 맘에 든다, 취췻."

"예쁘단 말 자주 들었다, 취익!"

"엉덩이가 정말 크다. 취익, 취익!"

새끼 오크들은 금방 데이트를 하고 결혼을 하고, 또다시 자식을 출산한다.

그 새끼들은 또다시 아이들을 낳는 무한 반복!

열 쌍의 오크 커플이 있다면, 3개월이 지나면 도무지 몇 마리로 늘어나게 될지 짐작을 할 수가 없는 것이 오크들의 특성이었다.

초창기에 바다를 건너와서 정착한 오크들은 금방 영역을 확대해 갔다. 대부분 바르고 성채 부근에 정착한 탓에 몬스터와 싸우면서 죽어 갔기에 망정이지, 그렇지 않았다면 날뛰는 오크들로 인해 숲과 산에 동물과 몬스터의 씨가 말랐을 것이다.

몬스터에게 그렇게 죽고도 끈질기게 세를 확대해 나가, 현재 바르고 성채는 북부 오크들의 수도로 부르더라도 어색하지 않을 정도였다.

—오크가 그렇게 재밌다던데요. 일반적인 게임과는 전혀 다른 맛을 느낄 수 있다는데.

—오크 6개월 한 경험자로서 말씀드립니다. 가족들을 보면서 가장으로서의 행복을 경험할 수 있죠. 첫 새끼 오크를 보는 흥분은 말도 못 해요. 가족들을 늘려 가는 플레이가 중심이 되니까요.

—그 이후로는 아침, 점심, 저녁으로 새끼 오크들이 태어난다는 것이 함정!

—부모님의 마음을 이제야 이해하겠어요. 부양가족들을 책임져야 하는 그 무거운 어깨를…….

—오크 가족들을 데리고 사냥에 나서서 새끼들을 전사로, 투사로 키워 가는 맛만 할까요? 인간들에게는 명예나 친밀도가 중요하지만 오크들은 그런 거 없습니다. 한가족이면 무조건 한편이죠. 배신? 오크들한테 그런 건 있

을 수가 없어요. 여러 직업을 선택하지 못한다는 단점은 있지만 스트레스 해소에는 최강의 종족이라니까요.

—신중하게 느릿느릿 모험하고 사냥해서 언제 성장합니까? 그냥 싸우고 보는 거죠. 오크들이야 또 낳으면 되는 거고…….

—오크들은 집에 숟가락만 100벌씩 놔둔다는데, 정말인가요?

—고작 그거면, 하루 설거지 안 하면 싸움 날 정도?

오크 종족을 선택할 수 있게 된 지 얼마 되지도 않았건만 오크 유저는 이제 무시할 수 없을 정도로 늘었다.

곱상한 엘프, 과격한 바바리안과는 다르게 활기찬 오크 마을만의 분위기!

바르고 성채 주변은 오크들로 미어터질 정도였다. 조금 과장하자면, 가파른 절벽에서 떨어져도 바닥에 부딪쳐 죽는 게 아니라 다른 오크들에게 부딪칠 수준이었다.

그리고 오크들은 산맥의 곳곳에 성채를 지어서 몬스터들을 경계했다.

북부에 정착을 할 때의 약속!

북부 대륙을 위해, 그리고 다른 종족들을 위해서라도 몬스터들로부터 바르고 성채를 사수하라!

바바리안, 엘프, 드워프가 교류를 하는 바르고 성채는 오크들이 지킨다.

드워프들은 기꺼이 오크 성채들을 보수해 주어서, 상상을 초월하는 강한 몬스터가 나타나더라도 쉽게 함락되지 않도록 도움을 줬다.

그리고 넓은 세상을 경험하고 싶은 오크들은 가족들과 부족들을 거느리고 등과 어깨에 식량을 이고 지고 떠난다.

얼마 멀리 떨어진 지역까지 가지도 못하고 간신히 목숨만 건져서 돌아오기도 하였지만, 아무 소식이 없으면 대충 잘 살고 있을 확률이 높았다.

오크 몇 마리만 확실하게 터전을 다지더라도 무리를 불리는 것은 금방이었으니까.

북부의 상인들과 농부들은 일찍부터 오크들에게 눈독을 들였다.

"경제 규모는 즉 인구를 바탕으로 하는 거야. 미래의 오크들이란……! 식량 팝니다. 진짜 원가에 팔아요! 하나도 안 남기고 팝니다."

"잘 키운 오크 하나 열 마을 안 부럽다고 했지. 이 녀석들이 번식만 잘해 주면 농작물 지키는 데에는 최고의 수문장이 되어 줄 거야."

상인들은 고정 고객을 늘리기 위해, 그리고 농부들은 위험한 지역에서 농사를 짓기 위해서 새끼 오크들을 데리고 갔다.

상인들은 오크 마을에 정말 원가로 식료품을 공급했다. 실제로 남는 것은 없지만 며칠 뒤면 이미 동이 나 있어서 추가로 더 많이 팔 수 있었다.

대신에 오크들에게 얻는 것은 사냥의 전리품들. 이른바 잡템 장사를 대량으로 하면서 짭짤한 수익을 거두었다. 잡템 장사 전문 상인이라고 해도 무시할 수 없는 것이, 대상인들도 다들 한 번씩 거쳐 간 길이다.

새로운 땅을 개척하여 농사를 짓고 곡식을 수확해 팔려던 농부들의 목적은, 어느새 오크들을 먹일 식량을 만드는 것으로 바뀌었다.

땅을 일구어서 곡식을 심고 수확을 하면 무엇 하겠는가. 보초병으로 데려온 오크 가족이 무려 4,000마리로 늘어 버리고 말았는데.

"취이익!"

"췻!"

새끼 오크들이 줄줄이 따라다니면서 배고프다고 아우성을 쳤다.

농부로서의 사명감!

최소한 눈앞에서 굶어 죽는 이를 볼 수는 없다는 불타는 사명감에 이기지 못해 결국 수확한 곡식들을 모조리 오크들에게 베풀었다.

"취취익, 우리 신세 졌다. 갚아야 된다."

다행히 오크들은 은혜를 알았다.

농부를 위하여 두 팔 걷고 나서서 전투도 하고, 필요한 것들도 구해다 줬다.

먼 옛날 베르사 대륙의 역사에서 오크들은 인간만큼이나 세력을 떨치던 종족이었다. 그들은 넓은 땅에 흩어져서 살았고, 강한 무력과 집단의 힘으로 몬스터 무리를 물리쳤다.

자유롭던 그들이지만, 어떤 안 좋은 사건들이 연속으로 생기면서 종족의 숫자가 많이 감소하였다.

하지만 현재 오크들은 다시 과거의 영광을 되돌릴 수 있을 정도로 빠르게 늘어 가고 있었다. 그리고 북부는 오크들이 살아가기에는 최적의 장소였다.

풍부한 식량과 강한 몬스터.

위드는 대륙을 떠돌면서 네 종족이 화목하게 살았던 신화 속의 도시 라체부르그와 오크 도시 투사의 불꽃에도 방문하고 건축물들을 감상했다.

국왕인 위드가 오크들을 위한 건물을 알고 있기 때문에 아르펜 왕국에는 그에 연관된 건물들이 쉽게 세워질 수 있었다. 돌을 다룰 줄 아는 약간의 기술력과 오크들의 숫자만 받쳐 주면 관련 시설들은 마구 건축되는 것이다.

물론 오크들을 위한 건물만은 아니었다.

지역마다 드워프, 엘프, 인간을 위한 건축물들도 다양하게 세워졌다.

둥! 둥! 둥!

모험가 란스터가 구해 온 유물 '헤취의 북'.

오크들이 중요하게 여기는 장소에 설치해 놓았다가 위험에 처하면 두들길 수 있었다.

그러면 인근에 있는 오크 샤먼들을 통해 텔레파시처럼 모든 오크들에게 전달된다.

"취췻, 누군가 우리를 공격한다."

"내가 태어났던 장소가, 취취취취익! 위험하다."

"맛있는 음식과 암컷들이 있는 곳… 취익! 근데 거기가 어디였지? 취췻!"

북부의 오크 전사들이 짐을 싸서 움직이기 시작했다.

각 오크 성채들마다 나름 정예들로만 구성해서 바르고 성채를 구하기 위한 병력을 보냈다.

다음 날도 보냈다.

그다음 날도, 그다음 날도…….

대제왕 위드의 유언

"더 빨리 움직여라!"

"앉아 있는 자들은 그대로 목을 칠 것이다."

"채찍을 맞아야 더 빨리 움직일 수 있다는 걸 안다. 르오커의 채찍 맛을 볼 테냐!"

위드는 하늘로 오르는 탑에서 파수꾼들이 뭐라고 하든 느긋하게 바위를 운반했다.

노가다를 하면서는 마음가짐과 행동이 중요하다. 불필요하게 너무 설칠 필요도 없고, 그렇다고 굼뜨게 행동해서 시선을 끌어서도 안 된다.

주변의 인부들과 움직이는 속도를 맞추면서도 눈빛에는 적당히 힘이 있는 것처럼 보여 줘서 열심히 최선을 다하고 있다는 인상을 심어 줘야 한다.

숨을 약간 가쁘게 몰아쉬면서 부지런하고 성실한 얼굴 표정까지 지어 주는 건 필수였으니, 노가다를 하면서 눈치를 보는 것이야말로 종합 예술의 정점!

우월한 스탯으로 피곤함은 몰랐지만, 놈들에게 도움을 주는 행위이다 보니 유쾌하진 않다.

〈로열 로드〉에서는 대부분의 노예들이 보통의 인간보다 체력이 훨씬 좋기 때문에 바위를 짊어지고 계단을 오르는 것도 상당히 빨랐다.

몇 시간에 걸쳐서 지루하게 계단을 오르면서 가질 수 있는 위안이라고 해 봐야 가끔 창밖을 내다보는 것뿐이었다.

땅이 점점 멀어지고 하늘이 가까워진다.

경치가 확 트이는 그 쾌감!

땀을 실컷 흘리고 나면 개운하기까지 했다.

"음, 너는 어린 꼬마가 일을 상당히 잘하는구나. 훌륭하다."

"엠비뉴를 위한 일에 모범이 되어 주는군."

엠비뉴의 파수꾼들로부터 가끔 뜻하지 않은 칭찬도 받았다.

'아냐, 이러면 안 돼. 어느새 노가다에 적응을 해 버리고 있잖아.'

노가다를 시작하면 금방 정신이 멍해지면서 손발을 움직이며 일하게 된다.

멍청하게 있다 보면 어느새 하루가 지나가 버린 상태!

어릴 때에 인형 눈을 붙이고 벽돌을 날라서인지, 단순 반복 노동을 대할 때에는 그 일이 천직처럼 느껴져서 빠져나오지 못하고 푹 빠져 허우적거리는 체질이었다.

탑에서 끝이 없는 것만 같은 계단을 오르고 돌을 운반하는 일은 지겹고 답답하다. 다른 노예들의 몸에서 흐르는 땀으로 냄새마저도 최악.

위드는 고개를 절레절레 저었다.

'퀘스트를 진행하기 위해서라지만 오래 할 일은 아니야. 난 왜 하필 찾아도 이런 방법인 걸까.'

돌덩이를 나르고 나서는 다시 내려오는 것도 귀찮았다.

탑을 오르내리면서 자세히 살펴봤지만 벽에는 낙서만 가득했다.

아들리안 여기서 죽다.

배가 고프다. 움직일 힘이 없다. 크크. 이곳은 지옥이다.

모두 죽어 가고 있다. 부모와 형제, 연인들 모두가 이 탑에서 일을 하다가 죽었다.

아들리안 아직도 살아 있다. 난 언제 죽는 거지?

딱히 정보라고 얻을 건 없었다.

드물게 인간과 유사한 종족들의 글도 남아 있었는데, 어떠한 의미를 가지고 있는지는 알 수 없었다.

모험가 혹은 마법사, 역사학자는 여러 종류의 언어를 습득할 수 있는데, 그것을 통해 다른 종족의 글자를 읽고 퀘스트를 얻거나 단서를 찾는 것이 가능하다.

조각사와 화가가 예술품을 통해서 과거에 있었던 일들을 본다면, 모험가들은 물건의 흔적을 통해서 전후 내역도 파악이 가능했다.

언어와 물품 감정, 추적의 달인들.

위드의 경우에는 악착같이 몸으로 때우고 눈치로 때려 맞혔지만, 모험가들은 그보다 신비로운 퀘스트를 진행하면서도 도중에 단서를 잃어버려서 헤매거나 끊어지는 경우를 줄이는 것이 가능했다.

그저 싸움만 잘하는 전사들이 막연히 퀘스트를 받고도 해결하지 못해 발만 동동 구르는 것에 비하면 훨씬 똑똑하고 섬세한 직업!

위드도 모험을 하면서 모험가들을 부러워했다.

'세상의 보물들을 몽땅 쓸어버렸을 텐데…….'

북부에서도 오랫동안 묻혀 있던 보물을 찾아낸 모험가들은 명성과 부를 얻을 수 있었다.

'하긴 내가 모험가를 했으면 삽자루 들고 맨날 무덤에서 도굴만 하고 있었겠지.'

위드는 탑을 오르면서도 구석구석 놓친 것이 있나 싶어 벽면과 천장, 계단 바닥을 계속 살폈다.

의미 없는 글귀들만 복잡하게 가득했다.

거의 마스터에 이르는 조각사로서 뛰어난 재주를 가졌지만, 이 탑에서는 예술품의 흔적도 찾지 못했다.

엠비뉴 교단은 하늘로 오르는 탑을 굳이 장식하려고 하지 않았고, 노예들도 원치 않는 강제 노동에 휘말려서 예술품을 새길 정신 따위는 없었을 테니 푸념과 원망 섞인 낙서밖에 남기지 않았다.

그렇게 며칠이란 시간이 지나갔다.

하늘로 오르는 탑은 계속 높아졌고, 별다른 특별한 일은 일어나지 않았다.

사실 탑의 외부에서 어떤 일이 벌어지고 있다고 하더라도 위드는 노가다를 하느라 바쁘니 모를 수도 있는 것이었다.

'뭔가 방법을 내야 돼.'

위드는 머릿속을 계속 움직였다.

돌덩어리를 나르는 일을 하다 보면 멍하니 생각이 멈춰 있기 쉽지만, 엠비뉴 교단을 막기 위해서도 시간이 얼마 남지 않았다. 〈로열 로드〉 내의 시간으로 불과 이삼일 사이에 엠비뉴 교단이 역사를 뒤바꿔 놓을 수도 있는 것이다.

'지금까지 성과는 거의 없고, 이대로 건설에만 도움을 주다가 일이 끝나는 건 아니겠지.'

탑 내부의 복잡한 구조에 대해서는 알 만큼 알았다.

30층 정도까지는 광신도들의 숙소와 훈련장, 광장이 자리 잡고 있을 정도로 매 층마다 상당히 넓다.

상층부의 무게를 견딜 수 있도록 충분히 두껍고 단단하게 건설된 것이다.

그 이후로는 점점 벽과 기둥이 가늘어지면서 하늘을 향하여 뻗어 나가는데, 마나를 흡수하여 건물의 무게를 감소시키는 특수한 제단 등을 만들기 위하여 계단이 뒤엉키거나 이상하게 이어져서 특정 층을 건너뛰기도 한다.

파수꾼들과 엠비뉴의 기사들이 탑의 중간중간 요충지마다 배치되어 있지만, 좁은 계단과 통로의 특성상 무슨 일이 벌어지더라도 그들이 바로 달려오진 못할 것이다.

탑은 정확히 총 1,000개의 층을 가지고 있었다.

그 이후의 꼭대기부터는 계단만 세우고 있다.

'어떻게 한다.'

위드는 선택의 갈림길에 서 있었다.

부하들, 혹은 아헬른과 자하브의 소식이 들릴 때까지 기다릴지, 아니면 혼자서라도 움직일 것인지, 혹은 조금 더 살펴보면서 계획을 세우고 대비를 하는 편이 나을지.

목표가 탑의 붕괴만이 아니라 혼돈의 드래곤과 대사제 헤울러까지 이어져 있다 보니 만만치가 않다.

대신전의 경우에는 낮과 밤을 가리지 않고 감시병들이 구석구석 전부 배치되어 있고 순찰까지 돌아다녔다.

때문에 내부로 잠입하여 정찰하는 건 불가능하지만, 탑의 높은 곳에 올라가면 밖으로 뚫린 창문을 통해 대신전의 내외부가 전부 보였다.

이곳이 대신전이기 때문에 극악의 기사단처럼 고위 성당 기사단과 사제들이 길가의 돌멩이처럼 많았다.

고위 사제 1명만 하더라도 동료들이 가까이 있으면 전투력 상승효과가 엄청난데 여기에는 만 명 이상은 되어 보였다.

적들의 배치와 규모. 퀘스트를 하는 데에 필수적인 정보는 어느 정도 얻었다.

'인생 뭐 있어? 딱 내일 아침에는 거사를 일으킨다.'

위드가 엠비뉴 교단을 막기 위해 떠나고 나서 서윤은 전쟁의 시대에 남아 있었다.

들모래 요새의 공방전이 끝나고 아헬른을 만난 이후 그녀는 조각술 최후의 비기 퀘스트에서 맡은 역할을 다 하고 자유로워졌다.

띠링!

퀘스트를 마쳤습니다.
성자 아헬른에 의하여 마족 소환의 의식은 중단되었습니다. 힐데른의 모험을 성공적으로 수행한 당신의 행동은 이름 없는 영웅으로 길이 남을 것입니다. 퀘스트에 대한 보상으로 지혜와 매력, 기품, 정신력이 25 오릅니다. 모든 악명이 제거됩니다. 평판이 최고가 됩니다. 영광스러운 축복의 기운이 몸에 깃듭니다.

조각술 최후의 비기 퀘스트가 성공으로 완료된다면 추가적인 보상을 받을 수 있습니다.

영광스러운 축복의 기운
아헬른의 신성력에 의한 축복의 힘입니다. 160일간 유지되며, 그 기간 동안 신체의 능력이 강화되고 강력한 보호 능력을 가집니다.

꽤 오랫동안 위드의 조각술 최후의 비기 퀘스트를 함께했던 것에 비한다면 그렇게 좋은 보상은 아니다.

하지만 중간중간의 모험으로 스탯들이 다양하게 오르기는 했기에 원래의 세상으로 돌아가게 되면 도움이 될 것은 틀림없었다.

'잘되어야 좋을 텐데…….'

서윤은 위드와 모험을 하면서 도운 것만으로도 기쁘고 만족스러웠다.

그리고, 누구도 모르게 아헬른과 이어진 퀘스트가 발생했다.

끝나지 않은 마족 소환 의식

흑마법사 챠크젤은 아직도 마족 소환의 미련을 버리지 못하였다. 그는 또 다른 희생양을 모으면서 마족이 가진 능력을 자신의 것으로 만들려고 한다.
힐데른에게 심긴 마족의 씨앗은 성자 아헬른의 신성력으로 잠들었지만, 완전히 제거하지는 못하였다.

—마족의 영혼은 지극히 어둡고 아주 끈질겨서 신성력으로도 쉽게 소멸되지 않지. 마족 소환의 의식이 치러지고 나서 상당한 시간이 흘렀으니 이미 그대의 생명과 완전히 하나가 되어, 그대의 몸에서 사라진 것은 아니오.
—제게서 마족이 깨어날 수도 있나요?
—신의 권능을 접하였으니 마족의 영혼이 앞으로 함부로 행동하는 건 불가능하겠지. 마족의 영혼은 그대의 생명의 빛이 꺼지게 되면 지옥의 궁전으로 되돌아가게 될 것이오.
—다행이로군요.
—그대가 누군가와 싸움을 한다면 마족은 그대에게 어쩔 수 없이 힘을 전해주겠지. 인간의 육체에서 살아가다가 갑작스러운 죽음을 경험하면 마족에게도 커다란 영혼의 충격이 뒤따르기 때문이라오.

마족의 힘은 잠들지 않으며 피와 함께 깨어날 수 있다. 이 힘을 일깨워서 더 이상의 희생자가 생기지 않도록 챠크젤을 처형하여 죄의 대가를 치르게 하고 마족 소환의 의식도 중단하도록 하라. 퀘스트를 받아들이게 되면 신성력과 마족의 전투력을 일부 사용할 수 있다.
난이도: 전쟁의 시대 역사 퀘스트.
보상: 전투 경험과 업적.
제한: 사망 시 퀘스트 실패. 원래의 세계로 돌아가게 된다.

서윤은 퀘스트를 받아들였다.

챠크젤을 놔두고 그냥 떠나가고 싶진 않았다.

위드가 죽이지 못했으니 자신이라도 죽이려는 마음!
그리하여 그녀는 알함드라 공작이 다스리는 레퍼런 성으로 향했다.
챠크젤은 포르투의 국왕처럼 알함드라의 공작이라는 또 다른 높은 직위를 가진 제자를 이곳에 두고 있었다.
한밤중에 커다란 성문을 향해 걸어가는 서윤!
경비병들이 그녀를 발견하고는 창을 앞으로 내밀었다.
"누구냐. 허락받지 못한 자는 들어갈 수 없다."
"흐흐흐, 꼭 안으로 들어갈 필요가 있겠나. 여기 있다가 노예 상인에게 팔려 가든가, 아니면 여기서 우리를 즐겁게 해 줘도 되는데 말이야."
서윤은 힐데른의 역할을 하면서 생존을 위해 도망 다니고, 사막 지역에서는 용병 길드의 경영 수완으로 내조에 충실했다. 그녀가 광전사 출신으로서 너무 사나운 모습을 보일 때면 위드가 위축되고 움츠러들 수도 있기 때문이었다.
하지만 지금은 그녀를 억제할 수 있는 유일한 사람인 위드가 없다.
스르릉!
서윤은 길거리에서 주워 온 토막 난 장검을 뽑았다.
"아가씨, 우리를 기쁘게 해 주면 성안으로 들여보내 줄 수도… 커억!"
검은 은빛 호선을 그리면서 경비병을 베었다.
다음 순간 서윤은 경비병이 떨어뜨리는 창과 검을 양손에 하나씩 쥐었다.

마족 스트랑제가 전투에 관심을 갖고 당신을 돕습니다.
현재 사용 가능한 마족의 전투력은 3% 정도입니다. 생명력과 체력의 최대치가 증가합니다.

"이런 건방진 계집이……."

"혼자서 겁도 없구나. 죽어라!"

경비병들은 곧바로 거친 욕설을 퍼부었다.

전쟁의 시대에는 성문을 지키는 경비병이라고 하더라도 규율이 엉망이었다.

그리고 이런 경우, 서윤은 쓸데없는 말다툼 따위는 벌이지 않았다.

검과 창이 살아 있는 것처럼 움직이면서 경비병들을 베고 찔렀다.

성문 부근은 어느새 초토화!

레벨이 올랐습니다.

레벨이 올랐습니다.

레벨이 올랐습니다.

레벨이 올랐습니다.

광전사로서 난투극을 자주 벌였던 그녀에게 경비병 대여섯 정도는 식후의 커피만큼이나 간단한 상대였다.

마족 스트랑제가 당신의 전투 능력에 호감을 보이고 있습니다.
현재 사용 가능한 마족의 전투력은 4% 정도입니다. 마력을 쓸 수 있게 됩니다. 기초적인 흑마법을 습득하였습니다. 마나의 최대치가 증가합니다.

"……."

서윤은 경비병들이 떨어뜨린 전리품들을 주섬주섬 주웠다.

사실 전리품에 대해서는 여전히 미련이 없었지만, 사소한 잡템까지도 챙기는 위드를 보고 배운 습관이었다. 나중에 살림을 함부로 한다는 인식을 심어 주고 싶지는 않았던 것.

뎅뎅뎅!

비상을 알리는 타종 소리가 나면서 성문이 열리고 병력이 쏟아져 나왔다.

"너는 뭐 하는 계집이냐!"

"……."

서윤은 대답 없이 질풍처럼 그들을 향해 달리면서 베어 넘기기 시작했다.

위드처럼 싸우면서 혼잣말이나 불평을 하지는 않는다. 광전사답게 전투에 충실하며, 덤벼 오는 적은 전부 죽일 뿐!

레벨이 기분 좋게 끊임없이 오르며, 마족의 힘을 갈수록 더 많이 사용할 수 있게 되었다.

마족 스트랑제는 만족스러워합니다.

마족 스트랑제가 기쁨의 광소를 터트리고 있습니다.

더 많은 마력을 획득했습니다.

마족 스트랑제가 당신이 싸우는 모습에 기가 막힐 정도로 기뻐합니다.
후견인으로서 존재하는 자신의 모습에, 꽤 재미있는 유희라면서 평안을 누리고 있습니다.

그렇게 알함드라의 공작 성을 혼자서 파괴!

샤크젤은 자리를 비워서 만나지 못하였다.

"……."

"스승님께서는 마족이 남기고 간 물건을 찾기 위해서 크로티클 지역으로 떠나셨습니다. 제발 목숨만은……."

서윤은 알함드라의 공작을 살려 주었다.

그에게 회개할 기회를 주기 위해서는 아니었다.

일부러 후환을 남겨 두어서 전투를 계속할 수 있게 하려는 깊은 마음!

알함드라의 공작은 역시 뻔한 수작으로 어쌔신들과 기사단을 통해서 계속 습격을 가했고, 서윤은 그들을 모두 물리치면서 마족의 힘을 제대로 손에 넣었다.

그리고 샤크젤과의 격투에서도 간단히 격퇴!

"너는 고작해야 그때 그 여자아이일 뿐인데 어떻게……. 지금은 물러가지만 곧 돌아오리라."

샤크젤은 도망쳤지만 그래도 서윤의 손바닥 위였다.

그가 도주하는 장소를 계속 따라다니며 거점들을 파괴하면서 추격을 벌였다.

그리고 엿새에 걸친 접전 끝에 챠크젤까지 사망!

서윤은 퀘스트를 완수해 냈다.

끝나지 않은 마족 소환 의식 퀘스트 완료

흑마법사 챠크젤은 사라졌습니다. 그의 덧없는 야망과 계획 역시 그의 죽음과 함께 다시는 되돌아오지 못할 깊은 곳에 묻히게 될 것입니다.

마족 전사의 전투 경험을 습득하였습니다.
특별한 스탯 성장이 이루어집니다. 위험한 힘에 눈을 뜰 때, 당신 앞에 남아나는 적들은 있을 수 없을 것입니다.

전쟁의 시대에서 마족 소환의 비사를 해결하는 업적을 세웠습니다.
명성이 21,394 증가합니다. 신앙심이 7% 높아집니다.

퀘스트를 완료했습니다.
모든 역할을 완료하여 원래의 시간대로 돌아갈 수 있습니다. 지금 돌아가겠습니까?

서윤은 위드를 기다리고 싶었다.

하지만 그는 모험을 하느라 바쁘고, 다시 그녀를 만나기 위해서 돌아올 수도 없으리라.

'그들도 있었지.'

문득 원래의 시간대로 돌아가서 해야 할 일도 떠올랐다.

헤르메스 길드!

그들을 처리하기 위해서 서윤은 전쟁의 시대를 떠나기로 마음먹었다.

"돌아가겠어요."

서윤의 눈앞의 모든 것들이 흐려지기 시작했다.

꽃들이 피어나고 나무들이 자라난다. 별들은 빛처럼 빠르게 흘러갔다.

그리고 잠시 후, 그녀는 모라타로 돌아와 있었다.

마판은 휘하의 믿을 만한 상인 유저들, 또 상회에 고용된 NPC 주민들과 함께 모라타의 대도서관에 틀어박혔다.

"아냐. 이것도 아니야. 이것도……."

그들은 역사와 관련된 책과 양피지 묶음 등을 쌓아 두고 정신없이 무언가를 찾아보고 있었다.

대도서관에서 지식을 얻으려고 하는 사람은 많다. 마법사, 학자에게는 지식 스탯과 마법, 학문 스킬을 상승시키기 위한 필수 코스가 된 지 오래였으며, 모험가들도 모라타에 오면 꼭 방문해서 건질 정보가 없는지를 찾아봤다.

상인들의 경우에는 조금 형편이 다른 것이, 그들은 과거의 기록에는 관심이 덜했다. 기억 속에 묻힌 도시를 찾아내서 교역로를 여는 것도 나쁜 방법은 아니지만 자주 벌어지는 일은 아니다.

매일매일 변동되는 교역품 시세가 상인들에게는 훨씬 중요했다.

마판 상회는 북부의 막대한 생산과 유통을 맡고 있기 때문에 그 비중도 아주 큰데 당사자가 대도서관에 틀어박혀 있다니!

"팔로스 제국… 팔로스 제국… 으음, 기록물들이 너무 넘쳐나서 뭐가 어디에 있는지 모르겠어. 설마 모라타의 대도서관에는 없는 걸까?"

마판은 위드에게서 정말 중요한 임무를 맡아서 기록물들을 살피고 있었다.

황금과 보석의 냄새가 물씬 풍기는 일거리.

"위드 님이 목숨을 걸고 챙긴 뒷주머니인데 실수로라도 놓쳐서는 안 되지. 하지만 정말로 그 정보가 대도서관에 없는 거라면… 아냐, 있을 거야. 이곳은 대륙의 정보 저장소 같은 곳이니까 그에 관한 자료도 나타나겠지."

팔로스 제국, 사막 전사, 보물과 관련된 것이라면 전부 찾아 읽었다.

대륙의 역사가 변동되면서 대도서관에도 제법 많은 책들이 새로 생기게 되었다. 관련 서적들이라면 비밀 문장까지도 남김없이 훑어봤는데 찾아내지 못했다.

"암호로 적혀 있다면 모험가나 언어학자의 도움을 받아야 되는데… 그래서 놓친 걸까?"

마판은 온갖 생각을 다 했다. 그리고 마침내, 케잔 지역의 허풍쟁이 술꾼의 이야기에서 단서를 얻어 냈다.

니플하임 제국 시절에 몬스터들이 제대로 토벌되지 않은 숲 근처에 있던 케잔 마을은 시도 때도 없이 많은 피해를 입었다.

올해의 농사는 흉작이었다. 이번 겨울에는 먹을 것이 없어서 가죽옷을 씹어야 했다. 실제로는 관대하신 황제 폐하께서 은혜를 베풀어 주셔서 그 정도는 아니었지만, 마을 친구들끼리 마시던 술은 줄이지 않으면 안 되었다.

술에 취하지 않고 겨울을 넘긴 적이 언제이던가.

오늘 아침에도 몬스터 놈들이 우리 마을 가까이에서 기웃거렸다. 아마 식량이 떨어져서 침략하려는 속셈이겠지. 선발대로 온 몬스터 놈들은 곧 돌아가더니, 2,000마리가 넘는 동족들을 데리고 왔다.

경비대에 비상이 걸렸고, 나도 마을에서 가장 높은 건물의 옥상으로 올라가서 마지막 남은 술병의 마개를 열었다.

놈들이 성벽을 부수고 들어와서 나를 죽이는 게 빠를까, 아니면 이 술을 다 마시는 것이 빠를까?

입안에 술을 들이부은 다년간의 경험으로 미루어 보아서 아마 충분히 다 마실 수 있겠지. 병사들이 몬스터들과 싸우는 소리를 들으면서 마지막 한 모금을 천천히 음미할 수도 있을 것이다. 술을 다 마시고 나면 곧 내 목숨이 사라지게 될 텐데 무슨 아쉬움이 있을까. 설혹 술병이 조금 더 남아 있다면 모를까.

하지만 몬스터들은 침략에 성공하지 못했다.

불과 100명도 안 되는 우리 마을의 병사들이 훌륭해서? 천만에. 드보일 그놈은 나만큼이나 술을 마셔서 아마 마지막을 함께할 술 한 병도 없었을 것이다.

몬스터들은 마을 근처로는 1마리도 다가오지 못하고 전멸했다. 그들을 죽인 건 고작 20명 정도의 남자들이었다.

갑옷도 없이 두꺼운 외투를 걸친 남자들은 대형 마차 오십여 대를 끌고 마을로 다가왔다. 마을을 침략하려던 몬스터 무리는 당연히 방향을 바꾸어서 그들에게로 갔고, 또 어이없게 전멸하고 말았다.

아직 술을 반도 마시지 않았는데 벌써 취한 건가 하여 눈을 비벼 보았지만 내가 본 것은 틀림없는 사실이었다. 약간 휘어진 검, 그것을 검이라고 부를 수 있을까? 아무튼 그걸 휘두르면 몬스터들이 한 번에 수십 마리씩 썰려 나갔다. 도망치는 몬스터 하나도 놓치지 않았다.

지금 와서 생각해 보니 그들은 처음부터 몬스터들을 전멸시키려고 했는지 포위 진형을 취하고 있었는데, 상당히 잔인했다.

그렇게 몬스터들을 싹 쓸어버린 남자들이 마을로 다가왔다. 닫혀 있던 마을의 나무 문이 슬며시 열렸다. 잔소리 많은 우리 마을의 병사들이 드물게 옳은 선택을 한 것이다. 사실 그들이 칼인지 검인지를 몇 번 휘두르면 다 부서져 버렸으리라.

—여기는 정말로 춥군. 혹시 따뜻하고 독한 술 같은 거 없소?

요즘의 겨울은 겨울 같지 않아서 북부인들이라면 벌써 봄이 왔다면서 기뻐할 정도였는데 그들은 유난히 추위를 많이 탔다. 그렇게 하루를 머무르면서 휴식을 취한 사내들은 다시 마차들을 끌고 길을 떠났다. 8개의 바퀴가 있는 대형 마차들. 지나간 땅에는 깊은 바큇자국이 새겨졌는데,

무엇을 운반하는지는 모르겠다. 그리고 알고 싶지도 않다. 어떤 좀도둑이든 그들에게 걸리면 생명을 잃어버리고 말 테니.

뭐, 내가 쓴 이야기지만 믿어 주리라고 생각하지는 않는다. 술만 마시면 떠들기를 좋아하는 나 같은 거짓말쟁이의 말이니, 믿지 않아도 충분히 이해한다. 무엇보다, 봄이 되어서 실컷 술을 마실 수 있게 되면 나도 전부 잊어버리고 말 테니까.

띠링!

> 케잔의 허풍쟁이 술꾼의 이야기를 읽었습니다.
> 지식이 1 증가합니다.

"이거다!"

마판은 회심의 미소를 지었다. 상당히 헤매기는 했지만 드디어 원하던 것을 찾아냈으니까.

"우리 모험도 드디어 끝이 보이네요."

"정말 힘들었다."

페일과 다른 동료들도 진행하고 있는 퀘스트의 마지막 부분에 있었다.

하벤 제국이 침공을 해 오는 바람에 퀘스트를 그만두고라도 전투에 참여하려고 했다. 하지만 퀘스트가 한창이라서 여기서 그만두기에는 아쉬웠다.

그리하여 천신만고 끝에 퀘스트를 완수하고, 북부를 돌아다니면서 중요한 NPC들을 만나 보고를 했다. 그러면서 보상으로 니플하임 제국의 위대한 기사 아이반슈타인의 유물과 검술, 기사단 양성법이 적힌 책자를 획득했다.

NPC에게 보고하는 일까지 다 끝내고 나면 재능 있는 주민들을 모아서 기사단을 창설하는 것으로 대미를 장식하는 퀘스트였다.

로뮤나와 벨로트가 가장 기뻐했다.

"역시 알차네. 장미가 어울리는 우아한 레이디라는 호칭을 얻다니! 정말 나한테 딱 어울린단 말이야. 호호호."

"보석과 깃털로 장식된 하프라니… 어머어머, 이 반짝이는 것 좀 봐."

그리고 조용히 구석에서 울고 있는 남자 1명.

"흐흐흐흑."

페일은 퀘스트를 진행하면서 세 번의 죽음을 경험했다. 다른 동료들이 한 번씩 죽은 것에 비해서는 피해가 컸다.

"내가 뒤에 남을게. 도망쳐!"

"놈들이 강하긴 하지만 내가 맡아서 해낼 수 있지 않을까?"

"안 돼. 끝까지 포기하지 마. 내가 처리할 수 있어!"

이렇게 죽었으니 원망할 수도 없었다.

'착하게 살지 말자. 독해지는 거다.'

고달픈 남자의 인생에 대해 깨달음을 얻은 페일!

수르카가 가볍게 허공에 주먹질을 했다. 그럴 때마다 번쩍번쩍 전기 스파크가 일어났다.

외모나 장비의 겉모습에도 적당히 신경을 쓰며 성장을 했기 때문에 간단히 보기에도 고레벨 유저의 분위기가 물씬 풍겼다.

"우리도 이젠 전쟁에 참여할 수 있겠네요."

"기다렸던 바죠. 이 낚싯대로 놈들을 굴비 엮듯이……."

제피도 입가에 미소를 지었다.

파티 사냥이나 퀘스트를 할 때면 존재감이 별로 없다. 그렇지만 전쟁이 벌어지면 이름을 날릴 기회도 많아지지 않겠는가.

"놈들을 전부 해치워 보죠."

하지만 페일과 동료들은 하벤 제국과의 전쟁에 참여할 수가 없었다.

마판이 그들 전부를 자신의 저택으로 불러 모은 것이다.

"여러분에게 중대한 발표를 해 드려야겠습니다."

"뭔데요? 혹시 또 교역에 성공하셨어요?"

수르카가 시큰둥하게 물었다.

최근에 대륙 전체를 통틀어서 마판처럼 잘나가는 상인은 없었다. 냉철한 시장분석과 과감한 선제 투자로 생산량을 확대하고 교역망을 확충하여 떼돈을 벌고 있었기 때문이다.

상인들이 벌어들이는 부를 보는 전투 계열 유저들에게 자신이 이룰 수 없는 분야에 대한 시샘이나 부러움이 저절로 샘솟는 것은 어쩔 수 없는 일!

"설명을 드리기 전에 먼저 이것을 좀 보시죠."

마판은 동료들에게 누렇게 변한 책자 하나를 주었다.

띠링!

> 케잔의 허풍쟁이 술꾼의 이야기를 읽었습니다.
> 지식이 1 증가합니다.

각자 허풍쟁이 술꾼의 이야기들을 읽으면서 지식이 하나씩 증가!

마법사인 로뮤나는 마나의 최대치가 늘어나게 되어서 흡족했지만 다른 동료들에게는 그다지 도움이 되는 것이 아니었다.

벨로트가 우아하게 하품을 하고 물었다.

"그런데요?"

"그리고 이것도 봐 주세요."

마판은 이번에는 황금색 천에 싸여 있는 책자를 꺼냈다.

"어렵게 구한, 정말 중요한 자료라고 할 수 있습니다. 두 자료를 연결해서 보시면 제가 무슨 말을 할지 아시게 될 겁니다."

"뭔지 볼까요?"

이리엔이 책자를 넘겨받아서 천천히 읽었다.

팔로스 제국의 감춰진 비밀?

작성: 역사학자 르쿠르드

팔로스 제국은 전쟁의 시대에 건국된 신흥국가이다.

거친 모래바람을 뚫고 광활한 흙으로 이루어진 전사들

은 대륙의 전쟁사에 다시없을 영웅 위드와 함께 대륙에 등장했다.

사막의 왕국은 탐욕에 사로잡힌 왕국들을 과감하게 복속시키며 영토를 넓혔고 마침내 대제국을 이루어 냈다. 짧은 시간 형성되어 국가의 기틀도 제대로 다지지 못하였지만 군사력만큼은 대륙 전체를 통일하고도 남을 수 있을 만큼 충분한 수준이었다.

그들은 대륙에 암운을 드리우던 위험한 종교 단체의 군대를 격파하고, 단기간에 모든 왕국들을 두려움으로 떨게 만들었다.

특히 들모레 요새의 치열했던 공방전은 팔로스 제국이 멸망하고 난 지금까지도 여전히 역사학자들 사이에서 가장 크게 회자되고 있는 이야깃거리다.

한 전투에 대륙의 운명이 걸린 것도 드문 일일뿐더러, 또한 그 당시에 온갖 괴물들과 언데드, 유성 소환까지 이루어진 것도 믿기지 않는 사건이기 때문이다.

대제왕 위드.

그가 있었기에 가능한 승리였다는 데에는 학자들 사이에도 의견의 일치를 보았다. 하지만 과연 그가 인간으로서 어떻게 그렇게 강해질 수 있었을지는 여전히 의문스럽다.

그 후 대제왕 위드는 영문을 알 수 없이 갑자기 떠나 버렸고, 강대하던 팔로스 제국은 짧은 전성기를 누리고 쇠락하였다.

대륙을 질타하던 낙타의 제국은 쓰러졌고, 전사들은 다

시 거칠고 메마른 사막으로 돌아가게 되었다.

그래도 광대한 땅을 다스리던 제국으로 인하여 대륙은 한동안 긍정적인 대개혁을 이루어 냈다. 국가 간 교통망의 연결, 무역과 생산의 장려, 기술의 발달 등등.

팔로스 제국은 공물만 넉넉하게 바친다면 내정에 대한 심한 간섭은 하지 않았다.

전쟁의 시대에 주민들은 권위적인 귀족들과 왕족들로 인하여 극심한 고통을 받아 왔고 역사상 기사들의 억압 속에서 자신의 것을 빼앗기고 빈민이 되어 버린 주민의 수치가 최고에 달했지만, 팔로스 제국 덕분에 이 악습이 모조리 청산되어 버린 것이다.

그런데 제국이 사라진 후, 창고 가득 쌓여 있어야 할 보물의 흔적은 신기할 정도로 전혀 없었다.

팔로스 제국은 수많은 도시들과 왕국을 정복하고 다른 나라의 국왕으로부터 조공을 받았다. 그들이 모았을 숱한 보물들은 다 어디로 사라진 것일까? 그 모든 마법 무구들과 금은보화들이 부패와 사치, 향락으로 전부 사라졌단 말인가?

나 역사학자 르쿠르드는 팔로스 제국과 관련된 비밀 기록들을 훑어보다가 중요한 대목을 발견하였다.

…인간들의 탐욕이 다시 극에 달할 때, 예정되어 있는 재난이 찾아오리라. 세상이 위기에 빠져 있을 때, 나는 또 다시 살아가면서 그들을 막으리라. 구원의 힘은 북쪽에 있

다. 길고 긴 시간이 지나서 사막과 북부인들은 하나가 되리라.

알 수 없는 말이지만, 원로원과 전사들의 기록에 자주 등장했다.

팔로스 제국에 그러한 영향력을 남길 수 있는 것은 오직 1명, 대제왕 위드뿐이다. 위드는 인간의 강함을 초월한 자. 대륙의 길을 열어 넓은 세계가 통할 수 있게 만든 영웅. 그는 어떤 미래를 예견하고 유언을 남긴 것일까?

확실한 것은, 팔로스 제국의 충성스러운 전사들이 그의 말을 귀담아들었다는 점이다. 전사들은 그의 명령에 따라 먼 미래를 대비하기 위한 어떤 작업을 비밀리에 수행했다. 제국 최고의 전사들이 북쪽으로 향했던 것도 아마 그 이유가 아니었을까 추측된다.

띠링!

> 대륙 역사의 중요한 진실을 찾아냈습니다.
> 귀중한 발견으로 지식이 5 증가하며 지혜가 2 높아집니다. 퀘스트를 수행하는 데 필요한 최소한의 단서 두 가지를 모았습니다. '사막 지배자의 숨겨 놓은 보물' 퀘스트를 시작할 수 있습니다.

이리엔은 눈을 크게 떴다.

"이게 뭐예요?"

다른 동료들도 책자를 넘겨받아서 전부 읽었다.

마판은 흥분을 감추지 못한 채 얼굴이 붉게 상기되어서 말하였다.

“정말 최고의 보안을 필요로 하는 일입니다. 그리고 우리만이 해낼 수 있습니다. 바로 위드 님의 뒷주머니와 관련된 것이니까요.”

“……!”

위드의 뒷주머니!

동료들의 눈을 번쩍 뜨이게 하는 단어였다.

“그러니까 뭐가 어떻게 된 건데요?”

“저는 위드 님의 밀명을 받아, 대도서관에서 팔로스 제국과 관련된 정보들을 모으고 있었습니다.”

위드는 마판에게만 암호화된 문서 파일을 이메일로 보냈다.

행복한 죽음, 꿈, 희망, 세상의 전부가 암호를 풀 수 있는 단어들이었다.

그러나 마판은 그리 어렵지 않게 암호를 풀어냈다.

비밀번호는 ‘돈벼락’.

제목: 큰돈을 벌고 싶다면……

즉시 대도서관에서 팔로스 제국에 대하여 알아보고, 북부의 어딘가에 있을 보물의 발굴 작업을 실시해야 함.
다른 사람들에게 뺏기지 않도록 이 작업을 모든 일에 우선하여 처리해야 됩니다.

화령이 책자를 다 읽고 나서 무언가 알아냈다는 듯이 눈을 빛냈다.

“그러니까 위드 님이 팔로스 제국의 보물들을 북부 어딘가에 숨겨 놓았다는 말씀이죠?"

"바로 그렇습니다. 위드 님이 직접 북부에 보물을 가져다 놓기에는 시간이 모자랐죠. 그래서 퀘스트를 하기 위하여 떠나기 전에 부하들에게 제국의 보물들을 북부에 묻어 놓으라고 한 겁니다."

"……!"

정복 사업을 활기차게 진행했던 제국 팔로스.

게다가 그곳의 제왕은 위드였다.

알뜰하게 약탈했을 그 많은 재물이 북부의 어딘가에 묻혀 있다는 것이다.

마판은 약간의 설명을 덧붙였다.

"위드 님이 되찾기 쉽도록 미리 어떤 지형이나 장소를 지정해 놓고 거기에 파묻어 놓으라고 할 수도 있었겠지만 그러기에는 다소 무리가 있었습니다. 우선, 당시 북부에는 니플하임 제국이 존재하고 있었죠. 목격자가 나올 수도 있고, 위드 님의 모험으로 인해 미래의 역사가 어떻게 바뀔지도 몰랐습니다. 그렇기에 부하들에게 몇 가지 원칙을 알려 주고 보물을 숨겨 놓으라고 했다고 합니다. 그리고 이렇게 가장 빨리 모험을 하는 사람이 유리해지는 퀘스트로 연결되고 말았습니다."

동료들은 이미 마판의 말은 듣지 않았다.

페일은 상상의 나래를 펼쳤다.

'활과 어울릴 만한 최고의 화살통.'

벨로트도 바라는 것은 많았다.

'그 시대의 옷과 보석 장신구들. 영상을 보니 정말 예쁘고 갖

고 싶었는데.'

화령은 벌써 옷과 액세서리 들을 조합하는 상상에 몰두해 있었다.

'뭘 입어야 하지? 사막 부족의 짧은 치마도 잘 어울릴까?'

사람인 이상 누구나 욕심은 있고, 팔로스 제국의 보물이라면 당연히 찾고 싶었다.

로뮤나가 벌떡 일어났다.

"어디부터 찾아봐야 되죠? 당장, 빨리 가요!"

르브칸 협곡 전투 패배.

란치오 마을 파괴. 복구 불가능할 정도의 피해를 입음.

소낙 평원 지대 불바다.

아르펜 곡물 창고 약탈당함.

위대한 건축물 지오브란데의 정원이 갈아엎어짐.

공사 중이던 위대한 건축물 델니스의 강철 종 파괴.

북부의 유저들, 이른바 북부군은 하벤 제국군과 싸우기만 하면 대패를 거듭하였다.

북부에서 몰아내려고 전투를 했지만 박살이 나고, 세워진 지 얼마 안 되는 도시들은 초토화되었다.

수많은 유저들의 열정과 땀으로 세워진 위대한 건축물도 부서졌다.

패배, 패배, 패배, 패배, 패배!

〈로열 로드〉를 중계하는 방송국들은 시청률을 연일 갱신해 가고 있었다.

〈로열 로드〉에 대한 시청자들의 관심이 가장 뜨거운 시기.

직장인들은 휴가철이고 학생들은 방학 시즌이라 관심이 더욱 높았다.

"예상대로 하벤 제국에는 안되는군."

유병준은 텔레비전을 통해서 〈로열 로드〉의 방송을 봤다.

인공지능의 스크린으로 모든 화면들을 볼 수가 있었지만, 방송국 해설자들이나 시청자들의 생각도 궁금했던 것이다.

—북부가 계속 패배하고 있는데요, 하벤 제국군은 역시 무적이라고 불러도 될 정도로 막강합니다.

—무신 바드레이와 그의 친위대는 전쟁에 아직 나서지도 않았는데요, 과연 하벤 제국이 중앙 대륙을 통일할 만했다고 보입니다.

—연합군과의 전쟁에서도 이런 전력을 다 꺼내 놓지는 않았는데요. 하벤 제국의 역량의 끝은 도대체 어디일까요?

—이 가늠하기 어려운 위기, 과연 전쟁의 신 위드가 돌아오게 되면 극복할 수 있을지 궁금합니다.

—위드의 퀘스트도 곧 중요한 분기점에 다다르게 될 텐데, 하벤 제국과 북부군의 전쟁까지, 시청자들이 한눈팔 사이가 없이 계속 대형 사건이 벌어지게 되겠군요.

—위드라면 모험의 달인이라고 할 수 있죠. 그의 업적은 대부분 전쟁보다는 모험으로 일구어 낸 것입니다. 뭐, 불사의 군단과 싸우기도 하였지만 그것은 퀘스트 내에서 이루어진 것이니까요. 그런데 정작 이 중요한 시기에도 모험에 빠져 있다니, 국왕으로서의 정체성은 있는 건지 모르겠습니

다. 아, 어쩌면 이미 자신의 왕국을 포기했을 수도 있죠. 지금 이 상황을 보면 현명한 판단이라고 여길 수도 있겠네요.

방송국의 해설자들은 파괴되는 북부를 보며 안타까워하면서 위드를 기다렸다.

〈로열 로드〉와 연관이 있는 각 게시판은 헤르메스 길드를 비난하는 글들로 쑥대밭이 되고 있었다.

하지만 전투의 패배가 거듭되면서, 위드가 나서면 모든 전황이 뒤집힐 거라는 환상보다는 비관적으로 보는 목소리도 점점 많아졌다.

유병준이 보기에도 하벤 제국군은 북부 전체의 전력에 비해서 4배 이상은 강했다.

유저의 숫자가 북부 전체보다 많다거나 화력이 그 정도로 강력한 것은 아니었다.

군대의 편제, 전체적인 균형, 경험 많고 실력이 뛰어난 지휘관, 위급한 전황을 뒤바꿀 수 있는 다양한 부대, 풍부한 보급과 전술 운용 능력.

전쟁에 필요한 요소들을 골고루 갖추고 있기 때문에 내세울 건 물량밖에 없는 북부군이 어찌할 수 없다고 보는 편이 맞으리라.

이미 숫자로는 아무리 덤비더라도 어찌할 수가 없는 상황에 처했다.

하벤 제국군에는 드워프 대장장이들까지 다수 속해 있어서 병장기들을 즉석에서 고쳐 주고, 화살이나 단검 같은 소모품까지 만들어 주었다.

중앙 대륙을 통일하고 나서 나태해지거나 방심할 만도 했건만 헤르메스 길드의 수뇌부는 그 이상의 완벽함으로 북부를 침략해 온 것이다.

단순한 초보자들의 뭉침은 이미 의미가 없다.

북부군과 하벤 제국의 전쟁은 일반 시민이 전차 부대를 향하여 돌격하는 것과도 같았다. 레벨 400대의 하벤 제국 기사 유저가 수백 명, 수천 명씩 쓸어버리면서 강함을 자랑하는 경연장이 되어 버리고 있었던 것이다.

"그런데도 위드를 기다리면서 아직 패배하지 않았다고 여긴다 이거지? 죽고 나서도 무서워하는 게 아니라 복수를 하겠다고 벼르다니, 세상엔 정말 이상한 인간들이 많군."

신기하게도, 방송 해설자들과 시청자들 모두가 북부는 어려울 것이라고 고개를 저으면서도 일말의 기대심만큼은 버리지 않았다.

북부에 쌓아 올려진 모든 것이 눈앞에서 이미 파괴되고 있는데도 불구하고 위드가 돌아오기만을 기다린다.

유병준은 자신도 어쩌면 위드가 하벤 제국을 막을 수 있을지도 모른다는 생각을 했다는 걸 깨닫고 어이가 없었다.

"이번에는 정말 안될 텐데. 상식적으로 말이 안 되는 건데."

—위드가 북부군을 이끌었을 때의 승리 확률을 계산해 볼까요?

"아니야. 됐어."

머릿속으로는 납득이 안 되어도 감정적으로는 바뀔 수 있을 것 같았다.

"희망이란 확률이 아닌 믿음인가? 그 믿음이 모이다 보면 기적이 이루어지고?"

유병준은 텔레비전으로 북부의 전쟁을 지켜보는 것을 그만두었다.

하벤 제국이 연일 승전을 거두면서 유저들을 학살하고 도시들을 폐허로 만들고 있는 전황은 당분간 바뀌지 않을 것이다.

그보다도, 엠비뉴 교단의 총본영을 쑥대밭으로 만들어 놓아야 하는 위드의 모험이 곧 벌어지게 된다.

"위드는 여기서도 어렵고, 다시 돌아와서도 어려운 환경에 직면하게 될 거야."

보통 사람이었다면 왜 이렇게 불행한 일만 계속 벌어지는지 원통해할 상황이었다. 그런데도 이 모든 일을 겪고 있는 당사자가 위드이다 보니 왠지 좋은 기회가 주어진 것 아닌가 싶어진다.

유병준은 과거 노들레의 모험이 어떤 식으로 전개되었는지도 이미 잘 알고 있었다.

노들레와 아헬른 그리고 동료들은 뿔뿔이 흩어져서 메마른 울부짖는 폐허에 도착했다.

"여긴… 성자님의 신성력이 나를 여기로 이끌었군. 동료들도 당황하고 있을지 모르니 서둘러 만나러 가야겠어."

노들레는 우선 동료들을 찾기 위하여 돌아다녔다. 운 좋게 방향이 맞은 루헬른, 브레빈슨과 재회하고 난 이후에 엠비뉴의 대신전으로 잠입했다.

물론 험난한 지형과 몬스터들로 인해 믿기지 않을 정도로 불가능한 임무였지만, 그들은 정의를 위하여 어두운 밤에 전투를 벌이면서 길을 뚫고 침입했다.

결과는 중간에 브레빈슨의 사망!

노들레는 붙잡히고 난 이후 제물로 바쳐지기 위해 감옥에 갇혔고, 루헬른은 간신히 도망쳤다.

"중요한 의식을 치르기 직전이었는데 잘되었구나. 우리의 드래곤이 깨어나게 되면 너를 맛있게 먹어 줄 것이다."

노들레는 그다음 날 저녁 혼돈의 드래곤을 위한 제물로 바쳐질 운명이었다.

자고로 험한 세상 물정 모르고 용사라면서 순진하게 객기를 부리다가는 어찌 된다는 것을 여실히 보여 주게 된 셈!

하지만 그날 새벽, 극적으로 탈출에 성공하였다.

감옥에 잡혀 있던 다른 인간들과 바바리안들이 노들레로부터 이야기를 들어서 사정을 알게 된 후 반드시 엠비뉴 교단을 막아야 한다면서 자신의 목숨을 던져서 탈출로를 열어 준 것이다. 이어 노예들의 집단 탈출로 인한 소란이 감옥 전체로 확대되었다.

"내 등과 어깨에는 저 사람들의 피의 무게가 실리게 되었구나. 저들을 위해서라도 반드시… 막아 내야 하리라."

그 틈을 타서 눈물을 흘리며 감옥을 빠져나온 노들레는 적의 기사들에게 쫓기다가, 싸우고 있는 아헬른과 헤스티거를 만나게 되었다.

"어떻게 이곳에……."

"무사하셨습니까?"

"오랫동안 이야기를 나눌 틈이 없습니다. 혼돈의 드래곤이 오늘 밤 깨어납니다."

"막읍시다. 아직 시간이 있습니다."

그들은 추격을 따돌리고는 대신전의 깊은 곳으로 잠입하였다. 하늘로 오르는 탑의 완공과 혼돈의 드래곤을 위한 의식으로 엠비뉴의 총본영의 분위기가 다소 들뜨고 풀어져 있었기에 가능한 일이었다.

그리고 대신전의 깊은 곳으로 들어가서 엠비뉴 교단이 만들어 놓은 어마어마한 독극물들을 발견하였다. 강과 호수, 바다를 오염시켜서 생명체들을 말살시키고 다시는 아무것도 살지 못하는 곳으로 만들기 위한 극독.

순박한 노들레는 경악을 금치 못했다.

"어떻게 이런 일들을 꾸밀 수 있는지……."

"차라리 잘되었습니다. 이 독을 중요한 길목마다 풀고 저들에게도 먹이지요."

"헤스티거, 무슨 말인가!"

"이미 악에 깊게 빠져든 저들은 어떤 말로도 설득이 되지 않습니다. 우리가 막지 못하면 저들은 이 대륙을 해칠 것입니다."

"으으음!"

위드라면 길거리에 떨어진 돈을 줍는 것처럼 0.1초도 고민하지 않을 일을 노들레는 장장 2시간 넘게 괴로워했다.

제안을 한 헤스티거나 아헬른 역시 독으로 생명을 해친다는 죄책감에 시달려야 했다.

"합시다. 우리가 지옥에 가는 한이 있더라도… 이 세상을 위해서!"

그리고 광신도와 괴물들이 먹을 음식에 독을 풀었다.

그날 밤 혼돈의 드래곤을 깨우는 의식이 거창하게 시작되었다. 독이 담긴 음식들을 가지고 수십만에 달하는 광신도들이 엄숙하게 의식을 치렀다.

"엠비뉴 신이 내려 주신 피의 술을 마시라!"

"파괴의 은혜에 감사드립니다."

광신도들은 한꺼번에 술을 마셨다.

고도로 농축되어서 정제되어 있던 극독들은 광신도와 괴물들의 상당수를 녹여 버렸다.

그 틈에 노들레와 동료들은 의리를 저버리지 않고 다시 감옥으로 내려가서 사람들과 이종족들을 구출했다. 혼돈의 드래곤 의식이 멈춘 것은 아니었으므로 시간이 아주 촉박했지만 갇혀 있는 이들을 구하기 위해서였다.

막 풀려난 사람들은 싸우러 간다는 노들레의 말에 검을 들고 또다시 동참하기로 결심했다.

"켈튼 왕국의 기사 바그너, 여기라면 제 목숨값을 가장 비싸게 받을 수 있겠군요."

"영광입니다. 기꺼이 싸우겠습니다."

용사답게 사람들을 정의로움으로 이끈 것이다.

그 결과 감옥을 다시 나올 때 노들레는 수천의 병력을 데리고 있었다.

그리고 처음 붙잡힐 때 도망치고 나서 한동안 사라졌던 루헬른이 혼돈의 드래곤을 세뇌시키는 의식에 나타나서 결정적인 방해를 하였다.

혼돈의 드래곤의 눈동자를 단검으로 찌른 것이다.

대사제 헤울러의 분노 가득한 공격에 곧바로 사망하였지만, 루헬른은 웃으면서 죽어 갔다.

—누가 나를 깨우는가. 으으윽, 머리가… 아프다. 머리가 깨질 것 같다.

깊은 잠에서 깨어난 혼돈의 드래곤의 발광!

원래의 드래곤으로서의 정신과 엠비뉴의 사악한 마력이 부딪치면서 괴로움의 몸부림을 치니 대신전은 마구 부서졌다.

위드가 일으키는 대재앙 10개가 한꺼번에 작렬한 것과 같은 어마어마한 충격의 파괴가 일어났다.

하늘로 오르는 탑도 드래곤의 몸에 부딪쳐서 견디지 못하고 처참하게 무너져 내렸다.

그 난장판 속에서 노들레와 아헬른은 다른 동료들과 뭉쳐서 엠비뉴 교단의 하수인들을 상대로 전투를 치렀다.

"신성한 죄의 심판, 참회를 일으키는 신의 검, 가장 무거운 지옥!"

성자 아헬른의 믿기지 않는 신성력!

엠비뉴의 사제들은 그의 신성 마법에 밀려 그대로 잿빛으로 변해서 사라졌다. 기사들 또한 육체에 깃들어 있던 축복은 먼지처럼 사라지고 자신들의 능력을 절반도 발휘하지 못하게 되었다.

그 와중에도 혼돈의 드래곤은 적아를 가리지 않고 마구 공격했다.

온 사방에서 작렬하는 드래곤의 브레스!

10만이 넘는 엠비뉴의 광신도가 한순간 녹아내리는 믿기 힘든 광경까지 벌어졌다.

사실 드래곤 아우솔레토는 세뇌되지 않은 원래의 정신 또한 지극히 포악한 광기를 지니고 있었다.

그런데 고통이 느껴지니 더욱 폭력적으로 변하여 주변의 모든 생명체들을 공격한 것이다.

아헬른은 몸을 신성 마법의 환한 빛으로 감싼 채 말했다.

"도저히 안 되겠군. 드래곤이 세뇌에서 벗어나서 제정신을 차리려고 하는 것 같네."

엠비뉴를 따르는 자들을 전부 죽이고 난 다음, 혼돈의 드래곤은 이 세상을 부숴 놓을 것이다. 평화를 깨뜨리고 침략을 거듭할 것이니 엠비뉴 교단과 크게 다를 것도 없는 존재.

"그대들을 이곳에 데려왔지만, 아무래도 나는 끝까지 함께할 수 없을 것 같군."

"아헬른 님, 무슨 말씀이십니까?"

"내가 저 드래곤을 데리고 가겠네. 아직 자신의 힘을 완전히 각성하지 않은 지금이라면 신의 힘으로 봉인할 수 있어."

"하지만 그런 큰 힘에는 희생이 따르지 않습니까?"

"드래곤의 마법력이 원래대로 돌아오지 않은 이때를 놓치면 방법이 없다네. 세상을 위하여 어떠한 대가도 바라지 않고 나를 따라나서 준 순수한 자네들을 만나서 고마웠네."

그리고 혼돈의 드래곤은 성자 아헬른의 생명의 힘으로 다시 재봉인, 멀고 깊은 바다로 사라졌다.

"너희가 이 모든 일의 원흉이로구나. 엠비뉴를 막으려던 죄, 영혼까지 찢어 내서 속죄해야 하리라!"

혼돈의 드래곤이 갑자기 세뇌에서 벗어나 날뛰으로 인하여 몸의 일부가 부서지고 마력의 원천에 막대한 피해를 입었음에도 대사제 헤울러는 믿기지 않는 활약을 했다.

극악의 흑마법들을 자유자재로 사용할 뿐만 아니라 화염, 물, 바람의 마법까지도 궁극의 경지로 다루었다. 엠비뉴의 다른 대사제들과는 차원이 다른 실력을 보인 것이다.

끝내는 대사제 헤울러 역시 해치울 수 있었지만, 노들레와 헤스티거를 제외한 용사들 전원의 죽음으로써 그 대가를 치러야 했다.

"이 이야기를 미리 보고 알아도 똑같이 해내기가 어려울 텐데. 과연 위드가 성공할 수 있을까?"

유병준은 아무리 봐도 회의적일 수밖에 없었다.

어떻게 위드가 저 엠비뉴 교단을 막을 수가 있겠는가.

적극적으로 전투를 벌이고, 동료들을 찾고, 죄수들을 통해 지원군을 만들어도 모자랄 판에 공사 현장에 뛰어들어서 묵묵히 일을 해 주다니!

하늘로 오르는 탑의 인부들은 말 그대로 노예 정도의 수준이다. 파수꾼에게 채찍질을 당하면서 땀을 흘리며 일하다가 체력의 저하로 쓰러졌다.

설혹 동료로 끌어들인다고 해도 가볍게 진압되어 버리지 않겠는가.

아무튼 퀘스트 종료 시간도 얼마 남지 않았으니 위드의 속셈이 무엇인지를 곧 볼 수 있으리라.

위드는 미묘한 고소공포증을 가지고 있었다.

와이번을 타고 비행할 때에는 아무렇지도 않지만, 높은 건물에만 올라가면 왠지 불안했다.

"이거 부실 공사 아닐까?"

하늘로 오르는 탑을 오르내릴 때마다 드는 생각이었다.

어마어마한 높이의 탑을 짓기 위하여 수만 명의 노예들이 동원되어 막대한 양의 돌을 쌓아 올리고 있었다.

중간중간 마법진이 설치되어 있고 특수한 생명체의 뼈들을 엮어서 지지력을 강화했다고는 하지만, 그래도 왠지 허술해 보이는 느낌!

"분명히 어디 눈에 안 보이는 곳에서 자재 조금 빼돌리고 지반공사 대충 날림으로 했을 것 같은데. 원래 건축이란 다 그런 거 아니겠어?"

위드는 스스로 말하고도 설득력이 있는지 고개를 끄덕였다.

"비라도 와 주면 실컷 새서 얼마나 부실한지 확인할 수 있을 텐데 날씨가 안 도와주네."

이제 안면이 생긴 노예들과 몇 마디 말을 주고받을 수 있을 정도로는 친해졌다.

노예들이 정말 많다고 해도, 1층에서부터 꼭대기까지 보폭을 맞춰서 함께 올라가다 보면 친해지기 마련이다.

물론 정보를 듣기 위해서는 상대방의 짐을 약간씩 들어 주면 더 좋고.

"언제부터 일을 하셨습니까?"

"모르겠네. 잡혀 온 지 한 10년은 된 것 같아."

"가족들은……."

"다 여기서 죽었지. 아내는 143층에서, 아들은 169층에서 쓰러져 죽었어. 놈들이 바로 창밖으로 시체를 던져 버리는 바람에 묻어 주지도 못했네. 아마 까마귀들이 다 먹어 치우지 않았을까."

"……."

'장식용이라기에는 좀 이상했는데… 그래서 탑에 창문이 있는 거였군.'

노예들의 전반적인 분위기는 침체된 우울함.

그들은 파수꾼의 채찍질이 무서워 고장 나기 직전에 억지로 돌아가는 기계처럼 계단을 오르내리며 일했다. 느릿한 발걸음에는 고통과 삶의 힘겨움이 가득했다.

바로 위드가 꿈꿔 오던 세상이었다.

아르펜 왕국의 주민들이 이렇게 국왕을 위해서 일을 해 준다면 금은보화를 산처럼 쌓고 편안하게 지낼 수 있으리라.

"도망칠 기회는 없으셨습니까?"

"도망? 그런 것은 꿈도 꾸지 말게. 탑과 채석장 사이를 벗어나는 순간 괴물들이 우리를 마음껏 먹어 치우지."

"그래도 한꺼번에 도망을 친다면 몇 명은 살아남을 것 아닙니까?"

"도망친다 해도 갈 곳이 없어. 고향에 가더라도 이미 그곳에는 먼저 죽은 자들의 뼈밖에……. 쉬잇, 이건 자네만 알고 있게. 놈들은 육체만이 아니라 영혼까지 먹어 치우지. 영혼을 먹은 괴물들의 몸의 일부에는 사람의 얼굴이 나타나는데, 생전에 아는 자를 만나면 말을 걸어오기도 한다네. 끔찍하지 않은가? 여기가 바로 지옥이라네."

노예들은 겁을 잔뜩 집어먹었다.

그래도 위드는 노예들에게, 크게 쓸모 있는 건 아니지만 약간의 정보를 더 얻어 냈다.

"이곳에서 해방된 자들? 물론 있기는 하지. 꽤 많기도 해."

"어떻게요?"

"이곳을 빠져나가기 위한 오직 한 가지의 방법. 엠비뉴를 믿는 거지."

"……."

"저들의 신을 받아들이고 신도가 되면 영생 불사의 삶을 얻고 고통에서 해방될 수 있다네."

광신도들의 비밀!

삶과 죽음의 고통 속에서 광신도가 된 노예들은 증오로 인해 더욱 강력한 능력을 발휘했다.

"그렇다면 어르신께서는 왜 엠비뉴의 신도가 되지 않으셨습니까?"

"저들이 말하는 고통에서의 해방이 무엇인지 알고 있기 때문이네. 끝없는 고통을 타인에게 안겨 주고 더 큰 고통을 만들어

내서 마력으로 바꾸는 것이지. 영생 불사의 힘을 얻기 위해서는 우리 같은 이들을 한 무더기씩 제물로 바쳐서 사제가 되어야 하는데… 그게 인간으로서 할 짓이라고 생각하는가?"

무작정 그들을 막기 위해서 싸워 왔을 뿐, 그들이 어떤 식으로 구성되는지에 대한 정보는 처음 얻었다.

'이래서 세상이 혼란스럽고 고통스러울수록 엠비뉴 교단이 빠르게 강해지는군.'

위드는 어찌 되었건 밤이 지나가기를 기다렸다.

유난히 어두운 밤하늘에는 달과 별들이 아름답게 수를 놓고 있었다. 탑을 오르면서 보는 은하수의 모습에는 감탄밖에 나오지 않았다.

엠비뉴의 총본영, 위험하고 안 좋은 환경에 있을수록 하늘은 저렇게 멋지게 다가왔다.

대신전에서는 커다란 불길을 피워 놓고 누군가를 제물로 바치고 있고, 아련하게 고통에 찬 비명 소리도 들려왔다.

그렇게 비탄으로 가득 찬 탑을 오르면서도 밤하늘만큼은 예쁘기 짝이 없다.

이런 아름다운 광경을, 빛이 범람하는 현대 도시에서는 쉽게 볼 수 없게 되었다. 삭막한 도시 문명이 빼앗아 간 풍경의 일부라고 할 수 있으리라.

'이렇게 예쁜 밤하늘을 요금을 받고 보여 줄 수 있으면 대박일 텐데.'

위드에게는 그저 돈과 연계되어 있을 뿐!

그렇게 이곳에서 보내는 마지막 밤이 지나고 있었다.

"위드 외에 다른 녀석들의 상황은 어떻지?"

—지도에 위치들을 표시하고, 2번부터 6번까지의 스크린에 그들의 상황을 중계하겠습니다.

유병준은 인공지능 베르사를 통해 표시되는 모니터들로 위드의 부하들을 살폈다.

이것은 위드나 방송국들도 알지 못하는 정보로, 오직 그만이 전체의 밑그림을 살필 수 있었다.

"대제님이 저기 어딘가에 있을 것이다."

전일은 몬스터의 가죽을 몸에 두른 채 날렵하게 달려 대신전으로 다가가고 있었다.

메마른 울부짖는 폐허에 도착한 그는 조각 생명체 중에서 첫째로 뛰어난 사막 전사답게 안전하게 숨을 수 있는 은신처부터 마련했다.

그리고 며칠 동안 차분히 주변을 살폈으나 다른 동료들을 만나진 못하였다.

더 늦기 전에 목표였던 대신전으로 가기로 결정하고, 혼자서 최대한 은밀하게 전진을 했다. 주변에 생명체나 몬스터가 있으면 바로 해치워 버리거나, 끈질긴 인내로 몇 시간이라도 기다려서 조금씩 다가갔다.

시커멓게 썩은 강은 몬스터의 가죽을 얼굴과 몸에 두른 채로 건넜지만, 독 때문에 사경을 헤매어야 되었다.

그러나 건장한 체력과 정신력으로 회복하여 대신전으로 다시 접근하고 있었다.

하지만 대신전에 가려면 반드시 지나쳐야 하는 암석 지대에서는 순찰대가 끊임없이 활동을 하고, 감시탑을 통한 경계의 눈초리도 삼엄하기 이를 데 없다.

그 때문에 아직 상당히 먼 거리에서 지켜보고 있었다.

위드와 만났던 전이는 명령에 따라 주변을 돌아다녀 봤지만 동료를 찾지 못하고 은신처로 다시 돌아왔다.

"대제님께서는 먼저 떠나셨군. 대신전에서 만나자고 하였지. 먼저 가서 기다리면 되겠어."

몬스터들을 해치우면서 대신전으로 향하다가 엠비뉴의 경계망에 발각!

엠비뉴의 최정예 기사들이 사제들과 함께 출동하였다.

"인간 전사여, 잘도 이곳까지 왔구나."

"덤벼라! 사막 전사가 결코 약하지 않다는 걸 보여 주지!"

전이는 정면으로 내달리면서 적들을 해치웠다.

보통의 칼보다도 조금 더 긴 시미터가 땅에 끌리면서 화염이 강하게 일어난다.

"플레임 시미터. 래피드 파이어 소드!"

방심하고 가까이 다가온 기사들을 향해 시미터가 번개처럼 빠른 속도로 휘둘렸다.

서걱!

방어력이 뛰어난 기사들이 불타오르면서 말과 함께 양단되었다.

"스터본 스트라이크!"

전이는 높이 뛰어올라서 좌에서 우로 칼을 썼다. 방패며 갑옷이며 모두 으스러뜨리는 괴력의 공격.

상대가 막아 내더라도 두 번, 세 번의 연속 공격으로 적의 목숨을 확실히 취한다. 적들이 여럿이 있다면 힘으로 한꺼번에 날려 버리고 태워 버렸다.

조각 생명체들의 싸움 방식은 위드와 닮았다.

막강한 공격력으로, 일일이 상대하지 않고 적 전체를 목표로 두고 과감하게 광역 공격을 일삼는다.

가까이에서 본 것이 위드이고 같이 전투를 치르다 보니 저절로 닮아 간 것이다.

"얼마든지 오너라! 나는 자랑스러운 사막의 전사다!"

레벨 700대의 엄청난 전사였기에 엠비뉴의 기사들도 추풍낙엽처럼 쓰러졌다.

화염이 일어나는 대지에서 전이는 1,000이 넘는 엠비뉴의 기사들을 학살했다.

그렇지만 말을 탄 기사들에게 넓게 포위되어 이미 도망칠 곳 따위는 없었다.

"클클, 죽을 자리를 찾아왔구나."

"우리에게 죽고 싶었다면 진작 오지 그랬느냐."

"힘이 전부인 줄 아는 미련한 자여, 힘보다 지혜가 우월하다는 것을 알려 주도록 하지."

그 후에는 벗어나지 못하는 사제들의 저주들!

움직임을 봉쇄하고 힘을 약화시키며 생명력을 빼앗아 가는 저주들이 중첩으로 17개나 걸려들었다.

약한 생명체라면 그 자리에서 죽을 수 있는 괴질과, 혐오스러운 나방이 몸에 알을 낳아서 부화하는 악독한 흑마법에까지 걸려들었다.

그 상황에서도 분전했지만, 결국 전이는 잡혀서 강제로 무릎이 꿇려지는 신세가 되었다.

"이놈을 어떻게 하지?"

"엠비뉴에 대항한 자들은 죽여서 영혼에까지 고통을 주어야 한다."

"아니다. 엠비뉴 신이 우리에게 내려 주신 신수, 드래곤이 곧 깨어날 테니 그때에 제물로 바치도록 하자."

"괜찮은 의견이군. 기왕이면 쓸 만한 놈을 제물로 바치는 편이 좋겠지."

전이는 대신전의 아래에 있는 지하 감옥에 갇히게 되었다.

먼저 감옥에 갇혔던 노들레와 조금 다른 점이라면, 저주에 의해 힘이 봉쇄된 채로 목과 팔다리에 마력의 쇠사슬이 채워져서 천장에 매달리게 되었다. 뼈들은 부러지고, 몸에서는 나방들이 날아다닌다.

이유는 위드의 부하임에도 불구하고 노들레보다 강했기 때문이었다.

물론 엠비뉴의 교단에는 사제들이 넘치도록 많았지만 아무도 전이를 치료해 줄 생각 따위는 하지 않았다. 최소한의 생명력만을 남겨 놓아서, 내버려 두더라도 얼마 살지 못할 정도가 되었다.

"대… 대제님께서 반드시 나를 구해 주실 것이다."

전삼은 사막 전사들 중에서도 가장 폭넓고 다양한 재능을 가졌다. 그는 암살 기술이나 위장술에 관심이 많았다. 우연히 배회하던 엠비뉴 기사 셋을 해치우고, 그들의 복장을 착용했다.

"흠, 기사 갑옷에서 피 냄새가 진하게 나는군. 형태와 모양도 세련되지 않아서 별로인데."

은근한 된장남 전삼!

그는 만만한 몬스터들과 싸우다가 엠비뉴의 정찰대에 의해 발견되었다.

"우리 쪽 기사가 싸우고 있다."

"도와주지."

엠비뉴의 기사들이 달려와 전삼과 함께 몬스터 무리를 퇴치하였다.

물론 그들이 보란 듯이 싸운 것이었다.

"구해 줘서 고맙다."

"우리가 없었으면 큰일 날 뻔했군."

"엠비뉴 신께서 너희를 보내 주시리라 믿었다. 신께서는 위대하시니까."

"맞다. 정식으로 신의 부름을 받진 않았지만 이 모든 것이 엠비뉴의 은총일 것이다."

전삼의 레벨이라면 어중간한 몬스터는 간단히 해치울 수 있다. 40미터 안쪽에서 던지는 단검술은 특히 뛰어난 장기로, 갑옷도 꿰뚫는 관통력을 가졌다.

그런데도 몬스터들을 간단히 해치우지 않고 밀리는 척하면서 기사들과 협력을 하였다.

위드는 사막 전사들에게 그냥 싸움만 가르치지는 않았다. 시시때때로 보여 주었던 온갖 꼼수와 잔머리, 얄팍한 계산, 그리고 들을수록 흐뭇해지는 아부들!

과거에는 이런 짓을 벌이는 게 그래도 위드 혼자였다면, 지금은 사막 전사 중에서 전삼이 위드처럼 행동했다.

“대제님이야말로 이 세상에서 존경할 만한 가치가 있는 유일한 분이며, 나에게는 아버지와 같은 분이다. 그분의 행동은 전부 정의이며 하나라도 더 닮고 싶다.”

그릇된 우상화의 결과로 나쁜 성격과 얍삽함까지도 적극적으로 수용!

현재는 기사들과 섞여서 무난하게 대신전에 잠입하여 정탐을 하고 있었지만, 중요한 역할은 맡지 못하고 순찰과 외부 경비를 서는 신세였다.

성자 아헬른.

그는 노들레와 비슷한 시나리오대로, 일부러 포로가 되어서 드래곤을 위한 제물과 식량으로 쓰일 엘프들과 인간 사이에 뒤섞였다.

위드가 싫어하는 헤스티거도 대신전 안에 들어와 있었다.

그는 엠비뉴 교단의 수송대를 만나서 전부 해치우고 나서 식량으로 쓰이게 될 물소의 사체를 이용했다. 물소의 몸통 속을 다 빼내고 그 안에 웅크리고 들어가서 숨은 것이다.

"수송대가 왜 보이지 않지?"

"몬스터들이 공격한 건가?"

"신경 쓸 것 없다. 사제님들이 기다리시니 어서 식량이나 가지고 가자."

정찰대가 나타나서 헤스티거가 있는 마차를 대신전 안으로 옮겨 왔다.

그는 현재 주방에 숨어서 때를 기다리고 있었다.

"어머, 여기에 사람이……."

그러다가 여자 노예에게 발각!

헤스티거는 시미터를 휘두르느라 거칠어졌지만 긴 손가락을 입술 앞에 댔다.

"놀라지 마시오. 이곳에는 싸우려고 들어왔지만 당신을 해치지는 않을 테니."

"누구시죠?"

"엠비뉴 교단은 이 세상에 기생하면서 아주 나쁜 일을 많이 저지르고 있소. 그들을 막기 위해서 오게 되었다오. 물론 당신은 내 말을 믿어 주지 않겠지만……."

"믿어요. 그래서 앞으로 어떻게 하실 거예요? 여긴 너무 위험한데요."

여자 노예는 잘생긴 헤스티거에게 홀딱 반하고 말았다. 외모와 분위기 덕에 설득력이 100% 발휘된 것이다.

"대제님께서 신호를 주시기만을 기다리고 있소."

"알겠어요. 그때가 되면 제가 도와 드릴게요."

마지막으로 조각술과 검술의 마스터 자하브, 그는 두 가지의 스킬을 효율적으로 활용했다.

"여긴 나쁜 놈들이 너무 많군. 이베인… 그녀를 본 지도 너무 오래되어 버렸어. 긴 세월이었지만 항상 그녀를 떠올리면서 살았으니 후회는 없지."

메마른 울부짖는 폐허에서는 홧김에 검술로 몬스터들을 싹 쓸어버렸다.

검의 기운이 줄기줄기 뻗어 나가서 몬스터들을 수십 개의 조각으로 만들어 버린다.

대적할 수 없는 강함의 증명!

자하브는 검술과 조각술의 마스터로 원래부터 충분히 강했다. 전쟁의 시대로 온 후 나이도 더 먹었지만, 그만큼 경험이 더 쌓여서 레벨이 오르고 더욱 강해졌다.

죽기 살기로 사냥만 하며 시간을 보낸 위드만큼은 아니더라도 거의 근접한 수준.

가끔 천재적이면서도 완벽한 전투에 대한 감각은 위드의 배를 아프게 만들 정도였다.

"죽일 놈들이 많군. 많아."

암석 지대에서는 적들의 탐색대가 다가오면 조각 은신술로 숨거나 검을 휘둘러서 단숨에 제압했다. 그리고 대신전 근처까지 와서 성벽을 넘지는 않고 휴식을 취했다.

"모르겠군. 적들이 너무 많고 강해. 그놈이 내가 할 일을 알려 주겠지."

그는 위드가 먼저 나서기만을 기다리고 있는 것이었다.

"이제부턴 어떻게 될지 가늠하기 어렵군."

유병준은 모니터를 보면서도 앞으로 무슨 일이 일어나게 될지 짐작을 하기가 어려웠다.

노들레의 동료들과는 구성에서부터 다르고, 현재의 위치나 능력, 역할에서도 차이가 난다.

위드가 결정적인 계기를 만들어 주지 않으면 다른 퀘스트 동료들끼리 무언가를 해내기는 어려울 거라는 점은 확실했다. 오래 숨어 있는 것은 불가능하니 엠비뉴 교단에 의해 발각되어 하나씩 죽임을 당할 수도 있지 않겠는가.

하지만 그럼에도 위드는 파수꾼들의 칭찬을 받으며 지금까지 탑을 쌓는 일만 충실히 하고 있었다.

TO BE CONTINUED